武汉大学优秀博士学位论文文库

本书出版获得“河南理工大学文法学院中外诗学与多元文化研究中心”资助

# 晚明江南诗学研究

The Research on the Poetics of Jiangnan in Late Ming Dynasty

张清河　著

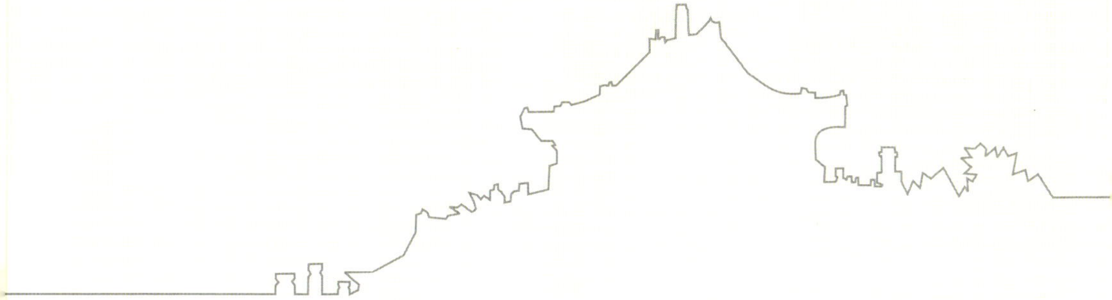

WUHAN UNIVERSITY PRESS
武汉大学出版社

图书在版编目(CIP)数据

晚明江南诗学研究/张清河著. —武汉：武汉大学出版社,2013.12
武汉大学优秀博士学位论文文库
ISBN 978-7-307-12000-6

Ⅰ.晚… Ⅱ.张… Ⅲ.诗学—诗歌研究—华东地区—晚明 Ⅳ.I207.22

中国版本图书馆 CIP 数据核字(2013)第 252070 号

责任编辑:李 琼　　责任校对:汪欣怡　　版式设计:马 佳

出版发行：武汉大学出版社 (430072 武昌 珞珈山)
(电子邮件：cbs22@ whu. edu. cn 网址：www. wdp. com. cn)
印刷:湖北恒泰印务有限公司
开本：720×1000 1/16 印张:41.5 字数:592 千字 插页:1
版次:2013 年 12 月第 1 版 2013 年 12 月第 1 次印刷
ISBN 978-7-307-12000-6 定价:78.00 元

# 总　　序

创新是一个民族进步的灵魂，也是中国未来发展的核心驱动力。研究生教育作为教育的最高层次，在培养创新人才中具有决定意义，是国家核心竞争力的重要支撑，是提升国家软实力的重要依托，也是国家综合国力和科学文化水平的重要标志。

武汉大学是一所崇尚学术、自由探索、追求卓越的大学。美丽的珞珈山水不仅可以诗意栖居，更可以陶冶性情、激发灵感。更为重要的是，这里名师荟萃、英才云集，一批又一批优秀学人在这里砥砺学术、传播真理、探索新知。一流的教育资源，先进的教育制度，为优秀博士学位论文的产生提供了肥沃的土壤和适宜的气候条件。

致力于建设高水平的研究型大学，武汉大学素来重视研究生培养，是我国首批成立有研究生院的大学之一，不仅为国家培育了一大批高层次拔尖创新人才，而且产出了一大批高水平科研成果。近年来，学校明确将“质量是生命线”和“创新是主旋律”作为指导研究生教育工作的基本方针，在稳定研究生教育规模的同时，不断推进和深化研究生教育教学改革，使学校的研究生教育质量和知名度不断提升。

博士研究生教育位于研究生教育的最顶端，博士研究生也是学校科学研究的重要力量。一大批优秀博士研究生，在他们学术创作最激情的时期，来到珞珈山下、东湖之滨。珞珈山的浑厚，奠定了他们学术研究的坚实基础；东湖水的灵动，激发了他们学术创新的无限灵感。在每一篇优秀博士学位论文的背后，都有博士研究生们刻苦钻研的身影，更有他们的导师的辛勤汗水。年轻的学者们，犹如在海边拾贝，面对知识与真理的浩瀚海洋，他们在导师的循循善诱下，细心找寻着、收集着一片片靓丽的贝壳，最终把它们连成一串串闪闪夺目的项链。阳光下的汗水，是他们砥砺创新的注脚；面向太阳的远方，是他们奔跑的方向；导师们的悉心指点，则是他们最值得依赖的臂膀！

博士学位论文是博士生学习活动和研究工作的主要成果，也是学校研究生教育质量的凝结，具有很强的学术性、创造性、规范性和专业性。博士学位论文是一个学者特别是年轻学者踏进学术之门的标志，很多博士学位论文开辟了学术领域的新思想、新观念、新视阈和新境界。

据统计，近几年我校博士研究生所发表的高质量论文占全校高水平论文的一半以上。至今，武汉大学已经培育出18篇“全国百篇优秀博士学位论文”，还有数十篇论文获“全国百篇优秀博士学位论文提名奖”，数百篇论文被评为“湖北省优秀博士学位论文”。优秀博士结出的累累硕果，无疑应该为我们好好珍藏，装入思想的宝库，供后学者慢慢汲取其养分，吸收其精华。编辑出版优秀博士学位论文文库，即是这一工作的具体表现。这项工作既是一种文化积累，又能助推这批青年学者更快地成长，更可以为后来者提供一种可资借鉴的范式亦或努力的方向，以鼓励他们勤于学习，善于思考，勇于创新，争取产生数量更多、创新性更强的博士学位论文。

武汉大学即将迎来双甲华诞，学校编辑出版该文库，不仅仅是为百廿武大增光添彩，更重要的是，当岁月无声地滑过120个春秋，当我们正大踏步地迈向前方时，我们有必要回首来时的路，我们有必要清晰地审视我们走过的每一个脚印。因为，铭记过去，才能开拓未来。武汉大学深厚的历史底蕴，不仅在于珞珈山的一草一木，也不仅仅在于屋檐上那一片片琉璃瓦，更在于珞珈山下的每一位学者和学生。而本文库收录的每一篇优秀博士学位论文，无疑又给珞珈山注入了新鲜的活力。不知不觉地，你看那珞珈山上的树木，仿佛又茂盛了许多！

**李晓红**

2013年10月于武昌珞珈山

# 摘　要

晚明清初是中国诗学鼎盛的时期。本文以江南诗学为研究对象，对晚明诗学现象、诗学进程作尽可能深入的解读和阐述，以期将明清诗学还原为一个生命整体。明代文学发展的重心由北向南转移，至晚明，江南文士完全成为文坛的主体。他们尽管不如王世贞才富学赡，不如袁宏道穷新极变，亦不如钟、谭矫异抉幽，但秉承世家“隐读”传统，以才艺相尚，客观上形成了金陵、杭嘉湖、苏松常三个较大的区域诗学群体，并在日常交往中，与“后七子派”、“公安派”、“竟陵派”相游处而不失主见，相讨论而不愠不激，相砥砺而清雅自况，以其独立的诗学品格，铺垫了一条从摹古通向融今、从格调通向神韵、从全面宗唐通向合理祧宋的稳健途径，为清诗的全面发展及理论成熟作出了巨大贡献。

全文共分绪论、论文主体与结语三部分。导论介绍研究缘起、研究对象界定、研究现状及创新之处。主体部分内容如下：

第一章回顾“文学江南”与“江南文学”传统，通过回溯“江南”空间意象沿革的历史，说明晚明江南发展为以金陵、苏州、杭州为城市中心的三大区域具有必然性。通过梳理江南文学发展史，考察“江南文学”经过六朝、南唐、南宋、元末明初阶段持续沿“诗缘情”文学特征发展，最终才得以形成以“绮靡”为主流的诗学格局。第二章探讨晚明江南诗学背景。晚明政治、经济、科举、书籍行业以及家庭教育等都呈现出与明代前中期不同的面貌，构成了江南诗学的生成背景，促成了晚明诗学的高度繁荣。第三、四章，按照文学“四要素”的理论，概括介绍晚明江南诗学的世家主体论以及“尚博、崇艺、主情”的作品特征论；选择社会或文化“风气”作为考察视角，探讨晚明江南诗学的品评风气；这种热衷于品评的风气，也是江南诗学容易结成群体的重要原因。

第五至七章是本文的重点，分别论证“金陵诗学群”、“杭嘉湖诗学群”、“苏松常诗学群”的群体诗学活动、诗学特征以及主要代表的诗学思想。第五章以《金陵雅游集》的作者、三位魁元诗人为代表，分别探讨焦竑、顾起元、朱之蕃的诗学活动和诗学思想。焦竑主张博雅，在晚明多元的诗学格局中自成一家；顾起元主张神理，将变雅变声导入中和雅正之途；朱之蕃通过其诗学编辑活动，初步改变了“诗以初盛唐为宗”的格局，将中晚唐诗人纳入理论畛域。第六章探讨浙西杭嘉湖诗学具有更典型的世家结社、鉴藏、参禅、著述等群聚特性，形成了“古雅”、“侧艳”的群体诗风。冯梦祯疏朗通脱的诗学观念、黄汝亨清妙醇雅的诗学理想、周履靖情景事意的诗学法则、李日华平淡恬雅的诗学风格、朱国祯清丽雍容的诗学品格以及董斯张绮丽自成的“吴下体”诗学实践，扩大了江南诗学的影响。第七章从两个传统解释苏松常诗学群体的整体面貌，一个是“吴派”浪漫主义艺术传统，一个是“东林复社”古典主义诗学传统，这两派成员其实同出一地，有交叉重叠处，但他们不同的生存形态决定了其诗学理论的整体性差异。“吴派”以王穉登、赵宧光、董其昌、冯时可、陈继儒为代表。游吟诗人王穉登，以“清嘉蕴藉”为宗尚；斋居诗人赵宧光，以“情性格调”为主张；董其昌追求真实平淡、“元神”丰融的艺术境界；冯时可重拾“后七子”风雅诗教学说；陈继儒反对后七子以“粗悍拗硬”之语压倒一世的作派，强调以真性情抒写“便娟轻俊”的“古今粹言”。“东林复社”以顾宪成、高攀龙、顾大章、魏大中、黄尊素、李应升、张溥、陈子龙等为代表。其中，顾宪成、高攀龙强调文以致用、学思结合；顾大章、魏大中强调自然化工、文道合一；黄尊素、李应升强调兴观以群、养气致静；张溥、陈子龙强调兴复古学、经世复雅。

第八章为结论，晚明江南文士在北方诗学（“齐风”）与公安竟陵派诗学（“楚风”）的“裹挟”下，形成了其独特的清丽婉雅的诗学（“吴歈”）。晚明多元化的诗歌风气，使吴中士子先后笼罩在“后七子”、“公安竟陵”以及“云间派”的氛围中，其诗学是保持现状，还是寻求突变，种种矛盾困扰着他们。立场上“复古与创新”的矛盾、观念上“格调与神韵”的矛盾、对象上“宗唐与宗宋”的矛盾是三组主要矛盾。晚明江南文士主张各种“调和论”化解上述矛盾，他们以博学调和古今，以艺术调和韵调，以情致调和唐宋，在诗学承祧、人才储备、思想酝酿等各个方面，为清初诗学的殿堂搭建了高水准的平台。

**关键词**：晚明；江南；诗学；文学世家；诗学群体

# Abstract

The period from Late Ming to Early Qing was the heyday of Chinese Poetics. This dissertation focuses on Jiangnan poetics, the purpose is to interpret the phenomenon of the late Ming poetics and to elaborate the poetics process, to restore the Ming and Qing poetics to a whole life progress. From north to south, the center of gravity of the Ming dynasty literary has been transferred, the scribes of Jiangnan in late Ming became the main body of the literary world. Although they were not as good as Wang Shizhen with knowledge and talent, not good as Yuan Hongdao with deliberate novelty and constant change, not good as Zhongxing and Tan Yuanchun with a purpose to deliberately pursue a different and tap the quiet mind, they inherited the traditional of seclusion and reading among Jiangnan families, were proud of talent skill, became three regional poetics groups in Jinling, Hangzhou-Jiaxing-Huzhou, and Suzhou-Songjiang-Changzhou area in an objective way. They often had interactions with the "Seven Poets School", "Gong′an School", "Jingling School" in daily, to build friendships rather than attaching to them, to discuss rather than blaste or shock each other, to Encourage and criticize each other, to be lofty elegant and Opinionated, eventually formed an independent poetic character, foreshadowing a road leading to Comprehensive ancient and modern views, leading to exchange the style to the charm , leading to respect Song poem from fully respect Tang poem reasonability, ultimately, made great contributions to the development in all aspects and the theory of maturity of the Qing poetry.

This dissertation begins with an introduction, followed by the main body comprising of seven chapters, and closes with a conclusion. The Introduction sketches the origin of this object, defines the research objects by introducing the traditional literature and the points of innovation. The main body reads as follows:

Chapter1 reviews the tradition of "literature Jiangnan" and "Jiangnan literature". By backtracking "Jiangnan" space imagery history, it explains the inevitability of development that Nanking, Suzhou and Hangzhou became three Jiangnan city culture centers in late Ming. By combing the Jiangnan literary history of the development, it examines that "Jiangnan literature" has developed from the Six Dynasties, Southern Tang, Southern Song, Yuan and Ming, staged along the development of literary features of the "Lyric Poetry" and eventually formed the mainstream of "Emotion Profusion" Poetics of the pattern. Chapter 2 discusses Jiangnan poetic background in late Ming. The society showed its political, economic, civil service exams, books industry, as well as family education, which was the difference from Early and Middle period in Ming dynasty, constituted Jiangnan poetics generated background and contributed to the highly prosperity of the late Ming poetics. Chapter 3 and 4, in accordance with the theory of literature "four elements", it overviews the Jiangnan family has become the body of the literary world in late Ming, and formed three main poetic character which were "pursuing a wide range of learning, Respecting artistic talent and advocating a wealth of feelings", as works Features of the late Ming Jiangnan poetics; selected social or cultural "appreciation of the atmosphere" as investigated perspectives on the late Ming, This keen on appreciation of the atmosphere was also one of the important causes that Jiangnan poetic easily formed groups.

Chapter5 to 7 are the focus of this dissertation, respectively, demonstrates "the Jinling poetics group", "the Hang-Jia-Hu Poetics group", "the Su-Song-Chang poetic group" and their group poetic activities, poetic features, and the main representative poetic thoughts. Chapter 5 studies 3 authors about "Jinling Ya You Ji", they were both imperial examination champions and poets, respectively explores Jiao Hong, Gu Qiyuan and Zhu Zhifan's poetics activities and poetic thoughts. Jiao Hong advocates liberal arts, became highly personal style in the late Ming diverse poetics pattern; Gu Qiyuan advocated God and Reason, reversed the change-levy poetic to elegant way; Zhu Zhifan engaged poetics editing activities, changed the poem regarding ChuTang and ShengTang as the poetics pattern, in the Late into the theoretical distinction of the whole Tang poetics. Chapter 6 discusses the western Zhejiang "Hangzhou-Jiaxing-Huzhou" poetics, which had a more typical family character, Composed of associators, Connoisseurs, Zen lovers, writings and other cluster properties, formed a "quaint" and "embellishment" group poetic style. "lichtung free thoughts" was regarded as Feng Mengzhen's poetic concept, Huang Ruheng brought up "Fresh, pure and elegant wonderful" poetic ideal, Zhou Lvjing put forward "emotion, scenery, event, state" as poetic rule, Li Rihua looked on "plain, calm, quiet and elegant" as his poetic style; Zhu Guozhen looked upon "elegant, grace" as poetic character and Dong Sizhang appreciated "fresh, beautiful" style, which he named "Wu Xia Ti" as his poetic practice, to expand the affection of Jiangnan poetics. Chapter 7 introduces Su-Song-Chang poetry by interpreting two traditional groups, one is "Wu School" tradition with romantic art style, the other is "Donglin (East Forest) Restoration Society" tradition with neoclassical poetic style, the two factions members are in fact the same one place, overlapping at their different survival patterns determine the integrity of the differences of poetic theory. In "Wu School", Wang Zhideng, Zhao Huanguang, Dong Qichang, Feng Shike, Chen Jiru were the representatives. "Elegant and refined world" was minstrel poet Wang Zhideng's poetic idols; Lay poet Zhao Huanguang, pursued "personality and tune" for his poetic proposition; Dong Qichang pursued the "real, fresh, and omnipotent God" poetic ideas, Feng Shike regained the "Later Seven Poets School" poetic ideas, pursued the elegance and *enlightenment function* of poetry; Chen Jiru opposed "Later Seven Poets School" who had defended the other poets with crude language, emphasizing "Graceful, light, Delicate and pretty" poetry, described it was "Ancient and Modern pure words". In the Donglin and Fushe School, Gu Xiancheng and Gao Panlong, Gu Dazhong and Wei Dazhang , Huang Zunsu and Li Yingsheng, Zhang Pu and Cheng Zilong were the Advocates. Among them, Gu Xiancheng and Gao Panlong stressed that learning text combined with use and learning combined with thinking; Gu Dazhang and Wei Dazhong stressed the natural chemical, and writing was united with Tao; Huang Zunsu and Li Yingsheng stressed poem ´s social function by raising magnanimous kindness; Zhang Pu and Cheng Zilong stressed a revival of ancient school by saving the world and the elegant road.

Chapter8 is the conclusion of Jiangnan poetry in late Ming that the scribes was "coerced" in the north poetics ("Qi Wind"), Dongting Lake Basin poetics ("Chu Wind") to form its unique elegant and soft lyric("Wu Yu"). The poetic atmosphere, diversified by the late Ming poets, the Wuzhong scribes had enveloped in the atmosphere of the "Later Seven Poets School", "Gong' an and JingLing School" and "Yunjian School". Was their poetics maintaining the status quo, or to seek mutations? All kinds of various contradictions haunted them. "retro or innovation" was the contradiction on their position, "style or charm" was the contradiction on their concept, "Study Tang or Song," was the contradiction on their object. These contradictions were the three principal contradictions. The Jiangnan scribes in Late Ming advocated a variety of "syncretism" to resolve these contradictions, they pursued to reconcile the ancient and modern by wealthy in knowledge, pursued to reconcile the the format and tones by art, pursued to reconcile the Tang poetic style and Song style by fantastic feeling, In the field of interact poetics , talent reserve and poetic thought, they were brewing for the early Qing the Poetics of the hall to build a platform of high standard.

**Keywords:** Late Ming Dynasty, Jiangnan, Poetics, Literary family, Poetics group

# 目　录

# 绪　论

明清是中国诗学的鼎盛时期。晚明至清初的两百年(16 世纪末至 18 世纪初),① 又是此鼎盛时期之中最为繁荣的时期。近十年来，随着学术界对于以往在明清文学领域“重俗轻雅”(即重小说戏剧、轻诗文)研究倾向的反拨，明清诗学成为新的研究热点。然而，与清初诗学相比，晚明诗学的研究相对逊色许多。这种不对称的格局亟待改善。我们认为，清初诗学之所以集其大成，与晚明诗学的“发展过程”是分不开的。套用现行一句俗语——“过程比结果更重要”——据此看来，研究清初流派理论固然重要，但研究晚明

---

① 目前学界惯用“明末清初”的时间概念，如，孙立:《明末清初诗论研究》，广东高等教育出版社 1999 年版；谢国桢:《明末清初的学风》，上海书店出版社 2004 年版；[美]高彦颐(Dorothy Ko)著，李志生译:《闺塾师　明末清初江南的才女文化》，江苏人民出版社 2005 年版；何宗美:《明末清初文人结社研究续编》，中华书局 2006 年版；陈文新主编，赵伯陶卷主编:《中国文学编年史　明末清初卷》，湖南人民出版社 2006 年版；孙书磊:《明末清初戏剧研究》，社会科学文献出版社 2007 年版；张世斌:《明末清初词风研究》，天津古籍出版社 2008 年版；赵雪沛:《明末清初女词人研究》，首都师范大学出版社 2008 年版；郑子运:《明末清初诗解研究》，凤凰出版社 2010 年版；孙之梅:《钱谦益与明末清初文学》，山东大学出版社 2010 年版；陈水云等:《唐宋词在明末清初的传播与接受》，中国社会科学出版社 2010 年版；赵炜:《明末清初虞山诗学研究》，百花洲文艺出版社 2011 年版……此十余本著作有关“明末清初”的时间跨度均不一致，上限有万历元年(1573)、二十八年(1600)、三十年(1602)、三十九年(1611)等，下限有康熙十七年(1678)、三十一年(1692)、三十九年(1700)等。本书弃用此概念而略延长之，一为实事求是，二为规避麻烦。本书仅在第一次引用时标明全部出版信息，后仅出注作者及书名。

诗学发展过程亦自有其学术价值。本书拟作《晚明江南诗学研究》，便是这方面的尝试。那么，本书缘何以"江南"作为晚明诗学的切入点呢？有何研究价值？如何展开研究？本导论将分四节，从研究缘起、研究对象界定、研究现状及创新之处展开，概括回答这些问题。

## 第一节　研究的缘起

晚明清初诗学，实际上处于一种"一体化"的状态中。如果割裂其间的联系，只看结果不看过程，显然是有悖于学术研究之宗旨的。我们至少可以从以下三点来认识晚明与清初诗学的"一体化"进程。

首先，清初的诗学理论观念继承自晚明。

众所周知，清初诗学有四大理论派别，即王士祯（1634—1711）"神韵说"、沈德潜（1673—1769）"格调说"、翁方纲（1733—1818）"肌理说"、袁枚（1716—1798）"性灵说"。这四种理论，显然是在继承晚明诗学理论的基础上而形成的。晚明陆时雍与清初王士祯论诗皆主"神韵"，王世贞、胡应麟与清代沈德潜皆主"格调"，公安三袁与清代袁枚皆主"性灵"，而清代翁方纲"肌理"一派，实则兼容"神韵"与"格调"而成。①

其次，清初诗学理论是晚明诗学的延续。

以"神韵说"为例：陈文新等指出，晚明清初诗学的总体趋势是由"格调"走向"神韵"。② 王世贞等人致力于"才、思、格、调"的调剂与综合，而胡应麟尽管坚持"格调"为主，但其《诗薮》中"神韵"一词出现的频率高得惊人，先后出现了20次，说明他们的"格调"论中其实已然吸纳了"神韵"的合理内核。至陆时雍，则明确提出"神韵"之说。最后，出于清初王士祯之总结，"神韵派"发展到

---

① 此观点参见祁志祥：《中国美学通史》第三卷之十九：《熔铸"神韵"与"格调"的"肌理"说》，人民出版社2008年版。

② 参见陈文新《从格调到神韵》一文，载《文艺研究》2001年第6期。亦见于其《明代诗学的逻辑演进与主要理论问题》，武汉大学出版社2007年版。此外，张健的《清代诗学研究》（北京大学出版社1999年版）认为神韵是从格调发展到了风神。

顶峰。至于“性灵派”，虽然总体上说与“神韵派”并非同一路数，①但同样是以“格调派”反对者的姿态出现的。

再次，清初诗学的主体与晚明血脉相连。

罗时进、朱丽霞、姚蓉等人将目光集聚到明清之际江南诗学流派，发现清初江南诗派(云间派、虞山派、娄东派等)皆由明清之际两代人以血缘嬗递而形成规模。② 比如云间派，基本上由“昆弟婚娅及门子弟”结成，③ 像宋懋澄与宋征舆、宋征璧，杜麟征与杜登春，李逢申与李雯等便是父子或叔侄关系。虞山派亦有冯复京与冯舒、冯班父子；娄东派又有王士骐与王时敏、陈贞慧与陈维崧父子等。而当时所谓“太仓十子”、“西泠十子”等由明入清的群体，实际上是娄东派和云间派的孑遗，其中成员半数以上为诗学世家，他们为清初诗学建构了较高的平台。

值得一提的是：晚明至清初诗学“一体化”，主要体现在江南诗学世家的家学承续过程中。我们如果将眼光从罗时进等所关注的苏松一带“三大流派”诗学群体移散开来，仔细梳理文人的籍贯、身世，就可以发现：清代前中期江南的诗学家绝大多数与晚明诗人存在着明显的家学渊源关系。④ 只是这种渊源关系掩藏得较深，需

---

① 值得一提的是，郭绍虞、陈文新等人认为，“神韵”与“性灵”尽管都属于注重“主体性”的一类，但两者并不是同一路数。郭绍虞在《神韵与格调》一文开篇即点明此旨。而陈文新也以徐渭对王、孟之诗极其反感为例，“从另一侧面表明，倡王、孟，讲神韵，与徐渭等人的注重性灵不是同一路数，神韵是格调的派生物或补充物”。见陈文新：《明代诗学》，湖南人民出版社2000年版，第304页；又见《文艺研究》2001年6月号《从格调到神韵》一文，人大复印资料2002年第3期全文转载，第148页。

② 见朱丽霞、罗时进：《松江宋氏家族与几社之关系》，载《北京大学学报》2005年第2期。另见姚蓉《明末云间三子研究》相关章节，广东高等教育出版社2004年版。

③ 语见杜登春《社事始末》，昭代丛书本。

④ 参见本书附录《晚明大江以南诗学世家点将录》，至少可以发现跨越明清的江南诗学世家诗学家五六十个，其中比较为人所知的父子有：归昌世与归庄、赵琦美与赵士春、胡震亨与胡夏客、董斯张与董说、叶绍袁与叶燮、文从简与文柟、邹式金与邹漪、毛晋与毛扆等。

要花气力挖掘。究其原因，可能出于以下三点：

其一，由于清初朝廷推行“大一统”的佑文政策，压抑各地兴起的遗民诗风，客观上掩盖了江南世家的诗学成就，江南诗学世家在清初的地位远远不如晚明显要。这一点，从“四大理论”在朝廷的地位高下可见一斑。比如康熙重用通联南北诗学的王士禛等，大概是因其“神韵”以冲淡和雅的诗风为主，有利于新朝的文化建设。沈德潜固然是江南人，但他违背其师叶燮的诗学主张，以“格调”诗学来粉饰“盛世”，因而受到了乾隆的特殊礼遇。而北京大兴翁方纲之“肌理说”，旨在故意混淆“神韵”与“格调”的界限，有利于调解明代以来江南诗学的争执，建立统一的诗学秩序，也受到朝廷的重视。纯粹的江南诗学家，如袁枚、赵翼等“性灵派”作家，则完全处于“体制外”，其为官卑微而短暂，因其在钱塘、常州广授门生，其学说才得以传播开来。①

其二，由于明清鼎革、江山易主，“江南”作为文人抵抗最为激烈的地区，其文人士子遭到新朝野蛮镇压与残酷打击(比如“文字狱”、“奏销案”、“科场案”等)，江南大多数“世家”文化一度归于沉寂。但是，特殊时期的政治钳制，并不能完全隔断文学世家的家学渊源，晚明江南诗学世家在康乾社会承平之际全面复苏，像叶燮(晚明工部侍郎叶绍袁之幼子)、沈德潜(明礼部侍郎沈钦圻之孙)、朱彝尊(晚明首辅朱国祚之曾孙、朱国祯之侄曾孙)、陈维崧(晚明四公子之一陈贞慧之子)、顾贞观(明金陵四大家顾璘从曾孙)、归庄(晚明诗人归有光之曾孙、归子慕之孙)、袁枚(明末布政使袁茂英之曾孙)等脱颖而出，证明江南文学世家的巨大潜力。

其三，由于清朝对晚明世家之著作采取禁毁的策略，导致这些世家文学本来的面目长期被埋没、丑化、扭曲，得不到公正的历史

---

① 清初四大流派理论家中，王士禛与沈德潜成为“康乾盛世”的诗坛盟主，其地位已然成为学术界的公认。如陈衍在《近代诗钞序》中说：“有清二百余载，以高位主持诗教者，在康熙曰王文简(士禛)，在乾隆曰沈文悫(德潜)，在道光、咸丰则祁文端、曾文正也。”转引自郭绍虞主编：《中国历代文论选》(四)，上海古籍出版社 2001 年版，第 290 页。所以，从这个层面上说，清代前中期的江南诗学，基本笼罩在“盛世”官方诗学的整体氛围中。

评价。在清代官方编撰“四库全书”的过程中，晚明江南世家文人因为积极参与朝廷对辽东战局接连失利之“清议”，其生平著作绝大多数遭到禁毁。唯其如此，本来以博学相尚的晚明江南文人，才会被四库馆臣一律以“明人空疏不学”丑化之。“空疏不学”命题成立的前提，正是因为在有清两百余年之中，晚明之“学”被清廷过滤、蒸发，损失殆尽。随着民国各地书局对于晚明孤本古籍抢救性复印，以及“四部丛刊”、“万有文库”、“丛书集成”诸编问世，晚明江南文人之“博学”的本来面貌才得以逐步再现。比如胡应麟的《少室山房笔丛》、焦竑的《澹园集》、许学夷的《诗源辩体》、陆时雍的《诗镜总论》等，若非民国再版，这些晚明文人之名著至今恐怕也鲜有人知。①

20世纪初，高尔基在《论文学》等文章中一再强调：“文学即是人学。”我们认为，这个理念至少包含三方面内容：一、文学是人写的；二、文学是写人的；三、文学是写给人看的。也就是说，第一，文学的主体即是“人”，特定的时代赋予其作家写作的权利，不容后人褫夺；第二，每一时代的作家反映了一时代的文人生活，此时代的文学史其实也是生活史；第三，每个时代的作家都为后世留下了一定的文学遗产，值得我们珍视。晚明是一个色彩斑斓的时代，其文人的艺术生命也是多姿多彩的。关注晚明诗学，首先应关注的是晚明诗人及其生存形态。尤其是江南诗人创造了辉煌的成就，固然不能因为极端政治而遭到遮蔽。

事实上，晚明南方文人创造了辉煌璀璨的文学成就，尤以江南为诗学之重心。这是明代文学发展不均衡所导致的必然结果。此种不均衡性体现在两个层面：前期与后期、南方与北方。曾大兴曾就谭正璧《中国文学家大辞典》所录明代的文学家进行统计，明代前

① 以上著作皆为明代原版、民国初再版，分别为：《少室山房笔丛》民国广雅书局再版；《澹园集》明万历版，民国三至五年（1914—1916）蒋国榜金陵丛书再版；《诗源辩体》原版清乾隆年间遭到禁毁，此后世间罕见，今存有民国十一年武进恽毓龄刻本、上海纲庐重印本；《诗镜总论》收入丁福保《历代诗话续编》才得以重现，最早为民国五年上海医学书局印行。

期(洪武至成化之际)文学家相对较少，仅两百余人。明代计有文学家1401人，有籍贯可考者1340人，其中南方占了1165人，北方仅175人，南北比率约为9∶1。明代整个中国北方的文学家，还不及南方一个苏州府(195人)的多。因此他总结说："如果不是有具体的数字为依据，这个分布格局几乎是令人难以置信的。毫无疑问，中国文化的重心完全移到了南方。"①

明代文学由北向南发展是总的趋势。然而我们必须看到，在明代嘉靖以前的诗坛上，北方诗人虽然在数量上相对处于劣势，但还是有相当势力的。恰如晚明文坛大老李维桢所描述的那样："文庙起燕甸，一再传，遂定都焉。诗道之兴，在北为盛。何、李、边、薛诸君子，皆关河齐鲁产也……世庙起郢甸，享国最久，制礼作乐，功冠本朝。诗道之盛，复自北而南。"②自明世祖起，以北京为中心的中央集权屡次干预科举考试，对南人的科举仕进采取限额制度，并长期仅以薛瑄等北方程朱儒学家为典型，宣扬伦理教化，山东作为邹鲁之乡、关中作为理学之地，受到了特殊的照顾。于是，以李梦阳为首、康海和边贡为羽翼的北方派，科举、仕途相对于南方徐祯卿等人而言更加顺利，崛起为诗坛主盟者。至明世宗之际，作为楚藩荣登大宝的嘉靖重用南人；随着阳明心学的兴起，南方文化势力进一步增强，在后七子盟主李攀龙死后，北人再也无法与南人一争旗鼓。因此从某种层面上说，我们可以将明代前中期的诗学称之为"北方"主导的诗学；将晚明诗学视之为"南方"主导的诗学。

明代诗学"由北及南"的转变有一个过程。早在前后七子时代，就已经有了转变的"风向"，尽管他们的诗学主张趋向一致，但是其内部成员的籍贯构成发生了明显的由北及南的变化，也就是说，明代诗学主力由山东、关中等北方地区转移到南方。此过程简述如下：

① 曾大兴：《中国历代文学家之地理分布》，湖北教育出版社1995年版，第341页。

② (明)李维桢：《邓使君诗序》，载《大泌山房集》卷十九，《四库全书存目丛书》集部第150册，齐鲁书社1997年版，第726页。

首先察觉“诗风”存在地域性转折者，为湖广沔阳陈文烛，他在为太仓王世懋《王奉常集》所作的序中说：

> 夫诗与文，天地自然之声气也。袭二京之遗者北，或失之豪；沿六朝之习者南，或失之靡。崆峒(李梦阳)、大复(何景明)起而振之，凤观虎视，迪功(徐祯卿)复鹰扬江左，国朝文体，一时丕变。然献吉之沉雄，仲默之隽永，昌谷虽号鼎足，而南音不无少逊也。嘉靖间，李于鳞(攀龙)起历下，元美(王世贞)起姑苏，而徐子与(中行)、吴明卿(国伦)、宗子相(臣)、张肖甫(佳胤)起吴、楚、巴蜀，独张助甫(九一)起河洛。敬美后出，诸公异之，谓王氏二难云。中原正声翕然海内，皆在大江以南，较北地时差胜矣。①

陈建华先生分析此段引文认为，尽管陈文烛所言表面上指的是王世贞兄弟受北方诗学风气的影响统一了江南诗坛，但实际上“这多少也反映了此时期文学重心由北而南的转移”。这是因为，后七子与前七子相比较，“有着显然的不同。其成员的地域分布多来自南方。李、谢为山东人，梁为广东人，吴来自江西，其余三人原籍于江浙——王属苏州、徐属湖州、宗属扬州”②。稍后，更系统、更明确表达这层意思的是《诗薮》的作者兰溪胡应麟。他说：

> 国初文人，率由越产……而诗人则出吴中……至弘、正间，中原、关右始盛；嘉、隆后，复自北而南矣。③
>
> 当弘、正时，李、何、王号海内三才外，如崔仲凫(铣)、

① 陈序见《王奉常集》卷首，《四库全书存目丛书》集部第133册，齐鲁书社1997年版，第4、5页。

② 陈建华：《中国江浙地区十四至十七世纪社会意识与文学》，学林出版社1992年版，第266页。

③ (明)胡应麟：《诗薮续编》卷一，上海古籍出版社1979年版，第341页。

> 康德涵(海)、王子衡(廷相)、薛君采(惠)、高子业(叔嗣)、边廷实(贡)、孙太初(一元),皆北人也。南中惟昌谷(徐祯卿)、继之(郑善夫)、华玉(顾璘)、升之(朱应登)、士选(熊倬)辈,不能得三之一。嘉、隆则惟李于鳞(攀龙)、谢茂秦(榛)、张助父(九一)北人,而南自王(世贞)、汪(道昆)外,吴(国伦)、徐(中行)、宗(臣)、梁(有誉)不下十数家,亦再倍于北矣。①

按照陈文烛、胡应麟等的描述,明代弘治、正德年间的诗坛,以中原等北方诗人为诗学主力。嘉靖、隆庆年间,则以南方诗人为诗学主力。陈、胡二人的论述稍显繁琐,清末叶德辉的言论最为简洁。他说:“前七子北人六、南人一,后七子北人二、南人五。”②叶氏一语中的,仅从前后七子的籍贯对比中,就厘清了晚明诗学主力转变的事实。单从人数对比上说,明代中后期诗坛的主要变化是:前七子时期的诗坛主盟者,南北比例为1∶6,后七子时期南北比例为5∶2;诗学的主力“由北向南”发展。我们将眼光投向更为广阔的基层,也不难发现:到了晚明,十之八九的诗人和诗论家生长于南方,作为南方诗学中心的“江南”,是诗坛角逐的“主阵地”。无论是以王世贞等为首的“后七子派”,还是风靡天下的“公安派”、“竟陵派”,基本上是在江南发展壮大的。因此,本书的写作,以晚明江南诗学为研究对象。

## 第二节 研究对象的界定

按照通行的说法,“晚明”即万历元年(1573)至崇祯十七年

① (明)胡应麟:《诗薮续编》卷二,上海古籍出版社1979年版,第363页。

② 叶德辉:《郋园读书志》卷九,中国历代书目题跋丛书第三辑,上海古籍出版社2010年版,第443页。

(1644)。① 近十年来，中国大陆、台湾、香港以“晚明”为题的博士学位论文有近百篇，说明“晚明”成为近期中国学术界普遍关注的热点之一。② 在这一批论文中，除了少数因写作对象的需要，对上述“晚

① 史学界的划分，参见樊树志:《晚明史(1573—1644 年)》，复旦大学出版社 2003 年版，第 1 页。哲学界的划分，参见陈垣:《明季滇黔佛教考》，中华书局 1962 年版，第 14 页。文学界的划分，参见章培恒先生主编的《中国文学史》。该书将明文学分为三个时期，即洪武至成化(1366—1487)为前期，弘治至隆庆(1488—1572)为中期，万历至明末(1573—1644)为晚期。国外的划分，参见美国人乔安娜 F. 汉德琳·史密斯《晚明的财富与价值观念》一文(陈广宏译)开篇即是晚明(1573—1644)(此说法，转引自张兵、陈维昭:《中国文学研究》第 8 辑中国文联出版社 2007 年版，第 242 页)。因此，尽管杨松年、谢国桢、吴震等文、史、哲学者偶以“明末”代替“晚明”概念，认为自 1600 年或者 1602 年始，但这些观点并不是主流。

② 平均每年中国大陆、台湾、香港博士论文有 10 篇左右。主要博士论文如：中国台湾：2005 年，政治大学白以文之《晚明仙传小说之研究》；高雄大学陈忠和之《晚明山水小品研究》；台湾师范大学袁光仪之《晚明极端个人主义的“圣人”之学——异端李卓吾新论》；台湾师范大学杨晋绮之《晚明文化论述中“伦理”与“审美”论题之交涉及审美意识之发展》；辅仁大学潘玉爱之《王心斋与中晚明儒学的转折——兼论道德自我与社会人伦的冲突与和谐》；2003 年，东吴大学戴文和之《晚明经世学巨著〈皇明经世文编〉及其相关问题研究》；政治大学侯美珍之《晚明诗经评点之学研究》等。中国大陆：2010 年，南开大学刘军著《顾宪成与晚明东林运动》；福建师范大学李玉宝著《谢肇淛与晚明福建文学》；中国美术学院李娜著《晚明西湖畔的艺术生活》；广西师范大学许秋群著《中晚明词的传承与新变》；2009 年，山东大学王晓光著《晚明休闲文学》；2008 年，北京师范大学徐龙飞著《晚明清初才子佳人文学类型研究》；南京艺术学院吴鹏著《晚明士人生活中的书法世界》；2007 年，华东师范大学夏太娣著《晚明南京剧坛研究》；华中师范大学肖丰著《器型、纹饰与晚明社会生活》；2006 年，华中师范大学张永刚著《东林党议与晚明文学活动》；四川大学谭佳著《现代性影响下的“晚明叙事”研究》；华东师范大学刘召明著《晚明苏州剧坛研究》；苏州大学蒋小平著《晚明传奇中女性形象研究》；首都师范大学叶梅著《晚明嘉兴项氏法书鉴藏研究》；东北师范大学肖瑶著《李成梁与晚明辽东政局研究》；2005 年，复旦大学刘海滨著《焦竑与晚明会通思潮》；2003 年，复旦大学徐艳著《晚明小品文体研究》；华东师范大学谭坤著《晚明越中曲家群体研究》；东北师范大学孙强著《晚明商业资本的筹集方式、经营机制及信用关系研究》；2002 年，东北师范大学徐林著《明代中晚期江南士人社会交往研究》；2001 年，林中泽著《晚明中西性伦理的相遇》；中国人民大学罗付来著《晚明社会的良心——蕺山学派伦理思想》；苏州大学李圣华著《晚明诗歌研究》。香港大学：1978 年，陈绍棠著《晚明小品论析》；1980 年，翟德成著《晚明士子生活》；1981 年，李焯然著《晚明学术思想述论》(1982—2011 年 30 年香港博士论文待访)。

明”所界定的73年的终始年代有所延展或者有所更改，其余沿用通行之界定。本书所述“晚明”也在此时间断之内。

介于“江南”以及“诗学”概念学术争议太多，且涉及两个宏阔的领域，同时也是两个边界模糊的领域，我们因此不得不首先对“江南”与“诗学”的概念进行一番梳理与认定。

## 一、何处是“江南”？

历史上“江南”定义有一个由泛指向特指演进的过程。《史记》中，“江南”只是与山东、中原、西蜀等相对的地理概念，因此秦汉人称吴为“江东”，称楚为“江南”。如《秦本纪》云：“秦昭襄王三十年，蜀守若伐楚，取巫郡及江南。”唐宋时期，“江南”的概念才逐渐澄清，由泛指发展成为特指，但范围仍然很大。比如，贞观元年天下设有“十道”，其中“江南道”包含吴、楚。玄宗开元二十一年，“江南道”一分为三：“江南东道”、“江南西道”、“黔中道”。宋代，“江南东道”设置“两浙郡”，大部分地区与明清狭义的“江南”大致相埒，但包括浙江全境，范围较明清“江南”略广一些。

明代史籍所记载的“江南”的范围较狭隘。明人将“江南”作为一个“整体”来界定，其焦点集中在财赋上，以“五府”或“七府”二说为主。海盐人郑晓(1499—1566)《今言》卷三提出“苏、松、常、嘉、湖”为“江南”，所谓“江南”，仅限于太湖平原的苏州、松江、常州、嘉兴、湖州“五府”。但是，也有一些大臣不同意这个说法，如无锡顾鼎臣(1473—1540)在嘉靖十八年谏言，提出“七府”说：“苏、松、常、镇、杭、嘉、湖七府，供输甲天下”，乃“东南财赋重地”，把“七府”当成一个整体。①

狭义的江南即“五府”。周振鹤《释江南》一文认为，“近代以来，江南指的是镇江以东的江苏南；以及浙江北部地区。更加狭义

---

① (清)张廷玉等：《明史》卷七十八《志》第五十四《食货二》，中华书局2000年版，第1268页。

的范围，则仅指太湖流域”①。但是近些年来，现代学界将“五府”说扩展为“七府”说，将“镇江”等地扩展进来。此说似乎是葛剑雄教授最早提倡的。葛剑雄坚持将扬州、杭州引入“江南”，构成“七府”；然而扬州实际地理位置，乃在长江之北，因此遭到其师谭其骧教授的反对。然而，时代在变，学术观念也在变。陈学文在《筚路蓝缕的三十年——明清江南史研究的回顾与展望》一文中，表示其个人倾向于以苏、松、常、镇、杭、嘉、湖“七府”之地为“江南”，并引用明清著名学者顾炎武《肇域志》、清翁澍《具区志》中相关称述证明之，似乎是葛剑雄思路的延续，只是“扬州”改成了“镇江”。近年来，京沪宁学者如李伯重、刘士林、范金民等纷纷认同适当扩大“江南”范围的做法，并将“应天府”(即金陵、南京、南都、留都，简称“宁”)也补充进来，形成所谓“八府”(苏、松、常、镇、宁、杭、嘉、湖)说，与中国台湾学者刘石吉的看法以及美国施坚雅的“区位论”的观点渐趋一致。

实际上，古往今来，学术界对于“江南”从来没有一个统一的看法。提倡所谓“五府”说的学者，以经济学研究者为主(主要是从赋税指标上说的)；而一些学者加入镇江或杭州，提出所谓的“六府”、“七府”说，主要是从长江下游环太湖“文化圈”立论的；而提出加入“南京”，构成“八府”说，则是从环太湖地区的政治、经济、文化发展一体化趋势总体加以衡量的。相比较而言，我们以文学为研究对象，更加倾向于后者。这是因为，从文学史上看，镇江和南京被划在“江南”之外，似乎是不合适的。谢朓的名句，“江南佳丽地，金陵帝王州”在唐宋延至元明早已被天下文人反复称引；明中后期“秦淮八艳”等艳史，“翠楼三千人上下，黄金百万水西东”(唐寅诗句)等令人艳羡的生活，无疑典型地反映出江南地域的人文风情；此外，金陵城的“江南贡院”还担负着为全国选拔、输送人才的重任。无论是从政治、经济还是从文化、教育各方面来说，南京似乎都是与苏州相呼应的另一个江南轴心城市。

---

① 钱伯城主编：《中华文史论丛》第 49 辑，上海古籍出版社 1992 年版，第 141 页。

文学史的研究对象，确实不同于经济史。我们反思：在明代，既然文化意义上的"江南"与经济史存在着不一致的情形，那么明清的文人又如何运用此范畴来描述南方文学呢？考察部分文学史料，我们发现，明代文人在不便于使用"江南"这个术语的情况下，不约而同地选择"大江以南"这个词组。① 文学及其批评史的对象自有其特殊性，特别是明代复古风气浓厚，这可能是继续沿用"大江以南"等代指广义江南的直接原因。当然，现代学术著作有其自身的规范，我们不可能仿效明末清初泛泛使用"大江以南"之类的短语作为本书纲目，因此，将江南的"范围"适当延伸是目前学界较通行的做法。这种为写作对象"量体裁

① 兹举数例。(1)万历王世贞："余窃谓，自东京而后为永嘉，而大江始画地而南北……南则以其泉石之徐地，舟挥之徐吞，负德囊，握斑管，而课花鸟，字组而句，句组而篇。然亦不胜其靡靡，业肤立矣。"(《续稿》卷41，《郧垩集序》)(2)崇祯沈春泽《刻印(隐秀轩集)序》："自先生之以诗若文名世也，海内无不知有《隐秀轩》者……后进多有学为钟先生语者，大江以南更甚。"(3)清初黄宗羲："近来书籍之厄，不必兵火，无力者既不能聚，聚者亦以无力而散，故所以空虚。屈指大江以南，以藏书名者不过三四家。"(4)清初全祖望《二老阁藏书记》："太冲先生最喜收书，其搜罗大江以南诸家殆遍，所得最多者，前则淡生堂祁氏，后则传是楼徐氏。"(5)清初顾炎武《广宋遗民录序》云："余尝游览于山之东西，河之南北二十余年，而其人益以不似。及问之大江以南，昔时所称魁梧丈夫者，亦且改形换骨，学为不似之人。"(《顾亭林诗文集·亭林文集》卷二)(6)清初杨凤苞《秋室集》卷一《书南山草堂遗集》云："明社既屋。士之憔悴失职，高蹈而能文者，相率结为诗社，以抒写其旧国旧君之感。大江以南，无地无之。其最盛者东越则甬上，三吴则松陵。"(7)清初王士祯："清初青齐海岱间，人文之盛，足与大江以南相匹敌。"(《清诗纪事初编》)(8)清初朱彝尊《静志居诗话》卷十三《李先芳》："伯承与元美、于鳞同舍，皆故等夷。既而七子盛名，狎主坛坫，元美收之广五子之列，意浸不平，晚逃于词曲。观其《诗隽》一书，详于淮北，远及巴蜀，而独黜大江以南。盖以吴、楚、扬、粤之间，七子实居其五，其微意可窥也。"(9)清初李崧《沈庄樗古隶歌》："国初顾苓与郑亟，大江以南称两雄。苓也谨严笔屈铁，煦也流宕徒横从。"见：沈德潜辑评《国朝诗别裁》。

衣”的做法，成为新近文史论著作较普遍的趋向。① 只是这种做法的严谨性尚值得商榷。本着尊重历史与遵守现代学术规范的双重原则，本书在正文中采用学术界比较认可的“江南”所特指的范围，而在附录中采用“大江以南”所泛指的范围。

总之，在明清“江南史学”背景下，“江南”研究范围皆以“特指”为主。然而，目前的学术界中，坚持传统的“五府”说论者越来越少；而持“七府”说(不包括南京)或者“八府”说(包括南京)的学者提出的“江南”范畴，在文化史研究中成为主导。在文学学术史领域，也有学者提出“七府”说。比如苏州大学的罗时进教授提到，学界至今对于如何解释“江南”、定义“江南”，认识尚不统一，“我认为从自然生态、经济水平、人文环境三方面加以综合考量，大致可将环太湖地区称之为‘江南’。此即一般意义上的吴文化地区，以明清时期苏、松、太、常、嘉、湖五府一州为主，也包括杭、镇

① 比如：2005年，顾鸣塘著《〈儒林外史〉与江南士绅生活》(商务印书馆出版)一书认为“江南”，是指清初所划定的江南省和浙江省，即今江苏、安徽、浙江、上海三省一市所属区域，理由是吴敬梓心目中的“江南”即是指上述区域。2006年，徐林在《明代中晚期江南士人社会交往研究》一书中，也指出了如下的“江南”概念：“本书所指的江南，基本沿袭明人所用的范围，但是更为侧重于‘文化圈’的内涵，因为共同的文化背景和人文氛围，这一‘江南’文化，是他们所认同的文化共同体。又由于文化发达地区本身所具有的文化张力，所以这一文化核心区域对周边地区具有辐射作用，周边的安徽、浙江、江西、福建，以及长江中游地区深受其影响，而表现出趋同的文化特征。”上海社会科学出版社2006年出版了陈江《明代中后期的江南社会与社会生活》一书，其绪言中指出：“本书考察的地理范围，确定为以太湖流域和长江三角洲的苏州府、松江府、常州府、镇江府、应天府、杭州府、嘉兴府、湖州府为中心的地区，某些情况下，也将与其毗邻的绍兴、扬州和南通外围包括在内。由于徽州邻近长江三角洲，且徽州商贾与江南关系密切，因而活动于江南一带的徽州商贾也被列入考察范围。”2009年，吴仁安著《明清江南著姓望族史》(上海人民出版社2009年版)认为，“江南”大致上是指明清时期长江以南的今江苏省的南京(明代称“应天”、清代称“江宁”)、镇江、常州、苏州、松江、太仓等府州(直隶州)，浙江全省及安徽省的徽州、宁国、池州等皖南府州，它包括今天江苏省的苏南江东地区、安徽省的皖南和浙江全省。

两州的部分地区”①。然而，令我们不解的是，既然此“江南”包括镇江，为什么又要舍弃当时的文化中心——金陵？因此，本书采用“八府”说，与文化史研究对象相叠合，也就是李伯重、范金民等提出的“应天、镇江、常州、苏州、松江、杭州、嘉兴、湖州八府”。②

## 二、“诗学”定义说

晚明“诗学”之概念，时人已有所界定。然而因划分标准不一，反而没有形成统一的意见。比如周晖《金陵琐事》专门设有“诗学”一节，前面已有“诗社”一节，则“诗社”与“诗学”相并列。“诗学”一节讲的正是青溪诗社的创作批评情况：“嘉靖中司寇顾公华玉，以浙辖在告，倡诗学于清溪之上。门下士，若陈羽伯凤、谢应午少南、许仲贻谷、金子有大车、金子坤大舆、高近思远，相从以游。讲艺论学，绰有古风。”③此处“诗学”指的是诗歌创作及评论。《续金陵琐事》卷下另有“诗集”、“诗评”、“诗话”等标目，可见当时诗学只涉及诗艺的探讨以及当时诗人诗作的高下品评，与选诗、点评以及诗话之作有别。此外，常熟冯复京《说诗补遗》亦云：“记予髫年好谈诗，而无诗学。前辈郭春卿戏予曰，子知开宝之为盛唐，亦知老杜实终于大历间乎？‘大历十才子’为谁？予无以应。”此“诗学”则又特指研究诗歌发展规律之学识、学问。苏州赵宧光提出的“诗学”概念，旨在强调“诗学”与“文学”之区别。他说：“但学有二义：一文学，一诗学。以文学说诗反障其诗，以诗学说诗，方能透诗。”此概念又似指切合于诗的特性、以诗人之法说诗的学问。

---

① 罗时进：《地域·家族·文学：清代江南诗文研究》前言，上海古籍出版社 2010 年版。

② 参见李伯重：《简论“江南地区”的界定》，载《中国社会经济史研究》1991 年第 1 期，第 100～105、107 页；范金民：《明清江南进士数量、地域分布及其特色分析》，载《南京大学学报》1997 年第 2 期。

③ （明）周晖撰：《金陵琐事　续金陵琐事　二续金陵琐事》，南京出版社 2007 年版，第 158 页。“诗集”见第 246 页，“诗评”见第 252 页，“诗话”见第 268 页。

我们推测：当时“诗学”分类的标准不一，是因为彼时处于非常专业化的时期，创作与欣赏、欣赏与评价、诗评与诗话等活动均十分活跃，作家兼有诗人、诗论家、诗歌点评家、诗话(笔乘)作者、诗选辑撰者等多重身份，而且对于每一个身份的职责担当都能很敏锐地以示区别，因此像周晖、冯复京、赵宧光等“专业人士”才使用了“诗学”这个相当琐碎而又随意的术语。到了现代，由于脱离了古诗创作的语境，我们可以将过去一切围绕创作而展开的批评与鉴赏等活动统统摄于“诗学”概念之下，而不必在“诗社”、“诗法”、“诗集”、“诗选”等名目中并列出“诗学”来，也就是说，与“江南”范围缩小正好相反，现代“诗学”范围有扩大化趋势，“诗学”上升为涵盖以上名目的大的合集。这一点，正是“诗学”的现代性所赋予的。

现代“诗学”的观念是“五四”时期奠定的。较早者首推杨鸿烈，他在《中国诗学大纲》一书中认为，“中国诗学就是研究中国诗的原理，藉此判断诗的真实的价值”①。稍后，朱自清在《论诗学门径》一文中也认为：“所谓诗学，专指关于旧诗的理解与鉴赏而言。”②可见，“五四”学者一致认定“诗学”范畴指的是旧体诗创作实践之外的一切形式的诗歌文学鉴赏、批评、推究原理、判断价值等活动。

但是进入当代，“诗学”概念变得大而无当，变得异常驳杂，古诗与新诗、东学与西学潮来潮往，滋生出无数“诗学”概念。目前传统学术界有关何谓中国“诗学”概念的争议，丝毫不比“江南”少。近来学者的论著，往往以“诗学”为标题。笔者在“读秀”学术网站上将各种题名为“诗学”之书籍粗略搜罗一遍，发现竟有4000种之多；然而，逐一翻开各本“诗学”著作，对于所谓“诗学”的定义，没有找到一个满意的答案。有的含混不清，有的避而言他，有的故弄玄虚，有的言之不详……一大堆“诗学”著作，竟然没有一

---

① 首发于《文学旬刊》第53期，载《晨报副刊》1924年10月5日版。

② 首发于《中学生》第15号(1931年5月)，今见朱自清：《朱自清讲国学》，华文出版社2009年版，第258页。

个相对统一的说法。笔者不揣简陋，对于“诗学”概念稍加梳理，分广义、狭义、折中义陈述如下：

(1)“诗学”是一个探讨古今、中西诗歌理论差异的“比较场域”。

这是广义的诗学，即文艺学、比较文学、文学史学等诸多领域中较宽泛的一种“诗学”界定，肇始于亚里士多德的名著《诗学》，实际上可以泛指一切“谈艺”的文学艺术科学，是一种哲学抽象，泛指以审美为目的的语言文学艺术的研究，也就是我们今天所谓的“文艺学”。从另一个侧面看，广义的诗学还可以指中西文学理论的差异或者文化差异，即比较诗学、文化诗学。

(2)“诗学”是一种以“诗话”为批评范式的话语建构。

狭义的“诗学”，是针对中国古代传统文献分类而定义的：其一是“诗经”之学，也就是以《诗经》为研究中心的文学理论体系；其二是“诗”之学问，指的是对传统的“诗文评”做“现代转化”工作。这个说法来自于湖南师范大学的蔡镇楚。他认为，中国传统“诗学”概念“大凡有二：一是‘《诗》学’，即‘《诗经》之学’……二是诗格之类诗学入门著作”。① 也就是说，“诗学”专指古人的“诗话”之学。1988 年，他在其第一部诗话学专著《中国诗话史》卷一“总论”中，提出过“东方诗话学”的名称，用以与西方诗学相对称、相呼应。

(3)“诗学”是一种以“创作实践”为指导中心的体系论。

折中的“诗学”，不但要研究“诗文评”、“诗话”等“死文本”，还要研究“诗”之发展规律的“活过程”。也就是说，所谓“诗学”，指的是一种以“创作实践”为指导中心的体系论。如南京大学的张伯伟，以钟嵘的《诗品》为例，概括出中国诗歌批评的六种方法：品第高下、推寻源流，较量同异、博喻意象、知人论世、寻章摘句。② 后来，他又以一组论文深入地讨论了诗格、句图、评点等批评方法，从而理清出批评史上关系重大的一些理论环节。再如北京大学的钱志熙，从宋元以来学术的传统出发，梳理出“诗学”二字

① 蔡镇楚：《诗话研究之回顾与展望》，载《文学评论》1999 年第 5 期。
② 参见张伯伟：《钟嵘诗品研究》，南京大学出版社 2000 年版。

在古籍中的用例，证明了古代“诗学”一词是“对诗歌创作实践体系的概括称呼”。① 我们从这一南一北两位学者的论文中，似乎可以揣度出这样一种定义：诗学是有关诗歌创作和欣赏的学问，是对于创作实践作出成体系的理论建构的抽象概括。其判断标准包括有三：其一，其对象必须是诗歌创作与欣赏活动；其二，必须是理论批评活动；其三，具有一定的建构价值，而非心血来潮偶然书写的三五则“残丛小语”。

综合上述三种“诗学”定义，本书再借用两种较权威的词典的说法，偏向折中义的“诗学”定义模式（也就是说，“诗学”指的是针对诗的创作而兴起的理论探讨）。先来看《牛津文学术语词典》里对“诗学”（poetics）的界定：“诗歌或整个文学的一般原理，或者对这些原理的理论研究。作为一种理论研究，诗学关心的是诗歌或总体上的文学的区别性特征，及其语言、形式、体裁和构成模式。”②对应本书的研究对象，也就是说，诗学探讨的主要内容是关注“诗”的文体理论特征，包括诗歌语言、格律形式、体裁和结构等方面的特征。《世界诗学大辞典》的“序言”也说：“现代意义上的诗学是指有关文学本身的、在抽象层面展开的理论研究。它与文学批评不同，并不诠释具体作品的成败得失；它与文学史也不同，并不对作品进行历史评价。它所研究的是文学文本的模式和程式，以及文学意义是如何通过这些模式和程式而产生的。”③这两种说法都将“诗学”界定在对诗歌文学创作进行指导的文学理论的范围里。

综上所述，我们认为，中国古典诗学作为研究中国古代诗歌的文学理论和文学批评，应该包括以描述程式和阅读行为来说明诗歌理论的一切尝试，包括诗话、诗评、诗选、序跋等一切基于创作实践的批评形式，以及诗的品赏、鉴别、社集、争鸣等一切基于创作

---

① 钱志熙：《“诗学”一词的传统涵义、成因及其在历史上的使用情况》，载《中国诗歌研究》第1辑，中华书局2002年版。

② 转引自王敬民：《乔纳森·卡勒诗学研究》，中国海洋大学出版社2008年版，第21页。

③ 乐黛云、叶朗、倪培耕主编：《世界诗学大辞典·序》，春风文艺出版社1993年版，第4页。

实践的群体性批评行为。

因此，本书“诗学”所涉内容，是指晚明江南文士“对于诗的鉴赏、批评和研究心得”，① 换句话说，本书以晚明的“诗学评论”(我们简称为诗论或诗说)为研究中心，对晚明有关论诗的资料总清理和再评价，希望能够借此看出晚明诗学发展的若干规律。出于这个研究构想，我们研究晚明诗学的资料数量成倍增加了。由于晚明出版业相当发达，除了前人涉及的诗话、诗评、诗选、序跋之外，本书还会旁涉小品、随笔、丛杂、谐书、野史、方志、谱牒、日记等书籍，作为重要的辅证。除此以外，我们还要关注诗扇、诗卷、书画诗跋、怀人诗等传播形式，作为重要的参考，因为“我们亦可从此征见作者之行实、交游情形”。② 总之我们力求全面准确地把握资料，以便反映出晚明诗论(或诗说)的真实形态，使诗学研究朝纵深方向开拓进取。

## 第三节　国内研究现状

目前国内有关晚明江南诗学的研究专著至今阙如，可资借鉴的成果主要来自于以下两个方面。

第一方面是明代诗学演进方面的研究成果丰富。

在宏观建构方面，主要有简锦松《明代文学批评研究》(台湾学生书局 1989 年版)，李圣华《晚明诗歌研究》(人民文学出版社 1999 年版)，陈文新《明代诗学》(湖南人民出版社 2000 年版)，陈文新《明代诗学的逻辑进程与主要理论问题》(武汉大学出版社 2007 年版)，陈伯海主编、朱易安著《中国诗学史·明代卷》(厦门鹭江出版社 2002 年版)，吴志达、陈文新等主编、30 余位学者参撰《中华大典·明清文学分典》(凤凰出版社 2005 年版)等。以上著作着眼于明代诗学的整体考察。

---

① 此说法借鉴吴宏一:《清代诗学初探》，台湾学生书局 1986 年版，第 1 页。

② 吴宏一:《清代诗学初探》，台湾学生书局 1986 年版，第 7 页。

又有邓新跃《明代前中期诗学辩体理论研究》(上海古籍出版社2007年版)，刘化兵《士风与诗风的演进：明代成化至正德前期士人与诗派研究》(社会科学文献出版社2007年版)，余来明《嘉靖前期诗坛研究》(武汉大学出版社2009年版)，饶龙隼《明代隆万间文学思想转变研究》(西南师范大学出版社1995年版)，孙立《明末清初诗论研究》(广东高教出版社1999年版)，黄卓越《儒释道与明代中后期文学思想》(上海书店2000年版)、《明中后期文学思想研究》(北京大学出版社2005年版)，左东岭(《明代心学与诗学》，学苑出版社2002年版)等，侧重于从一个时段把握明代诗学思潮的演变。

又有许总《宋明理学与中国文学》(百花洲文艺出版社1999年版)，廖可斌《复古派与明代文学思潮》(杭州大学1994年博士论文，商务印书馆更名为《明代文学复古运动研究》出版)，查清华《明代格调论诗学研究》(上海师范大学博士论文)，史小军《复古与新变：明代文人心态史》(河北教育出版社2001年版)等，以上著作以点带面，就前后七子与格调派、复古思想等展开论述。

专题研究方面，则有：张德建《明代山人文学研究》(湖南出版社2005年版)，黄强《八股文与明清文学论稿》(上海古籍出版社2005年版)，查清华《明代唐诗接受史》(上海古籍出版社2006年版)，冯小禄《明代诗文论争研究》(云南人民出版社2006年版)，陈斌《明代中古诗歌批评研究》(三联书店2009年版)、陈国球《明代复古派唐诗论研究》(北京大学出版社2007年版)，杨窘《明代唐诗总集研究》(复旦大学出版社2009年版)，何宗美《文人结社与明代文学的演进》(人民出版社2011年版)等著作，侧重于对文学专门史的纵深发掘。

群体研究方面，主要有以下三个“热点”。

其一是流派研究。尽管学术界还没有为晚明江南诗学群体作整体性考察的研究者，但是对公安派、吴中派、唐宋派、东林党、云间派、嘉定派、虞山派等少数涉及江南诗学流派的探讨已经充分展开。比如范嘉晨、段慧冬《晚明公安派性灵文学思想研究》(中国社会科学出版社2009年版)，戴红贤《袁宏道与晚明性灵文学思潮研究》(武汉大学出版社 2012 年版)，李双华《吴中派与中晚明文学》(中国社会科学出版社 2012 年版)、《吴中派与中晚明诗歌》(中国社会科学出版社 2012 年版)，黄毅《明代唐宋派研究》(上海古籍出版社 2008 年版)，张永刚《东林党议与晚明文学活动》(中国社会科学出版社 2009 年版)，姚蓉《明末云间三子研究》(广东高等教育出版社 2004 年版)，黄霖《归有光与嘉定四先生研究》(上海古籍出版社 2007 年版)，刘勇刚《云间派文学研究》(中华书局 2008 年版)，黄霖主编《云间文学研究》(上海古籍出版社 2009 年版)，胡幼峰《清初虞山派诗论》(台湾"国立"编译馆 1994 年版)，赵炜《明末清初虞山诗学研究》(百花洲文艺出版社 2011 年版)等。

其二是"地域"群体研究。"地域"是近年来颇为流行的研究视角。我们陆续发现了以下一级学科研究团队，如南开大学卢盛江教授指导下的元明地域诗学研究团队、上海师范大学李时人以及南京大学张宏生等教授指导下的明代地域诗学研究团队、苏州大学罗时进教授指导下的明清地域诗学研究团队、中山大学吴承学教授指导下的明末清初地域诗学研究团队等。这些研究团队已经做出了相当可观的成绩，可以预见，这样的团队会越来越多。

其三是"文学世家"群体研究。明清之际文化世家崛起于环太湖地区，早在 20 世纪三四十年代潘光旦即已有所发现。他说："太湖的四围、长江以南，钱塘江以北，即以前苏、松、常、太、杭、嘉、湖六府一直隶州之地，整个的原是一个人才的自然区域。"①20 世纪 80 年代，中国台湾地区的赖惠敏等人探讨了晚明文学世家兴起的原因，她在《明末清初士族的形成与兴衰——若干个案的研究》一文中，重点研究了苏州申时行、太仓王锡爵等家族，认为：这些家族充分把握了 15 世纪末商品经济发展的契机，通过丝织业和商业积累，获得稳定的经济基础，然后培育子弟考中进士、获取朝廷优免徭役之特权，再来发展家族产业、培育后进，"且建立家族组织如修谱，设家庙、义田、义学等回馈家族。如此

① 参见潘光旦：《近代苏州的人才》，载《社会科学》第 1 卷第 1 期单行本，1935 年 10 月，第 2 页。

积累数代即成为地方望族，同时对外扩大婚姻范围，以便于发挥政治影响力”①。1999 年，江庆柏著有《明清苏南望族文化研究》一书；2001 年，吴仁安著有《明清江南望族与社会经济文化》一书，分析指出，由于苏南望族具有强烈的文化意识，且特别重视家族教育，藏书、读书、著述蔚然成风，硕儒辈出，显示出较高的整体文化素质。② 2004 年，南京大学蒋明宏撰写了博士论文《变迁与互动：清代苏南家族教育研究——以苏松常太为中心》一文。而苏州大学的严迪昌先生发表了一系列文章，如《文化世族与吴中文苑》、《“市隐”心态与吴中明清文化世族》、《明清新兴世族与吴文化的发展》,③ 从文化的角度解析江南士族的成因：内因如科举的刺激，外因如社会稳定、经济发达、教育昌隆等。在此基础上，梅新林、陈玉兰等学者在浙江师范大学成立了“江南文化研究中心”，出版了“江南文化世家研究丛书”，以上种种，彰显出现代学者对文化世家一贯重视的学术态度。

在文学研究领域，“世家研究”也相应呈现出这种良好的研究态势，特别是进入 21 世纪，学界对于明清江南文学世家的个案研究如火如荼地展开。以吴江叶氏为例，首先是陈书录和姜光斗两先生发掘了叶氏的文学研究价值,④ 接着又有关春燕、曲向红 2004 年撰写硕士论文，而笔者也于 2005 年提交论文《晚明吴江叶氏女性文学研究》；其后还有近十篇这样的论文相继发表。近年来，有关世家研究的三部力作出版，即蔡静平《明清之际汾湖叶氏文学世家

① 赖惠敏：《明末清初士族的形成与兴衰——若干个案的研究》，载《明清之际中国文化的转变与延续研讨会论文集》，台湾文史哲出版社 1991 年版，第 377～438 页。

② 吴仁安：《明清江南望族与社会经济文化》，上海人民出版社 2001 年版。

③ 严迪昌：《文化世族与吴中文苑》，载《文史知识》1990 年第 11 期；《“市隐”心态与吴中明清文化世族》，载《苏州大学学报》1991 年第 1 期；《明清新兴世族与吴文化的发展》，载《苏州大学学报》1992 年第 1 期。

④ 陈书录：《“德、才、色”主体意识的复苏与女性群体文学的兴盛——明代吴江叶氏女性文学研究》，载《南京师范大学学报》2001 年第 5 期。姜光斗：《〈午梦堂集〉的文学成就》，载《南通师范学院学报》2001 年第 2 期。

研究》(岳麓书社2008年版)、郝丽霞《吴江沈氏文学世家研究》(复旦大学出版社2009年版)、赵玉兰《明清湖州董氏文学世家研究》(中国社会科学出版社2011年版),显示出文学世家研究的勃勃生机。

第二方面是个案研究方面硕果累累。

围绕晚明较为著名的文学家或文学世家,近十年来个体研究开展得如火如荼。研究的兴趣点集中于王世贞、焦竑、冯梦龙、凌濛初、李日华、冯复京、许学夷、董其昌、陈继儒、高攀龙、陈子龙等人物上。简介如下:

孙学堂《崇古理念的淡退:王世贞与十六世纪文学思想》(天津古籍出版社2004年版);

郦波《王世贞文学研究》(中华书局2011年版);

郑利华《王世贞研究》(学林出版社2002年版);

魏宏远《王世贞晚年文学思想研究》(复旦大学博士论文,2008年);

刘海滨《焦竑与晚明会通思潮》(华东师范大学出版社2010年版);

黄熹《焦竑三教会通思想研究》(北京大学博士论文,2005年);

聂付生《冯梦龙研究》(学林出版社2002年版);

冯保善《凌濛初研究》(人民文学出版社2009年版);

李杰《李日华的文艺思想研究》(复旦大学博士论文,2006年);

万木春《味水轩里的闲居者》(中国美术学院出版社2008年版);

陈望南《海虞二冯研究》(中山大学出版社2011年版);

汪群红《许学夷〈诗源辩体〉研究》(复旦大学博士论文,2002年);

方锡球《许学夷诗学思想研究》(黄山书社2006年版);

马躏非《董其昌研究》(南开大学出版社2010年版);

李斌《明清文化视野中的陈眉公》(香港国际文化资讯出版公司2007年版);

周炽成《复性收摄——高攀龙思想研究》(人民出版社2007年版);

吴思增《陈子龙新诗风研究》(华东师范大学博士论文,2006年);

张亭立《陈子龙研究》(华东师范大学博士论文,2007年);

李新《陈子龙诗文创作与文学思想》(南开大学博士论文，2008年)。

此外，与晚明江南诗学有一定关联的作家或世家也进入研究视野，如吴新苗《屠隆研究》(文化艺术出版社2008年版)、章建文《吴应箕研究》(安徽大学出版社2009年版)、陈超《曹学佺研究》(吉林人民出版社2007年版)、杨连民《钱谦益诗学研究》(中国社会科学出版社2007年版)、凌郁之《苏州文化世家与清代文学》(齐鲁书社2008年版)、徐雁平《清代文学世家姻亲谱系》(凤凰出版社2010年版)、罗时进《地域·家族·文学——清代江南诗文研究》(上海古籍出版社2011年版)等。

以上研究成果，对本书的撰述均有一定的启示作用，特此鸣谢。

## 第四节　本书论旨及创新之处

**1. 考证创新：以文献为突破，以文本为例证，恢复江南诗学的本来面貌**

前文已述：晚明江南文人别集在清代禁毁殆尽，至民国才有抢救性的发掘。比如“万有文库”1710种以及“丛书集成”4100种里面，就有很多晚明文人别集。新中国成立后，党和国家特别关注文学遗产的清理与研究工作，像“公安派”、“竟陵派”作家的部分全集得以裒辑印行。直到今天，随着“四库系列”文献的完善，我们终于得以窥见晚明文人的相当一部分重要别集。①

我们一再强调，在编修《四库全书》的过程中，所销毁的书籍一半以上即晚明文人的各种诗文集、选集、总集。这其实是统治阶级的一种变态的政治报复行为。尤其是晚明江南世家文士，其集销毁者高达十之八九。江南文人“清议”风气是很浓厚的，他们对于

① 明人之诗文集，见于“四库存目”者有近十万卷，现在刊刻了其中的六万多卷，是所谓“四库全书”的两倍；见于“四库禁毁”者有十万余部，销版者八万余部，今天残存者不及十分之一，以三百册刊行。此外，在“续修四库”中也有万余卷。

“后金”一直持敌视态度(“后金”也就是后来的清朝，从万历十一年形成气候，至万历四十四年努尔哈赤称帝，史称“后金”)。面对异族的崛起，江南文学世家几乎都曾奋起“清议”、为“剿虏”忧虑而献计献策。因此，新朝将他们一律封杀。这一点，郑振铎先生早就曾一针见血地点明。他在北京图书馆藏明万历刻本焦竑《澹园集》扉页上跋曰：

> 明人集浩如烟海，“四库”失收者多矣！或出于有意，或出于无意。当时四库馆臣诋误明人无所不用其极，是自有其政治作用的。今日我等正应实事求是，为许多明代作家鸣不平也。①

据不完全统计，一部“四库全书”所保存的晚明文人别集，仅存王世贞和王樵等主要生活在万历初的作家、部分东林党魁和清朝建国后钦定的理学之士、“忠介之士”以及少数不关心政治的山人之别集总共44部，占传世约四千部诗文集的百分之一。② 除了以

① 转引自李建雄：《焦竑评传》，南京大学出版社1998年版，第316页。

② 文渊阁本《四库全书》晚明文人别集完整目录仅存此44部：王世贞《弇州续稿》、王世贞《读书后》、王樵《方麓集》、杨巍《存家诗稿》、赵完璧《海壑吟稿》、张元凯《伐檀斋集》、郭谏臣《鲲溟诗集》、沈鲤《亦玉堂稿》、温纯《温恭毅集》、归有光《震川集》、谢榛《四溟集》、海瑞《备忘集》、叶春及《石洞集》、宗臣《宗子相集》、胡直《衡庐精舍藏稿》、余翔《薜荔园诗集》、胡应麟《少室山房集》、卢柟《蠛蠓集》、于慎行《谷城山馆诗集》、孙继皋撰《宗伯集》、杨寅秋撰《临皋文集》、余继登撰《淡然轩集》、顾宪成《泾皋藏稿》、顾允成《小辨斋偶存》、高攀龙《高子遗书》、毕自严《少墟集》、冯从吾《石隐园藏稿》、曹于汴《仰节堂集》、邹元标《愿学集》、刘宗周《刘蕺山集》、娄坚《学古绪言》、李流芳《檀园集》、周顺昌《忠介烬馀集》、范景文《文忠集》、徐熥《幔亭集》、孙传庭《白谷集》、葛昕《集玉山房稿》、宋登春《宋布衣集》、卢象升《忠肃集》、倪元璐《倪文贞集》、凌义渠《凌忠介公集》、申佳允《申忠愍诗集》、魏学洢《茅檐集》、黄淳耀《陶庵全集》。另外，所谓“百分之一”者，我们是这样认为的：据陈文新老师之统计，明代较有影响的、尚未研究的诗文作家四百余人，其中绝大部分是晚明文人。我们猜想：那些有集而影响一般者，亦当有八九百之数；仅见于《千顷堂书目》者即有1300余种，实际数量至少翻两倍，因此我们推测晚明文人共有诗文别集近四千种。

上极少数作品在所谓“四库全书”中保存完好外，其余世家文人因为“清议”中含有敌视满虏的文字，因此也就或多或少地遭到封杀，几乎无一幸免。比如博学者如焦竑、顾起元、孙鑛、朱之蕃、王稺登、冯梦祯、黄汝亨、李日华、董其昌、陈继儒、朱国祯……在“四库全书”中几乎找不到其完整的作品。好在他们是文学世家，其别集为家人或者乡谊、门生后人等世世代代冒着杀头的危险留存至今——正是这些，成为本书取材的重要来源。

因此，写作本书的主要目的之一，就是从文献入手，从文本立证，充分发掘晚明江南文学世家中有代表性的诗学著作，较全面地整理出诸如焦竑、冯梦祯、张溥等20余人的诗学思想，用事实证明晚明江南文学的学术气息相当稳重浓馥，进而证明晚明江南诗学的学术价值，并不因清初极端政治而被完全禁毁、抹杀。

**2. 思路创新：以世家为对象，以地域为视阈，阐释江南诗学的辉煌成就**

以地域为视阈对文学展开研究，成为进入21世纪以来学术界的普遍动向。中国古代主要处于农耕社会的形态，由此决定了同一地域发展的相对稳定性以及不同地域发展的不平衡性。从秦汉时期的关中平原，到魏晋隋唐时期的河套平原、两湖平原，再到宋代的长江中下游平原，地域经济的不平衡发展也造成文化势力的转移。到了晚明，农村产业结构的调整以及部分地区商品经济的形成，促进了江南地区经济的高速发展，同时也扩大了江南同其他地域的经济差距，文化势力相应地从北方回归到江南。比如，江南扩建私家园林等奢靡的风气，高度发达的科举文化，以及数以百计的万卷藏书楼……就是这种差距的明证；无数文化世家代代累积的文化优势，在晚明社会阶层分化严重的江南地区凸显无遗。

江南地域的文化优势首先是科举。据不完全统计，在晚明73年的江南地区，三代以内、三人以上进士及第（即俗称“一门三进士”)的科举世家至少出现了七八十家，比全国其他地区的总和还多。① 这种科举优势决定了江南的政治优势、文化优势，文学话语权自然归于江南文士的掌控中。此外，明代以八股取士，“诗学”很大程度上作为科举余事，长期为上中层的官宦所垄断。然而到了晚明，经济的发展使得诗学阶层下移成为可能，“诗学”也相应摆脱了科举的附庸，获得了自由发展的空间，作为赋闲阶层的诗学活动，开始在江南士子群体中广泛开展；大量处于官隐之间的文士以及奔走谋生的士子纷纷结社宴集，编著诗学著作，发表诗学见解，迎来了明代诗学的高潮。

本书拟从江南地域文化的发展与文学世家发展互动的角度出发，对晚明诗学作较为全面的探讨，层层剥开纷繁的文学纱裹，最后探取核心的诗学内容。简言之，本书试图从宏观社会文化及文学世家背景入手，采用“剥茧抽丝”的方法来探求诗学发展的真相。

**3. 观念创新：以群体研究为中心，揭示晚明江南诗学的主要特征**

晚明江南七十年的诗学发展过程中，尽管没能再产生像王世贞一样有影响力的作家，但是由于诗学世家文化的累积，产生了一大批诗学理论著作，这些诗学著作大半出自江南。尽管个中原因很复杂，但是我们认为：江南诗学世家之间保持着异常亲密的“地缘、学缘、血缘”关系，形成一定的群体，提出与北方“后七子派”以及“公安派”异趣的诗学主张，体现出相当鲜明的诗学特色，是形成诗学繁荣至为关键的因素。我们至少可以概括出这样三个群体：(1)以南京为中心，以焦竑、顾起元、朱之蕃等为代表的金陵群

---

① 参见本书附录一《晚明大江以南诗学世家点将录》。该名录共选诗学世家122家，其中属于江南八府者90余家。仅名录所见一门三人进士之代表为：王世贞、宋尧武、孙鑛、顾宪成、茅坤、赵用贤、董份、陈于泰、钱谦益、沈璟、叶绍袁、文震孟、顾起元、朱国祯、王樵、项笃寿、华察、王锡爵、臧懋循、瞿景淳、徐阶、吴中行、徐应聘、陆树声、沈楠、何湛之、沈节甫、徐中懋、陈仁锡、岳元声、曹勋、钱士升32家。这个统计不及总数的一半。比如还有未录入者(像华亭潘恩等世家)尚有一二十家；横跨明清两代“一门三进士”者亦有十余家。

体；(2)以钱塘为中心，以黄汝亨、冯梦祯、李日华等为代表的浙北杭嘉湖群体；(3)以苏州为中心，以赵宧光、王穉登、王衡、陈继儒、冯时可、董其昌、张溥、陈子龙等为代表的苏松常群体。

出于"地缘、学缘、血缘"的亲密关系，我们将晚明江南诗学主体划分为此三个主要诗学群体，旨在揭示在此群体基础上形成的"尚博、崇艺、主情"的诗学特征，并展示在此共同特征之下所体现出来的健旺的诗学活力。江南诗学"尚博"的一面，使其具有海涵地负的"包容性"，无论是后七子派倡导的"齐风"还是公安竟陵倡导的"楚风"，① 江南士子皆因"尚博"而兼收并蓄，与这些外来势力相融合。② 晚明江南诗学又有"主情"、"崇艺"的一面。江南最典型的地域特色是"环水而居"，无论是秦淮的桨声灯影，还是苏州的枫桥月色、杭州的钱塘渔火，无不投射出温馨的"水乡"梦境；无论是南湖的画舫、西湖的扁舟、分湖的小舠，还是震泽的艨艟、乌镇的夜航船，无不承载着"水乡"之地域风情。古人云，"仁

① 朱丽霞：《齐气、楚风与吴习——明清之际的诗坛格局及清初诗坛走向》，载《中国古代、近代文学研究》2009年第7期。

② 兹举三点证明之：其一，江南诗学群体成员与后七子或公安竟陵派的主要成员保持非常良好的私交关系。如焦竑既与王世贞、王世懋为同僚，又是袁宏道的老师；冯梦祯既是王世贞的禅宗导师，又与公安派成员潘之恒相友善；冯时可早期与王世贞时相过从，晚年与同里董其昌等结为"中兴五子"，而董其昌又与袁中道、钟惺相契往来……这些有大量的书信往来、宴游小品、唱和诗作可以证明。其二，江南诗学群体对于新的诗学风气一般能保持通达的欢迎态度。这一点，从许多父子诗人在诗学流别嬗递中所体现的开明立场可以看出来。如卓明卿与卓发之、茅坤与茅维、赵用贤与赵琦美、董份与董斯张、王穉登与王留、王樵与王尧封、王锡爵与王衡、吴维岳与吴稼竳、丁应诏与丁元荐、顾大典与顾庆恩等十余对父子即是如此，其中父辈是拥趸后七子派的人物，都受过王世贞、汪道昆的指教或影响，而儿子又与袁中道或董其昌等公安竟陵派人物交往密切。其三，在晚明，一种新的诗风欲畅行天下，必然是在与江南诗学群体交绥之后才能做到的。王世贞笼络的各种"五子"名目的诗人大半是江南人；公安派诗学思想主要起源于吴县、长洲等地，并得到了王留(亦房)、丁元荐(长孺)、董其昌(香山)等名士之鼓动，才蔚然成为风气；而竟陵派也是在苏州张泽、无锡华淑等名士的拥戴下才发展壮大的。

者乐山”，所谓仁者，今人谓之博爱也。江南诗人主情，是这种博爱精神投射在诗学上的必然结果。博爱之人亦生唯美之心，江南文人又是极其崇尚艺术的。① 总而言之，晚明江南文士群体中流行的这种“尚博、崇艺、主情”的诗学特色，使之很容易与北方山左派、南方公安竟陵派、闽中派、岭南派区分开来。

晚明江南诗学群体成员多数是主张宗唐的，这是其“尚博、崇艺、主情”的地域特色与明代诗学宗唐复古的时代特色相结合的产物。后七子派提倡“诗必初盛唐”，而公安派则矫枉过正，唯中晚唐与宋诗是习，竟陵派又偏锋出奇，以“幽深孤峭”为宗，各标旗帜，驰骋诗坛。而江南诗学群体却没有这么鲜明的面目，也缺乏所谓“片面的深刻”；然而大体上说，他们固守宗唐复古的苑囿，如惊寒的雁阵，拍掠起秋江的涟漪；如报晓的群鸡，唱响了东南的时空。明代的诗学，以他们为绝响；清代的诗学，以他们为先鸣。在这样一个转圜的关键之处，对他们进行研究自有独特的价值。研究此整体，也就完成了从明代诗学到清代诗学的无缝连接。

① 中晚明江南文人崇艺风气经历了三个阶段，即以沈周、文徵明为首的“四大家”，为“吴派”的开创时期，以周天球、陆治、项元汴为首的、融创作与藏鉴于一体的群体，为“吴派”过渡时期，以李日华、董其昌、陈继儒为首的融会众长、独倡南宗之群体，为“吴派”集成期或曰“松江派”形成期。

# 第一章　文学江南与江南文学

在探讨晚明江南诗学之前，我们应回顾两个传统，即“诗学的江南”与“江南的诗学”的传统。在中国古代，诗是文学最重要的体裁之一，长期以来我们将诗学传统置于文学传统中考察，因此，本章将“诗学”转移到“文学”的范畴内，略作“文学江南”与“江南文学”关系的梳理。

“文学江南”与“江南文学”不仅是一个语序的问题，而且是一个外延与内涵互置的问题。“文学江南”，“文学”是外延，“江南”是内涵；而“江南文学”则恰与之相反。这两种表达方式的差异性，也就规定了其内容的差异性。我们研究“文学江南”，旨在考察存在于文学史中江南意象的发展史，主要侧重于回答“江南”何以在文学史的流程上成为一种象征并不断扩大影响的问题——换言之，也即研究江南如何成为文人普遍关注的主题、题材，并作为诗歌原型与水乡意象，逐渐形成一套具有言意功能的话语体系，用来寄托文人的乡愁或者旅思。本章探讨“文学江南”，以“江南”空间维度为主，以文学史维度为辅，通过回溯“江南”空间意象从魏晋至明清的沿革，借以证明：以“水乡意象”为中心的江南意象，集中到金陵、杭州、苏州等中心城市，成为历代文人歌咏最密集的地域，使得上述中心所辐射的周边地域成为明清“江南”诗学的主要区域，为论证江南诗学三大群体作理论铺垫。

我们研究“江南文学”，则旨在通过梳理江南文学发展史，考察以下内容：江南文人的文学话语或表达方式的特殊性何在，这种特殊性是如何与北方区别开来的？也即是说，此特殊性到底包含哪些与其他地区（主要是北方）相区别的特征元素，以至于使得“南北文学不同论”成为文学史事实的？“南北文学”不同的发展，使得江南文学经历六朝、南唐、南宋、元末明初数次高潮，又如何在晚明集中爆发出其活力的？晚明江南文士是从哪些方面集成前朝传统的？……本章探讨“江南文学”，以文学史维度为主，以“江南”空间维度为辅，通过梳理中国诗学的南北发展走向，借以证明：随着文化重心的数次南移，原来以“诗言志”为主的北方诗学逐渐渗入以“诗缘情”为主的南方诗学元素，发展到晚明江南，最终形成了以“缘情绮靡”为主流的诗学格局，为阐述江南诗学“尚博”、“崇艺”、“主情”特征作理论铺垫。

## 第一节　文学江南：水乡意象与城市中心

“文学江南”具有悠久的历史渊源，与历代形成的“江南意象”在一定程度上是一回事，我们将二者理解为一个整体和若干阶段的关系。所谓“江南意象”，主要指在历史进程中，江南文人累积的灿烂文化，并以诗的形式进行印象式描绘，或者说，是对江南一带一度繁华的山水地貌、文采风流予以阶段性的诗学重构。① “江南意象”作为充满诗意的“水乡意象”，一定程度上超越了其地理与政区空间。梅新林和陈玉兰认为，“江南空间意象之与地理、政区空间所不同者，似乎在于更具感性化、个性化、诗意化色彩，因而令人时有随心所欲、变动不居之感”②。但是，梅、陈二人同时也认

① 关于江南是一种“文化意象”或者“想象”的命题，参见以下著作：刘士林、万宇：《江南的两张面孔》，上海音乐学院出版社 2003 年版；景秀明编：《江南城市：文化记忆与审美想象》，中国社会科学出版社 2009 年版；凤媛：《江南文化与中国现代文学》，文化艺术出版社 2008 年版，第 31 页。论文参考如程章灿：《想象江南的几个维度》，载南京大学文学院《文学评论》编辑部《文学评论丛刊》第 11 卷第 1 期，南京大学出版社 2008 年版，第 17～23 页。该文认为，“江南想象”有四个维度：地理维度、时间维度、文学维度、文化维度。另载于程章灿：《纸上尘：历史的表里》，重庆出版社 2009 年版，第 124～134 页。

② 梅新林、陈玉兰：《江南文化世家研究丛书总序》，载赵红娟：《明清湖州董氏文学世家研究》，中国社会科学出版社 2011 年版，第 5 页。

为，历代集中题咏“江南”，似乎都有一个或几个城市中心，比如从南齐谢朓至清代严绳孙，笔下的“江南”集中于金陵。而白居易《忆江南》诸词，因其先后任杭州与苏州刺史，“显然以苏杭为江南之代表”。① 扬州等也曾作为“江南”的城市代表，但因为战争等原因曾一度沉寂。本节文字梳理“江南意象”的历史沿革，旨在证明：延至晚明，形成了金陵、苏州、杭州这三个主要的“江南”城市中心，进而成为“江南诗学”之三大群体的诗学活动中心。

所谓“江南意象”的阶段性，是指以时段划分，“江南意象”可以分为“六朝意象”、“唐代江南意象”、“宋代江南意象”、“明清江南意象”四部分。

**1. 六朝意象②**

东晋六朝是“江南意象”形成的关键时期。东晋帝业由“五马渡江”(即司马氏五皇子迁徙江南)而开创，南渡氏族对于“水乡”充满新奇感，因此在他们的笔下，江南总是那么水汽淋漓、娇妍明媚、春意盎然。比如南朝乐府民歌《江南》描绘的旖旎水乡，充满“江南”的闲适柔情，或经过氏族文人加工。诗云：

> 江南可采莲，莲叶何田田。鱼戏莲叶间。鱼戏莲叶东，鱼戏莲叶西，鱼戏莲叶南，鱼戏莲叶北。

南朝人骈俪的文风，以及文士以奢靡相矜赏的习气，赋予“江南”以媚艳的一面。如无名氏《西洲曲》(节选)：

> 采莲南塘秋，莲花过人头。低头弄莲子，莲子清如水。

① 梅新林、陈玉兰：《江南文化世家研究丛书总序》，载赵红娟：《明清湖州董氏文学世家研究》，中国社会科学出版社 2011 年版，第 5 页。

② “六朝意象”之术语，始见于胡应麟《诗薮内编 · 近体下 · 绝句》：“唐五言绝，初盛前多作乐府，然初唐只是陈、隋遗响。开元以后，句格方超。如……韩翃《汉宫曲》，李端《拜新月》、《闻筝曲》……皆酷得六朝意象。”上海古籍出版社 1979 年版，第 113 页。

梁武帝《采莲曲》：

游戏五湖采莲归。发花田叶芳袭衣。为君艳歌世所希。世所希，有如玉。江南弄，采莲曲。

六朝文人的“江南”想象一开始就充满了旖旎的水乡风情，而六朝氏族文人主要生活在“环水而居”的江南城市，因而最后集中到对繁华的都城“金陵”的题咏。金陵有“六朝金粉地、千古帝王都”之美誉，谢朓有不少名句即环绕金陵这座“京邑”而作。除了直接吟咏南京城为“江南佳丽地，金陵帝王州”之外，一些脍炙人口的诗句，大多是其往返于南京的江中所作，如“大江流日夜，客心悲未央”、“天际识归舟，云中辨江树”、“余霞散成绮，澄江静如练”等。沈约、何逊、阴铿等文人，也皆有诗赞美这座新兴的“京邑”人烟之阜盛、风景之昳丽。“金陵”成为第一个被普遍题咏的城市中心，成为“江南意象”的“地标”之一。

**2. 唐代江南意象**

初唐诗人的“江南”意象，呈现出出水芙蓉般的清丽气质。尤其是张若虚一首《春江花月夜》，孤篇横绝，清朗明丽，被闻一多称为“宫体诗的自赎”，由此奠定了唐代“江南水乡”的基调。唐代诗人笔下的江南，大多充盈着一种感伤或者温馨的回忆，由旅居者或天涯游子在江畔舟中所生发。列举以下诗作证明之：

王湾《江南意》(一题《次北固山下》)：

客路青山外，行舟绿水前。潮平两岸阔，风正一帆悬。海日生残夜，江春入旧年。乡书何处达，归雁洛阳边。

祖咏《江南旅情》：

楚山不可及，归路但萧条。海色晴看雨，江声夜听潮。剑留南斗近，书寄北风遥。为报空潭橘，无媒寄洛桥。

岑参《春梦》：

洞房昨夜春风起，故人尚隔湘江水。枕上片时春梦中，行尽江南数千里。

张籍《江南春》：

江南杨柳春，日暖地无尘。渡口过新雨，夜来生白蘋。晴沙鸣乳燕，芳树醉游人。向晚青山下，谁家祭水神。

白居易《忆江南》选二：

江南好，风景旧曾谙。日出江花红胜火，春来江水绿如蓝。能不忆江南？

江南忆，最忆是杭州。山寺月中寻桂子，郡亭枕上看潮头。何日再重游？

武元衡《送张侍御入京》：

江南烟雨塞鸿飞，西府文章谢掾归。相送汀州兰棹晚，菱歌一曲泪沾衣。

唐代文人的江南想象，还集中体现在中晚唐文人对六朝风流的追悼以及兴亡感慨方面；比如杜牧《江南春》绝句之一云：“千里莺啼绿映红，水村山郭酒旗风。南朝四百八十寺，多少楼台烟雨中。”这些“江南”的题咏活动，主要围绕六朝的繁华与沉沦展开；因此也就出现了以“金陵怀古”为题材的开拓。这一题材，较早由李白发扬光大，除了众所周知的名作《登金陵凤凰台》外，尚有《金陵》三首等作，其二云：

地拥金陵势，城回江水流。当时百万户，夹道起朱楼。亡国生春草，离宫没古丘。空余后湖月，波上对江州。

这种以金陵为中心的江南想象，至中唐达到顶点。司空曙、韦应物、刘禹锡等皆有金陵怀古之作，如韦应物名作《金陵怀古》：

谁谓伤心画不成，画人心逐世人情。君看六幅南朝画，老木寒云满故城。

而其中最著名者，当属刘禹锡《金陵五题》。其序云："余少为江南客，而未游秣陵。尝有遗恨，后为历阳守。跂而望之，适有客以金陵五题相示，俶尔生思，欻然有得，他日友人白乐天掉头苦吟，叹赏良久。且曰：石头诗云，潮打空城寂寞回，吾知后之诗人，不复措辞矣。"这首千古名作《石头城》全诗如下：

山围故国周遭在，潮打空城寂寞回。淮水东边旧时月，夜深还过女墙来。

唐诗在六朝民歌基础上，深化了"金陵题咏"的历史文化内涵。唐人除了以"金陵"为江南想象的中心以外，随着扬州、杭州等城市的崛起，又添加了新的城市中心，金陵、扬州、杭州成为唐诗"江南意象"最为集中的城市。唐人笔下的江南，是一场"烟花三月下扬州"之类的美丽邂逅，是一种杭州城外"乱花渐欲迷人眼"之类的花团锦簇，是一番金陵城郊"风吹柳花满店香"之类的缠绵与迷恋。大唐江南的繁华，造就了诗人温柔缠绵的水乡意象；而诗人集中于金陵、扬州、杭州等城市题咏游宴，又形成了一道道绚丽的人文风景。

**3. 宋代江南意象**

宋诗在唐诗基础上进一步开拓，其诗歌艺术所拓展的畛域，乃是由一种"外放"的世界向"内敛"的世界转变。其"江南"意象亦如此，在宋人笔下，"江南"不仅仅是一派生机盎然的山水自然景观，而且是一种文人想象中的"家园"归属之地，类同于西方人所说的

“诗意的栖居”。此类诗句的大量涌现，表明“江南”水乡意象经唐入宋之后已然升级为“家园”意象，且趋于定型。兹举三首典型宋诗说明如下：

王安石《泊船瓜洲》诗云：

京口瓜洲一水间，钟山只隔数重山。春风又绿江南岸，明月何时照我还？

苏轼《书李世南所画秋景》诗云：

野水参差落涨痕，疏林欹倒出霜根。扁舟一棹归何处，家在江南黄叶村。

黄庭坚《雨中登岳阳楼望君山》诗云：

投荒万死鬓毛斑，生入瞿塘滟预关。未到江南先一笑，岳阳楼上对君山。

在宋词的艺术世界里，文人的“江南意象”也似乎朝同样的“家园”意象发展。与宋诗一样，词人在作品中增加了文人的“家园”认同感。如以下两首词：

柳永《望海潮》词云：

东南形胜，三吴都会，钱塘自古繁华。烟柳画桥，风帘翠幕，参差十万人家。云树绕堤沙，怒涛卷霜雪，天堑无涯。市列珠玑，户盈罗绮，竞豪奢。　重湖叠巘清嘉，有三秋桂子，十里荷花。羌管弄晴，菱歌泛夜，嬉嬉钓叟莲娃。千骑拥高牙，沉醉听箫鼓，吟赏烟霞。他日图将好景，归去凤池夸。

王安石《桂枝香·金陵怀古》词云：

登临送目，正故国晚秋，天气初肃。千里澄江似练，翠峰如簇。征帆去棹残阳里，背西风，酒旗斜矗。彩舟云淡，星河鹭起，画图难足。　念往昔繁华竞逐，叹门外楼头，悲恨相续。千古凭高，对此漫嗟荣辱。六朝旧事如流水，但寒烟衰草凝碧。至今商女，时时犹唱，后庭遗曲。

即便不是江南人，江南意象所带来的"家园"母题也会引发作者的矛盾心态与焦虑情绪。如辛弃疾《水龙吟·登建康赏心亭》一词：

楚天千里清秋，水随天去秋无际。遥岑远目，献愁供恨，玉簪螺髻。落日楼头，断鸿声里，江南游子，把吴钩看了，阑干拍遍，无人会，登临意。　休说鲈鱼堪脍，尽西风，季鹰归未？求田问舍，怕应羞见，刘郎才气。可惜流年，忧愁风雨。树犹如此！倩何人，唤取红巾翠袖，揾英雄泪！

从想象空间来看，北宋文人"仕途"奔波之中或许并未亲身经历"江南"，而是借想象中的"家园"自我安慰。比如王安石止步于瓜州，而苏轼、柳永等身在河南开封。而南宋文人则是从外地迁徙至"江南"，却不甘心原在北方的"家园"沦落，借"江南意象"抒写愁怨，如辛弃疾在南京、李清照在杭州所写的"江南词"即是如此。因此，"江南意象"大大超越了实际的地理区域。

但是，从城市中心来看，两宋诗词仍然主要围绕金陵、杭州两大中心展开。"金陵"尽管仍然是宋人笔下的"江南"城市中心之一，但是其地位略有下降。宋代诸多诗词作品类似于"征帆去棹残阳里"的失意与眷念，或者是"斜阳外、寒鸦数点、流水绕孤村"之类的惆怅与清醒。诗人在仕宦途之中、宴席之上，与山光水色同暝沉，与歌儿舞女共狎昵，同时又保持着官员的清醒与矜持，其"江南"想象一如笔底的水墨画，画中总有自己身处于山水空阔的凉亭之内、芳渚之上或茅舍别墅之中，举杯谈笑，指点河山。

### 4. 明清江南意象

明清文人笔下的江南意象，反映了他们迥异于唐宋的文人心态。他们似乎承继了元代文人“枯藤老树昏鸦，小桥流水人家”的哀思，或者“为报先生归也，杏花春雨江南”的迷思，似乎是对于一种“家园文明”失落的追悼。大概是因为元明清江南文人屡屡在北方强权政治的压迫之下，不得伸展的缘故，题材以咏秋为主，风格清雅萧瑟，一如一幅幅清淡的秋景工笔画。兹举名作数首如下。

倪瓒(字云林，1301—1374)晚年所作《自题画》：

> 十月江南未陨霜，青枫欲赤碧梧黄，停桡坐对寒山晚，新雁题诗小着行。

高启《秋望》：

> 霜后芙蓉落远洲，雁行初过客登楼。荒烟平楚苍茫处，极目江南总是秋。

祝允明《秋晚由震泽松陵入嘉禾道中作》：

> 晚发西南郭，秋深雨气偏。人家低似岸，湖水大于天。日晻长如阁，风樯不用牵。辞燕还入越，才费半流年。

王世贞《忆江南》：

> 歌起处，斜日半江红。柔绿篙添梅子雨，淡黄衫耐藕丝风。家在五湖东。

屠隆《江南谣》：

> 日落晚天碧，潮来江水浑。渔灯枫叶下，不觉到柴门。

钱谦益《辛卯春尽，歌者王郎北游告别，戏题十四绝句，以当折柳。赠别之外，杂有寄托，谐谈无端，隐谜间出，览者可以一笑也》(选一)：

> 江南才子杜秋诗，垂老心情故国思。金缕歌残休怅恨，铜人泪下已多时。

明清文人笔下的“江南”城市中心除了金陵、杭州等地之外，最为显著的变化是“苏州”的崛起。以上诗作，大多数是以苏州为城市中心想象而成的。这说明“吴中”文士随着政治地位的下降、经济文化地位的上升，借“江南”想象抒发群体失落心态的情形相当普遍。他们的诗作，写春的较少，写秋的居多，点染了一抹金色的秋景。这可能与“吴中”文士在明清的历史际遇相关。“吴中”不仅是财赋重地，是思想文化最活跃的地区，也是中央集权钳制最严的区域。从明初“吴中四子”、“北郭十子”的罹难，到明中叶“江南四才子”的黜落、明末江南士子的党争之祸……“吴中”文人一直受到中央政权的压制。因此文人将“江南”作为一种与集权抗争的文化符号，其作品充满了对史上繁华的追忆以及对残酷现实的感喟。

明清人笔底的江南，是“水风杨柳作秋声”(王冕《金陵怀古》)的哀怨；是“极目江南总是秋”(高启《秋望》)的叹息；是“梨花庭院冷侵衣”(袁凯《白燕》)的站栗；是“垂虹秋色满东南”(宋米芾原句，正德三年中秋，祝允明集吴中名贤三十六人于垂虹桥追和此意赠别戴昭)的惆怅；是“兵风鹤尽华亭夜”(汤显祖《偶作》)的惶恐；是“老树春深更着花”(顾炎武《次傅山处士韵》)的倔强；是“残照西风白下门”(王士祯《秋柳》)的感伤；是“千秋哀怨浙江东”(朱彝尊《吊王义士》)的悲慨。特殊的历史境遇，甚至造成明清之际的文士在“江南意象”中生发出特殊的“人文意象”——他们以那些佯狂傲世、清高万古的荒唐举止，书写着江南“秋士”特有的行为艺术：或醉卧桃庵，或泛舟秋溪，或邀笛月夜，或泼墨青藤，或曲话吴江，或艳赏金瓶，或摩崖寒山，或禅栖灵隐，或穷游腾冲，或狎媟秦淮，或棹歌鸳湖，或逃盟吴社，或说书柳下，或填词毗陵……

“文学江南”是个开放式话题，限于学术体例的严谨性，我们只能走马观花，点到为止。由上述可见，所谓“文学江南”的历史，也就是“江南意象”在文学史上的生成发展史。在文学史的发展进程中，尽管“江南意象”所涉及的地理区域处于变动不居的状态，但并非毫无规律可循。总结此节，可大致归纳为三点：

首先，江南意象具有“水乡”情致，形成了“优美”的诗学总特征。

江南人环水而居，正如晚唐杜荀鹤以诗赠人云：“君到姑苏见，人家尽枕河。”(《送人游吴》)除了上文列举的三十余首诗词之外，类似描写江南水乡风情的历代名句不胜枚举。① 至今文章题咏江南名胜，亦多以“小桥流水人家”、“枕水人家”相称许。老子云：“上善若水，水善利万物而不争。”江南文人亦有广博的胸襟，他们与世无争，一方面以惊世的才情创造出灿烂的文艺作品，一方面又惯常于官隐相宜的生活，其诗文则以清雅为主流，从审美风格上说，形成了“优美”的美学总特征。

因此，晚明江南诗学总体上属于“优美”中的“清丽博雅”之美，与北方前后七子提倡的“雄浑壮阔”之美学特征迥然有别。

其次，从江南意象的发展变迁过程中，反映出各“中心城市”地位的升降。

查清华指出：“江南地区的城市结构，唐代以扬州为中心，宋代以杭州为中心，中晚明则以苏州为核心、杭州和南京为辅翼、周边各中小城市为圈属。”②这个论断与笔者围绕“江南意象”所展开

① 兹举数例：南朝无名氏《清溪小姑》诗云：“开门白水，侧近桥梁。小姑居处，独处无郎。”唐朝崔颢《长干行》诗云：“君家住何处？妾住在横塘。停船暂借问，或恐是同乡。”白居易谓苏州“绿浪东西南北水，红栏三百九十桥”。刘禹锡云：“春城三百七十桥，两岸朱楼夹柳条。”南宋陆游诗云：“小楼一夜听春雨，深巷明朝卖杏花。”元代虞集诗云：“为报先生归也，杏花春雨江南。”明高启诗云：“雨过春陂柳浪香，布帆归缓怕斜阳。渔人为指江城近，一塔船头看渐长。”清阮元《吴兴杂诗》云：“交流四水抱成斜，散作千溪遍万家。深处种菱浅种稻，不深不浅种荷花。”

② 查清华：《中晚明江南城市化进程与诗文的新变》，载《学术月刊》2008年第8期。

的城市中心之考察结论完全相符合。“金陵”在魏晋六朝以及唐代均为此“江南意象”的中心城市；唐代及北宋扬州、杭州等地的兴起，与“金陵”一样成为“江南意象”的中心城市。到了南宋，“扬州战役”几乎使这座城市成为废墟，到了明代亦不复往日辉煌，直到清代中后期才因盐运等行业繁兴，有所谓“扬州派”兴起。明清之际，“苏州”实际上取代了“扬州”的文化中心城市地位。所以，梅新林、陈玉兰也总结说：“(江南的意象空间)但就总体趋势观之，多聚焦于长江三角洲地带，尤其以环太湖流域的金陵苏杭为核心区域。”①

因此，本书探讨晚明江南诗学，必然以金陵、杭州、苏州这三个城市为中心展开。

再次，历代“江南意象”的内涵皆稍有不同，与其政治、社会风气、文人心态等密切相关。

历代江南意象，是在“六朝意象”基础上发展的。郭外岑等人发现，“六朝意象”侧重营造一种含蓄的、深沉的、修饰的、绮艳的情景，② 这与六朝政权更迭频繁、文人为全身避害而迎合君王喜好、形成所谓“宫体”等有关。我们认为，唐代诗人为“江南意象”铺垫了明艳、婉丽的水乡色彩，两宋文人为“江南意象”增添了“家园”想象，明清作者似乎更侧重于抒发一种对“家园文明”失落的哀悼，皆与其时代的政治背景、文化氛围、文人心态密切相关。与“江南意象”相似，晚明江南诗学的兴起，显然综合了政治黑暗、经济发达、文化昌盛、世家崛起等各种因素。

因此，本书展开“晚明江南诗学”研究，也必须结合具体的社

① 梅新林、陈玉兰：《江南文化世家研究丛书总序》，载赵红娟：《明清湖州董氏文学世家研究》，第5页。

② 郭外岑在所著《重读中国文学史：先秦至唐宋部分》第七章第三节“意象文学的出现及审美特征”中认为，所谓六朝“意象文学”，包括三个方面。第一，从情感内容的表现性质说，从“言志”转向“缘情”；第二，从其情景关系的新构方面来看，“情”“景”从相互割离转向交融汇通；第三，从其语言符号的表达方面来看，从任真自然转向技巧和藻饰。学苑出版社2008年版，第235~242页。

会时代背景，深入当时丰富而复杂的社会形态中加以考察。

## 第二节　江南文学：六朝唐宋总关情

“江南文学”虽有悠久的历史，但它形成自身的文学属性并在文学史上造成影响，却经历了漫长的发展过程。中国文学史从地域的角度而言，是南北文学相互融合的历史，然而南北文学的发展极不平衡。尽管“诗”“骚”并称，且十五国风中也有“二南”，但在文学史发展进程中，北方文学的兴起及其繁荣均早于南方文学，长期居于主导地位。自然，北方人掌握了早期的诗学话语权，先入为主地发展了“诗言志”、“诗无邪”、“温柔敦厚”、“兴观群怨”等基本的儒家诗学观念。春秋时期，尽管《史记》等著作中记载了“子游问孝”、“季札观乐”等故事，但子游(名言偃，吴国人，“孔门十哲”之一)与季札(吴国公子，又称延陵季子)的思想观念仍然是北方儒学的承传。作为南方文学的代表——江南文学——正式登上历史舞台，是从汉末东吴及西晋时代开始的。北方战乱产生了中国历史上第一次大规模的“流民”(或称“移民”)浪潮，北人迁播江南者不乏世家大族，如陈郡谢氏、琅琊王氏、清河张氏等，所谓“南渡衣冠思王导”即指此。《晋书·王导传》载：“(中原衣冠)避乱江东者十之六七。”他们与江南本土的华亭陆氏、吴县顾氏(顾荣等一支)、吴郡孙氏(孙惠等一支)、吴郡韦氏(韦昭等一支)等一道，掀起了江南文学的第一次高潮。

经过一段时期的酝酿，六朝东吴文人陆机在《文赋》中明确提出了与北方“诗言志”、“诗无邪”传统迥异的观念，他说：“诗缘情而绮靡，赋体物而浏亮。”他关注的是“缘情”(诗歌源自丰富的情思)、“绮靡”(诗歌要有丰富的想象和美饰)等诗歌的审美特征，而非始终强调“诗无邪”、“温柔敦厚”等北方诗学伦理教化特征。然而，随着西入洛阳的陆氏兄弟因谋反罪被满门诛灭，江南文学跌回低谷。

在陆氏兄弟惨遭灭门之际，吴江张翰、苏州顾荣却及时抽身而退，他们的借口是“不服水土”——北方仅有秋风黄沙之苦，何及江东莼菜鲈鱼之鲜。他们冒着坐牢的危险公然违反自曹操以来朝廷制定的“禁酒令”，终以佯狂致仕，保全性命。从此时起，江南文士开始形成其根深蒂固的“隐逸传统”。它对文学的影响也是显而易见的。百年后，南阳庾信犹以张翰、顾荣为典故，在《拟咏怀》中感喟说：“眼前一杯酒，谁论身后名！”四百年后，西蜀李白在《拟行路难》中高唱道：“且乐生前一杯酒，何须身后千载名！”

江南文学再次振作，以南朝梁代萧氏三父子为代表。梁武帝掀起了南朝拟乐府创作的高潮；昭明太子萧纲则编选了流传千古的《文选》；而萧绎则作了卓有成就的理论探索，他在《金娄子·立言》中进一步探讨了诗歌的艺术特性，从情采与音韵等方面描述当时江南文学的属性：“吟咏风谣，流连哀思者，谓之文……至如文者，惟须绮縠纷披，宫徵靡曼，唇吻遒会，情灵摇荡。”

然而这种所谓“文学的自觉”的辉煌也是短暂的。我们看到，发轫于六朝之际的江南文学，其思想受到了北方儒者的排斥；北方势力限制了江南诗学理论的深度拓展。比如，北方的颜之推从风土、伦理等角度批判“南音”。他认为，北方之音深厚古朴，南方之音浮浅鄙俗。他说：“南方水土和柔，其音清举而切诣，失在浮浅，其辞多鄙俗。北方山川深厚，其音沈浊而铫钝，得其质直，其辞多古语。”(《颜氏家训·音辞》第十八)也就是说，在颜之推等北方士人眼中，“音韵声律论”等江南时流之学，尽管“清举而切诣”，但有伤文学的本体(“其辞多鄙俗”)。颜之推的观点，说明北方传统诗教观是那个时代官方的正统观念；而他所批判的“南音”——即侧重声律等艺术特征的江南诗学——正是沿着“缘情绮靡”的审美观念进一步发展的。

在学术史上，最早明确提出江南诗学与北方诗学之差异者，似乎是《北史·艺文志》的作者李延寿。他认为：“江左宫商发越，贵于清绮；河朔词义贞刚，重乎气质。气直则理胜于词，清绮则文过其意。理胜者便于时用，文华者宜于咏歌。此则南北词人得失之大较。”①所谓“江左”，即指代江南。魏徵《隋书·文学传序》有一段大致相同的文字，但后半部分略有改动，提出了合南北文学之长建

① 《北史文苑传》卷八十三《列传》第七十一《序》。

立新文风的主张："掇彼清音，简兹累句，各去所短，合其两长，则文质彬彬，尽善尽美矣。"①这两篇史传序文，成为正式提出南北文学差异性的开山之作。从另一方面看，这似乎也在表明：江南文学在经历东晋"衣冠南渡"与南朝宋齐梁陈四代君臣的文化建设之后，上升到与北方文学平起平坐的位置，并且获得了官方的承认。崛起的江南文学与北方文学相融合，促成了唐诗的繁荣，也带来了江南诗学的又一次高潮——以"吴中四士"为代表的初盛唐江南诗人，以其清新的"吴歈"赢得了世人的喝彩；② 以张旭、贺知章等为首的"饮中八仙"，张扬着江南文士的奇情溢彩；以张若虚《春江花月夜》为首的宫体诗，终于完成了完美的自赎；《春江》一诗亦成为孤篇横绝的千古绝唱。

诗文关乎气运，"安史之乱"后，随着唐王朝国势的衰颓，北方儒教思想强势回归。中唐至北宋时期，文坛刮起了一股声势浩大的"复古"风潮，如韩愈、柳宗元、欧阳修、苏轼"古文运动"，张籍、王建、元稹、白居易"新乐府运动"等皆是。对此，后世文学史家各有解释，钱基博从"地域"因素分析，令人耳目一新。他首先转引了《唐书·韩愈传》中的原文，"愈常以为魏晋以还，为文者多相偶对，而经诰之旨，不复振起。故所为文抒意立言，自成一家。后学之士，取为师法……论者谓'文起八代之衰'"，接着下结论说，韩氏"实则唾弃南方文学，中兴北方文学耳"。③ 我们按照钱氏的观点推论，隋唐"复古运动"兴起，目的之一很可能是牵制南方形式主义文学的过度发展。自隋唐开设科举考试以来，南方文人"矜一韵之奇，争一字之巧，连篇累牍，不出月露之形，积案盈

① 《隋书》卷七十六，中华书局 1973 年版，第 1730 页。

② "吴歈"本指古之江南吴地民歌，后世亦用来代指具有江南地域特色的诗歌。参见刘廷乾《江苏明代作家研究》中的《余论：明代吴中诗歌之"吴歈"内涵》一文。据该文考证，屈原《招魂》曾记载之，春秋吴王阖闾时期流行的《吴趋》亦指此。明代吴中士子广泛使用"吴歈"或"吴趋"一词代指吴地民歌风格，亦泛指吴地诗歌风格。

③ 钱基博：《现代中国文学史·序言》，凤凰出版传媒集团、江苏文艺出版社 2008 年版。

箱，惟是风云之状。世俗以此相尚，朝廷据此擢士”(李谔上隋高祖《革文华书》)。尽管唐代增设诗赋等不同科目，但举子过分讲究对句与骈俪行文等形式技巧，伤害了文学的本质。从这个意义层面而言，复古运动起到了积极的推进作用。然而，南方文人为唐诗注入的那种清新的气息和婉丽的色泽，亦被北方儒学思想所覆盖。

江南文学在唐末两宋阶段有两次较大的发展，分别在南唐和南宋时期，形成了一定的规模，如南唐二李与冯延巳、韩熙载、徐铉、徐锴君臣等，以及南宋“中兴四大家”、“江西派”、“四灵派”、“江湖派”等。尽管他们皆取得了一定的艺术成就，但给人的印象是以文胜质，不若唐诗以及北宋诗词清朗浑成；大概是偏安江南之故，缺少北方诗学的那种刚健气息。这种情形在元末再现，出现了以顾德辉为首的“玉山雅集”群体以及以杨维桢为首的“铁崖派”。明代统一全国之后，用程朱理学和复古文学思想荡涤了这些江南文士的繁文缛习，但同时也出现了矫枉过正的倾向。如果我们站得更高一些，看得更远一些，不难发现：明代诗学的复古运动与中唐至北宋中期诗文复古运动有惊人的相似性。这种粗暴的政治干预，始终未能取得当权派所预期的“逾迈汉唐”的大一统文化气象。① 这正是中晚明北方理学禁锢解除以及复古文学风气消歇之际，江南诗学突围而出的最重要的原因之一。

那么，江南诗学“缘情绮靡”传统是怎样承传下来并贯彻到晚明诗学实践中去的？要搞清楚这个问题，必须先规范晚明江南诗学之“情”所具有的丰富的层次性。我们认为，这种绮靡之“情”包括三个层面，一是性情；一是才情；一是风情。我们从三个角度切入：其一借助“隐读”风习以窥察江南文士之性情；② 其二是借助

---

① “逾迈汉唐”之气象的提法来源于郭万金 2007 年中国社会科学院博士论文《明诗文学生态研究》。

② “隐读”的提法来自罗时进教授，他认为：“明清时代的江南……以‘隐读’为地域特色的文化型社会，为传统文化的繁荣与发展建立了一个相当广大的基地，江南……人文积累至此形成了丰富而厚重的成果，江南之独特的文化地位也由这一文化型社会的形成而得以确立，成为我国地域文化史上的一座丰碑。”《地域·家族·文学：清代江南诗文研究》，第 18 页。

“学苏”风气以窥察江南文学之才情；其三借助“吴歈”传统以窥察江南诗学之风情。

**1.“隐读”风习造就江南文人博学多识**

吴中素有隐逸传统，尤以吴江钓雪滩上的“三高祠”为象征。该祠祭祀晋张翰、唐末陆龟蒙、北宋范仲淹。张翰秋风思鲈鱼，陆龟蒙扁舟钓松陵，范仲淹江湖亦忧乐，成为江南文人一再追忆的主题。我们发现，越是处于政治与社会矛盾突出的时代，“三高祠”重修或题咏的频率就越高。① 比如王锡九认为，“(南宋文士)麇集

① 较有影响的修祠、诗词唱和活动如下：

北宋初，状元刘寅作《三高祠》诗。北宋末，苏轼有《戏书吴江三贤画像》诗。

南宋乾道三年(1167)二月，赵伯虚徙建于吴江雪滩，范成大作记；其《吴郡志》亦载；楼钥作有《读三高祠记》诗。

南宋孝宗淳熙十四年(1187)冬日，姜夔游览题咏。

南宋宁宗嘉泰三年(1203)，吴江县尉彭法在雪滩“三高祠”旁建“钓雪亭”，姜夔再游题记；卢祖皋等作词，见《贺新郎》(“挽住风前柳”)前小序：“彭传师于吴江三高堂之前作钓雪亭，盖擅渔人之窟宅，以供诗境也。赵子野约余赋之。”

南宋宝祐丁巳年(1257)，“三高祠”重修，山阴陆壑题记。

元延祐年间，吴江令亦重修之。

朱子昌元贞元年(1295)祭祀三高祠。见《全元文》卷二八九“宋子昌”条。

元泰定元年(1324)陆元吉作祠田记；稍后，张可久作散曲《客垂虹》(“三高祠下天如镜”)。

元至正壬寅(1362)年正月十五日元宵，倪镇作《谒三高祠》诗。见张丑《清河书画舫》以及王绂《书画传习录》戊集。

元末明初，高启以《三高祠》三首压卷。

明初，李昌祺、萨天锡《过吴门诗》，有“三高祠下东流续，真娘墓上风吹竹”之句。

弘治乙丑(1505)前后，唐寅作“三高祠歌”。

隆庆年间，张意《三高亭》诗：“千古三高共一亭，英标逸韵踵相仍……红尘扰扰催头白，欲继仙踪愧未能。”

隆庆年间，朱存理作《松陵王良辅远趣楼，楼旁有三高祠雪滩》诗，见《珊瑚木难》。

万历年间，蒋一葵在“三高祠”挥笔作楹联曰：“秋色满东南，看滩回钓雪，桥卧长虹，廿五年宦迹重经，大好停车爱枫晚；乡心动寥廓，忆屋绕春山，村堆黄叶，三十载归田未赋，且教借箸味莼羹。”

于东南一隅，仕途艰窘，沉沦困顿，只得放浪于山水之间，过着类似于陆龟蒙式的江湖自放的生活”，① 因此出现了“三高祠”重建与题咏的第一次高潮。元末明初，以倪瓒、张羽、高启为代表的吴中文士，不仅有祭祀题咏“三高”之举（现存高启“三高祠”组诗就是明证），而且张羽还特意为仿效“天随子”（陆龟蒙）的姜夔作传。弘（治）、正（德）年间的唐寅，作《三高祠歌》、《桃花庵歌》，佯狂避世，躲过了“宁王之乱”与刘瑾之祸。隆庆年间，以张意、朱存理为代表的江南文士亦有追和“三高”的作品。万历初，华亭张之象将梁代的顾野王补充到“三高”中，以郡守邢侗（1551—1612，字子愿，临沂人）所赠的“买山资”，在松江修建“四贤祠”。这些行为足以表明晚明苏松诗人群崇尚“隐逸”风气之盛。与吴中祭祀“天随子”陆龟蒙等相似，明代杭嘉湖以及苏松文士掀起了一股仿效“玄真子”张志和的风潮，历久而不衰。② 江南文士群起祭祀“三高”、“四贤”或“玄真子”等的行为，彰显出他们盘旋于“仕”、“隐”之间的处世哲学，久困无功或一旦功成，必思身退，绝不恋栈。据《明实录》记录初步估测，晚明江南文士以“奉孝养亲”为借口请辞者不

① 王锡九：《皮陆诗歌研究》，安徽大学出版社2004年版，第255、256页。

② 陈继儒《小窗幽记》：“买舟载书，作无名钓徒，每当草蓑月冷，铁笛双清，觉张志和、陆天随去人未远。”吴伟业《赠武林李笠翁》：“前身合是玄真子，一笠沧浪自放歌。”袁中道《游沛居录》：“（万历三十八年）陶孝若访，道及祁门有张玄真遗迹。”曹臣《舌华录》清语第九载吴人谈张志和轶事。书画方面，董其昌认为张志和开“渔隐”画的源头，他甚至说：“昔人以逸品置神品之上，历代唯张志和、卢鸿可无愧色。”见其《画禅室随笔》卷三《画源》。吴兴画派以张志和“渔隐”为题材者甚众，南宋李结有《西湖渔社图》，至元末吴镇有《洞庭渔隐图》、《秋江渔隐图》等，明初王蒙、明中叶唐寅有《花溪渔隐图》，至晚明风气大开，长洲文伯仁、陆治与嘉兴项圣谟均作同题《花溪渔隐图》。值得留意的是，这些渔隐图上有仿张志和的《渔歌子》诗词等文字，如吴镇《洞庭渔隐图》题词：“兰棹稳，草衣轻，只钓鲈鱼不钓名。”

下千人次。①

从整体上估测，受“隐读”风习的影响，晚明江南文士考取进士后做官年限远不及居家年限之长，我们将在后文中详述，此处主要对“隐读”的客观效果略作展述。晚明甚至明代最厚重的诗学专著，多产于江南“隐读”饱学之士之手，比如黄省曾、黄鲁曾、黄姬水、黄德水两代兄弟，钱谦益称“吴中前辈，沿习元末国初风尚，枕藉诗书，以噉名干谒为耻，”、“父授产千金，悉以置书，其学无所不窥”②。类似这种“隐读”的江南世家，更多的是从致仕官员中产生的。我们以万历五年(1577，是年发生“夺情案”，江南文士“隐读”者颇众)为时间点，作面上的考察：张之象《唐诗类苑》二

① 考《神宗实录》，晚明江南文人以养亲为借口致仕之风，应从高拱下台算起。如：“隆庆庚午，左春坊左庶子掌南京翰林院事余有丁以病请告；兵部右侍郎吴百朋请假省母；工部右侍郎熊汝达以父老乞休。”常熟赵用贤、武进吴中行之友江西傅应祯甚至捏造“母老乞归”疏，万历皇帝核查其“仅有一父”，将之发配至浙江定海充军。万历六年，朝臣还在上疏抱怨：“御史傅应祯，父年七十，谪戍穷边；进士邹元标，母年六十，谪遣绝域；他如员外艾穆、主事沈思孝，虽父母之存殁不可知，而亲亲之意，亦未始不思聚首于家庭而乐天伦之乐者。”可见，大江以南文士以“年老多病”或“养亲”为借口致仕，与万历皇帝展开了无止无休的拉锯战。于是，《神宗实录》中最常见的记录是：“以母老(父老、病、老)乞归，不允。”先有浙西吴百朋、王崇古等辞，不允；接着“丁丑大理寺卿陈一松、总督漕运都御史王宗沐、巡抚河南都御史梁梦龙各自陈乞罢，不允”，“戊辰南京吏部尚书王本固、礼部尚书秦鸣雷、兵部尚书王之诰、刑部尚书谢登之、都察院右都御史张瀚各自陈乞罢，俱优诏。不允”，“南京都察院右佥都御史张卤、通政使司右通政周诗、国子监祭酒林士章、鸿胪寺卿孙铤、太常寺少卿汪宗伊各自陈乞罢，不允”，“原任吏部右侍郎陆树声疏辞新命，不允”。万历皇帝到后来似乎疑忌这是江浙文士的惯用伎俩了，以致后来颇不近人情。比如会稽诸大绶因病请辞，不允，卒于任上。万历初，华亭陆树声五次上疏请辞，皆不允，致仕时已70岁。仁和张瀚、浙西吴百朋、临海王宗沐、潘晟、苏州王锡爵五六次乞休，皆不允。万历十五年后，长洲申时行、常熟赵用贤、武进吴中行、平湖陆光祖等“连章乞休”，皆“不允”。这种例子举不胜举。

② (清)钱谦益：《列朝诗集小传》，丙集“黄举人省曾”，第321页；丁集上“黄举人鲁直”，第417页。

百卷稿成；王世贞、汪道昆遭张居正排挤，里居“隐读”，后来分别著有《弇州四部续稿》二百余卷、《太函》百余卷；胡应麟万历四年中举后，自万历五年始屡试不第，长期“隐读”于太仓、武林、金陵等地，著《少室山房笔丛》等百余卷；张凤翼与焦竑同时下第，决意仕进，著有《文选纂注》十二卷；文徵明入室弟子钱谷整理晚年诗文集，题为《隐逸集》，并编有《长洲志》、《续吴都文粹》等数十卷；冯梦祯此年中会元，不久请病假南归隐读，其后著有《快雪堂集》六十四卷；章潢著成《图书编》一百二十七卷，以诗学压卷；赵用贤受杖去国，后来撰成《松石斋集》三十六卷……除了万历五年，万历十五年又发生了一次集体罢职的事件(见黄仁宇先生之名著，不赘引证)，从此拉开了万历六次“京察”的大幕，江南士子一批批遭到贬黜或罢职，不少宦情淡薄之士直接退出仕途，归隐田园、著书立说，比如丁亥(即万历十五年)“京察”，吴兴臧懋循、秀水冯梦祯、无锡顾宪成、吴江顾大典遭贬斥，分别著有《唐诗所》四十七卷、《快雪堂集》六十四卷、《泾皋藏稿》二十二卷、《清音阁集》六卷。其余京察江南文人遭贬斥者如钱塘虞淳熙，著有《虞德园集》三十三卷；常熟瞿汝稷，著有《指月录》五十卷；万历二十年会元吴江吴默遭黜，著《翰林诗法》十卷……天启年间，阉党肆掠，朝臣如刀俎上的鱼肉；崇祯年间，由于朱由检之疑忌，大臣动辄得咎，江南文士“隐读”情味尤重。以叶绍袁为例，天启五年进士，五载为官升至工部侍郎，旋以母老疏请致仕。他在自撰年谱中抒发官场解脱的心情：“(崇祯四年春)大会诸兄弟子侄……回视帝里关河之泪，迥如隔世，窅然而往，樊鸟还森，槛猿返峡。梅花屋绕，衣销客路之尘；萱草堂深，枕暖亲闱之梦……风月映户，琴书在床，一咏一觞，致足乐也。生平佳境，斯年为最。”①正是在这种环境下，晚明吴江叶氏一门唱和，不仅结撰《午梦堂集》，且从中诞生了博学多识的叶燮，后者成为明清之际最著名的诗论家之一。

---

① (明)叶绍袁原编，冀勤点校：《午梦堂集》，中华书局1998年版，第847页。

总之，江南士群祭祀"三高"，抒发了他们渴望清净、珍惜江南家园、逃避官场纷争的情绪。这种情绪，客观上酿成了江南文士"隐读"风气，进而形成了以"博学多识"、"清丽恬雅"为认同标准的诗学新格局。

**2."学苏"风气强化了江南文学的艺术情韵**

以人而论，尽管江南文学（明以前为"江南道"文学，包括吴、楚等；更远可上溯为长江流域文学）的传统源自屈原，但具有实际流播意义者（后人写"骚"者较少）为晋陶渊明、唐李白、宋苏轼。江南文人对陶、李二人的模仿，我们将在后文有关章节详述；此节仅针对北宋"苏学"以及晚明"学苏"的现象进行梳理，察看江南文学特有的艺术情韵是如何被"强化"的。

北宋末至明代前中期，程朱理学与复古文学的代表们牢牢掌控话语权，江南文学扩张的空间有限。然而，以苏轼为首的文人通过其一生的经学、艺术、文学践履，打破了程朱理学的桎梏，开辟了南方文学发展的新境，对明代江南诗学造成了深远的影响，世称"苏学"。我们注意到这样一个基本事实：作为宋代江南（西道）哲学的代表，陆象山、杨慈湖开辟了"心学"；然而象山心学与程朱理学是不可抗衡的。但是，苏轼却以其天才的艺术创造力，建立"苏学"，不仅与程朱理学（"程学"）分庭抗礼，而且形成了大江南北互融之势。明末清初冯从吾、钱谦益、黄宗羲、王士祯、翁方纲皆认为"南渡以后，程学盛于南，苏学盛于北"①。随着明代中后期"心学"有重大突破（王阳明心学得到官方认可，并与陆九渊心学形成渊源关系，世称"陆王心学"），"苏学"与"心学"融会，在江

① 冯从吾云："先是南北道绝，载籍不相通，洛闽之学惟行于南，北方之士，惟崇眉山苏轼之学。"语见黄宗羲：《元儒学案》卷一，中华书局 1986 年版。钱谦益云："眉山之学，流入金源，而后有元好问。"（《初学集》卷三九《复李叔则书》）。王士祯云："南渡以后，程学盛于南，苏学盛于北。"（《带经堂诗话》卷四）。人民文学出版社 1963 年版。翁方纲亦云："有宋南渡以后，程学行于南，苏学行于北。"《石洲诗话》卷五，人民文学出版社 1982 年版。

南畅行无碍。“苏学”在明代中期的传承者是新都杨慎。① 杨慎写有《全蜀艺文志》六十四卷，以其博学、才艺著称于世，且主张合性情为一，作《性情说》、《广性情说》，这些努力得到了江南文士的认可。

南宋、晚明江南文人对苏轼的景仰主要出于两个方面：人格魅力和才艺。早在南宋，状元王十朋(1122—1171)《苏轼诗集序》中赞叹其博学多才：“(东坡)斟酌经传，贯穿子史，下至小说、杂记、佛经、道书、诗词，方言，莫不毕究……虽天地之造化，古今之兴替，风俗之消长，与夫山川、草木、禽兽、鳞介、昆虫之属，亦皆洞其机而贯其妙。”苏文、苏诗且勿论，即使苏轼把写词作书画当做“余事”,② 其词亦能开辟出一方“豪放”境界，与辛弃疾并称“苏辛”，其书画被后人目为“宋四家”之一。正缘于此，原本以才艺相矜尚的晚明江南文士，无不视苏轼为千古知音。他们虽没有沿袭“苏学”的说法，但盛行一股“学苏”热。钱塘虞淳熙总结说，万历之际，“东坡临御。东坡者，天西奎宿也，自天堕地，分身者四：一为元美(王世贞)，身得其斗背；一为若士(汤显祖)，身得其灿眉；一为文长(徐渭)，身得其韵之风流，命之磨蝎；袁郎(宏道)晚降，得其滑稽之口”③。周群曾撰以《推尊苏轼的晚明文坛》一文作过考察,④ 我们补充一点：即便是公安派“学苏”风气，亦是受江南文士习气渐染所致，比如王世贞、焦竑等人就崇苏，王世

① 杨慎作为苏轼的老乡，又与苏轼有类似的经历(他是首辅杨廷和之子，以状元观政礼部，又因“大礼议”遭廷杖，远谪云南永昌35年)，这些激发了其对“苏学”的敬仰与仿效，他曾题诗说：“眉山学士百代豪，夜郎谪仙两争高。”

② 以诗、画为余事的例证——苏辙《东坡先生墓志铭》：“以文章余事作诗，溢而作词曲。”苏轼《跋与可墨竹》：“诗不能尽，溢而为工，变而为画。”

③ (明)虞淳熙：《袁宏道评点徐文长集序》，载《袁宏道集笺校》附录三。

④ 载周群：《袁宏道评传》，南京大学出版社1999年版，第353、354页。

贞将苏集置于枕边，而焦竑不仅校刻苏集，且为之两度作序跋。据焦竑回忆，万历初“苏长公集行世者，有洪熙御府本、江西本而已”①。但到万历天启之际，至少流行十余种刻本。② 苏轼各种诗集、文集甚至禅学小品以及笑谑之书，在晚明深受喜爱，为之刊刻者有二十余人：李贽、崔邦亮、金陵焦竑、湖州茅维、秀水项煜、钱塘钱士鳌、长洲陈仁锡、乌程闵尔容、长洲文震孟、太仓张溥、钟惺、陈梦槐、李一公(以上曾刊刻或选评《苏长公集》)、常熟赵琦美、松江徐长儒、松江唐文献、秀水冯梦祯、湖州凌濛初(以上五人皆曾刻《东坡禅喜集》)、江都王圣俞、长洲顾元庆、苏州冯梦龙、吴郡钱槚、虎林郑之会(以上五人编辑其《小品》、《艾子杂说》及《志林》、《表启》、《合作》等)。崇祯间，还曾出现托名苏轼的《大易疏解》十卷。③ 武进郑鄤打入天牢受审之际，还念念不忘作《苏东坡年谱》。可见晚明江南文士“学苏”是一种全方位的模仿与学习。

江南艺苑一直有推崇苏轼传统，从南宋、元末、晚明文士对苏轼书画作品的追捧中，我们可以感受江南所弥漫的崇艺风气。据李日华《味水轩日记》万历四十四年八月九日条载，在南宋淳祐年间，苏轼的《春帖》曾引起士林轰动，清江曾宏迪、鄱阳黎安朝、豫章胡逸驾等近十人题跋；元延祐年间，又有永康胡长孺、高邮龚璛、钱塘仇远、四明戴进、钱塘马臻、杭州孙衍、淮安汤炳龙等人题跋。苏轼的绝句《五帖》，题跋者有祝允明、文璧(即文徵明)、文彭、董其昌、陈继儒等。至于晚明文士对苏轼的其他书画作品的追捧，详见董其昌《画禅室随笔》中的32条记录(其记录次数仅次于

① (宋)苏轼：《苏轼文集》(全六册)附录焦竑《刻苏长公外集序》，中华书局1986年版，第2387页。

② 参见刘尚荣：《苏轼著作版本论丛》之《明版苏轼文集选本考述》，巴蜀书社1988年版，第132~161页。

③ “《大易疏解》十卷，宋苏轼撰。明崇祯九年刻本……题‘眉山苏轼东坡先生著，含稽钱受益谦之父定，武林顾宾觐王父阅’。此轼著不知撰于何时，王保珍《增补苏东坡年谱会证》也无记载。”见沈津：《美国哈佛大学哈佛燕京图书馆中文善本书志》，上海辞书出版社1999年版，第10页。

赵孟頫、米芾)。我们发现，江南文士“学苏”风气的几次高潮，竟然与祭祀“三高”在时间段上几乎完全重叠，也就是说，南宋淳熙、元延祐、晚明万历年间的江南文人确实形成了某种“集体无意识”的士群心态，从中似乎反映出这样一种共同倾向：江南文人“隐逸”风气浓烈，崇尚读书或者书画艺术只不过是其选择的两种大同小异的生存状态或生活形式。

**3.“吴歈”传统铺垫了江南诗学清婉情深的底色**

尽管在明代前期诗坛，北方诗学居于主导地位，但其主体却向江南文士倾斜。“茶陵派”的领袖李东阳就描述了江南诗学凭借人才优势偏胜的现象。他说：

> 文章固关气运，亦系于习尚。周、召二《南》，王、豳、曹、卫诸《风》，商、周、鲁三《颂》，皆北方之诗，汉、魏、两晋亦然。唐之盛时，称作家在选列者，大抵多秦、晋人……然则东南之以文著者，亦鲜矣。本朝定都北方，乃为一统之盛，历百有余年之久，然文章多出东南，能诗之士，莫吴、越若者，而其北固鲜其人，何哉？无亦科目不以取，郡县不以荐之故欤？①

随着江南文士队伍的壮大，他们呼吁文坛能听到江南人自己的声音，弘扬所谓“吴歈”的传统。明代中叶，苏州文苑崛起，以沈愚、王鏊、徐祯卿为首的文士正式在文坛鼓吹“吴歈”。昆山沈愚为“景泰十才子”之一，其晚年诗集便名《吴歈》。吴宽(1435—1504)、王鏊(1450—1524)在《姑苏志》中缅怀魏晋六朝乐府传统，写道：“《子夜歌》、《子夜四时歌》，晋人赋之最众……如凫鸠亦江乡水国之物，吴人每见之，形于词。其余若《江南曲》、《黄竹子

① (明)李东阳：《麓堂诗话》，载《历代诗话续编》下册，中华书局1983年版，第1377页。

歌》、《江南美》、《采莲曲》、《采菱曲》，皆乐府所定。”①他在《古今乐录中》，又引贞观间琴师赵耶利之语概括“吴歈”的特色：“吴声清婉，若长江广流，绵绵徐游，国士之风。”可见，所谓“吴歈”，也即指代具有江南水乡特色的、清新婉雅的民歌民风。

正德、嘉靖年间，武进唐顺之《东川子诗集序》亦认为，当时诗学有南北两种地域特质：“西北之音慷慨，东南之音柔婉，盖昔人所谓系水土之风气……后之言诗者，不知其出于风土之固然，而惟恐其妆缀之不工，故东南之音有厌其弱而力为慷慨；西北之音有病其急而强为柔婉。”②他认为，“吴歈”虽然有优雅的一面，但气格靡弱；“西北之音”虽然慷慨，但声气急促，唯有中和二者之长，方能达到诗学上乘。事实上，徐祯卿正是这么做的。徐昌谷（祯卿字昌谷）积极浸染北方诗风，虽变而不失其“吴歈”清亮之底色，故能与代表中州文学的何景明、代表关中文学的李梦阳鼎足而三。相关评价如下：

> 明兴，北地李献吉、信阳何仲默、姑苏徐昌谷，始力兴周、汉之文，诗自《三百篇》而下，则主初唐。厥后诸公继起，气昌而才雄，徒众而力倍，古道遂以大兴，可谓盛矣。③
>
> 自明献吉仲默，以至于鲜，乃能以其北之完气而修辞。而吾吴昌谷，亦稍裁其南之藻辞而立骨，庶几彬彬质文君子矣。④

---

① （明）吴宽、王鏊：《正德姑苏志》，载《天一阁藏明代方志选刊续编》第11~14册，转引自刘廷乾：《江苏明代作家研究》，东南大学出版社2010年版，第454页。

② 见（明）唐顺之：《荆川先生文集》卷十，四部丛刊本，转引自武汉大学中文系古代文学理论研究室编：《历代诗话词话选》，武汉大学出版社1984年版，第419页。

③ （明）屠隆：《由拳集》卷二三“文论”，载《明代论著丛刊》第三辑，伟文图书出版社1977年版，第1174页。

④ （明）王世贞：《弇州山人四部续稿》卷四一《郧垩集序》，文海出版社影印万历刊本1970年版，第45页。

徐昌谷大不及李，高不及何，而华倩朗清润，骨相嵚崎，自能独尊吴体。①

昌谷则少学六朝，及见北地，忽焉一变。精锐无多，能偏师取胜。遂成鼎足。其诗不专学太白，而仿佛近之……三雄真鼎足哉！②

徐祯卿独特的地域艺术风格，引来了嘉靖诸子的关注，著名作家杨慎在诗话中表达了对“吴歈”（一作“吴趋”）的兴趣。他说：

吴趋：趋非平声——《庄子》有“不任其声而趋举其诗焉”，崔注云：“不任其声，惫也；趋举其诗，无音曲也。”刘会孟（辰翁）曰：“趋者，情惬而词迫也。”与《吴趋》之“趋”当，音七注切。③

徐祯卿的努力，得到了前后七子集团的一致认可。王世懋《艺圃撷余》认为，徐祯卿以“吴歈”偏胜，具有江南诗学特有的情韵：“徐（祯卿）以高韵胜，有蝉蜕轩举之风；高（叔嗣）以深情胜，有深闺愁妇之态。更千百年，李何有时兴废，二君必无绝响。”④著名作家郑善夫与徐祯卿交好，在旅居江南之际感慨道：“立罢西风秋无寐，吴歈袅袅感人情。”（《秋夜》）王世贞起初瞧不起徐祯卿的盟友

① （清）沈德潜：《说诗晬语》第二二条，载郭绍虞主编，叶燮、薛雪、沈德潜著：《原诗　一瓢诗话　说诗晬语》，人民文学出版社1979年版，第239页。

② 见小山石房《明人诗品》卷一之三一条援引杜荫棠《辑录》语。

③ 杨慎撰，王大厚笺证：《升庵诗话新笺证》卷一，中华书局2008年版，第34页。

④ 对于苏州徐昌谷、高叔嗣以情韵偏胜，是明清两代学人的共识。永瑢等撰《四库全书总目提要》卷一百七十二所载《苏门集》提要云：“王世贞亦谓李何尚有废兴，徐高必无绝响。是当北地盛行之日，而深识之士俱已信其必传。迄今绎诵遗篇，其冲淡清腴，实有不可名言之妙……世贞、世懋谈诗颇有异同，而品（昌谷）叔嗣，则两相符契。盖论至当则无以易也。”

文徵明之诗，起因是文氏固守“吴歈”苑囿。李日华《六研斋二笔》卷一云：“文衡老诗清婾婉约，弇州、历下诸公每以吴歈目之。”然而隆庆年间，文徵明忌辰，其子文彭请王世贞作传，王氏又高度肯定了文徵明的文艺成就，说明王世贞自身也在向“吴歈”传统回归。

# 第二章 晚明江南诗学的生成背景

徐林博士认为，晚明是"政治、经济、文化都发生了很大变化的时代，特别是商品经济的勃兴、社会对传统儒学的偏离，使整个社会呈现出不同于前代的新现象，这些在江南表现尤为突出。所有这些对士人群体的心态、价值观念、社会交往行为等产生了极大的影响"①。的确如此，晚明政治、经济、科举、书籍出版行业以及家庭教育等都呈现出与明代前中期不同的面貌，构成了江南诗学的生成背景，促成了晚明诗学的繁荣。本章分五节展开。第一节：晚明政治环境不断恶化，使得大多数江南文士对于仕途失去了信心；第二节：江南经济发生质变，拓宽了读书人的治生途径；第三节：晚明江南科举达到极盛，充实了文学的人才队伍；第四节：江南书院教育、藏书楼以及书坊的兴盛，创造了灿烂辉煌的江南文化，推进了晚明文学的全面发展；第五节：因江南文化"层累"效应，晚明文学世家大面积兴起。同一地域的诸多文学世家以其"家学"渊源积累诗学经验，形成诗学思想，从此种意义上说，"文学世家"成为晚明诗学的主体力量。

## 第一节 政治环境的恶化

在晚明钩心斗角的政坛上，南方士人与北方朝廷的关系异乎常态的紧张，几乎呈南北拮抗之势，这种紧张状态造成南方(尤其是江南)士人心态发生变化，"隐宦"成为众多江南文士的共同选择，

---

① 徐林：《明代中晚期江南士人社会交往研究》论文摘要，2004年东北师范大学博士论文。

为地域性、群体性诗学活动提供了充分的“人力资源”。

为了详细说明晚明政治局势不断恶化之情状，不烦列述如下。晚明万历初，首辅张居正大权独揽，强化中央集权，削弱地方势力。作为留都的南京，进一步沦为闲置官员的聚居地。万历二年，以许谷、陈芹为代表的致仕官员以及以朱孟震、王世懋为代表的金陵闲置官员结成“青溪诗社”。他们耽于诗酒文会，已初步表现出南京地方官员与中央政权处于一定程度的游离状态。万历四年，王世贞与张居正关系恶化，致仕退隐太仓，筑“弇园”，著述自娱。不久，作为首辅同年的汪道昆也被当做“当道芝兰”赶出政坛。①万历七年，张居正“夺情”(即守孝期间代理政事)案发，上书弹劾者，即翰林院的两个七品言官吴中行和赵用贤，这两个人恰恰都是后七子集团的重要诗人。万历八年重阳节，太仓王锡爵之女焘贞(法号昙阳大仙)“奉命羽化”。王锡爵举行了隆重的“白日飞升”典礼，王世贞、王世懋、管志道、赵用贤、瞿汝稷、屠隆、沈懋学、张厚得、张安定等与十万苏州市民前去观瞻礼拜，说明在野的王锡爵利用民间信仰形成势力，对张居正等施加压力。次年六月，台谏论劾王世贞、王锡爵因昙阳事“诪张为幻”，物论汹汹，牵连沈懋学、王世懋。万历十年，张居正死，万历皇帝欲有所作为，但是遭到以申时行等为代表的朝臣掣肘，此后干脆二十余年不上朝，也拒不“立储”。万历十二年，屠隆因俞显卿诬告而被削籍罢官。明制规定：外官三年考绩，京官六年京察；由吏部、都察院负责考核，皇帝按考核成绩决定其奖惩、升降甚至去留。万历六次京察，皆成为打击江南文士的“最佳时机”。万历十五年丁亥京察，顾宪成、冯梦祯被黜；万历二十三年乙未京察，在万历皇帝授意下，江南官员互相弹劾，吕胤昌、虞淳熙、郭正域、顾宪成、赵南星、高攀龙、钱一本等相继遭到罢黜；此后五十年间因为政治案件频发(“立储案”、“楚王案”、“妖书案”、“梃击案”、“红丸案”、“移

① 张居正：“二三子以言乱政，实朝廷纲纪所系，所谓芝兰当路，不得不锄者。知我罪我，其在是乎?”载《张太岳集》卷二五《答汪司马南溟》，上海古籍出版社1984年影印本。

宫案”……)。每一次政局的动荡与纷乱，都牵扯到士大夫的争斗与纠缠，相继又出现各种“京察”：万历二十七年(1599)己亥京察，焦竑、汤显祖被夺职；万历三十三年(1605)乙巳京察，沈鲤与沈一贯互斗，两大集团成员纷纷致仕，六部仅剩山阴朱赓一人；万历三十九年(1611)辛亥京察，汤宾尹遭罢黜；万历四十五年(1617)丁巳京察，齐、楚、浙党联合，尽黜东林，李三才、叶向高等被迫致仕……天启年间；魏阉肆意横行，东林六君子、七君子皆死于酷刑；崇祯朝十余年间首辅先后更换五十次，刚愎多疑的崇祯，甚至用“抓阄”的办法决定南方士子入阁或担任御史、给事中。崇祯不仅对南人多疑，而且残暴，在案情不明的情况下，将东林党成员郑鄤(常州府武进人)凌迟处死，让京城市民分食其肉……种种讹变，无不造成南方士子惊怖万状。

除了北方集权政治与江南士人关系紧张之外，“党争”迭起也是造成江南士人神经紧绷的重要原因。关于晚明“党争”之祸，谢国祯先生等每举启祯年间浙、楚、宣党与东林党争之史实以说明。我们认为，晚明“党争”之酷烈，最突出表现为江南文士手足相残，发展到兄弟父子甥舅等水火不容的地步。相对而言，“萧墙”之祸对于“江南”文人心态造成的影响更甚，形成的危害也更大。

早在隆万之际，少数文学世家成员因政治纷争，而开始自相戕害。比如徐陟弹劾徐阶即是一例。《万历野获编》云：“华亭之弟，为南京工部右侍郎陟，以浮沉卿寺，不得大用，痛恨其兄，至于讦阴事。登之白简，华亭罢相。故用先忌日，以苴麻迎之道左。”(卷三《三相同气》)徐陟不仅利用“家丑”给予徐阶致命一击，令其罢相，而且在其归乡的当天，还披麻戴孝迎接其兄，实在是阴鸷之极。

到万历中后期，这种“煮豆燃萁”的祸乱有扩大化趋势。比如万历二十三年大计，京朝官力杜请谒；这时，“文选员外郎吕胤昌，(孙)鑨甥也，首斥之。考功郎中赵南星亦自斥其姻。一时公论所不予者贬黜殆尽，大学士赵志皋弟预焉。由是执政皆不悦。王锡爵方以首辅还朝，欲有所庇。比至而察疏已上，庇者在黜中，亦不能无憾。会言官以拾遗论劾稽勋员外郎虞淳熙、职方郎中杨于廷、主事袁黄。(孙)𫓧议谪黄，留淳熙、于廷……帝以(孙)𫓧不引罪，夺其俸，贬南星三官。淳熙等俱勒罢”①。孙𫓧、赵南星、赵志皋等为了证实自己的“清白”，首先拿其外甥、亲家、胞弟开刀，无不令江南士人齿冷。这场“大弹劾”打击面甚广，像吕胤昌、虞淳熙等人纷纷被迫退出仕途。

到了启祯年间，随着复社与浙楚宣党等的“党争”趋于白热化，父子兄弟舅甥手足相残的例子所在多是，以至顾炎武感叹道：“《三国志》言‘冀州俗，父子异部，更相毁誉’，今之江浙之间多有此风。一入门户，父子兄弟各树党援，两不相下。万历以后，三数见之。”②比如常熟徐复祚兄弟相讼。③ 最典型的例子，莫过于“郑鄤事件”以及“薛国观事件”。

“郑鄤事件”如下：崇祯初，“文震孟以讲《春秋》称旨，命入阁，体仁不能沮……庶吉士郑鄤与震孟同建言，相友善也，其从母舅大学士吴宗达谢政归。体仁劾鄤假乩仙判词，逼父振先杖母，言出(吴)宗达。帝震怒，下鄤狱。其后体仁已去，而帝怒鄤甚，不俟左证，磔死”④。可以说，给郑鄤致命一击者，并非出于权相温体仁的排斥，而恰恰是其亲舅吴宗达“杖母奸妹”的诬告。

而“薛国观事件”如下：周延儒为了排挤温体仁，借重礼部主事、嘉兴吴昌时行贿之事，一举除掉了温之党羽薛国观。《明史》载：“国观出都，重车累累，侦事者复以闻。而东厂所遣伺国观邸者，值(王)陛彦至，执之，得其招摇通贿状。词所连及，永淳、奕琛暨通政使李梦辰、刑部主事朱永佑等十一人。命下陛彦诏狱穷

① (清)张廷玉等：《明史·列传·孙𫓧传》，中华书局1974年版，第5894~5895页。

② (清)顾炎武著，张京华校释：《日知录校释》卷十七“父子异部”条，岳麓书社2011年版，第594页。

③ 据徐复祚《家儿私语》：1609年秋，其六弟徐鼎祚讼胞兄昌祚弑姑，昌祚入狱，狱中自刎。复祚怒责鼎祚“以人弟而杀兄”，并大书攻讦鼎祚，“刻送通邑”，导致其精神失常而死。赵诒深等辑：《丙子丛编》，昆山出版社1936年版，第3~8页。

④ 张廷玉等：《明史·列传·温体仁传》，第7934页。

治。顷之，恺再疏，尽发国观纳贿诸事，永淳、奕琛与焉。国观连疏力辨，诋恺受(吴)昌时指使，帝不纳。至十月，陛彦狱未成，帝以行贿有据，即命弃市，而遣使逮国观。”①吴昌时以肉喂虎，让其外甥王陛彦与薛国观陪葬，使其落了个暴尸街头的下场。与其说王陛彦惨死于暴君崇祯之手，毋宁说是被吴昌时亲手所杀。事后，吴昌时“丧义灭亲”的行为，颇令江南士子所不齿。

晚明朝野之间，确实形成了“方枘圆凿”的格局；晚明“党争”，确实达到了“亲痛仇快”的地步。在如此紧张的朝野关系中，南方士人走向两个极端。一方面是伪道学的风靡，如黄安耿定向等人即其中的代表。在伪道学充斥的官场，官员纷纷效仿嘉善袁黄作“功过格”，用所谓“道德”来麻痹神经；或者如金坛洪应明作《菜根谭》，以一种清苦自虐的生活态度示人，以逃避口舌纷争。另一方面，更多的文人士子选择了“逃官”的道路，如汤显祖、袁宏道等人。这里面也有两种人：其一种，是贪图感官之欲，花天酒地，穷奢极侈，他们没有留下什么厚重的著作，但在当时却是声名显赫的“名士”。如张凤翼，穿绯衣过闹市，无日不至妓院、酒馆、赌场，公开卖文卖诗卖字；王穉登身染梅毒瞎了一只眼睛，晚年还风流成性，与秦淮名妓马湘兰结有生死之约。王一鸣罢官后，每日醇酒妇人，以至于酒后乱性脱阳而死。像这样的例子，《列朝诗集小传》中开列了一长串名单：陶望龄、顾大典、李蓘、屠隆、梁辰鱼、潘之恒、董其昌等，不胜枚举。在这个交相传阅《金瓶梅》、以“雪夜读禁书”(金圣叹语)为美谈的时代，文人耽于声色之娱是较突出的社会现象。另一种是“逃官”归来的文士，不是追求肉体的“欲仙欲死”，而是追求精神的“名山事业”，他们较普遍地走上了著述自娱的道路。其生平文字动辄以千万计，其名号无不以影射“退”意：如王世贞号弇园、王世懋号淡圃、焦竑号澹园、顾起元号遯园、吴国伦号北园、黄辉号慎轩、陶望龄号歇庵、龙膺号灖园、胡震亨号遯叟、黄淳耀号陶庵、钟惺号退谷……因此，我们说，正是有如此多的士子选择弃政治而尊文学的道路，从而推进了晚明诗学极度繁

① 张廷玉：《明史·列传·王应熊等传》，第8676页。

盛的局面出现。

晚明朝野关系紧张，促使江南诗人“隐官”传统得到了最大限度的发挥；隐逸的官员致力于文学，亦致力于第二代、第三代家族文士的培养，不仅形成了诸多的“世家”，也通过姻娅师友等关系，结成了一定的地域群体。我们从江南三个较大区域(金陵、杭嘉湖、苏松常)察看其地域群体代表者的立身出处，从他们仕隐情况的对比中，可以发现其隐居的时间远多于为官的时间，分别举例如下：

(1)金陵诗学群体：焦竑从万历十七年(1589)中状元踏上仕途，万历二十七年辞职归隐，居家著述二十年。顾起元万历二十六年(1598)会元，通籍三十年，在朝为官仅仅五载。朱之蕃为万历二十三年(1595)状元，为官仅十载，万历三十三年出使朝鲜归来，以母丧不复出，居家二十年。

(2)杭嘉湖诗学群体：嘉兴秀水冯梦祯万历五年即举进士，其仕途两次中断，实际为官不到五年：万历七年因“夺情”告病免官，为官仅一年。万历二十一年拔擢，三年后升任南国子监，罢免，隐居杭州西溪长达十余年。公安派成员之一湖州长兴进士丁元荐，通籍四十年，前后服官不满一载。钱塘虞淳熙万历十一年举进士，万历二十三年京察因孙铌受牵连罢职，居家近三十年。嘉兴李日华于万历二十年(1592)举进士，曾在九江推官、华阴县令等基层考察八年，万历二十三年致仕，崇祯朝短暂复出为太仆卿，居家前后三十余年。

(3)苏松常诗学群体：太仓王锡爵嘉靖四十一年(1562)举进士，在晚明曾任首辅五年、阁部二年，其余三十五年罢职在家。其子王衡为万历十六年会元、万历二十九年榜眼，才名显赫，然而仅为官一年，便借奉使江南之机，辞官归里，不复出仕。吴江派曲盟主沈璟万历初会试高中第三名，此后十年皆任闲职，万历十四年晋升给事中，又因谏言“立储”遭到贬谪，居家近三十年。华亭董其昌万历十七年中二甲第一名进士，历仕四朝，其间屡次告假，赋闲居家二十余年。

要而言之，晚明政治环境全面恶化，使得大多数江南文士对仕途失去了信心。他们抱着“功成身退”的想法，将毕生大半的精力转移到诗文词曲、书画古玩中来，怡情悦性，悠游度日，成为晚明精英文化以及江南文学的积极倡导者。

## 第二节　江南经济的质变

晚明江南经济从农村产业结构转型开始，迅速进入商品化时期。商品经济的出现，冲击了传统的行业观念，金陵、杭州、苏州等地的士子不再为了朝廷的薪俸而远仕他乡，纷纷选择“隐官”或“隐于市井”的生活，靠艺文治生，促进了晚明文学的繁荣昌盛。

晚明江南经济的商品化，主要体现在两个方面：其一，农村产业出现“弃稻袭桑、棉”的结构转型；其二，城镇工商业蓬勃发展。

晚明农业经济转型，首先得力于万历初(1581)张居正“一条鞭法”的贯彻。其主要内容有：赋役一并征缴、田赋计亩征银、用雇佣劳役代替力役等。这些法令，对江南农村产生了革命性的影响。“一条鞭法”通过以土地核算税项、以银两交付的政策，解放了农村生产力。首先，农民有了更大的自主性，不用缴纳“实物地租”，也不必在农忙时应付水利等徭役，只需按亩缴纳税银。其次，形成了农村经济的商品化，农民更加倾向于种植商品价值较高的农作物。① 其表征是：江南农村产业出现“弃稻袭桑、棉”的结构转型，也就是种植业从粮食等维生作物(substitutence crops)向经济作物(cash crops)的转变。②

---

① 日本学者滨岛敦俊、小山正明等皆认为，随着改革的推进，晚明乡绅的土地所有的发展，导致了由于副业商品生产和地缘共同体的形成而产生的佃户自主化。参见[日]滨岛敦俊：《明代江南农村社会的研究》，东京大学出版会1982年版。

② 本书所述晚明江南农民皆“弃稻袭桑棉”的观点，可以参见卜正民的表述。他认为，“在江南商业化程度较高的地区，纺织品生产者到市场购买更为基本的生活必需品，主要是他们不再种植的稻米。他们的需求强大到足以吸引大米沿长江流域而下，形成永久性连接中部内陆地区米农与江南消费者之间的远距离贸易。”[加]卜正民著，方骏等译：《纵欲的困惑》，三联书店2004年版，第126页。

嘉兴桐乡学者张履祥见证了这一转变过程。他描述说，其家乡农民因为“蚕桑利厚”，“东而嘉善、平湖，海盐，西而归安、乌程”均弃稻植桑，① 说明江南农业结构转型具有普遍性。万历《嘉定县志》亦记载：“邑之民业，首藉棉布，纺织之勤，比户相属，家之租庸、服食、器用、交际、养生送死之费，胥从此出……嘉定斥卤而硗，故俗啬而民纤，独以土宜木棉，民间机杼之声相闻也。”②崇祯《太仓州志》也说：“州地宜稻者亦十之六七，皆弃稻袭花。”③秀水朱国祯《涌幢小品》中也说：“地产木棉花甚少，而纺之为纱，织之力布，家户习为恒产。往往商贾从旁郡贩棉花，列肆吾土。”④也就是说，即使秀水一地多不产棉，农民也从邻县购得棉花，兼营纺织业。正是因为江南各地弃稻袭桑、棉，才使得晚明江南蚕丝及丝绸、棉花及棉布贸易遍及全国，一如万历年间张守望《梧浔杂佩》中所说，当时的江南，已然“棉布衣被天下”。⑤ 北方学者于慎行《谷山笔尘》中记载了江南丝织业的普及及其对于士人的影响：

> 吴人以织作为业，即士大夫家多以纺绩求利；其俗勤吝好殖，故以富庶。⑥

在江南城镇，多层次的、活跃的市场已经形成，海内外对于这

---

① 张履祥：《杨园先生全集》卷 50，台湾中国文献出版社 1968 年影印本，第 1~2 页。

② （明）韩浚、张应武等：万历《嘉定县志》卷 6“物产”，台湾学生书局 1987 年版，第 476、479 页。后文县志皆为此版本。

③ 崇祯《太仓州志》，卷 15，第 31 页。

④ 注：今本《涌幢小品》无此条，见于《笔记小说大观》本。另：各地志转引此条，如光绪二年刊本《海盐县志》卷 8，第 9 页；同治十三年刊本《湖州府志》卷 29，第 5~6 页；《南浔志》卷 33，第 4 页；民国《吴县志》卷 51 引康熙《长洲县志》等。

⑤ 本段文字，参见刘石吉：《明清江南市镇研究》，中国社会出版社 1987 年版，第 8~18 页。

⑥ （明）于慎行：《谷山笔尘》卷四，中华书局 1984 年版，第 39 页。

里生产的生丝、丝绸、棉纱等商品的需求日益增长，刺激了这些地区的经济繁荣。苏州冯梦龙《醒世恒言》第十八回《施润泽滩阙遇友》记载其家乡苏州一个叫“盛泽”的乡镇丝织业盛况，他写道：

> 话说这苏州府吴江县离城七十里，有个乡镇，地名盛泽，镇上居民稠广，土俗淳朴，俱以蚕桑为业。男女勤谨，络纬机杼之声，通宵彻夜。那市上两岸绸缎丝牙行，约有千百余家，远近村坊织成绸缎匹，俱到此上市。四方商贾来收买的，蜂攒蚁集，挨挤不开，路途无伫足之隙。乃出产锦绣之乡，积聚绫罗之地！①

根据王毓铨等编《中国经济通史》第十章“明代市镇经济的发展”所记载，晚明盛泽、震泽、濮院、王江泾、王店、乌青、长安、临平、双林、菱湖、乌镇、南浔等市镇，相距多在二三十里，皆因丝织业的繁盛而发展起来。而棉布生产发达的市镇，有新泾、枫泾、朱泾、鹤王市、朱家角、安亭、魏塘、硖石等。② 如朱家角镇，“在五十保，商贾凑集，贸易花布，京省标客往来不绝，今为巨镇”。③ 这些新兴丝、棉强镇星罗棋布，构成晚明江南市镇群落。而城镇化的汇聚与集中，又带来了城市化步骤的加速，于是出现了如樊树志所描绘的景象：“江南的丝绸业市镇、棉布业市镇，个个都是万商云集的繁忙景象，大量商品和货币在这里集聚，造就了工商各业及服务行业的普遍繁荣，出现了江南市镇的黄金时代。这一地区的经济中心——苏州，称为全国最为奢华的城市。”④

根据许苏民的统计，晚明江南地区的城镇建设在全国处于领先

---

① (明)冯梦龙：《醒世恒言》第十八回《施润泽滩阙遇友》，载《三言》(下)，文化艺术出版社2002年版，第1379页。

② 王毓铨主编：《中国经济通史》(下)，经济日报出版社2007年版，“丝绸市镇”见第667页，“棉布市镇”见第688页。

③ 崇祯《松江府志》卷三。

④ 樊树志：《江南市镇：传统的变革》，复旦大学出版社2005年版，第27页。

地位。正德年间嘉定县只有七镇，万历时增至十八镇；弘治时吴江县只有三市四镇，万历时增至十市七镇；江南常熟、上海、宝山等县，人口数千的小镇也增至一二十个。① 隶属江南松江府的上海县，因晚明江南商品经济的发展，突然成了各地商贾纷至沓来的地方。据陆楫《蒹葭堂杂著摘抄》载：上海“谚号小苏州，游贾之仰给于邑中者，无虑数十万人”。城镇规模的扩张，甚至产生了一些新兴县，如松江府别置青浦县，首任县令即文学家屠隆，他自诩“仙令”，接待来自江南各地慕名而来的文士。

古语云，“风起于青萍之末”。由于农村产业结构的调整而带动的工商业发展链条高速旋转，其结果是导致江南城镇化、城市化规模的扩大与人口的膨胀。根据葛剑雄、范金民等人的估测，单从人口规模来看，苏州当时人口已经超过两百万，而北京才一百多万。而其他江南城市如南京、杭州、无锡等人口也超过了五十万，连松江嘉定亦有三十万。② 其结果可以预料：晚明大量文人也融入到城市商业社会中，“大隐隐于市”。在苏州，张献翼、王穉登、冯梦龙等著名文人皆以卖文为治生方式；在嘉兴，项元汴、李日华等文人兼营字画、古玩等艺术商品；在杭州，冯梦祯、黄汝亨等替人作序传之文等赚取润笔；在金陵，黄居中、唐湜、臧懋循等经营书坊，其刻书遍行天下。

管子云：“仓廪实而知礼仪。”孟子云：“民之为道也，有恒产者有恒心。”古来圣贤将这个道理看得很通透。江南经济的质变，拓宽了江南读书人的治生途径，使其有余力来从事文学创作；同时也为其读书创作提供了物质保障。正是在此厚实的经济条件下，晚

① 许苏民：《顾炎武评传》，南京大学出版社2006年版，第4~5页。

② 关于城市人口规模问题，争议较大。葛剑雄《中国移民史》第五卷认为明初南京城人口为100万，迁都后稍减。万历年间，北京人口才超过百万，见吕坤《去伪斋集》卷一《摘陈边计民艰疏》。范金民引《明史·地理志》认为，苏州1578年达到600755户，共2011985人。另据嘉靖《嘉定县志·户口》为“二十九万”。

明江南出现了几十部卷帙浩繁的文学丛书,① 也出现了上百计的万卷藏书楼，为江南诗学的繁盛奠定了坚实的基础。

## 第三节　江南科举的发展

随着江南经济的发展，其科举至晚明达到极盛，不仅为朝廷提供了大量进士、举人等人才，而且积蓄了十分庞大的“诸生”队伍，为晚明诗学发展提供了人才保障。

晚明江南科举兴盛，可以参见两个层面：其一是举人，其二是进士。前者由乡试产生，后者在会试及殿试中产生。晚明江南举子“乡试”，以金陵“江南贡院”中举情况略作说明。当时，安徽、江苏举子乡试，皆集中于金陵“江南贡院”。“江南贡院”在夫子庙附近，是一个大考场，明末有考试号舍近两万间，被称为“天下第一考场”。每逢三年一次的“大比之年”，近两万考生均汇集于此参加考试。苏州唐寅等在此考中第一名(解元)；淮安吴承恩在此名落孙山；宣城沈懋学等在这里中举，最后高中状元；复社社员杨廷枢、张溥、吴伟业、陈子龙、吴昌时于崇祯三年在此同时中举……江南举子的命运，从这里开始被改写。可惜现有的科举史的多数研究止于进士，而且当时全国士子的乡试考场并不固定(不少江南诸生远至京城顺天府参加乡试)，我们很难从文献上取证江南举人的录用情况，只好一笔带过。

由于资料量较大，晚明江南八府的进士数量，也留待笔者以后统计。在此只统计会元、状元。那么，晚明江南到底产生了多少会试和殿试的第一名呢？参见下表，可一目了然。

① 仅以台湾艺文印书馆1964—1970年所刊《百部丛书集成》统计，晚明江南文人所刻丛书即有以下十余种：王文禄的《百陵学山》、顾元庆《阳山顾氏文房》、陆楫《古今说海》、周履靖的《夷门广牍》、陈继儒的《宝颜斋秘笈》、周子文《子汇》、胡震亨《秘册汇函》、沈节甫《记录汇编》、钟人杰《唐宋丛书》、毛晋《津逮秘书》、《诗词杂俎》。

| 年份 | 会元 | 籍贯 | 状元 | 籍贯 |
|---|---|---|---|---|
| 万历二年 | 孙鑛 | 浙江余姚 | 孙继皋 | 无锡（常州府） |
| 万历五年 | 冯梦祯 | 秀水（嘉兴府） | 沈懋学 | 安徽宣城 |
| 万历八年 | 萧良有 | 湖广汉阳 | 张懋修 | 湖广荆州 |
| 万历十一年 | 李廷机 | 晋江 | 朱国祚 | 秀水（嘉兴府） |
| 万历十四年 | 袁宗道 | 湖广公安 | 唐文献 | 华亭（松江府） |
| 万历十七年 | 陶望龄 | 会稽 | 焦竑 | 上元（应天府） |
| 万历二十年 | 吴默 | 海宁（杭州府） | 翁正春 | 浙江金华 |
| 万历二十三年 | 汤宾尹 | 安徽宣城 | 朱之蕃 | 南直卫（应天府） |
| 二十六年 | 顾起元 | 江宁（应天府） | 赵秉忠 | 山东青州 |
| 二十九年 | 许獬 | 福建同安 | 张以诚 | 华亭（松江府） |
| 三十二年 | 杨守勤 | 浙江慈城 | 杨守勤 | 浙江慈城 |
| 三十五年 | 施凤来 | 平湖（杭州府） | 黄士俊 | 广东顺德 |
| 三十八年 | 韩敬 | 归安（湖州府） | 韩敬 | 归安（湖州府） |
| 四十一年 | 周延儒 | 宜兴（常州府） | 周延儒 | 宜兴（常州府） |
| 四十四年 | 舞弊 |  | 钱士昇 | 嘉善（嘉兴府） |
| 四十七年 | 庄际昌 | 晋江 | 陈子壮 | 广东南海 |
| 天启二年 | 刘必达 | 湖广竟陵 | 文震孟 | 长洲（苏州府） |
| 天启五年 | 华其芳 | 无锡（常州府） | 余煌 | 会稽 |
| 崇祯元年 | 曹勳 | 嘉善（嘉兴府） | 刘若宰 | 安徽怀宁 |
| 崇祯四年 | 吴伟业 | 太仓（苏州府） | 陈于泰 | 宜兴（常州府） |
| 崇祯七年 | 李青 | 金坛（镇江府） | 刘理顺 | 河南杞县 |
| 崇祯十年 | 吴贞启 | 宜兴（常州府） | 刘同升 | 江西吉安 |
| 崇祯十三年 | 杨琼芳 | 句容（应天府） | 魏藻德 | 北京通州 |
| 崇祯十六年 | 陈名夏 | 溧阳（镇江府） | 杨廷鉴 | 武进（常州府） |

在晚明73年的科举会试、殿试中，共有会元23人、状元24人，从抡元者的籍贯来看，其中江浙30余人次，本书所谓“江南”八府25人次(见括弧注)，超过了半数，这样平均算来，每三年一届的大考中，大致有一名会元或状元。明前中期叶盛曾说：“礼部会试，三甲之魁与高等，多出苏、松、应天。”①到了晚明，常州府、嘉兴府、应天府成为状元或会元之乡。常州府有7人、应天府和嘉兴府各有4人，苏州与松江、镇江、湖州、杭州各2人。我们虽然暂且无法提供一组更为庞大的江南进士数据，但是，此表已足以说明晚明江南科举发达程度。

然而，我们的眼光不能只放在金字塔的顶端；我们尤其需要关注一大批基层文人的生存状态。与少数靠科举成名的举人、进士相比，江南还产生了一批数量更加庞大的生员队伍，时人称这个庞大群体为“诸生”。在晚明，百分之九十以上的“诸生”飞蛾扑火一般涌进乡试考场，而后铩羽而归。兹以归有光的话为证：

> 吴为人才渊薮，文字之盛甲于天下。其人耻为他业，自髫龀以上皆能诵习。举子应主司之试，居庠校中，有白首不自已者。江以南其俗尽然。每岁大比，棘闱之外林立。京兆裁以解额，隽者百三十五人耳。故虽方州大邑，恒不能三四数。②

按照归有光的估计，像苏州等江南“方州大邑”，诸生中举的概率竟然不到0.3%，可见录取率之低。那么，诸生总人数有多少呢？顾炎武蠡测说：“合天下之生员，县以三百计，不下五十万人。”③这个总数颇为惊人。那么江南诸生总数几何？笔者根据陈宝

① (明)叶盛：《水东日记》卷8《兴学勤教》，中华书局1980年版。

② (明)归有光：《震川先生集》卷九《送王汝康会试序》，上海古籍出版社2007年版。

③ (清)顾炎武：《顾亭林诗文集》文集卷一《生员论上》，中华书局1959年版，第21页。

良的描述，推测江南生员常年的数量维持在十万左右。①

一方面是随着江南经济文化的飞速发展，诸生队伍的急骤增加；另一方面是明代全国各省平均分配名额以及朝廷承纳士人的能力有限，录取比例急骤下降。根据郭培贵的统计②，从宣德年开始，明代举人拘额(限制名额)初录，再裁以解额(按规定破额追加录取数)；万历、崇祯年间每科举人录取总数为1200人左右。笔者根据天一阁藏《明代科举录选刊乡试录》第十函目录，得知万历元年癸酉科应天府乡试录124人；万历四年录114人；万历七年录115人，万历十年录116人……人均数与浙江、湖广、福建、广东等地相差不多。③ 如果按115人算，加上苏南、浙北等地诸生三四十人，也就是说，江南八府举人每科录取数为160人左右，仅占全国录取总数的7.3%。如果除以诸生总数100000，也可以得出江南诸生的录取率约为0.16%。

科举失衡的局面，对于文人心态及其立身处世等造成了深远的影响。晚明江南文人进身科举之阶梯过于狭隘(录取率不到千分之二)，造成屡试不第的士子大量增加，国家人才的大量浪费，同时也耗尽了国家优秀人才的大半生精力。比如，号称“明文第一”的昆山归有光，六次乡试才中举，八上春官才考中进士，偃蹇科场长达42年。他在《与潘之实书》中无比沉痛地写道：“科举之学，驱

---

① (明)叶向高：《苍霞草》卷5《三校录序》云：三吴一地，“弟子生员以数万计”。江苏广陵古籍刻印社1994年版，第489页。陈宝良认为，这里面不包括南直隶，南直隶生员远不止这个数。他又引徐学聚《国朝典汇》卷128《礼部》26《科目》条说，江西落选的举子“几四万人”。陈宝良又据朱国祯《涌幢小品》卷11之“雍政”条以及宋应星《野议》、顾炎武《生员论》蠡测，每县生员数超过300名，而三吴一地郡县百余，南直隶范围则更大，故笔者可知晚明江南生员数维持在十万左右。参见陈宝良：《明代儒学生员与地方社会》中国社会科学出版社2005年版，第167~216页。

② 郭培贵的论文题为“《明史·选举志》与明代选举制度考论”，2008年全国百篇优秀博士论文。另参见其文《明代各直省乡试录取额数沿革表》，载《明史选举志考论》，中华书局2006年版，第395~399页。

③ 《天一阁藏明代科举录选刊乡试录》(48函共276册)，宁波出版社2010年版。

一世于利禄之中，而成一番人材世道，其敝已极。士方没首濡溺于其间，无复知有人生当为之事，缠绵萦系，不可脱解，以至老死而不悟。”①再如，上元焦竑自幼颖悟，有神童之目，16岁即考中秀才；但他20余年四次参加会试皆落榜，等考上状元时已是年近半百之人。南京朱之蕃与之经历类似，都属于大器晚成的一类。正是这个缘故，造成了人才的大量浪费，黄宗羲在《明文案序》中总结说：“三百年人士之精神，专注于场屋之业，割其余以为古文，其不能尽如前代之盛者，无足怪也。”②

但是必须看到，即使是像归有光、焦竑等文士，也已经是万里挑一的凤毛麟角了，还有千分之九百九十八的考生连举人都没有考上；这种人才的浪费，更加令人扼腕叹息。由于上升通道过于狭窄，一大批士子积滞在社会底层。为了治生，他们不得不从事各种职业，清初汪琬(1624—1690)这样描述道：

> 吾郡故多洁修、好古、独行之君子……率皆遗荣弗试，或以诗文，或以字画，或杂出医卜，卓然有名于时。其遗风余韵，至今犹传述乡士大夫之口。③

这批诸生或靠卖文、卖字画成为“山人”(如苏州、松江府的王穉登、陈继儒、赵宧光等)，以致“近来山人半天下”(沈德符《万历野获编》卷二三“山人”条)；或者老来捐一个贡生，去县衙当个胥吏(如田艺蘅、顾庆恩、冯梦龙、凌濛初等)；或者加入各地督军之幕府，沉沦下僚(如徐渭、沈明臣、陈第、沈自征等)；或者担任私塾先生，为地方教育继续作贡献(如陈继儒、朱鹭、陆时雍、张履祥、卓人月等)；或者转而经商，经营图书等行业(如王文禄、

① (明)归有光：《震川先生集》卷7，上海古籍出版社1981年版，第149页。

② (清)黄宗羲：《明文案序》(上)，见续修四库全书本《南雷文定》前集卷1，第257页。

③ (清)汪琬：《尧峰文钞》卷15，《金孝章墓志铭》，载《四部丛刊初编》集部第277册，第5页。

周履靖、莫是龙、茅一相等)；或者成为民间的医生，悬壶济世(如方以智、吴昆、傅山、沈谦等)；或成为市井占卜者(如华亭袁休之等)——唯一值得庆幸的是，恰恰在这一大群人之中，总有一批对诗学有较高的领悟能力之学者，不甘心就此了却残生，撰写了一些较为厚重的诗学之作。

要而言之，本节可概括为以下两点：其一，晚明江南士子以其科举上的绝对优势，奠定了其在晚明文学中的主体地位。其二，正是科举制度对于江南举子名额的限制，造成了晚明诗学主体由仕宦阶层向社会下层转移，出现了上、中、下各个阶层呈金字塔状的分布。这种"下移"，充实了晚明诗学队伍，构成了诗学层级的丰富性，对晚明诗学面貌产生了至关重要的影响。

## 第四节　江南书院、书楼、书坊的兴盛

江南科举兴盛，根源于其地域的先进文化，兹从三个方面鸟瞰晚明江南文化之盛况。其一是地方书院的兴起；其二是私人藏书业的兴盛；其三是私人书坊业的迭兴。这三个方面均与江南文学的繁荣密切相关。

首先是书院成为科举教育的主要阵地之一，在江南大面积兴起。邓洪波说："准确地说，明代书院的辉煌局面，是王、湛及其后学在正德、嘉靖、隆庆、万历年间(1506—1619)，历时百年，以联讲会、立书院的形式营造出来的。这个时期，创建兴复书院1108所，占全明已知建复年代的书院总数的72.37%。"①嘉靖、隆庆、万历年间，江南著名的书院有：金陵崇正书院、新泉书院，丹阳练湖书院，溧阳金渊书院，常熟虞溪书院、虞山书院(即文学书院)，江阴延陵书院，嘉禾天心书院，嘉兴的仁文书院，常州道南书院，荆溪明道书院，毗陵经正堂，无锡二泉书院、龙城书院、东林书院、崇正书院，丹徒清风书院，金坛龙山书院，苏州金乡书

① 邓洪波：《中国书院史》第五章《书院的繁荣与辉煌》，上海东方出版中心2004年版，第303页。

院，嘉定明德书院，武林阳明书院、西湖书院、虎林书院，湖州安定书院，松江九峰书院等。①

书院教育引领着江南科举的潮流。前文已阐明：江南诸生中举之几率不足千分之二。广大生员在庞大的队伍中脱颖而出，必须有良好的教育环境才能完成学业。一般说来，生员完成学业的途径大致有三：自学、进各州县“学宫”学习、进“书院”(包括“精舍”)学习。晚明学子骛趋于书院的“学习模式”渐成风气。这是因为：首先，自学模式单一枯燥，古今但凡读书超过十年的学子都不难体会。其次，明代各州县均设有学宫，但至晚明时，大多颓败甚至荒废，不堪生员肄业。相比而言，江南少数发达地区的书院更有其资源优势。比如南京，有由耿定向建立的崇正书院、由许庆典建立的文昌书院、由邹元标建立的首善书院等，无论是师资还是办学环境，都是全国一流的，成为当地生员首选的读书场所。典型的例证是：焦竑屡试不第，但进入耿定向所办的崇正书院学习，命运发生了转折。他因成绩优秀，被诸生奉为“学长”，最终一举考取状元。②“焦状元”在当时被奉为世之楷模、学之典型。所以，尽管万历初，以张居正为首的中央集权两次立法拆禁全国书院，但晚明江南书院仍然浴火而生，如溧阳的嘉义书院、无锡的东林书院等。后者尤为著名，其主倡者顾宪成(1550—1612)、高攀龙(1562—1626)设有严格的讲会条约，每月九至十一日设讲堂，延请刚刚从朝廷致仕的“名师”开讲，“当是时，士大夫抱道忤时者，率退处林野，闻风响附，学舍至不能容”③。四库馆臣说，“明人以讲学为

① 参见邓洪波：《中国书院史》；柳诒徵：《江苏书院志初稿》，江苏教育出版社据1931年江苏国学图书馆第1刊第4期本影印，1995年；赵所生、薛正兴主编：《中国历代书院志》，江苏教育出版社1995年版；徐雁平：《清代东南书院与学术及文学》，安徽教育出版社2007年版。

② 见万斯同：《明史》第八册卷二八八《焦竑传》。

③ (清)张廷玉《明史》卷231《顾宪成传》，中华书局1974年版，第6032页。

至荣，故视为第一大事”①。因此，在社会风俗及人心向背等因素的推进下，晚明书院讲学风气十分浓烈。

自南宋始，书院一直承担研究学问、教学传道、藏书、刻书、祭祀学派祖师、经营田产“六大事业”，书院藏书与刻书事业一度相当发达。明代书院建毁无常，藏刻之业被冷落，此际私人藏书楼兴盛起来，成为江南先进文化的代表，这种“小环境”也是其他地区望尘莫及的。梁启超《近代学风之地理的分布》说：

> 明清之交，江浙学者以藏书相夸尚。其在江南，则常熟毛氏之汲古阁为称首，且精择校刻以公于世。继之者，常熟之绛云楼、述古堂、昆山徐氏之传是楼……山阴祁氏澹生堂以藏书之富闻于晚明……咸蓄珍本，事雠校，自此校书刻书之风盛于江左。②

翻开明代文人的学术笔记，诸如沈德符《万历野获编》、朱国祯《涌幢小品》等的相关条目记载，一座座藏书超过两万册的江南名楼浮现在我们眼前：太仓王世贞小酉馆、江阴李鄂翀得月楼、常熟孙楼博雅堂、常熟赵琦美脉望馆、秀水项元汴万卷楼、秀水沈德符居草堂、仁和高濂妙赏楼、金陵焦竑澹园、虞山毛晋汲古阁、虞山钱谦益绛云楼、余姚黄宗羲续抄堂……其藏书数量惊人。补充一提的是，有些江南藏书家并不富有，但一生勤奋，抄书不辍。如吴县钱谷家贫，无力购书，至文徵明家抄书数千卷，昼夜寒暑不息，文氏为之感动，题其书室为“悬磬室”（即一无所有之意），其子钱允治继承父业，终成藏书大家。

其实，江南藏书家的兴起并不完全是一种经济现象，更是一种精神现象。近年来，晚明江南藏书家现象引发了中国大陆、香港、

---

① 《四库全书总目提要》（以下简称《提要》）卷五六《史部》十二诏令奏议类存目《梦虹奏议》二卷。

② 梁启超：《近代学风之地理的分布》，载《清华大学学报》1924 年第 1 期。

台湾地区学界的浓厚兴趣，出现了一批近作。江南藏书家与其地域文学思想的促进作用，也得到了一定程度的发掘。①

为了直观说明江南藏书家在全国的地位，我们根据范凤书《中国私家藏书史》之《明代收藏万卷书以上藏书家简表》，② 将晚明部分抽出（按：从江阴李诩、李鄂翀开始计算，李氏父子只取其子鄂翀，下同；凡卒年在1573年以后者皆不取；朱姓宗室不取），分江南以外与江南两个部分列表，对举如下：

表一 **江南以外藏书家**

| 藏书家 | 籍贯 | 藏书家 | 籍贯 | 藏书家 | 籍贯 |
|---|---|---|---|---|---|
| 范钦 | 浙江鄞县 | 赵应震 | 陕西虞施 | 赵振极 | 山东曹州 |
| 李淑 | 湖广天门 | 季孟莲 | 庐州无为 | 王廷柏 | 山东曹县 |
| 丁自申 | 福建晋江 | 王光经 | 温州永嘉 | 张端 | 山东掖县 |
| 穆文熙 | 山东东明 | 郭良翰 | 福建莆田 | 韩霖 | 山西绛县 |
| 方大治 | 安徽歙县 | 曾选 | 湖广荆州 | 范士楫 | 河北定兴 |
| 童佩 | 浙江龙游 | 胡世及 | 安徽泾县 | 方瑾 | 福建侯官 |
| 李言恭 | 江西盱眙 | 张一韶 | 浙江浦江 | 王逢圣 | 浙江黄岩 |
| 何东序 | 山西临猗 | 王维翰 | 山东曹县 | 刘昌祚 | 河北清苑 |
| 陈第 | 福建连江 | 赵崡 | 陕西周至 | 沈廷燧 | 湖广临湘 |
| 雷士桢 | 陕西关中 | 徐介寿 | 金华兰溪 | 韩广业 | 山西上虞 |
| 陈于陛 | 四川南充 | 张元英 | 山东历城 | 黄楼 | 金华兰溪 |
| 于慎行 | 山东东阿 | 卢纯 | 山西莒县 | 陶世征 | 山西绛县 |
| 李永 | 安徽芜湖 | 何汝尹 | 安徽萧县 | 王琪 | 甘肃静宁 |
| 龚仲庆 | 湖广公安 | 谢肇淛 | 福建长乐 | 江之鳌 | 湖广黄冈 |

① 参见台湾中国文化大学陈冠至博士论文《明代的江南藏书——五府藏书家的活动与藏书生活》，2005年。

② 范凤书：《中国私家藏书史》，大象出版社2001年版，第175~187页。

续表

| 藏书家 | 籍贯 | 藏书家 | 籍贯 | 藏书家 | 籍贯 |
|---|---|---|---|---|---|
| 胡应麟 | 金华兰溪 | 朱家民 | 云南曲靖 | 孙承泽 | 北京大兴 |
| 吴昆 | 安徽歙县 | 徐𤊹 | 福建闽县 | 白抱一 | 河北南和 |
| 李宗延 | 河南汝南 | 张民表 | 河南中牟 | 陈宏绪 | 江西新建 |
| 张萱 | 广东博罗 | 谢兆申 | 福建侯官 | 张自烈 | 江西宜春 |
| 王纪 | 山东芮城 | 曹学佺 | 福建侯官 | 张岱 | 浙江山阴 |
| 祁承㸁 | 浙江山阴 | 耿华国 | 河南襄城 | 张缙彦 | 河南新乡 |
| 黄居中 | 福建晋江 | 林铭凡 | 福建莆田 | 陈朝辅 | 浙江鄞县 |
| 陆瑞家 | 金华兰溪 | 卢世㴶 | 山东涞水 | 陆宝 | 浙江鄞县 |
| 张应征 | 山西临猗 | 王钭山 | 金华长山 | 吴之器 | 浙江义乌 |
| 李埈 | 浙江鄞县 | 傅国 | 山东临朐 | | |

表二　**江南藏书家**

| 藏书家 | 籍贯 | 藏书家 | 籍贯 | 藏书家 | 籍贯 |
|---|---|---|---|---|---|
| 李鄂翀 | 常州江阴 | 徐光启 | 松江上海 | 冯复京 | 苏州常熟 |
| 钱允治 | 苏州吴县 | 沈懋孝 | 嘉兴平湖 | 许自昌 | 苏州长洲 |
| 王文禄 | 嘉兴海盐 | 沈维镜 | 嘉兴平湖 | 沈弘正 | 松江嘉定 |
| 严澍 | 嘉兴桐乡 | 姚翼 | 湖州归安 | 陈仁锡 | 苏州长洲 |
| 茅坤 | 湖州归安 | 焦竑 | 应天上元 | 吴继志 | 杭州钱塘 |
| 孙楼 | 苏州常熟 | 吴自新 | 应天上江 | 钱谦益 | 苏州常熟 |
| 项笃寿 | 嘉兴秀水 | 董其昌 | 松江华亭 | 杨彝 | 苏州常熟 |
| 何镗 | 苏州常熟 | 赵宧光 | 苏州吴县 | 汪砢玉 | 嘉兴府 |
| 王世贞 | 苏州太仓 | 吴正志 | 常州宜兴 | 方希文 | 杭州淳安 |
| 王世懋 | 苏州太仓 | 施大经 | 松江上海 | 葛锡藩 | 江苏昆山 |
| 沈启源 | 嘉兴秀水 | 顾天埈 | 苏州昆山 | 毛晋 | 苏州常熟 |
| 顾承光 | 镇江江都 | 江惟清 | 常州武进 | 卢象升 | 常州宜兴 |

续表

| 藏书家 | 籍贯 | 藏书家 | 籍贯 | 藏书家 | 籍贯 |
|---|---|---|---|---|---|
| 周子仪 | 常州无锡 | 沈师昌 | 杭州嘉善 | 高承埏 | 嘉兴府 |
| 高濂 | 杭州仁和 | 吴德聚 | 杭州钱塘 | 丁玺 | 应天江浦 |
| 王圻 | 松江上海 | 吴中秀 | 松江华亭 | 吴缯 | 苏州吴江 |
| 赵用贤 | 苏州常熟 | 胡震亨 | 嘉兴海盐 | 陈无功 | 嘉兴槜李 |
| 赵琦美 | 苏州常熟 | 卓尔康 | 杭州仁和 | 沈嗣选 | 嘉兴秀水 |

以上两表122家中，江浙藏书家共68人，属于江南的藏书家共54人，江南八府在全国约三百个州府中，比例是2.7%；但是，其超过万卷的藏书家在全国的比重却高达44%。范凤书还统计了有据可查的藏书家，明代总共是869人，而且主要集中在东南。历代藏书家最多的十个县市是：苏州268人、杭州198人、常熟146人、湖州94人、绍兴93人、宁波88人、福州77人、嘉兴75人、海宁67人、南京60人；从人员身份构成上看，文士占56.5%，官员占30.5%，其他占13%。这充分说明，江南文人是藏书的主体。① 基于上表统计，我们完全可以得出结论说，晚明“全国藏书半江南”。晚明江南诗学研究者近半数从这些藏书家中产生；即便他们中许多人不是藏书家，也深受藏书风气之影响，崇尚博学精研。江南藏书风气，成为晚明诗学的“酵母”，正酝酿着一次伟大的诗学复兴。

以上书院、藏书文化构成了江南诗学发展的社会文化基础。晚明书坊的迭兴，则为江南诗学的发展提供了出版平台。

江南藏书大家往往与刻书行业紧密相连。众所周知，私人藏书是一种零利润甚至高负债的行为，比如太仓王世贞曾以一座山庄换

① 范凤书：《中国私家藏书概述》，载《天一阁论丛》，1996年版，第259~282页。

取一部宋刻《两汉书》。而且，藏书风险系数极大，其主要风险是火灾和战乱。著名“前七子”诗人边贡，其万卷楼即遭此不测，“一夕毁于火”。边贡“仰天大哭曰：‘嗟乎，甚于丧我也！’病遂笃，卒年五十七”（见钱谦益《列朝诗集小传》丁集上《边尚书传》）。至晚明，图书遭火灾者十之二三。海盐王文禄、王沂阳藏书楼均遭遇火灾。万历二十五年，山阴祁家藏书因火灾几乎片纸不留，祁承㸁曾痛心地写道：“比束发就婚，即内子奁中物，悉以供市书之值。”也就是说，连其内人的陪嫁一并用来买书，突遭此火，其内心之痛楚可知。宁波天一阁，正是鉴于火灾而取《易·乾坤凿度》“天一生水”之意而命名。至于战乱，其破坏力更为惊人。清初黄宗羲《天一阁藏书记》云：“近来书籍之厄，不必兵火，无力者既不能聚，聚者亦以无力而散，故所以空虚。屈指大江以南，以藏书名者不过三四家。”晚明江南上百家藏书楼，到清初只剩下三四家，战争几乎使晚明江南藏书楼遭受毁灭性的打击。世家楼毁书佚，至清代康乾之际才再现辉煌。无论藏书楼的存亡臧否，无数藏书家为其事业耗尽了几代人的财力，是不可否认的历史事实。为了进一步经营藏书事业，不少藏书家选择“以书养书”的策略，也就是以已有图书作为参考，进行私家刻书经营。任继愈先生指出：

> 研究中国藏书史和中国出版印刷史，会发现一个普遍的现象，也可称之为规律，即无论从时代、地域、系统和人物哪一角度分析，藏书和刻书的联系都相当密切，有时互为因果，有时又融为一体……（刻书）需要有底本，除一部分自上而下由国子监或中央内府颁行外，大部分来自系统内部的藏书和著述，而民间私家藏书是各系统刻书的雄厚基础，也是取之不尽的源泉。从代表人物来分析，中国出版史上颇有影响的私人刻书家，几乎都是著名藏书家。①

① 任继愈主编：《中国藏书楼》，辽宁人民出版社2001年版，第150、151页。

程千帆先生在《校雠广义》中，在分析晚明私人刻书家兼著名藏书家的“代表人物”时举例说：“万历以后，雕版事业呈现出更加繁荣的景象。这一时期的著名刻书家吴勉学、陈仁锡、胡文焕、毛晋等相继出现。特别是毛晋的汲古阁在中国刻书史上占有突出地位。”①

明代的私人书坊以金陵最为发达，而刻本以苏州最为精善。据张秀民先生指出，明代南京书坊多达90余家，为全国之首。② 程千帆指出：“万历崇祯间歙县刻工多移居南京、苏州一带。这说明除南京外，明中期以后苏州地区刻书之盛。但是人们更重视苏州地区的家刻本。《书林清话》卷五《明人刻书之精品》所列，大部分出自苏州地区，如吴郡沈辨之野竹斋……叶德辉甚至认为这些出版家‘皆刻书有根据，不啻为宋椠作千万化身者也’。”③仍以苏州为例，今人徐良雄指出：“（中晚明苏州）藏书家兼刻书家的大有人在，最著名的如陆元大、黄省曾、黄鲁曾、王世贞、顾元庆等不胜枚举。名气最大要数毛晋，其一生藏书8万多卷，刻书600多种，刻版片10万9千多块，所刻字数在3000万字以上……为传播文化、保存文化作出了巨大贡献。”④

晚明藏书家以其丰富的学识、严谨的编辑、精美的板印，成为刻书行业的主导。据叶德辉《书林清话》卷五“明人刻书之精品”一节、毛春翔《古书版本常谈》一书，以及瞿冕良《中国古籍版刻辞典》考察，明代中期以后江南至少有八十余家著名的私人刻书作坊，⑤ 占当时

① 程千帆：《校雠广义》，载《程千帆全集》第一卷，河北教育出版社2000年版，第122页。

② 张秀民：《明代南京的印书》，载《文物》1980年第11期。

③ 程千帆：《校雠广义》，第127页。

④ 徐良雄主编：《中国藏书文化研究》，宁波出版社2003年版，第383页。

⑤ 叶德辉《书林清话》列有书堂17、书屋5、馆5、斋15、山房3、草堂2、数书林6、铺3、其他22。

第三代成员，因为政治科举等原因，固然没有达到其先人的官爵高度，但是以其丰赡的学识、充沛的才情，在晚明江南文坛发挥了重要作用，扮演了重要角色。比如王锡爵之子王衡，臧继芳之子臧懋循，董份之孙董嗣成、董斯张，吴维岳之子吴稼竳，钱顺时之孙钱谦益，沈璟之侄儿沈自晋、侄女沈宜修、侄婿叶绍袁，以及叶绍袁之子叶燮等。正因为如此，我们将上述由一代人奠基、数代人诗书传家逐代丰富的现象概括为"层累效应"。

江南文学世家之间因世家交谊，故而容易结成文学社群、形成文学流派。晚明清初之际，江南文学世家之间为了科举、文学主导权等利益而结成流派或文学团体，成为最近学界研究的热点。比如云间"几社"、"嘉定派"、"虞山派"、"娄东派"以及金陵"青溪社"、杭州"西湖八社"以及苏州"拂水社"等，基本上因为争夺"文柄"而缔结。这些文学社群、文学流派，往往以"文学世家"成员为核心成员。吴熊和先生认为："明代诗派众多，如长沙、北地、信阳、历下、琅琊、公安、稽山、竟陵，每以地望为名。清代论词派者，承继了这种作风。云间词派、柳洲词派、西泠词派、阳羡词派、梁溪词派以及此后的常州词派，就都以地名相称。这些词派在明清之际先后形成，与当地的地域人文背景、家族文化背景有着十分密切的关系。"①的确，在这些诗词流派之中，文学世家往往会成为流派的中流砥柱。比如在明代，琅琊二王、公安三袁、云间六子等，皆是诗坛主盟者。至于清代词坛，则柳州有曹氏与钱氏，西泠有陆、沈、陈、虞诸氏，阳羡有陈、史、任、徐诸氏，梁溪有顾、高诸氏，常州有张、蒋、庄诸氏，皆是其中最著名的文学世家，金一平、陈水云、严迪昌、孙克强、张宏生等学者对此梳理已多，可资证明。②

① 吴熊和：《吴熊和词学论集》，杭州大学出版社 1999 年版，第 435 页。

② 可参见以下著作，如金一平：《柳州词派研究》，同济大学出版社 2002 年版；陈水云：《清代词学发展史论》，学苑出版社 2005 年版；严迪昌：《阳羡词派研究》，齐鲁书社 1993 年版；孙克强：《清代词学》，中国社会科学出版社 2004 年版；张宏生：《清代词学的建构》，江苏古籍出版社 1998 年版。

晚明江南文学世家之所以全面崛起，主要原因是科举文化产业的垄断。这种垄断形成了一个强大的、牢不可破的特权阶层，因此出现了罕见的“七代进士”等现象，多半出于晚明清初江南及其附近，如华亭徐阶、松江陆树声、仁和沈朝焕、苏州王锡爵、浙江余姚孙鑛、安徽桐城张廷玉、桐城方以智、昆山徐乾学、吴江叶燮等世家；他们以其政治、经济、家庭教育特权，世世代代形成所谓“官二代”的承祧机制。晚明政治腐败，无力整肃科举吏制；晚明文学世家之间及其内部又形成精英教育模式，使得此机制长存不息。详述如以下三点：

其一，官场腐败是世家特权延续的有力保障。

晚明自张居正辅政以来，表面上吏治肃清、科举公平，万历前十年基本上没有发生过较大的科场舞弊事件。但张居正阴鸷狡黠，为了其子得售，竟然效法前朝严世蕃，将江南最好的才子沈懋学、汤显祖等揽为其子之陪读；① 不仅如此，还处心积虑将其三子分别安排在顺天府与荆州两地乡试，次子嗣修于万历五年被皇帝“钦定”为榜眼(状元即其“陪读”沈懋学)，三子张懋修及长子张敬修被主考官湖州黄洪宪推荐，于万历八年高中状元和二甲第十三名。由于张居正本人徇私舞弊，加上皇帝的纵容，其操纵三子高中进士的腐败之举天下皆知。

此后，“苏州阁老”申时行、王锡爵，“华亭故相”徐阶、陆树声等一仍旧例，像著名文士、“松江十八子社”成员陈继儒，就是王锡爵之子王衡以及陆树声之子陆彦章、陆彦祯的“陪读”。这种“陪读”模式，客观上造成了所谓“松江十八子社”之中十余人高中进士(其中冯梦祯为万历五年会元、方应选为万历十一年二甲第二十名进士、唐文献为万历十四年状元、董其昌为万历十七年二甲第一名进士)的直接后果。这说明，“十八子”考前的“模拟答卷”，读卷官差不多已经能成诵了；否则，实在无法解释此种十万诸生中接连产生的“奇迹”缘何只在这么一个小群体中诞生的现象。

① 按：江西才子汤显祖起初拒绝了张居正的邀请。但事实上，万历八年张懋修已与汤显祖以同学身份互访。

当这块腐败的“大蛋糕”被权贵切开之际，部分“奶油”和“糕渣”散向江南各地。著名陪读如状元沈懋学、会元冯梦祯等长期流寓江南讲学；从“十八子”中脱颖而出的文士，又新开了另一番局面。比如吴江沈瓒被选中入“十八子社”陪读，万历十四年(唐文献科)为二甲第八名进士，后十余年致仕，与兄沈璟培养其子弟沈珫、沈琦、沈珣、沈自南等皆成进士，人称沈氏“五凤八龙”……直到明末，秀水朱茂时还不忘将其嗣子朱彝尊送至松江外祖唐文献家读书。倘若没有改朝换代，恐怕“七代进士”的例子还会更多。

其二，精英培育模式是世家“蝉联”的基础。

前面我们谈到，在阳明学派讲学风潮兴起之前，地方书院只是与官方国子监或各州府县学、僧院精舍并立的一种教育机构。阳明学派的讲学活动，推动江南书院的兴起(明代十分之七的书院集中于此百余年间)，打破了科举的公平机制。这些书院的讲学者大多数是致仕官员、文苑领袖、时文高手，有钱有势的地方乡绅皆将其子弟送入书院深造，造成全国进士高第者半出于书院的局面。仅以万历前三次科举(二年、五年、八年)为例，首科状元无锡孙继皋、榜眼金陵余孟麟，次科状元沈懋学、探花湖广衡阳曾朝节，三科二甲第二名无锡顾宪成，此五子皆有常年的书院教育背景。① 于是张居正等于万历七年采取“铁血”手段，勒令禁毁全国书院；清初，顺治、康熙、乾隆等继承了张居正的做法，这种“七代进士”的现象才逐渐消失。

朝廷明令禁止书院讲学后，晚明江南文士相应采取了两大对策，使得这一纸禁令形同虚设。其一是阳奉阴违。表面上借口废弃“书院”，修建“乡贤祠”，其实是将原来的书院改头换面。比如耿定向所创的金陵崇正书院等，由焦竑改建为耿氏祠，延续着讲学授业的活动；而所谓“东林八子”在“东林书院”恢复之前，也在“杨时祠”等场所授业。其二是结社。笔者初步统计，仅以“十三子社”为

① 孙继皋、顾宪成求学于常州太守施观民举办的龙城书院；余孟麟、沈懋学求学于耿定向举办的金陵崇正书院；曾朝节求学于谌若水、旷云洞等举办的紫云书院等。

名者，即有崇祯九年芮长恤、吴颖、马世俊等结“溧阳十三子社”；崇祯十年，兴化李清之弟李范等结“淮南十三子社”（即“望社”）；启祯年间徽州贵池吴应箕与吴门徐鸣时等结“十三子社”（即“匡社”）、金坛周钟与太仓张溥等亦结“十三子社”（即“应社”）。在明末“复社”全国化之前，这些文社实际也充当了培育地方精英（即“文学世家”）的职能。直到清初顺治九年、雍正三年朝廷明令禁止各种讲学和结社，这一“陋习”才宣告中止。

其三，发达的母系教育是世家崛起的助推力。

明清之际，江南文学最璀璨的一道风景是所谓“才女文学”的兴起。比如：苏州徐媛（工部郎中徐时泰女，范惟丕媳，范允临妻）、陆卿子（尚宝少卿陆师道女，赵宧光妻），仁和杨文俪（工部员外郎杨应獬女，孙阶妻）、田玉燕（徽州训导田艺蘅女，徐懋升妻），钱塘虞净芳（吏部稽勋郎中虞淳熙女，丁汝冯妻）、黄媚清（江西布政司参议黄汝亨女，沈羽文妻）、顾若璞（上林署丞顾友白女，黄汝亨媳，黄茂梧妻），吴江沈宜修（副都御使沈珫女，叶绍袁妻），秀水黄媛介（少詹事黄洪宪族女，杨世功妻），江都徐尔勉（工部郎中徐葆初女，兴化李淦妻）……皆是其中的代表。江南附近，又有桐城方维仪（大理寺少卿方大镇女，姚孙棨妻），山阴商景兰（兵部尚书商周祚女，祁彪佳妻）、王端淑（礼部尚书王思任女，丁肇圣妻），鄞县屠瑶瑟（礼部侍郎屠隆女，黄振古妻）等“闺塾师”。然而，江南文士培养女儿的初衷，并非仅仅为了“文学”，更是出于母系教育之考虑。罗时进指出：“江南文化家族的母系教育，从客观方面来看，是江南人文繁兴、文化发达的环境影响所致，也是自明代以来江南文化家族之间为了家族利益盘根错节地通婚联姻的自然结果；从主观方面看，它反映出江南知识阶层传承和发展文化的使命感和自觉性。”①我们以仁和时文名家杨文俪为例说明。

① 罗时进：《地域·家族·文学——清代江南诗文研究》，上海古籍出版社2010年版，第48页。

> 杨文俪，仁和部郎两峰女，余姚孙宗伯文恪继室，封夫人……生(孙)鏓、(孙)鑨、(孙)镶五子，皆夫人教之。(孙)铣、(孙)铤、(孙)鏓、(孙)鑨、俱成进士，列九卿。(孙)镶诸生，其示(孙)鑨有云："何待三迁教，传经有父兄。"盖谦词也。(孙)鑨会试后，录文呈母夫人，笑曰："淡墨书虽第一，未免啮笔似鱼，非文之绝品也。"人寿过百龄，《广舆志·杭州列女》载：四德浑圆，五福咸备，近代称大家者，无以尚焉。①

一代会元孙鑨的会试文，竟然还需要其母杨文俪指点；这且不论，这位母夫人竟然只夸儿子字写得好，文章很一般！从中可见，杨文俪八股文水平甚高；她连续培育四个儿子高中进士，允称"大家"，绝非浪得虚名。

由此可见：有了以上中央政治的制度保障、地方发达的教育环境以及良好的家庭教育，江南文学世家怎能不"世代簪缨"呢！

江南文学世家的"家学"传承是晚明诗学的重要现象之一。世家内部组成"亲缘"关系网，对于江南诗学的发展也产生了不可低估的影响。严迪昌认为："作为意识形态的文化性格或叫文化精神，一旦与血亲脉缘相联结，发生在潜在深层的渗合力和延展力是难以估量的，对此，我们尚未予以应有的足够重视。"②这种血亲脉缘关系，亦渗透进入诗学领域，在晚明父子兄弟诗人中最为突出。

我们首先来看血亲中最常见的"父子兄弟"关系对于诗学的影响。"兄弟诗学"声名最著者，当属太仓王氏。王世贞、王世懋兄弟分别于嘉靖二十六年、三十八年考中进士，两人均为晚明诗学大家。王世贞(1526—1590)，字元美，有《艺苑卮言》八卷，《弇州山人四部稿》一百七十四卷、《四部续稿》一百七卷。其诗学有集七子格调派大成之成就，《四库全书总目提要》谓其"摹秦仿汉，与七子

① (清)丁丙：《北郭诗帐》二卷，武林掌故丛书本，载《丛书集成续编·史地类》，第646页。

② 严迪昌：《"市隐"心态与吴中明清文化世族》，载《苏州大学学报》1991年第1期。

门径相同，而博综典籍、谙习掌故，则后七子不及，前七子亦不及”。陈子龙在其《皇明诗选》序中作如是评价：“元美天思颖隽，取材赡博，师心独运而不累其法，拟议众方而不掩其才；篇什之多，横绝古今，足以总汇前英，津润来者……其诗如入五都之市，珠玑英瑶，虽西域胡贾不能尽收；然粗蔬陈列，亦足使贩夫餍跃。”王世懋(1536—1588)，字敬美，有《艺圃撷余》一卷。是编杂论诗格大旨，宗其兄世贞之说，而成书在《艺苑卮言》之后，已稍觉摹古之流弊。故虽盛推何李格调之说，亦赞扬吴中徐祯卿、高叔嗣情韵一派。故纪昀认为，其“能不为党同伐异之言”，“未可与七子夸谈同类而观也”。也是出于这一点，王士祯《池北偶谈》卷十二将之引为明清“神韵说”之发轫者：“明诗本有古澹一派，如徐昌谷、高苏门、杨梦山、华鸿山辈，自王、李专言格调，清音中绝。同时王奉常小美，作《艺圃撷余》，有数条与其兄及济南异者。”王世懋昌言格调而不废神韵，我们可以将其诗学观视为其兄长诗学的有力补充。

此外较出名的“诗学兄弟”还有：苏门“三张”张献翼、张凤翼、张燕翼兄弟；无锡顾起经、顾起纶兄弟；无锡顾宪成、顾允成兄弟；余姚孙钺、孙铤、孙鑛、孙錝兄弟；虞山冯舒、冯班兄弟；华亭唐汝询、唐汝谔兄弟；云间徐孚远、徐致远兄弟；云间宋征舆、宋征璧兄弟……我们注意到，许多“兄长”最重要的诗学主张，往往是以“与弟书”的面貌呈现的。兄弟之间，推心置腹，不存在心理隔阂，有外人不及的优势，因此大大促进了其诗学观的发展。

父子诗学世家，隆万年间较著名的有吴县黄省曾、黄姬水父子；金陵朱应登、朱曰藩父子；华亭莫如忠、莫是龙父子等。晚明江南较出名的“诗学父子”有：湖州董斯张、董说父子；归安茅坤、茅维父子；昆山归子慕、归昌世父子；太仓王锡爵、王衡父子；苏州王穉登、王留父子；虞山毛晋、毛扆父子；云间夏允彝、夏完淳父子；虞山冯复京、冯舒父子……一般来说，父子间的诗学，因为隔代的关系，其互动性远不如兄弟；但是，父子诗学所形成的“薪火相传”关系，远非兄弟可比。举一例足以证明：当明亡十余年后，以钱谦益为代表的虞山派已经兴起，当时有人诋诟冯复京推尊唐风的诗学。这时冯舒、冯班兄弟坚决捍卫其父立场，刊刻冯复京《说诗补遗》一书，在清初诗坛上高扬宗唐的大纛，成为清代诗学一道亮丽的风景线。

# 第三章　晚明江南诗学的主体特征论

按照文学“四要素”(作家、作品、世界、读者)的理论，考察一个时代、一定地域的文学面貌，一般从文学创作论、作品构成论、文学本质论和文学接受论四个维度入手。本章将前两者(作家与作品)概括为主体论、特征论列述；由于文学本质与接受(或曰“世界”与“读者”)牵涉太多复杂的因素，本书将在下一章选择社会或文化“风气”作为考察视角，来探讨晚明客观存在的社会形态(或曰“生态”“客体”)对诗学造成的影响，是谓“风气论”。

## 第一节　江南诗学主体论

明代诗学的主体构成是发展变化的，大体而言呈现出由台阁旁落到郎署和曹僚的趋势。尽管从“山林”中产生的诗人，在整个明代诗史中都曾扮演重要角色，但是他们并非明代诗学的主体；明代诗学的主体，明初是台阁，明中后叶是郎署和曹僚，这些中层官吏直接由科举产生。明代江南科举尤其具有家族延续性，由前后两代甚至数代科举博取功名(至少是举人)、晋身郎署或曹僚而组成“世家”，这些“世家”成员成为晚明文学史的主要书写者。所以，归根结底，江南诗学的主体是“文学世家”。

由于钱谦益等“文学大老”倾向于以“山人”作为晚明诗学的主体，因此，本节在展开之前，首先要辩驳其立场，阐明在“台阁”与“山林”之间诞生的中层(即“郎署”或“曹僚”)组成世家，至晚明成为诗学主体。孟子云：“予岂好辩哉，予不得已也。”申辩如下：

明开国文臣之首宋濂将当时文学主体分为“台阁”“山林”两个层面，他说：

> 予闻昔人论文有山林台阁之异。山林之文，其气瑟缩而枯槁；台阁之文，其体绚丽而丰腴。此无他，所处之地不同而所托之兴有异也。①

显然，宋濂是重“台阁”而轻“山林”的。到了茶陵派时期，李东阳《怀麓堂集》指出当时诗坛由馆阁(即台阁体诗人)和山林(隐逸诗人)共同构成，不分主次;② 到了以李梦阳为首的“前七子”之际，文柄从馆阁完全旁落到郎署。何乔远说：“明兴词赋之业馆阁专之，至梦阳而崛起为古文词，馆阁诸公笑之……然梦阳之文词出风入雅，同时者何景明、徐祯卿、边贡、顾璘、郑善夫、陈沂、朱应登、康海、王九思号‘十才子’，而梦阳更以气节奕奕诸郎间。”③所谓“诸郎”，即郎署群吏。朱彝尊也说：“成弘间，诗道旁落，杂而多端，台阁诸公，白草黄茅，纷芜靡漫。”④陈田总结说：“空同出而异军特起，台阁坛坫，移于郎署。”⑤以上立论，皆表明文柄“下移”的趋势。到了明代中后期，诗学主体继续下移，形成“馆阁、郎署、曹僚、山林”并重的格局，“曹僚”作为较郎署更大的一支诗学队伍崛起于诗坛，时人之论可供考征，如李日华在为其堂兄李培所作《伯兄云麓先生水西集序》云：

> 谭文者设两途以概见：大都钟吕敦彝，云龙骚骚，归之“馆阁”；风泉烟壑，雪鹤轩轩，归之“山林”。胜有各操，趣不相涉。然则两者之外可谓遂无文耶？余曰不然。士固有不司

① 宋濂：《蒋录事诗集后》，载《宋文宪全集》卷十三，四部备要本。宋濂另有《汪右丞诗集序》文字略同。

② 参见阮国华《李东阳融合台阁与山林的文学思想》一文，载《文学遗产》1993年第4期。

③ 何乔远：《名山藏》卷八六《文苑记》“李梦阳”条，北京大学图书馆藏善本丛书明清史料丛编，北京大学出版社1993年版。

④ 朱彝尊：《静志居诗话》卷十“李梦阳”条。

⑤ 陈田：《明诗纪事》丁签卷一“李梦阳”条。

> 鼎铉，不逃空谷，而纯诣卓识，耿然自树者。其为文亦率意酬感，无所肖摹，而诡丽闳衍，自咝其致者。唐元次山、郑广文，宋苏文安、梅都官诸人，终身卑仕散局，而语言翰墨之妙，奔走一时，照映千古，岂非真理磅礴，变化万有。文固难以狭途取与！①

李日华认为，像李培这样“卑事散局”的曹僚，包括所有在任、致仕、退隐的中下层官员，才是晚明诗学的主体。这种发展趋势，主要源自江南诗学队伍构成较前中期有了明显的下移。尽管如此，处在最下层的“山人”群体却并不能承担主体职能。这一点，著名的山左诗人于慎行说得十分清楚。万历三十四年，他在《海岳山房存稿序》中说：“今世言文章者多谓此道上不在台阁，下不在山林。”②言下之意，除了台阁与山林，队伍更庞大的中间阶层才是诗学的主体，此阶层当然是郎署和曹僚。

至于说晚明的诗学主体，到底是郎署还是曹僚，这是个见仁见智的问题。我们同意张德建的看法，他认为，“曹僚、郎署文学彼此纷争，互为雄长，交替掌握文学权力。如自前七子以来，唐宋派、后七子、公安派、竟陵派、云间派等，皆以郎署官员为主”③。陈文新老师等曾以《中华大典·明清文学分典·明二部》为参照对象，将今人对明代作家的研究情况作过梳理。以此名单为基础，我们将晚明江南作家的构成作划分，发现江南诗人中“今人有所研究”的人当中，确实是以郎署和曹僚为主，台阁和山林处于下风。以“台阁”而论，仅徐阶、李春芳、申时行、王锡爵、陆树声、陆彦章、朱国祯数人。而“郎署”则有王世贞、顾起元、朱之蕃、王樵、李言恭、张可大、安希范、陈于泰、袁黄、叶绍袁、吴中行、

① 李日华：《李太仆恬致堂集》卷十二，载《四库禁毁书丛刊》集部第64册，第337页。

② 黄宗羲：《明文海》卷二百三十七，中华书局1987年影印本，第2442页。

③ 张德建：《小品盛行与晚明文学权力的下移》，载《新华文摘》2006年第15期。

邹迪光、钱谦益、瞿式耜、候峒曾、李日华、高攀龙、顾大章、李应升、冯梦祯、焦竑、黄汝亨等人；“曹僚”则有臧懋循、冯时可、虞淳熙、丁元荐、张凤翼、华善继、沈德符、黄居中、薛敷教、王志坚、瞿汝稷、何湛之、何淳之等人；“山林”仅有王穉登、陈继儒、莫是龙、吴稼竳、冒愈昌等人。综合上说，可见郎署和曹僚才是我们今天要研究的诗学主体。

其实，“郎署”和“曹僚”之间的界限也没有绝对的划分。比如上文提到的李日华，我们虽然按照最后的官爵而论将其归入“郎署”，但其本人仅仅在崇祯朝做过了几十天太仆卿便去世了，其大半生时光是在“曹僚”任上度过的（因此在为其堂兄李培文集作序时，才以曹僚自矜）。为了说明江南诗学的主体特征，同时避免“曹僚”与“郎署”之间的区分，我们将“郎署、曹僚”合为一处，显然是无可厚非的：因为他们不仅都是朝廷官员，而且其后代有功名者亦为数不少，形成了所谓的“文学世家”。① 本书所论诗学主体，正是这样的“世家”。

为什么我们必须撇开“台阁”、“山人”不论呢？因为“台阁”处于政治中心，远离江南文士群体；且晚明由于党争剧烈，台阁更动频繁，馆阁为政务忙得焦头烂额，台阁文学已全面没落。而“山人”虽是一支庞大的队伍，但晚明“山人”的品格低下，“山人”群体处于以“奔竞”为治生手段的状态之中，能自足自立者颇少，而能成为“世家”者更少（据我们的考究，仅王穉登、赵宧光等少数山人“名士”，其子孙犹有崛起者，这样才勉强构成了所谓的“世家”），能组成一定文学群体者尤其少，这就注定了其作品的流传渠道有限。所以，我们将“世家”与“山人”对立起来论述，并认定“世家”是晚明诗学的主体。

然而，在明清之际许多时人的诗学著作中，颇多强调以“山人”为主体者，如钱谦益《列朝诗集小传》诸编即是如此；其后朱彝

① 所谓“文学世家”，笔者是这样界定的，即“数代相连，代代有集”或“兄弟成群，人人有集”。本书篇末附录《晚明大江以南诗学世家点将录》，即基本上以此为标准编撰。

尊的《明诗综》虽然补充了一些江南文学世家进来，但仍然有所顾忌，比如其伯曾祖朱国祯著有《朱文肃公诗文集》二卷，而《明诗综》却一首未选。究其原因，大概是畏惧“文字狱”、迎合新朝打击江南文学世家之政策的心理，使他们不得不避重就轻，因此这种选诗格局与晚明江南诗学实际状况有较大出入，也就不足为怪了。

晚明诗学的主体在于以郎署和曹僚等出身的文学“世家”而非“山人”，此一点必须辨明。文学世家与山人有显著的不同，主要体现在以下三个方面。

其一，“居家”与“流动”之别。一般而言，山人为了谋生，具有很大的流动性，比如谢榛，颠沛流离于齐楚燕赵间四十余年；而被谢榛救出牢狱的卢柟，也是“遍走吴会无所遇，还益落魄。嗜酒，病三日卒”①。昆仑山人王叔承(名光胤)，因家贫赘入妇家，为翁所逐，北投赵王不竟，乃“客淮南少师所”。② 顾圣少“年四十始称诗，游燕赵、赵、齐、鲁间，客诸王邸中，死于闽”③……文学世家也流动，比如进京赶考、宦游等，但必须看到，晚明出身于世家之诗人，家居一般有大半生光景，为稳定的诗学研究提供了时间保障。像王世贞、焦竑、臧懋循、汤显祖、沈璟、袁宏道、袁中道、卓明卿、顾起元、朱之蕃、冯复京、陆时雍、胡震亨、唐汝谔、孙鑛、顾宪成、茅坤、华淑、吕玉绳、李流芳、高攀龙、李日华、冯梦祯、黄汝亨、虞淳熙、黄居中、丁元荐、沈懋学、屠隆、薛敷教、叶绍袁等，为官或者中举后居家均有一二十年甚至三四十年的光景(参书后附录《晚明大江以南诗学世家点将录》人物介绍)。他们居家衣食无忧，潜心著述，是晚明大型诗学著作的创作主体。

其二，“联谊”与“奔竞”之别。文学世家靠学缘(师生)、地缘(乡谊)、血缘(姻亲)组成强有力的联盟纽带。而山人大多数则游食四方，为生计奔忙。比如四明沈嘉则、山阴徐渭随胡宗宪幕府漂流东南沿海一带，前者潦倒贫病而卒，后者沉郁癫狂而死；歙县程

① 《列朝诗集小传》，第426页。

② 《列朝诗集小传》，第494页。

③ 《列朝诗集小传》，第502页。

嘉燧等为了生活，搬到比较繁华的嘉定去谋生；休宁吴兆客死于岭南新会；吴江俞安期、江都陆弼寄食金陵十余年；长洲莫叔明老死武林；歙县王野客死于苏州；海门柳应芳客死于金陵；宣城梅守箕流寓十年，贫不能糊口，死于白下……另一方面，有更多的山人在里中幽居，由于缺乏经济来源，过着以艺文糊口的生活，这自然也是另一种"奔竞"。如昆山俞允文，"以善病不能远游，以故虽食贫而能保其志"①。屠隆晚年沦为山人，连热衷于鼓吹"山人文学"的钱谦益也不得不感叹："(屠隆)自谓采真者十之三，乞食者十之七，盖实录也……今乃以文词为乞食之具，志安得不日降，文安得不日卑！"②世家与山人迥然不同，他们通过联谊巩固了其经济和文化地位，以使父子兄弟师生姻亲之间的诗学活动得以持续进行，绵延至下一代，故其较高的文学品格得以延续。

其三，"缙绅群体"与"狂狷个人"之别。文学世家通过"联谊"，以学缘、地缘、血缘关系为纽带，往往形成地域性很强的文学群体。以晚明江南三大"群体"而论：第一，在"金陵诗学群"中，焦竑是顾起元、朱之蕃之父辈学者，焦竑与顾父国辅、朱父衣同朝为官，焦子遵生等又与顾起元志同莫逆，焦、顾、朱家为世交。此外还有姚澍、王可大、李言恭、王尧封等世家，形成了一个关系亲密的"诗学共同体"，有顾起元《客座赘语》、周晖《金陵琐忆》可资证明。第二，在"杭嘉湖诗学群"中，从冯梦祯、李日华的日记以及朱国祯文集来看，这里是科甲鼎盛、世家密集之区，李日华与周履靖为舅甥，冯梦祯与黄汝亨为师生，朱国祯少年时曾就馆于董斯张家，所谓百里之内、互通往来者，也可以视为一个诗学群体。第三，在苏松二州，所谓"松江派"将董其昌、冯时可、王穉登等"中兴五子"联系为一个整体，则早已成为学术界之共识，至于宋王室赵宧光等虽名列山人，但情况特殊，亦可视之为"准世家"。相较而言，"山人"则更多狂狷气质，往往不大合群。比如钦叔阳"以风

① 《列朝诗集小传》，第439页。

② 《列朝诗集小传》，第446页。

情意气自负，不得志于场屋，氍燥而死”；① 岳岱“性狷介，不妄与人交”；② 曹子念“移居吴门，萧然穷巷，门无杂宾”；③ 叶之芳“好使酒骂座，邹彦吉与之同里，缪相延重，而心殊苦之”；④ 兰溪吴孺子“酒半，抚铁如意，欲尽碎天下负心人首”；⑤ 宋登春见荆州郡守徐学谟，“戴紫箨冠，衣皂缯衫报谒，踞上座，隶人皆窃骂之”；⑥ 王伯绸“遇酒炙放箸大嚼，喉吻间时作嗫嚅声，竟座或不交一言”；⑦ 童佩“(被)恭靖王遣人邀至京师，一夕遁去，不顾”；⑧ 闽中林璧游鼓山，“鼓掌狂笑，失足坠崖而死”；⑨ 郑琰“醉辄唾骂(金陵)主人，呼为钱虏……捕至京兆狱，竟瘐死狱中”；⑩ 崔子忠居京师，“蓬蒿翳然，凝尘满席，莳花养鱼，杳然遗世”⑪……这些山人以其畸形的人格和丰富的个性，固然能够创造出优秀的诗文作品，但不利于形成群体，因此在“诗学理论”的建构方面显然是有缺陷的。

晚明世家成员与山人之间是刻意保持距离的。如汤显祖告诫喻应益“勿作山人诗”。⑫ 世家之间频繁往来，结成所谓“通家之好”、“世交之谊”，形成一定规模的文学群体，通过不间断的书信往来探讨诗学理论，引领诗学的风气与潮流。

鉴于以上三方面的不同，本书将晚明江南诗学的主体界定为

① 《列朝诗集小传》，第469页。

② 《列朝诗集小传》，第474页。

③ 《列朝诗集小传》，第482页。

④ 《列朝诗集小传》，第501页。

⑤ 《列朝诗集小传》，第513页。

⑥ 《列朝诗集小传》，第515页。

⑦ 《列朝诗集小传》，第520页。

⑧ 《列朝诗集小传》，第524页。

⑨ 《列朝诗集小传》，第529页。

⑩ 《列朝诗集小传》，第531页。

⑪ 《列朝诗集小传》，第533页。

⑫ 汤显祖《与喻叔虞》：“学律诗必从古体始乃成，从律起终为山人律诗耳。学古诗必从汉魏来，学唐人古诗，终成山人古诗耳。”徐朔方笺校：《汤显祖集》，中华书局1962年版，第1448页。

"世家"，也就具备了必要性和必然性。就"必要性"而言，我们在晚明诗学贫瘠的土壤上开辟一方天地，必须以群体研究为突破。山人从整体上看，固然是一支很庞大的队伍，然而从山人之间的联系看来，不过是一盘散沙。而世家则明显不同，成员之间有亲密的地缘、学缘、血缘等关系；文学世家是诗学活动、诗学著作的主要承担者；由世家组成一个个文学群体，有利于诗学理论的创建以及诗学著作的集成。少数山人虽然能够主持诗社（如陆弼主持"横山社"、沈仕主持"南屏社"）、刊行诗集（如沈明臣、王叔承、程嘉燧等皆刊有诗集），但是由于他们没有稳固社团的社会地位、经济基础，所以很难结成长久的文学团体，更不用说形成文学流派了。①因此，本书探讨的晚明江南主要诗学作家群体，便以"世家"为靶向。

## 一、世家文士与群聚活动

在晚明诗坛，能够结成一定固定的、持久的群体组织者，绝大多数为"士大夫"。这一点，今人已有所体察。比如陈宝良认为，"晚明士大夫还具有强烈的群体意识，建立了众多的社会集团，这是前此士大夫所不曾有过的新特点。晚明士大夫的群体大致可以分为以下三种类型。1. 政治参与型；2. 学术文化型；3. 娱乐消遣型。"②由于晚明江南科举繁兴、世家繁衍，文学世家在士大夫群体中的地位十分突出，作为文学世家尤其容易结群。错综复杂的亲缘、血缘、学缘关系，使得文学世家结社的成员来源非常广泛，文化趋同感更为明显，也更容易形成一定的声势，从而形成家族文化群，并在这个群体合力的作用下，规模化地推动江南文学向前

① 嘉定派可视为"准山人"流派："嘉定四先生"中，除了程嘉燧为标准的山人，其余三人有家学背景。娄坚是贡生；唐时升之父唐钦训为一代名医，乃文章家归有光的挚友；李流芳不仅是举人，且大兄李先芳、李名芳皆是进士。由于嘉定县在晚明成为人口达30万的富庶县城，"四先生"才能"以文为生"而不甚贫，加上县令四明谢象三（三宾）的资助、刻集吹捧，"嘉定派"才得以形成。

② 陈宝良：《论晚明的士大夫》，载《齐鲁学刊》1991年第2期。

发展。

我们认为，判断文学世家是否结成文学群体，首要应察看其世家之间是否具备群聚性。文学群体的群聚性，大概而言，可以归结为几点共性，比如群体成员之间存在着亲密的师友的关系、具备相似的文学倾向、形成大致的群体风格，以及由几个主要的群体“代言人”提出鲜明独特的群体文学主张等。① 我们之所以将“江南”划分为三个主要诗学群体，不独是地域关系，而恰恰是他们各自具有其群聚性特征。

江南世家文士群聚性特征主要通过群聚的文学活动表现出来。由于笔者学力有限，仅能提炼出 12 种群聚文学活动。我们相信：同居一地，山水相连、衣食相依，这些文士的群聚活动远不止此。这 12 种文学群聚活动分别是：结社；雅集；园林宴游；铭表序跋；同门(馆塾、学监、考试)交谊；参禅礼佛；诗画册题鉴；修撰地志；地方建设；邑贤题咏；藏书家抄书；读艳书品戏曲。展开如下：

**1. 结社**

晚明江南社集之风盛行。清顺治年间礼部给事中海宁杨雍建上疏禁止结社，矛头直指江南：“江南之苏松、浙江之杭嘉湖为尤甚。”②江南结社，除文社、诗社之外，还有耆老社、禅社、读书社、读史社等名目。我们此处主要探讨诗文社。

在应天府，许谷等结有“青溪社”，实际上是继承其师顾璘金陵结社的传统。万历二十九年，吴兴臧懋循与曹学佺、盛鸣世、吴兆、吴梦旸、柳应芳、陈鸿等再结“青溪社”，将社事推向高潮。上元李登、姚汝循等亦结有“白社”，金坛王樵亦曾结社。隆庆、

---

① 王文荣博士认为，文人社团要形成群体效应，则常常与以下两点有关：一是依赖某一著名文学大家倡导风尚，然后参社成员相与依和；二是有的社团虽然缺少文学大家的引领，但是参社成员在结社唱和中，彼此求同存异，在文学主张方面的个体差异性逐渐隐去，而共性逐渐突出、放大，文学群体自然也会形成。见其苏州大学 2009 年博士论文《明清江南文人结社研究》，第 161 页。

② 引自杨雍建：《黄门奏疏》，《严禁社盟疏》。

万历年间，溧阳马一龙仿白居易于乡间结怡老诗社，设民间“八节”(观灯节、赏花节、除邪节、观渡节、乞巧节、泛月节、登山节、踏雪节)，定期有吟诗活动；而崇祯九年，其孙马世俊等亦结有“十三子文社”，马氏于清初高中状元，该社遂闻名天下。以上社事，基本上由世家成员发起。

在杭嘉湖一带，始倡于嘉靖末期的“西湖八社”，几乎贯穿整个晚明，后文有专门章节详介。西湖除了仁和卓明卿举南屏社等“八社”以外，据雍正《西湖志》所载，尚有张瀚结“湖南吟社”，钱塘黄汝亨结“香严社”，盛时龙与徐氏三兄弟徐胤翓、徐胤翀、徐胤翘结“香月社”，沈仕(按：即沈懋学)结“吴山社”，嘉定李流芳与钱塘严氏三兄弟严调御、严武顺、严敕结“小筑社”①；此外，据朱倓、郭绍虞等先生考证，杭州还有张歧然、江浩创办的“读书社”，以及陆圻、陈子龙、朱一是举办的“登楼社”等。在湖州，吴梦旸与臧懋循、茅维、吴稼竳共结“吴兴四子社”。② 至于嘉兴，像李日华于里中结“鸳社”、吴昌时结社于南湖勺园，此类社事亦不曾间断，到了明末清初，杭州的西湖、嘉兴南湖俨然成为全国社事最密集的区域，据全祖望《鲒琦亭集外编》所载，当时有所谓西湖八子社、南湖九子社、西湖七子社、南湖五子社等。而顺治七年，吴伟业集结“十郡大社”，也是在嘉兴南湖举行的，当然，这已是后话了。

在苏州一带，持续时间最久的诗文社似乎是“拂水社”，据陆世仪《复社纪略》卷一云，常熟瞿氏结有“拂水社”：万历十二年，瞿纯仁结社，“一时名士瞿汝说、顾云鸿、邵濂辈皆乐与游处，拂水文社遂甲吴下”。苏州名气最大的诗文社是“应社”和“复社”。关于这些文社，我们在后文一并详细介绍。除了“复社”一社独大之

---

① 成立于万历三十七年，以严调御“南山小筑”别业为社会场所，为“读书社”的前身。参见何宗美：《明末清初文人结社研究》，南开大学出版社2003年版，第172页。

② 注：吴兴四子不独是名号，似乎也以诗社称。理由是：崇祯十五年，吴梦旸死于战乱，茅维有诗《哭吴允兆社长诗十首》祭奠之，中有“苕溪称四逸，祭酒事当年。楔宴无虚集，花晨有社编”等诗句。

外，吴中一些文学世家组建的诗文社如雨后春笋，蓬勃而出。比如崇祯十五年(1642)嘉定黄淳耀、黄渊耀与侯峒曾、侯岐曾兄弟组建“直言社”，参加者有高叔英、唐圣举等十余人，宣称以“责善辅仁”为主旨，活动包括“平居自考，咸有日记；赴会之日，各出所记相质，显而威仪之际，微而心术之间，大而君父之伦，小而日用之节，讲论切偲，必求至当之归而已”①。无锡华时亨等主持的“听社”规模亦较大，据《无锡金匮县志》所载：“明季有听社十七子，无锡十五人：华时亨、秦钍、黄家舒、顾宸、顾煜、王延禧、王玉汝、缪振光、吕阳、秦锳、唐德亮、吴濯时、马瑞、王永肩、黄传祖；常熟：钱陆灿；长洲：许王俨。听社者，文社也。”②吴县徐波(字元叹)于崇祯十三年(1640)于里中结“真社”(徐氏明末为竟陵派主要成员，清初又为虞山派钱谦益笼络，钱氏曾有“天宝贞元词客尽，江东留得一徐波”诗句赞之)。此外，昆山王志坚、张鲁唯结有“知社”，吴江沈氏结有“红叶社”、叶氏结有“蔚社”。在松江府，有著名的“十八子”社，因华亭唐文献于万历十四年高中状元，此社闻名遐迩。万历初，华亭陆树声与莫如忠等结有“真率会”，而崇祯末，其曾孙陆庆韶于里中结有“寅社”。以家族力量支撑的大社还有松江宋氏家族所结“几社”，以及宜兴储氏家族所结“荆南八俊社”等。以上社事，都说明文学世家是结社的主要支柱。

**2. 雅集**

相对结社而言，江南文人更加热衷“雅集”。王文荣博士认为，文人结社与雅集有别。“结社”有社名、立社长、有定期的社事，甚至有社约，而雅集则显得随意一些。③ 诗社中的某次聚会也可称为雅集，如万历间，华亭唐汝询《雅社约》云：“十一曰期雅集。以文会友，志不在饮；以酒陶情，草疏亦佳。每会，肴不过五品，或

① (明)黄淳耀：《陶庵集》卷二，载《陆翼王思诚录序》，明人文集丛刊本。

② (清)裴大中等修，秦缃业等纂：《无锡金匮县志》卷四十《杂识》，光绪七年刻本。

③ 王文荣：《明清江南文人结社研究》，苏州大学博士论文，2009年，第9页。

人操一物，不贵多而贵精，饮期微醺，不至酩酊，足称雅集矣。”①此处的雅集即指“雅社”的定期活动。正因如此，明清之际文人的地方性雅集相当普遍。

我们认为，明清之际的文人雅集，不仅抬高了当地群体的文学影响力，而且促进了地域性群体的形成。比如，在金陵，由余孟麟、焦竑、顾起元、朱之蕃在共同的金陵雅游之后，共订诗歌雅集，出版了《金陵雅游集》，由这四位本地的魁首共襄盛举，其在当地的影响力自然不在“青溪社”之下。在松江，青浦知县屠隆组织秀水冯梦祯及名士沈嘉则于万历十一年七夕雅集，刊成《青溪集》，屠隆序云：“是夜云物大佳，天星并丽，余三人叩舷和歌，仰视霄汉，因风而送曼声，乐甚。已复相携泛泖湖，登湖上浮屠。寻余立蹑天马，吊二陆祠，慷慨兴怀焉。盖流连三日，而开之（按：冯梦祯）别去，嘉则留斋头旬日，余退食即相与扬扢风雅。”②此次雅集，奠定了屠隆、冯梦祯、沈嘉则于浙西共结“栎社”的基础。而在嘉兴南湖烟雨楼，屡有影响较大的文人雅集。比如万历三十年屠隆受知府车大任的邀请，于“烟雨楼”彩排《彩毫记》，文人争与点评，盛况空前，据车大任描述，黄汝亨等名士皆赴会。③ 万历三十三年，董其昌赴湖北督学，途经烟雨楼，曾于此设“放生会”。这两次雅集，固然是受嘉兴知府、湖广邵阳车大任邀集，但江南名士是雅集的主体，这是毫无疑问的。

① （明）唐汝询：《编篷后集》卷十五《雅社约》，载《四库全书存目丛书》集部第192册，第805页。

② （明）屠隆《由拳集》卷十二，台湾伟文图书公司1977年版，第615、616页。

③ 车大任：《九日同马在田、傅海麓、黄贞南、赴纬真召登烟雨楼，看演彩毫为纬真制曲，即席赋谢二首》，车大任，车以遵，车万育等撰：《湖湘文库　邵阳车氏一家集　一》，第169页。车氏家集本，缺乏考校处颇多，如“马在田”，《嘉兴南湖志》又作“冯汝田”，明人刻板不甚精良，颇多舛误，笔者因疑“黄贞南”即“黄贞甫”误刻，黄贞甫（父）即黄汝亨，时在江西进贤令任上，正与汤显祖探讨戏曲之学，其家钱塘，与嘉兴不远，车氏可能在其公休或暇游之际，以府台身份邀其赴约。

除此之外，江南文学世家内部雅集相当普遍，不仅提升了家族成员的文学水平，而且形成了诗书传家的“门风”，使得晚明至清初江南文学世家几乎垄断了当时的科举与艺文。这种雅集自江南世家形成阶段就开始出现，比如陈郡谢氏一门咏雪等；到了南宋金元之际，这种家族性的雅集随着文学世家的增加而增多，比如昆山顾瑛家族的“玉山雅集”，成为影响全国的著名雅集，谷春侠博士的学位论文即据此展开。① 明代隆庆、万历之际，江南世家内部雅集达到顶峰，仅吴中以兄弟相称者，即有沈氏五凤(沈瓒、沈璟、沈珫等)，袁氏六俊(袁袠、袁表等)，皇甫四俊(皇甫冲、皇甫涍、皇甫汸、皇甫濂)，吴县二黄(黄省曾、黄鲁曾以及黄姬水、黄德水)、长洲三文(文彭、文嘉、文伯仁)、吴中三张(张凤翼、张献翼、张燕翼)、太仓二王(王世贞、王世懋以及王锡爵、王鼎爵)等家族文人群体，可谓处处是“一门风雅”。只是受目前研究风气影响，率先关注有女性文学之世家，研究范围有限。比如叶氏“午梦堂”雅集，以及江南周边之祁门“澹生堂”雅集、桐城方氏“清音阁”雅集等。我们相信，随着世家文学研究的深入，涉及范围必然有所扩大；而家族雅集显示出江南文学蓬勃的生机与活力，也必将受到一定程度的重视。

**3. 园林宴游**

朱丽霞指出，“在中国文学史上，没有任何一个时代比明清之际诞生更多的园林宴游之作”，“晚明园林成为文人学士特定的‘雅集’之所”。② 的确如此，无论是结社还是雅游，多半是在文学世家的园林中进行的。而园林宴游除了结社与雅集等群聚活动，还有私人不定期的访游，以及园主人偶尔邀游小酌等，这类活动，在晚明文人别集诗文作品中大量存在。考察某段时期某些人集中于某个园林游宴，即可以大致判断出其是否具有群聚性。

晚明著名文学家的私家园林众多，成为江南文学活动的主要场

---

① 谷春侠：《玉山雅集研究》，中国社会科学院研究生院，2008 年。

② 朱丽霞：《园林宴游与文学的生态变迁》，载《文艺理论研究》2007 年第 4 期。

所之一。比如：金陵有焦竑的“澹园”与“半山园”、王尧封的“佚园”，顾起元的“遁园”与顾起凤的“息园”，姚汝循的“市隐园”、朱之蕃的“小桃源”(后归金坛于玉立)等等，参见王世贞《游金陵诸园记》①、吴应箕《留都闻见录·园林》等著。②

常州府有无锡华绍芳的“西林”，华淑的“断园”、顾建元的“慧川园”、邹迪光的“惠山别业”等。松江府有潘允端的“豫园”、何三畏的“芝园”、曹沆的“蒨园”、顾正谊的“濯锦园”、顾正心的“熙园”、沈恺的“真率园”、陆树声的“适园”及“南园”、朱大韶的“文园”、吴应箕寓居的“暂园”、廖景文的“小檀园”等，皆是文士宴游的佳处。比如有关何三畏“芝园”雅游宴集之情状，范濂描述说：“几数十亩，内有观濠堂、歌风馆及亭台竹木之盛，属陈继儒为之记。何孝廉居恒不治生产，即岁入租税，或四方贤豪有所馈遗，悉以供一园之费。凡良晨佳节，张灯设宴，招诗人社友集于其中。”③

苏州名园多如蜂巢，最著者为王世贞的“弇园”、韩馨的“洽隐园”、七老会成员顾文彬的“怡园”、吴县吴嘉淦的“退园”、金山王九龄的“秀甲园”等。

在杭州，仅考察塘栖一镇的名园即可览其盛况。沈、丁、胡、卓，园林相依。据清王同《塘栖志》云：“御史沈让亭故里在漳溪之北……时丁方伯居漳溪之大人里，北为沈御史第，相去里许。南隔一河，三里许乃孤林村也，郧阳巡抚胡公之宅在焉。三姓鼎峙，冠

---

① “余……台陪留枢……职务稀简……灵谷之胜，约略尽之。既而获染指名园，若中山王诸邸，所见大小凡十，若最大而雄爽者，有六锦衣之‘东园’；清远者，有四锦衣之‘西园’；次大而奇瑰者，则四锦衣之丽宅‘东园’；华整者，魏公之丽宅‘西园’，次小而靓美者，魏公之‘南园’与三锦衣之‘北园’，度必远胜洛中，不称有垒石为峰岭者，可推已。”王世贞：《弇州山人续稿》第一百六十卷文部，崇祯刻本。

② (明)吴应箕、金鳌：《留都见闻录、金陵待征录——南京稀见文献丛刊》，南京出版社2007年版，第12~14页。

③ (明)范濂：《云间据目抄》卷五“记土木”，1928年，奉贤褚氏重刊铅印本，第七叶。

盖相望，甲第如云。”①三姓中，丁养浩子孙在晚明科名不振，有吕需父子取而代之；胡襟寰中丞有子胡休复，沈柟有子沈朝焕，均为进士出身，园林亭台相望，形成新的三足鼎立：“前明栖水园林之盛，始为水北之吕园，继则沈之且适园，卓之东园。”②沈氏（沈柟、沈朝焕、沈宗隺等）筑有“且适园”，卓氏（卓明卿、卓发之、卓回等）筑有“东园”、吕氏（吕坤、吕需、吕皋等）筑有“吕园”。杭州一带的园林宴集风气延至明末，施闰章在给张岱的诗中，描述他早年的生活：“步屧过从惯，园林宴集频。乞泉分玉带，携酒坐花茵……”③便是晚明江南文士园林宴游的真实写照。

**4. 铭表序跋**

同一地域的文学家声气相通，尤其表现在各种实用序文中。从文人别集考察中我们发现一个规律：在晚明，一般情况下，某一文士逝世，其别集之序跋因请托的关系，大多出于当地文学名宿之手，或出于其生前结盟的社友以及同年进士或同僚、同门师生之手。④ 比如徐渭《徐文长三集》，便是由浙籍的陶望龄和虞淳熙等作序跋文；为焦竑的《澹园集》作序文者，有耿定力、陈懿典、吴梦旸、方时俊、金砺、徐光启、许吴儒等，多半是其门下江南籍的门生；而序王锡爵《王文肃公全集》者，则是由方从哲、何乔远、何宗彦、薛三才、申时行等完成的，多半是其同朝的名臣。但无论如何，同一地域的士子往往更方便写下序跋等文字，比如申时行不仅为王锡爵作序，官场上更是同进退，且赋闲后平日也有文字往来。

除了书序，在各种寿文序跋中，同一地域的文士更具有创作优势。以冯梦祯为例，他与当地名流都曾有书序往来，其《快雪堂

① （清）王同：《塘栖志》卷四“遗迹”，浙江摄影出版社 2006 年版，第 71 页。

② （清）王同：《塘栖志》卷四“遗迹”，第 79 页。

③ （清）施闰章：《施愚山集·诗集》卷四三《山阴赠张登子》，转引自钟振振主编：《清名家诗丛刊初集施闰章诗》（下），广陵书社 2006 年版，第 1030 页。

④ 参见钱仲联：《历代别集序跋综录》，江苏教育出版社 2005 年版。

集》卷七中，可见其为嘉善袁黄作《寿了凡先生七十序》、为湖州茅坤作《鹿门先生九十序》、为金坛于玉立之父作《于见素六十序》等。云间陈继儒曾就馆于嘉善周氏，为其父寿诞乞序于冯梦祯，冯梦祯为之作《廉石先生八十序》。

湖州的茅坤是公认的文学泰斗。在茅坤90岁之际，江浙一带的文学家，上自首辅申时行、朱赓，下至山人布衣程可中，纷纷写来诗文祝寿，但写得最诚恳的还是浙西的世家俊彦，通过序文我们发现，他们与归安茅氏父子均有很深的交谊。比如黄汝亨《鹿门先生九十寿序》中说："方先生几七十时，汝亨与宪宠得兄弟荐卿(即茅坤之次子茅国缙)，父事先生而拜堂下，逮于今又廿余年矣。"①余姚孙鑛《寿茅鹿门先生九十序》云："茅鹿门先生……今之以文雄海内者也，先文恪公虽稍长于先生，而绝敬慕先生，时乞先生文与鑛兄弟读之。"②冯梦祯《寿鹿门先生九十序》云："鹿门先生前余几四十年所，余垂髫时，先生业以才名籍甚宇内，即执鞭愿之。比壮，以翰林吉士予告，始识先生于湖上……先生之仲子、水部君国缙出余门，盖自是先生与余称通家，往来无间矣。"③

如果我们将上述序文与茅坤的《茅鹿门先生文集》中其本人的序跋文对照起来看，则可见以湖州茅坤为中心的江南文学家群体：在该集中，除了沈炼、马一龙、蔡汝楠等故交于嘉靖隆庆年间相继凋零，万历年间，茅坤与湖州董份、台州王宗沐等保持着往来，并与董份结为姻亲。同时，茅坤给同乡崛起的黄洪宪家族写有赠序(《茅鹿门先生文集》卷十六第11叶下)。仅从序文便可知：茅坤在湖州一带攀结了良好的人脉，奠定了其子孙连续考中进士的基础。

**5. 同门(馆塾、学监、考试)交谊**

江南文学世家之形成，离不开发达的教育体系，尤其是优越的

---

① (明)黄汝亨：《寓林集》卷五，载《续修四库全书》集部第1369册，第1页。

② (清)黄宗羲：《明文海》卷三百二十，文渊阁四库全书本。又《月峰先生居业次编》五卷之二，《四库禁毁书丛刊》集部第126册，第178页。

③ (明)冯梦祯：《快雪堂集》卷六，载《四库全书存目丛书》集部第164册，第121~123页。

师资条件。一方面，许多经济条件相对较差的文学世家的儒生，为了谋生，参加到馆塾师的职业中来，人称“游馆”先生；另一方面，由于明代江南科举竞争激烈，需要连续考好几次；不少文士为了攒足参加科考的盘缠，也加入塾师队伍中，人称“坐馆”先生。刘晓东博士认为，“由儒生设帐家中，招收来学生徒的家塾，在明代社会中亦不少见”①。这些儒生与其所教授的东道世家子弟结下了较深的情谊，辗转相过从，形成一个群体。比如无锡朱公延、魏大中等皆曾在当地缙绅家坐馆，并与其同学诸生结下姻亲或同年之谊；桐乡张履祥“馆于同邑颜统家”时，亦创“存知社”与颜统、丘衡等人“相砥砺文行”。② 华亭陈继儒三次馆于太仓王锡爵家，与其子王衡结成莫逆之交。湖州朱国祯因弱冠时游馆于湖州沈氏、董氏等家族，与董斯张等结下终生之谊。

晚明官学亦较发达，尤其是南国子监，一旦担任学监的职务，便与江南许多文士结下师生之谊。冯梦祯与顾起元、黄汝亨、于玉立等即是如此，比如黄汝亨在担当国子监祭酒期间，就收有湖州茅维等门生。

在明代，乡试一般由六部馆阁大臣主考，主考官与考生便结成了“座主”与“门生”的关系。晚明申时行、王锡爵、周延儒等皆曾长期主持乡试，培植了相当一股政治势力，形成了一个个群体，成为“党争”的推手，这是毋庸置疑的事实。比如作为周延儒的门生，张溥和吴伟业都曾参与“党争”之中。顾炎武著《生员论》，曾尖锐批评这种现象：“天下之患，莫大于聚五方不相识之人，而教之使为朋党，朋比胶结，牢不可解。书牍交于道路，请托遍于官曹，其小者足以蛊政害民，而其大者，至于立党倾轧，取人主太阿之柄而颠倒之，皆此由之也。”③当然，这种提拔对于文学发展也是有一定

① 刘晓东：《明代的塾师与基层社会》，商务印书馆 2010 年版，第 49 页。

② 余绍宋、孙延钊编：民国《重修浙江通志稿》第 113 册《人物表传》，1948 年铅印本，第 27 页。

③ 顾炎武：《顾亭林文集》卷一，中华书局 1983 年版。

影响的。比如万历二十五年，焦竑主试顺天府，提拔了松江徐光启和仁和张蔚然(著有《西园诗尘》，详见后文)等一批江南士子中举，场屋风气为之一变。湖州董份作为座主，提拔申时行和王锡爵中举，而此二人相继担任首辅，大力提拔东南士子，对于江南文学世家的繁衍起到了推波助澜的作用。万历十九年，汤显祖被贬广东徐闻典史，就是因为上《论辅臣植私党阻言路疏》，直陈申时行以“座主”身份结党营私，因此遭到打击报复，这也从侧面说明江南文学世家门户关系的错综复杂性。

**6. 参禅礼佛**

早在二十年前，潘桂明就曾指出：“明代禅宗的转机，应以万历为标志。晚明‘四大高僧’的涌现不是偶然现象，它是一大批文士大夫响应和支持的结果……由于士大夫与禅僧内外呼应，相互标榜，从而使晚明禅学一度呈现出‘复兴’的气象。”①陈垣先生也总结说：“禅悦，明季士大夫之风气也。”②我们仅以江南士子对《东坡禅喜集》的追捧为例说明。

在晚明江南士林之中，悄然兴起了一股“禅喜”(或曰“禅悦”)热。典型例证之一是对于苏轼《禅喜集》的追捧。该集在晚明江南刻印数次。先是常熟赵琦美于万历年间刻印《东坡佛印问答录》一卷，虽仅二十七条，但掀开了江南文士追捧东坡禅喜文字的热潮。紧接着华亭徐长儒、唐文献辑刊《东坡先生禅喜集》十四卷。在此基础上，湖州茅坤、秀水沈德符、古扬王圣俞等人各有批校本；随后秀水冯梦祯、湖州凌濛初等集其成，推出点评本。徐本作于万历十八年，前有陈继儒、陆树声序，冯、凌本于天启元年朱墨套印，冯氏评点，凌氏增辑。在冯梦祯的评点中，往往见出江南名士对东坡禅喜文字的喜好。比如卷一“颂”类，冯氏眉首朱批曰：“茅鹿门曰，东坡颂，此等文字韩欧所不欲为，此等见解韩欧所不能及。由苏长公少悟禅宗，及过南海后，遍历凶劫，以此心性超朗，乃至于

① 潘桂明：《中国禅宗　思想历程》，今日中国出版社 1992 年版，第 586~587 页。

② 陈垣：《明季滇黔佛教考》卷三、卷五。

此，可谓绝世之文矣。王圣俞曰，坡公诸颂，得意处冥然忘言。”在湖州、秀水一带文士对《禅喜集》的推崇中，我们发现：相同的文学与禅宗旨趣，将徐长儒、唐文献、陈继儒、陆树声、茅坤、沈德符、冯梦祯、凌濛初等联系在一起。

值得说明的是，万历三十年前后，随着憨山德清被远戍岭南，达观真可被杀于北京诏狱，而云栖袾宏晚年于杭州云栖寺深居简出，晚明禅宗一度中衰；但是，作为晚明四大高僧之一的智旭，其活动延至清初；更为重要的一点是，“四大高僧”培养了像冯梦祯等一大批“居士”弟子，他们继续将禅学精神发扬到文学创作中，说明晚明禅宗思潮对文学的影响还在持续。比如董其昌，他20岁便问禅于达观，中晚年又受诫于袾宏，对禅学有很深的喜好，其书房亦命名为“画禅室”。我们在清初彭际清的《居士传》卷四十七至卷五十一中，发现与董其昌一样知名的“居士”为数不少，其中不乏江南文学世家。比如赵宧光与其子赵均、杨大濚与其子杨廷枢、周顺昌与其子周茂兰、姚希孟与其子姚宗典、黄淳耀与其弟黄渊耀等。这些世家“居士”广结莲社，有着较为密切的佛事往来。比如苏州杨廷枢(字维斗)、姚希孟(字文初)、刘曙(字公旦)等家族参与刘锡元(字玉受)“准提社”的情况，见《居士传》卷四十七“刘玉受传”：“自玉受以持《准提》，唱于乡里。其后进之士，若杨子澄及其二子维斗、公干、李子木、徐九一、刘公旦、姚文初诸贤，皆结准提社，择桃花坞、桃花庵故址，辟精舍，修白业。”①更不用说王锡爵师事其女昙阳大师、江南士子数百人牵涉其中的“宗教”事件，更无可辩驳地证明：禅宗具有凝聚江南文士结成群体的强大力量。

**7. 诗画册题鉴**

北宋李公麟的《西园雅集图》，绘有东坡、米芾、黄庭坚、秦观、李公麟等19人的群像，成为南宋元明文人仿作、题咏的题材。

---

① 彭际清：《居士传》，成都古籍书店2000年版，第258页。

至明代嘉靖末，长洲张凤翼作《跋西园雅集图》,① 一时文人接踵题跋与仿作蔚然成风，比如隆万年间有仇英摹本，启功曾考见之；崇祯年间，陈洪绶晚年曾作此图，未竟而殁，直至清初才由华嵒补全。这种对雅游手册的持续追捧，一方面彰显出晚明文人对东坡的喜爱之情；另一方面也说明，文人对"雅集图册"的偏好，这种集体题鉴方式无疑是一种重要的群聚与沟通方式。

晚明最重要的集体品鉴活动还有：题陶渊明《桃源记》图、题王维《江山雪霁图》、题倪瓒《江南春词》手卷、题唐寅"落花诗"图等。比如《江南春词》一卷，《四库全书总目提要》卷一五一云："明沈周等追和元倪瓒作也。时吴中有得瓒手稿者，因共属和成帙。首有作者姓氏，自周以下共五十人。嘉靖十八年，袁表序而刻之。后有袁袠跋。二人亦皆有和作。又有张凤翼、汤科、陈淳三人之作。卷首不载姓氏，疑刻成后所续入也。"《四库总目提要》只提到了吴中文学世家成员嘉靖年间的追和题签情况，实际上，真正的高潮还在中晚明。首先是作品鉴赏活动的持续，比如文徵明、陈淳等人的作品，以画册的形式在晚明士人群中传播，莫是龙《莫廷韩遗稿》卷三和李日华《味水轩日记》卷八有载。其次是续图赓和活动，陆治作《江南春图》山水，以小楷题文彭、文嘉、钱谷、王穉登之作并自题二首。这一活动持续到清中叶，王锡爵之孙王时敏以及王时敏之孙王原祁均有续图。再次是追和《江南春词》并续刊成册，主要有两个版本，其一是朱之蕃刊本，补上了朱氏与顾起元的和作；其二是袁尊尼刊本，补充了袁氏及张凤翼等九人的和作。

王维《江山雪霁图》，虽据汪世清先生对晚明三件藏品的考辨，断定为北宋人仿作,② 但该图久负盛名，吸引了无数江南文士的眼球。文徵明于正德八年(1513)就曾题跋；但是群起题跋的现象还是在晚明出现的。最著名的一次是万历二十三年(1595)冬，冯梦

① 参见张凤翼：《处实堂集》卷七《跋西园雅集图》，载《四库全书存目丛书》集部第137册，第408页。

② 汪世清：《江山雪霁归尘土，鱼目焉能混夜珠？——记中国绘画收藏史上的一大骗局》，载《新美术》1992年第2期。

祯从武进吴昆麓手中购得，邀董其昌等名流聚会品鉴。董氏在该图跋文中，明确提出划分“南北宗”的思想，初步确立了王维南宗画祖的地位；其后，朱之蕃、李日华、钱谦益等也曾题跋，清初王时敏等有仿作。王维传世的另一幅仿作《雪溪图》，李日华、董其昌等人曾题跋。未知晚明是否还传有《雪中芭蕉图》。明初此图尚存，赵殿成《王右丞集注》卷未引陈继儒《眉公秘笈》云：“王维《雪蕉》，曾在清閟阁，杨廉夫题以短歌。”然至陈继儒之际，此图已不复见。汤显祖在给凌濛初的信中说：“不佞《牡丹亭记》，大受吕玉绳改窜，云便吴歌。不佞哑然笑曰，昔有人嫌摩诘之冬景芭蕉，割蕉加梅，冬则冬矣，然非王摩诘冬景也。”①可见，尽管王维雪图失传，但在晚明文学中仍然流传为文人掌故，引起群议，这也从另一个侧面证明图画鉴赏是很重要的群聚活动之一。

**8. 修撰地志**

晚明由于政治、经济、科举文化等原因，一大批江南文士滞留原籍，掀起了一轮兴修方志的热潮。从各地地方志的前后呼应关系以及同一种方志的分工辑撰等过程中，我们发现江南文学世家成为方志修撰的文学群体。

金陵修撰地志，以李登、顾起元等为中心。万历五年，诸生陈舜仁、盛敏耕以及进士李登、顾起元等纂成《应天府志》三十二卷。该志多半出自盛敏耕手笔，经顾起元增补刊行。盛敏耕与顾起元读书永庆山房，后与李登等同纂《江宁县志》，李登亦另纂有《上元县志》十二卷。万历三十八年(1610)，顾起元的好友上元周晖撰《金陵琐事》八卷。万历四十六年，顾起元刊行《客座赘语》十卷。天启六年(1626)南国子监博士黄儒炳撰成《续南雍志》十八卷。作为地方文化工程，地志修撰者享受不菲的稿费，万历应天、上元、江宁三志，实际上是世家文士“利益均沾”的产物，从而结成了顾起元

① 汤显祖著，徐朔方笺校：《汤显祖全集》卷四十七《答凌初成》，北京古籍出版社1999年版，第1442页。

所谓的金陵诗学群体。①

苏州人才辈出，修撰地志者不乏当地名士。万历二十六年，在江盈科主持下，司勋皇甫汸、柱史刘凤、乡进士张凤翼、太学生顾彬、张献翼、处士钱允治等纂成《长洲县志十四卷艺文志十卷》。万历四十五年，姚宗仪私人纂成《常熟县志》二十八卷；万历年间，王穉登纂成《荆溪疏》二卷；崇祯年间，王焕如、杨廷枢、郑敷教增修《吴县志》，纂成五十四卷。

松江修志活动，以陈继儒、夏允彝、周裕仁、王昌会等著名文士为主。崇祯三年，知府方孝岳集中华亭、上海、青浦三县力量编撰而成，除陈继儒为山人外，夏允彝、周裕仁和王昌会分别为举人夏时正之子、方伯周兼思和王圻之孙。

杭嘉湖的修志活动，以虞淳熙、黄洪宪、袁黄、胡震亨、董斯张等文学世家为主。万历三十七年，钱塘陈善纂《杭州府志》一百卷，虞淳熙纂《钱塘县志》六册。万历年间，严从简、黄洪宪修成《嘉兴府志遗稿》，今无传本。嘉兴县志本志修于天启四年(1624)，李日华、沈德符、屠中孚等修，未成书，已无传本，惟李日华序尚存。崇祯十年，黄承昊续修，成县志二十四卷。万历二十四年，黄洪宪修《秀水县志》十卷；同年，章士雅、袁黄等修《嘉善县志》十二卷：光绪《嘉善县志》最后一卷载云："章《志》，万历丙申知县姑苏章士雅修，距于《志》四十七年，主笔者职方袁黄、御史盛唐，同校者邑生顾自新，李自芳、冯盛时、陈五礼、袁士鲲、沈万钶、

① 徐大任：《江宁县志序》云："岁甲午之冬，南京府尹当入觐，少京兆归安沈公又擢辅闽省……则《应天府志》成于少泉汪公，当万历之初载。《上元》、《江宁》则乡耆李新野登先后受两邑之檄重修，而《上元志》新成，《江宁志》最后始出。往昆山周君诗令江宁有声，以旧志成于正德之季，自嘉靖来阅七十载矣，而邑志不续，深阙之，以檄李君。君既编朝前卷，又推能者以自辅，如山川则属之盛文学敏耕；人物则属之顾贡元起元，而复总其成，至是始克就稿。"可见文士邀约撰稿的情状。万历二十六年(1598)原刻，南京古旧书店1985年影印，第3页。

冯盛典、庄则孝。凡十二卷，九纲，析为五十目。”①天启二年，胡震亨等修《海盐县图经》十六卷；天启七年，乌程杨携卿等撰辑《平湖县志》十九卷；万历间，归安唐枢等撰《桐乡县志》十四卷。唐枢等还撰有《湖州府志》十四卷，书未成而病卒，董份等有序文及之。天启四年，董份之幼子董斯张撰《吴兴备志》三十二卷。

以上当地文人兴修方志，除了因同修关系结交外，为了抬高郡望，基本上都有“人物志”一栏，往往趁机拉拢当地名流文士，客观上形成“乡党”之类的群体。比如钱谦益在某苏州志的序中说：“吾苏土风清嘉，文学精华，海内之学者，未能或之先也。”②文士出于本土的地域意识，在自我标榜中结成或大或小的文学群体。

**9. 地方建设**

美国学者 John Meskill 的研究指出，明代许多公共建设，包括书院和寺庙的修建，与明代经济的发展关系密切，尤其是江南地区，发达的商品经济使得地主和乡绅们拥有丰厚的经济实力投身地方建设。③ 这些建设，同时也将该地区的文士乡绅凝聚成一个利益与共的群体。

比如，秀水冯梦祯就非常关心当地的学校建设，认为秀水人才之盛受益于发达的教育环境。他在为当地的县学所作碑志中说：“吾秀，江以南称名邑，而学称名庠，相传踞地最胜。自嘉靖中，地师某者用四壬寅月日辟鸣阳门于甲，方而科目益廛，自后抡魁于乡及礼闱者相踵矣。近代官翰林者颇盛，几与南直之昆山、华亭，闽之晋江，吾浙之鄞相埒，虽余之不肖，亦滥竽诸君子之后，岂非地气使然哉？”④晚明最著名的地方学校建设是东林书院。东林书院

① 江峰青、顾福仁：清光绪二十年《重修嘉善县志》卷三十六袁黄序下按语，第9页。

② 钱谦益：《牧斋初学集》卷二十八《苏州府学志序》，上海古籍出版社1985年版，第853页。

③ John Meskill. *Academics in Ming China*. The University of Arizona Press, 1982: 62-64.

④ 冯梦祯：《快雪堂集》卷八，《秀水县重修儒学碑》，载《四库全书存目丛书》集部第164册，第164页。

乃北宋大儒杨时讲学之所，久已荒废。万历三十二年，赋闲在家的顾宪成与顾允成提议重修，由常州知府欧阳东凤捐俸并督造，书院定期由顾氏兄弟与好友高攀龙、钱一本、薛敷教、史孟麟、于孔兼等著名文士主讲，这便是震动全国的“东林党”之肇始。

至于寺庙和佛堂的建设，也凝聚了当地的文士名流。比如钱塘许其旋《绿野庵记》云：“本邑慈相建有觉觉堂，会集名儒，阐扬性道。于栖水则戾止大善古刹，一时鸿儒硕彦，若胡元敬、吕水山、卓去病、胡休复诸先生俱欢洽景从，而闻风向慕，舳舻相接。”①他所指的“鸿儒硕彦”便是胡休复、卓发之、吕需等当地著名文士群体。

**10. 邑贤题咏**

诗学史上，明确以地域倡言诗派者，始于宋徽宗崇宁年间的吕本中，他绘制《江西诗社宗派图》，所列 25 人，一半为江西籍。其做法影响甚大，堪比李嵩所作宋江等 36 人像赞，从此“江西派”宣告诞生。可见，题赞乡邑诗文名贤的做法，或多或少包含结乡党、集邑贤的意图。这种做法发展到明代尤其普遍，特别是在门户之见较为突出的晚明苏州等地，达到了“题咏邑贤”活动的高潮。

此类题咏，以自我为中心的色彩十分浓烈。比如文震孟《姑苏名贤小记》，自序声明：“其有钜公名流，或勋业盖代，或阀阅垂云，或文章华国，或材艺绝伦，而咸无记者，姑俟别志也。”其卷下仅录文徵明门下之陆师道、陆治、钱谷七八子，皆无功名者。他在自序中点明宗旨：“自高曾以来，亡祖亡父世世品于人伦，而无记者，嫌于自炫。且家乘亦足征也。大要以刚劲为主节，过中者必记，壹破软美之诮也；清修苦节，虽微必记，不清苦即不能刚且劲也。诗书翰墨之士，必详记其生平，原所由重也，逍遥作达闲一记焉。喜其中无俗韵也，记以世次为序，无别隐显皆名贤，则隐显无别也。其义窃取，吾岂敢取哉！欲使四方之士，知吾苏之为苏，意

① 参见王同：《光绪唐栖志》卷七，浙江摄影出版社 2006 年版，第 133 页。

者如此也。”①文震孟摒弃了其他方志谱牒题咏达官显贵的俗套，以书画才艺作为选录标准，将文徵明贫寒的徒子徒孙供作“名贤”，这里面显然存在着鲜明的门户(群体)意识。显然，有清以降学术界公认存在着以文徵明为首的“吴门画派”，文震孟的这两卷“名贤记”亦当记上一功。

万历四十六年，在苏州常熟，冯复京亦作有《明常熟先贤事略》十六卷。他是如此自序其编辑初衷的：“邑中先达故事，余家旧闻为多，先王父贞斋公抵掌厌厌不倦，尝命余曰：小子识之！此诸老先生其行事，灼灼在耳目可纪也……余敬诺不敢忘，自少至长，不去厥心，稍自振拔，以无坠家世之微言。”可见，编辑一部以文学世家为主体的“先贤传”是其几代人的宗旨。事实亦如此，第一卷便是吴讷及其孙吴淳、曾孙吴堂的传记。吴讷为明初名臣，著有《文章辨体》；吴淳为弘治年间名臣，卒年86；吴堂为正德年间大理寺少卿，《明史》有载。其余如第四卷所载瞿景淳、第九卷所载赵用贤、第十三卷所载孙七政与其侄孙楼等，皆是常熟著名的文学世家，他们在明代诗学史上亦是拥有一席之地的人物。

然而，相较而言，文震孟与冯复京题赞“乡党”的做法，尚不及王世贞的十分之一。王世贞将整个苏州府一直视为明代文苑中心，有《弇州山人续稿》可资证明。在该稿第146卷中，题有《吴中往哲像赞》22首，始自高启终至叶盛，充满着对苏州文苑的自豪之情。稍后，他连续写作了近百首像赞：卷147凡23首，为韩雍(1422—1478)、刘珏(1410—1472)……杨循吉(1456—1544)、陆完(1458—1526)。卷148凡20首，为毛珵(1452—1533)……顾鼎臣(1473—1540)、魏校(1483—1543)、徐祯(1479—1511)。卷149凡23首，自周广至皇甫汸。卷150凡21首，他们分别是：钱邦彦、沈启、陈鎏、瞿景淳、陆师道、彭年、俞允文、严讷、陆治、袁洪愈、徐师曾、陈瓒、黄姬水、归有光、王执礼、张任、袁尊尼、顾章、张振之、王鼎爵、杨尚英。尽管王世贞没有标题，但接

① 文震孟：《姑苏名贤小记》弁言，载周骏富辑：《明传记丛刊》第148册《综录类》42，台湾明文书局1991年版。

续“吴中往哲”者，无疑是“吴中名贤”或者“吴中先达”、“吴中近贤”；王氏似乎亦以自己能主持这样一个盛大的题咏而沾沾自喜。此外，在其稍后所结集的各种“五子”名目中，均有一两个吴中人物存在；在其最后所题咏的“四十子”中，吴中士子居其半——这难道不是以地缘关系结党集群的明证吗！

**11. 藏书家抄书**

叶德辉《书林清话》一书“明以来之抄本”一节，列举明代抄本最善者计有十数家，曰吴抄（长洲吴宽丛书堂抄本）、叶抄（昆山叶盛赐书楼抄本）、文抄（长洲文徵明玉兰堂抄本）、王抄（金坛王肯堂郁冈斋抄本）、沈抄（吴县沈与文野竹斋抄本）、杨抄（常熟杨仪七桧山房抄本）、姚抄（无锡姚咨茶梦斋抄本）、秦抄（常熟秦四麟致爽阁抄本）、祁抄（山阴祁承㸁澹生堂抄本）、毛抄（常熟毛晋汲古阁抄本）、冯抄（常熟冯复京空居斋抄本）、钱抄（常熟钱谦益绛云楼抄本）等。民国文献家王献唐先生也有类似的言论。① 可见，明代抄书之风气以嘉靖以来的苏州常州一带最为盛行；这些藏书家互相抄书，客观上结成一定范围的文学群体。

晚明藏书家抄书活动，主要集中于苏州长洲县、常熟县，常州无锡县，南都金陵，以及杭州等地，是因为这些地方藏书楼林立（详见本书第二章第四节），便于抄书。抄书与藏书不同，书家所抄皆善本或稀见本，因而需要更为广泛的人缘接触。藏书家互相接

① 王献唐说：“古代书籍在未有版刻以前，概出手抄。既有版刻，其印刷术亦不如今世之便利。每刻一书，几费周张，流传希少。交通阻隔，且或困于经济无力购致，更有秘本未刻，为世罕见，每多辗转迻录，藉存其书。宋之陈振孙、叶梦得，元之孙叔明、庄慕叔，其抄书掌故，最为世称。朱明以还，此风愈盛，藏书家更别其抄本之名曰吴抄、曰叶抄、曰文抄、曰王抄、曰沈抄……曰钱抄。更如朱性甫、冯已苍等，平日皆以抄书为课，无间寒暑。馆藏明抄《圣济总录》二百卷一百二册，又见明抄《太平御览》、《册府元龟》各一千卷，概出一人之手，笔画清整，始终不懈，其气魄毅力，皆足使人惊叹矣。”见其《山东之抄书家——卢德水先生》，载《山东省立图书馆季刊》1931 年第 1 期。

触、允许登楼抄书，一般的人际关系是很难办到的。① 以抄书活动为纽带，通常也可以窥见江南文士结群的一个方面。比如，据《列朝诗集小传》“梅禹金”条载：万历三十七年，宣城梅鼎祚约金陵焦竑、常熟赵琦美结成抄书会，三人议定三年一聚，互抄异书。像焦竑这样慷慨的学者，其藏书惠泽东南学子，结成了一个较大的学术圈。万历三十四年，闽中徐𤊹通过汪道会的介绍，向焦竑借抄了宋赵明诚的《金石录》；万历三十七年，焦竑向袁中道出示所抄元代钟嗣成的《录鬼簿》一册；② 几乎与此同时，赵琦美从焦竑处抄得朱存理《铁网珊瑚》，重新编次增订，成为一代画论名著；万历四十一年，昆山王志坚为南员外郎中，暇日得闲，至焦竑处抄史书与同僚共读，“九日诵读，一日讲贯。移日分夜，矻矻如诸生时”，乃称“读史社”。③

至于胡应麟至太仓王世贞小酉堂抄书、钱谷与钱允治至长洲文氏玉兰堂抄书、常熟冯舒雪夜至苏州赵宧光寒山别业抄书、虞山毛晋之子毛扆至钱谦益绛云楼抄书等书林掌故，至今传为佳话。焦竑、王世贞、文徵明之子文嘉、赵宧光、钱谦益等藏书家，自然成为东南文士结交的中心人物，他们以书交友、因书聚缘，结成一个个关系亲密的群体，也就是题中应有之义了。

**12. 读艳书品戏曲**

晚明文士附庸“风雅”、结群品鉴的倾向，还体现在“艳书”流播与戏曲创作鉴赏活动等层面。“艳书”作者所署皆笔名，大部分已难考见作者，比如崇祯年间刊行的《石点头》、《醋葫芦》、《禅真逸史》、《昭阳趣史》等，署名分别为“天然痴叟”、“伏雌教主”、“清溪道人”、“古杭艳艳生”；崇祯十三年刊行的《贪欢报》(一名《欢喜冤家》)，署名为“西湖渔隐主人”。然考其署名风格，大概皆

① 比如黄宗羲欲登“绛云楼”抄书，钱谦益不允，乃替其代文赚润笔千金，才得偿所愿。

② 袁中道：《游居沛录》卷二，上海远东出版社1996年版，第52页。

③ 钱谦益：《初学集》卷五四《王淑士墓志铭》，载《钱牧斋全集》第2册，第1351页。

出自江南文士手笔。他们对于“艳书”有特别的爱好，创作并传抄“艳书”，成为一种风气。我们从少数可以考鉴作者的队伍中，得到一些信息。比如王世贞创作《艳异编》，汤显祖特为之点评；吕天成作《绣榻野史》，又有托名李贽的点评。这其中最著名的“艳书”当属《金瓶梅》，据文献记载，当时拥有抄本的有王世贞、徐阶、王肯堂、王穉登、刘承禧、谢肇淛、董其昌、袁宏道、沈德符、袁中道、丘志充、文在兹等人。他们辗转传抄，若非其党朋，绝不肯轻易示人。① 通过这批“艳书”流播方式的考察，我们可以窥见江南文士较为隐秘的亲密群体。

程芸老师认为：“由于昆腔新声的崛起，晚明江南一带各个社会阶层的文化娱乐似乎都在以传奇戏曲为中心，如管志道《从先维俗议·卷五》所纪录的：‘不问贵游子弟，庠序名流，甘与俳优下贱为伍，群饮酣歌，俾昼作夜。此吴越间极浇极陋之俗也。而士大夫恬不为怪，以为魏晋之遗风耳。’”②的确如此。这样的“群饮酣歌”的江南文士群体所在多是。比如，围绕汤显祖的《会真记》，展开了著名的“临川派”与“吴江派”之争，晚明苏州、湖州一带喜爱戏曲的世家文士几乎全部介入其中，诸如余姚吕胤昌、吕天成父子，湖州凌濛初兄弟、长洲冯梦龙、吴县袁晋（字于令）、苏州范文若与卜世臣以及吴江沈璟、沈自晋叔侄等，组成了阵营庞大的“吴江派”。

这种“群饮酣歌”的品曲方式，成为江南许多世家文士结交集群的手段之一。秀水冯梦祯与湖州凌濛初结交，亦源于品戏。冯氏日记云：“宋宗献先以小舟出会。既饭，乃入港，里许而至凌氏。

---

① 比如，万历初，刘承禧从其岳父徐阶处抄得《金瓶梅》若干卷；万历二十一年屠本畯从金坛王肯堂处抄得二卷；万历二十四年，袁宏道从董其昌处抄得半部，董其昌抄自王肯堂，而王肯堂又抄自王穉登。王穉登可能抄自王世贞或徐阶。另据沈德符《万历野获编》卷二十五载，万历三十四年，沈氏从袁宏道处抄得半部，万历三十七年，又从袁中道处抄得全本。万历四十三年五月，沈德符以此书示李日华，李未曾抄录。

② 程芸：《世味的诗剧　中国戏剧发展史》，湖南人民出版社 2002 年版，第 111 页。

凌氏太学莯初、瀛初者出迎余于舟。既至，具吉服登门，主人兄弟迎于门外。兄名濛初，字玄房；弟名浚初，字玄静。登堂纳贽，致谢允之仪。主人邀吴允兆相陪。主人母氏蒋尚书之后，允兆之内侄女也。是日有前筵正席。前筵席散，乃拜二太学，同居次泉之子，拜次君。玄静主人相陪，正筵就座。已迫暮色，吕三班作戏，演《香囊记》。席散，夜且半矣。"①这次聚会涉及的人物是宋宗献(不详，应为凌氏姻亲)、凌莯初、凌瀛初、凌浚初、凌濛初、吴梦旸(即吴允兆，凌氏兄弟之姑父)、刘次泉父子(凌家雕工)。

在重大的诗文社等场合，以世家文士为主流的江南举子对戏曲亦情有独钟。屠隆成为东南文苑的领袖之一，受阮大铖叔祖阮自华的邀请，主持万历三十一年闽中"凌霄台"大会，在会上的一曲《渔阳掺》令江南士子拜服。钱谦益形容道："名士宴集者七十余人，而长卿为祭酒。梨园数部，观者如堵。酒阑乐罢，长卿幅巾白衲，奋袖作《渔阳掺》，鼓声一作，广场无人；山云怒飞，海水起立……快哉，此夕千古矣！"②后来，屠隆将阮自华、冯梦祯、虞淳熙、朱长春之诗录为"四君子诗"。可见，戏曲亦具有集群结社的功能。

## 二、金陵诗社世家主体考论

尽管我们此前列举了十二种群聚活动，但"结社"对于文学的影响无疑是最大的。我们以"诗社"为参照，考察世家在文学活动中是如何发挥其主体性作用的。世家与世家之间，由于处于同一地域、结识同样的师友、与同样的世家大族联姻，而组成亲密的地缘、学缘、血缘关系，因而容易结成一定的文学团体。像明清之际的"几社"就是典型的例子。其实，在金陵、杭州和苏州，也有此类以世家为主体的"诗社"。只是出于种种原因，文学世家的主体

① 冯梦祯：《快雪堂集》卷五十九《日记》"壬寅年十一月初八"条，载《四库全书存目丛书》集部第165册，第62页。

② 钱谦益：《列朝诗集小传》丁集上"屠仪部隆"条，上海古籍出版社2008年版，第445页。

性往往被掩盖了。因此，本书在论述各地诗学群体之前，不得不作一番考辨说明之。

本小节主要考辨“金陵青溪社”。“青溪社”是嘉靖末年以顾璘(字华玉)、朱曰藩、何良俊、金銮、盛时泰、皇甫汸、黄姬水、陈鹤、张献翼、金大舆等人为中心，在留都形成的规模盛大的文人诗社，在万历初更加发展壮大。那么，作为“晚明第一社”的“青溪社”，在钱谦益看来又是怎样一番面目呢？先看钱谦益在《列朝诗集小传》中的一段表述：

> 海宇承平，陪京佳丽，仕宦者夸为仙都，游谭者指为乐土。弘、正之间，顾华玉……此金陵之初盛也。万历初年，陈宁乡芹，解组石城，卜居笛步，置驿邀宾，复修青溪之社，于是在衡(金銮)、仲交(盛时泰)，以旧老而莅盟；幼于(张凤翼)、百谷(王穉登)，以胜流而至止。厥后轩车纷遝，唱和频繁。虽词章未娴大雅，而盘游无已太康，此金陵之再盛也。其后二十余年，闽人曹学佺能始回翔棘寺，游宴冶城，宾朋过从，名胜延眺。缙绅则臧晋叔(臧懋循)、陈德远(陈邦瞻)为眉目；布衣则吴飞熊(吴兆)、吴允兆(吴梦旸)、柳陈父(柳应芳)、盛太古(盛敏耕)为领袖。台城怀古，爰为凭吊之篇；新亭送客，亦有伤离之作。笔墨横飞，篇帙腾涌，此金陵之极盛也。①

我们仔细观察，发现钱谦益的表述将金陵“世家”在“青溪社”中的主体性特意隐藏起来，其目的可能是为其“山人文学”张本。按钱谦益的表述，青溪社社员划分为两部分：一部分为江南的“胜流”，也即名士或山人，如王穉登、张凤翼、莫是龙等。另一部分为嘉靖末年社事中的“旧老”。所谓旧老，即“前社员”，如许谷(字仲贻，号石城，以南尚宝卿致仕)、金銮(字在衡，随父金大舆宦居南京)、盛时泰(字仲交，上元人)等。在这个阶段，钱谦益显然

① 钱谦益：《列朝诗集小传》丁集上“金陵社集诸诗人”条，第462页。

忽略了文学世家。尽管他在“其后二十年”中的表述中提到了文学世家(也即“缙绅”)，然而臧懋循与陈邦瞻皆为外籍，并非我们所说的以本地为根据的“世家”。

事实上，本籍“世家”在“青溪社”中占据了较大比重。关于青溪社社员的构成情况，时人朱孟震《停云小志》说得清清楚楚，钱谦益遗漏了作为青溪社“文学世家”这一主要群体，由朱氏这段文字可以考见：

> 青溪社集者，陈芹子野知宁乡县谢病归，隆庆辛未岁所创也。时有费参军懋谦、朱太守孟震、唐太学资贤、姚典客潮、胡民部世祥、华广文复初、钟参军倬、黄参军乔栋、周山人才甫、盛贡生时泰、任参军梦榛先后入社。其与而未入者张太学献翼、金山人銮、黄山人孔昭、梅文学鼎祚、莫山人公远、王山人寅、黄进士云龙、夏山人曰瑚、纪亳州振东、陈将军经翰、汪山人显节、汪文学道贯、道会、沈太史懋学、程文学应魁、周文学时复也。癸酉复为续会，则吴文学子玉、魏广文学礼、莫贡士是龙、邵太学应魁、张文学文柱与焉。每月露集，遇景命题，即席分韵，录而刻之，名曰“青溪社稿”。前会许石城先生序之，后会吴瑞毂序之。①

我们用现在的方式，对其成员结构进行解读，应是这样的：

隆庆五年参与者：陈芹(致仕县令)、费懋谦(甲族王孙，司职参军)、朱孟震(刑部主事)、唐资贤(南国子监生)、姚潮(南鸿胪寺署丞)、胡世祥(户部主事)、华复初(应天府学训导)、钟倬(参军)、黄乔栋(参军)、周才甫(山人，有《雁川集》)、盛时泰(贡生)、任梦榛(参军)等。

未入社而莅盟者：金山人銮、盛山人时泰、张山人凤翼、黄山

① 朱孟震：《亭云小志》，转引自清初吴翌凤的五卷本《镫窗丛录》，载续修四库全书编纂委员会：《续修四库全书》，上海古籍出版社 1997 年版，第 578 页。

人孔昭、莫山人叔明、王山人寅、夏山人曰瑚、汪山人显节、王山人稺登等。

万历年间参与者：吴子玉（贡生，有《吴瑞谷集》）、魏学礼（进士）、邵应魁（不详）、张文柱（乡荐为吏，无集）、莫是龙（有《莫廷韩集》）、邵长孺（不详）、胡应麟（有《诗薮》）、梅鼎祚（有《八代诗乘》等）、周懋修、吴非熊、吴允兆、柳应芳、李言恭、王嗣经、张正蒙、陈仲溱、吴文潜、程汉、姚旅、臧懋循、梅蕃祚、胡潜等。（胡应麟等根据《玉笥诗话》补）

朱孟震等似乎认为，从隆庆五年（1571）首次社集可见，本籍或者仕宦于金陵的"世家"曹僚在诗社中居于主导地位，如县令陈芹、参军费懋谦等，由他们来形成影响、扩大规模，而山人仅仅充当"参与者"的角色（到了曹学佺组社的时候，队伍变得很混杂，难以一概而论了）。显然，朱孟震的叙述与钱谦益有很大差别。这一点，清初的黄虞稷看得很清楚。黄虞稷等认为，钱谦益考证纰漏，"钱氏考之未得其详。'青溪社'集，倡自隆庆辛未，而非万历初年也"①。然而笔者认为，钱氏是蓄意混淆视听的。他之所以这么做，显然是为了制造一种晚明文学一开始就"以山人文学为主流"的假象。钱谦益一再强调：青溪社的主体是山人。比如，他认为介于山人与世家之间的陈芹是青溪社的主盟者（"复修青溪之社"）；而山人莫是龙、张文柱是该社的核心成员（"廷韩及张仲立，皆翩翩佳公子，青溪社中之白眉也"）；山人金銮、盛时泰等是诗社的耆旧（"在衡、仲交以旧老而莅盟"）；山人张凤翼、王穉登是青溪社的胜流（"以胜流而至止"），至于其他人是不足道的（"厥后轩车纷遝，唱和频繁"）——总之，在钱氏眼中，"青溪社"简直就是一个"山人俱乐部"。

我们并不否认山人在诗社中惊人的创作才华，然而也必须认定一个事实：尽管有些参与青溪社的山人颇为高寿，且创作力惊人，动辄题诗千首万首；但是他们的作品刻集流传者很少，比如江宁张

① 转引自郭绍虞：《照隅室古典文学论集》"青溪社"条，上海古籍出版社1983年版，第556页。

正蒙，“年逾九十，隐逸终老，今体诗几万首，今刻其什一，顾邻初(璘)为序”①。再比如，吴非熊与程嘉燧号称“新安二布衣”，然其家人无财力为之刻集，散佚十之八九。如果不是张可仕、钱谦益等将他们的诗歌选录十几首、传播后世，恐怕我们连张正蒙等姓甚名谁都一无所知，更无论生卒年月、生平事迹、著述情况了。于是我们不得不质问：“青溪社”的主体，到底是世家，还是山人？

我们认为，晚明“青溪社”诗学主体是世家，而非山人。道理很简单：我们今天衡量文学批评成就的主要标准是此时的文本，而非彼时的创作虚名。这些山人尽管各有几首好的诗作入集，但是组织者、刻集者、酬和者大多数是世家，如果不是有他们大量的文献存世(诸如陈芹等《青溪社稿》，费懋谦《青溪诗社集》，朱孟震《玉笥诗话》、《续玉笥诗话》、《停云小志》，方沆文集，彭辂《彭比部集》)，我们便无从考证这么一个盛大的诗社，所以世家的贡献更大，是真正的诗学家。所以说，“传”与“不传”是一个基本的评价尺度。

我们认为，文学世家以其号召力集社，以其亭台别墅提供社集场所，以其财力刊刻社集和别集，使得优秀的诗学著作代代相传，才是晚明金陵诗学的绝对主体。比如青溪社社员臧懋循的《诗所》、梅鼎祚的《八代诗乘》、朱孟震的《玉笥诗话》、王世懋的《艺圃撷余》、彭辂的《彭比部集》、费懋谦的《青溪诗社集》、李言恭《青莲阁集》、胡应麟《诗薮》等著作，这些便是文学世家参与“青溪社”等文学活动，并与社友互相切磋砥砺的成果。不仅如此，文学世家还有余力刻志传、笔记、诗文全集，使我们得以详细考鉴其具体诗学活动，成为现今进行研究的文献起点。

### 三、杭州诗社世家主体考论

晚明杭州诗社之繁盛，直接承接嘉靖后期“西湖八社”而来。该社情况据《四库全书总目提要》集部总集存目之二《西湖八社诗

① 钱谦益：《列朝诗集小传》丁集上“张正蒙”条，上海古籍出版社2008年版，第463页。

帖》条载：

明嘉靖壬戌（1562年），闽人祝时泰游于杭州，与其友结诗社西湖上，凡会吟者八：曰“紫阳社”，曰“湖心社”，曰“玉岑社”，曰“飞来社”，曰“月岩社”，曰“南屏社”，曰“紫云社”，曰“洞霄社”。时泰与光州知州仁和高应冕，承天知府钱塘方九叙，江西副使钱塘童汉臣，诸生徽州王寅、仁和刘子伯，布衣仁和沈仕等分主之，以所作唱和诗，集为此编，分“春社”、“秋社”二目。明之季年，讲学者聚徒，朋党分而门户立；吟诗者结社，声气盛而文章衰，当其中叶，兆已先见矣。①

《西湖八社诗帖》为社集，有南京图书馆清抄本，根据卷首童汉臣《西湖八社诗帖纪》，② 可知嘉靖末“西湖八社”的“社长”共有七人，祝时泰主持紫阳社、刘子伯主持湖心社、方九叙主持玉岑社、童汉臣主持飞来社及紫云社、高应冕主持月岩社、沈仕主持南屏社、王寅主持洞霄社。其身份以郎署和曹僚为主。在“西湖八社”社友中，山人王寅等是旅食于此，只是诗社的参与者，比如陈田《明诗纪事》就曾下如此按语：“仲房（王寅）尝游西湖，与高光州应冕、祝户曹时泰辈结社。”③而其余人皆有官爵，如祝时泰为南部户曹，高应冕为光州知府，方九叙为钱塘知府，童汉臣为江西副使。从另一个角度看，其籍贯以当地文士为主，除了祝时泰为闽人，王寅为徽人，其余五子是杭州府人，其中高应冕、刘子伯、沈仕皆是仁和人，而童汉臣和方九叙为钱塘人。这说明“西湖八社”是一个以当地曹僚和郎署为主体的诗人社群。

方九叙《西湖八社诗帖序》也认为，只有致仕的郎署和曹僚（“士”）才是诗社的主体，他说：

---

① 永瑢等：《四库全书总目提要》卷一百九十二，中华书局1965年版。
② 见《四库全书存目丛书》集部第315册，第589页。
③ 陈田：《明诗纪事》（四），第2206页。

> 士必有所聚。穷则聚于学，达则聚于朝，及其退也，又聚于社，以托其悠闲之迹，而忘乎阒寂之怀，是盖士之无事而乐焉者也。古之为社者，必合道艺之志，择山水之胜，感景光之迈，寄琴爵之乐，爰寓诸篇，而诗作焉。①

同“青溪社”后来为闽人曹学佺主盟一样，“西湖八社”最初的主盟者是寓居的闽人祝时泰。西湖乃致仕寓居的理想之所，所以自嘉靖至启祯年间，湖上寓居了不少致仕的外地文人，祝时泰就是其中之一。何宗美先生说：“据《西湖志》载，明代寓居西湖的‘名贤’达 114 人，其他往来于此地者则难以确计。这些人在西湖修别墅，招宾客，选胜游冶，诗酒唱和。结社正是在此情形下蔚然成风的。明代文人在西湖的别墅有孙一元的南屏山居、李元昭的峋嵝山房、祝时泰的瑞石山楼、冯梦祯的西溪草堂、童汉臣的湖边草堂，严澗御的南山小筑，柴绍炳的南屏书屋、闻启样的龙井山斋等，这些人正是西湖社局中最为活跃的人物。”②

尽管祝时泰等人在“西湖八社”中莅临主盟，但是本籍文学世家仍然是其中重要的成员。随着祝时泰逝世，以李奎、茅坤、卓明卿等为代表的本籍世家继任为盟主。据郭绍虞考证，李奎《龙珠山房诗集》有刘子伯、高应冕序，其入社当在嘉靖年。③ 随着钱塘李奎与湖州诗人茅坤、吴梦旸以及仁和卓明卿等人声名鹊起，李、吴、茅、卓逐渐成为“西湖八社”的盟主。比如李奎，郭绍虞如此描述：

> 又茅坤所撰《李珠山(奎)先生墓志铭》谓：“寻向所谓诗社

① 方九叙：《西湖八社诗帖序》，载《四库全书存目丛书》集部第 315 册，第 596 页。

② 何宗美：《明末清初文人结社研究》，南开大学出版社 2003 年版，第 28 页。

③ 郭绍虞：《明代文人结社年表》，载《照隅室古典文学论集》(上编)，上海古籍出版社 1983 年版，第 504 页。

游者，方太守公九叙、童侍御公汉臣、马纳言公三才、朱宁州公孙炎、陈太守公师、沈太仆公淮、沈郁林公诏、高光州公应冕、赵溧阳公应元、沈山人仕、刘山人子伯及千户侯施经辈相与后先投社，翱翔湖山之间。最后予以罢官归，闲过西湖诸社游，抑且并邀予，详见大雅堂碑中。诸社游数推予为祭酒，而予所最莫逆者公。"则是张文宿、李元昭、马三才、朱孙炎、陈师、沈淮、沈诏、赵应元、施经、李奎、茅坤亦皆为社中人，而茅坤且数为祭酒。①

郭绍虞所述"诸社游数"者，基本上是钱塘和仁和县的官员。比如钱塘张文宿(以晋江令致仕)、钱塘李元昭(世袭千户)、仁和马三才(以直隶提学致仕)、朱孙炎(不详)、钱塘陈师(以永昌太守致仕)、仁和沈淮(以太仆卿致仕)、仁和沈诏(以郁林郡守致仕)、仁和赵应元(以溧阳太守致仕)、钱塘施经(世袭千户)、钱塘李奎(以锦衣佥事致仕)、湖州茅坤(官至广西兵备佥事)都曾参与主持西湖社游的活动。可见，"西湖八社"尽管发起者为闽籍流寓的祝时泰，但自产生至发展壮大，其主体构成基本上由杭州的文学世家成员充当。

至于外来人员主持诗社，亦受本地有威望的文学家之邀请。比如仁和卓明卿邀请汪道昆、屠隆等主持"南屏社"、"西泠社"即是典型的例子，发生在万历十一年至万历十四年左右。万历十一年(1583)，卓明卿与汪道昆、戚继光、屠隆等成立"西湖秋社"，一称"西泠社"；万历十四年秋，卓明卿在湖上重结"南屏社"，仍推汪道昆为主盟，实际上社事发起者为卓氏本人，参加者有王世贞、邬佐卿、汪礼约、曹昌先、王稺登、毛文蔚、汪道贯、屠隆、宗邦承、汪道会、李自奇、徐桂、杨承鲲、潘之恒、华仲亨等(见《卓光禄集》)。

从卓明卿、冯梦祯等人的记录看来，西湖诸社在万历年间亦曾

① 郭绍虞：《明代的文人集团》，载《照隅室古典文学论集》(上编)，第555页。

发展壮大。万历二十年，冯梦祯曾结社西湖之上，集俞羡长(安期)、潘景升(之恒)、吴泰、宁德符、王象、戚不磷、戚伯坚为净土宗之盛会，金华胡应麟与会。另据徐朔方《臧懋循年谱》考察，臧懋循于万历二十六年至万历二十八年，三载复客杭州，参与西湖诗会，可以证明西湖诸社的社事仍然较为活跃。然而，随着主持西湖诗会的汪氏三兄弟与潘之恒、屠隆等另起炉灶，在其原籍徽州创建“白榆社”，而本籍文学世家由于正处于后辈代兴之际，曾经一度沉寂。到了晚明，以陆圻等为代表的“西泠十子社”全面复兴，取缔了“西湖八社”的地位，成为晚明诗坛璀璨繁荣的风景。

“西泠十子社”的前身，是晚明江南文学世家中的青年才俊所结成的“登楼社”。“登楼社”作为复社的一个分支，由一些活跃在苏南浙北的年轻文士组成，除了陈子龙等人，还包括黄宗羲、闻启祥、严调御、冯悰、江浩、张岐然等，他们中不少人即是浙北文学世家诸公子(比如，黄宗羲为进士黄尊素之子；闻启祥祖父闻镇、父闻涞皆饶资材；严调御与其三兄弟为武林公子；张岐然即黄汝亨之外孙，他还是当时武林“读书社”的领袖)。据明史载，钱塘陆圻(1614—?)“字丽京，与汪沨、柴绍炳、沈昀、陈廷会、应掇谦、孙治等游，并与陈子龙等共结‘登楼社’，世号‘西泠十子体’”。因该社中大多数成员实际活跃于清代，超越了本书论述的范围，故本书从略。“西泠十子”、“登楼社”诗人及其下一代，到清代发展成为张扬浙派诗风的主力军。

## 四、苏松诗社世家主体考论

苏州和松江，一直是明代诗社较为活跃的地区，明初有“吴中四杰”、“北郭十子”，明代中叶有徐祯卿、祝允明、唐寅、文徵明，合称“吴中四才子”。到了晚明，崛起的社团不胜枚举，影响较大的有苏州“拂水山房社”、“匡社”、“应社”、“复社”以及松江“几社”、“云间六子社”等。

拂水山房社，简称拂水社；社事横跨万、启、祯三朝，凡苏州、松江、常州文士入社者先后有数十人。该社起于万历十二年(1584)，常熟瞿汝说与邵濂、顾云鸿、瞿纯仁等始结拂水山房社。

瞿式耜《瞿忠宣公集》卷十《府君行状》载："岁甲申(万历十二年)补博士弟子员……时吴下相沿为沓拖腐滥之文。府君与执友邵君濂、顾君云鸿、瞿君纯仁，结社拂水，创为一家言，以清言名理相矜尚。"万历三十年前后，苏州范文若有续社之举，① 据李延昰《南吴旧话录》卷二十四："范文若字更生，万历丙午(三十四年)举于乡，美姿容，以风流自命，与常熟许士柔、孙朝肃、华亭冯明玠、昆山王焕如五人为拂水山房社。"万历末，钱谦益、缪昌期等为该社主盟者。如缪昌期谈道："今岁十八房京，本多未齐，而刻者纷纷，坊间射利，何所不至？足下曾看得两三部好者否？有如窗稿两三部否？近日闻钱受之寄到拂水社中，有王带如一部，此奇宝也，但落诸君手，意见不同，未免遗失。"②钱受之即钱谦益，可见钱谦益参加拂水山房社，且负责社稿铨选，言之凿凿。郭绍虞先生认为钱谦益未入社，其根据是康熙《常熟县志》卷二十言及"瞿汝说、钱谦益、顾云鸿、邵濂辈，皆乐与纯仁游处，拂水文社遂甲吴下"，对照钱氏《初学集·瞿元初墓志铭》文字基本一致，但没有提到他自己，由此便断言"钱谦益"之名系羼入；而王文荣博士亦以年齿论，认为万历十二年钱谦益仅三岁，故不可能入社。郭绍虞先生之言似有误，古人较少有给友人作墓志时还不忘矜扬自己者。以上观点均受限于文献，未能用发展之眼光看待该社。我们赞同朱倓、何宗美等人的观点，即常熟拂水山房社至少延续了三代人，并确认钱谦益曾主盟该社。③

天启初，吴门徐鸣时与安徽贵池吴应箕等人于苏州结有"十三

① 按：照民国时期朱倓先生的考证，此二社本系同一社事。见其《明季南应社考》，国立北京大学《国学季刊》第二卷第三号，1930 年 9 月。

② 缪昌期：《从野堂存稿》卷六《与门生汪如石》，载《丛书集成续编》集部第 118 册，上海书店出版社 1994 年版，第 818 页。

③ 参见王文荣博士论文《明清江南文人结社研究》，第 53 页；郭绍虞：《明代的文人集团》，载《照隅室古典文学论集》(上编)，上海古籍出版社 1983 年版，第 590 页；何宗美：《明末清初文人结社研究》，南开大学出版社 2003 年，第 135 页。

子文社”，即“匡社”。① 几乎与此同时，苏州杨廷枢、朱隗，嘉兴吴昌时，太仓张溥、顾梦麟与金坛周钟等创立“应社”，亦是“十三子”。由于该社主要成员皆是时文名家，四方举子如水之赴壑，纷纷加入，如嘉兴孙淳、贵池吴应箕等，这样，“匡社”实际上诞生不久就并入“应社”，大大超过了“十三子”之规模。“应社”后来又发展为“复社”，过程如下：崇祯二年，苏州杨廷枢等人在吴江县令熊开元的支持下组建“尹山大会”，并邀请名士张溥主持会议。崇祯三年(1630)杨廷枢与张溥、吴伟业、吴昌时、陈子龙等同时中举，次年又与吴伟业中进士，改庶吉士。由于张溥等人科举的成就，由他们倡导合大江南北文人社团为“复社”便格外具有号召力。崇祯六年，张溥于苏州虎丘召开大会，“山左(西)、江左(西)、晋、楚、闽、浙以舟车至者数千人”。② 复社终于成为晚明第一大社。

苏州一带的世家文士在复社中起着至关重要的作用，他们是复社的发起者和社事资金的赞助者。就社事发起而言，陈宝良先生明确指出：“明代士人的结社，首先源自兄弟、家人、宗族自相师友……如果我们对复社的姓氏榜进行仔细的考察，就会发现，复社内部的血缘关系极为浓厚。如金坛周氏，其家族内有很多人参加了复社……在复社成员中，父子互为师友的例子也不少。如长洲许元溥、许洄，两人是父子关系，同治易学，又同为复社成员。复社成员刘城曾在李源常的祭文中有这样一句：‘同里世盟弟刘城既率子廷銮、廷鏊哭于其位矣。’据查，刘廷銮、刘廷鏊，也名列复社姓氏榜。”③其实，在复社的前身匡社、应社中，这种家族性就已经十分鲜明。我们以张溥的序文为例说明。其在《应社十三子序》中说：“夫郡之人多矣，其名能文好伟论者，(杨)维斗诸子无不乐称焉。节之而仅为十三子之文，其数不已阙欤？夫盖有所自也。十三子之

---

① 陆世仪：《复社纪略》卷一。

② 陆世仪：《复社纪略》卷二。

③ 陈宝良：《中国的社与会》，浙江人民出版社1996年版，第450页。

中，有一家之兄弟焉，有世兄弟焉，此以亲相先者也。”①这表明，应社成立之初仅限于世家诸子互研制艺之学，体现出鲜明的文学世家特征。

江南文士还是复社的主要资助者。凌郁之指出：“文社背后往往有家族的力量或利益运作其中。《研堂见闻杂录》云：‘凡高门鼎族，各联一社以相雄长，大约如四公子之养士，鸡鸣狗盗，以备一得之用而已。固时势为之，而人心风俗，亦另一机杼已。’这是我们研究社盟时必须注意的重要问题……例如复社，其初由吴扶九发起……其成员在苏州府的有吴晋瓒、吴麟趾、吴世培、吴中柱、顾梦麟、顾苓、顾桦、顾玉祥、顾李蹊、顾宇王、许元弼、许士斌、许元祯、许振光、周霸、周群、周崇阶、黄鼎吉、黄晋昌、黄允奇、韩馨、徐树丕等，这些人都来自苏州相当有名望的家族。”②

当复社中苏州府文士取得一定的社会地位之后，他们便有余力、有闲暇宴饮吟诗，组成较大的诗人群体。何宗美先生认为，张溥与复社中苏州籍的士子结成了一个“娄东诗人群体”。他说：“据张溥《七录斋诗文合集》就有苏州顾梦麟(麟士)、王启荣(惠常)、太仓吴克孝(人抚)、长洲徐汧(九一)、许元溥(孟宏)、吴县杨廷枢(维斗)、吴江吴翿(扶九)、吴昌时(来之)、孙淳(孟朴)、沈初馨(青芝)、沈应瑞(圣符)、昆山王志庆(与游)、王志长(平仲)、常熟杨彝(子常)、嘉定侯峒曾(豫瞻)等二十多人，由此形成了一个成员较为固定、情趣彼此投合的娄东诗人群体。”③何宗美意在说明，“娄东”诗派在明末清初的延续性。但是我们认为，仅仅看到这个层面似乎还是不够的，因为张溥在《七录斋诗文合集》中赠诗或唱和的对象明显超出了“娄东”的范围，至少有六七人是源自松江府、嘉兴府的。比如华亭杜麟征(仁趾，见《七录斋诗稿》卷一

① 张溥：《七录斋诗文合集·存稿》卷一，载《续修四库全书》集部第1387册，第414页。

② 凌郁之：《苏州文化世家与清代文学》，齐鲁书社2008年版，第58页。

③ 何宗美：《明末清初文人结社研究》，南开大学出版社2003年版，第211页。

《读杜仁趾文稿》、《深夕同仁趾、伯祥、文玉纵言，和文玉韵》）、陈子龙（《次周勒卤艳诗赠陈卧子》）等是松江府的；而像嘉兴李明嶅（卷三《赠李友石》）、嘉兴黄洪宪儿媳项兰贞周慧贞（《黄太君孟畹遗集》、《读周少君剩玉篇》）、嘉兴冯元飚（《吴门陪冯邺仙给谏赋诗追别》）亦与张溥唱和频繁，显然，张溥与松江、南湖文士也有唱和往来。这似乎证明：张溥并不单纯追求将复社发展为全国第一大文社，同时也有借助江南世家之手主持诗坛的诉求。

至于松江"几社"，主要是"六子"等文学世家发起并扩大的，朱丽霞、罗时进等人阐发已多，兹不赘证。

## 第二节　江南诗学特征论

在第一章第二节中我们阐述了这样一个基本观念：南北诗学具有各自较明显的地域特征。南方文人的诗学偏于"诗缘情"，而北方诗学偏于"诗言志"。从这个基本立场出发，可以衍生出许多类似的二元对立说法：北方诗学重"质"，南方诗学重"文"；北方诗学质朴厚重，故其形成庄严肃穆、盛大高华的美学面向，也即今人所谓"壮美"；南方诗学细腻婉曲，故而形成清新绰约、幽静深婉的美学面向，也即今人所谓的"优美"①……所以，到了唐代，诗学发展到顶峰之际，南北诗学发展的大致路径已然不一样了；到了两宋元明时期，这种差异又得到了进一步的体现。比如前面所提到的南方的江西诗派注重锤炼，而北方的元好问却崇尚真淳；北方词人多以豪放为主，南方词人多以婉约为宗；北方前后七子派力图复古，故偏向于以格调为主；南方"吴中四子"以及金陵六朝派论诗注重情韵，故偏向于以神情为宗。然而，这只是一个总体的、概观性的印象，或者说是一种"模糊印象"，南北文学之不同，大体如此而已。文学毕竟不是科学，要找到一两个反证并不难；但如果比较普遍的现象都如此，即便找到了三五个截然相反的例子，论题还

① 参见曹聚仁：《阳刚与阴柔》，载《中国学术思想史随笔》，三联书店2003年版，第434页。

是可以成立的。当然，光有这种总体印象式勾勒还是不够的，文学研究要深入，研究工作要推进，就需要再作进一步细化的工作。本节论述展开之前，略论北方诗学的三个主要特征，再叙述江南诗学三个主要特征，以相比照。

## 一、北方诗学特征：求真、遵道、言志

在第一章中，我们从地域的视角出发，提出可以将中国诗学分为北方“诗言志”儒家传统和南方“诗缘情”的文人传统的观点。与“志”相关的范畴还有“道”（道统、诗道、道义……）和“真”（真率、朴素、平实……）；而与“情”相关的范畴是“性情”（或谓“性灵”）和“文饰”（绮丽、轻艳、藻饰……）。李泽厚认为，传统的“诗言志”和“诗缘情”的重要区别在于“情”与“道”之间的主次：“在‘诗言志’中，虽然也有‘缘情’的存在，但相对于儒家的‘道’来说，它只占有次要的、从属的意义；而在‘诗缘情’中，由于其所处的特殊的社会环境，礼义已成为虚伪的东西，个体对人生的依恋就被推上重要的位置。”①总之，南北诗学分别从“言志”与“缘情”的方向发展，有较大差别；而本小节论述北方诗学特征，就是为下文讨论江南诗学铺设一个参照系。展开如下：

其一，求真。

首先，“真”体现在对于“情感还原”的诗学诉求上，也就是所谓“返璞归真”。自从宋明理学兴起之后，北方诗学与理学呈现出一定的互动关系，“真”也赋予了一定的理学内涵。而儒家又偏向于“性善”论，因此，理学干预文学的结果就统一到“教化仁义”的本体论上来。如宋初三大家、兖州石介就强烈反对文饰，主张兴复古文、还原本真。他说：

> 今之为文，其主者不过句读妍巧，对偶的当而已，极美者不过事实繁多，声律调谐而已。雕锼篆刻伤其本，浮华缘饰丧

① 李泽厚、刘纲纪：《中国美学史》，安徽文艺出版社 1999 年版，第 258 页。

其真，于教化仁义、礼乐刑政，则缺然无仿佛者。①

范阳邵雍（字尧夫，1011—1077）更是在宋诗的领域内开辟出一种“性理诗”来，用文学（诗）的形式，来表达他追求性理之“真”的意图。他说：

史笔善记事，长于炫其文，文胜则实丧，徒憎口云云。诗史善记事，长于造其真，真胜则华去，非如目纷纷。②

石介、邵雍的诗学观，在宋明发展成为性理诗学，尤以晚明河南濮阳人叶廷秀为代表。其《诗谭》第一则诗话即《心学》，以之开宗明义，探讨诗学“本真”。从中我们可以窥见北方性理诗学较完整的谱系：

“天向一中分造化，人从心上起经纶”，此康节（注：范阳邵雍）之诗也；“中心如自固，外物岂能侵”，此明道（洛阳程颢）之诗也。夫心者，人之神明，所以具众理而应万事，耳目口鼻之不相乱者，此心也；喜怒哀乐之不失节者，此心也。大学言“正心”，孟子言“尽心”、“求放心”，而心学之旨尽矣。关洛诸公，绎心学之扃钥，发叨性学之渊源，惟以敬为传心之要。明道之论心曰：敬以直内。伊川之论心曰：闲邪存诚。横渠（关中张载）之论正心曰：当以己心为严师。鲁斋（沁阳许衡）曰：“万般给养皆为伪，惟有操心是要规。”伯敏曰：“纷纷枝叶费推寻，到底根休只此心。”吕与叔（蓝田吕大临）曰：“终日圣门无一事，只输颜子得心斋。”朱子（江西朱熹）曰：“圣贤千言万语，只要人不失其本心。”又云：“静观灵台妙，万化从此出。云胡自芜秽，反受众形役。”然则先贤之用心，为后学之楷模，外此果无馀蕴矣。罗一峰（江西罗伦）曰：“凡治己，

① （宋）石介：《上赵先生书》，载《石守道先生集》卷上，正谊堂全书本。

② （宋）邵雍：《诗史吟》，《伊川击壤集》第四册卷十八，载《四部丛刊初编》第147册，第48页。

必先治心。不治其心，则一病去、一病生矣。待守此心，如过独木桥，如御逸马，如见大宾而对上帝，使主心常存，客气听命，则病根自除，而病症不作矣。”此乃敬以存心之彻论也，安得有志心学者而共证之。

我们看到，明代性理诗学正是在“关洛诸公”等北方学者及江西理学家所奠定的基础上发展而成的。作为北方学者，叶廷秀对于宋明之际的理学流派有明显的倾向性，他偏重“关洛之学”而对于“濂闽之学”(周敦颐、朱熹)关注较少；偏重于“程学”，而对“朱学”关注较少，则明显体现出其地域倾向，意在表明北地学者学问性情之“真”。例如卷二针对“司马温公”，此则题为“真率会诗”，长达272字，后面还缀加了近300字的补序；卷三“许鲁斋思亲诗”更是长达476字。另一则超长的“诗话”，来自于对明代北方理学的大家薛瑄(1389—1464)的大书特书，强调其“孝情”之真，成为该书篇幅最长的一则，全文600余字，长达4页，大概是薛瑄身上体现了理学诗的“正统”，强调率真，不拘声律。比如晚清陈田就认为薛瑄之诗“古体淡远，律体雄阔，绝句极有风韵，非一时讲声律者所能及”(《明诗纪事》乙签卷一二“薛瑄”条)。

文学的本质也在于求真，该命题似乎没有探讨的必要；但是南北诗学“真”的内涵是不一样的，这又提醒我们必须区别对待。北方诗学的求真，似乎有意向着“求善”(即伦理化)方向靠拢；而南方诗学的求真，则是向着“求美”(即审美化)方向靠拢。相比北方学者提出“发乎情”而止于“中和”的诗教观，南方学者更加彻底豁亮，他们打出的“真情”牌，是轰轰烈烈的“至情”，是“至诚至性”，这种区别还是较明显的。比如，同样是“真诗在民间”的观点，北方诗人与南方诗人的表达就很不相同。兹举李梦阳、袁中道的话语为例：

孔子曰：“礼失而求之野。”今真诗乃在民间。①

① (明)李梦阳：《空同集》卷五十《诗集自序》，文渊阁四库全书本。

有声自东南来，慷慨悲怨，如叹如哭……不同文而同声，不同声而同气，其真诗果在民间乎！①

由此可见，北方诗人，面向是“致位育和”的伦理之“真”，强调感情淳朴古道，“情理中和”，因此极其容易滑向复古的阵营中去；而南方诗人，面向是“本心所在”的性情之“真”，强调的是感情的浓烈饱满，因此极其容易纵情发挥，滑向信心的一路上去。所以，我们将江南诗学之“真”融会到艺术之美与性情之真之中去考量。

南北诗学对于“求真”的不同理解，还体现在对于“诗史”的追求方面。北方七子派诗人秉承邵雍以来的理学思想，执念于“诗史”叙述与结构，而南方诗学如杨慎等六朝派、袁宏道等公安派、钟惺等竟陵派则侧重于对“诗史”的否认与解构。由此可以牵引出另外一个话题，需要专文另论，兹不赘述。

其二，遵道。

北方复古派(或者说格调派)本来就有文以载道的观念。元明之际，金华理学名臣宋濂继承了欧阳守道等理学家的文学观念，身兼南北学术之长。明太祖聘宋濂为江南儒学提举，并为太子傅，《明史》说：“濂傅太子先十余年，凡一言动皆以礼法讽劝，使归于道，至有关政教及前代兴亡事，必拱手曰：‘当如是，不当如彼。’皇太子每敛容燕纳，言必称师父云。”宋濂以理学治国的观念亦成为当时文臣的宗尚。然相对江南王祎，金华宋濂更强调道德学问。晚明张燮评介说：

景濂文如大官法物，无所不具，无所不调，丰赡周密。然取徐行而少俊快，取平调而少昂纵，取直叙而少结束，宋元遗习，沿而未返。然自无损名家。高帝尝谓：才思之雄，卿不如

① (明)袁中道：《游荷叶山记》，载《珂雪斋集》(中册)卷二十四，上海古籍出版社1989年版，第531页。

祎；学问之博，祎不如卿。知臣莫若主，信夫！①

宋明时代，随着江南文学的全面崛起，中原与关中、山东一样，也逐渐被目为“北方”。万历初年，中原文人的代表有沈鲤（1531—1615）、吕坤（1536—1618）等人，被称为“万历三大贤”。沈鲤坚持正统理学，反对阳明心学。万历十二年，朝议王阳明享孔孟从祀，沈鲤主持召开内阁会议，予以坚决反对：

> 盖我明道化翔洽，人文辈出，二百年间，侑食孔庙者，仅薛瑄一人，诚慎之矣。今距祀瑄之后未二十年，而又得（胡）居仁与之并祀，亦所谓旦暮遇之，比肩而立者，虽一人不可谓少也。至于守仁之学在致良知，献章之学在主静，皆所谓豪杰之士。但与议诸臣，与之者仅十三四，不与者已十六七，甲可乙否，臣等亦何敢轻议。②

作为沈鲤的同道，河南宁陵吕坤强烈主张将诗歌必须“范品格”、“傍风雅”、“入真澹”、“关世道”，并提出诗人只有服务于“性理”，才称得上具有襟度、性情、识趣、雅抱、真味、妙解“六得”。他说：

> 夫诗不范品格、傍风雅、入真澹，即千万语皆支也；诗不关世道，即千万语皆赘也；诗是矣，而人非，即千万语皆伪也，是谓三蔽……余知诗人脱略拘挛，吞吐一世，诗人之襟度也；消融芥蒂，物我皆春，诗人之性情也；色态庞杂，触目是道，诗人之识趣也；愁苦侵寻，别有乐处，诗人之雅抱也；情

① （明）张燮《书宋文宪集后》，载《明文海》，亦载杨讷、李晓明编：《文渊阁四库全书补遗》集部明代卷第7卷，北京图书馆出版社2005年版，第172页。

② （明）沈鲤：《议孔庙从祀疏》《亦玉堂稿》卷一，文渊阁四库全书影印本，第6~7页。

景相遭，天机自流，诗人之真味也；幽岑独契，授受不能，诗人之妙解也：是谓六得。①

晚明北方文学在理学的笼罩下缓慢发展。比如万历前期“山左三大家”的诗论就有强烈的理学诉求。“山左三大家”为于慎行(1545—1608)、公鼐(1558—1626)、冯琦(1558—1604)三人，探讨“文道同一”是“三大家”的主要观点。他们将晚明南方的诗文风气视为“洪水猛兽”、“妖花毒草”。比如于慎行认为：

夫狂澜横发，汹涌滔天，是水之奇观，而决之兆也；开颜发艳，耀日从风，是花之缛彩，而落之端也。故文至今日可谓极盛，可谓极敝矣。川不可障则疏其源，华不可叙则培其根，亦反经而已矣。诚令讲解经旨，非程、朱之训不陈，敷衍文辞，非六籍之语不用，此培根疏源之方也。②

于慎行坚持认为，文章续以程朱理学为立论根基；甚至将文章与道德统一在“经国大业”的层面，其持论堪称“精警”。他说：

自古兴王之主有好文者，多是表章经训，劝学崇儒，如汉武、唐宗是也；败王之主有好文者，多是耽精技艺，善画工书，如陈叔宝、李煜是也。然使陈、唐二主留心国政，忧勤万几，即耽精文艺，政自何妨？惟其庶政怠荒，万事不理，而一于流连光景，弄笔染翰，与雕虫之士争长短于尺寸，斯其所以败耳。③

---

① (明)吕坤：《吕新吾先生去伪斋文集》卷三《陈少邱诗集序》，载《四库全书存目丛书》集部第161册，第146页。

② (明)于慎行：《谷山笔尘》卷八，载《明史资料丛刊》第3辑，中华书局1984年版，第86页。

③ (明)于慎行：《谷山笔尘》卷七，第81页。

于慎行的话颇有深意，这种将文学与国运捆绑立论的方式，算得上是开清初诸儒清算竟陵派、目之为“诗妖”、“鬼趣”、“亡国之音”的先河——从中我们也可以领略北方“遵道”文学的传统力量是何其强大。

其三，言志。

东林党魁、河北高邑赵南星认为，“诗以道性情”，而北方素有“诗言志”的传统，其诗“直写志意”，故其更近于性情；而南方之人写诗多夸博涂饰。他说：

> 北方之士人率不为诗，其为之者多成，何也？北方之人性朴而气劲。朴故其词质，直写其志意；劲故其中之所存勃勃欲吐，不能自隐。诵之者可以知其人品与其土俗。故北方之人，其性近于诗而不学。学者乃不知诗道，每每失之。夫诗以道性情，犹镜以照面目，假令以镜为不美，而饰之以金玉珠玑，则不可以见面目。求诗之美而骋博斗异，过于涂饰，则不可以见性情。①

赵南星等东林党人诗学注重诗教，具有儒家经世情怀，故而其宗旨与北方人最为接近，与当时南方公安派提出的“独抒性灵”迥然不同。与赵南星相呼应的是北方山左诗人群，如于慎行、王象春、公鼐等人，他们中多数人也是拥护东林党之“诗教”主张的(后亦被阉党罗织入“东林”籍)。山左诗人往往将“情”与“志”统一起来表达，他们所谓的“情”与南方人不同，不单纯是喜怒哀乐，而更似是一种“性情”；不仅如此，他们所说的“情”，乃是通于古今的“人情”。这与北方诗学确立的“诗言志”的传统是一致的。兹举数例为证：

冯琦在给于慎行《于宗伯集》的序中写道：

① (明)赵南星：《赵忠毅公诗文集》卷八《苏子哲诗序》，载《四库禁毁书丛刊》集部第68册，第188页；另见赵南星：《味檗斋文集》卷五，中华书局1985年版，第219页。

夫诗以抒情，文以貌事。古人立言，终不能外人情事理，而他为异；而后之作者，往往求之情与事之外，求之弥深，失之弥远，则求之者之过也。亡论《诗三百篇》，大半采之民风，即如汉、魏以来，民谣里谚，出自闾巷儿女子之口，即捷骚人墨士，穷情尽变，有以益乎？当战国时，士抵掌谈世事，皆以取给一时，快心千古，即司马迁为《史记》，仍其语不能损益也。故知诗以抒情，情达而诗工；文以貌事，事悉而文畅。古人之言，尽于此矣。①

邹平张延登在给其友人王象春诗集所作《齐音小引》一文中指出：

夫情发乎志，声而成音，音声所感如风之鼓物靡而成俗而不觉，故谣讴无为之言，其吟写性灵、转移习尚更真更速，此仲尼删诗至齐"敝笱""遭狃"与"鸡鸣"之什并录也；况历旧无专志，今《百咏》所载千秋得失之林备矣。②

青州赵秉忠（字季卿，万历二十六年状元）在给其姊夫公鼐《问次斋稿》作序时说：

诗道之简钜，关乎气运通塞，根乎性情奢俭，本乎学问淹速，繇乎风尚。先生时际昌明，运当文盛，趋廷问业，固已少习若性矣……先生坦然直心，从衣襟望见肺腑。③

和山左诗人群的诗学思想比较接近的是中原诗人群，吕坤是其中最突出的代表。他认为，词章就是传达忠君爱国、达观向上的情

① （明）于慎行：《宗伯集》，文渊阁四库全书本，别集类五，卷首。
② （明）王象春：《齐音》，济南出版社 1993 年版，第 4 页。
③ （明）公鼐：《问次斋稿》，中国戏剧出版社 2008 年版，第 2~3 页。

志。他说：

> 诗词文赋，都要有个忧君爱国之意，济人利物之心，春风舞雩之趣，达天见性之精。不为赘言，不袭余绪，不道鄙愚，不言幽僻，不事刻削，不徇偏执。①

值得说明的是，正如李东阳所说，“诗之为物也，大则关气运，小则因土俗”，② 地域决定的因素必须是在一种风气的稳定滋长中，如后七子式微及公安竟陵兴起之际。但是到了明末，国家的“气数”、“气运”的衰飒而引发了经世救国思潮，诗学平衡的局面被打破，传统儒学的诗教观全面复兴，南方诗人普遍转向，开始回归“诗言志”的传统。如：顾炎武认为，“文须有益于天下，诗须以言志为本”；方以智认为，“诗也者，志也，持也”；王夫之《四书训义》卷二十一中甚至认为：

> 诗……其相亲以柔也，“迩之事父”者道在也；其相协以肃也；“远之事君”者道在也……事父即可事君，无已之情一也；事君即以事父，不懈之敬均也……可以兴、观、群、怨者，即可以事君父。忠孝，善恶之本，而歆于善恶以定其情，子臣之极致也。

王夫之完完全全将“志”定义为“君君、臣臣、父父、子子”的那一套封建伦理之“情志”，则是向北方诗学传统彻底回归了。

## 二、江南诗学特征：尚博、崇艺、主情

罗立刚在《唐宋文学导读》一书中，单列“缘情绮靡的江南文

---

① （明）吕坤：《呻吟语》卷六《词章》。

② （明）李东阳：《赤城诗集序》，载《怀麓堂集》卷二十四，四库全书本。

风”一节，以探讨五代文学，可谓深中肯綮。① 历来江南文风皆可以“缘情绮靡”来概括，因为自《隋书·艺文志》论述“江左宫商发越，贵于清绮；河朔词义贞刚，重乎气质”以来，此“南北文风不同论”已深入人心。具体到明代诗学，我们认为，“七子派”走的是北方文学“词义贞刚”的路线，晚明随着文学重心转移到江南，“清绮”的文风占据主导地位。然而必须指出，这种“清绮”亦是一种全面的、综合的、审美的文艺观，与公安派之“清奇”、竟陵派之“幽深孤峭”不同，他们强调学识与才情，主张对古今诗语兼收并蓄。以下详论为三方面表征：

其一，尚博。

所谓“尚博”，即以博奥夸耀于世，如《四库全书总目提要》所说：“明人著书，好夸博奥，一核其实，多属子虚，万历以后风气类然。”“明人之习，大都若是。所讥诚中其病，然网罗繁富，颇足以广见闻，要亦博洽之一助也。”②在著述风气最为浓厚的江南，崇尚“博学”的特征尤为明显。从大环境而言，晚明清初学者“尚博”乃由学术风气所致。《四库全书总目提要》亦有褒义的评价，首条“经部总叙”即云：

> 自宋末以逮明初，其学见异不迁，及其弊也党。主持太过，势有所偏。材辨聪明，激而横决。自明正德嘉靖以后，其学各抒心得，及其弊也肆。空谈臆断，考证必疏，于是博雅之儒引古义以抵其隙，国初诸家，其学征实不诬，及其弊也琐。

可见晚明江南学者学术上“尚博”，是出于对阳明心学及其末流的反拨；所谓“空谈臆断”、疏于考证者，实际上包括王阳明至李贽以来的王学左派哲学家。晚明江南学者在文学上强调“博学”，

---

① 罗立刚：《唐宋文学导读》，广西师范大学出版社2007年版，第123页。

② 永瑢等：《四库全书总目提要》卷五〇《春秋别典》。

学风却源自嘉靖初的杨慎。① 晚明以"博学"能接踵杨慎者有两人：王世贞与焦竑。王世贞(附胡应麟)推崇"精博"、焦竑提出"博通"说，在江南地区产生了广泛的影响。

前面我们说，作为后七子领袖，王世贞是北方诗学忠实的践行者。然而，王世贞晚期二十余年隐居于江南太仓弇园别墅之中，对于北方诗学有所反思，而对其早期一味否定南方诗学的做法也予以纠正。王世贞的博学，一定程度上正是江南文学地域特征在其身上的体现。王世贞堪称晚明博学第一家，其博学程度，不仅当时学者极力叹服，后世学者也自叹望尘莫及。黄宗羲《明文海》卷二三八载叶向高《黄离草序》云："夫七子直弇州雄也，其才情之宏富，笔调之纵横，盖于明无两焉。"卷三〇三载张燮《书禽园八记后》又云："古今述作之富，未有如王司寇者。非唯篇什宏多，世间有二字粘带，都被弇州用尽。"王世贞的博学与雄才，在明清人的著作中屡被提及。今人廖可斌的总结堪称定论。他说："中国古代文人有的著述多达数百卷甚至上千卷，但往往编选纂辑之书居多。王世贞的著作则基本上都是撰写而成。其著作之宏富，不仅在明代，而且在整个中国古代也是罕见的。"②

王世贞的"尚博"，不是单纯为了"复古"而"掉书袋"，而恰恰是有眼光的学习，其目的是纵览古今、融为己用。王世贞、胡应麟不满江南士子一心只顾举业文章、不读他书的做法，同时提出改革的标准，作有意识的反抗。吴晗对王、胡提出的改革标准有精到的描述，援引如下：

> 他们以为文章学问本非二途，在积极方面，提出"博""精"二字，学求其博，义求其精，要深要广；"入之九渊而毋

---

① 《明史·杨慎传》："杨慎博物洽闻，于文学为优。"受其影响，王世贞欲以"博学"凌驾之，实际上形成了一种隔代"竞争"的关系。一方面，王世贞承认"明兴，称博学、饶著述者，盖无如杨用修"，另一方面，他在《艺苑卮言》等著述中每以"杨用修"为靶子，其追摩之意图甚是明显。

② 廖可斌：《明代文学复古运动研究》，上海古籍出版社 1994 年版，第 327 页。

> 堕于魔，放之八极而毋堕于幻”。要高要沉；“举之千仞而毋激于峭，按之万钧而毋滞于粗”。在消极方面要避除的是“晦”，是“杂”，晦则不达，杂则不醇。两人的见解和目标大抵相同，其持论亦无大出入，并且都能实践他们所标榜的口号，博极群书，学夸一世，开一时读书著述的风气。在思想方面，也不受传统的桎梏所约束，自有坚定的立足点，这在明代的学术思想史上不能不说是一个大解放时期。①

吴晗先生敏锐地发现：以王世贞为代表的江南文士之“博学”，其目的是为了“综合”古今——由此迎来了明代学术思想史上的大解放时期。王世贞的追随者胡应麟和好友焦竑，基本上也是沿着这个方向开拓的。

无论从哪个方面来说，胡应麟都是王世贞诗学路线坚定的执行者，是七子复古诗学的殿军。胡应麟著述，以“精博”二字为要。吴晗摘引胡著说明如下：

> 其论学以深广高沉为旨，以魔幻峭粗为我，而归于精博。其言曰：“格有所必程，法有所必比，辞有所必炼，思有所必抽，入之九渊而毋堕于魔，放之八极而毋荡于幻，举之千仞而毋激于峭，按之万钧而毋滞于粗，博而核之，精而莹之。”（《类稿》卷八十六《黄尧衢诗文序》）又云：“凡著述贵博而犹贵精，浅闻少见，曷免空疏；夸多炫靡，类失卤莽。博也而精，精也而博，世难其人。”②
>
> 著述以精博为贵，而最要尤在无成心，事事处以客观的态度，要平心静气，作公允的探讨：“凡著述最忌成心，成心著

① 吴晗：《胡应麟年谱》，载《吴晗史学论著选集》第1卷，人民出版社1984年版，第387页。

② 吴晗《胡应麟年谱》引胡应麟《诗薮外编》，三唐上。

于胸中，则颠倒是非，虽丘山之巨，目睫之近，有蔽不自知者。”①

凡著述贵博而尤贵精……精矣而博，世难其人。洪景卢万首唐绝，文士滑稽假托，并载集中，此博之弊也。嘉靖初，有辑唐诗行世，纪者至一千四百余家。余骤揭其目，欣然；比阅，则六朝五季几三之一，甚至析名与字而二之，为之绝倒而罢。夫博而不精，以骇肤立可耳，稍近当行，讹漏百出，得不慎与！②

我们从另一个侧面看胡应麟“精博”的诗学思想，或许别有风味。当时，汪道昆与王世贞等同样是后七子诗学的主要坚守者，他给胡应麟文集写了一个恶搞式的序言，对胡应麟的“博学”推崇备至：

(汪道昆)且谓：“孔子博学无所成名，自生民以来未之有也。楚郑而下，代有其人，或博而无征，或征而不作，西京或博异物，或博陈言，迄于南渡，马郑诸人亦传于博。近则成都(杨慎)博而不核，弇山(王世贞)核而不精，必求博而核，核而精，宜莫如元瑞，当之则千古自废，其诸搏扶摇而溟涬者邪！”

这段话，语出汪道昆《太函集》卷二六《少室山房四稿序》。陈卫星认为，汪道昆将胡应麟列于与“累世不能穷其学，当年不能究其礼”的孔子同等的位置，尽显对胡应麟学术态度及学术地位的推崇之意。③ 而笔者认为，汪道昆的这个“高帽子”戴得过分“扎实”

① 吴晗《胡应麟年谱》引胡应麟《经籍会通》卷二。

② 吴晗：《胡应麟年谱》，胡应麟四十五岁条。

③ 陈卫星：《胡应麟与中国小说理论史》，中国社会科学出版社 2011 年版，第 60、61 页。

(汪道昆说：胡应麟是继孔子以来，博学而成名的第一人，其博学程度大大超越杨慎和王世贞)，似有反讽之意。但无论如何，当时文坛公推胡应麟之博学，且议定为王世贞的接班人，却是不争的事实。

为了更加清晰地体现后七子派宗盛唐的主张，“尚博”的王世贞、胡应麟将“盛唐”与“格调”联系起来，突出“格调”优先，认为盛唐之所以成其为盛唐，最突出的一点是其“众体兼备”、蔚为大观；只有居高临下，才能发掘诗学之潜力。因此，他们对于各式体裁(如杂言齐言、古诗近体等)、题材(如侍宴、应制、征戍、羁旅、怀古、咏史、闺怨、田舍等)进行了不遗余力的清理，这就使得其论著条目动辄以千计数。但无论如何，胡应麟准确抓住王世贞治学的门径和精髓，提出“精、博”二要义，将其“博学以复古”的诗学宗旨发挥得淋漓尽致，这也是无可辩驳的历史事实。

晚明第二个值得一提的博学学者是焦竑。焦竑的博学与会通，在晚明最具特色。《明史》称焦竑之学：“博极群书，自经史至稗官杂说，无不淹贯。善为古文，典正驯雅，卓然名家。”①其“博”(博极群书)与“通”(无不淹贯)主要体现在三个方面：

首先是三教会通，即：每以释宗和道藏解释儒家经典。比如，焦竑撰《易诠》六卷。《四库全书总目提要》云：“是书大旨，欲以二氏通于《易》，每杂引《列子》、《黄庭内景经》、《抱朴子》诸书以释《经》。史称竑讲学以罗汝芳为宗，而善耿定向、耿定理及李贽，时颇以禅学讥之，盖不诬云。”②

其次是学术与心学会通，强调“学会于心”才是通达。《明儒学案》卷二九“泰州学案五”收有“焦澹园先生竑”的事略，录其“论学语”凡七条，第七条云：“某往日看世人无一当意。然只是心未稳妥，非干人事，《净名经》云：‘仁者心有高下，故见此土为不净耳。’若真能致中和者，岂有不位之天地，不育之万物哉！”

① 《明史》卷288，中华书局1974年版，第7392~7394页。

② 永瑢等：《四库全书总目提要》卷八经部八易类存目二“《易筌》六卷”条。另见《明史》卷288《文苑传·焦竑传》，第7393页。

最后是学术与实学会通，“博学以致用”。博学的目的，是“致约”，也即解决实际问题。焦竑以举子业为喻说，寒窗十年，书盈七略，无非是为了一纸试卷。他本人写了诸多学术笔记，如《笔乘》、《艺林》等，其目的是“以资其文字之引用，备遗忘之万一也”（《艺林自序》）。他直截了当地提出学要经世：“余惟学者患不能读书，能读书矣，乃疲精力于雕虫篆刻之间，而所当留意者，或束阁而不观，亦不善读书之过矣。夫学不知经世，非学也；经世而不知考古以合变，非经世也。”（《荆川先生右编序》）

晚明江南实学风气，从王世贞（及其追随者胡应麟）、焦竑开始，南北学者对王、焦无不推服。其后的博学者，如李日华、沈德符、朱国祯、董斯张等虽不如王世贞、焦竑博学，但“尚博”的倾向是一致的。① 除此几人之外，江南文士普遍以“博学”夸赞人物。如长兴臧懋循在《曲品》开篇即盛赞汤显祖之“博学奇才”：“汤奉常绝代奇才，冠世博学……搜奇《八索》，字抽鬼泣之文；摘艳六朝，句叠花翻之韵。红泉秘馆，春风檀板敲金；玉茗华堂，夜月湘帘飘馥。”乌程闵齐伋序刻余姚孙鑛《孙月峰先生评文选》三十卷，其所撰《凡例》云：“先生博览群书，老而不倦。”中华书局《丛书百部提要》说，周履靖“性嗜书，间从博雅诸公游”，故其《夷门广牍》第二部即《博雅牍》。《四库全书总目提要》说，王昌会《诗话类编》为“博而不精之学”，也就是说，肯定其“博”而否定其“精”。直到明末，士林仍然以“博雅”为美谈，比如陈继儒在给状元钱士升之弟士晋的信中，夸耀其与董斯张为“国朝第一奇博”，自叹弗如。他说：“前读吾丈与遐周先生合疏董启，真国朝第一奇博，即起（杨）用修、（王）元美两先生而问之，愕不知置对。弟如蹇卫，岂能追穆王之骏、列子之风乎！已矣！不敢复叙矣。当刻之稗官家，传示

① 钱谦益极赞董其昌、李日华等人博学，其《列朝诗集小传》认为：“一时士大夫风流儒雅、好古博物者，祥符王损仲、云间董玄宰为最。君实书画亚于玄宰，博雅亚于损仲，而微兼二公之长。”第638页。

海内，使寒肤嗛腹者见之，知江东有如此两异人耳。”①可见，类似以“博雅”、“博学”、“精博”、“奇博”为风尚的评价俯拾皆是，处处可见晚明江南士子尚博之风气。

其二，崇艺。

江南文化与文学生态，较北方有明显不同。首先，文士不是将“文”与“道”、“诗”与“文”放在同一平面上讨论，而是将“文”与“艺”同等看待，也就是说，将“诗”与“文章、书画、词曲”等放在一起讨论。继徐祯卿《谈艺录》之后，晚明江南诗学研究者不少将其作品冠以“谈艺”之名：王世贞《艺苑卮言》、王世懋《艺圃撷余》、冯时可《艺海洞酌》、周子文《艺薮谈宗》等；但这只是一种表面的联系；实际上，推崇文学的艺术趣味、强调作为艺术的诗学与书画等具有同等的艺术含量，才是江南文士与北方学者最大的区别之一。

首先，南方王孟诗派悄然兴起，与南宗画派的崛起相一致，恰好是同步发展的。这其间似乎有所关联。今人阮璞从明代各阶段文化思潮的同一性出发，将绘画之流派演变史进程与文学史进程比对后发现：浙派——江夏派正好对应着以李梦阳、何景明为领袖人物的前七子的诗文复古运动；吴派则与王慎中、唐顺之、茅坤、归有光等人的唐宋派古文运动相对应；而松江派与三袁的公安派，尤其是钟惺、谭元春的竟陵派关系密切。② 前面两组对应关系，似乎稍嫌牵强。可是，南宗画派的掌门人董其昌，与倡言“独抒性灵”、探求“古人精神”、发掘“幽情单绪”的公安三袁竟陵钟谭等往来密切，已经为学术界所公认。前后七子推崇的是雄壮之美的北方诗学；公安竟陵则偏重于王孟平淡自然、清幽深美的南方诗学。

江南山水优美，园林清雅，经济富足，生活安逸。文人自北宋范仲淹之后，就兼有“庙堂之志”与“江湖之思”。宋代知识分子的

---

① 董斯张：《吹景集》十四卷之第十三卷附《陈眉公答康侯问》，载《丛书集成续编》一八八（文学类），新文丰出版公司 1989 年版，第 563 页。

② 参见阮璞：《对董其昌在中国绘画史上的意义之再认识》，载《中国画史论辩》，陕西人民美术出版社 1993 年版，第 169 页。

仕进之途较理想，因此，前者压倒了后者，“江南”(注：唐宋江南包括江西，即所谓“江南西道”)出现了一大批理学家，如朱熹、陆九渊、谢枋得、吕希哲、石延年、黄庭坚等人，都力图在当世立功立业。明代知识分子的仕进之途坎坷，尤其是到了晚明，仕途壅塞，“隐读”之风又压倒了“仕进”之风，崇尚山水清逸的文学风气开始蔓延，山水诗词、山水书画等艺术氛围得以形成。一批接近被历史淘汰的“山水清音”得以重见天日。如，谢灵运的诗文集，焦竑序跋曰：

> 《谢康乐集》世久不传。其见《文选》者，诗四十首止耳。后李献吉增乐府若干首，黄勉之增若干首。吾师沈道初先生冥搜博访，复得赋若干首，诗若干首，杂文若干首，譬之裒虬龙之片甲，集旃檀之寸枝，总为奇香异采，不可弃也。①

孙鑛在致仕后，也表达了喜好王孟清逸的诗风、厌恶七子空枵习气的诗学取向。他说：

> 厌济南(按：指李攀龙)亦是。迩来轻俊，常态勿得，妄认为奇。诗道自有正路，不必为优孟之抵掌，亦不必为伊川之好色也。欲脱济南，不若求之王孟、常建为得。②

冯梦祯在唐诗中，甚至特意翻检出隐逸诗人之作进行赏玩。他说：

> 署中阅《唐诗纪》，甚喜王无功诗，所著约五十篇。篇俱

① 焦竑：《澹园集》(上册)卷二二，中华书局1999年版，第275页。

② 孙鑛：《月峰先生居业次编》卷三《与吕甥孙天成书牍》，载《四库禁毁书丛刊》集部第126册，第219页。

有致，有唐隐逸诗人之宗也。①

王无功即隋唐之际的王绩。受冯梦祯的影响，其禅学弟子屠隆亦有类似的隐逸思想，崇尚隐逸之“真”。他说：“后人乃往往好读仲长统、梁鸿、郑子真、尚平、韩伯休、陶靖节、王无功、孟襄阳诸家言，岂非以其抱幽贞之操，达柔澹之趣，寥廓散朗，以气韵胜哉……故言诗不论才，而论性情，亦存乎养已。世有心溺珪组，口胃烟霞，其言虽佳，其味必短。何者？为其非真也。”②至于吴中文嘉、嘉兴李日华、华亭董其昌等以王维为诗画之宗，显然也是晚明士林清雅艺术风气一脉相承的结果。

上层文士隐于官，有闲情逸致进行文艺创作，王维、王绩等隐逸情怀恰成为他们的精神追求。然而笔者发现，这种“逸情高致”只是一方面。另一方面则源于牟取经济利益，也即“艺文”能够给他们带来丰厚的收入。也就是明清学者指责江南士子的“奔竞”习气。③“奔竞”之风尤其以苏州为最。仅以王世贞为个案：王世贞在致仕后，写了大量的碑传铭文，不少人为苏州的富商与显贵，这里面必然存在商业利益。王世贞的“润笔”数额相当可观，考见韩国野史有此一则：

总兵官为亲求碑铭，以千里马三匹、文锦四千匹、白金四

① 冯梦祯：《快雪堂集》卷五十五“十一月初十”条，载《四库全书存目丛书》集部第164册，第759页。

② 屠隆：《白榆集》卷三《李山人诗集序》，台湾伟文图书公司1977年版，第133、134页。

③ “奔竞”即为利竞相奔走。杨爵早在1541年《慰人心以隆治道疏》中说：“大抵因仍苟且，兵戎废弛，奢侈妄费，公私困竭，奔竞成俗，贿赂通行……士风民俗、于此大坏、而国之所恃以为国，扫地尽矣！”到了晚明，庸治的苟且与经济的商品化，士人“奔竞”之风更加恶劣。臧懋循《代送陈驾部视学两浙序》云：“士所不耻于清议者三：曰墨、曰忍、曰奔竞。而三者之弊，奔竞为甚。繇夫始进者轻，即终身之事业系之也。”王邦直《陈愚忠以恤民穷以隆圣治事疏》：“士无节义之守，奔竞成风；吏乏廉静之操，而贪污日著。”

> 千两为润笔之资。世贞为其使者展纸而挥之，以答之书，尽举润笔之资与寒士，不自取一物，其直可数万金。①

当然，王世贞本人休假或退居苏州后，也成为苏州文人服务的“新贵”。1573年，钱谷为了满足王世贞的“卧游之思”，描绘了从太仓至广陵山水风光图卷共32幅，陆治又为他完成了《游洞庭图册》共16幅。1574年，《鸣凤记》刚刚写成，作者唐仪凤便以四十石白米的价格转卖给王世贞；王世贞将北行，吴县陆治为之临《华山图》，吴县钱谷为之作纪行图，起太仓至扬州，共32幅。陆治又为王世贞作了《游太湖图》；不久，钱谷奉送南朝宋宗少文《五岳图》，以解世贞“卧游”之馋兴。事后王世贞解嘲说，原来“阿堵物”可以买来如此多的精神享受：

> 昔宗少文图五岳名山于斋壁，日鼓琴动操，欲令众山皆响。吾请老之日，以此册置书斋，阿堵得之，不自笑令泪出耶?②

或许是耽于享受的缘故，万历四年九月，王世贞以荐举涉滥夺俸，从此隐居太仓，大兴土木扩建弇山园(即小祇林)，号称“东南第一名园”，谢肇淛说：“王氏弇州园，石高者三丈许，至毁城门而入，然亦近于淫矣。”③而参与弇山园假山设计者，正是上海潘允端豫园的建造者、画家张南阳。弇山园经营数载，园成之际，王世贞说他“橐则已若洗”。④

从王世贞身上，我们发现了苏州文人竞相牟利的一个剪影。类

① [韩]郑明基编：《韩国野谈资料集成》，汉城启明文化社1992年影印。

② 参见丁志安《钱榖》转引《佩文斋书画谱》卷八十七，载《中国历代画家大观》，上海人民美术出版社1998年版，第316页。

③ 谢肇淛：《五杂俎》卷三《地部一》，第56页。

④ 王世贞：《弇州山人四部续稿》卷160杂文跋《题弇园八记后》第十二叶，台湾文海出版社1970年版。

似王世贞以“润笔”牟利者颇多，略微考究，就会发现许多“江南名流”皆参与到以文笔竞利的队伍中来。比如许谷、王世贞、焦竑、孙鑛、冯梦祯等，他们不仅拥有较丰厚的资产，而且润笔丰厚，其艺术创作经常为之带来高额利润。比如黄宗羲为钱谦益代笔，便有以三篇文章赚取“润笔”银三千两等记录。钱谦益也喜谈前朝文人“润笔”逸事，比如他举例说，许谷曾以“嘉靖乙未会元、户部主事……日以赋咏自娱，所得卖文钱，投竹篅中，客至采取之，沽酒酣唱，穷日月不倦”①。笔者在冯梦祯、李日华等日记以及王世贞别集中也找到了一些“润笔”的证据。比如，冯梦祯的润笔，兹录见下：

> （万历二十八年十月）十八日晴。入城访西师疾，寓师子林，疾为伤寒，九日变疟。检其囊箧写单二，余收一，其一付管习之，并二十七金，俱留习之。②

按照明制，冯氏的年俸十八金左右。而此二张写单的润笔之数就高达二十七金，相当于冯氏一年半的俸禄。

然而更多的文人润笔是以“雅物”相赠的方式达成的，我们只能按当时的市价估算。在日常应酬中，李日华的“润笔”是多少呢？尽管他没有明说，但至少也有七八金：

> （万历三十七年十一月）三日，项又新以黑绿绒一端、靖窑白瓯四只、文徵仲（徵明）行草书《独乐园记》一册、陈白阳花石一幅，馈余作润笔，征文寿母夫人六袠。③

① 钱谦益：《列朝诗集小传》丁集，第455页。

② 冯梦祯：《快雪堂集》卷五十八《快雪堂日记》，载《四库全书存目丛书》集部第165册，第30页。

③ 李日华著，屠友祥校注：《味水轩日记校注》，上海远东出版社2011年版，第58页。

（万历三十九年五月）二日，沈纯父先生以绮纱一、郁林贡葛一、《选诗约注》一见贻，征《幻注十记序》。①

李日华公开表示：文人之间以物易物的润笔方式，历来传为美谈。他说：

润笔之贻，古人不却。欧阳公倩蔡君谟书《集古录叙》，以古铜笔格、李廷珪墨、澄心堂纸润笔；王岐公撰庞颍公神道碑，以古书画及杜荀鹤及第试卷润笔；薛绍彭为米元章书会稽公襄阳丹阳二夫人诰，以智永临右军贴润笔；马仲途求君谟书，以精婢润笔。②

一般人认为：文人之间诗词和作是超功利的，事实上，在晚明文艺圈中并非如此。我们注意到，王世贞通常并不轻易赓和他人之作，尤其是比较大型的组诗，除非索取一定的“润笔”之后，他才肯赓和。聊以《游金陵诸园诗后》跋文为例：

余旧游燕、吴诸名园，多以诗纪之，诗多七言律。今年二月，自家抵郡……征甫（卓明卿）有园在塘西，甚雅丽，而余不获游。有如异日，蹑腊屐相过，能以佳酿百斛润笔，当更为征甫园新诗并响者，诸作悉手书之。第征甫之爱其酿甚于吾诗及书，恐不能也。③

世家或者文学名家“长袖善舞”，凭借文艺赚取丰厚的报酬，充分地“游于艺”，并且引领文艺新时尚。然而山人或者寒士就没有这么潇洒了。前面论及，晚明江南的诗学主体有由上中层官员向下层文士转变的趋势，许多文人身份是所谓的“山人”。他们的“润

① 李日华著，屠友祥校注：《味水轩日记校注》，第183页。

② 李日华：《紫桃轩杂缀》（下册），中央书局1935年版，第53页。

③ 王世贞：《弇州山人四部续稿》第160卷文部、杂文跋，第三十叶。

笔”通常是微薄的，为了求生存，山人不得不经营图书业，同时也涉足书画等艺术行业，以其大量廉价的创作，直接推动了江南书画等艺术的生产与消费。比如吴县居节(字士贞)，“日得笔资，辄沽酒招朋剧饮，或绝粮则寐旦而起，写疏松远帕一幅，令童子易米以炊，尝过辰未举火，年六十竟以穷死”①。在这样一大批山人中，也产生了一批所谓的“名流”。据《四库全书总目提要》载：

周履靖字逸之，嘉兴(今属浙江)人。“能诗好事，与其妻桑贞白相唱和，多刊书籍以行，《夷门广牍》即其所编。盖亦赵宧光、陈继儒之流，明季所谓山人者也。”②

这里面提到的周履靖、赵宧光、陈继儒，就是这样的“名流”艺术家；“山人”艺术家代表着广泛的江南文人群体。也正是这一群体，不仅将诗学与书画等艺术打通，而且公然“卖艺”，将其诗作与书法篆刻等创作当做治生的手段，大雅之中混合着大俗，大醇之中夹杂着大疵，兹举清初吕留良1660年所作《卖艺文》，看看当时诗文、书画作品的“报价”：

石印每方二钱，金印、铜铁印每方三钱，玉印、玛瑙印每方五钱，水晶印、磁印每方四钱，犀、象、琥珀、蜜蜡、玳瑁印每方二钱。北宗山水每扇面三钱。诗、律一钱，古风三钱，长律每十韵加二钱。寿文一两，募缘疏一两，祭文五钱，碑记书序各一两，杂著五钱。③

晚明“山人”卖书、卖画、卖诗蔚然成风，所得无非是一二两

① (崇祯)《吴县志·艺事人物》，天一阁藏明代方志选刊，第553页。

② 永瑢等：《四库全书总目提要》卷六〇史部一六传记类存目二《梅墟先生别录》。

③ 吕留良：《卖艺文》，转引自《吕晚村先生文集》卷八，载《四库禁毁书丛刊》集部第148册，第615页。

白银，较冯梦祯、李日华等不及百分之一。周榆华认为，类似的商业活动，“本应在文集中屡有提及，可是，事实上却见得非常少。究其原因，大概因为钱财是俗物，不适合在高雅的诗文中出现，即使要说，也只能笼统地提一下”①。所以，仅存张凤翼“迩来拥书，自可得百钱”等记录，以及徐渭的《王元章墓》诗谈到曾将书画“换米”等事。李日华日记中，亦有“戴稚华病起，以诸画易米”等记录，可见山人以艺文书画换米是较常见的现象。② 大批山人为了获取微薄之利润，“奔竞”于艺术创作，发展成为江南崇艺风气的一支庞大而重要的队伍。

江南文士的崇艺风气，于明代中叶“四才子”时代而兴盛，到了晚明达到顶峰。自文徵明之后，晚明三吴士子著述中不乏将诗书画等艺术融为一体者。明范濂《云间据目抄·卷二》“记风俗”：“学诗学画学书，三者称苏州为盛，近来此风沿入松江，朋辈解结为诗社，命题就草。”书画艺术不仅成为其生活的重要组成部分，而且成为其诗学思想的重要审美经验的源头。其中，王穉登、李日华、董其昌、李流芳等是其中杰出的代表。晚明江南“诗书画”一体的趋势，从“画中九友”与其诗学的渊源关系可见一斑。李流芳(1575—1629)、董其昌(1555—1636)、陈继儒(1558—1639)、杨文骢(1596—1646)、王时敏(1592—1680 王锡爵孙、王衡子)、王鉴(1598—1677 王世贞曾孙)、程嘉燧(1565—1643)、张学曾、卞文瑜(1576—1655)、邵弥等合称晚明“画中九友”，除杨文骢为贵州人、张学曾为绍兴人外，其余为苏州及松江府人，尤以董其昌、陈继儒最为著名，开创“华亭派”画宗。据清初遗民姜绍书《无声诗史》七卷、徐沁《明画录》八卷可知，江南尚有诗书画兼善者近百人，除了李日华(1565—1635)，顾正谊(1600 年在世)，莫云卿(1537—?)等著名文士，还有以下著名的诗人兼画家：

① 周榆华：《晚明文人以文治生研究》，广东高等教育出版社 2010 年版，第 158 页。

② 李日华著，屠友祥校注：《味水轩日记校注》“万历三十七年十一月十六日”条，第 66 页。

邹迪光(1550—1626)，字彦吉，号愚公，无锡人，以诗文自命。万历间由进士官楚督学，罢归。卜筑锡山下，极园亭之胜。画山水，力追宋元人法。一树一石，刻意求佳，故能秀逸出群，涴尽时格。

项元汴(1525—1590)，字子京，别号墨林居士，秀水人。初为国子生，雅擅赏鉴，收藏名迹，甲于江左。画山水，宗黄倪两家，尤醉心于云林，纵笔疏秀，神合处辄臻胜境。题句书法并佳。

陈洪绶(1598—1652)，字章侯，号老迟，晚更悔迟，又曰勿迟，诸暨人。为诸生，诗词书法并佳。花鸟草虫，无不精妙。惟山水另出机轴。

李流芳(1575—1629)，字长蘅，常熟人。登乡荐，工诗文，书法苏东坡。画山水，出入宋元诸家，而于吴仲圭尤为精诣。竹石花卉，逸气飞动。子杭之，字僧筏，画诸体酷似其父。

程嘉燧(1565—1643)，字孟阳，休宁人。初寓武林，后侨嘉定。工诗，兼精音律。画山水，格韵并胜，兴酣落笔，尺蹄便面，随意挥洒，或贻书致币，摩挲缩瑟，经岁不能就一纸。其自矜贵如此。写生并佳。

文震亨(1585—1645)，字启美，长洲人。徵明之曾孙，阁学震孟弟也。工诗。崇祯间官中舍，给事武英殿。画山水，兼宋元诸家，格韵兼胜。

何白(1562—1642)，字无咎，永嘉人。工词赋。所画山水，宗方方壶，清劲合法。竹石亦佳。

诗学、绘画与书法也存在着紧密的联系。王世贞在书法界拥有和诗学界一样的家乡自豪感，他说，“天下书法归吾吴”，并列举隆万年间王同祖(文徵明甥)、袁褒、王谷祥、文彭(文徵明长子)、文嘉(文徵明次子)、陈鎏、陆师道、彭年、许初、周天球、黄姬水、张凤翼、王稺登凡 13 人，均为苏州书法家。① 王世贞身后，苏州的诗学、书法领袖是王稺登；王稺登身后，苏州艺苑领袖为赵

① 王世贞：《弇州山人四部稿》卷一百五十四《说部 · 艺苑卮言 · 附录三》，载《文渊阁四库全书》集部第 220 册，第 484 页。

宦光。苏州作为江南文化的中心，诗学与书法相统一，无疑对江南文士具有示范性的影响。在苏州书法流派的影响下，以董其昌为首的华亭派领衔风雅，直至明朝灭亡。

其三，主情。

偏重于小说戏剧研究的郭英德认为，“主情”为晚明文学史的主线。他在《痴情与幻梦——明清文学随想录》一书中，分“主情的呼唤”、“性灵的艺术”、“抒愤和写梦”、“主情的遗响”等章节。① 他所列举的作家，如袁宏道、张岱、汤显祖、袁于令等，全部是南方人，而他列举的著作基本上在江南出版发行，所以，从这个意义上说，郭英德是较早发现晚明江南文学“主情”特质的学者。

与通俗文学不同，诗学的情况描述起来较复杂一些。明代唐诗学研究者陈伯海将“主情”与“复古”结合起来，构成了其心目中晚明诗学的轮廓。他认为，“明代诗坛的主流风气，一是主情，二是复古。主情为针对宋诗主理而发，复古则将一部分主情者的眼光引向了古代诗乐合一的传统”，“但要看到，明代格调论者都是复古派，他们所宣扬的情感属于群体规范化了的情性……所以王世贞在肯定了‘才生思，思生调，调生格’的本末关系之后，紧接着便强调：‘思即才之用，调即思之境，格即调之界’”。②

陈先生的言外之意，似乎是将复古派与格调派等同起来，而另一派则是“主情派”。近来学者也颇有为“主情派”造势者，如吴中杰、张涤云等。他们指出，李贽、归有光、汤显祖等人是“主情派”的代表。③ 受其启发，笔者认为，对“情”的不同理解才是区分流派宗风的关键。“格调派”所谓的情，是“才情”，更是学问之情；“唐宋派”所谓的情，是“情理”，更是所谓的人伦之情；“公安派”所谓“性灵”，是不假修饰的“情”；“竟陵派”阐发的“幽情单绪”，

---

① 郭英德：《中华文库　痴情与幻梦——明清文学随想录》，三联书店 1992 年版。

② 陈伯海：《中国诗学之现代观》，上海古籍出版社 2006 年版，第 335、337 页。

③ 参见吴中杰主编：《中国古代审美文化论》，上海古籍出版社 2003 年版；张涤云：《中国诗歌通论》，浙江大学出版社 2006 年版。

是“情”的一种偏执。在总体诗学祈向上，江南文士及其盟友汤显祖等所谓的“情”，和公安派大体上是一致的，是遵奉“诗缘情”的路线，以“绮靡”、“绮丽”、“流丽清扬”为审美特质，这才是真正意义上的“主情派”。

王运熙、顾易生以顾璘为例解释说：“七子的复古运动兴起于北方，对江南的影响较弱，而顾璘重视‘才情’、‘风调’正代表了江南地区诗文创作的特色。”①由于江南文士偏向于“主情”，以至于王世贞将此传统上溯到前七子徐祯卿，并认为嘉靖“金陵六朝派”的源头就是徐氏。他在给海盐王文禄的信中说：“先秦之则，北地(李梦阳)反正，历下(李攀龙)造玄。理学之逃，新建(王阳明)造基，晋江(王)、毗陵(唐)藻枕。六朝之华，(徐)昌谷示委，(黄)勉之泛澜。”②王世贞是很有眼光的。徐祯卿确实是将江南文士主情特质进行理论总结的先驱，其《谈艺录》云：“因情以发气，因气以成声，因声而绘词，因词而定韵。”徐祯卿将“情”放在“声、词、韵”之前作为诗歌发生的主导，成为江南文士遵奉的圭臬。王世贞晚年转变了对嘉靖“金陵六朝派”的批判态度，似乎表明：由于江南诗学的地域属性潜移默化，后七子集团内部对于“格调”的偏失有了明确的反省。所以，其继承者胡应麟将“神情”的概念引入，作为“格调”的补充。他说，盛唐诗之所以达到极致，“全在神情，不在音节”；盛唐诗区别于中唐诗，恰在于神情多寡，因此极力推崇“神情俱茂、兴象谐合”的杜诗。

晚明江南“主情”特质的形成，与心学的盛行也有一定关联。由王心斋、罗汝芳等泰州学派发展的“心学”理论，即是由主情论而生成的境界论，他们在南京、苏州、无锡讲学，麾下弟子大多拥趸“主情说”。比如，罗汝芳的弟子焦竑、汤显祖、梅鼎祚等，其诗文观皆主情而不拘格套。值得一提的是，晚明江南文士“主情”

① 王运熙、顾易生：《中国文学批评通史》明代卷，上海古籍出版社1996年版，第192页。

② 王世贞：《弇州山人四部稿》卷127，《书牍》三十首之《答王贡士文禄书》，载《文渊阁四库全书》集部第220册。

而不偏执于情，与公安、竟陵不同，他们同样重视诗学“清丽”的传统，将才学与神采结合，往往“情、神合一”。

在江南，除了早期的六朝派以及王学左派主张“诗歌不废人情”之外，各州府都有诗学论者阐扬声诗主性情之审美特质。略举数例：

常熟赵用贤认为，“夫声诗之道，其本在性情，其妙在神解”①。秀水冯梦祯也认为，“夫诗而本之性情，近取诸身，远取诸物，随感而动，天机自呈”。常州吴从先《小窗自纪》提倡“声色俱清、神情俱彻”。他用诗歌解答说：“何为‘声色俱清’？曰：松风水月，未足比其清华。何为神情俱彻？曰：‘仙露明珠，讵能方其朗润？’”上元焦竑认为：“诗非他，人之性灵之所寄也。苟其感不至，则情不深，情不深，则无以惊心而动魄，垂世而行远。”②常熟瞿景淳认为，“作诗不过情景二字，情景兼者为上，遍到者次之”(转引自李贽《骚坛千金诀》)。以上所述“神解”、“神情”、“深情”、“情景”，无一不是指人的具体情感，而非理念上抽象的性情或者伦理意义上的附属情感(君臣父子温柔敦厚之情)。

晚明江南诗学“主情”论，甚至波及词曲小说领域的“定场诗”、“诗序”、“词话”等。晚明词曲小说发达，也可能正与江南文学“主情”的特征有关。戏曲方面，会稽王骥德提出“人情论”，其《曲律·杂论下》：“吾谓：诗不如词，词不如曲，故是渐近人情……快人情者，要毋过于曲也。”苏州冯梦龙提出“情教论”，认为“情”可以为“广大教化主”，曾著《情史》一书，以小诗代序云：

> 天地若无情，不生一切物。一切物无情，不能环相生。生生而不灭，由情不灭故。四大皆幻设，唯情不虚假。有情疏者亲，无情亲者疏。无情与有情，相去不可量。③

---

① 赵用贤：《松石斋集》卷八《吴少君绩诗集叙》，载《四库禁毁书丛刊》集部第41册，第100页。

② 焦竑：《澹园集》，《雅娱阁集序》，中华书局1999年版，第155页。

③ 冯梦龙：《情史类略·情史序》，岳麓书社1984年版，第1页。

晚明出现了一批诸如《欢喜冤家》、《玉娇梨》之类的“才子佳人”艳情小说、《金瓶梅》之类的世情小说以及“三言”、“二拍”中大量的爱情小说，这些小说绝大多数在江南创作并发行，其中充斥着一些淫诗艳词，反映了当时江南主情诗风滑向世俗的消极一面。

# 第四章　晚明江南诗学与品评风气

晚明诗学呈现出规模化与精细化并重的格局，说明中国诗学的集成期已悄然而至。我们首先察看其规模化，聊举30多位诗人著作为例：王世贞《弇州山人稿》(正续集383卷)；焦竑《澹园集》(正集49卷续集16卷)《献征录》(120卷)；盛时泰《大城山堂集》(68卷)；胡应麟《少室山房集》(64卷)《笔丛》(48卷)《诗薮》(20卷)；汪道昆《太函集》(120卷)；李维桢《大泌山房集》(134卷)；吴国伦《甔甀洞稿》(正续集81卷)；邹迪光《郁仪楼集》(54卷)《调象庵稿》(40卷)《青阁稿》(24卷)《石语斋集》(28卷)；梅鼎祚《鹿裘石室集》(65卷)；冯梦祯《快雪堂集》(64卷)；沈演《河山集》(64卷)；虞淳熙《德园全集》(60卷)；谢肇淛《小草斋诗文集》(58卷)；刘凤《刘子威集》(52卷)；何三畏《漱六斋集》(48卷)；李日华《恬致堂集》(40卷)；黄汝亨《寓林集》(38卷)；张鼐《宝日堂初集》(32卷，次集不详)；许学夷《诗源辩体》(38卷)、王昌会《诗话类编》(32卷)；张燮《霏云居集》(正集54卷、续集66卷)；张溥《汉魏六朝百三名家集》(118卷)；张之象《唐诗类苑》(200卷)；黄德水、吴琯《唐诗纪》(170卷)；臧懋循《唐诗所》(47卷)；赵宧光《万首唐人绝句》(原宋洪迈著101卷合成38卷)；陈祚明《采菽堂诗选》(42卷)；陆时雍《诗镜》(古诗镜36卷唐诗镜54卷总论不分卷)……以上诗学著作，动辄百卷；更不用说曹学佺《石仓历代诗选》(现存660卷，实际逾1100卷)、胡震亨《唐音统鉴》(1027卷)等旷绝古今的私家诗学总集了。①

---

① 本段文字数据来源：孙殿起：《贩书偶记》，上海古籍出版社1999年版；黄虞稷：《千顷堂书目》，上海古籍出版社2001年版。

其次是精细化，王世贞、胡应麟、赵宧光、胡震亨的“格调说”，深入到各种体裁(乐府、古诗、五七言古律绝)、各大诗家(屈宋、陶谢、李杜、高岑、王孟、韦柳、元白……)的谋篇立意、间架笔调、遣词造句各个层面；焦竑、孙鑛、屠隆、袁宏道、冯梦祯、李日华、钟惺、陈继儒、董其昌、陆时雍的“性灵”、“元神”或“神韵”诗论，则借重禅学、画学、书学等艺术精神解析诗学，偏重个性气质的阐释。以上作家各尽所能，对同样一些话题展开了全面深入的讨论，场面之热烈，可谓旷绝古今，我们称之为晚明诗学的品评现象。本章详述之。

## 第一节　品评风气之成因

晚明江南文士品评成风，至少从两个方面体现出来。第一，评点学的兴起。诗学评点自宋末刘辰翁始，评有王维、杜甫、李贺、苏轼之诗；至中晚明，此风复炽。仅为李攀龙《唐诗选》作点评者，即有李贽、高江、黄家鼎、王穉登、孙鑛、蒋一葵、凌宏宪、钟惺、陈继儒、刘孔敦、叶羲昂、袁宏道、吴逸、钱谦益等十余人。第二，小品文的兴盛。鲁迅说得好，小品文并非尽是写“高人逸士梦”的“性灵文学”，而是夹杂着作者情感、议论的文字。“小品文中，有时也夹着感愤，但在文字狱时，都被销毁，劈板了，于是我们所见，就只剩了‘天马行空’似的超然的性灵。”①中国古代诗论经常散见于书牍小品之中，小品文成为晚明诗学传播的重要文本之一。我们无心作评点学或文本学的延展，仅以此现象证明晚明文士品诗风气之盛而已。

晚明江南文士谈艺品评之风气浓郁，甚至达到了“好谈致谤”的地步。我们以王世贞为中心考察：王世贞作《艺苑卮言》等，谩诋唐顺之诸子，归有光则詈骂其为“妄庸巨子”；汤显祖亦连篇累牍地标涂王世贞诗文；冯时可借徐学谟之口，指责王世贞与汪道昆“进则互推奉，退

① 鲁迅：《杂谈小品文》，原载上海《时事新报 · 每周文学》1935 年 12 月 7 日，后收入作者《且介亭杂文二集》。

则互相诋”，又论“世贞为人作传志，效力称誉，如胶庠试最”……甚至一向持重的朱国祯亦诋毁王世贞。以四库馆臣列举朱国祯小品一则为例，馆臣说：“‘弇州不善书，好谈书法……古语云，知者不言，言者不知。吾友董思白(董其昌)于书画一时独步，然对人绝不齿及也。’其诋諆世贞至矣！然世贞品题书画，赏鉴家实不以为谬，殆以好谈致谤欤？”①四库馆臣将晚明文士的品评谈艺风气斥责为“清谈”、“游谈之习”、“标榜”、“空谈”、“恣纵之习”、“语录习气”，甚至是“亡国之议论”。略举其论点如下：

> 明人喜摘录清谈，目为小品，滥觞所自，盖在此书矣。②

> 明人诡薄，好为大言以售欺，不足信也。③

> 明人夸诞，动云“元无文”者，其殆未之详检乎？④

> 大抵摹拟周、秦，得其形似。(王)士祯所云，犹明人标榜之余习也。⑤

> (李)维桢所评，不出明人游谈之习。⑥

> 称高启《梅》诗在林逋疏影暗香一联之上，尤为卤莽……尤明人恣纵之习。⑦

---

① 永瑢等：《四库全书总目提要》卷一一四子部艺术类存目，王世贞“《王氏书苑》十卷”条。以下简称《提要》。

② 《提要》卷一三一子部四一杂家类存目八周密《澄怀录》。

③ 《提要》卷一四〇子部五〇小说家类一《金华子》。

④ 《提要》卷一六七集部二〇别集类二〇《道园学古录》。

⑤ 《提要》卷一八二集部三十五别集类存目九《吴季野遗集》。

⑥ 《提要》卷八九史部四十五史评类存目一《史通评释》。

⑦ 《提要》卷一一九子部二九杂家类三《笔精》。

> (王世懋)大抵自以己意推衍，无所考证发明，不脱明人语录之习。①

> 然观所论议，大率仍明人讲学之习，务以空谈相胜者也。②

> 虽宋人务求深解，多穿凿之词，明人喜作高谈，多虚憍之论。③

> 宋明人皆好议论，议论异则门户分，门户分则朋党立，朋党立则恩怨结。④

> 宋人之弊，犹不过议论多而成功少，明人之弊，则直以议论亡国而已矣。⑤

> 缀以论说，不出明人掉弄笔墨之习……大抵沿屠隆《鸿苞》之派。⑥

四库馆臣的言论，虽然带有一定的偏见，但“明人好议论”的结论是成立的。晚明士人的议论风气，通常被归因于政治、经济、思想、文化四个层面，北京大学赵园先生曾泛而论之。⑦ 受其启

① 《提要》卷一二五子部三五杂家类存目二《经子臆解》。

② 《提要》卷九八子部八儒家类存目四《业儒臆说》。

③ 《提要》卷一九五集部四十八诗文评类一总评。

④ 《提要》卷四五史部总叙正史类一总评。

⑤ 《提要》卷五五史部十一诏令奏议类《明臣奏议》。

⑥ 《提要》卷一二八子部三八杂家类存目五《说储》。

⑦ 赵园先生道理讲得很深透，只是略欠概括。她说：“士风的转换通常被直接归因于政治……至于更令敏感的士人忧虑的士习败坏的特征却另有解释。面对社会物质生活的变动……确像是在表达面对‘市场关系’无所不在的侵蚀时的不安……令敏感的士人不安的，更有发生在人心中的变化……生活在当时的士人，对风气的感受已互有不同……士之于士的批评，是士文化的重要内容，是士的文化自觉的显征。”见《制度·言论·心态——〈明清之际士大夫研究〉续编》，北京大学出版社2006年版，第245~247页。

发，我们作如下梳理：

(1)政治上“无为”造成“礼崩乐坏”。

万历皇帝27年不上朝，导致从六部到地方县衙的大小部门空缺的职位得不到按时补给，因而“职业尽驰，上下解体”。① 直至万历三十四年，大学士沈鲤上书诉苦说，六部缺三尚书，部院上官满额31位，竟然空缺24位，甚至连庙祀礼官都省掉了。万历四十年，首辅叶向高以辞职相威胁，要求神宗尽快补充州府官员、阁部大员、言官和巡按，两年后，叶向高被迫致仕。与朝廷严重缺员相反，万历皇帝不顾政体坍塌，只管自己安逸享乐，大肆壮大宦官势力，皆由东西厂统领。据丁易的统计，至晚明崇祯时期，北京充斥了7万名宦官，外派宦官还有3万多人。② 这些特务，成为盘剥各地百姓的爪牙。晚明朝廷长期政治上的无作为，不仅造成国家如锈蚀的机器运转不灵，而且造成中国社会作为“礼仪之邦”的“体面”几乎荡然无存，社会道德严重破坏。顾起元说：

> 嘉靖十年以前，犹循礼法，见尊长多执年幼礼。近来荡然，或与先辈抗衡，甚至有遇尊长乘骑不下者。③

顾起元的话还较为委婉；到了明末顾炎武之时，他直言不讳地说：

> 利之所在，则不爱其亲而爱他人。于是机诈之变日深，而廉耻道尽，其不至于率兽食人而人相食者几希矣！④

在顾炎武眼里，晚明社会堕落到连禽兽群体都不如的境地；社

① 张廷玉《明史》卷二百十八《方从哲传》。

② 丁易：《明代特务政治》，上海书店出版社2011年版，第22~26页。

③ 顾起元：《客座赘语》卷五。

④ 顾炎武：《顾亭林文集》卷五之《华阴王氏宗祠记》，中华书局1983年版。

会上再没有人伦道德可信可言；唯利是图、唯利是亲，成为“礼崩乐坏”、“世风日下”的一个显著表征。张履祥亦概括道：“隆、万以来，朝野只成阉然媚世之习，是分不敢别白，善恶不欲分明。‘直道而行’四字，我生之后，殆不复见。”①

在这种情形之下，江南许多文士已经不再奢望靠政府来维持礼仪，上层士大夫的“庸政”由在野的士大夫的“群议”来弥补。比如顾炎武伯祖顾绍芳、祖父顾绍芾就曾以“廉耻”为纲，培育顾缃及炎武兄弟。所谓东林党议、复社“诸生干政”等行为，实际上也是草野之士的自我救赎，他们希望靠民间道德的力量来振作士气，这种议论的风气蔓延至社会的各个层面：议政、议田、谈兵、论学，以及一切君主、师道、宾朋、夫妇等人伦纲常。这种议论风气，必然借助文学作品生发开来。所以，清代乌程文学家沈垚感慨地说：“至明士大夫皆出于草野，议论与古绝不相类似矣！”②

(2)江南经济的繁荣促成奢侈之风盛行。

与道德失控不断下滑的趋势相反，晚明江南地区经济持续繁荣。这种错位的发展必然滋生奢靡的社会风气。仁和张翰在《松窗梦语》卷七中以三吴世风转变为例，分析指出：

> 民间风俗，大都江南侈于江北，而江南之侈尤莫过于三吴。自昔吴俗习奢华、乐奇异，人情皆观赴焉。吴制服而华，以为非是弗文也；吴制器而美，以为非是弗珍也。四方重吴服而吴益工于服，四方贵吴器而吴益工于器。是吴俗之侈者愈侈，而四方之观赴于吴者，又安能挽之俭也。③

晚明诸多笔记记载了江南的奢靡风气，反过来又对社会纲纪造成更大的破坏，略举两三个例子说明。例如：松江徐献忠认为：

---

① 张履祥：《杨园先生全集》卷四二，《备忘四》。

② 沈垚：《落帆楼文集》卷八，《与张渊甫书》。

③ （明）张翰：《松窗梦语》卷七，《风俗纪》，中华书局1985年版，第140页。

“今天下风俗，惟江之南靡而尚华侈，人情乖薄，视本实者竞嗤鄙之。”①云间范濂说：“吾松素称奢淫黠傲之俗，已无还淳挽朴之机。兼以嘉隆以来，豪门贵室，导奢导淫，博带儒冠，长奸长傲，日有奇闻叠出，岁多新事百端，牧竖村翁，竞为硕鼠，田姑野媪，悉恋妖狐，伦教荡然，纲纪已矣。”②直至清初，昆山龚炜还在感叹：“吴俗奢靡，为天下最！”③

奢靡之风，对于士人亦具有极强的鼓动性与腐蚀性。一方面，士人广泛参与到“竞利”的文化行业中来；他们以博学的知识经营出版业；以丰沛的才情参与序跋墓志章表之类应酬文章的写作，以获取丰厚的“润笔”；以饱满的书画艺术创造力致力于书画商品的生产与品鉴、消费等产业。另一方面，“黄白之物”亦腐蚀着士人的“直道”精神。顾炎武说：“万历以后，士大夫交际多用白金……茶话无非此物。衣冠而为囊橐之寄，朝列而有市井之容。”④刘宗周描摹士人交易行为：“近世大夫玉帛相见，率代以黄白，出入袖中，手手相攫，诡秘甚于暮夜。”⑤为了规正世道人心，东林、复社、几社诸生则议论干政，而以焦竑、顾起元、朱国祯等为代表的士人则纷纷写下野史“笔乘”，呼吁朝野整肃道德秩序，于是出现了梁启超所说的情状：“士习甚嚣，党同伐异，野史如鲫，各从所好恶以颠倒事实。”⑥

（3）“阳明心学”的分化与“信任危机”加重。

① （明）徐献忠：《吴兴掌故集》卷十二“风土”，《四库全书存目丛书》史部第188册，第843页。

② （明）范濂：《云间据目抄》卷二《记风俗》，载《笔记小说大观》第6册，第508页。

③ （清）龚炜：《巢林笔谈》卷五，中华书局《清代史料笔记丛刊》本。

④ （清）顾炎武著，张京华校释：《日知录校释》卷三，“承筐是将”条，岳麓书社2011年版，第113页。

⑤ （明）刘宗周：《刘子全书》卷二三，《处士韩东楼公传》。

⑥ 梁启超：《中国近三百年学术史》，东方出版社2004年版，第299页。

按照余英时等人译介西方的观点，“士人”是社会的良心；① 而晚明“士人之心”的建树，是从明代中期王阳明开始的。程朱理学发展到明代中叶，“格物致知”的性理修炼模式已经僵化。王阳明通过“格竹无功”的实验领悟到：感知天人、会通物理，仍然需要内心的“悟证”。于是他结合宋儒陆九渊的心学成果，发展为“致良知”的学说。尽管学习方式发生了变化，但是理学(或者说心学)的本质不变，这就是所谓的“知”——从宇宙物理到社会人伦的一整套认知体系。存天理、正人伦，仍然是其哲学的宗旨。到了晚明，阳明心学产生了分化：以王艮、徐樾、颜钧、何心隐、罗汝芳、李贽、陶望龄、焦竑、杨起元等为代表的左派，向着“百姓日用即是道”的方向发展，走向了理学(心学)的世俗化；以王畿、聂豹、罗洪先为代表的右派，则向程朱理学(“道学”)方向回归；尽管二者有分歧，但有一点是相同的：两派皆非阳明之学的本意，且两派都借助类似禅宗传教的方式扩大其影响。因此，黄宗羲说：

> 阳明先生之学，有泰州、龙溪而风行天下，亦因泰州、龙溪而渐失其传。泰州、龙溪时时不满其师说，益启瞿昙之秘而归之师，盖跻阳明而为禅矣。②

阳明之学在晚明得以迅速传播，源于“阳明从祀”问题的解决。万历初，阳明后学一再奏本，提议让王阳明从祀孔庙，但张居正认识到心学的世俗化倾向不利于中央的言论钳制，坚决反对。张居正在任期间重用唐伯元、沈鲤等理学大臣，阻挠心学的发展。张死后的万历十二年，王学左派弟子(主要是泰州学案的嫡传弟子)利用神宗喜谈心性、厌恶张居正专权等心理为王阳明平反，由耿定向、胡直、孟疆我、顾宪成集体上书，将阳明一举扶上祭坛，此即所谓“阳明从祀孔庙”事件。从此，思想的禁锢大开，原本“儒释道”三

① 余英时：《士与中国文化》，上海人民出版社2003年版，第2页。

② (明)黄宗羲：《明儒学案》卷三十二“泰州学案序”，中华书局1986年版，第703页。

教合流的倾向更加凸显，士人纷纷“习禅念佛”。谢肇淛《五杂俎》卷八中说道：

> 今之释教，殆遍天下，琳宇梵宫，盛于黉舍，唪诵咒吹，嚣于弦歌，上自王公贵人，下至妇人女子，每读禅拜佛，无不洒然色喜矣……今之仕宦罢归者，或陶情于声伎，或肆意于山水，或学仙谭禅，或求田问舍，总之为排遣不平。

习禅风气带来了思想的解放，由王学左派陶望龄、陶奭龄等相鼓荡、袁氏三兄弟相发明的公安派“性灵说”风靡全国，个人主义、享乐主义风气也在大江南北弥漫开来。处于江南文化发达地区的无锡士人群体意识到，这场信任危机有亡国的危险，他们建造书院，树立舆论，向阳明右派靠拢，① 这便是“东林党”。但值得一提的是，东林作为在野的政治力量，屡次遭到朝廷的打击报复；江南士子普遍滋生“天下无道则隐”(《论语·泰伯》第十三)的观望情绪，反而加重了士人的“信任危机”。这种潜藏的危机感，也成为士人好发议论的诱因之一。

(4)社会矛盾尖锐导致有识之士“放纵自适”。

晚明随着政治体制的废弛、经济的高速发展和商业的极度繁荣，社会财富集中于少数富人手中，造成特权者富可敌国而民无立锥之地的阶级冲突，引发了江南多次的民变与暴动，如南浔董氏(董份)、华亭董氏(董其昌)与昆山的徐氏(徐阶)都发生民变抄家的事件。在治理方面，中央与民争利，大肆设立矿局、税局，又引发了徽州和苏州织工抗税运动、武昌抗税运动等，大大动摇了百姓对朝廷的忠信观念。在文教方面，阳明心学与程、朱理学纠结并存，儒、释、道三教合一，动摇了儒家以仁义忠孝治理天下的基本理念，滋生了各种奢侈淫乐、僭越享乐的社会风气。今人罗宗强概

---

① 嵇文甫《东林派与王学修正运动》认为：“东林派虽然有时候表示从王反朱的倾向，但实际上他们的学风和王学右派相近，是尊德性一路。”见《晚明思想史论》，民国丛书本。钱穆《中国近三百年学术史》中说“东林渊源阳明”，亦证曰：“东林学脉本自阳明来，泾阳师薛方山，亦南中王门。”

括说："整个一副末世景象。士人处于这种环境中，心态的变化自然会受到很大的影响。"①

作为地方社会思想道德建设者，晚明士人的社会角色因心态的变化而变化。明代中叶，落第或无心仕进的举人以及致仕的官员，具有免除一定限额的田亩税粮的优待，② 彼时儒家正统观念尚未受到商品经济的冲击，士人食君之禄而担君之忧，成为民间"直道"精神的承载者，参与基层社会的控制与管理。万历年间，商品化社会一旦形成，道德蜕化，士风为之一变。③ 士人不再单纯承担"四民"之翘楚的社会角色，而是朝"工商"阶层渗透。士人与商人互渗、士人与艺匠互渗、士人与市民阶层互渗；角色的转换为他们牟取了物质利益，纷纷"放纵自适"。比如万历二十三年，也即袁宏道出任吴县令的第二年，他产生了严重的"厌官情绪"，开始心仪奢靡的生活。在给其舅父龚惟长的一封信中，他写道，"目极世间之色，耳极世间之声，身极世间之鲜，口极世间之谭"。明末张岱《自为墓志铭》说，他少年时"极好繁华，好精舍，好美婢，好娈童，好鲜衣，好美食，好骏马，好华灯，好烟火，好梨园，好鼓吹，好古董，好花马，兼以茶淫桔虐，书蠹诗魔……"(《琅嬛文集》卷五)，简直就是袁宏道言论的翻版。这种"放纵自适"的世风，无疑对文学产生了巨大影响。

我们认同现代西方学者的观点，强调"士是社会的良心"。良心缺失的社会，不管它多么繁荣昌盛，亦可谓是浊浪滚滚，物欲横流，这引发了有识之士的"清议"品评风气。换言之，晚明士林的风气与社会风尚的世俗化是互为表里的。由于士人的放纵，加剧了

---

① 罗宗强：《明代后期士人心态研究》，南开大学出版社 2006 年版，第 521~522 页。

② 参见张显清：《明代官绅优免和庶民"中户"的徭役负担》，载《历史研究》1986 年第 2 期。

③ 参见(清)顾炎武著，张京华校释：《日知录校释》卷九"人材"条："自万历以上，法令繁而辅之以教化，故其治犹为小康。万历以后，法令存而教化亡，于是机变日增，而材能日减。其君子工于绝缨而不能获敌之首，其小人善于盗马而不肯救君之患。"

社会风气的堕落；而社会风气的堕落，又促成部分士人担当其改良社会的责任，强化社会舆论导向，显然，这也是晚明士人好议论的一个比较直接的原因。

## 第二节　清玩世风、清议士风与清言文风

刘勰在《文心雕龙·时序》篇中有句名言：所谓“时运交移，质文代变”，一个时代的文学风气，受时运交移的影响是非常明显的。社会风俗的变化，一定程度上影响了文士的心态，这种心态投射到作品中，使之具备该时代的文学风格。所以刘勰指出，汉末建安年间文风为之一变，“风衰俗怨，梗概多气”，出现了所谓的“汉魏风骨”。晚明的世风、士林风气以及文风亦如汉末一样，产生了一些新异的变化，概而言之：其世风也衰飒，其士风也激越，其文风也充满“戾气”。

晚明社会风尚日趋俗化，其表征多种多样，反映在文艺上，典型的表征之一即“为朝廷效力”向“为富贵显达应制”的转变，也即前文所谓“奔竞”现象。① 文人凭借其诗文、书画、园林制造等艺术创作牟取丰厚的利润的同时，也为规范艺术产业风气而进行“赏玩”、“品鉴”、“评议”等活动。下面，我们分三个层面作递进论述，即晚明江南“清玩”世风、“清议”士风及“清言”文风。

### 一、清玩世风

随着经济文化的繁荣发展，晚明江南文人养成了一种“精致”的生活。他们对于艺文雅事的爱好十分广泛，由此形成博雅的文学观，举凡琴、棋、书、画、诗、酒、茶，都纳入其研究的视野；正如吴承学等所说：“清玩、清赏、清供形成一种普遍的风气。”②所谓清玩、清赏、清供，大致不离沈仕《林下盟》中所说的“十供”，

① “奔竞”现象，见本书第三章第二节。

② 吴承学、李光摩：《晚明心态与晚明习气》，载《文学遗产》1997年第6期。

它们是："读义理书，学法帖子，澄心静坐，益友清谈，小酌半醒，浇花种竹，听琴玩鹤，焚香煎茶，登城观山，寓意奕棋。"（《说郛续》卷二十八）晚明文士全神贯注地投入到诸如园林水石、钟鼎古玩、藏书品茶等一些过去视为小道末技的"余业"之中，将之作为一种"正事"来看待，这才形成了一种"清玩"、"清赏"、"清供"的文化风气。正如钱塘收藏家高濂《燕闲清赏笺》序云：

> 高子曰：心无驰猎之劳，身无牵臂之役；避俗逃名，顺时安处……遍考钟鼎铭彝、书画法帖、窑玉古玩、文房器具，纤细究心……他如焚香鼓琴、栽花种竹，靡不受正方家，考成老圃，备注条列，用佐清欢。

从高濂所谓但凡日用百物，"靡不受正方家……用佐清欢"的玩物态度上，我们看到了晚明江南文士既纵情于"物欲"而又以"清雅"相矜持的生活形态。一方面，他们沉溺于商业经济文化所带来的物资便利中；另一方面，他们又与充满铜臭的"世俗"有意识地拉开距离。这种看似矛盾的心态，在所谓的"清赏"、"清玩"、"清供"活动中得到了统一，找到了平衡点。他们既贪图真金白银的享受，又开展出一套"清玩"的生活形式。在晚明文士的眼中，玩物非但不会"丧志"，而且还能"采真"。吴承学、李光摩论述说：

> 到了晚明，清玩清赏清供形成一种普遍的风气。就像沈仕《林下盟》中所说"十供"是："读义理书……寓意奕棋。"（《说郛续》卷二十八）费元禄说士人的"游道"有三，即"天""神""人"，其中人的游道是"抗志绝俗，玩物采真"。（《晁采清课》）在晚明人看来，玩物不但没有"丧志"，而且能够"采真"，所谓"采真"就是获得人生的真谛。①

---

① 吴承学、李光摩：《晚明心态与晚明习气》，载《文学遗产》1997年第6期。

晚明士子的“清玩”生活，催生了一批这方面的“指南”之作，如长洲文震亨(1585—1645)所著《长物志》，就是在这样的背景下产生的。文氏还著有《琴谱》、《怡老志》、《清斋位置》等。《长物志》尽其所能，将“长物”分十二卷胪列，分别是：室庐、花木、水石、禽鱼、书画、几榻、器具、衣饰、舟车、位置、蔬果、香茗，共269则(节)，涉及生活的各个方面，充满着文人闲情雅致。如卷三“水石”云：

> 石令人古，水令人远。园林水石，最不可无。一峰则太华千寻，一勺则江湖万里。①

晚明江南文人“清玩”成为一种文化现象。台湾学者王鸿泰认为，晚明江南“赏玩文化”起初是由富有的士大夫发起的。② 比如太仓王世贞等，他们在筑亭台、教歌舞之余，“间及古玩”③；但发展到一定程度以后，“它的诠释权就落入具有文艺倾向的士人手中”，用以“自我确认，或互相标榜”，形成“具有特定族群意识的文化符号”，最终成为“用来指称标识特定士人类型的‘文人文化’”。而且，经过文人的渲染，这种文化在晚明成为“一种优势文化”，士商阶层都纷纷跟随仿效。王鸿泰的描述较为生动，其实，晚明笔记中对于这种“文人文化”的描述所在多是，许多名画、古玩、珍本古籍在晚明文人手中一过，令人叹为观止。比如，江南收藏家不惜重金追踪抢购王维真迹，以《江山雪霁图》的际遇最为传奇。兹引董其昌的话来证明之：

---

① (明)文震亨著，赵菁编：《长物志》卷三，金城出版社2010年版，第79页。

② 王鸿泰《明末清初的士人生活与文人文化》一文载于“中央研究院”历史语言研究所、暨南国际大学历史系与中文系合办“传统中国社会生活与文化研讨会”论集，2007年。

③ 转引自沈德符《万历野获编》卷二六“玩具·好事家”条：“嘉靖末年，海内宴安，士大夫富厚者，以治园亭、教歌舞之隙，间及古玩。”中华书局1959年版，第654页。

画家右丞，如书家右军，世不多见。余昔年于嘉兴项太学元汴所见《雪江图》都不皴擦，但有轮廓耳……今年秋闻金陵有王维《江山霁雪》一卷为冯宫庶所收，亟令友人走武林索观。宫庶珍之，自谓如头目脑髓，以余有右丞画癖，勉应余请。清斋三日，始展阅一过。……庶子书云：此卷是京师后宰门拆古屋于折竿中得之，凡有三卷，皆唐宋书画也……余且珍之以俟。①

图上月白绢董文敏小楷题云："天启元年岁次辛酉，程季白重携此册(注：王维《江山雪霁图》)至余斋中，适楚中王幼度、吴郡陈仲醇(陈继儒)、吴君杰、杨彦冲、张世卿、姑苏杨仲修同集，纵观永日，各以为奇觏，咄咄称快。独余几类向隅，然幸不落伧父手，又为右丞诸君子快耳。"②

又如园林水石、珍本图书，兹举王世贞"弇园"为例：

王氏弇州园，石高者三丈许，至毁城门……据称"大树百尺对峙，望之如山。竹万余竿。有水东来，可浮十石舟。有大松七，水环绕之"。即此数语，胜概已自压天下矣。乃知古人创造皆极天然之致，非若今富贵家但斗钜丽已矣。③

王元美先生藏书最富，二典之外尚有三万余，其它即墓铭、朝报，积之如山，其考核该博，固有自来。④

王世贞的藏书，不仅数量众多，而且质量上乘。胡应麟《少室

① 董其昌：《容台别集》卷四题跋，《四库全书存目丛书》集部第171册，第733、734页。

② (清)安岐：《墨缘汇观》卷四，天津古籍书店1993年版，第188页。

③ (明)谢肇淛：《五杂俎》(一、二)卷三"地部一"，辽宁教育出版社2001年版，第58、59页。

④ (明)谢肇淛：《五杂俎》卷之十三"事部一"，第266页。

山房笔丛》说，“王长公小酉馆，在弇州园‘凉风堂’后，凡三万卷，二典不与。构‘藏经阁’贮焉。”王氏曾以一座庄园为代价，来交换一部宋版《汉书》。此书为元代赵孟頫（即赵吴兴）珍藏，《天禄琳琅》载宋版《汉书》前有其跋云：

> 余平生所购《周易》、《礼经》、《毛诗》、《左传》、《史记》、《三国志》、《唐书》之类，过三千余卷，皆宋本精绝，最后班、范二《书》，尤为诸本之冠，前有赵吴兴象（像），余失一庄而得之。①

得到了这部书后，王世贞也仿照赵吴兴（赵孟頫）的例子，将自己的画像安插在扉页中，颇见其踌躇之志。王世贞身后，这套书流落徽州书商之手，被钱谦益以一千二百金的高价买下；后因建造绛云楼，钱氏又将之卖给了其门生四明谢象三（谢三宾）。钱氏卖前跋云，“床头黄金尽，生平第一杀风景事也”，方与书别之时，正与李后主“挥泪对宫娥，一段凄凉景色，约略相似”。晚明文人嗜书之深情，可谓莫过于此了。

再如砚台，晚明盛刮一阵藏砚之风。华亭陈眉公（继儒）在其《妮古录》中，一语道出了藏砚风气兴盛之缘由：“文人之有砚，犹美人之有镜也，一生之中，最相亲傍。”他还在该书中通过一方端砚，追溯了历代江南文士赏砚的情景：

> 项子京（元汴）藏紫端石子砚，如羊肝，不穴研池，而细滑可玩。其研匣银胎，外漆之，以宝珠为足。盖阴有金书题名“隆池彭年同高阳许初观”，又“田汝成拜观”。又“黄姬水与柘湖漳余鉴”、“三桥文彭文嘉，同五湖陆师道过天籁阁赏”。②

---

① 转引自叶昌炽：《藏书纪事诗》，古典文学出版社1958年版，第132页。

② 陈继儒：《妮古录》卷四，《四库全书存目丛书》子部第118册，第690页。

晚明藏砚名家有项元汴、高濂、李日华、屠隆等，且均有著作论及，如高濂的《遵生八笺》、屠隆《考槃余事》以及《纸墨笔砚笺》等。笔者且以李日华《味水轩日记》中所载一则，来说明江南文士“玩物”的痴迷程度：

> 乙酉（万历三十七年，1609）三月三十日。购得古端大砚，长一尺二寸，阔六寸五分，高三寸。平面楞背，作覆洞形，墨池陂陁渐陡，右角二活眼为云绕月状，中峙一犀回顾，制极雅朴。周遭墨秀硃斑，光采艳发，以方于鲁第一煤试之，三四动腕，而浓渖滃然矣。偶阳羡人以精岕四十铢见归，急煅泉泼茗，且摩挲砚石而咽之，不觉微疴脱去，大叫奇绝而罢。①

在这样一股“时髦”的“玩物”风潮中，财力固然重要，鉴赏能力更加关键。江南文人中不乏世家财力雄厚者，以其卓越的鉴赏能力，成为这种清玩风气的主导。清初署名为“花村看行待者”所撰《花村谈往》记载了这样一则逸事：

> 董玄宰三楚学归，怡情赴宴。一旧族子骤富，仿名公家营构精舍，中藏书画、鼎彝、琴棋玩好之物……因邀玄宰（董其昌）、眉公（陈继儒）与张侗初（张鼐）辈花会谈叙，饭后引入清谈。主人各为夸指某物，矜所自来……玄宰闭目摇首曰：太多，太多！秽杂矣！主人领意，急令各去其半，又问玄宰：眼前清旷否？仍曰：正未正未！再为割情裁减，几至于无，复问：如何？玄宰目眉公曰：兄意以为畅适否？眉公曰：毕竟不洁净。玄宰曰：哓人。主人曰：如此尚多，乞示何法？玄宰曰：更无别法，如吾兄亦去之可耳。满室大噱。②

---

① （明）李日华：《味水轩日记》卷一，上海远东出版社 1996 年版，第 17 页。

② 花村看行待者：《花村谈往》卷二《封君公子》，载《丛书集成续编》第 26 册，上海古籍出版社 1994 年版，第 320 页。

晚明“清玩”与品鉴风气，提高了江南士子的文化品位、艺术趣味。琴棋书画与诗词古文相得益彰，水石草木与幽居斋读相映成趣，形成文人日常生活的清雅的情调；而江南文士同气相求，养成共同的好尚，借助商品文化的浪潮，最终形成一股以“雅谭”为乐事的文艺风潮，促进了江南诗学“品评风气”的形成。

## 二、清议士风

自明初设定言官与阁部互为牵制的制度以来，朝廷言官是“清议”的主要势力。这些言官基本上是科班出身，百分之九十以上来自翰林；① 他们勇于谏言，敢于担当，清廉正直，光明磊落，一向被世人目为“清流”。然而，随着明代专制政权的日益酷烈、厂卫横行、宦官擅权，“言官”队伍有所分化。沈德符《万历野获编》中曾生动地描绘“言官”分化的情状：

> (成化间)供事者皆以艺进，或献诗词于大珰者亦得之。于是科目清流，无肯预列……正德初，逆瑾用事，时有工部主事徐子熙者，亦起家进士，挟册与杂流并试，得升光禄少卿，供事于文华殿之中书房，士林贱之，不齿之缙绅焉。此后则赀郎白身辈，充牣其中，虽自命清流，忽视武英，不屑与称僚寀，而时论不谓然，然至成、弘后，中书传奉之弊一清。②

诚然，据沈氏所言，到明代中叶的正德(1506—1521)年间，尽管“言官”队伍中出现如徐子熙等少数败类，整体风气(即“时论”)却是好的；他们在劾刘瑾、防宁王、谏君德等方面前赴后继，屡振朝纲。到了嘉靖初，“言官”群体在历史上又大书了一笔。由于正德无子，群臣迎兴献王之子为帝，是为明世宗。嘉靖三年，世

---

① “言官”的主力是御史和给事中。据《明史》记载，明代209个御史当中，进士出身的有180余人；254个给事中之中，进士出身者有242人。

② (明)沈德符：《万历野获编》(上册)卷九“仁智等殿官”条，中华书局1959年版，第249、250页。

宗欲追封其父为皇帝，史称“大礼议”。言官群起抗争，首辅杨廷和之子杨慎等近200名言官被下诏狱、贬谪或流放，编修王相等18人被廷杖致死，他们用鲜血和生命捍卫了言官制度的纯洁性。

可是，到了晚明，言官整体蜕化。商品经济的发达影响到社会政治，官僚政治逐渐被金钱腐蚀，一向被视为“清流”的言官守持不住，纷纷滑向腐败，正如万历、天启两朝首辅叶向高(1559—1627)所言：“朝纲国政日以凌迟，世道人心日以嚣竞。”①“今日士大夫无智愚不肖皆是争官，稍高者则争气耳。纲纪之废坏、法度之凌迟，至此而极。”②言官除了为争一己之位置参与“党争”之外，于国事已无裨益；到崇祯朝，选官制度朽不堪用，不得已，皇帝竟然靠抓阄的方法来选言官。晚明朝廷已经很难靠言官“清议”来挽救颓坏的时局。于是，“清议”的主体向民间转移，出现了阳明右派、东林、复社“清流”，以及蕺山学派等(该学派因刘宗周致仕讲学于绍兴城北古蕺山而得名，弟子中不乏大家，如张履祥、陈确、黄宗羲等)。顾宪成(1550—1612)刻在东林书院门口的一副名联，成为晚明民间“清议派”的真实写照：

> 风声、雨声、读书声，声声入耳；
> 家事、国事、天下事，事事关心。

东林党士人的“清议”活动，成为民间与朝廷抗衡的重要力量，顾宪成等为“清议”的核心。《西山日记》载有这样二事，说明“清议”的源流及影响：

> 甲午(按：1594年)长安有演象所讲会，主盟者焦弱侯(竑)、邹四山(德溥)、潘雪松(士藻)、杨晋庵(东明)，从游者姚养谷(文蔚)、吾邑二朱舍人(朱国祯、朱国祚?)、刘喜闻

---

① (明)叶向高：《纶扉奏草》卷十三《请发会推考选揭》，载《苍霞草全集》天启刊本影印本，江苏广陵古籍刻印社1994年版。

② (明)叶向高：《续纶扉奏草》卷一《蔡元复》，载《苍霞草全集》。

(孔当)太史。予初赴会，顾泾阳先生意难之。予曰“无妨也”。弱侯大意以戒好名为第一义……(吾曰:)“避名且去其实可乎?试有千斤于此，畏清议，故不敢轻受；若等黄金若土块，吾不敢自信。请诸公各于平旦扪心。”弱侯曰：“何必尔尔。”朱舍人从中和之，予正色曰：“吾辈自检辞受取予，稍不合礼义，则家人门隶皆相顾窃笑……若戒好名，便到不好名。此小人而无忌惮之振也。”诸君默然。不数年，主盟者相继败官，而此会遂散。

顾泾阳先生谒太仓公(注：指首辅王锡爵)，公曰：“近有一异事：阁中称是，外论必以为非；阁中所非，外论必以为是。”泾阳先生曰：“某亦有一异事：外论所是，相公必以为非；外论所非，相公必以为是。”公不觉大笑。①

可见，阳明后学的“讲学会”由朝廷现职官员充当，其身份的特殊性决定了“清议”的不彻底性，最后归于失败。东林党人的民间讲学，较之更具清议力度(焦竑所说止于戒除“好名”，而顾宪成等提倡完全“戒名”)，后来成为干政的主流。关于东林党人与复社成员“清议干政”的事迹，谢国祯、郭绍虞等先生早有定论。我们补充一点：虽然在朝者的“党争”与在野者的“讲学”或“结社”而引发的“清议”，难以挽救颓亡的政局，但后者(“讲学”“结社”)显然更有其积极意义，它推进了民间“清议”的风气，成为知识分子的正义之声。兹举一例说明。《明儒学案》记学者鹿善继(1575—1636)一事：

首善书院之会，先生将入，闻其相戒不言朝政，不谈职掌。曰：“离职掌言学，则学为无用之物，圣贤为无用之人矣!”遂不往。②

---

① (明)丁元荐：《西山日记》卷上“日课”第4条，载《涵芬楼秘笈》第七集，1916—1926年上海涵芬楼印制。

② (清)黄宗羲：《明儒学案》卷五四，第1305页。

我们发现，晚明尽管朝政腐败，但民间形成了强大的“清议”风气，培养了一大批“公共知识分子”(杜维明语)，延续到明末清初，还出现了所谓“明末三大儒”顾炎武、黄宗羲、王夫之。如1668年，黄宗羲在鄞县证人书院讲学时说：“今海内皆知甬上，精综六籍，翱翔百民，危儒行，标清议，一切夸诞骫髀之习去系之。”①由于不断有“大儒”的参与，这股民间“清议”政治之风，迅速在社会上蔓延。

众所周知，儒家知识分子时刻将个人行藏出处与国家政治联系在一起，所谓“学而优则仕”，所谓“达则兼济天下，穷则独善其身”，所谓“先天下之忧而忧，后天下之乐而乐”等，都是对这种“家国一体”精神的阐扬。于是，士人当朝“清议”朝政，在野则“清议”时政世事、“清议”地方政治得失。陈江认为，“江南人士对政治的热衷和对地方事务的关切，不仅体现在文人社团的政治性集会活动以及民变之类的极端行为之中，而且在日常的以讥讽、抨击地方政府及官员为主要内容的民间‘清议’中也有明显的反映”②。晚明士人这种“清议”言论不胜枚举；然本书不欲向社会史枝蔓，仅以“清议”笔记之盛行，证明此风延及文学领域。

晚明“清议”朝事或世事的笔记，数量之多，不仅空前，堪称绝后，在短暂的七十年之间，“清议”时政或世变的笔记不下一百种，兹举部分如下：

陆树声《清暑笔谈》、施显卿《古今奇闻类纪》、王世贞《皇明奇事述》、《皇明盛事述》、《皇明异典述》、《艳异编正集》、《艳异编续集》、李乐著朱国祯校正《见闻杂记》、王士性《广志绎》、顾起元《客座赘语》、焦竑《笔乘》、《玉堂丛语》、吴从先《小窗自纪》、屠隆《娑罗馆清言》、吕坤《呻吟语》、洪应明

① (清)黄宗羲：《南雷文案外卷》之《陈夔献五十寿序》，新文丰出版公司《丛书集成三编》影印“南雷遗书”本，第53册，第324页。

② 陈江：《明代中后期的江南社会与社会生活》，上海社会科学院出版社2006年版，第365~366页。

《菜根谭》、江盈科《雪涛小说》、李日华《六砚斋笔记》、蒋一葵《尧山堂偶隽》、《尧山堂外纪》、余继登《典故纪闻》、陈继儒《小窗幽记》、《岩幽栖事》、张潮《幽梦影》、周晖《金陵琐事》、袁中道《珂雪斋近集》、《游居杮录》、李鼎《偶谭》、郑元勋《幽媚阁文娱》、沈德符《万历野获编》、徐𤊹《笔精》、谢肇淛《五杂组》、张瀚《松窗梦语》、刘侗《帝京景物略》、于慎行《谷山笔乘》、孙承泽《春明梦余录》、闵文振《涉异志》、陈贞慧《秋园杂佩》、张大复《梅花草堂笔谈》、张岱《陶庵梦忆》、张岱《夜航船》、叶绍袁《甲申纪事》、徐树丕《识小录》、张言《北征记略》、顾山贞《客滇述》、计六奇《北征述略》、《南征述略》、黄宗羲《明夷待访录》。

诚然，在上述每一种笔记中，具体到“清议”时政世变的条目可能不多，除了如范濂《云间据目抄》卷二《纪风俗》、沈德符《万历野获编》卷二六《谐谑》等较为集中外，其余笔记“清议当世”、“清议时政”的内容基本上是零星而分散的。但不可否认的是，如此多的笔记小说关涉到“清议”之内容，显示出民间“清议”风气的浓厚，势必对晚明文学的评价体系产生影响。

## 三、清言文风

晚明诗文选本中，出现了对前代作品进行“品”的现象，包括品第、品评、品类、品汇等。这与晚明“品”的风气流行有密切的关系。欧明俊指出：“晚明出现不少带‘品’字的著作，如樊玉衡的《智品》、徐献忠的《水品》、顾起元的《鱼品》、吕天成的《曲品》、潘之恒的《秦淮剧品》、曹大章的《莲台仙会品》等。这里的‘品’字兼有品第、品评两种含义，品第本身便是品评，以怡情悦性，得到风雅享受。”①晚明盛行一股“小品”文学风气，与世风日下、禅学盛行的社会风俗转向有关，正如本书前章所述。然而，“小品”，尤其是“清言小品”，与魏晋六朝以来江南一直流行的文士品评风

① 欧明俊：《论晚明文人的“小品”观》，载《文学遗产》1999 年第 5 期。

气和骈俪文风有关，学界对这方面的论述较少，① 我们从“品评风气”与“骈俪文风”两个方面来略作解析。四库馆臣解释“晚明小品”兴盛的原因时说：

> 正(德)、嘉(靖)以上，淳朴未漓。隆(庆)、万(历)以后，运趋末造，风气日偷。道学多侈谈卓老(李贽)，务讲禅宗；山人竞述眉公(陈继儒)，矫言幽尚。或清谈诞放，学晋宋而不成；或绮语浮华，沿齐梁而加甚。著书既易，人竞操觚。小品日增，卮言叠煽。②

四库馆臣认为，小品的盛行，其原因有二：一是沿袭晋宋之际“清谈诞放”的习气；二是学习六朝的绮语。确实如此，晚明小品文高谈浮华的一面，与六朝文风类似，这一点，从“《世说新语》热”的兴起可见一斑。四库馆臣说，小品的源头之一便是《世说新语》。见其“周密《澄怀录》”提要：“……(《澄怀录》)亦《世说新语》之留别，而稍变其体例者也……明人喜摘录清谈，目为小品，滥觞所自，盖在此书矣。”③

晚明是《世说新语》传播接受之空前兴盛的时期。刘伟生总结说：“有关《世说新语》的各种本子得以大量刊行，据王能宪《世说新语研究》的‘不完全统计’，保存至今的《世说新语》刻本，竟有26种之多；伴随着文本刊刻的是评点、序跋与续仿，晚明文人对此表现出了极大的热情。”④晚明文人更以饱满的才情参与“续世

① 目前的专著有曹淑娟：《孤光自照——晚明文士的言说与实践》，其中第四、五、六章节涉及清言小品与士人心态之关系，分别是“从清言看晚明士人主体自由之追寻与呈显”、“晚明清言对人与宇宙关系之省思”、“《醉古堂剑扫》到《幽梦影》的清言路向转折”，天津教育出版社2012年版，第96~191页。

② 《提要》卷一三二杂家类存目《说郛》条。

③ 《提要》卷一三一子部四一杂家类存目八。

④ 刘伟生：《世说新语艺术研究》，湖南大学出版社2008年版，第232页。

说”的编写工作。比如，何良俊按照世说义例创作《何氏语林》，经王世贞更名为《世说新语补》出版；焦竑仿照《世说新语》作了《焦氏类林》(即《明世说》)；李贽仿效作了《初谭集》；曹臣仿效作了《舌华录》；李清仿效作了《女世说》……“世说现象”的出现，一方面是江南士人对魏晋六朝文采风流的追忆和比附；另一方面，则体现了江南士子对于“品评”或者说“清谈”风气的推崇。

毋庸置疑，《世说新语》是一部“清谈”小说。然而，与“清谈”相关的词意尚有很多，如“清议”、“清言”、“谈玄”等。何晓明认为这些词是一回事，他说：“清议而不谈政事，就成了所谓清谈了。‘清谈’乃相对于俗事而言，亦称‘清言’、‘玄言’、‘玄谈’或‘谈玄’。”①其实，“清谈”与“清议”、“清言”这几个概念不完全相同。唐长孺先生不赞成将“清谈”简单等同于“谈玄”，认为尽管两者在初期可以互用，然而自东汉以来，批评家也通过“清谈”来品评人物。② 唐翼明认为“清谈”是广义的，他将其界定为：“魏晋时代的贵族知识分子，以探讨人生、社会、宇宙的哲理为主要内容，以讲究修辞与技巧的谈说论辩为基本方式而进行的一种学术社交活动。”同时，唐翼明还从实例上论证，只有“清言”与“谈玄”才比较接近；因此，明代人所用“清言”是一种误用。③

且不管概念使用正确否，单单从文学的实际效果看，晚明文人受“世说”的影响，产生了一大批标目为“清言”的作品，成为晚明文坛突出的现象。吴承学《晚明小品研究》认为，“清言”是一种精致而优美的格言式小品，而其内容大多旨在表现晚明文人的闲情逸致和庄禅幽尚，“清言”的语言往往以韵语和四六为主又间以散文笔法，高雅整饬而又灵动畅达。④ 吴承学列举的晚明“清言”作品主要有：

① 何晓明：《中华文化事典》，武汉大学出版社 2008 年版，第 430 页。

② 汤一介、胡仲平编：《魏晋玄学研究》之《清谈与清议》，湖北教育出版社 2008 年版，第 241~248 页。原载唐长孺：《魏晋南北朝史论丛》，三联书店 1955 年版，第 289~297 页。

③ 唐翼明：《魏晋清谈》，人民文学出版社 2002 年版，第 30 页。

④ 吴承学：《晚明小品研究》，江苏古籍出版社 1998 年版，第 273 页。

> 田艺蘅《玉笑零音》、陆树声《清暑笔谈》、屠隆的《娑罗馆清言》、《续娑罗馆清言》、郑仲夔《兰畹居清言》、闵元衢《增定玉壶冰》、陈继儒《岩栖幽事》、《安得长者言》、《读书十六观》、彭汝让《木几冗谈》、李鼎《偶谭》、黄汝亨《寓林清言》、张复《爨下语》、吴从先《小窗自纪》、何伟然《呕丝》、倪允昌《光明藏》、余绍祉《元邱素话》、王纳谏《会心言》、祝世禄《祝子小言》、赵世显《一得斋琐言》、陆绍珩《醉古堂剑扫》、陆云龙《清语部》。

吴承学从文体学上对“清言”的发现，颇能给人启示。《世说新语》诞生在骈俪文形成的南朝刘宋之时，却以散体古文见长；而晚明“清言”小品发生在“唐宋派”古文运动之际，却以骈文句法为主而撰写，这是一个有意思的问题，有待深入研究。

我们猜想，晚明“清言”盛行，大概出于以下原因：其一，晚明江南所流行的禅宗的影响。禅宗布道的“偈语”，与“清言”有诸多类似处。偈语是禅宗宗师开导弟子的“格言诗”，一般有四句，据说起源于达摩初渡中原。达摩为避免宗派之争，决定不传衣钵，作一偈云：“无本来兹土，传法救迷情。一花开五叶，结果自然成。”这种“一花开五叶”以偈语布道的方式，改变了传统“一对一”师承的模式，颇类似经济学上“传销”的方式，因而使得释教禅宗在中国迅速发展。晚明四大高僧都曾长期在江南布道，非常注重利用偈语传道。如憨山德清，当有士人向他请教禅宗宗旨时，他拈出几句六祖慧能的偈语。① 高僧用“偈语”传道，对于普遍加入“居士佛”的晚明士子必然产生影响。晚明正式修居士佛的著名文人，见

① （明）释德清：《憨山老人梦游集》卷五《示周旸孺》：“周子请益法相宗旨，老人因揭六祖《识智颂》曰：大圆镜智性清净，平等性智心无病。妙观察智见非功，成所作智同圆镜。五八六七果因转，但转名言无实性。若于转处不留情，繁兴永处那伽定。此八句，发尽佛祖心髓，揭露性相根源。”曹越主编：《明末四大高僧文集》（上集），北京图书馆出版社 2005 年版，第 47 页。

诸《居士传》的有李贽、袁宏道、黄辉、陶望龄、钟惺、焦竑、赵宧光、董其昌等人；① 诸多作者实际上是居士，而《居士传》未列入，如士林将屠隆比作维摩居士、冯梦祯自号真实居士等等，大多曾经修行禅宗，深谙“偈语”便于普及传世的功用，其别集中亦登载了大量“偈语”作品。

其二，骈文风气的影响。随着晚明思想的解放，晚明儒家内部也出现了焦虑和不安。一方面，很多文化精英开始会通三教，追求成佛成仙；另一方面，正统的学者又放不下儒家的执念，希望成圣成贤。于是，他们形成了双重的身份，即儒学士子与禅宗居士；在“时文制艺”的习得之余，功成名就的士子就会用惯常熟悉的清言“骈文”来劝慰世人成名扬善。而这种“清言”形式，隐藏了枯燥的说教，又彰显了清丽的骈俪文风，受到广大读书人的普遍欢迎，因而在社会上广有市场。龚鹏程举例说，明清至今，“市面上流行的励志小品，仍以《菜根谭》、《幽梦影》、《小窗幽记》为大宗……我手边一本释圣印的《菜根谭讲话》，1975 年即已十七版，至今又不知销行若干了”②。

其三，江南文人擅长诗歌骈偶对句的影响。如屠隆《娑罗馆清言》中的佳句：“春去秋来，徐察阴阳之变；水穷云起，默观元化之流”；陈继儒《幽窗小记》中的名言：“宠辱不惊，闲看庭前花开花落；去留无意，漫随天外云卷云舒”；吴从先《小窗自纪》中的诠释：“存心有意无意之妙，微云淡河汉；应世不即不离之法，疏雨滴梧桐”。如此清言，字字警策；诸多妙语，步步生莲，彰显出江南文人善于对句的才情。因此，周作人在读晚明叶绍袁《甲行日注》时批注道：“清言俪语，陆续而出，良由文人积习，无可如何，正如张宗子所说，虽劫火猛烈犹烧之不失也。”③舒芜感慨地说，周

① 参见清彭际清述：《居士传》，载《续藏经第 149 册 · 中国撰述 · 史传部》，台北新文丰出版公司，1994 年版。

② 参见吴承学、李光摩编：《晚明文学思潮研究》附录龚鹏程《由〈菜根谭〉看晚明小品的基本性质》，湖北教育出版社 2002 年版，第 431 页。

③ 原载《华北日报》1935 年 5 月 7 日版，转引自钟叔河：《周作人文选》(1930—1936)，广州出版社 1995 年版，第 156 页。

氏“见解透过一层，抉出清言俪语下面的感慨和顽强……于是华美挽回为质雅，被质雅冲淡了”①。

我们从文体形式上也可以发现，晚明江南文学似乎仍然摆脱不了六朝骈俪文风的经验和积习；同样，从内容上也可发现，自魏晋以来，“清议”、“清言”、“品评人物”的风尚成为江南文学性格的隐性遗传，在类似的历史条件下（如南唐、南宋、晚明、晚清）产生出来。因此，在有关“江南诗学”的论述展开前，以“清玩风气”为中心，分析了一种新的世俗风潮；以“清议笔记”为中心，研究了一种新的文士姿态；以“清言小品”为中心，解剖了一种新的文体现象，其最终目的是力图证明晚明江南的整个文学生态圈弥漫着一股“品评”的风气。尽管“诗学”因为其传统观念的力量十分强大，诗学著作浩如烟海，但是作为文学的组成部分，“晚明诗学”也必然被新的时代因素、地域因素所渐染。

## 第三节　从几个话题看品评风气

南方文学尤其是诗学，确实有其地域特征；南方人与北方人，也就相应形成了截然不同的整体性格特征。大体上说，相对北方诗人而言，南方诗人更加博雅，然亦更加感性；他们更富有才情，但却更加淡漠（或者说淡薄），多了一份悠然自得，少了一份道义承担；他们更加真率，但却更多文人逸兴。② 到了晚明，诗学的重心南移至江南，这些地域的、人文的、人格的特性，尤其得到了较全面的彰显。在晚明诗学这样一个宽泛的领域内，我们无法展开面面

① 舒芜：《两个鬼的文章——周作人的散文艺术》，载《舒芜集》第三卷，河北人民出版社 2001 年版，第 347 页。

② 这只是总体的、“印象式”的看法，未必准确；林语堂《北方南方》就曾运用此法行文，他说：“北方的中国人，习惯于简单质朴的思维和艰苦的生活，身材高大健壮，性格热情幽默……（江南人）习惯于安逸，勤于修养，老于世故，头脑发达，身体退化，喜爱诗歌，喜欢舒适。”本书针对的对象是晚明江南文士，也就是社会上层文化承担者，故像“北方人粗鲁、南方人精细”等观点就不大合适了，笔者不得不试为勾勒新的“印象画卷”，特此说明。

俱到的论述，因此首先选择几个热点的、有典型意义的话题，略作陈述；我们将在后面的“诗学群体”章节中结合具体的作家作品，再作详述。

## 一、李杜优劣论

宋元明清以来的中国诗学史上，作为唐诗的双子星座，“李杜”二人相提并论成为诗文评的主导倾向。同时，也一直隐含着这样一个命题：李杜二公，到底谁是唐诗第一人呢？从中唐到清末民初，历代文人参与“李杜优劣”的论辩，这种论争也延续到了现代。从胡适到罗根泽、郭沫若，从马积高到王运熙、罗宗强，众多文学史家也参与到这个永无休止的话题探讨中。至于现今学者为这个问题作爬梳与综述者更不乏其人。比如，檀作文等著《中国古代诗歌研究论辩》书末附录有此问题的综述；① 胡可先著《杜甫诗学引论》也为之作了专节梳理；② 葛景春从传播接受论的角度再次梳理这个话题；③ 陈文华将之作为经典的“史案”予以专题讨论，等等。④ 其中，也不乏紧扣所研究的对象，说出一点新意的学者。如萧华荣论证李杜诗风各自蕴含的文化思想意义，⑤ 等等。近年来，陈国球、朱易安、查清华等先生关于此话题也作过明代诗学的专章讨论。⑥ 本书既然研究晚明江南的诗学，既不能避而不谈此话题，也不能蹈他人之辙。唯有另辟小径，铺垫通途。

---

① 费振刚、韩兆琦主编，檀作文、唐建、孙华娟著：《中国古代诗歌研究论辩》文学卷，百花洲文艺出版社 2006 年版，第 260 页。

② 胡可先：《杜甫诗学引论》，安徽大学出版社 2003 年版，第 317 页。

③ 葛景春：《李白研究管窥》，河北大学出版社 2002 年版，第 176 页。

④ 陈文华：《唐诗史案》，上海古籍出版社 2003 年版，第 121 页。

⑤ 萧华荣认为，“李白的高华绚烂、豪迈浪漫充溢着青春的气息，是盛唐之音的代表，杜诗的精严、劲健、苍老、沉郁则逗漏出诗风转化的信息。”见徐中玉主编，萧华荣著：《中国古典诗学理论史》，第五章第四节，华东师范大学出版社 2005 年版。

⑥ 陈国球：《明代唐诗学史论》，北京大学出版社 2006 年版；朱易安：《唐诗学史论稿》，广西师范大学出版社 2000 年版；查清华：《明代唐诗接受史》，上海古籍出版社 2006 年版。

我们认为，“李杜优劣论”更大的学术意义，不在于结果，而在于过程。也就是说，李杜孰优孰劣永远不会有定论，因此，一较长短高下的意义不大。但是，在探讨李杜优劣的学术过程中，却反映了某个历史阶段的学术风气，形成了特定历史时段的“学术年轮”，而这个“学术年轮”可以辅助我们完成当时“学术生态”的考古与还原。这种还原有两个维度：地域与时代。

事实上，李杜之争实际上确有地域之争的因素在内，各自地域赋予了不同的地域性格与特质，南方诗学偏向李白，北方诗学偏向杜甫。文学史上，“南北并称”是一个普遍的现象；与此同时，“南北之争”也相伴而生。自南方文学兴起的南北朝之际，就发生过南北之争。如前章所述颜之推与沈约关于声律的争论。值得一提的是，由于南北文学经常处于“融合”状态中，同处南北一方的作家对于另一方的地域特色也有“相融”与“相拒”的争论，这也是一种“南北之争”。比如“北地三才”的邢邵、魏收之争即是如此。颜之推《颜氏家训》卷九《文章》中说：

> 邢子才、魏收俱有重名，时俗准的，以为师匠。邢赏服沈约而轻任昉，魏爱慕任昉而毁沈约，每于谈宴，辞色以之。邺下纷纭，各有朋党。祖孝征尝谓吾曰：“任、沈之是非，乃邢、魏之优劣也。”

邢邵叹赏吴兴沈约，认同南方文学特质；魏收爱慕山东任昉，推崇北方文学的气骨，以至于“邺下纷纭，各有朋党”，因沈任之争引发。当然，这里面还有“文笔之争”、“南北之争”、“名气之争”等多重的因素，我们都可以从时代风格的变迁以及地域文学性格的影响方面寻找答案。解读齐名的“沈诗任笔”采取的方式，自然通用于“李杜优劣”问题。

“李杜优劣论”自中唐元稹开始，就一直是唐诗学术界讨论的热点话题之一。洛阳元稹对其老乡巩县杜甫极其推崇，简直就成了古往今来文学第一人。他说：

予读诗至杜子美，而知古人之才有所总萃焉……至于子美，盖所谓上薄风骚，下该沈宋，言夺苏李，气吞曹刘，掩颜谢之孤高，杂徐庾之流丽，尽得古今之体势，而兼昔人之所独专矣。(《唐故工部员外郎杜君墓系铭并序》)

新郑白居易附和说："唐兴二百年，其间诗人不可胜举……又诗之豪者，世称李杜。李之作，才矣，奇矣，人不逮矣，索其风雅比兴，十无一焉，杜诗最多，可传者千余首。至于贯穿古今，覼缕格律，尽工尽善，又过于李。"(《与元九书》)白居易的观点其实与元稹略有不同,① 然而，元白在推崇杜甫的方向上是一致的，这与"新乐府"文学主张有关，也与其以北方诗学作为"风雅比兴"之正宗的观念有关。

宋代是唐诗学的转型阶段，宋人以"文字"、"才学"、"议论"为诗，重视诗的"写实"功能，因此代表北方诗学特征的杜诗更容易受到追捧。宋初，还有少数南方文人如杨亿、欧阳修等不喜杜诗；然而经北宋苏轼、王安石推尊之后，文人竞习杜诗;② 尤其是江西诗派兴起后，杜甫更是被列为"宗祖"供奉。宋代又是理学兴起的时代，杜甫"一饭未尝忘君"(注：苏轼评语)的忧国忧民形象与任侠享乐的李白形成鲜明对照，宋代学者又从理学"教化"立场贬斥李白、褒奖杜甫。比如罗大经说：

李太白当王室多难、海宇横溃之日，作为歌诗，不过豪侠使气，狂醉于花月之间耳。社稷苍生，曾不系其心胸，其视杜

① 白居易似乎也欣赏李白的天然神工，这一点，明末贺孙贻看出了端倪。《诗筏》一五四则：乐天谓子美"贯穿古今，覼缕格律，尽工尽善，过于李白"。夫李以天分独胜，而杜则天工人巧俱绝，却推杜于李上，宁患无说，乃独推其"排比声韵"，"覼缕格律"，何耶？以声韵格律论诗，已近于学究矣，况"排比"、"覼缕"，俗学所病。苟无雄浑豪迈之气行于其间，虽千言数百，何益于短长？以此压太白，恐太白不服也。

② 苏轼《与张景温书》尝曰："诗至杜工部，书至颜鲁公，画至吴道子，天下之能事毕矣。"见王世贞《弇州山人稿·告史全节语帖》引。

陵之忧国忧民，岂可同年语哉!①

宋末及元代，也有少数诗家从艺术性的角度推崇李白。比如严羽从唐诗学艺术风格的立场出发，得出李杜不分高下的持平之论：

李杜二公，正不当优劣。太白有一二妙处，子美不能道；子美有一二妙处，太白不能作。子美不能为太白之飘逸，太白不能为子美之沉郁。②

元代江南名士陈绎曾、杨维桢等也赞赏李白。陈绎曾《诗谱》说：

李白诗祖风骚，宗汉、魏，下至鲍照、徐、庾亦时用之。善掉弄造出奇怪，惊动心目，忽然撇出，妙入无声，其诗家之仙者乎！格高于杜，变化不及。③

由于宋元明理学具有一脉相承的学统，而明代前期又是政治史激烈动荡的时代，因永乐政变、英宗与代宗争夺帝位之类的历史事件频发，学者格外注重对“君臣伦理”的阐述，带有明显的“抑李扬杜”的倾向。如关于杜甫救房琯、李白从李璘的是非曲直，成化榜眼程敏政(1446—1499)编辑前贤刘定之(1409—1469)的言论如下：

以诗言杜，比迹于李；以文言柳，差肩于韩。而以人言，则杜韩阳淑，李柳阴慝，如冰炭异冷热，薰莸殊芳香矣。子美当安史作难时，徒步从肃宗，其诗拳拳于君臣之义。太白于其

① 罗大经：《鹤林玉露》卷六“李杜”条，载《唐宋史料笔记丛刊》，中华书局1983年版，第341页。

② 严羽著，郭绍虞校释：《沧浪诗话》之《诗评》，第166页。

③ 《历代诗话续编》本《诗谱》无此条。转引自瞿蜕园等校注：《李白集校注》，上海古籍出版社1980年版，第1872页。

时，从永王璘，欲乘危割据江表，叛弃宗社，作《猛虎行》云……安知君臣之大伦欤？元稹谓太白不能窥子美藩篱，况其堂奥？得之矣！①

昆山叶盛(1420—1474)的观点也颇有代表性：

李杜诗虽齐名，而器识迥不同。子美之言曰："庙堂知至理，风俗尽还淳。""舜举十六相，身尊道何高，秦时任商鞅，法令如牛毛。""用为羲和天道平，用为水亡地焉厚。"其志意可知。若太白所谓"为君谈笑靖胡沙"，又如"调笑可以安储皇"，此皆何等语也。②

相对而言，经历了漫长的嘉靖统治以及隆庆政权的平稳过渡，中晚明诗学发展虽然一定程度上受政治文化等"外因"的影响，但是"明诗"内在的发展理念已经形成，"前后七子"诗学"盛唐"的主张已深入人心。相比较而言，李白比杜甫更符合做"盛唐之诗"的代言人，毕竟杜甫处于"盛极而衰"的关口，透露出中唐诗学的气象。这样，杜诗的"盛唐一流"的资格就受到了质疑。虽然宋元以来的诗学领域，北方崇杜的一派一度占据优势，但是闽中高棅(1350—1423)的观点在嘉靖以后尤其是晚明越来越受人关注。③ 高棅《唐诗品汇》把李白摆在唐诗"正宗"的位置上，而将杜甫仅名列"大家"。在这种形势下，"李杜优劣论"再次发展为学术争论的热点。

---

① 任继愈主编，(明)程敏政编：《明文衡》卷五六"杂志十条"之"李杜韩柳"条，吉林人民出版社1998年版，第556、557页。

② 叶盛：《水东日记》，转引自《李太白全集》卷三十四附录，中华书局1977年版，第1534页。

③ 陈国球考证说，"大概要到嘉靖以后，高棅的选本才愈见流行"，原因是此前文人各类诗选序均罕有提及，直至嘉靖四十三年(1564)潘光统《唐音类选》辑刻之际，其师黄佐序云"高棅有《品汇》，大行于世"。《明代复古派唐诗论研究》，北京大学出版社2007年版，第190、191页。

明代前期就有不少江南诗人扬李抑杜，来营造一种类似盛唐的“大明气象”。明初的高启仿效李白作歌行，以“谪仙人”自居，写下了《登金陵雨花台望大江》等绝唱；方孝孺《吊李白》云“我言李白古无双”；邓雅明确表达对李白的仰慕，称之为“诗祖”。① 此后，吴中祝允明(1460—1527)、徐祯卿(1479—1511)尊李白为诗人之冠，而力斥杜甫为“外道”，② 大概是从张扬“盛唐诗风”与“南方诗学”的双重立场出发的，只是他们的声音还比较微弱。与之形成对照的是前七子崇杜风气的兴盛。李梦阳、康海、边贡等皆学杜诗，而且名重一时的“江南四大家”顾璘、陈沂、王韦、朱应登(顾、陈、王亦称“金陵三俊”)也是学杜的。但是“前七子”内部意见并不统一，其中除了徐祯卿学李白外，何景明亦有抑杜崇李的倾向，称李诗为“正宗”、杜诗为“变体”，因此顾璘得出了“李(梦阳)主杜、何(景明)主李”的结论。③ 所以，这个时期的“李杜优劣”之争呈现出一种胶着的状态。我们分四个时段，展开对中晚明“李杜之争”的探讨。

**1. 杨慎的颠覆**

嘉靖时期，南方文学的代表、新都杨慎(1488—1599)挑起新一轮“李杜优劣”之争。杨慎带有明显的扬李抑杜倾向。尤其是在“绝句”这种文体中，他认为，李白远胜于杜甫。其《升庵诗话》云：

> 杜子美诗：“朝发白帝暮江陵，顷来目击信有征。”李太白：“朝辞白帝彩云间，千里江陵一日还。两岸猿声啼不尽，扁舟已过万重山。”虽同用盛弘(《荆州记》)之语，而优劣自别。今人谓李杜不可以优劣论，此语亦太愦愦。白帝至江陵，春水盛时行舟，朝发夕至，云飞鸟逝，不是过也。太白述之为韵

---

① 见邓雅《玉笥集》卷九《太白墓》诗：“吾曹碌碌不足数，采石江头拜诗祖。”四库全书本。

② 王士祯：《带经堂诗话》卷二，人民文学出版社1982年版，第60页。

③ 顾璘：《息园存稿》卷九《与陈鹤论诗》，四库全书本。

语，惊风雨而泣鬼神矣。①

除了以上典型的例证，他在《升庵诗话》卷十三中还总结说："杜子美诗，诸体皆有绝妙者，独绝句本无所解。"经过各方面的权衡，他甚至得出了"诗歌至杜陵而畅，然诗之衰飒，实自杜始"的结论。② 杨慎还将杜甫头上神圣的光环拿掉，显示出其超凡的学术见识。首先，他将"诗圣"的桂冠戴在了李白头上，而非杜甫。他说："唐则陈子昂海内文宗，李太白为古今诗圣。"③接着，他反对从晚唐以来一直将杜诗作为"诗史"的说法，他说：

> 宋人以杜子美能以韵语纪时事，谓之"诗史"。鄙哉！宋人之见，不足以论诗也。夫六经各有体……若《诗》者，其体其旨，与《易》、《书》、《春秋》判然矣……杜诗之含蓄蕴藉者，盖亦多矣，宋人不能学之。至于直陈时事，类于讪讦，乃其下乘末脚，而宋人拾以为己宝，又撰出"诗史"二字，以误后人。如诗可兼史，则《尚书》、《春秋》可以并省。④

杨慎还认为，杜甫除了后天勤奋，其才力与天赋远不及李白。以人喻，李白类苏轼，杜甫类黄山谷；以兽喻，李白则神鹰，杜甫则骏马；以书喻，李白为《史记》，杜甫为《汉书》。他说：

> 杨诚斋云："李太白之诗，列子之御风也；杜少陵之诗，灵均之乘桂舟驾玉车也。无待者，神于诗者与？有待而未尝有待者，圣于诗者与？宋则东坡似太白，山谷似少陵。"徐仲车云："太白之诗，神鹰瞥汉；少陵之诗，骏马绝尘。"二公之

① 杨慎著，王大厚笺证：《升庵诗话新笺证》卷七"巫峡江陵"条，中华书局 2008 年版，第 386、387 页。

② 杨慎：《升庵全集》卷六《答重庆太守刘嵩阳书》，四库全书本。

③ 杨慎：《升庵全集》卷六《答重庆太守刘嵩阳书》。

④ 杨慎：《升庵诗话新笺证》卷四"诗史"条，第 212、213 页。

评，意同而语亦相近。太白诗，仙翁剑客之语；少陵诗，雅士骚人之词。比之文，太白则《史记》，少陵则《汉书》也。①

从文体上比较李杜优劣，杨慎是较早的研究者之一。在杨慎以后，明清学者才将视野转移到“诗体比较”的视域，来看待李杜优劣。杨慎树了一个“靶子”，后世纷纷攻击，作出李白绝句擅场、杜甫律诗偏胜的相似的结论。② 可以这么说：尽管杨慎标新立异，以李白之长攻杜甫之短，引来了众人的非议，但由他开启了对“诗体”作细部研究的先河，功不可没。

**2. 后七子派的回应**

杨慎的观点引发了后七子派的强烈不满；历下李攀龙(1514—1570)等旋即参与论战。李攀龙诸多观点似乎是回应杨慎而作，一方面他承认李白绝句为独步，另一方面，又特地选取七言古诗等体裁来“抑李扬杜”，他说：

> 七言古诗唯杜子美不失初唐气格，而纵横有之；太白纵横往往强弩之末，间杂长语，英雄欺人耳。至如五七言绝句，实唐三百年一人。③

受李攀龙以及整个复古风气的影响，后七子集团皆推崇杜诗。比如南方诗人宗臣(1525—1560)有《读太史公杜工部李空同三书序》，生平最爱读《史记》及杜诗、李梦阳诗集，他说：“余采艺林，

---

① 杨慎：《升庵诗话新笺证》卷七“评李杜”条，第382页。

② 参见王世贞《艺苑卮言》卷四、胡应麟《诗薮内编》卷四、陆时雍《唐诗镜》卷一七、许学夷《诗源辩体》卷一八、沈德潜《唐诗别裁》卷六等有关李白、杜甫诸体比较的言论。兹以胡应麟之一则举隅：“李杜才气格调，古体歌行，大概相埒。李偏工独至者绝句，杜穷变极化者律诗……然李近体足自名家，杜诸绝殊寡人彀，截引钧短，盖亦相当。惟长篇叙事，古今子美。故元、白论咸主此，第非究竟公案。”

③ 李攀龙：《李攀龙集》卷十五《选唐诗序》，齐鲁书社1993年版，第375页。

抽绎千古，盖史迁其至哉，诗则工部。”

太仓王世贞一方面追随北方后七子领袖李攀龙的诗学思想，另一方面又身为江南人，故而极力斡旋调停。他认为杨慎有意放大杜甫的缺憾，李杜各有所长，亦各有所短，总体上应不分轩轾。《艺苑卮言》卷四云：

> 五言古《选》体及七言歌行，太白以气为主，以自然为宗，以俊逸高畅为贵；子美以意为主，以独造为宗，以奇拔沉雄为贵……太白之七言律，子美之七言绝，皆变体，间为之可耳，不足多法也……近时杨用修（注：即杨慎）为李左袒，轻俊之士往往传耳。

王世贞麾下，各种标名“五子”的诗学成员也崇杜，尽管他们都是南方人，却都是杜诗的追随者。如“末五子”之屠隆（1543—1605）认为：

> 杜万景皆实，而李万景皆虚；杜深于赋，而李独长于兴。然杜犹恨其时有诗人之态耳。仆谓老杜大家，其言兼雅俗文质，无所不有，是矣。乃其所以擅场当时，称雄百代者，则多得之悲壮、瑰丽、沉郁、顿挫，至其不避粗硬、不避朴野，固云无所不有，亦其资性则然。①

末五子之李维桢（1547—1626）尽管在很多场合下将李杜并称，但也有露出本意的时候。比如他声称：“诗家称唐李杜，如汉之固乔，唐亦有峤与审言，取其语便耳，非以前后为高下也。”②也就是说，李杜是有高下之分的。他心目中显然更看好杜甫，似认为“李

---

① 屠隆：《由拳集》卷十四《与王元美书》，台湾伟文图书公司1977年版，第710页。

② 李维桢：《大泌山房集》卷一二七《李供奉集跋》，《四库全书存目丛书》集部第153册，第575页。

杜”应作“杜李”。因此他认为“杜”高于“李”，接着从李诗也有“诗教”之意评价说：“今徐生独行李诗，亦此意乎？余不能赞太白一词……皆明君臣父子兄弟朋友夫妇之伦，人但知杜诗忠君爱国，何也？”偏袒之意甚明。

王世贞的衣钵传人、末五子之一的胡应麟(1551—1602)继续发挥，他一方面批判杨慎仅凭江陵一绝而做出优劣判定的草率之举，① 另一方面认为李杜平分秋色，“李、杜二公，诚为劲敌。杜陵沈郁雄深，太白豪逸宕丽”(《诗薮内编》盛唐卷三)，“唐人才超一代者，李也；体兼一代者，杜也。李如星悬日揭，照耀太虚；杜若地负海涵，包罗万彙。李惟超出一代，故高华莫并，色相难求；杜惟兼总一代，故利钝杂陈，巨细咸畜”(《诗薮内编》)，“李、杜二家，其才本无优劣，但工部体裁明密，有法可寻。青莲兴会标举，非学可至，又唐人特长近体，青莲缺焉，故诗流习杜者众也”(《诗薮内编》)。然而，从实际鉴赏与创作倾向上，他显然是“抑李扬杜”的。在其《诗薮》中，对杜甫的盛誉远多于李白，兹举二例：

> 近体盛唐至矣，充实辉光，种种备美，所少者曰大、曰化耳。故能事必老杜而后极。杜公诸作，真所谓正中有变，大而能化者。今其体调之正，规模之大，人所共知。
>
> 太白有大家之才，而局量稍浅。故腾踔飞扬之意，胜沉深典厚之风。微昌黎有大家之具，而神韵全乖，故纷拏叫噪之途开，蕴籍陶镕之义缺。杜陵氏差得之。②

不仅如此，胡应麟还将其所结交的诗友都列为仿效杜诗唯一的“正脉法门”(这些诗友，在其自传《石羊生小传》中有列举)。如此举动，反映出其浓厚的崇杜倾向。他说：

---

① 胡应麟：《少室山房笔丛》卷一“江陵”条：“以此定李杜优劣，诚坐井窥天也。”《艺林学山》本。

② 胡应麟：《诗薮内编》卷五，上海古籍出版社 1979 年版，第 90 页。

国朝学杜，若袁景文(凯)、郑继之(善夫)、熊士选(倬)，其表表者。要之所得声音相貌耳，又皆变调。惟李观察(维桢)得其风神，王太常(世懋)得其骨干，汪司马(道昆)得其气格，吴参知(国伦)得其体裁。李之高华，王之沈实，汪之整健，吴之雄深，皆杜正脉法门，学者所当服习也。①

与前七子就李杜优劣问题展开争议的出发点不同(前七子争议的中心为杜诗是否具有全面代表盛唐诗歌的资格)，后七子麾下的诗家经历了杨慎的颠覆，也采取杨慎的策略，从文体意识入手，谨慎比较李杜的异同，以达到其明崇李杜二子、暗中贬李抬杜的目的。

**3. 江南诗学的众声喧哗**

除了后七子派，晚明江南的崇杜的风气还在士林中弥漫，上元焦竑、江宁顾起元、秀水朱国祯是其中的代表。焦竑认为，“杜子美力挽其衰，闵事忧时，动关国体，世推诗人之冠，良非虚语”。②顾起元认为，“魏晋以还，子美一人而已。观其博极群书，驰骤今古，周行万里，浏览风谣，浑涵汪茫，千汇万状，残膏剩馥，沾丐后人”③。焦竑之友、秀水冯梦祯亦云：

龙门之史，杜陵之诗，壮丽沉郁。自左、国、风、骚后，鲜有其俪。④

杜子美诗人冠冕。⑤

① 胡应麟：《诗薮内编》卷五，第103页。

② 焦竑：《澹园续集》卷一之《题寄心集》，中华书局1999年版，第911页。

③ 顾起元：《懒真草堂集》卷一四《黄菊先生诗集序》，转引自《明诗话全编》，第6349页。

④ 冯梦祯：《快雪堂集》卷一《序杨子初孝廉〈吴越游〉》，《四库全书存目丛书》集部第164册，齐鲁书社1997年版，第57页。

⑤ 冯梦祯：《快雪堂集》卷二《陈伯符诗集序》，第61页。

> 公于诗不喜杜陵，而余最所左袒。①

朱国祯也在笔记中为杜甫辩护：

> 有作李太白祠碑，而甚訾老杜曰："同于遇主，自足枋榆。避地三川，依人转侧。卑栖待哺，不异鷦鹩。猥云忧国忧民，许身稷契。浸假而当一官，受一事，即啁啾奚益焉？"夫文字中毁桀誉尧已非，况骂尧以誉舜乎。②

然而，南方诗人成为晚明诗学的主导，随着七子诗学式微、公安等"楚风"兴盛，诗学从师古向师心的方向发展，杜甫"各体兼擅"的文体典范不再发挥引领作用，南方诗人开始重视抒写"性灵"和"神韵"的唐诗，爱好王维、韦应物等冲淡一派的作品，自然也崇尚李白自然天成的风韵。此即查清华所论："格调论持伸正绌变的诗学史观，视李白为盛唐正宗、杜甫为变调，于杜多有微辞；而神韵论则自然偏向李白。"③南方诗论家在"性灵"、"神韵"诗学观的主导下，重杜的风气发生了改变，产生了一批扬李抑杜者。

比如，王世贞的胞弟王世懋赞同杨慎的观点，认为："杜子美出，而百家稗官都作雅音，马溺牛溲咸成郁致，于是诗之变极矣。"(《艺圃撷余》)苏州王穉登在《李翰林分体全集序》中说："予平生敬慕青莲，愿为执鞭而不可得。窃谓李能兼杜，杜不能兼李。李盖天授，杜由人力，轨辙合迹，鞅辔异趋，如禅宗有顿有渐，难

---

① 冯梦祯：《快雪堂集》卷二十《明迪功郎楚府典实正樟亭沈公洎配董孺人墓志铭》，第330页。

② 朱国祯：《涌幢小品》卷十八《文照顾》六则之二，中华书局1959年版，第411页。

③ 查清华：《明代唐诗接受史》，上海古籍出版社2006年版，第171页。

与耳食之士言也。”①这些诗人，恰恰是“性灵说”早期的提倡者。当然，“扬李抑杜”倾向最明显的还是公安派。比如，曾可前(1571—?)认为，袁氏三兄弟“乳儿中贵，有太白之豪；敝屣爵位，有方朔之奇”。② 江盈科亦云：

> 诗本性情。若系真诗，则一读其诗，而其人性情入眼便见……惟剿袭掇拾者，麋蒙虎皮，莫可方物。假如未老言老，不贫言贫，无病言病，此是杜子美家窃盗也。③

带有一定复古倾向的竟陵派，就此问题的派内意见并不完全相同。钟惺主张抉取“古人精神”，致力于“清”与“厚”的诗学建设，故而一直将李杜放在第一流的位置上品评，不分轩轾。但谭元春则认为杜甫胜于李白，他说：

> 杜妙于李，王妙于孟，刘妙于钱，白妙于元，勿以齐名，遂忘责实也。④

> 老杜第一诗人，又是第一高人。人不第一，恐诗亦不能第一也。⑤

受公安竟陵派影响，华亭陈继儒笼络了一批文士创作清言笔记，今见于《宝颜斋秘笈》中。这批作者基本上是推崇李白的。比

① 此序参见万历刘世教万历四十年刊本《李翰林全集》卷首，清王琦刊本亦附录。

② 袁宏道：《袁宏道集笺校》(下册)附录曾可前《三袁先生集序》，上海古籍出版社2008年版，第1710页。

③ 江盈科：《雪涛诗话》卷一，《中国诗话珍本丛书》之第十二册，北京图书馆2004年版。

④ 钟惺、谭元春：《唐诗归》卷十七盛唐三“总评王维”条。

⑤ 钟惺、谭元春：《唐诗归》卷十七盛唐十二杜甫《同元使君春陵行·序》批语。

如，李鼎（1610年前后在世）在《偶谭》中批判学杜诗、拾牙慧的复古派，而赞赏风神高迈的才情一派。他说：

> 捐百虑而定中生慧，纵齐寒山、拾得之肩，酷无裁制；破万卷而下笔有神，即接拾遗、供奉之武，终鲜性灵……天仙才子，万古庄周。才子天仙，千秋李白。风流放诞，苏子瞻艺海英英；放诞风流，王实甫词林楚楚。①

常州吴从先（启祯年间人）著《小窗自记》，十分欣赏李白的潇洒风神，他极力推崇李白，认为：

> "长安一片月，万户捣衣声"，足敌《秋声》一赋。"兴酣落笔摇五岳，诗成笑傲凌沧州"，"啸起白云飞七泽，歌吟秋水动三湘"，二联可称诗狂。李太白酒圣，蔡文姬书仙。置之一时，绝妙佳偶。②

当然，也有一批南方诗人既不染士林风气，更不沾林下楚风，他们本着"李杜双峰并峙"的诗学立场发表议论。如谢肇淛（1567—1624）认为："学杜多于学李者，李放纵也。排杜多于排李者，杜缠累也。然李之五律，法极谨严，杜之七言，神骏斩截，譬之国手互有胜负，未可执一，以议其余。"③海盐胡震亨（1569—1645）认为："白喜纵横术……其诗宗《风》、《骚》，薄声律，开口成文，挥翰雾散，似天仙之词。而乐府诗连类引义，尤多讽兴，为近古所未有。迄今称诗者推白与少陵为唐两大家曰李杜，莫能轩轾云。"④山阴王思任（1574—1646）认为："诗莫名于李杜。而李常逊杜者，李

---

① 见《丛书集成初编》据宝颜堂秘笈本排印，第2986册，第4、7页。

② （明）吴从先：《小窗自纪》，《四库全书存目丛书》子部第252册。

③ （明）谢肇淛：《小草斋诗话》卷二外篇，《四库全书存目丛书》集部第176册。

④ （明）胡震亨、胡夏客：《李诗通》卷一，八千卷楼藏本。

甘而杜苦也。便以两人论：李之神，在夜郎而始厚；杜之法，出夔州而益高。此有目者所共睹也。”①江阴许学夷最后总结说：“太白以天才胜，而人无太白之才；子美以人力胜，而人无子美之力。故必李杜兼法，乃能相济，岂必尽兼二公所至，始为尽善哉。”（《诗源辩体》）

大体而言，公安竟陵派诗风鼓荡之际，江南文士就李杜优劣问题莫衷一是。士林崇尚杜甫，而“清言”一派的作家又推崇李白；还有一部分下层文士同时尊崇李杜。这三种态度，其实也反映出其各自矛盾的心态：江南士林欲承担力挽世风的责任，故而崇杜；江南清言一派欲与世浮沉逍遥自在，故而尊李；而多数文人既无望于救世，又不甘心沉沦，所以多作持平之说，认为李杜二公皆有可取。

**4. 明末江南复古思潮与“李杜优劣论”**

明末，云间陈子龙（1608—1647）等掀起了一股“经世救国”的实学风潮，云间派推崇前后七子，复古的风气全面回归。陈子龙认为诗歌必须承担风雅教化的社会职责，因而极力推崇杜甫，认为杜诗有以“怨刺”济世的功能。他说：

> 有唐杜子美，当天宝之末，亲经乱离。其发为诗歌也，序世变，刺当涂，悲愤峭激，深切著明，无所隐忌，读之使人慷慨奋迅而不能止。然而论者或曰：“是无当于《风》、《骚》之旨者也……”……乃知少陵遇安史之变，不胜其忠君忧国之心，维音哓哓，亦无倍于风人之义者也。②

陈子龙辩解说，杜诗符合“风骚”之旨，具有儒家本色（即“无倍于风人之义”）。同样从儒家立场抑李扬杜的还有余姚朱之瑜（字

① （明）王思任：《萍吟草序》，载（明）陆云龙等选评，蒋金德点校：《明人小品十六家》下，浙江古籍出版社 1996 年版，第 672 页。

② （明）陈子龙著，王英志辑校：《陈子龙全集》中《安雅堂稿》卷四《左伯子〈古诗〉序》，人民文学出版社 2011 年版，第 1104、1105 页。

舜水，1600—1682）。他说：

李、杜齐名，究竟李不如杜。李秀而杜老，李奇险而杜平淡。李用成仙等语更不经，炼丹等殊不雅。不若杜家常茶饭，饭有味也。然不奇奥之极，造不得平淡。有意学平淡，便水煎豆腐汤矣。①

安徽桐城方以智（1611—1671）从诗歌风格上肯定杜甫，他说：

清新俊逸，子美尝称太白。自谓不如也耶？太白得古诗之奇放，专效之者，久则索然。老杜以平实叙悲苦，而备众体，是以平载乎奇，而得自在者也。

然而，受竟陵派风气以及江南旌表风雅之士风的影响，也有一大群仕进无望的读书人仰慕李白。如黄淳耀、陆时雍就是其中的代表。

嘉定黄淳耀（1605—1645）认为，李白不过是借助醇酒妇人掩盖其愍时忧国之心罢了，其爱国的心志被王安石以来的道学家误解了。他说：

唐世诗人以李杜并称，至王文公始置轩轾于其间，以谓太白辞语迅快，然十句九句皆言妇人与酒耳。自此论出，而子美始独为雄霸。然考太白元本《风》《骚》，含嚼汉魏，其生平爱君忠国愍时病俗之志，方诸少陵，无毫发惭负，特以其才高气雄，故精意深识反为所掩。读者徒得其横被六合、飘飘凌云之致而已。②

---

① （明）朱之瑜：《答安东守约杂问》，载《舜水文集》卷一四，民国二年汤寿潜本。

② （明）黄淳耀：《陶庵全集》卷二《小山集序》，四库全书本。

嘉兴陆时雍(生平不详，1633年贡生)也认为，宋儒假“道学”掩盖了一个真实的李白，因此，只有还原李白的“风人”本色，才能正确评价李杜。他说：

> 宋人抑太白而尊少陵，谓是道学作用。如此将置风人于何地？放浪诗酒，乃太白本行。忠君忧国之心，子美乃感辄发。其性既殊，所遭复异，奈何以此定诗优劣也？太白游梁宋间，所得数万金，一挥辄尽，故其诗曰：“天生我才必有用，千金散尽还复来。”意气凌云，何容易得？(《诗镜总论》)

陆时雍认为，忧患是杜甫的性格，放浪是李白的性格，不得以性格来区分李杜优劣。由于陆时雍偏于“神韵”，所以在为“李杜不分优劣”作注解的时候，采取了一个更加隐蔽的策略，他将前后七子以来，明代诗家黜落的“诗佛”王维抬举起来，组成了“李、杜、王”三人鼎立的“正宗”格局。他说：

> 世以李杜为大家，王维高岑为傍户，殆非也。摩诘写色清微，已望陶谢之藩矣，第律诗有余，古诗不足耳。离象得神，披情著性，后之作者谁能之？世之言诗者，好大好高，好奇好异，此世俗之魔见，非诗道之正传也。体物著情，寄怀感兴，诗之为用，如此已矣。
>
> 王摩诘之清微，李太白之高妙，杜子美之雄浑。三者并称，然而太白之地优矣！(《诗镜总论》)

值得一提的是，主张风神、抬高王维的一派，作为与明代前后七子崇尚“雄壮高浑”诗学相济的旁支，始终存在着。常熟冯复京(1573—1622)就是这样一个默默无闻的学者，若非其二子冯舒、冯班在清代将其著作《说诗补遗》出版，其诗学观恐将不为人所知。冯复京也主张“李、杜、王”并称；然而，受江南禅学等风气的影响，冯复京与陆时雍的排序完全不同，冯复京的排序为“杜、李、王”。他说：

盛唐并推李杜，然杜才力气焰笼罩诸公各体，自成一家，不傍他人门户，不必为盛唐第一，自可为唐代第一。李意致翩翩，亦多出六朝，但李才大耳。王摩诘才拙于李，而各体兼工……以李配杜差弱，以王拟李，稍过。李当居杜王之间矣。①

在尊杜的同时，冯复京还将李白与高适、岑参、王维并列为一流大家，只是对孟浩然评价稍低。他说：

古人或评云：王维诗家天子，杜甫诗宰相。杜岂可屈居王下？若曰杜甫诗天子，王高岑诗宰相，而以李白为客卿，如东方生傲睨汉廷、翱翔十洲者。孟浩然气韵孤清，才力短弱，所长唯有五言古律，而不备众体，使居翰林清秩，庶几稳当。②

由以上可见，江南文士的诗学观受到诸如诗学标举复古或性灵等“气运”的影响为主；同时，又有一定的地域“世风”的影响，比如江南的禅宗风气、士人偏嗜风雅而不喜道学的集体性格等；还有儒学正宗的思想影响等。尽管呈现出众声喧哗的复杂局面，但江南文士喜好“品评”的风气，在“李杜优劣论”话题的探讨中展现得淋漓尽致。

## 二、各体“压卷”说

与“李杜优劣论”相似的是，关于各诗体的“压卷”说，在中晚明注重文体实证的学术风气中再度展开，争论得异常激烈。“压卷”（或者称“某体第一”）的探讨由来已久，如严羽《沧浪诗话·诗

① 冯复京：《说诗补遗》，转引自吴文治主编：《明诗话全编》（7），江苏古籍出版社1997年版，第7264页。

② 冯复京：《说诗补遗》，转引自吴文治主编：《明诗话全编》（7），第7292页。

评》就推举崔颢《黄鹤楼》诗为唐人七律第一，元好问以柳宗元《登柳州城楼》为七律第一，明代中叶的薛蕙为弘扬六朝诗风，又推沈佺期《长安古意》为七律第一。到了晚明，王世贞、胡应麟、孙鑛、许学夷、胡震亨等在“李杜优劣”之争的基础上再次探究，提供了《登高》或者《黄鹤楼》为七律第一等答案，反映了他们在“抑李扬杜”风气下复古派的宗派意识和地域意识。我们按照有关地域诗学的假设应是：北方崇杜者力推《登高》；而南方尊李者推《黄鹤楼》。但事实上这个问题比预想的复杂许多。由于陈国球、查清华等学者研究在先，笔者放在后面略述，先探讨七绝压卷问题。

**1. 七绝压卷问题**

明代七绝“压卷”问题，是李攀龙较早提出的。李攀龙、王世贞以王昌龄《出塞》为第一，引发了诸多争议，晚明江南诗论家通过争辩，恢复了李白为七绝第一人的地位，并且深化了对中晚唐甚至宋代绝句的认识。

(1)李攀龙的首推及后七子派的修正。

尽管杨慎在明代诗学界以博学而善于建树著称，但他就“绝句第一”的看法相当谨慎，并没有明确提出“压卷”之作。杨慎偏好王江宁、李太白、韦苏州和刘随州等人的绝句。他说：

> 求风雅之仿佛者，莫如绝句，唐人之所偏长独至，而后人莫追嗣者也。擅长则王江宁，骖乘则李彰明(白)，偏美则刘中山(禹锡)，遗响则杜樊川(牧)。①

> 唐绝万首，唯韦苏州“踏阁攀林恨不同”及刘长卿“寂寂孤莺啼杏园”二首绝妙。盖字句虽对，而意则一贯也。其余如李峤《送司马承祯还山》云……柳中庸《征人怨》云……周朴《边塞

① 杨慎：《升庵集》卷二《唐绝增奇序》，四库全书本，又《升庵著述序跋》，云南人民出版社 1985 年版，第 203 页。

曲》云……亦其次也。①

尽管如此，杨慎还是更加看好王昌龄的《出塞》，认为此诗堪称“神品”。同时，他又否定了王之涣《凉州词》，认为其思想性有问题，是一首讽喻诗：“言恩泽不及边庭，所谓君门远于万里。”②与薛能《柳枝词》之“和花香雪九重城”是一个意思。杨慎的“误读”，充分说明了其谨慎拘束的态度。

李攀龙公开宣称唐人绝句当以王昌龄《出塞》为“压卷”，一改明初高棅在《唐诗品汇》中“盛唐绝句，太白高于诸人，王少伯次之”的论断。尽管在此前，敖英《唐诗绝句类选》已将“秦时明月一首”定为“唐诗第一”，但影响不大。作为当时的诗坛领袖，李攀龙抛出此论，颇令人震惊。王世贞耐心体会了许久才明白过来，其《艺苑卮言》卷四云：

> 李于鳞言唐人绝句当以“秦时明月汉时关”压卷，余始不信，以少伯集中有极妙者，既而思之，若落意解，当别有所取，若以有意无意，可解不可解间求之，不免此诗第一耳。

王世贞本人似乎原来是继承高棅的观点的，他说：“七言绝句，王江宁与太白争胜毫厘，俱是神品。”(《艺苑卮言》卷四，四库全书本)李攀龙本人也曾认为，李白五七言绝句为李唐三百年一人。但是王、李二人为何没有选李白的绝句作为“压卷”呢？恐怕与有意抑李的心态有一定的关系。

后七子派复古的审美趣味，应是推崇“雄壮高浑”；王世懋认为，李白与王昌龄七绝都具有“盛唐气象”，“盛唐惟青莲(李白)、龙标(王昌龄)二家诣极”(《艺圃撷余》)。但是相较而言，“李更自

① 杨慎撰，王大厚笺证：《升庵诗话新笺证》卷五“绝句四句皆对”条，第242页。

② 杨慎撰，王大厚笺证：《升庵诗话新笺证》卷九“王之涣梁州歌”条，第456页。杨慎诗话明刻本“王之涣”一作“王之奂”。

然，故居王上”。但是，由于李攀龙、王世贞已作定论，王世懋似乎不便于再举李诗而与其兄相龃龉，于是他另外标举王翰、王之涣的《凉州词》为“压卷”，以示规避。他说：

> 于鳞选唐七言绝句，取王龙标“秦时明月汉时关”为第一，以语人，多不服。于鳞不止击节“秦时明月”四字耳。必欲压卷，还当于王翰“葡萄美酒”、王之涣“黄河远上”二诗求之。①

王世懋反对李攀龙的另一个原因或许是：前代杨慎等诗人选唐诗时，根本就把这首“秦时明月”给遗漏了，李攀龙“拾起来”故作惊世骇俗之论，恐难以服众。这一点是海盐胡应麟点破的。他说：

> 初唐绝，“蒲桃美酒”为冠；盛唐绝，“渭城朝雨”为冠；中唐绝，“回雁峰前”为冠，晚唐绝，“清江一曲”为冠。“秦时明月”，在少伯自为常调。用修以诸家不选，故唐绝增奇，首录之。所谓前人遗珠，兹则掇拾。于鳞不察而和之，非定论也。②

胡应麟综合了杨慎和李攀龙的观点，回到以李白、王昌龄为七绝第一流的“正统”观念上来。他说：太白七绝，“真有挥斥八极，凌属九霄意”；江宁七绝，“优柔婉丽，意味无穷，风骨内含，精芒外隐”；太白七绝，“无意于工而无不工”；江宁七绝，“深厚有余，优柔不迫，怨而不怒，丽而不淫”。“太白诸绝接近古诗乐府；江宁七绝接近《国风》《离骚》”。两人各有所长，亦各有所短：“李词气飞扬，不若王之自在。王句格舒缓，不若李之自然。”“李词或太露，王语或过流。”（以上引文皆出于《诗薮内编》卷六）我们注意到，在胡应麟表述时，李总是置于王前；而且，他似乎更欣赏太白

① 王世懋：《艺圃撷余》第61册，学海类编本，第8页。

② 胡应麟：《诗薮内编》卷六近体下绝句，中华书局1979年版，第106、107页。

的自然，他说："太白五七言绝，字字神境，篇篇神物。于鳞谓：'即太白不自知，所以至也。'斯言得之。"而且，他给出了一份名家清单供后人学习，其心目中主次关系已定：

> 七言绝以太白、江宁为主，参以王维之俊雅，岑参之浓丽，高适之浑雄，韩翃之高华，李益之神秀；益以弘正之骨力，嘉、隆之气韵，集长舍短，足为大家。上自元和，下迄成化，初学姑置可也。晚唐绝句易入人，甚于宋、元之诗，故尤当戒。①

> 七言绝，太白、江宁为最。（王）右丞、（岑）嘉州、（杜）舍人、（高）常侍次之。中唐则（刘）随州、（韦）苏州、（钱）仲文、（韩）君平、（李）君虞、（刘）梦得、（张）文昌、（张）绘之、（李）清溪、（王）广津，皆有可观处。②

余姚孙鑛（1543—1613）赞成王世懋、胡应麟的观点，认为单篇而言，江宁《出塞》诗有明显硬伤，不若王之涣"黄河远上"完善；作者而言，太白第一，江宁第二。这反映了在胡应麟的修正思想影响下，江南文士普遍的"七绝"接受观念。孙鑛说：

> （"秦时明月"）后二句无论太直，且应上不响，"但使"，"不教"四字，既露且率，无高致，而著力唤应，愈觉趣短，以压万首可乎？释氏称：食蜂蜜，中边甜。此惟"黄河远上"足当之。总看佳，句摘佳，落意解佳，有意无意、可解不可解间亦佳：以第一无愧也。"洞庭西望"庄而潭，"锦城丝管"工而婉，"蒲桃美酒"豪而畅，与"秦时明月"皆堪伯仲。其次则

---

① 胡应麟：《诗薮内编》卷六近体下绝句，第110页。

② 胡应麟：《诗薮内编》卷六近体下绝句，第115页。

《清平》一、三乎？总之，太白第一，少伯次之。①

关于李白王昌龄“七绝”地位公案，到此基本尘埃落定。不过，有关“压卷”的争论远没有停止，海盐胡震亨就表示：

> 王少伯七绝，宫词闺怨，尽多诣极之作；若边词“秦时明月”一绝，发端句虽奇，而后劲尚属中驷。于鳞遽取压卷，尚须商榷。②

直到清代、王士祯、沈德潜还在这个问题上争论不休；最后，沈德潜广选宋明代以来各家标举过的11首绝句作为“压卷”之作，这一争讼才归于沉寂。

（2）“七绝”压卷问题的深化：中唐、宋代绝句及王维等的地位。

万历年间，随着南方诗人群的崛起，诗坛似乎流行一股对李攀龙重新评价的风气。屠隆是其中的代表。他说：“信如于麟标异，凌厉千古，吞掩前后，则六籍之粹白，汉诏诰之温厚，贾长沙之浩荡，司马子长之疏朗，长卿之词藻，王子渊之才俊，六朝之语丽，不尽废乎。”③意思是说，李攀龙太过好奇，标新立异，门墙自高。三袁兄弟对于鳞的攻击更激烈。陈田《明诗纪事》说：“（于鳞）高华伟丽，如见开元、天宝间人也。至万历间，公安袁宏道兄弟始以赝古诋之。”在此风气影响下，诗人反对七绝袭古，逐渐赞赏中唐绝句，并且将晚唐绝句也纳入研究视野。这种良好的学风持续到明末。

“性灵说”早期的提倡者王世懋（1536—1588）说：

---

① 孙鑛：《唐诗品序》，转引自吴文治主编：《明诗话全编》（5），江苏古籍出版社1997年版，第4702页。

② 胡震亨：《唐音癸签》卷十，四库全书本。

③ 屠隆：《由拳集》卷十四《与王元美先生》，台湾伟文图书公司1977年版，第710页。

晚唐诗萎苶无足言，独七言绝句脍炙人口，其妙至欲胜盛唐。予谓绝句觉妙，正是晚唐未妙处，其胜盛唐，乃其不及盛唐也。晚唐快心露骨，便非本色，议论高处，逗宋诗之径，其调卑处，开大石之门。①

鄞县屠隆(1543—1605)认为：

唐七言绝莫妙于初盛。而妍媚如晚唐者，亦自不可废。至于不可废而轩轾难论矣。人亦求其不可废而何以袭为也?②

金华胡应麟(1551—1602)说：

晚唐绝“东风不与周郎便，铜雀春深锁二乔”，“可怜夜半虚前席，不问苍生问鬼神”，皆宋人议论之祖。间有极工者，亦气韵衰飒，天壤开、宝。然书情则恻怆而易动人，用事则巧切而工悦俗，世希大雅，或以为过盛唐。具眼观之，不待其辞毕矣。③

华亭陈子龙(1608—1647)说：

五七言绝句，盛唐之妙，在于无意可寻，而风旨深永；中、晚主于警快，亦自斐然。今之法开元者，取谐声貌，而无动人之情；学西昆者，颇涉议论，而有好尽之累，去宋人一间耳。④

① 王世懋：《艺圃撷余》，何文焕辑：《历代诗话》(下册)，中华书局2004年版，第779页。

② 屠隆：《鸿苞节录》卷六《论诗文》。

③ 胡应麟：《诗薮》，转引自许学夷：《诗源辩体》卷三十，人民文学出版社1987年版，第293页。

④ 陈子龙：《陈忠裕公全集》卷二十五《六子诗序》，人民文学出版社2011年版，第786页。

杭州张蔚然则公开推崇晚唐绝句，其《西园诗尘》一卷今不存，载见徐𤊹《笔精》：

> 绝句莫工于盛唐，莫盛于晚唐。①

明末江西吉安贺孙贻说：

> 晚唐七言绝句妙处，每不减王龙标。然龙标之妙在浑，而晚唐之妙在露，以此不逮。②

诚然，像钟惺、许学夷、冯复京、陆时雍等文人仍保持传统观念，推尊初盛唐。不过，受风气的影响，其阅读品评的涉及面增大了。首先值得注意的是，李白、王昌龄的七绝正宗地位，在晚明逐渐巩固。王世贞首先更正了李攀龙的偏见，树立了李、王绝句“神品”的终极地位。他说：

> 李于鳞评诗，少见笔札，独选唐诗序云：“……太白五七言绝句，实唐三百年一人……”予谓七言绝句，王江陵与太白，争胜毫厘，俱是神品，而于鳞不及之。王维、李颀虽极风雅之致，而调不连响。子美固不无利钝，终是上国武库，此公地位乃尔，献吉当于何处生活。③

许学夷认为，七言绝之作手，除了李王，还应加入高适、岑参、王维，他们的作品亦“可以入圣”。他说：

---

① 金沛霖主编，阎中英等编：《四库全书子部精要》(中册)《徐氏笔精》，天津古籍出版社 1998 年版，第 839 页。

② 贺孙贻：《诗筏》，转引自吴文治主编：《明诗话全编》(10)，江苏古籍出版社 1997 年版，第 10415 页。

③ 王世贞：《艺苑卮言》卷四，四库全书本。

盛唐七言绝，太白、少伯而下，高、岑、摩诘亦多入于圣矣。岑如《官军西出》、《鸣笳叠鼓》、《日落辕门》三篇，整栗雄丽，实为唐人正宗，而《正声》不录，不可晓。①

冯复京认为，王翰《凉州词》，初盛之际当推第一；盛唐绝句第一，当属李白、王昌龄。与胡应麟、许学夷不同的是，他虽然也看好王维的七绝，但认为较李白、王昌龄相差甚远，是“逸品”而非“神品”。他说：

王驾部翰二《凉州词》，初盛间绝句，当推雄伯。(初唐)张敬忠《边词》，张谔《九日宴》、刘庭琦《铜雀台》亚之。崔惠童《宴城东庄》一则二句，与敏童一法。然敏童语扑直，不堪入选。②

李王之论，以太白五七言绝，为唐三百年一人，并入神品。以予论之，七言绝可谓之神矣……如《春夜洛城闻笛》，少逊前诸作。然玄圃积玉，不失连城，使无王龙标作配，真堪独有千古矣。③

太白绝句，读之令人萧洒自得。少伯绝句，读之令人震动欲飞，要其争胜特在毫厘。④

胡元瑞极称王右丞《辋川》诸绝句，以为幽玄神品，至今罕继。然骨清棱而气急促，味枯澹而色冲素，可谓书画之逸

---

① 许学夷：《诗源辩体》卷一五。

② 冯复京：《说诗补遗》，转引自吴文治主编：《明诗话全编》(7)，江苏古籍出版社1997年版，第7263页。

③ 冯复京：《说诗补遗》，转引自吴文治主编：《明诗话全编》(7)，第7268页。

④ 冯复京：《说诗补遗》，转引自吴文治主编：《明诗话全编》(7)，第7294页。

品，神则未也。①

无论争论结果如何，可以肯定的是，晚明南方诗家对王昌龄、李白、王维的诗集研究的细致程度，远非前代诗论家可以比拟。陈国球、查清华、朱易安等学者曾推断说，晚明王昌龄、李白和王维的地位上升，说明诗坛悄悄起了变化；格调派一统天下的局面逐渐得到改观，“神韵”派开始兴起，为清诗的发展预示了较光明的前景。这一点，从“七绝”的争议中，得到了比较准确的印证。

**2. 五言律绝的压卷之争**

七言律绝谁属“第一”，是晚明诗家争论的焦点。相对而言，五言律绝压卷之争，更具有主观性，因此也更具有不定性。从“不定性”中，我们恰恰可以发现南方诗人的诗学性格和喜好，以及热衷“品评”的风气。

“五绝压卷”问题较为简单，较早有顾璘（1476—1545）关注此话题，晚明胡应麟、许学夷、冯复京等人参与讨论，各家均倾向于“冲淡”一派，欣赏诗的含蓄之美。金陵顾璘认为，杭州金昌绪的《闺怨》或者河东裴迪的《临湖亭》诗为第一。他说：

> 五言绝，以调古为上乘，以情真为得体。“打起黄莺儿，莫教枝上啼，啼时惊妾梦，不得到辽西”，调之古者。“山月晓仍在，凉风吹不绝，殷勤如有意，惆怅令人别”，此所谓情真者。②

胡应麟则反对艳情，主张澄净之作，于是列出李白、王维为上，盛唐诸子及大历才子次之。他特别提到王维，认为其五绝俱为“神品”。

---

① 冯复京：《说诗补遗》，转引自吴文治主编：《明诗话全编》（7），第7285页。

② 杨士弘著，顾璘评：《批点唐诗正音》，沔阳卢氏慎始基斋1923年据明嘉靖刊本影印本。

太白五言，如《静夜思》、《玉阶怨》等，妙绝古今，然亦齐、梁体格……右丞《辋川》诸作，却是自出机轴，名言两忘，色相俱泯。于鳞论七言遗少伯，五言遗右丞，俱所未安。①

（五绝）必音谐、调协、意圆、语响，情境兴象，靡不备至，孕八句之体裁，同七言之结构，斯无愧严氏之难耳。以遍搜名家，惟得二首，"月黑雁飞高"、"众鸟高飞尽"是也。其余或述情，或适兴，各以一节胜，而情胜者尤多。亦缘字限之如长沙王舞者哉！②

唐五言绝，太白、右丞为最。崔国辅、孟浩然、储光羲、王昌龄、裴迪、崔颢次之。中唐则刘长卿、韦应物、钱起、韩偓、皇甫冉、司空曙、李端、李益、张仲素、令狐楚、刘禹锡、柳宗元。③

摩诘五言绝，穷幽极玄。少伯七言绝、超凡入圣。俱神品也……五言绝二途：摩诘之幽玄，太白之超逸。子美于绝句无所解，不必法也。④

唐五言绝，得右丞意者，惟韦苏州，然亦有中盛别。⑤

许学夷补充说："五言绝，太白、摩诘而外，浩然诸篇亦多入于圣矣。"（《诗源辩体》）冯复京赞成胡应麟、许学夷的提法，不过，他并不赞成"神韵"、"神品"等提法，将王维的绝句视为"逸品"，详见上节结尾之引述。

① 胡应麟：《诗薮内编》卷六近体下绝句，第115页。
② 胡应麟：《诗薮内编》卷六近体下绝句，第115页。
③ 胡应麟：《诗薮内编》卷六近体下绝句，第115页。
④ 胡应麟：《诗薮内编》卷六近体下绝句，第104页。
⑤ 胡应麟：《诗薮内编》卷六近体下绝句，第104页。

相对而言，“五言律”第一的讨论范围更广一些。元代流传甚广的周伯编撰《唐三体诗》以杜审言《和晋陵陆丞早春游望》为五律第一，拉开了争论序幕。李攀龙、王世贞的主要兴趣集中于对古体及七言律绝的探究上，对此没有探究。晚明较早仔细探讨这个问题的诗人是孙鑛，他一下子举出了九首，供世人选择。其中有：孟浩然《临洞庭赠张丞相》、杜甫《登岳阳楼》、《喜达行在所》三首、《春宿左省》、《送贾舍人》、杜审言《和晋陵陆丞早春游望》、王维《出塞》，这里面，杜甫一人就有五首备选，超过半数。原话是：

> 唐人五言律靡不佳，盛唐尤多浑雅。然至求以第一称者，前此无评也。“昔闻洞庭水”、“八月湖水平”，世称势均力敌，而后四句俱未称。以神求神，当无过喜。(杜甫)“达行在”一首，第情多景少。首篇稍兼景，而“遂却回”三字，未免涩钝；怜君不得意，亦有情多之恨。“风劲角弓鸣”可谓无瑕白璧，奈境狭味短。“独有宦游人”首尾匀称，于格极稳帖。三体以压卷，然未入深境。庶畿哉，“花隐掖垣暮”乎，顾“因风想玉珂”，亦觉稍淡。要之，无逾此九。①

后来，孙鑛反复琢磨觉得仍不妥，在其给余君房的信中更正：

> 唐五言律毕竟何首为压卷？适偶思之，或当于“八月湖水平”及“风劲角弓鸣”二章较取焉。王诗精工无瑕，气象宏阔，则孟也，第结句识卑耳。不则，“昔闻洞庭水”何如？②

这里，孙鑛提供了三个新的备选项：王维《出塞》、孟浩然《临洞庭赠张丞相》、杜甫《登岳阳楼》。过不多久，他还是觉得不妥，

---

①　孙鑛：《月峰先生居业次编》卷三《与余君房论诗文书》，载《四库禁毁书丛刊》集部第126册，第200页。

②　孙鑛：《月峰先生居业次编》卷三，亦参见吴文治主编：《明诗话全编》(5)，第4705页。

修书更正，又增加了杜甫《登兖州城楼》、《送翰林张司马南海勒碑》、《野望》诸首，杜甫的地位更加巩固。他说：

五言律压卷果是难定。窃谓凡堪压卷首者，必须自然，须本色，然又须意格高远，又须音节响，又须是神来之调。不敏前所拟九首，庶几近之。“东郡趋庭”本色自然有之，中四句虽云宏大，然意随语尽，不甚高远，又不响。锻成偶语，终不是神来。若“冠冕南极”……“昔闻洞庭水”，真是神来，又高远，又本色自然，又响，第结句太漫兴。“八月湖水平”起两句已庄，颔联复饶气概，于前四者无愧。颈联亦得，惟结语意稍卑，然犹胜“戎马关山北”也。“风劲角弓鸣”精工无疵，惟意不高远。前所以取“花隐掖垣暮”者，以其高远，神来处多耳。“啾啾栖乌”含此意，不为累句。若以风雅意律之，恐终让此首也。①

到了胡应麟，则公开推尊杜甫五律。他说：

五言律体，极盛于唐。要其大端，亦有二格。陈、杜、沈、宋，典丽精工，王、孟、储、韦，清空闲远。此其概也。然右丞赠送诸什，往往阑入高、岑。鹿门、苏州，虽自成趣，终非大手。太白风华逸宕，特过诸人。而后之学者，才匪天罗，多流率易。唯工部诸作，气象嵬峨，规模宏远，当其神来境诣，错综幻化，不可端倪。千古以还，一人而已。②

胡应麟认为，杜诗《登岳阳楼》为“五律”第一。他还说：

初唐五言律，“独有宦游人”第一，盛唐“昔闻洞庭水”第

① 孙鑛：《月峰先生居业次编》卷三，亦参见吴文治主编：《明诗话全编》(5)，第4705页。

② 胡应麟：《诗薮内编》卷四近体上五言，第56页。

一；中唐(皇甫冉)“巫峡见巴东”第一。晚唐姚合《早朝》，许浑《潼关》，李频《送裴侍御》，尚有全盛风流，全篇多不称耳。①

这里面表面举了唐诗各个阶段的“第一”，但他以杜诗压卷是毋庸置疑的。因为他说：

学五言律，毋习王杨以前，毋窥元白以后。先取沈、宋、陈、杜、苏、李诸集……次及盛唐王、岑、孟、李，永之以风神，畅之以才气，和之以真澹，错之以清新，然后归宿杜陵，究竟绝轨，极深研几，穷神知化，五言律法尽矣。②

许学夷不否定杜甫的大家地位，但他同时推崇王维五言律：

摩诘才力虽不逮高、岑，而五、七言律风体不一。五言律有一种整栗雄丽者；有一种一气浑成者；有一种澄淡精致者；有一种亲闲自在者。如《天官动将星》、《单车曾出塞》、《横吹杂繁笳》、《不识阳关路》等篇，皆整栗雄厚者也；《风劲角弓鸣》、《绝域阳关道》、《建礼高秋夜》、《怜君不得意》等篇，皆一气浑成者也；《独坐悲双鬓》、《寂寞掩柴扉》、《松菊荒三迳》、《言从石菌阁》，《严壑转微迳》等篇，皆澄淡精致者也；《清川带长薄》、《寒山积苍翠》、《晚年惟好静》、《主人能爱客》、《重门朝已启》等篇，皆闲远自在者也；至如《楚塞三湘接》，既甚雄浑；《新妆可怜色》，则又娇嫩。若高、岑才力雄大，终不免一律耳。③

① 胡应麟:《诗薮内编》卷四，第 64 页。

② 胡应麟:《诗薮内编》卷四近体上五言，第 56~57 页。

③ 许学夷:《诗源辩体》卷十六，人民文学出版社 1987 年版，第 160、161 页。

许学夷认为，王维诗兼有雄浑、冲淡两种风格；然而相较而言，他所取法的是前者，至于后者，许学夷结合时人学禅的习气批评道：

> 或问：摩诘五七言律声气或有类大历者，何耶？曰：大历诸子，时代渐移，而风气始散。摩诘于禅学有悟，其英气渐消，声气虽同，而风格自异耳。司空图云："王右丞澄淡精致，格在其中"，是也。①

因此，许学夷对所谓"神韵"一派是坚决拒斥的，他将王维的律诗等同于大历以下诸诗人即是明证。与此同时，他也否定孟浩然之作。他说：

> 孟浩然古律之诗五言为胜，五言则短篇为胜。古诗长篇平韵者皆杂用律体，仄韵者亦多忌鹤膝。子美称其"赋诗何必多，往往凌鲍谢"，正谓其古律短篇胜耳。元美亦谓"浩然句不能出五字外，篇不能出四十字外，此其所短"，深得之矣。②

与许学夷同时的陆时雍则是主张"神韵"的，因此在"五律"问题上特意抬高王维的地位。他说：

> 世以李杜为大家，王维、高岑为傍户，殆非也。摩诘写色清微，已望陶谢之藩矣，第律诗有余，古诗不足耳。离象得神，披情著性，后之作者谁能之？世之言诗者，好大好高，好奇好异，此世俗之魔见，非诗道之正传也。体物著情，寄怀感兴，诗之为用，如此已矣。③

---

① 许学夷：《诗源辩体》卷十六，第160、161页。

② 许学夷：《诗源辩体》卷十六，第163页。

③ 陆时雍：《诗镜总论》，载丁福保辑：《历代诗话续编》，中华书局1983年版，第1412页。

总之，“五绝五律第一”问题，由于不是学术争论的焦点，又缺乏一定的学术探讨背景（前后七子、公安竟陵派等都没有参与讨论），各家议论带有较强的主观性。从总体上说，虽然他们中推崇杜甫的占据多数，但是关于何为第一却没有大致统一的意见。其实，在明代以前，元代的方回还曾推举杜甫的《春望》一首为第一；清末的陈衍也推举《春望》压卷，则显然是因为政治情感之故。明代的学者宽泛地看待杜诗与王维作品，说明他们始终在寻找一个“终极”的艺术标准，用以统率诗坛；特别是孙鑛，一而再再而三地修正其所推举的“压卷”之作，颇能说明他们的这种焦虑。然而，这种理想的标准在现实中是不可能存在的，这就注定了争论是没有结果的。不过，从各个作者自说自话的声音中，我们确实更加清晰地辨清了他们的审美主张，且更加认定晚明南方士子热衷“品评”的诗学风气。

**3. 七律压卷之争**

关于七律压卷之争，是明代唐诗学的一个热点问题。先引许学夷的综述交代缘起：

> 崔颢七言律有《黄鹤楼》，于唐人最为超越。太白尝作《鹦鹉洲》、《凤凰台》以拟之，终不能及，故沧浪谓“唐人七言律，当以崔颢《黄鹤楼》为第一”。而何仲默、薛君采取沈佺期《卢家少妇》，亦未甚离。王元美云：“二诗固甚胜。百尺无枝，亭亭独上，在厥体中要不得为第一。沈末句是齐、梁乐府语，崔起法是盛唐歌行语。如识官锦间一尺绣，锦则锦矣，如全幅何？”①

严羽《沧浪诗话》定《黄鹤楼》为唐人七律第一，似乎是从其不染雕琢之习、浑融无迹的美学立场出发的，今人周勋初已有阐述。何景明、薛蕙推举《卢家少妇》可能是从诗人的“情质”与“才情”、“工对”等标准出发的，是六朝派的诗学观的先声。因此，王世贞

① 许学夷：《诗源辩体》卷十七，第170页。

予以否定。尽管他没有给出“标准答案”，但是他说：

> “唐人七律第一”当从杜诗中求。(《杜诗钞》卷七，《九日》尾评)

王世懋则与其兄意见相左，又极力抬举《黄鹤楼》。他说：

> 崔郎中作《黄鹤楼》诗，青莲短气。后题《凤凰台》，古今目为劲敌，识者谓前六句不能当，结语深悲慷慨，差足胜耳。然余意更有不然，无论中二联不能及，即结语亦大有辨。言诗须道兴比赋，如“日暮乡关”，兴而赋也，“游云蔽日”，比而赋也。以此思之，“使人愁”三字虽同，孰为当乎？“日暮乡关”，“烟波江上”，本无指著，登临者自生愁耳。故曰“使人愁”，烟波使之愁也。“浮云蔽日”，“长安不见”，逐客自应愁，宁须使之？青莲才情，标映万载，宁以余言重轻？尺有所短，寸有所长，窃以为此诗不逮，非一端也。如有罪我者，则不敢辞。①

孙鑛在《唐诗品》中又予以全盘否定，认为《黄鹤楼》与《登高》等诗皆不中取。他说：

> 七言律乎，崔《黄鹤》第一，此唐论也，非严论也。何、薛以沈、卢家拊其背知出乎？争哉，杨“斧劈麻皮”之喻似矣，亦邓析说耳。弇州举杜四章，具名求乎“渚沙”“飞鸟”，已属饤饾，回押亦趁韵。“万里”、“百年”常语，岂惟结弱难弟谓庶几昆明哉。然则徒工辞压卷耶？“菊两开晦备正冠”，嚼蜡无论矣。《新乡》只声、调、境，其臻妙与几古惟子美，亦唐

① 王世懋：《艺圃撷余》(下册)，中华书局《历代诗话》本。

论也。①

孙鑛大概是主张“七言律无第一”的。这个观点又被胡应麟否定。其《诗薮内编》卷五说：

王、岑、高、李，世称正鹄。嘉州词胜意，句格壮丽而神韵未扬。常侍意胜词，情致缠绵而筋骨不逮。王、李二家和平而不累气，深厚而不伤格，浓丽而不乏情，几于色相俱空，风雅备极。然制作不多，未足以尽其变。杜公才力既雄，涉猎复广，用能穷极笔端，范围今古……世遂谓七言律无第一，要之信不易矣。

经过此一番“否定之否定”，胡应麟将王世贞杜诗“四选一”的答案固定下来，选取《登高》作为唐人七律第一。不但如此，他还强调此诗为“古今七律第一”。他说：

杜“风急天高”一章五十六字，如海底珊瑚，瘦劲难名，沈深莫测，而精光万丈，力量万钧。通章章法、句法、字法，前无昔人，后无来学。微有说者，是杜诗，非唐诗耳。然此诗自当为古今七言律第一，不必为唐人七言律第一也。（元人评此为“一篇之内，句句皆奇，一句之中，字字皆奇”，亦有识者）《黄鹤楼》、《郁金堂》，皆顺流直下，故世共推之。然二作兴会适超，而体裁未密；丰神故美，而结撰非艰。若“风急天高”，则一篇之中句句皆律……真旷代之作也……无限悲凉之意，溢于言外，似未为不称也。“昆明池水”虽极精工，然前六句力量皆微减，一结奇甚，竟似有意凑砌而成。益见此超绝云。②

① 孙鑛：《唐诗品》，参见吴文治主编：《明诗话全编》(5)，第4700、4701页。

② 胡应麟：《诗薮内编》卷五，第95、96页。

至明末许学夷之际，他已经超脱了六朝派与七子派的门户之见，能够从文学风格、文体意识等各方面衡量此问题，看好李白、崔颢诗，他说：

> 诗道不明久矣！李、杜二公知之而弗言，他人言之而弗知，此诗道之所以不明也。虽然，二公之意可见也。子美于五言古，推薛稷《陕郊篇》；太白于七言律，爱崔颢《黄鹤楼》。盖五言古至初唐古律混淆，薛稷《陕郊篇》声既尽纯，而调复雄浑，初唐五言古无足与比。崔颢《黄鹤楼》兴趣所到，形迹俱融，为唐人七言律第一。即二公之意推之，其所尚可知矣。①

> 李宾之(东阳)云："律犹可间出古意，古不可涉律调，如崔颢'黄鹤一去不复返，白云千载空悠悠'，乃律间出古，要自不厌。"顾华玉云："此篇一气浑成，太白所以见屈，想是一时登临，高兴流出，未必常有此作。"愚按：《黄鹤楼》，太白钦服于前，沧浪推尊于后。至国朝诸先辈，亦靡不称服，即元美不无异同，而亦有"百尺无枝，亭亭独上"之语。予每举以示人，辄无领解，至有不得与众作并称。又或谓前半篇可作一绝句，古今人识趣悬绝，抑至于此。于鳞居恒，每诵沈佺期《龙池篇》。《龙池篇》虽《黄鹤》所自出，而调沉语重，神韵未扬，于鳞盖徒取其气格耳……崔颢七言，有《雁门胡人歌》，声韵较《黄鹤》尤为合律。胡元瑞、冯元成俱谓《雁门》是律是也。《唐音》、《品汇》俱收入七言古者，盖以题下有"歌"字故耳。然太白《秋浦歌》有五言律、《峨眉山月歌》乃七言绝也。崔诗《黄鹤》首四句诚为歌行语，而《雁门胡人》实当为唐人七言律第一。②

① 许学夷：《诗源辩体》卷三十五，第333页。
② 许学夷：《诗源辩体》卷十七，第171、172页。

许学夷推论的过程相当精彩，他指出：《黄鹤楼》一诗，处于古体与律诗交融之际，所以李东阳、顾璘等“国朝诸先辈，亦靡不称复”，即是元美，亦有所肯定。于鳞一派，取沈佺期及杜甫律诗展玩，故而气格自短。可惜的是，许学夷推论的结果颇令人失望。他受胡应麟和冯时可的影响，认为崔颢的《黄鹤楼》不是律诗，因此，要用崔颢比较像律诗的《雁门胡人歌》来取代之，认为这一首才是“唐人七律第一”。可见，逻辑的论证有时确实不适合于诗学评论。

无独有偶，用类似的取证方法得出令人失望结论的，还有虞山冯复京。他说：

> 七言律第一篇，诸家各有所主。予谓《卢家少妇》第二联，属对偏枯，结句转入别调。《黄鹤》半古半律，气胜于词。“风急天高”八句，上二字俱可截。作五言艰难，若恨四字累黍痴重。笃而论之，恐不如“鸡鸣紫陌”（岑参《早朝》）之篇也……《黄鹤楼》，风调虽高，则四句俱古诗，且不可为七言律，况可为七言律第一乎？太白以趣同推服，非定评也。①

冯复京居然选了一首岑参的《早朝》诗来作为“七律第一”，这是因为，在同一组《早朝》诗中，岑参压倒了杜甫。这一方面说明明人的“意气之争”，另一方面也说明，随着晚明辨体意识的深入，诗论家寻找一首“完美的诗”之艰难；每一首作品，总有一些瑕疵。那么，作为锤炼到极致的杜甫七律，许学夷、冯复京等人为何不予理会，偏要否定呢？这可能是因为他们认为，杜甫诗是唐诗之“变体”。比如许学夷说：

> 元美尝欲于老杜《玉露凋伤》、《昆明池水》、《风急天高》、《老去悲秋》四篇定为唐人七言律第一，中虽稍有相诋，

① 冯复京：《诗说补遗》卷七，载《明诗话全编》(7)，第7291页。

又皆无当。愚按：杜律较唐人体各不同，无论若“丛菊两开他日泪”语非纯雅。“织女机丝虚夜月，石鲸鳞甲动秋风”细大不称。“羞将短发还吹帽，笑倩傍人为正冠”似巧实拙。故自《风急天高》而外，在杜体中亦不得为第一，况唐人乎？《老去悲秋》宋人极称之自无足怪。①

或问：子美《年年至日》一篇，一气浑成，与崔颢《黄鹤》、《雁门》宁有异乎？曰：律诗诣极者，以圆紧为正，骀荡为变。《黄鹤》前四句虽歌行语，而后四句则甚圆紧；《雁门》则语语圆紧矣。《年年》一篇，虽通篇对偶，而淋漓骀荡，遂入小变，机趣虽同，而体制则异也。然读《年年》等作，便觉《秋兴》诸篇语多窒碍。予尝谓子美七言律变胜于正，终不能祛后世之惑。②

最后，海盐胡震亨撇开“正变”的争议，主张兼收并蓄，因此在其《唐音癸签》中赞成王世贞的观点，偏向于杜甫。他说：

七言律独取王、李而绌老杜者，李于鳞也。夷王、李于岑、高而大家老杜者，高廷礼也。专老杜而谓王不如李者，胡元瑞也。谓老杜即不无利钝，终是上国武库；又谓摩诘堪敌老杜，他皆莫及者，王弇州也。意见互殊，几成诤论，虽然，吾终以弇州公之言为衷。③

杜公七律，正以其负力之大寄悰之深，能直抒胸臆，广酬事物之变而无碍，为不屑色声香味间取媚人观耳。中间尽有涉于倨诞、邻于愤怼、入于俚鄙者，要皆偶趁机绪以吐嗡精神，材料一无拣择，义谛总归情性，令人乍读觉面貌可疑，久咀叹

① 许学夷：《诗源辩体》卷十九，第218页。
② 许学夷：《诗源辩体》卷十九，第218、219页。
③ 胡震亨：《唐音癸签》卷十，上海古籍出版社1981年版。

意味无尽。其夺爱王李生异论以此；虽有异论，竟不淆千古定论，亦以此。①

他认为，“七律第一”问题，不必预设一个绝对的答案。他说：

七言律压卷迄无定论。宋严沧浪推崔颢《黄鹤楼》；近代何仲默、薛君采推沈佺期《卢家少妇》；王弇州则谓当从老杜《风急天高》、《老去悲秋》、《玉露凋伤》、《昆明池水》四章中求之。今观崔诗，自是歌行短章，律体之未成者，安得以太白尝效之遂取压卷？沈诗篇题原名《独不见》一结，翻题取巧，六朝乐府变声，非律诗正格也。不应借材取冠。兹体若杜四律更尤可议。《风急天高》篇，无论结语腿重……取及此尤无谓也。吾谓好诗自多，要在明眼略定等差，不误所趋足耳。转益多师是汝师，何必取宗一篇，效痴人作此生活。②

明代学者就此问题展开的一场轰轰烈烈的大讨论就此收场。查清华总结说：

(这场七律之争)由于命题本身业已注定毫无结果而显得似乎意义不大，但这一现象体现了明代“不致工于作，而致工于述”的文化氛围，这一过程显示出明人“研究日深，故代日益精”的学术成果。从上文的考察、探讨中，至少可以得出以下印象。首先，论争体现了审美观念的时代变迁；其次，论争体现了格调派唐诗观的发展与演变。最后，论争暴露了中国诗学领域一个传统的困惑，那就是诗学在走向艺术终极目标时难以协调的矛盾……所以，总体上看，明代参与论争的各家就是在这种二难困境中作出评判与抉择，几乎每人都在指责别人顾此失彼的缺憾，却又都不免陷入顾彼失此的局促，最后胡震亨

① 胡震亨：《唐音癸鉴》卷十。
② 胡震亨：《唐音癸鉴》卷十。

的通达姿态，也可视为不知所从的无奈。①

总之，虽然我们不能作价值论上的判断，但它起码证实了这样一个事实：这种论争也是一种集中“品评优劣”的表现；其论争的过程，反映了江南学者在接受各种观点时诗学思想转变的轨迹。

## 三、唐无古诗、宋无诗说

明人论诗，其诗学主张中充斥着大量的“意气之争”，郭绍虞等先生早已定论。断定某个时代“无诗”或者无某一体类的诗，成为明人诗学观点纠纷不断的一类重要话题。本节主要就批评最激烈的几种观点来展开讨论。

### 1. “唐无五言古诗”说

李攀龙《选唐诗序》，大概是他认为古诗自从近体产生之后就发生了蜕变，也即许学夷等所说的“以律法入古诗”，于是提出了一个耸人听闻的命题：“唐无五言古诗。”原话是这样说的：

> 唐无五言古诗而自有其古诗，陈子昂以其古诗为古诗，弗取也。②

王世贞《艺苑卮言》卷四回应说：“李于鳞评诗，少见笔札，独选唐诗序云：‘唐无五言古诗……’此段褒贬有至意。”这个“至意”是什么，他没有明说。或许是因李、王等认为，“古诗改革”尚有很大的开拓空间，于是将古诗的源头与唐诗主流隔开，以便展开“拟汉魏乐府”的运动；然而历史证明，固然它带动了创作的新进展，这个原初的“设计”具有某些缺陷。③ 它对诗学理论的发展带

---

① 查清华：《明代“唐人七律第一”之争》，载《文学遗产》2001年第2期。

② 李攀龙：《沧溟先生集》卷十八，台湾伟文图书公司1976影印明刊本，第1页。

③ 按：从李攀龙模拟汉魏乐府始，吴国伦、王世贞跟进，至清初方以智等止，这场乐府运动持续了百余年。

来了双重影响：一方面，推动了汉魏古诗研究的纵深发展，另一方面，又限制了“唐代古诗”理论的新探。

这种“古诗”理论的局限性，在王世懋的言论中也有所体现。他说：

> 唐人无五言古，就中有酷似乐府语而不伤气骨者，得杜工部四语，曰：“兔丝附蓬麻，引蔓故不长。嫁女与征夫，不如弃路旁。”不必其调云何，而直是见道者，得王右丞四语，曰：“曾是巢、许浅，始知尧、舜深。苍生讵有物，黄屋如乔林。”(《艺圃撷余》)

王世懋的话很有意思。他顺着李、王的思路去找，发现整个唐诗里面几乎真的没有“五言古诗”，因而仅仅找到了两首，因为这些诗必须既像民间乐府，又要有文人“气骨”；既要古拙、淳朴，又要得其“道”而存其真，这样的“古诗”自然不好找。这种“理论加实证”的工作，早在李、王之前，杨慎就尝试过了。杨慎提出“中唐后无古诗”之说，其“古诗”也主要指乐府风味；尽管他本人是“六朝派”诗家，他还是提倡“汉魏乐府”的，可见，当时所谓“古诗”似乎是指向“古乐府”；他也只找到了几首：

> 杨用修谓中唐后无古诗，惟李端“水匮叶黄时”、温庭筠“昨日下西洲”及刘禹锡、陆龟蒙四首。然温、李所得，六朝绪余耳。刘、陆更远，惟顾况《弃妇词》，末几句颇佳。①

杨慎与王世懋的诗学指向显然是为创作提供“古诗典范”。这种“典范”的缺失，使得后学陷入了迷惘。胡应麟等为了印证李王之说，用“气运代降”的理论来说明。“汉人诗，气运所钟，神化所至也。”(《诗薮内编》卷二)“文章非末技也……气运视以盛衰，尘劫同其悠远。”故而他认为，“唐无五言古诗”是一种必然，因此作

---

① 胡应麟：《诗薮内编》卷二，第38页。

品一代不如一代。所以“西京下无文矣，非无文，文之至弗与也。东京后无诗矣，非无诗，诗之至弗与也”。在这个理论支撑下，他甚至勾画出“代降”的轨迹，指明在这种螺旋式的下降过程中，汉唐诗人的对应关系。他说：

> 四杰，梁、陈也；子昂，阮也；高、岑，沈、鲍也；曲江、鹿门，王丞、常尉、昌龄、光羲、宗元、应物，陶也。惟杜陵《出塞》乐府有汉魏风，而唐人本色时露。太白逸薄建安，实步兵、记室、康乐、宣城及拾遗格调耳。李于鳞云：“唐无五言古诗而有其古诗。”可谓具眼。①

这个解释，影响到万历年间诸多的诗论者。确实，“唐代古诗”的“母题”是从汉魏来的；然而，十之八九已非汉乐府之本来面貌。到底是继承重要，还是革新重要？是强调汉魏古诗的“遗传性”重要，还是“变异性”重要？受后七子派诗论影响，许多人强调“遗传性”。比如郝敬认为：

> 唐诗佳者，多是古体。然亦唐之古体耳。棱角峥嵘，而少圆融；雕刻细琐，而少浑厚。佳句可摘，而天趣不及汉魏、六朝自然妙丽。皆本近体之习，而特去其声偶耳。说者谓唐无古诗，良似。②

> 唐古诗如李白、杜甫、韩愈，数子之作，驰骋突兀，皆作俑于汉乐府郊庙、铙歌。后遂猖獗耳。世竞趋此途，谓逼真骚、雅，诋晋六朝以后无诗。向使无汉乐府，唐人不敢决藩，即有汉乐府，不遇武帝好奇，相如、李延年辈无所售其伎俩。

---

① 胡应麟：《诗薮内编》卷二，第35页。

② 郝敬：《唐体》，载《山草堂集·艺圃伧谈》卷三，转引自吴文治主编：《明诗话全编》(6)，第5929页。

古今文章变态，时使之然耳。①

冯复京也认为“唐无五言古诗，中晚益以韩柳元白李贺诸派，道丧声息……各体旁门鬼道，易见者不论，惟有似佳而实不佳者，夺朱乱雅，失道亡羊，不可不辩”。因此，他主张严守汉魏古体与唐古体之防，主张古体当学“文选”。他说：

> 诗莫盛于初盛唐，所以遂无五言古者。其病有二，一曰章句之简。如陈子昂孟浩然辈，一篇多止八句六句，不知选诗，篇多闳富。惟“涉江采芙蓉”“庭中有奇树”乃是八句汉诗。然气味之深长，音节之和缓，有似累千百言者。若唐人作简短，非过于刻削，则一味枯淡而已。一曰下笔之率。如王摩诘储光羲辈，趁韵而成不加追琢，一气直下无复姿态，农桑樵牧之常谈，皆充诗料，寒暄应对之凡语，讯为自然。欲以超越六朝，而不知汉魏无是也。故学唐不如学选也。②

但是，这些诠释、辩解又产生了新的“悖论”：既然连老杜等人的“拟乐府”都不是真正的古诗，于鳞等否定唐代古诗而摹拟汉魏乐府的合法性就必然遭到质疑。许学夷就明确指出：“李于鳞《唐诗选序》，本非确论，冒伯麐极称美之，可谓惑矣……（汉魏、李杜各极其至，见‘李杜总论’）观其所选，唐人五言古仅十四首，而亦非汉、魏之诗，是以唐人古诗皆非汉、魏古诗弗取耳。曰七言古太白纵横，往往强弩之末：太白光焰万丈，古今慑伏，不知于鳞

① 郝敬：《艺圃伧谈》卷三“唐体”，转引自吴文治主编：《明诗话全编》第5936、5937页。笔者按：郝敬早年与李维桢结社里中（均为湖广京山人），后又在欧阳东凤辖下司职常州江阴县令，其诗学兼“吴”、“楚”之长，故其虽主张复古，亦擅变通。陈子龙《诗略》中说，他原本用朱子《诗集传》解释《诗经》，但不甚满意，“及读郝氏书，乃知经学不必专泥朱子也”。可见，郝敬是沟通陈子龙与后七子派诗学思想的关键人物。

② 冯复京：《诗说补遗》卷七。

视为何物?”①

这一点，谢肇淛看得非常清楚。他说:

> 李攀龙曰唐无古诗……斯言过矣。子昂、太白力欲复古而不逮者也，未达一间耳。惟少陵《玉华宫》、《石壕吏》，刘长卿《龙门咏》等作可谓以其古诗为古诗，然亦风会之趋也。君子观其世可也。于鳞铙歌，乐府，掇拾汉人唾余，而云日新之谓盛德也，将谁欺乎?②

> 唐以后无诗，非诗亡也，操觚之士不得其情性，而跳号怒骂，又其下者刻画四声之似，以剽掠时名，于是去之愈远。国朝作者具在，迪功希踪汉魏，北地摹刻少陵，郑吏部超然远诣，犹多质胜。降而中原七子，以夸谢为宗，绘事为工，虽云中兴，实一厄矣。③

竟陵派钟惺也认为，李于鳞否定唐代五言古诗，纯属荒唐可笑之举。他说:

> 感遇诗，正字气运蕴合，曲江精神秀出;正字深奇，曲江淹密:各有至处，皆出前人之上。盖五言古诗之本原，唐人先用全力付之，而诸体从此分焉。彼谓唐无五言古诗，而有其古诗，本之，则无不知更以何者而看唐人诸体也?④

否定唐代古诗，势必引火烧身否定明代古诗。于是诗论家不得不转变策略，从“气运代降”的命题转向“文体代变”的命题。胡震

---

① 许学夷:《诗源辩体》卷三十五，第345、346页。

② 谢肇淛:《小草斋诗话》外篇上，转引自周维德辑校:《全明诗话》，齐鲁书社2005年版。

③ 谢肇淛:《小草斋诗话》。

④ 钟惺、谭元春:《唐诗归》卷五第三叶上，日本早稻田大学馆藏明归安林梦熊重订本。

亨说：

> 古诗浩繁，作者至众。虽风格体裁，人以代异，支流原委，谱系具存。炎刘之制，远绍《国风》。曹魏之声，近沿枚、李。陈思而下，诸体毕备，门户渐开。阮籍、左思，尚存其质。陆机、潘岳，首播其华。灵运之词，渊源潘、陆。明远之步，驰骤太冲。有唐一代，拾遗草创，实阮前踪。太白纵横，亦鲍近矱。少陵才具，无施不可，而宪章汉魏，融冶六朝，洵《风》、《雅》之大宗，艺林之正朔已。其它诸家，亦概多合作，截长絜短，上方魏、晋不足，下视齐、梁有余。猥云"唐无五言"，未是定论。①

> 世多谓唐无五言古。笃而论之，才非魏、晋之下，而调杂梁、陈之际，截长絜短，盖宋、齐之政耳。如文皇《帝京》之什……昌黎《秋怀》，东野《感兴》，皆六朝之妙谐，两汉之余波也。②

终于，许学夷《诗源辩体》作了"二元"的调和总结，将"理论诗学"与"创作诗学"分开。从理论上说，"汉人五言，本乎天成，固无堂奥可臻。魏人虽渐见作用"，但从为创作而学的角度看，古体还必须兼学唐人。他说："五言古学汉、魏则逆，学唐人则顺，何则？风气相近也。今人苟读唐古，则出语自唐革汉、魏，非专习凝领，不能得耳。""五言古，灵运诸子于古体既亡，李、杜二公于唐体为纯……大抵国朝人之失，在宗六朝而后唐人耳。""予尝谓学诗者当取古人所长，济己之短，乃为善学。见前卷。于鳞谓唐无五言

---

① 胡震亨《唐音癸签》转引胡应麟《诗薮》语，上海古籍出版社 1958 年版，内编卷二古体中五言，第 23 页。但是，结论是胡震亨下的："其它诸家，亦概多合作，截长絜短，上方魏、晋不足，下视齐、梁有余。猥云'唐无五言'，未是定论。"《唐音癸签》见四库全书本。

② 参见《诗薮内编》卷二，第 37 页。

古诗，太白七言古往往强弩之末，此虽意见有偏，亦是已不能骋而忌人之骋耳。观其所选唐人五、七言古，是岂足以知唐人，又岂足以知李、杜哉？”因此，全面学习古人优秀之作，才是一种正确的诗学观；宽容地去看待唐诗，才能够更好地致力于明代诗学的建设。

综上所述，“唐无五言古诗说”讨论的价值在于：它揭示出晚明诗学内在的逻辑矛盾，即诗学到底是指向文学史的品评与定位，还是指向创作。后七子代表李攀龙、王世贞强调了前者而否定了后者，在创作上离弃唐代古诗而直寻汉魏，使得江南文士对于“古体”的创作失去了信心，迷失了方向。以冯复京、胡震亨为代表的江南文人从崇尚“情致”的立场出发，或主张重返“文选”，或主张学习“唐体”；以京山郝敬、闽中谢肇淛为首的南方人崇尚“性情”，或主张学习“汉乐府”，或主张改良“杜诗”。他们在理论上的争辩，能够梳理出明显的学术理路；然而，在创作主张上，则陷入了空前的混乱。因此在晚明古诗学领域，其理论成就远胜于创作实绩。

**2. “宋无诗”说**

“宋无诗”的观点来得更早。前七子李梦阳、何景明皆明确提出“宋无诗”之论，拉开了正德、嘉靖之际诗人集体否定宋诗的大幕。

谢榛批评宋诗“无思致”：

> 诗有辞前意、辞后意，唐人兼之，婉而有味，浑而无迹。宋人必先命意，涉于理路，殊无思致。(《四溟诗话》)

在李何宗唐诗学的影响下，王世贞对于宋诗的评价，大概是“否定整体、突出个别”的。他们一致表现出对苏轼、陆游等人的好感。如《艺苑卮言》卷四：

> 诗格变自苏黄，固也。黄意不满苏，直欲凌其上，然故不如苏也。何者？愈巧愈拙，愈新愈陈，愈近愈远。
>
> 诗自正宗之外，如昔人所称“广大教化主”者，于长庆得一人，曰白乐天；于元丰得一人焉，曰苏子瞻；于南渡后得一

人，曰陆务观；为其情事景物之悉备也。

王世贞的晚年转变，后人评价为“从‘用宋’到‘浑身入宋’”①。王世贞、胡应麟在“尚博”学风的影响下，对于宋诗中的个别大家逐渐产生好感，对“宋诗”的批判留有余地。晚明江南藏书业的兴盛，使得士子摆脱了七子派“先入为主”的成见，逐渐为宋诗“正名”。如余姚孙鑛(1543—1613)极力推崇欧、苏之诗，他说：

> 昨偶看古诗一二篇，弇州如何能到？欧五言诗亦有佳者，今人置之不看固不差，但全谓宋诗绝无可取，则似太逐声耳……欧、苏诗信不及文，然欧甚执规矩，苏时有独得。足下谓嘉则可胜于鳞，则起二公于九原，未必肯为屈完之来盟也。作者各以时起，原不必细较，因见今人贬唐宋太过，是用质成于巨子耳。②

关于宋诗的地位，在明代是一个颇有争议的话题。胡应麟、屠隆等末五子的意见已不统一；到了万历至天启年间，所谓“中兴五子”(冯时可、邢侗、王稺登、李维桢、董其昌)意见更不一致。以邢侗为代表的北方诗学“祢献吉而祖子美”，坚持“诗必盛唐”之说，认为“夫诗有别材非关理，诗有别趣非关学，固矣”(《来禽馆集》卷六《彭伯子诗序》)。因此是反对宋诗的。

但是，其余四子表现出与王世贞“晚年定论”相似的亲宋态度。苏州王稺登在《与方子服论诗书》中，讥讽七子诗学为“邯郸之步”(《王百谷集》明汇印本)，更倾向于抛弃“死声木色”的赝古之诗学，提出向徐祯卿学习，因为“北郡其地土厚水深，其民庄重质直，其诗发扬蹈厉。吾吴土风清嘉，民生韶俊，其诗亦冲和蕴藉”

---

① 孙学堂：《崇古理念的淡退：王世贞与十六世纪文学复古思想》，天津古籍出版社 2004 年版。

② 孙鑛：《孙月峰先生居业次编》卷三《与余君房论诗文书》，载《四库禁毁书丛刊》集部第 126 册，第 201 页。

(《来禽馆集》卷六《彭伯子诗序》)。李维桢对王世贞晚年所谓“诗学定论”已有判断，他在《王凤洲先生全集叙》中指出：“先生于唐好白乐天，于宋好苏子瞻。”并认可白、苏诗风，认为“香山邃于禅旨，俺然物表，又不立崖岸门户，故其诗随语成韵，随韵成适，兴象玲珑，意致委宛……真率切至，最感动人”(《大泌山房集》卷一二九《读苏侍御诗》)，已得公安派“宗宋诗”风气之先。华亭冯时可对学习宋诗也持赞赏的态度，据许学夷描述说：“冯元成《艺海洞酌》兼论古今诗文杂著，最为繁杂。其论诗浮泛琐屑，而实悟者少，间涉训释，大多穿凿。至引古人诗句，则又似全不知诗者。又意在师心，耻于宗古，故盛推韩、苏，而无所避，此中郎之先倡也。”(《诗源辩体》)至于董其昌，后来则成为与公安派亲密接触的盟友。

从“宋无诗”到“宗宋诗”，是公安派反七子、崇性灵的诗学起点。反对“宋无诗”之说，成为攻击“后七子”诗学的一柄利器。会稽陶望龄(1562—1609)极力推崇苏轼、陆游之诗，认为：

> 初读苏诗，以为少陵之后一人而已，再读，更谓过之……南宋有陆放翁者，山阴人，其诗在高岑之间，虽不及苏、欧、白，余宋人举无其敌。平生作万首诗，今所传《渭南集》不过十一……宋集弟略有数家，惟陈无已、张文潜、苏子美集不可得，京中书坊，或偶值，求为买之。时贤未曾读书，读亦不识，乃大言宋无诗，何异梦语？刘须溪尝言：诗文至《文选》为一厄，弟殊伏之，而杨用修大以为笑。用修诗亦有佳者，而论诗则谬，大抵类此也。①

因此，陶望龄提倡向宋诗学习，走一条独创之路，而非全面赝古，提出以才情“偏师出奇”。他说：

> 诗之大至是乎！偏师必捷，偏嗜必奇，诸君子者，殆以偏

① 陶望龄：《歇庵集》卷十五《与袁六休三首》其二，四库全书本。

而至，以至而传者与？众偏之所凑，夫是之谓富有；独至之所造，夫是之谓日新。向令诸君子者舍独以群众，易己以摹古，疗偏以造完，将困踬之不暇，而暇成其能哉！而说者遂谓唐以后无诗。於戏！诗也者，富有日新之业也。无诗焉，是无才与情也。①

公安袁氏兄弟中，袁宗道最为推崇白居易、苏轼，以二公之名名其斋，复名其集。当时在公安派带动下，大江南北皆学苏轼诗。对此，江南东林党成员邹迪光深恶痛绝，其《蕉雪林诗序》云：

近世有楚中郎氏出，思以其言倡导天下，使天下尸祝之，而自度其力不能为古，又度人之力不尽能为古，又思即自能为古可以主盟矣，而李、何之后，复一李、何，何以超于百世而称非常之业？则悍然为之说曰："盛唐无诗，即汉、魏亦无诗，诗独苏长公耳。"长公之诗以神运，不以人运；以顿悟，不以习解；以三昧入，不以百氏出。瓦砾可宝，薇蕨可茹，牛溲马勃可用，不苦不艰而诗，诗之至者也。此说行，而后进之士无所知识，以为至语，转相传效。不能为古者，既便而趋其中；即能为古者，亦诱而入其内，诸童谣方谚、市谈巷说皆归不律……酷哉乎，中郎氏之祸天下也！②

东林党成为反对公安、竟陵诗学的一个重要派别。"东林"地处江南，却是北方诗学的一个渊薮，盖因其党魁都是从北京致仕的言官，其诗学主张有着强烈的政治诉求、浓郁的伦理色彩。如河北赵南星认为：

---

① 陶望龄：《歇庵集》卷三《马曹稿序》，四库全书本。

② 标点转引自陈伯海主编：《历代唐诗论评选》附录，河北大学出版社2003年版，第759页。原文载《四库全书存目丛书》集部第159册《石语斋集》卷一四；又载许学夷《诗源辩体》卷三四转引，文字略有出入。按：许学夷不愿为邹迪光文集作序，因其意见不合，故引述中对邹氏攻击苏轼诗风的文字有所保留。

> 宋人无诗，至我朝李献吉而有诗，献吉之后复无诗，以其涂饰之过也。迄于近日，文章益衰。诗也、文也、古也、律也，混而为一，盈天地间。六经、百家、二氏、稗官、野史、齐谐之言，无非文者，无非诗者……夫诗之道岂小也哉？①

但是，到了启祯年间，地处江南的东林党人崇名节、尚理趣、重诗教，逐渐发现宋诗比唐诗更具有理学精神，因此也改弦更张。比如吴桂森崇尚性理诗，故于此抬宋诗而贬抑唐诗：

> 今之论诗家曰：愁苦怨恨，非佳境也，惟入诗则无不成佳。此唐人沽计也。自击壤集出而尽翻此境，满目乐趣，四者只字不入口。我朝白沙继其响，脱换无复此态，盖其方寸间迥乎天壤别尔。知诗家所云唐以后无诗，有识者正谓宋以前真是无诗耳。②

公安竟陵之外，江南文士呈两种倾向：崇尚“性灵”、“神韵”者，对宋诗持较宽容的态度，并以其中的优秀作家为取法对象；崇尚“格调”者，则坚决反对宋诗。这两种倾向，在晚明江南诗坛呈现出一种胶着的状态。前者以王文禄、张蔚然、娄坚等为代表；后者以冯复京、许学夷、陈子龙等为代表。分述如下：

海盐王文禄年齿较长，约与王世贞同时。他在其诗学著作《诗的》中，推崇六朝派而贬抑七子。他说：“杨升庵诗，六朝、初唐之匹也。其言解经，不特识义理，亦当识文体，深中后儒解经之失。著述甚富，胜仕矣。薛西原（蕙）诗，俨然魏、晋、初唐。人病其弱，盖不知如玉之温润，《元夕》篇尤妙也。熊士选（倬），诗

① 赵南星：《赵忠毅公文集》卷八《苏子哲诗序》，载《四库禁毁书丛刊》集部第68册，第188页。

② 吴桂森：《吴素衣集》，广理学备考本，第五函。标点转引自吴文治主编：《明诗话全编》(7)，第7777页。

法杜；常评事伦，诗法李，志古而天夺之，悲哉！”①由于宋明理学具有继承性，一辈子致力于举子事业的王文禄对宋人文集颇为熟悉，故而能突破七子诗学的局限。他说：

> 李空同曰：“宋无诗。”予曰：“梅圣俞、王介甫、陈后山、朱晦庵、谢皋羽，择而诵之，岂曰无诗？”空同诗赋可观，文亦句短而气局，太质而少华，知复古矣。体裁则否，无大题，且见未透。②

嘉定娄坚（1567—1631），年五十始贡于春官，擅诗文，其诗律在元和长庆间，古风尤胜。文章师从归有光，融会师说，成一家言。其文集题为“学古绪言”，颇见其继承“唐宋派”的志向。他说：

> 仆尝举东汉之文胜六朝，六朝胜唐人以问，又问古文之法何以曰亡于韩，唐人之诗何以曰无五言古，语未卒而其人哑然笑曰：子为疑我而问乎，抑果有不释然者乎，此殆呓语耳！试多取古人之文与近代文杂而读之，其若饮醇若食蜜者，必古人卓然者也，其若铺糟若嚼蜡者，必古之靡靡者也，不然则今也且非独文也。夫宋人以议论为诗，诚不尽合于古，至其高者，意趣超妙，笔力雄秀，要自迥绝未可轻议。今乃欲以赝汉唐而訾真唐宋，容足凭乎！③

张蔚然字维城，浙江仁和（今杭州市）人，才情丰赡，见解卓异。明万历二十五年（1597）举人第26名，受主考焦竑被议之累，

---

① 曹溶辑：《学海类编》（五），江苏广陵古籍刻印社1994年版，第581页。

② 曹溶辑：《学海类编》（五），江苏广陵古籍刻印社1994年版，第581页。

③ 娄坚：《学古绪言》卷二十二《答吴兴王君书》，四库明人文集丛刊本，上海古籍出版社1993年版。

其试卷“语语荒谬”而遭重罚，“终身不许对制”。① 万历四十六年任福州长溪县令，同年刊行宋代遗民谢翱(字皋羽)《晞发集》十卷，著有《西园诗尘》一书，《续说郛》卷三十四有录。经历过身世沉浮的他极力推崇陶渊明，又与陆时雍年齿相当，其说与陆氏“神韵”说相近。惜《诗尘》现仅存十则，疑非全本。其部分观点颇令人称异。如“习气”条：“在六朝无六朝习气者，左太冲、陶彭泽也。在唐无习气者，初唐陈拾遗、盛唐孟襄阳、中唐韦苏州韩昌黎、晚唐司空图也。在宋无宋习气者，谢皋羽也。此亦关于其人。盖六朝之习靡，唐之习嚣，宋之习萎，非其人有超焉者，何以洗此?”针对前后七子“宋无诗”的论断，张氏说：

> 世谓作诗勿入唐以后事。自五代入明，事物人群之变不知几许，而谓尽不堪入诗，料此词家习谈，实艺林之积蠹……宋三百年间，名卿硕儒高士卓绝，诸代制作叠叠，岂无篇句可追踪，往昔流布来兹者，一称宋诗，竟从抹杀。既未目睹，且不耳聆，相率唾弃，真可涕可怪。②

他推崇唐宋诗合观，并仔细辨认诗风之别：“唐诗偏近风，故动人易；宋诗偏近雅颂，故入人难。”他还认为，唐宋诗风皆有偏颇之处：“唐人之于风也，即雅颂体亦以风焉，所以偏也；宋人之于雅颂也，即风体亦以雅颂焉，所以偏也。”这些见解颇为独到。其好友闽中徐𤊹大为赞赏，说：“右数段皆发前哲之所未发，实论诗之金针也。今人乍占四声，即自负曰“诗有别才”，不窥四部而欲横行艺苑，试取维诚《诗尘》读之!”③

随着晚明政治危机的加重，以诗教兴国、以实学救国的氛围笼

① 焦竑：《顺天府乡试录后序》，转引自陈文新主编：《中国文学编年史》明中期卷，湖南人民出版社 2006 年版，第 581 页。

② 金沛霖主编，阎中英等编：《四库全书子部精要》(中册)《徐氏笔精》，天津古籍出版社 1998 年版，第 839 页。

③ 金沛霖主编，阎中英等编：《四库全书子部精要》(中册)《徐氏笔精》，第 839 页。

罩在江南诗坛。虞山冯复京、江阴许学夷、云间陈子龙通过其复古实践，践行着这种以诗文正人心术的努力，所以他们坚决宗法盛唐、拥护“宋无诗”之说。比如冯复京说：

> 唐之后无诗矣。予尝曰：诗至晚唐，而气骨尽矣，故变而之苏黄。至苏黄膏润竭矣，故变而之元，至国朝而法戒备，能事无以加矣，故变而之李何、王李。其变之不善者害古，变之善者，无以腧古，束之不观可也。今王李降为袁中郎，而诗亡矣。呜呼！予岂好辨哉，吾愿一代诸公或屈首簿书，或营精举业，或勒修戒行，或绝意于谒，勿事此道，以不朽大业付与积学大才，自足生活可也。①

陈子龙说：

> 宋人不知诗而强作诗。其为诗也，言理而不言情，故终宋之世无诗焉。然宋人亦不可免于有情也，故凡其欢愉愁怨之致，动于中而不能抑者，类发于诗余。故其所造独工，非后世可及。②

许学夷虽然认为，“宋主变不主正，古诗、歌行滑稽议论，是其所长。其变幻无穷，凌跨一代，正在于此”，但是，他对晚明诗坛流行的这种“变风变雅”甚为忧虑。他说：

> 诗至韩、白、欧、苏，可称大变，然其论则无不正者，盖四子识见学力实皆凌跨百代，但以其才大不能束缚，故不得不然。袁中郎诗，奇诡者勿论；即成家者，不足为四子臣仆，乃

---

① 冯复京：《说诗补遗》自序，天启三年刊本，周维德集校《全明诗话》，（齐鲁书社 2005 年版）据以排印。

② 陈子龙：《安雅堂稿》卷三《王介人诗余序》，人民文学出版社 2011 年版，第 1081 页。

> 敢立论尔尔。诗道罪人，当以中郎为首……宋人古诗、歌行，多出于退之、乐天，体虽大变，而功力恒有过之。律诗虽多出子美，然得其粗而遗其精，明于变而昧于正，故非枯槁拙涩，则鄙朴浅稚，如杜之沉雄含蓄、浑厚悲壮者，有一语乎？徒原其所自出，而不究其所从归，则岑楼寸木矣。张文石云："衰周无颂，汉无雅，晋无四言，唐无选，宋无律。"斯并得之。①

这场长达一个世纪的争议直到清代宋诗派崛起的前中期方才消散。明末清初贺孙贻《诗筏》提出，唐诗之美在气象，宋诗之妙在本色，各有所长。他说：

> 严沧浪云："唐人与宋人诗，未论工拙，直是气象不同。"此语切中窾要。但余谓作诗未论气象，先看本色，若赀郎效士大夫举止，暴富儿效贵公子衣冠，纵气象有一二相似，然村鄙本色自在。宋人虽无唐人气象，犹不失宋人本色，若近时人，气象非不甚似唐人，而本色相去远矣。

四库馆臣的提要，尤其具有学术史的总结味道。该提要云：

> 盖自李梦阳倡不读唐以后书之说，前后七子，率以此论相尚……然则文章派别，不主一途，但可以工拙为程，未容以时代为限……何容删除两代，等之自郐无讥。王士祯《论诗绝句》有曰："……耳食纷纷说开宝，几人眼见宋元诗？"其殆为梦阳辈发欤？……岂非高谈盛气有以激之，遂至出尔反尔乎？然明季论诗之党，判于七子，七子论诗之旨，不外此编。录而存之，亦足以见风会变迁之故，是非蜂起之由，未可废也。②

---

① 许学夷：《诗源辩体》卷三十五，人民文学出版社 1987 年版，第 351 页。

② 永瑢等：《四库全书总目提要》卷一百八十九《集部》四十二《古今诗删》三十四卷。

# 第五章　金陵诗学群

金陵(南京)作为南都，为明初之皇城，在有明一代有着十分特殊而敏感的地位。明代统治者对江南文士既利用又猜忌，将其滞留在留都者甚众。且留都自明开国以来一直为是非之地。明初朱元璋大开杀戒，将诗人高启腰斩于南京城。明成祖即位，继承了其父皇对于江南文士继续打压的政策，在攻破南京城后，将“江南第一读书种子”方孝孺诛灭十族。明中叶又发生了著名的“宁王之乱”，金陵文人佯狂避祸，吴人固有的隐逸传统，在他们身上发扬光大。嘉靖承平日久，南京文人，凭借出色的科举成绩，奠定了晚明文学世家的基础；鉴于历史原因，他们对于政治一直保持一种忌惮的心态，仕进达到一定程度，便以丁忧或疾病、家累等借口辞归，在享受天伦之乐的同时，致力于下一代的培养。因此，嘉靖、隆庆、万历之际，金陵人文之兴盛达到制高点。

金陵世家的繁殖滋生，为其诗学繁荣提供了人才保障。著名的“青溪社集”延续数十年，继顾璘等“金陵三俊”为首的第一代诗人之后，以盛时泰、何良俊、朱曰藩为首的第二代诗人，以及以陈芹、余孟麟等(包括外籍官员朱孟震、彭辂)为首的第三代诗人，将“青溪社”发扬光大；以盛敏耕(包括外籍臧懋循、朱承彩、曹学佺等)为首的第四代诗人，将社事推向高潮。有关记载，详见钱谦益《列朝诗集小传》丁集中。以上是明代金陵诗学发展的大致概况。本章探讨晚明金陵诗学群，分四节展开。第一节为概览；第二至四节，分论金陵三位著名的科魁诗人焦竑、顾起元、朱之蕃，以三个典型个案诠释金陵诗学群体之风格及成就。

## 第一节　概　　览

金陵在晚明的政治、文化格局中有着十分特殊的地位。首先是政治上处于“陪衬”地位。南都虽同北京一样，各部衙门一应俱全，然而相对而言，官员只有繁杂的公务，没有实际权力。与当朝主权派意见相左的失意官员长期滞留于此。比如：万历初期，被张居正排斥的王世贞、王世懋、汤显祖等人滞留南兵部、南礼部任职。万历中后期，朝廷延续张居正的高压政策，限制东林讲学活动，邹元标等被闲置南京任吏部员外郎十余年。启祯年间，政局多变，尤其是周延儒与温体仁等的党争，不逊于晚唐之牛、李，两京官员更迭消长，轮流操纵朝政，俨然使南京成为在野党的根据地。在晚明纷纷扰扰的党争中，南京官员始终处于被打压的位置，直至明朝灭亡。

其次是文化上处于“中心”地位。作为江南文化中心，金陵地望显要，无论是高雅文化还是通俗文化，都集中于金陵城大行其道，百花齐放，百家争妍。高雅者结社吟风，低俗者寻花问柳，呈现出一派繁荣昌盛的景象。清末民初小说家赵焕亭有一段文字，描述晚明秦淮河畔诗人开展诗学活动的奢靡场景，他声色飞动地写道：

> 当时南都文士，竞尚新声。又在那六朝故都，秦淮烟月之区，长板桥边、十四楼头，镇日夜画舫笙歌、金迷纸醉。所以这班名士，跌岩湖山，流连风月，大家争制新词，被之弦管。每当春江月夜，联袂开樽；红袖青衫，相映成趣。①

至于低俗者如清初余怀《板桥杂记》所说：“金陵都会之地，南曲靡丽之乡。纨茵浪子，潇洒词人，往来游戏，马如游龙，车相投也。其间风月楼台，尊餐丝管，以及娈童狎客，杂妓名优，献媚争妍，络绎奔赴。垂杨影升，片玉壶中。秋笛频吹，春莺乍啭；虽宋广平铁石为肠，不能不为梅花作赋也。”以上种种，构成了晚明金

① 赵焕亭：《明末痛史演义》卷四，益新书社 1929 年版，第 31 页。

陵诗学复杂的政治、文化背景。

## 一、集团结伙：群体之原委

“留都”的政治与文化发展的不平衡，势必对文人心态造成较大影响。葛兆光说：

> 作为江南文化中心、第二京城的金陵，又逐渐形成了与封建中央政权“离心力”极强的第二文化中心，很多文人名士，失意官宦在这里聚集，也有很多高僧及外国传教士也在这里辩论讲学，使这里养成一种爱好议论、集团结伙的风气。①

金陵文人形成“爱好议论、集团结伙”的风气，主要缘于两个方面。究其外因主要是政治的颓势与文化的强势之间的发展极不平衡所致。“文人名士，失意官宦”有着很强的政治失意感；与此同时，他们享受着多姿多彩的江南文化熏陶。两者相反相成，其结果是政治“失意感”愈加强烈，而文化自满自得之情也愈发彰显。在这种氛围下，这些文人士子耽于诗酒，也就司空见惯、顺理成章了。

晚明金陵文人“集团结伙”的内因，则是金陵文学自身发展到了一定的高度，足以吸引“文人名士，失意官宦”共襄盛会。金陵文学具有典型的江南文学特征，以其润秀清朗的一面，吸引了大江南北的官宦士子，越来越成为全国文学的中心之一。我们通过史实证明南北京城文学地位的易置：嘉隆之际，后七子“形成”于燕京；万历中期，“公安派”亦结社昌大于燕京。但是，到了万历晚期以及启祯之际，以燕京结盟“号令天下”的情状已有所改变。不仅“竟陵”拓展于金陵，而且“复社”也因“金陵大社”而成为全国最大的社会。

金陵地位的上升，源于江南文学整体地位的不断巩固。“金陵”成为全国文学中心，从“青溪社”不断扩大的趋势也可得到应证。“青溪社”在晚明逐步扩张，其仕宦、流寓的外籍士子后来居

① 葛兆光：《心学、禅宗与明中后期文学思潮》，载章培恒编：《明代文学研究》，江西人民出版社1990年版，第47页。

上，成为诗学的盟主。根据钱谦益《列朝诗集小传》之描述可知：晚明“青溪社”第一代主盟者为陈芹、许谷，第二代主盟者为彭辂、王穉登，再到第三代主盟者曹学佺、臧懋循、陈邦瞻等，从其籍贯来看，呈扩大化的趋势，明显由本地（陈、许皆金陵人）延至江南（彭为嘉兴人、王乃苏州人）再延至全国（曹、臧、陈分别是福建、江南湖州、江西人），这充分说明：金陵越来越成为大江以南中下层文士的舞台，晚明金陵文学具有越来越强烈的辐射力，“青溪社”亦从一种地域的诗社俨然扩张成为全国性的诗社。

事实上，“金陵诗学群体”并不是我们捏造出来的，时人顾起元、周晖等皆有“诗学”专节描述。顾氏《客座赘语》“诗学”条录有本土三十多位诗人，其前“伤逝”条，无疑是此“诗学”群体名单的小序，他写道：“余少而懒慢，厌诣请，即梓里交游，可屈指计。然以文心墨韵，时通往来，颇谐衿契。乃不二十年，零落殆尽矣。自荐绅以迨韦布，自长老以及行辈，存者十不一二，暇日追忆逝者，不觉喟然伤焉。因以诗学、词曲、书法、画迹四则，疏列其人，稍叙生平，姑以异日。”可见这个群体中大部分文士是顾起元的至交好友，先顾氏而逝世，顾氏所列“诗学”群体，有悼念和总结的意味。此前，顾起元的好友周晖《续金陵琐事》亦有“诗学”、“诗集”等名目，录有本土文士 108 人（详见后文），这些本土文士较宦游流寓者更为稳定，更易“集团结伙”，从而形成了一定的“诗学”群体。

当然，《金陵琐事》、《客座赘语》皆是笔乘杂谈，其影响有限。正式在文学史上打出“金陵诗学”旗号者为钱谦益。他在《列朝诗集小传》丁集中，超出常规体例，单列“金陵社集诸诗人”、“白门社集诸诗人”，遍读该集，此举是独一无二的。这说明：钱谦益心目中，隆万之际的“金陵诗人群体”是客观存在的。到了清代，无论是朱彝尊《明诗综》，还是朱绪曾《金陵诗征》、陈田《明诗纪事》，一仍钱谦益体例，大致保留了青溪社集和白门社集诸诗人的位置，只是淹没在更加广泛的创作队伍中，没有那么明显而已。

## 二、乡贤世家：群体之构成

上文中说，晚明“金陵诗学群”，当时之文人已有专论。比如顾起元《客座赘语》卷九“诗学”条就详细记载了这样的群体。① 为了更加直观，我们将这个“诗学”群体稍易其序，略微补充内容，列举如下：

余孟麟(1537—1620)，字伯祥，号幼峰，江宁人，明万历二年(1574)榜眼，授翰林编修，官至南国子监祭酒。有《幼峰学士集》。曾与焦竑、顾起元、朱之蕃雅游金陵，递相酬唱，有《金陵雅游集》一卷。

王可大(?)，字元简，江宁人，顾起元岳翁。嘉靖三十二年(1553)进士，官台州知府，与戚继光同御倭寇。有《三山汇稿》。

姚汝循(1535—1597)，字叙卿，别号凤麓，江宁人。嘉靖三十五年(1556)进士，官至大名知府、嘉定太守。有《锦石山斋稿》。张文晖(?)，字孚之，万历二十三年(1595)进士，授南兵部郎中，出知台州府。与王尧封分购魏国公徐达后裔之万竹园，改名“佚园”，为金陵社集之所。著作不详。

盛敏耕(1546—1598)，字伯年，自号壶林，一作壶轩，上元人。盛时泰(1519—1589)之子。诸生，终生不仕，以文名世。博学强记，工诗及古文词。曾读书于永庆山房，与顾起元相互切磋。万历中与李登、王元坤、陈所闻、王元贞、姚汝循组织白社，研讨诗文。又与李登等同修《上元县志》。有《轩居集》一卷。

何湛之(1551—1612)，字公露，号矩所，江宁人。万历十七年(1589)焦竑榜进士。历南京刑部主事、工部郎中，官至浙江参议。著《疏园稿》。曾辑《陶韦合集》，乞序于焦竑，今载于《澹园集》。何淳之(1552—1602)，字仲雅，何湛之弟，与其兄同榜中进士，周晖《续金陵琐事》艳称之。官至御史，卒于福建巡按任上(见张慧剑《明清江苏文人年表》)。有《足园稿》。

王尧封(?)，字尔祝，王樵从子，王肯堂从兄。万历十一

① 顾起元：《客座赘语》卷九“诗学”，中华书局1984年点校本，第283页。

年(1583)进士，官至南昌太守。尧封晚居金陵十余年，购得徐氏半园，暇日与同门焦竑(座师皆为许国)征酒逐令，亦风雅之士。有《学惠斋稿》。

王元坤(?)，字德载，锦衣指挥使。著《雅娱阁集》。齐王朱庆聚(?)，著《籓冠稿》。李言恭(?)，字惟寅，袭封临淮侯。著《青莲阁》、《贝叶斋二稿》。以上诸侯诗集，焦竑皆曾为之作序。

柳应芳(?)，字陈父，本海门人，流寓金陵。著《柳陈父集》。李登(?)，字士龙，自号如真生，上元人，万历初贡士，官新野知县。有《冶城真寓稿》。沈凤翔(?)，字孟威，万历二十年(1592)进士，官兵科给事中，善草书，著作不详。顾显仁(?)，元白，官至某大参。周元(?)，字长卿，官至某知县，有《周长卿集》一卷。焦尊生，字茂直，焦竑长子，贡生。有诗一卷。焦周，字茂孝，焦竑次子，举孝廉，著有《说楛》十卷。葛如龙，字云蒸，有《竹护斋稿》。陈弘世，字延之，有《陈延之集》；张振英，字玄度；谢黄钟，字号不详；翟文炳，字德孚：以上皆未仕。汪钟英，字云太，官至某知县，著作不详。马电，字元赤，山人，有《游梁记》。李世泽，字半野，未仕，其余不详。

由上述可见，与顾起元交好的“金陵诗学群”主要是南都文学世家成员。随着金陵世家文学蓬勃发展，其世家成员为当地“乡贤”、“名贤”、“耆旧”作“艺文志”的愿望愈发强烈，因此才出现了姚汝循作《金陵风雅》四十卷、周晖再续《金陵琐事》、顾起元作《客座赘语》；而其他世家成员亦跃跃欲试。据顾起元好友周晖《续金陵琐事》载，在顾氏《客座赘语》“诗学”所举之前，姚汝循、焦竑、朱之蕃皆有意续作金陵“诸名公”诗学谱系，惜未成书。比如，在万历初，焦竑就曾萌生此念。他说：“余少好讲闻乡前辈懿行，欲拟昔人作金陵耆旧传一书，因循未果。”①万历四十年前后，周晖张罗了一张一百零八人的大名单，所谓“太守姚凤麓选金陵诸公诗

① 焦竑：《澹园集》，中华书局1999年版，第176页。

未成。焦、朱二太史欲选未暇。今载此集名，以为他日采择者张本耳"，见《续金陵琐事》"诗集"条。① 当然，周晖旨在搜罗完全，而

① 语见(明)周晖：《金陵琐事 续金陵琐事 二续金陵琐事》，南京出版社2007年版，第252页。从第246~252页所见百人名单赘引如下：以下馆阁、郎署：张益，有《文僖公集》。倪谦，有《文僖公集》。倪岳，有《文毅公集》。童轩，有《枕肱集》。刘麟，有《清惠公集》。王敞，有《王氏家乘》。周金，有《上谷稿》、《渔阳稿》。顾璘，有《东桥全集》。景旸，有《前溪集》。余孟麟，有《余学士集》。焦竑，有《澹园先生全集》、《澹园先生续集》。朱之蕃，有《奉使朝鲜集》、《南还杂著》、《落花诗》。顾起元，有《寒松斋稿》、《归鸿馆稿》、《武陵稿》。许谷，有《二台稿》、《外台稿》、《武林稿》、《省中稿》、《归田稿》。陈沂，有《遂初斋集》、《拘虚馆集》。王韦，有《南原集》。黄甲，有《风岩山房全集》。李逢阳，有《翰峰遗稿》。司马泰，有《山居百咏》。余光，有《古峰集》。何淳之，有《足园稿》。谢少南，有《河垣稿》、《谪台稿》、《粤台稿》。王徽，有《引笑集》。陈钦，有《自庵稿》。顾瑮，有《寒松斋稿》。李熙，有《尚友集》、《饮虹遗稿》。张铎，诗一卷。胡汝嘉，有《沁南稿》。何汝健，有《竹素园遗稿》。何湛之，有《疏园稿》、《归田稿》。伊乘，诗一卷。沈琮，有《休斋稿》。陈凤，有《清华堂择存》。宋存德，有《鸿雪稿》。姚黼，有《休斋集》。姚汝循，有《锦石斋集》。罗凤，有《简斋家藏集》十卷抄本。王可大，有《白云稿》。郑宣化，有《成趣园稿》。王尧封，有《学惠斋稿》。韩国藩，有《涉园稿》。卜镗，有《三华馆稿》。何楝如，有《摄园稿》。殷康，有《云楼稿》。陈时伸，有《百篇稿》。史谨，诗一卷。高远，有《饮虹稿》抄本。以下曹僚举人：梅纯，有《损斋集》。陈芹，有《子野集》。周元，有《长卿集》。李登，有《冶城真寓稿》。倪民悦，有《江上编》。管景，有《西浦稿》抄本。向黉，有《二淮稿》。李晓，有《宾柳亭稿》抄本。顾言，诗两卷。丁玺，有《希山吟》。罗泰，有《渊泉集》。金丹，诗一卷。金大车，有诗集。杨淳，有《虚游遗稿》。盛时泰，有《游吴杂纪》、《游燕杂纪》、《大城山全集》四十卷。王元贞，有《孟起集》。黄祖儒，有《吃觉稿》。孙起都，有《意在亭诗》。方时俊，有《五噫草》；金大舆，有《子坤集》。以下皆秀才：盛敏耕，著《轩居集》；崔士元，《拘虚集》、《偶然集》。黄戍儒，《竞辰斋稿》。黄复儒，《振秀阁稿》。方登，《半苍轩稿》。宋梦骢，诗一卷。李俭，《竹浪斋稿》、《遂园稿》。葛如龙，《云蒸集》。姚履旋，《湖海纪游》。孙谋，《长啸集》。以下皆世胄或锦衣指挥：临淮侯李言恭，著《青莲阁稿》、《贝叶斋稿》、《游燕稿》。李宗城，惟寅子，著《汝藩稿》。锦衣指挥陈良弼，诗二卷。陈铎，著《雪香亭稿》、《秋碧轩稿》。汤胤勣，著《东谷集》。张维，著《青藜阁稿》。王元坤，著《雅娱阁稿》。齐王孙朱庆聚，著《箨冠稿》。中山王裔徐谅，著《居云稿》。徐邦宁，著《习静斋稿》。以下皆山人：马俊，诗一卷。蒋主忠、蒋主孝，诗各一卷。贺确，《友菊诗》。史忠、金琮，《江南二隐稿》，盛时泰编。金钱，《竹溪集》。谢承举，《子象集》。徐霖，《子仁集》、《清游稿》。许镗，《隐君集》。王臣，《北山诗》。杜大成，《唏真集》。吴扩，《长吟阁稿》。景霁，《登涉纪吟》、《避暑吟》。顾源，《玉露堂稿》。张正蒙，《蓬蒿集》。金銮，《徙倚轩稿》。胡宗仁，《知载斋稿》。马电，《入蜀稿》。柳应芳，《陈父稿》。程汉，《塘上杂诗》。吴运嘉，《水云堂全稿》。陈玄胤，《霞举集》、《豆花园草》。以下闺秀方外，有雪浪洪恩、憨山德清等，从略。

忽略了他们成为“群体”的可能性。① 万历四十五(1617)年，顾起元作《客座赘语》，正是在此基础上的改进。因此，我们所谓“金陵诗学群”以顾起元“诗学”一节所列诸家为准；当然，还要加上1617年并未逝世的朱之蕃等诗人。

金陵文学世家，无外乎焦、顾、王、朱、何、李、姚、盛、许、陈诸氏。焦氏发源于焦文杰，文杰长子为焦端，次子为焦竑。竑子为焦尊生、焦周，顾氏有顾起元与其父顾国辅、弟顾贞元、顾起凤，另有一支为顾璘及弟顾瑮、子顾峦、曾孙顾与治(字梦游)，还有一支为宝潼居士顾源、其弟顾澄。王氏有王韦父子及其族侄王可大，何氏有何汝健、汝健之子何湛之、何淳之、湛之之子何栋如，李氏有临淮侯李言恭、李宁俭兄弟，姚氏有姚淛、姚履旋祖孙，朱氏有朱应登、朱曰藩父子，后有一支为朱衣、朱之蕃父子，盛氏有盛时泰、盛敏耕父子，许氏有许隚、许谷父子(许谷之孙许长卿官鸿胪寺丞，万历中亦曾主持风雅)，陈氏有陈芹、陈藻兄弟……无论从顾氏的“诗学”小名单还是从周氏“诗集”大名单来分析，文学世家成为金陵诗学群的支柱，这都是毋庸置疑的。我们从钱谦益《列朝诗集小传》、朱彝尊《明诗综》、朱绪曾《金陵诗征》、陈田《明诗纪事》中，不难发现这些世家成员参与或主盟金陵诗社的相关文字。

值得说明的是，钱谦益对“金陵诗学”的流播是有巨大贡献的。我们在《列朝诗集小传》丁集朱曰藩以下发现了较为集中的二十余人，分别是朱曰藩、金銮、何良俊、张之象、黄姬水、张献翼、吴扩、谢少南、陈凤、许谷、黄甲、胡汝嘉、金大车、金大舆、郭第、盛时泰(附盛敏耕)、陈芹、姚汝循、莫是龙、张文柱、李言恭；除了个别诗人(如张之象)与金陵文人关系稍欠紧密，其余是隆万之际金陵诗社的主力。如果说他们是“正传”，那么紧接着的“附传”(即“金陵社集诸诗人”)又有16人，主要是山人和外籍流寓之士，分别是王嗣经、张正蒙、陈仲溱、吴文潜、程汉、姚旅、臧

① 按：据我们考察，周晖所列举的有些文士只是金陵籍贯，并没有“集团结伙”；且三分之一为前朝人，比如著名诗人陈铎(1454？—1507)等。

懋循、梅蕃祚、胡潜、柳应芳、王野、吴兆、潘之恒、程可中、陈邦瞻、曹学佺。再附“白门新社诸诗人”17人，分别是杜大成、方登、胡宗仁、周晖、朱之蕃、魏之璜、陈员胤、钦叔阳、黄世康、郭昭、郑之文、吴上瓒、朱承彩、黄居中、唐献可、沈春泽等。

但是，我们发现，与顾起元、周晖的名单相比，钱谦益显然另置或省略了其中一部分文学世家成员，比如金陵诸社，万历初的社集多次在南比部彭辂及其门生江宁余孟麟家中举行，其名字怎能不提？更有甚者，所谓“白门新社诸诗人”更是莫名其妙，据朱倓、郭绍虞先生考证，彼时金陵仅有所谓的“白社”后起，大概就是“白门社”，但其主要成员盛敏耕、李登、王元坤、陈所闻、王元贞、姚汝循等人，钱谦益在此并未提及。钱氏忽略世家的意图十分明显：为山人立传。他在正传中就突出了山人的主体地位，有金銮、吴扩、黄甲、金大车兄弟、盛时泰、莫是龙、张文柱等，附传几乎皆以山人为主，这不能不说是一大缺憾。

继钱谦益之后提倡金陵诗学者，为朱彝尊及其侄朱祖义。朱彝尊著有《明诗综》，补充了许多文学世家，其客观性、重要性自不待言。朱祖义有《金陵诗汇》、《金陵旧闻》等编，亦为金陵世家诗学光大门户。乾嘉学派兴起之后，清人考据甚繁，凡金陵诗人必征诸方志家乘谱牒等，故清后期对明代金陵诗学踵事增华，略有喧宾夺主之嫌，反倒不如顾起元、钱谦益所列金陵诗群简扼。这在朱彝尊叔侄身上已有所体现。直至光绪年间，朱氏后裔朱绪曾辑录《金陵诗征》四十四卷则更加冗杂，其第二十四卷，朱之蕃之后尚有其弟朱之仕，何湛之、何淳之之后尚有其弟何渞之；其二十五卷中，卜履吉还有弟卜豫吉，何栋如之后还有何棫如；其二十六卷中，焦竑之子焦周、尊生之后，尚有其续弦所生之子焦润生以及从子焦德生……我们完全蒐集似乎没有必要；仅研究金陵文学世家中成就卓著的主要成员即可。

简而言之，金陵诗学以本籍文学家为主体，是在考察有关金陵文献之后形成的基本结论。但是，是否“以外籍官宦名士为主导”，目前还没有形成比较统一的意见。刘成乾《江苏明代作家研究》博士论文认为，“从历次集会来看，金陵本地作家占据地利可能在人数上是主体，但流寓金陵作家与外地赴会作家的‘海内名士’却是主导。由于地理上的原因，这些外地名家又自然以江浙为多”①。此言较钱谦益以流寓“山人”一统诗社的观点显然相对合理一些，姑认同之。鉴于本节既然是地域诗学群体之专论，那么，那些“主导”的外籍之士姑且置而不论，我们探讨的“金陵诗学群”以本籍世家成员为主体，比如焦竑、顾起元、朱之蕃(见第二至四节)以及盛时泰父子、姚汝循祖孙、李言恭兄弟、何湛之兄弟、王樵父子叔侄(以上可参照附录《晚明大江以南诗学世家点将录》)、王元坤与元贞兄弟等。

## 三、群体活动：金陵雅集与乡贤题咏

金陵不仅是人文渊薮，更是山水胜地，山青水美，钟灵毓秀，为明清文人结社雅集、流连题咏最集中的地区之一。金陵文士通过结社、雅集、乡贤题咏等较鲜明的方式，表明了他们“集团结伙”、集结成群体的愿望。除了青溪社，当地还有白社、冶城社等活动，更有所谓“金陵雅集”，向我们展开了一幅幅生动活泼的文士汇聚的山水人文画卷。可惜“金陵雅集”之盛况，很多文献今已散佚，无从考察了。比如姚汝循《金陵风雅》四十卷，焦竑《国史经籍志》以及黄虞稷《千顷堂书目》均有载，朱彝尊编选《明诗综》，亦载此书目，见于道光乙未(1835)冯登甫手抄《明诗综采摭书目》。② 乾隆四年朱绪曾编辑《金陵诗征》，亦曾考鉴此书，可惜经过四库禁毁事件之后，荡然无存。同样在这场浩劫中佚失的还有闽人谢雒所选的《白门新咏》八卷，记载金陵文学世家与齐王朱承彩及臧懋循、曹学佺社吟之事。该集在康熙年间郑元庆编辑《湖录经籍考》时尚存(此后，康熙后期朱彝尊辑《明诗综》，亦多所参考)，见“吴梦旸《射堂诗钞》”条下：“允兆与同郡茅止生(茅维)、臧晋叔(臧懋

① 刘廷乾：《江苏明代作家研究》，东南大学出版社 2010 年版，第 22 页。

② 此书目见《丛书集成续编》5《总类》，台湾新文丰公司 1988 年版，第 534 页。

循)、范东生(汭)、蔡伯达(蔡善继)、董遐周(董斯张)、吴翁晋(吴稼竳)在留都与名士结‘白门新社’，倡和为多。闽中谢雒编《白门新咏》列行于世。”①此则表明，万历三十八年曹学佺金陵结社，不仅本地文学世家之公子，而且湖州一带许多仕宦子弟均参加了金陵社集的活动。类似这类失散的金陵雅集的诗册选集尚多，目前存世者，仅有《金陵雅游编》一卷，聊可窥见一斑。

《金陵雅游编》四位作者都是金陵人，分别是：余孟麟(1537—1620)、焦竑(1540—1620)、顾起元(1565—1628)、朱之蕃(1556—1624)。此四人同游作诗以纪，合为一编，今存明天启三年(1622)朱之蕃刻本，中国人民大学图书馆有藏。是编卷首有顾起元《雅游编》序云：“余幼峰先生(即余孟麟，万历二年榜眼)以生平所游览金陵诸名胜二十处，各著诗纪之，曰钟山、曰牛首山……因约焦澹园(焦竑，万历十七年状元)、朱兰嵎(朱之蕃，万历二十三年状元)二太史与余起元(顾起元，1598年会元)同赋，都为一集，曰《雅游篇》，刊而行之，属余师叶阁学(福清叶向高)为之序，一时以为胜事。”②四人“雅游”之集之所以畅行天下并至今存世，与其雅游题咏者的身份地位密切相关，此四人皆为科魁：余孟麟为万历第一科的榜眼，而焦竑与朱之蕃为状元，顾起元为会元，由四位文化精英共襄盛会，且以一代名相叶向高之序文冠首，“雅游”、“雅集”之名不虚，以致崇祯元年南兵部侍郎傅振商将叶向高与焦竑、顾起元并列，且加入湖广郭正域，结成《四家诗选》，足见金陵诗人群影响深远。

除了科魁的身份，这次“雅游”在金陵文学史上之所以具有重大影响，还在于他们是金陵文学世家成员，有着良好的私交关系，形成了一个相当亲密的群体。余、焦、顾、朱四人是通家之好，考见万历三十年刊刻朱之蕃《雨山编》一卷卷首《游城北诸山记》，篇末署名“万历癸巳(1593)春仲，前进士大名守凤麓居士姚汝循卿父

① 郑元庆：《湖录经籍考》，载《丛书集成续编》6《总类》，第322页。

② 顾起元：《雅游编序》，转引自《客座赘语》卷七“金陵诸台”，中华书局1984年点校本，第226页。

撰”，“同游者为新野令李如真(登)、沅州守朱杜村、浙宪副顾毅庵、翰林修撰焦澹园，皆里巷旧好也”。① 姚汝循(1535—1597)所说的顾毅庵名顾国辅，朱杜村名朱衣，两人即顾起元、朱之蕃之父，顾、朱父子两代均与姚汝循、焦竑为莫逆之交。焦、朱作为状元，屡应金陵书坊主之邀，共同评点诸子史籍或者编撰制艺之书；② 而顾起元与朱之蕃亦有“八同”之说，即“生同里，娶同外家，贡同籍，官同词林，归卧不出同志，以纂修国史同召，同坚辞不赴，年来又同病”③。从顾起元《遁园居士伤逝记》一文中，还可以发现他与余孟麟都是诗人王可大的姻亲，余孟麟是王氏的舅弟，而顾起元是王氏的女婿。④ 很显然，余孟麟、焦竑、顾起元、朱之蕃四位金陵本土“名士”同气连枝；他们除了有《雅游编》等社集，还曾与姚汝循、李登、盛敏耕、王可大等交游，共结“白社”，切磋诗文。这些充分说明，晚明金陵诗家以金陵题咏、结社联姻等活动为纽带，形成了一个非常亲密的诗学群体。

“余、焦、顾、朱”形成的世家群体，以本地人文为骄傲，参与了一场盛大的题咏，并且请当朝首辅叶向高作序，这是金陵文学自相矜尚的表现。叶向高序曰：“使荒台废榭、颓址遗基不至湮没于寒烟蔓草、阛井市廛之中，令后来者有所考镜。”⑤亦意在为这一人文盛况做宣传。此册人各一集，焦氏、余氏皆有刊刻，惜其焦氏、余氏所刻今已不传。

金陵世家中，焦竑是最具地望的博雅学者。《明史文苑传》说：

---

① 黄仁生：《日本现藏稀见元明文集考证与提要·雨山编》，岳麓书社2004年版，第315页。

② 按：今尚存焦竑校正、翁正春参阅、朱之蕃圈点之《扬子法言》、《管子品汇释评》、《荀子品汇释评》，以及焦竑选、陶望龄评、朱之蕃注《汇选中原文献》二十四卷等。

③ 顾起元《雪堂随笔》卷一《朱元介宗伯挽章八首序》，载《四库禁毁书丛刊》集部第80册，第226页。

④ 该文载《说郛三种》影印明刻本，四十六卷本，第九册，上海古籍出版社1988年版，第1056页。

⑤ 叶向高：《金陵雅游编》序，京都大学图书馆藏明天启三年朱氏刊本。

“竑博极群书，自经史至稗官、杂说，无不淹贯。善为古文，典正驯雅，卓然名家。”以学问性理闻名一世的他亦曾涉足诗坛，与彭辂、盛敏耕等唱和，其所作《彭比部集序》说“其于七子盛时，意气高简，不少贬以就俗”，亦可谓是金陵诗人群体之写照。

在金陵诗人群中，顾起元是活跃时间最长的诗人，除了参加金陵雅集题咏，还热心于乡邦文学建设。他曾为嘉靖户部尚书梁材《金陵名贤墨迹》作跋(见《懒真草堂集》卷十八二十三下)。① 万历四十三年，顾起元似曾审定金陵徐氏所刻《金陵名贤帖》八卷。该贴卷七录陈芹等七人书，卷八录陈凤等六人书。近人张伯英《法帖提要》云：“所采以诗为多，间有尺牍序记，书则四体皆备，多诸帖中不恒见之人，题跋则焦竑、徐缙、顾起元等，顾跋尤多，疑此刻为顾所审定。”②

顾起元题咏金陵乡贤的文字甚多，以《金陵名贤咏》六十首最为著名，收入《懒真草堂集》卷一；天启初又有《金陵卧游六十一咏》一卷，刻印行世，天启四年又有《金陵名贤续咏》十首，收入《蛰庵日录》卷四。《金陵名贤六十咏》序云：“金陵，故人文昆都也。垂芬缥简，后先相望。余曩从外舅太守王公游，尝闻其称诸先贤也，私心愿执鞭；已复质耳目所睹记者，间抒短咏，以志向慕。窃比国宝，钦慕之遗，其他尚期嗣响，非敢帙也。”以下为诗赞，③咏前朝者有陈遇、丁璿、陶公素、卢雍、金涧、童轩、贺确、张益、倪谦、金琮、陈镐、倪岳、鲁昂、邵卿、吴文度、周金、何遵、王銮、顾璘、陈沂、王韦、景旸、刘麟、张琮、金贤、谢承举、徐霖、顾璟、梁材、李重、史忠、顾源、陈凤、许隚、王以旗、金大车(并金大舆)、胡汝嘉等42人，与晚明金陵诗学相关者有陈芹、许谷、王可大、卢璧、殷迈、李逢阳、杨希淳、黄甲、盛

① 顾起元：《懒真草堂集》卷十八，载《丛书集成续编》集部第118册，上海书店出版社1994年版。

② 启功主编：《中国法帖全集·总目录·人名索引中国历代法帖叙录》，湖北美术出版社2002年版，第197页。

③ 顾起元：《懒真草堂集》卷一，载《丛书集成续编》集部第118册，第900~907页。

时泰、阮亘、郑宣化、吴自新、顾国辅、王可立、李登、余孟麟、周元、盛敏耕、沈凤翔、张后甲、何湛之、何淳之、雪浪洪恩。续一首：焦遵生及焦周。在《蛰庵日录》卷四中，顾起元补充了因某些禁忌而未写入的十位世家诗人，他们是：姚汝循、朱衣、焦竑、张文晖、汤有光、沈天挺、黄祖儒(及弟成儒、复儒)、焦遵生及焦周、陈舜仁以及山人张正蒙。这个名单，与顾起元《客座赘语》"诗学"所列文学世家是基本一致的。这些人诗前皆有小序，一般是为了说明顾氏家族成员与他们的关系，可见顾起元心目中金陵文学的面貌，基本上是以世家群体为中心勾画的。

在金陵雅集之后，万历二十八年，江宁郭存仁作《金陵八景图》，引起了金陵文人较大关注；此后，不少文人续作十六景、二十景等，但所说的景点均不固定。天启三年(1623)，朱之蕃聘请苏州画匠，谱成金陵"四十景"图卷，正式确立"四十景"的地位。朱氏为每幅图题咏一诗，刻成《金陵图咏》。他在序言中言及著书的缘起：

> 宇内郡邑，有志必标景物，以彰形胜、存名迹。金陵自秦汉六朝夙称佳丽，至圣祖开基定鼎，始符千古王气。而龙蟠虎踞之区，遂朝万邦、制六合，镐洛殽函不足言雄，龙门湘汉未能争巨矣。相沿以八景、十六景著称，题咏者互有去取，观览者每叹遗珠。之蕃生长于斯，既有厚幸而养疴伏处，每阻游踪，乃搜讨纪载共得四十景，属陆生寿柏策蹇浮舠，躬历其境，图写逼真，撮取其概，各为小引，系以俚句，梓而传焉。虽才短调庸，无当于山川之胜而按图索径，足寄卧游之思，因手书以付梓。人题数语以弁首，简贻我同好，用俟赏音云尔。①

朱之蕃的宗旨，是"贻我同好，用俟赏音"，也就表明这种雅

① 朱之蕃天启四年《金陵图咏序》，载《金陵古今图考金陵图咏不分卷》，天启三年朱之蕃刻，金陵朱氏刊本弁首，台湾成文出版社《中国方志丛书》影印本。

游仅限于上层文士“同好”之间的交流。以上种种文学活动，无不表明：晚明金陵诗坛成了以焦竑、顾起元、朱之蕃为中心，以文学世家成员为主体的盛大的群体。因此，本章主体三节分别探讨焦、顾、朱的诗学成就。

## 四、金陵诗群之风格：以清雅为主流

“金陵诗学群”与北方“后七子”以及湖广公安、竟陵等流派相比，有何显著特征呢？我们认为，当以“清雅”二字许之。金陵诗群以“清雅”相崇尚，其表征是十分明显的。首先，文人明确以“清”、“雅”二字命名诗集。比如，太守陈凤筑园“清华堂”，其诗文集为《清华堂择存》；指挥使王元坤筑“雅娱阁”，其诗集为《雅娱阁集》；临淮侯李言恭筑有“青莲阁”、张维有“青藜阁”等，并以楼名集。其次，文人以清雅的意象命集以相标榜。此外经焦竑《澹园集》序跋之别集有雅称者，尚有盛时泰的苍润轩、李言恭的贝叶斋、方登的半苍轩、顾源的玉露堂、张文晖的霞起阁等。再次，金陵文人雅集多数在这种清雅的名士园林之内举行。比如张文晖“佚园”、何湛之“疏园”以及“饮虹桥别业”等，为金陵文士雅集之所；陈芹“邀笛阁”、“五柳亭”、“凤泉堂”，为青溪社雅集之所；姚汝循“锦石山斋”，为白社雅集之所。此后，朱之蕃的“小桃源”更成为金陵文人墨客雅集的理想去处。凡此种种现象，无不表明金陵士群趋尚“清雅”的审美爱好。具体体现在“诗学”层面，主要有以下三点：

### 1. 以“清雅”为群体诗风

金陵本土文士焦竑、顾起元、朱之蕃之“清雅”诗风详见后节专论。我们以在“金陵诗学群”中有较大影响的官员为例：宦籍金陵二十余年的金坛王樵，其诗淡雅清婉，表现出与后七子派模拟叫嚣之习迥异的清雅面貌。《四库全书总目提要》评曰：“王樵诗，冲和恬澹，要亦不失雅音。盖当七子争驰之日，尤能守成、宏先正之典型焉。”①朱彝尊评曰：“方麓研心著书，诗特游艺，然清婉轶伦。当

① 永瑢等：《四库全书总目提要》卷一七二《集部》二五《别集类》二五《方麓集》十二卷。

《甂瓿》、《太函》、《白榆》、《澹思》叫嚣之会，乃闻此雅韵，实获我心也。”①与王樵同样寓居金陵、唱和往还的还有其同乡金坛张祥鸢(字道卿)，《列朝诗集小传》称“其诗清润为主，不染叫嚣之习，故不为时人所称”。《明诗综诗话》：“道卿诗潇洒绝俗，颇类永嘉四灵。”②南刑部尚书嘉兴彭辂，曾主持“青溪社”，焦竑对其评价无外乎“冲融婉秀”一格，其《彭比部集序》评曰：“七子者出，互相矜调，虽其有名于时，而词调往往如出一人，独先生为于聚所未为之时，意气高简，不少贬以就俗。今读其集，冲融婉秀，卓然自名其家，非实有过人者不能。然世率言七子，而能知先生者鲜矣。”③

在“青溪社”中，不少流寓白下的诗人染上了金陵“清丽”诗风。比如长期活跃于金陵书肆的臧懋循(字晋叔)，曾与曹学佺共主金陵社盟，其诗亦“磊落”而有“清致”。《静志居诗话》：“晋叔精曲律，持论断断不爽，诗亦不堕七子之习，故虽从元美晏游，不入四十子之目，亦磊落之士也。”陈田《明诗纪事》：“晋叔官南都时，入曹石仓诗社，诗虽绮靡，亦有清致。”再比如，华亭莫是龙(廷韩)与徽州张于柱(仲立)，钱谦益的评价是“词翰清丽，皇甫子循、王元美皆激赏之。廷韩及张仲立，皆翩翩佳公子，青溪社中之白眉也”。广陵诗人柳应芳长期侨居金陵，有《柳陈父诗》四卷，其诗亦带有金陵诗群“清俊”的特征。钱谦益云：“广陵诗人，前辈有盛名推陆无从(弼)，沿染七子流风，不克自拔。陈父(柳应芳)名不及之，篇什亦寡，兴会清发，剪刻常言，自可使无从却步。此论实自余发之，而白下论诗者无异议焉。”④钱谦益“兴会清发”的评价，表明柳应芳已然融入金陵诗群之中。

**2. 以“自然浑成”、不事镂刻为创作倾向**

金陵士子注重学养和才气，对于谢榛、李攀龙等雕镂之习颇为

---

① 朱彝尊：《明诗综诗话》，载《天津图书馆孤本秘籍丛书》16集部，中华全国图书馆文献缩微复制中心1999年版，第604页。

② 朱彝尊：《明诗综诗话》，第607页。

③ 焦竑：《澹园集》，第163页。

④ 钱谦益：《列朝诗集小传》，第607页。

不齿。以顾起元为例，他强调“古何必俯绌乎今，今何必仰摹乎古”(《竹浪斋诗序》)，并在《雪堂随笔自序》中说：“余负疴屏居，废书不观者，数年于兹矣！交游中犹以畴昔雕虫之好，间以撰述相委，辞不获命，强起而应之。余性好吟，感物叙怀，时或偶占一篇以见意，如鸟之鸣春、虫之鸣秋，有不能自已者。每岁儿子裒笥中存稿，辄得数十篇。夫搜肠泻渴、吻古之士，类以为难。余直欲从朽坏中蒸出芝菌、陆地上现出莲花、智井内涌出波涛、爨尾间弹出宫徵，其难犹于十倍……视前人之嘲祭獭鱼者，觉彼殊足为愉快也。”①

金陵诗人主张才情为先，鄙视后七子派雕虫祭獭的作风，形成了一股清新的文学风潮，感染着寄寓留都的每一位文士，潜移默化地改变着他们的风格。最典型的例子是高出诗风的转变。高出本为山左诗人，系李攀龙之同乡，因宦游金陵近十年，历南京户部主事、升南户部郎中，出任苏松参议，与江南文士耳濡目染，便倒戈追随吴中诗派，得到了江南文士的认可。比如冯时可说：“孩之(高出之字)诗，能不袭陈言。”焦竑说：“孩之因故为新，去俗从雅，譬之朗玉孤桐，自中天律。”朱彝尊在其《明诗综诗话》中，十分赞赏这种转变。他说：“孩之家在东莱，不袭历下遗派，如苹婆果初生，食之味虽近榨，犹胜冬日储藏，软同棉絮。”②

**3. 取法陶韦王孟，以六朝及初中唐诗风相尚**

时至晚明，后七子所倡导雄浑阔大的李杜高岑诗风，显然已不符合江南文士的审美追求。留都士林流行一股陶韦王孟诗风。比如嘉兴谭昌言任南兵部主事、历南兵部员外郎，便以王孟清诗为尚。朱彝尊《明诗综诗话》云：“公在留都，结诗社、读史社，诗爱孟襄阳，第不多作。”③上元姚汝循字叙卿，嘉靖丙辰进士，致仕早归，居家诗赋无闲日，以陶(渊明)韦(应物)诗风为准的。《明诗综诗话》：“叙卿诗格不高，然五古远仿陶、韦，近体能宗大历，此孟

① 《四库禁毁书丛刊》集部第80册，北京出版社2000年版，第186页。

② 朱彝尊：《明诗综诗话》，第665页；《静志居诗话》，第489页。

③ 朱彝尊：《明诗综诗话》，第667页。

藩潢南道人入之李、何诸公之列，目为盛明十二家也。”①

金陵尚有相当一部分外籍文士推崇六朝及初唐、中唐的诗风。我们仍以“青溪社”主盟者彭辂、曹学佺为例，说明六朝与初中唐诗风在金陵盛行之情状。对于彭辂，汤显祖《彭比部集序》称其延续六朝初唐诗风：“先生之文有二种，南都时涉六朝，六朝地也……《青韶行》大似武德口吻。”②朱彝尊《明诗综诗话》云：“先生早慧，于诗文不甚雕琢，其论诗取法中唐，谓神在象外、象在言外、言在意外。然率矢口肆笔而成，颇类解大绅、卞华山一流，昔人所以有才多之憾也。”③而曹学佺，王士祯《池北偶谈》云：“明万历中年以后，迄启祯间无诗。惟侯官曹能始宗伯(学佺)，诗得六朝、初唐之格。一时名士如吴兆、徐桂、林古度辈皆附之，然海内宗之者尚少。钱牧斋所折服，惟临川汤先生义仍与先生二人而已。”④可见，彭辂、曹学佺、吴兆、徐桂、林古度等人，一度以六朝、初唐清丽婉秀诗风为宗。彭辂以时文著名，诗学创作乃其余事，故而在文学史上影响不大；然而曹学佺正是吸取了金陵诗风中合理的内核，方才逐步成为与汤显祖并峙的、三袁钟谭之外名气最大的诗坛盟主的。

## 第二节　焦　竑

焦竑(1540—1620)字弱侯，号澹园，江宁人。少壮从理学名家耿定向、罗汝芳等学习，据《明史》载：“(竑)为诸生，有盛名。从督学御史耿定向学，复质疑于罗汝芳。举嘉靖四十三年乡试，下第还。定向遴十四郡名士读书崇正书院，以竑为之长。”耿定向辞官返乡居住，竑又跟随从学乡里。万历十七年(1589)，高中状元，

① 朱彝尊：《明诗综诗话》，第606页。

② 彭辂：《冲溪先生集》弁首，载《四库全书存目丛书》集部第116册，第1~3页。

③ 朱彝尊：《明诗综诗话》，第604页。

④ 王士祯：《池北偶谈》，学苑出版社1999年版，第203页。

为翰林修撰，潜心研究本朝的典章制度。万历二十二年，大学士陈于陛建议撰写国史，想让焦竑主持，他推却了，只是撰写了经籍志部分。稍后主编陈于陛卒、国史馆失火，修撰明史之事作罢，然其“经籍志”为后世修史打下了文献基础。其后焦竑为太子傅。性情迂阔率直，凡认为不可者皆言行于色，因此台阁之臣颇有不悦者。万历二十五年主持顺天乡试，他拔擢举子曹蕃等九人。由于焦竑偏向儒释道会通，其选拔举子文章中不乏虚妄之语，遭弹劾，贬为福宁(今福建霞浦县)同知。岁末政绩考核，职务又降一级，移太仆寺丞，后虽升南京司业，宦情已然淡薄。于是致仕家居，无日不讲学。焦竑博极群书，自经史至稗官、杂说，无不淹贯。善为古文，典正驯雅，卓然名家。讲学以汝芳为宗，而善定向兄弟及李贽。其生平见《明史》卷二八八列传第一七六文苑四。集名“澹园”，也即焦竑的字号，分正、续二编。另著有《焦氏笔乘》、《焦氏类林》、《国朝献征录》、《国史经籍志》、《老子翼》、《庄子翼》等。

## 一、文学活动

焦竑的文学活动，主要围绕金陵展开。焦竑在南京最出名的崇正书院读书，被任命为学长，后来又在此讲学，在此读书讲学持续了半个世纪。焦竑嘉靖四十三年(1564)从学于崇正。崇正书院由耿定向创办，培养了一大批进士，其业绩仅有紧随其后的东林书院可相与媲美。比如：隆庆二年进士李逢阳与吴自新、万历二年进士陈应芳、万历五年状元沈懋学、万历八年进士李登、万历十一年进士潘士藻等皆因从耿定向游学而登第。然而，崇正书院在万历七年(1579)被张居正取缔。万历二十六年(1598)，焦竑遭弹劾致仕，乃改建荒废的崇正书院为“耿定向祠”，继续讲学。① 由于崇正书

① 按：将“书院”改建成“乡贤祠”，每年以祭祀之名举办大型讲学会，是张居正“毁院”之后许多地方官绅的一致做法。比如最著名的龙池书院、东林书院，其前身即欧阳东凤所建常州“先贤祠”以及“杨时祠”。除了这种方式，还有各种名义的“读书会”、“修身社”，如刘元珍“同善会”、高攀龙“同志会”，以及无锡秦氏“惜阴社”、武林虞淳熙“读书林”、昆山王志坚于金陵所举“读史社”等。

院的名气，加之焦竑长期居住于南京讲学著述，“金陵人士辐辏之地，先生(焦竑)主持坛坫，如水赴壑，其以理学倡率，王弇州所不如也”①。因此，这位学者型文学家对晚明江南文坛的影响是巨大而深远的。

焦竑从事文学创作始于读书时期。嘉靖四十三年，焦竑中举，房师为沈启原，即沈自邠之父、沈德符之祖。但彼时焦竑以科举制艺之文为主，对诗歌较少旁骛。焦竑最早的文学活动有案可稽者，始于隆庆二年，据李剑雄《焦竑年谱》称：时年 29 岁，落第南还，“归金陵，途经白沟河(拒马河)，其先祖焦朔参加明军北伐建立功业之地，时明代败象已经十分明显，内忧外患，几无宁日。焦竑抚今追昔，凭吊感慨，赋诗云：‘芦荻几家今若此，破虏谁还马伏波?’端午，作《满江红》词，有不胜今昔、怀才不遇之感”②。万历初，与盛时泰、盛敏耕父子唱和；盛时泰卒后，焦竑为作祭文，申述对这位父辈诗人的敬仰。他与留都官员黄汝亨、万达甫、祝世禄、郑昆岩、姚汝循等著名文人长期交游。万历五年，京试落第，与苏州张凤翼并舟南还。时李贽任云南姚安太守，焦竑有诗赠之。万历七年，焦竑年四十，居家读书，赋诗感慨人生。③

万历十七年焦竑中状元，此后京中应酬渐多，曾为前吏部尚书张瀚作《太宰张恭懿公传》；为前兵部尚书王崇古作墓志铭(见《澹园集》卷二十四)。万历二十年，与袁宏道一起，为张居正女婿刘

① 黄宗羲：《明儒学案》卷三十五《泰州学案》四《文端焦淡园先生竑》。

② 年谱见李剑雄：《焦竑评传》附录，南京大学出版社 1998 年版，第 336 页。

③ 李剑雄《焦竑评传》第 339 页：万历七年乙卯 1579 年 40 岁，在南京，《自题小像》云：“几人高阁画麒麟，丘壑翩翩四十春。”“梦残白日双目豁，老去春风两袖新。”焦氏自登乡书，公车五上，皆无功，颇有韶华消逝、人物渐老、事业无成、怀才难遇之叹。焦竑此期诗文，多有此类情愫，如《题梅花坞老圃》云：“壮岁一《蓬过，浮名春梦空。”《述感》六首云：“中岁行藏漫倚楼，吴钩拂净夜堂幽。姓名未署麒麟字，出入长看鹿豕游。远道也准思老马，褊心亦自怒虚舟。”“几载行吟江海边，黄金买骏事空传。”“半江雪雨淹龙卧，四海宾朋只雀罗。”“浮生转觉浮名累，好把衣裳付薜萝。”《葵花》涛云：“云低雾湿无人见，寂寞空衔捧日心。”各诗具体年月写作时间难以确定，姑记于此。

戡之作序(《刘元定诗序》)，并与南京国子监司业冯梦祯探讨禅学，相契往来。万历二十一年，曾与姚汝循、李登、朱衣、顾国辅等游赏金陵城北渚山，联袂唱和。万历二十七年，罢官，始与李贽参观并论禅学于金陵永庆寺，两人参禅论道，旁及诗学，有五律二首记之，其《李比部永庆禅房小集二首》云“一笑同幽事，移阵向夕阴。长风吹片雨，萧飒动高林。自爱丘中赏，还同泽畔吟。相看意不尽，凉露满衣襟。化城围野色，空翠落秋阴。与客开香积，谈玄傍竹林。梵天留宴坐，花雨助清吟。一酌那为贵，因之披素襟”(《澹园集》卷三十九)。

万历三十年李贽被逮(次年自刎于诏狱)，对焦竑打击甚大，是年始遍游金陵名胜，多为文字游戏，且刻意为诗。据其《献花岩志序》载，万历三十年壬寅(1601)仲秋，“余与公孙延之，吴肃卿，陈荩卿，惟玉、兄弟惟礼，惟功，叶循甫七人，憩兹精蓝，迨于信宿。下上严谷，消摇亭馆，陟高冈，俯长江……莫不怀昔贤之高蹈，抚遗编而太息”①。这群人中，吴肃卿名汝纪，本新安书商，卜居金陵，焦竑曾为其所刻《陶靖节先生集》作序，② 且在金陵冶城东修筑了“冶麓园”，焦竑为之作记，其友人欧阳序为之题匾。③ 陈荩卿即金陵诸生陈所闻，焦竑于万历初就曾与之结文社；叶循甫，上元学者，曾与焦竑校阅《文心雕龙》；朱延之为宗室公子，欧阳三兄弟为焦氏世交，长曰欧阳序，字惟礼，曾任福建侯官知县；次曰欧阳廪，字惟功；幼曰欧阳萌，字惟玉。在此次游吟不久，陈所闻等结社雨花台畔，焦竑又有《雨花台歌赠陈荩卿》等诗作。

焦竑等似乎结有“冶城社”，与丹徒邬佐卿、李文仲(其人不详)、江西豫章罗治、吴县李承烈(生平不详，曾参与《江南春》唱和)、上元盛敏耕、李君锡(不详)集冶城飞霞阁，分得“巾”字，作五律一首。又有《李文仲、陈孟芳、周吉甫(周晖)圻赏斋得“山”字》七律一首；其后又有《冶城精舍燕集》诗，皆可证明。与此同

---

① 焦竑：《澹园集》，第161页。

② 焦竑：《澹园集》，第169页。

③ 焦竑：《澹园集》，第263页。

时，焦竑还回应了同年榜眼余孟麟组织的“金陵二十景唱和”，其集中有《和余学士金陵登览诗二十首》。焦竑暮年较少为诗，仅有《曹能始佳篇见诒微及往事赋答》数首。大概是曹学佺希望焦竑加入金陵诗社，并对焦竑罢官福州一事深表遗憾，而焦氏酬答仅止于礼数，并不能证明焦竑参与了曹学佺主持的金陵大社，彼时焦竑年事已高，大概对于诗社没什么兴趣了。

## 二、文学思想及流派倾向

如果说杨慎、王世贞分别为嘉靖、隆庆博学之第一人，那么焦竑则是万历第一博学大儒。其门生陈懿典在《尊师澹园焦先生集序》中说：“先生以知性为要领，而不废博综……其精神所注在大道与经世，而不在于为文。”焦竑之博学亦有家学渊源。焦竑祖父与其父焦文杰（1502—1584），精心栽培焦氏兄弟成才，焦竑的挚友李贽在为焦文杰之父所作八十寿序中，转述焦竑之忆云：“（家大父）十六袭祖荫，掌军政四十年……中年，始举伯兄专意督教，务欲有成。至竑为儿，教事一付伯兄，曰：‘家有读书种子，当不断绝矣。’”①其伯兄焦端，字伯贤，号镜川，嘉靖间贡生，官灵山令、临桂令，焦竑自幼从兄长学习诗文。其友人周晖感叹说：“镜川焦先生瑞，为人清正，动以古道自律。家虽甚贫，容貌、词气不见一毫贫窘之状。藉受徒为生计，然来请业者，既较其旷日旷月之殊，又视其讲解文词之进益，有终岁不受一钱者。其克志厉行，苦于安贫类如此。”“能持师道以训弟子，方严端正，不为苟合。课艺勉德，彬彬有条，经书性鉴，岁必一周，优劣劝惩，肃如朝典。”（周晖《金陵琐事》）在焦竑祖父及父兄数十年的教育下，焦竑成长为一代鸿儒，也就不足为奇了。

焦竑的学术思想倾向，从《澹园集》卷八《国朝从祀四先生赞》及卷十一《答友人问》可知。他极端排斥程朱理学，而鼓吹阳明心学。《答友人问》中说：

---

① 李贽《续焚书》之《寿焦太史后渠公八秩华诞序》，载张建业：《李贽全集注》第3册《续焚书注》，社会科学文献出版社2010年版，第164页。

孔孟之学，至宋儒而晦。盖自伊川(程颐)、元晦(朱熹)误解格物致知，至使学者尽其精力，旁搜物理，而于一片身心反置之不讲。阳明先生始倡良知二字，示学者反求诸身，可谓大有功矣。①

焦竑左袒阳明、贬斥程朱理学的出发点是“博通”，他认为程朱之学还不如释老诸经通达，主张三教会通。这一点，他即使对其业师理学名臣耿定向也直言不讳。《答耿师》中说：

伯淳(程颢)，宋儒之巨擘也，然其学去孔孟则远矣。孔孟之学，尽性至命之学也。独其言约旨微，未尽阐晰，世之学者又束缚于注疏，玩狎于口耳，不能骤通其意。释氏诸经所发明，皆其理也。苟能发明此理，为吾性命之指南，则释氏诸经，即孔孟之义疏也，而又何病焉!②

焦竑继承了阳明心学对程朱理学的叛逆精神，彻底解放了其思想束缚；“释氏诸经，即孔孟之义疏”，儒释道三教会通，又扩大了其胸襟和眼界，在王学左派之内产生了深远影响。比如，他欣赏苏轼以禅宗居士思想会通六艺的做法，与李贽意见一致。焦竑《刻苏长公外集序》云：

独长公洞览流略，于濠上、竺乾之趣，贯穿驰骋，而得其精微，以故得心应手，落笔千言，坌然溢出，若有所相。至于忠国惠民，凿凿可见之实用，绝非词人哆口无当者之所及。③

李贽《复焦弱侯书》中亦云：

① 焦竑：《澹园集》，第87页。
② 焦竑：《澹园集》，第82页。
③ 焦竑：《澹园续集》，中华书局1999年版，第752页。

苏长公何如人！故其文章自然惊天动地。世人不知，只以文章称之；不知文章直彼余事耳。世未有其人，不能卓立而能文章垂不朽者。①

焦竑的会通思想，对晚明学术与文学创作产生了深远而积极的影响。故其门生徐光启《澹园续集序》云："吾师澹园先生，粤自早岁，则以道德、经术标表海内，巨儒宿学，北面大宗，余言绪论，流传人间，无不视为冠冕舟航矣。"焦竑对文苑的影响，从他人为其所撰墓志、集序、祭文中可见。其挚友黄汝亨在《祭焦弱侯先生文》中说："四方学者、士人无不以得见弱侯为荣，所谓天下人无问识不识，被先生容接，如登龙门。而官留都者自六官以下，有大议大疑，无不俯躬而奉教焉。"其好友、会元顾起元在墓表中写道："先生之宦绩在金马玉堂，先生之道阶在儒林文苑，先生之大业在名山大河，先生之风致在九州四海，先生之遗思在稷丘槐市。"②从以上评论中，我们基本可以肯定焦竑是晚明思想史及文学史上一位举足轻重的人物；然而，现今学者的眼光，多集中于其思想，而观照文学者较少。

下面探讨焦竑到底归属于哪一文学流派，首先提及焦竑与公安派的关系问题。由于同在晚明阳明心学的大纛下，焦竑与公安派的文学观有相似处，因此也较早以"性灵"一词论文学。郭绍虞先生列举焦氏《雅娱阁集序》作了说明："诗非他，人之性灵之所寄也。苟其感不至则情不深；情不深则无以惊心动魄，垂世而行远。"③又列举其《竹浪斋诗集序》云："诗也者率自道其所欲言而已。以彼体物指事，发乎自然，悼游伤离，本之襟度，盖悲喜在内，啸歌以宣，非强而自鸣也。"(《澹园续集》卷二)郭绍虞认为，这"也可视

① 李贽：《焚书》卷二；又见《李温陵集》卷四。

② 顾起元：《翰林院修撰澹园先生焦公墓表》，载《四库禁毁书丛刊》集部第104册，第207页。

③ 焦竑：《澹园集》，第155页。

为他论诗的性灵说”。①

但是，我们经过仔细考察，发现了两点可疑之处，证明焦竑并不是所谓“公安性灵派的先声”。其一，《雅娱阁集序》作于万历十年以前，焦竑与李贽相师友，受其心学思想之影响，强调性灵及感情的张力，但这种情感力度，并没有离开性理、性情的束缚。彼时袁氏三兄弟尚未成名(老大袁宗道亦仅23岁)，焦竑与之并无交往；他与袁宗道、陶望龄谈心性，也当在万历十七年进士及第之后。其二，焦竑并没有受李贽诱导，朝狂禅方面走得更远。这篇序言虽然引起了李贽的兴趣(1582年，也就是万历十年，李贽为焦竑父撰八十寿序，又致书赞颂焦竑所作，《雅娱阁诗序》谓“此文能发表作者自己之心事，不求工而自工”，定当流传)，可是焦竑对此并没有作进一步的回应，并没有受其鼓舞而走上狂禅或公安性灵派的理论道路。根据李剑雄所作《焦竑年谱》载，李贽在此后一直怂恿焦竑放弃考试，与之共同讲学做个“名士”，焦竑一再婉拒。即便是后来与袁宗道、陶望龄交往，也仅限于讨论禅学宗旨，并没有向“独抒性灵”的方向走远。

因此，我们要对焦竑“性灵”思想作理性的解读。由于受到王阳明“心外无理”理论的影响，晚明所有王学学派之人奢谈心性，不少论者滥用“性灵”一词，如王世懋、李维桢、屠隆、汤显祖、王穉登等，皆以“性灵”相标榜。② 然而，焦竑所谓的“性灵”，亦

① 郭绍虞：《中国文学批评史》，百花文艺出版社2008年版，第423页。

② 周群认为，王世懋、李维桢、屠隆等所受文学思想不同，他们提出的“性灵”内涵有别、王世懋受“狂狷”精神影响很深，故而将“性灵”与“湮郁”联系起来(《李唯寅贝叶斋诗集序》：“夫士于诗，诚无所利之，乃其性灵所托，或缘畸于世，意不自得，而一以宣其湮郁于诗”)。李维桢受儒学思想影响较明显，故而从事、理、情、景角度论“性灵”(《王吏部诗选序》：“余窃惟诗始《三百篇》，虽风雅颂、赋比兴，分为六义，要之触情而出，即事而作……本于性灵，归于自然，无二致也”)。屠隆从不拘一格的文学通变观探讨性灵，因而与公安相近(《鸿苞·文章》：“夫文者华也，有根焉，则性灵是也”)。见《儒释道与晚明文学思潮》，上海书店出版社2000年版，第60~61页。而王穉登站在吴中诗人群体的立场上，鼓励独创性，因此他说京山郝敬之诗，“削去雕镂组绘，独写性灵”。见朱彝尊：《明诗话》，《天津图书馆孤本秘籍丛书》集部，天津图书馆1999年版，第656页。

指“性情”，即孟子所谓的众人生来所具有的“心性”，显然与公安派诸先驱有别。郭绍虞先生将它们放在一起，认为焦竑是公安“性灵派”之先驱，似乎有断章取义的嫌疑。

焦竑并不属于公安派，那么，他到底属于什么文学团体呢？我们考察后发现，焦竑更接近诗风博雅绮丽的“金陵六朝派”。① “六朝派”由杨慎发轫，至晚明杨慎的拥趸者集中于金陵，如“青溪社”的第一代主盟者“江南四大家”顾璘、朱应登、陈沂、王韦，以及后继者朱曰藩、何良俊、盛时泰等发展壮大，成为以杨慎为首的六朝派的外围，故有“金陵六朝派”之称。焦竑对杨慎极其膺服，万历四十五年，以78岁高龄辑成《升庵外集》一百卷，则其拥趸杨慎的派别属性完全可以定论。而且上文郭绍虞所引的两篇序文，恰是焦竑专为金陵诗学而题，前一篇为上元王元坤题，王氏曾于万历十九年与李登、陈所闻、盛敏耕、王元贞、姚汝循等于金陵结“白社”唱和。后一篇系焦氏为李象先题，就在为其所写《竹浪斋诗集序》的下一段，焦竑接着写道：

> 金陵故文献之渊薮，以诗名者代不乏人，即文学茂才，在所有之。以余所知，如金子有之高古，盛仲交之渊博，以及子坤、伯年，世擅其长。近日周吉甫、陈延之、顾孝直、陈荩卿、叶循甫诸人，彬彬盛矣，李君象先最晚出，而相为方驾大都。②

这些证据，亦可证明焦竑之派别属性。值得一提的是，虽说焦竑属于“金陵”一派，这是没有问题的，但说他属于“六朝派”则略显牵强。焦竑的诗学主张较嘉靖六朝派有所新变。金陵诗人群（如

① “金陵六朝派”之说，参见陈斌：《明代中古诗歌接受与批评研究》第二章《嘉靖六朝派及其诗学承担》，三联书店2009年版；雷磊：《杨慎诗学研究》第六章《明代六朝派的演进》，中国社会科学出版社2006年版；张燕波：《论明代金陵六朝派的发端与发展》，载《南京大学学报》2008年第3期。

② 焦竑：《澹园续集》卷二，第778页。

盛时泰父子、焦竑、顾起元、朱之蕃)诗学观颇为博杂，其成员交游也非常广泛。由于金陵的地望，晚明“青溪社”的主盟者盛时泰父子与“后七子”派关系密切；焦竑、顾起元与“后七子”集团之诗人王世懋、李维桢等往来，又与新生的“公安派”早期成员袁宗道、陶望龄等交游；顾起元、朱之蕃与“后七子”及“公安”诸大家如李维桢、屠隆、袁宏道、冯梦祯、龙膺等诗学领袖交游，多次共同为人题序，从题序内容上看，焦竑、顾起元等较“后七子派”与“公安派”通达，其诗学眼界实际上已经上薄风雅、下及晚唐两宋，并非皆如杨慎极力推尊六朝诗学，而是主张兼收并取。

总之，以焦竑为代表的“金陵诗学群”，倾向于金陵本土的“六朝派”而又有所突破。尽管这个群体的成员与七子派、公安派主将关系密切，但他们崇尚独立自由，并不属于任何“后七子”、“公安”等派别。他们大多博学多才，兼通书法，其诗歌主张情感的真率自然，具有典型的“江南诗学”地域特征。

### 三、诗学成就：以《澹园集》为例

关于焦竑的诗学创作成就，钱谦益《列朝诗集小传》对焦竑并无详细的评语，仅曰“为东南儒者之宗”，而朱彝尊《明诗综·小传》论其诗与学曰：“修撰晚掇巍科，仁虽不达，而公望归之……诗特清新，若储书之富，几胜中簿，多手自抄撮，惜近年俱散佚矣。”钱谦益、朱彝尊以“综博”、“清新”论述焦氏诗学，可谓至言。至于其诗宗法的对象，焦竑的门生、著名布衣诗人吴梦旸在《焦太史弱侯先生集序》中总结说：“论其诗而为古之正始，为唐之大历；为其后乎此者，而质无所贬；论其文，而为唐之元和，为宋之元丰，为其后前此者，而质无所加。则诗所谓难其有之，是以似之；非求似于侣，而似其质之所自有者而已。”似说焦竑有六朝正始、中唐大历诗风。这与本章首节有关“金陵诗学”群体风格的概述是相符合的。焦竑的诗学主张，通达开明而又不失严谨，主要体现为以下几点：

**1. 以“博通自成”为诗学门径**

焦竑对前后七子泥古不化的诗学路径深恶痛绝。他为友人嘉兴屠德胤(字中孚)《重晖堂集》作序说:“余惟弘治、正德间,耆古闲雅之士彬彬代作,显且盛矣……顾沿习日久,弊亦滋焉。剽夺模拟,而本真弗存,苟驰夸饰,鬻声钓世,欲其阐明理而关经济,岂不难哉?”①焦竑认为,诗文最重要的品格是创新。他从宋代邵雍、中唐白居易诗悟入,认为近世剿袭杜诗是肤浅的,要想超越前贤,须通脱透悟、自创一格;而博采众长是很好的途径。我们先来看两段较长的原文,即反映了他博采众家之长的诗学倾向:

余少读尧夫先生《击壤集》,甚爱之,意其蝉蜕诗人之群,创为一格。久之,览乐天《长庆集》,始知其词格所从出,虽其胸怀透脱,与夫笔端变化,不可方物,而权舆概可见矣。乐天见地故高,又博综内典,时有独悟,宜其自运于手,不为词家溪径所束缚如此。而近世宗尚子美,往往卑其音节不复数。第肤革稍近,而神情邈若燕越,非但不知乐天,亦非所以学杜也。囊钞其警策若干篇,冀晓世之冥贪封执,以庶几乎诗之用,而岂以为今谭艺者道哉……噫!世且以余为不知诗也已!②

诗也者,率其自道所欲言而已。以彼体物指事,发乎自然,悼逝伤离,本之襟度。盖悲喜在内,啸歌以宣,非强而自鸣也。以故二南无分音,列国无辨体……异调同声,异声同趣……必欲泄千年之灵气,勒一家之奥言,错综雅颂,出入古今,光不灭之名,扬未显之蕴,乃其志也。倘如世论,于唐则推初、盛而薄中、晚,于宋又执李、杜而绳苏黄,植木索途,缩缩焉循而无敢失,此儿童之见,何以伏元和、庆历之强魄也。金陵故文献之渊薮,以诗名者代不乏人……近日周吉甫、陈延之、顾孝直、陈荩卿、叶循甫诸人,彬彬盛矣。③

① 焦竑:《澹园续集》,第775、776页。
② 焦竑:《澹园集》,第146页。
③ 焦竑:《澹园续集》,第778页。

正是从博采众家、自创一格的角度，焦竑肯定了以白居易为首的中唐诗和以邵雍、苏黄为首的宋诗，在整个明代宗唐复古的氛围中，掀起一股学习中唐和两宋诗歌的风潮，开启了公安派“宗宋”的先河。

**2. 以“冲夷雅澹”为诗学期待**

焦竑并不否定高华雄丽的七子诗风，但更加欣赏冲夷雅澹之音。他在《题黄君贞父南都纪游》一文中说：“柳柳州、谢康乐雅好山水，故其登涉之语，缔构妙绝，穷情极态……盖其情景静默，意与境合，即崖峦溪谷之间，悠然会心，有人外之致，非偶然也。”认为山水给人以诗歌灵感，从而激发自然清音。焦竑以金陵诗人清丽淡雅的群体风格为例，说明在高华雄丽的李杜诗风之外，更有王孟一派可资学习。这对于当代诗学建设是有启示的。比如，他在《苏叔大文集序》中说：

> 窃惟元季以来，词学纤靡，迨弘、德间，李何辈出力振古风，学士大夫，非马记杜诗不以谈。第传同耳食，作匪神解，甚者粗厉阐缓，叩之而不成声，识者又厌弃之，而冲夷雅淡之音，乃稍稍出焉。①

焦竑认为，金陵诗人群体兼天时、地利、人和之盛，正值弘扬王孟诗风的最佳契机。金陵山川形胜，便于诗人抒写“性灵”。他为友人何宇度(字仁仲)的《留都篇》作序说：“留都，高皇帝大业所起也。凤举为台，龙蟠设险，昔时割据，擅六代之豪华；今日太平，为一王之丰镐。簪裾绮错，文雅响集……(何宇度)故能宅遐心于事外，得佳句于物表，疏导性灵，含写飞动，亹亹乎与山川竞爽矣。”②在给另一个社友的序中他写道：“青溪九曲，纡回而不返，丹崖千尺，嵯峨而横立，斯亦揽结之名区，品题之绝境……于

① 焦竑：《澹园集》，第171页。

② 焦竑：《澹园集》，第179页。

是咏叹不足，则长言之；长言之不足，而诗作焉。据其匠思幽妙，振言清远，吊古兴怀，则有感而无愤；晤言因寄，则虽适而不流。”①他在给乡贤顾璘的诗集序言中说：“南界之山川，自岷江而下，止于金陵。扶舆清淑之气，蜿蟺而郁积，意非一竹箭所能当者，必有宗工秀人，恢奇瑰绝者出于其间矣。”②认为金陵山川形胜，必然诞生像顾璘一样的诗人。他在给同榜进士、同门师弟、同僚官员祝世禄的序文中也这样写道：

> 《环碧斋稿》者，余友祝无功诗也……君诗笔淋漓，信其意兴所到，而声律或有不合，向尝规之。近作清峭简远，往往中于法度，而根柢前古，如骐骥之奔佚，节之銮和，以驾五辂，而行大道，沛然非群马所能及已。③

或许焦竑认为，金陵的地域诗风是形成冲融淡雅风格的重要因素，并且影响到其他留都官员。所以，他在给王世贞的门生、汤显祖的至交、“青溪社”重要成员南刑部侍郎彭辂的序中说：

> 金陵饶佳山水，（彭比部）时从宾客及帷中弟子游……及七子者出，互相矜翘，虽其有名于时，而词调往往如出一人，独先生为于众所未为之时，意气高简，不少贬以就俗。今读其集，冲融婉秀，卓然自名其家，非实有遇人者不能。然世率言七子，而能知先生者鲜矣……余谓先生仕不为饰，信心而游，故多迕；文不干名，动以求真，故常淡。盖合于古，必违于俗，无足怪者。④

以上可见，焦竑以苏叔大、何宇度（仁仲）、彭辂等为反对后

① 焦竑：《澹园集》，第909、910页。
② 焦竑：《澹园集》，第165页。
③ 焦竑：《澹园集》，第158页。
④ 焦竑：《澹园集》，第163页。

七子剿袭风气的同道，对于金陵诗人群体的这种“冲夷雅澹”的诗学风格是有所期待的。

**3. 以“温柔敦厚”为诗学理念**

尽管焦竑极力反对前后七子的剽窃赝古，但是，他对于前后七子主持风雅而诗道不坠的文学业绩是十分赞赏的。他极力推崇温柔敦厚的诗风，认为诗歌应该担当礼赞治世、润饰鸿业的文学功能。他说：

> 夫诗以微言通讽谕，以温柔敦厚为教，不通于微，不底于温厚，不可以言诗。古十五国风，而鲁诗者独参周、殷而列于颂，盖齐鲁娴文学，而周、孔之风教其渐被者，所从来矣。明兴，作者如边廷实、殷近夫、李伯承、冯汝言、李于鳞辈，先后鹊起，家有其书，以古若彼，以今若此，其烜奕也……盖公标格令上，天宇清真，雍容谦和，声华自远，故其诗不激而高，不刻而工，隽永藏于温醇，纤秾寓之雅澹，所称治世之音者，非耶?①

焦竑推许舂容大雅的诗章，主张博学以致雅，具有浓郁的士大夫诗学趣味。他说：

> 吾观尼父所删，非无显融膴厚者厝乎其间，而讽之令人低徊而不能去，必于变风、雅归焉，则诗道可知也……(王)德载溪楼藏书千卷，每篝灯展读，不夜分不休，故其原本山川，极命草木，能牢宠载籍之菁华，不为靡曼剽夺之语，虽其和平婉丽，温而不怒，而情之所寄深矣。②

特别值得一提的是，尽管焦竑博通老庄、推崇性灵，但是这种“性灵”必须以“性情之正”为前提。其《题寄心集》完整体现了他的

---

① 焦竑：《澹园集》，第168、169页。

② 焦竑：《澹园集》，第155页。

理念：

> 蒙庄有言，诗以道性情。盖以洞达性灵，而劝谕箴砭，以壹归于正，即其恳款切至，要必和平温厚，婉委而有余情，故言之无罪，闻之足以戒也。后世诗与性离，波委云属，衹以为流连之资，而六艺之义微。杜子美力挽其衰，闵事忧时，动关国体，世推诗人之冠冕，良非虚语。乐天虽晚出，而讽谕诸篇，直与之相上下，非近代词人比也。①

焦竑在给友人的诗序中，自始至终保持着儒者的风范，在他眼中，几乎其所有的师友诗作均是温柔敦厚、和雅春容的。诸如：《题陈少明诗》曰："温雅和适，不见崖异。"②(《澹园集》卷二十二)《题华秘书集》曰："韶变而尔雅，以故浑厚和平，温而有礼。"③《云东拾草序》曰："(韩先生)诗歌冲融雅润，颂美摭华，文质各得，盖蹈巍要而毗清切者之体宜尔也。"④《书缶鸣稿》曰："(陈汝器之诗)，雅淡纤秾，参错间出，流易而不乖于体，恣肆而不失其正。"⑤他甚至认为，哪怕人生失意，也不能失却春容雅致，而生忿狷之心，堕入变风、变雅的诗学末流。他为友人赵邦柱(字安甫，1558—1610)的诗集作序，高度赞扬其怨而不怒的品质："要人窃弄威柄，天部诸名士尽徙之南，君得南仪曹。不调者且七载，君恬然不少见于言面，作为诗歌，绝去忿狷，寓之雅澹。盖和平幼渺之音，庄士仁人之度，而与穷愁侘傺者，不同日语矣……乃不逐于变风、变雅之末流，以彼其材，固升歌庙堂、和情理世之具，而非随俗雅化者所能及也。"⑥可见焦竑与李贽、袁宏道的激进思想是有相当一段距离的。

---

① 焦竑：《澹园集》，第911页。
② 焦竑：《澹园集》，第279页。
③ 焦竑：《澹园集》，第284页。
④ 焦竑：《澹园续集》，第768页。
⑤ 焦竑：《澹园集》，第906页。
⑥ 焦竑：《澹园集》，第174页。

#### 4. 以“神法相兼”为诗学祈向

焦竑论诗，既强调“神悟”，又强调“法度”，两者并非对立，而是相辅相成的。他认为，前后七子剽窃古人，片面强调“法度”，一味模拟古人词句，这是舍本逐末的做法。他说：

> 嗟乎！诗至于此，又黄初、正始之一大变也。弃淳白之用，而骋丹雘之奇，离质木之音，而竞宫商之巧，岂非世运相乘，古朴易解，即谢客有不得自主者耶？然殷生言：“文有神来、气来、情来……”余观弘正一二作者，类遗其情，而模古之词句；迨其下也，又模模之者之词句。本之不硕，而第繁其枝，欲其有可食之实，可匠之材，难矣！以彼知为诗，不知其所以诗也。①

> 盖古之君子，高视阔步，凌厉轶越，而一言一动如整冠裳，祇谒宗庙，如鸣銮衡，一遵涂辙，不敛而自约，不法而皆法，故足术也。近世作者不循其本，而独词之知，刺讥愤怼，怨而多怒，瑰丽诡变，讽多要寡，漫羡无归，奚关理道！读者于其肺肝底里，可望而知，不待词之毕矣。②

焦竑认为，“神悟”与“法度”必须兼善，两者不可偏废。首先，“神”是“法”的前提，没有“神”的存在，所谓的“法”便是“死法”。他在《题词林人物考》中说：“若索诸裁文匠笔，声应律合，即尽叶于古，皆法之迹也，安知其所以法哉……以为不得其神，未可论其法；不知其人，未有能得其神者也。”③其次，“法”是“神”的规范。如果要达到“神悟”的境地，必须“善学而得法”，在悟的过程中，必须考虑“神”与“法”互济协调；必须遵循法度，没有规矩，不成方圆。然而师无常师，法无定法，要善学他人之长，直至达到各种

① 焦竑：《澹园集》，第275、276页。
② 焦竑：《澹园续集》，第773页。
③ 焦竑：《澹园集》，第284页。

艺术触类旁通。他说：

> 扬子有言："断木为棋，梡革为鞠，莫不有法，而况诗乎。"古至屈、宋、汉、魏、六朝，律至三唐，而法具矣。金陵之诗，陈（沂）、顾（璘）为称首，东桥先生批点唐音，自言为用力工程，业盛行于时……窃谓善学者不师其同，而师其所以同。同者，法也；所以同者，法法者也。蒲且子善弋，詹何闻而悦之，受其术而以钓名于楚。吴道子师张颠笔法，其画特为天下妙。学弋而得鱼，临书而悟画，岂不相辽绝哉？彼得其所以法，而法固存矣。①

可见，焦竑"神法相兼"的观点，折中于偏重"法"的后七子与偏重"悟"的公安派之间。在他的心目中，只有金陵诗派的耆旧陈沂、顾璘、顾璟等达到这种"神法相兼"的境地，比如他说，顾璟的诗"寓目写心，声比字属，虽气质浑浑，不见刻画，而无一不中古法"（《寒松斋存稿序》），抒写心声，需要"声比字属"而"无一不中古法"，这显然是一种复古的诗学观。焦竑认为，"神法相兼"的理想状态是"脱去陈骸、自标灵采"、"化形自出，此天机所开"。此二句前者源自其《与友人论文》："而脱去陈骸、自标灵采，实者虚之，死者活之，腐朽者神奇之。"②后者源自《澹园集》卷十六《刘元定诗集序》："古之艺，一道也。神定者天驰，气全者调逸，致一于中，而化形自出，此天机所开，不可得而留也。"③在复古的同时，也强调创新。

综上所述，焦竑以其"博学自成、冲夷雅澹、温柔敦厚、神法相兼"等诗学主张，在晚明多元的诗学格局中自成一家。然而值得说明的是，焦竑继承金陵诗学博综广纳之积极一面的同时，也沿袭了其诗学固有的保守派风貌。简言之，焦竑仍然是主张复古诗学

① 焦竑：《澹园集》，第164页。
② 焦竑：《澹园集》，第93页。
③ 焦竑：《澹园集》，第173页。

的。关于这一点，成复旺先生总结说：“焦竑在师古问题上的态度实较李贽、袁宏道等温和，故不言‘善为诗者，师森罗万象不师先辈’（袁宏道《叙竹林集》），而提倡师古以开新。就一般创作方法而言，焦竑较为妥当；就革新精神而言，则李贽、袁宏道等更为出色。”①可以说，焦竑是一位稳健的金陵诗学继承者。

## 第三节　顾　起　元

接续焦竑主持金陵文苑者，为其至交好友顾起元。起元（1565—1628）字太初，号邻初，江宁人。万历二十年（1592）与何栋如、俞彦等人在乡里共结文社，精研八股。万历二十六年（1598）高中会元，殿试一甲第三（探花），授翰林编修，任南国子监祭酒、翰林侍读等职，迁南吏部右侍郎。天启二年壬戌（1622）改吏部右侍郎，充纂修《实录》副总裁。后退居归里，于城南胜地杏花村筑别墅“退园”，园居著述，朝廷七征不起。虽绝迹仕途，仍关心桑梓，兴利除弊，军民称便。他学问渊博，著述甚丰。著有《懒真草堂集》、《说略》、《客座赘语》、《蛰庵日录》等。清梁廷枬说他“性耽吟咏，学问尤赅博，凡古今成败、人物贤否，及诸司掌故，无所不通”②。清邹漪《启祯野乘》卷七《顾文庄传》也说：“顾起元端静渊穆，不溷溷为同……胸中绝无畛城。而学问宏博，凡古今成败、人物臧否以致诸曹掌故，无不究心，口陈指画，历历如睹。”这些无不赞扬其博学多才，可谓是学者型的文人、诗人。

### 一、文学活动

金陵素有隐逸传统。顾起元由于生于金陵仕宦之家，宦情淡薄，通籍三十载，为官不到十载，真正上任不满五年。两次书乞致

① 中国孔子基金会编：《中国儒学百科全书》，中国大百科全书出版社1997年版，第740页。

② （清）梁廷枬撰：《艺文汇编·顾起元传》，暨南大学出版社2001年版，第234页。

仕，自筑遁园隐居，专以学术自娱。顾氏本可以选择仕进之途，他在朝中有良好的关系，沈一贯、叶向高一前一后充任首辅，皆是其座师；然而，顾起元还是选择隐居做学问。相关记载见之于清初路鸿休《帝里明代人文略》："(公)清修自尚，望重朝野。时座主沈蛟门(一贯)、叶台山(向高)两先生秉政，素器重公，屡欲引以大拜。公避居遁园，七征不起。友人题其小筑曰七召亭。"这段文字是可信的，顾氏《懒真草堂集》中有不少与叶向高、沈一贯同游联吟的诗作，如《同叶台山游牛首》、《少傅蛟门先生得请南归六首》等，更有很多家宴、社集诗篇，反映了顾起元与叶、沈的私交甚密，这种交谊持续到晚年。如《雪堂随笔》中有《沈不疑年八十二……同社卜元器、金莘甫、倪元嗣、王不骄、不佞起元、季弟太复、儿子道昆、巽昆、孙姜诒醵金乐之，因赋诗以纪其事，时不疑将如京师，末章因以赠别，即席口占，工拙未暇论也》等诗。① 其中，卜元器为顾氏亲家翁，其余诸人如画家金廷聘(字莘甫)也是家族常客；沈一贯以 82 岁高龄，赴其儿孙满堂之宴会，其私交可谓非同寻常。《雪堂随笔》中另有《台山先生有书见诒答寄四首》，书云："台山先生：予告南归，舟过京口，损书寄余，拳拳示汲引之意。先生已捐相印，尤注念如此。余深感之，乃余命数奇蹇，多病连绵，拓落一官，皆在知己，秉轴之日，愧负多矣。"②由上可见，叶、沈一直视之为心腹。然而顾氏与朱之蕃一同退隐，已然察觉国事不可为。天启元年，顾起元之同年挚友张铨督辽，兵败自刎，顾起元曾有长诗四首哭悼之。不久，魏阉乱政。朱、顾二人急流勇退，在这种恶劣的政治环境中无疑是明智的选择，客观上也为他们的学术活动赢得了充裕的时间。

焦竑与顾起元相继执掌金陵文苑，皆选择弃政从文的道路，但两人还是有所差别的。如果说，焦竑是因"学缘"关系而享誉士林，那么顾起元则很大程度上是因"血缘"或"地缘"关系而蜚声海内。

---

① (明)顾起元：《雪堂随笔》，载四库禁毁丛刊编纂委员会：《四库禁毁书丛刊》集部第 80 册，北京出版社 1997 年版，第 203 页。

② (明)顾起元：《雪堂随笔》，第 222 页。

顾起元原籍昆山，其祖迁至金陵，一父三弟皆有功名。其父顾国辅，字惟德，号毅庵，万历二年进士，卒于万历二十二年宝庆府任上。起元三兄弟：二弟起凤，万历三十八年进士；幼弟起贞，天启元年举人，“父子接袵而起，为留都胜事”（见后引焦氏铭）。顾起元与焦竑为忘年交，顾、焦为通家之好，焦竑曾受起元之请，为其亡父作《中宪大夫、宝庆府知府、前浙江按察司副使毅庵顾公墓志铭》，言及“余少与公子为绾带交，三十年如一日”（《澹园集》卷三十九）。顾起元《遁园漫稿》亦有题《澹园先生八十四首》、《澹园先生挽诗二十八首有序》，对这位师友的敬佩之情，虽百余首诗亦难以尽表。顾起元之外舅即金陵诗人、书法名家王可大。可大字元简，号少冶，江宁人，嘉靖三十二年（1553）进士，官至台州知府，与顾起元之父相交莫逆，故起元从之游。可大于嘉靖二十九年以南京锦衣卫籍中式；因疑其与锦衣指挥使王元坤、王元贞为同一家族成员。确实与否，待考。

如果说王可大（王元简、王少冶）是顾起元诗学的引路人，那么朱之蕃则是与他风雨同路的至交好友。顾起元与朱之蕃唱和时间颇长，壮岁曾相约共为《江南春》八首；又有“梅屋吟”唱和。① 后来又有七律《寄朱殿元元介》、《朱元介宫詹山水诗画》等作。② 朱之蕃对苏州唐寅之绝句《落花诗》等甚是倾倒，曾步韵和其诗多首；作品见示，顾起元也欣然赓和。③ 天启六年，朱之蕃卒，顾起元不胜悲痛，写下《朱元介宗伯挽章八首》，小序云：“元介与余生同里，娶同外家，贡同籍，官同词林，归卧不出同志，以撰修国史同召，同坚辞不赴，年来又同病，公一旦先我逝，讣闻泫然流涕，因

① 顾作见《懒真草堂集》之《梅屋吟和朱元介宫庶韵为江浦王文学》、《早写和元介梅屋吟过村居雨中睹绿萼玉蝶二树复次前韵纪事》，载《丛书集成续编》集部第118册，上海书店出版社1994年版，第946页。

② （明）顾起元：《懒真草堂集》，第979、1028页。

③ （明）顾起元：《遁园漫稿》卷四《元介宗伯和唐伯虎绝句戏次其韵四首》，第215页。

追忆公生平，赋以挽之。”①此“八同”之说，高度概括了顾、朱二氏为生死至交的关系。

顾起元与许谷之孙许长卿结有姻亲关系，与余孟麟为世交。许氏二子，一娶顾氏女，一为孟麟门生。证据如下：许长卿任鸿胪寺卿，作《世德录》正续集，乞序于顾氏，顾起元欣然命笔曰：“《世德录》者，前奉常石城许先生（即许谷）缵其曾祖、祖父三世像赞志铭之文，垂示来祼，今其孙光禄长卿氏续之者也……摄泉公（即许隚）有诗名，与顾司寇华玉相唱和……子孙之盛，一时衣冠之族所未有也……余与长卿兄弟为莫逆之交，且申之以婚姻，辱出斯录，申之以序，因论次而书之。”②两家结亲的具体情形，顾氏在稍后的《许长卿七十序》中作了说明：“（公之）二子，一为余犹子婿，一为余太学（即余孟麟）之门生，而以祝词请曰：惟先生知吾父。”③

顾起元与姚履旋（姚淛之孙，字允吉）、姚履素兄弟交往亦较密切，亦是儿女亲家。顾氏在其墓志铭中写道：“巴东令允吉姚公，万历中与其弟观察公（姚履素），同以茂才异等著，声逢掖间，余幸皆得缔缟带交……余久从公父子兄弟游，称莫逆；季弟又与孝廉同榜举，今又申之以婚姻。”④在这篇序文中，顾氏还谈到姚履旋的孙女嫁给了其孙顾姜诒。

顾起元与何湛之、何淳之及湛之子栋如交往频繁，有《夜同顾孝敷、张孚之、汪肇部集何公露堂中观灯，公露用韵见贻，赋谢二首》等诗，反映了顾氏参加何氏兄弟夜宴雅集之情形。顾氏为金陵望族，与顾起元为世交者，除了金陵王氏、许氏、焦氏、朱氏、姚氏、何氏，还有卜氏（卜豫吉以及其从兄卜履吉）。据《雪堂随笔》卷一《卜介甫集序》载：“介甫家为金陵甲族，余家幸与家敦世讲。先少宰与介甫叔父州守振甫先生同上公车，余又与介甫伯兄参岳中

---

① （明）顾起元：《雪堂随笔》，天启七年刻本，载《四库禁毁书丛刊》集部第80册，第226页。

② （明）顾起元：《雪堂随笔》，第206页。

③ （明）顾起元：《雪堂随笔》，第228页。

④ （明）顾起元：《懒真草堂集》卷三《明文林郎湖广荆州府归州巴东县允吉姚公暨原配刑孺人合葬墓志铭》，第288页。

立先生（卜履吉，号讷斋）同举进士，自是两家兄弟后先把臂者，几六十余年。余又与介甫从兄元器缔儿女姻侨。”①卜介甫即卜豫吉，号味斋，精通四六之文，曾与兰陵毛凤卿等选刻《四六璨花》，今有美国哈佛燕京图书馆藏本。顾氏的亲家卜元器，其本名待考。

从顾起元金陵的交游范围来看，我们可知万历年间金陵诗坛的状况。金陵素有社游风气。顾起元身体多病，除了仅有的几次外出（如万历三十年与焦竑、盛敏耕等的冶城飞霞阁之游），他基本上是足不出户的。但是他极其热忱地关注金陵诗社的发展。当挚友张振英以社游诗见访，顾氏作《张玄度过访各陈夙志颇惬幽怀因赋三十韵以念同好》以相酬答。又作有《金陵名贤六十咏》，其礼赞对象既有顾璘、陈沂、陈芹、殷迈、金鸾、许谷、李言恭、盛时泰等“青溪社”的前辈，也有李登、姚汝循、余孟麟、盛敏耕、沈凤翔、何湛之、雪浪洪恩等当时的诗学名流。对于金陵的其他诗社，顾起元也有所回应。比如，新野马氏兄弟（马之骐，马之骏）与李维桢于金陵结“桃花社”唱酬，顾起元不仅邮寄和作，还为马之骏《妙远堂集》四十卷作序云：“近代以来，词流道谢，坛坫无规，象喙争鸣，分镳竞骛。”②顾起元在金陵城北遁园别墅闲居，时有名流过从，相与唱和。如臧懋循（字晋叔）、王制（字幼度，京山人，袁宏道好友，以举人署上海教谕，历任龙门知县、涿州知州，有《菉竹堂诗集》）、③ 何宇度（字仁仲，南京刑部侍郎何迁之子，曾代理夔州龙阳令）等，从其《雪堂随笔》中《同臧晋叔王幼度集何仁仲馆舍赋得今日良宴会》等诗作可知其一二。可以说，其诗学活动还是较为频繁的。

## 二、文学思想

作为金陵名流，顾起元与焦竑皆名列科魁、声震一方，对金陵

① （明）顾起元：《雪堂随笔》，第204页。

② 缪荃孙、吴昌绶、董康撰：《嘉业常藏书志》，复旦大学出版社1997年版，第1079页。

③ （明）董其昌《容台集》称其诗“《杜曲集》迫读之，不卑元白，不沿王李，解粘去缚，超乘而上”。

文苑有重要影响力。① 然而，与焦竑略微不同的是，顾起元对传统经学的造诣颇深，而并不特别关注阳明心学。所以，顾氏虽然博学，但思想上较焦竑少了一份通脱，多了一份保守。其科举以《诗经》之学起家，故而在学术上虽然主张兼收并蓄，其考据之风与焦竑无异。万历四十一年(1613)元宵，顾起元作《重刻吕氏〈读诗记〉序》。他提议兼取朱熹的《诗集传》与吕氏《读诗记》合而观之的主张，最后达到和谐归一的目的："夫考正亡逸、稽校异同，使积滞群疑，涣然冰释，固通经博古者之大快也。余故详次昔人所评，为读二家诗备折衷焉。"顾氏与其父顾国辅共作《尔雅堂家藏诗说》，自序云："先大夫以《诗》起家，隆庆初读书永度山房，尝手录诸家《诗》税，藏诸笥中。余少遇庭，受而习之……夫说《诗》尚矣！成、弘而后，王、唐、瞿、薛诸君子者，成以制举义冠冕当代，而故皆用《诗》名家。其人老于经衍，温柔敦厚之旨多所发明，往往举其说以诏学者。故《诗》之说，视它经独谓精且详，学者胪传而守之，可以不为墙面。"又有《诗经金丹》八卷，授以子弟，以资举子业。顾起元这种学术背景，决定了其诗学主张具有稳重中和的一面。他既不满后七子派的拟古主张，又不满公安竟陵派的肤浅叫嚣风气，站在维护金陵诗学纯粹性的立场上，在理论和创作两个方面都作出了回应。

首先我们考察其对后七子派的态度。顾起元早年从学于王世贞、冯梦祯等后七子派。他自幼从王世贞学诗，但同时又受到金陵诗学的影响，其诗学观基本上继承了儒家传统诗说，批判后七子拟古之风。顾起元受王世贞委托整理其遗稿，因稍嫌王世贞四部续稿博杂泛滥，为之抽取三分之一选刻，即《弇州山人续稿选》三十八卷。他虽然是冯梦祯的门生，其对冯的评价，却带有鲜明的金陵诗学特色。顾起元的回忆，充满主观色彩："忆先生丁丑举南宫第一人，推择入词馆，于时海内名，能诗赋古文词者，罔不以坛坫而奉

① 今人滕新才发现，《明史》无顾起元传，"这不能不说是清初史馆大臣们的疏漏，也为学术界留下了很大遗憾"。《且寄道心与明月：明代人物风俗考论》，中国科学出版社 2003 年版，第 282 页。

琅琊与新都，盖觚翰之业，未有能外二氏自为言者。先生虽与声气感弇州而好独行其意，沉郁淡雅，闲远冲夷，称心而言尽兴而止。”①在顾起元的眼中，这位师长并不属于后七子派，反而与金陵诗派更接近。其《懒真草堂集》中有与冯梦祯及其门生的唱和诗，如《赠张山人廷徽，张为大司成冯具区先生门下士》等作。② 万历二十三年(1605)冯死，顾氏有《哭大司成冯开之先生十首》以祭之。③

顾起元受业于后七子而又能跳出其摹古的苑囿，很大程度上得益于金陵诗学前辈焦竑和外舅王可大。王氏因欣赏起元聪慧，以女妻之。顾起元回忆王可大批评后七子诗的情形说：

> 外舅少冶公尝手批《李于鳞集》，唯七言律耳。言其诗律细而调高，然似吴中新起富翁，局体止是华俊精致；若杜工部便如累世老财主，家中百物具足，即陈朽间错，愈见其为富有也。又曰“弇州好用古之奇字奇句，凑合一处，诗文皆然，终不似古之大家滔滔莽莽，无意为奇而卒亦未尝不奇者”。平日论文章之达者，独首推王文成公，曰：“能道其胸中所欲言，婉折畅快，是国朝第一人。”④

可见，王可大与顾璘等诗人一样，受王阳明理学诗的影响，主张抒写“胸中所欲言”，对李攀龙、王世贞等的赝古之风颇为反感，讥笑他们像“老财主”翻检腐朽一样刻意为诗。顾起元显然承续了其外舅的这种高傲态度，他站在为金陵诗学辩护的立场上，对王世贞诗论进行批判和检讨。他说：

---

① (明)顾起元：《快雪堂集序》，载冯梦祯《快雪堂集》卷首，《四库全书存目丛书》集部第164册，齐鲁书社1997年版，第2页。

② (明)顾起元：《懒真草堂集》，载《丛书集成续编》集部第118册，上海书店出版社1994年版，第941页。

③ (明)顾起元：《懒真草堂集》卷二十，第1052页。

④ (明)顾起元：《懒真草堂集》卷五《少冶先生评李、王诗》。

> 弇州《明诗评》于王太仆韦，曰："太仆宛曲秾鲜，颇类温、李，风人之致，可挹而言。若乃妙舞霓裳，逸主犹憎其肉；盛妆妖婢，见人更羞举止。斯为所短，颇号难药。"刘司空麟，曰："其诗如痴女儿能织鸳鸯，谓未艺绝，更绣凤凰，并无此鸟，可发一笑。"顾尚书璘，曰："如春园尽花，靡迈错杂。又如过雨残荷，虽复衰落，尚有微情。"此弇州初评也。其后评又曰："汤公让如淮阳少年斗健，作瞰人状。王钦佩如小女儿戴花，学作软丽。顾华玉如春原尽花，蓏靡不少。刘元瑞顾如闽人强作齐语，多不辨。陈羽伯如东市倡慕青楼价，微傅粉泽，强工颦笑。"语涉太苛。噫！千载而下，其当自有定论。(《懒真草堂集》卷六《弇州评诗》)

顾起元一方面对后七子派泥古不化的思想予以抨击，另一方面又对"楚风"盛行于吴中深感忧虑，曾与俞安期(吴江著名山人，《唐诗纪》合编者)联名次韵公安派"雁字诗"十首，试图从气势上压倒"楚风"、"以张吴军"。其小序云：

> 俞羡长雁字诗十章，自负锤炼之工，多出人意表。盖以楚人龙君御、费国聘、袁中郎小修各有篇什，为此以敌之耳。一夕持以示余。余灯下倚席次韵戏和之，遂得其八诂，旦复得其二。余未见四君子之作，自惟才薄，知不能别出新章，敢谓悉索蔽赋，以张吴军，姑与羡长往复，存社中一故事而已。①

稍后，顾起元反复吟哦，又得十首往寄。其《后雁字诗十首》小序云："余既次羡长韵得十章矣，意犹未罄，更韵复之如前数。余性坦率，不耐深思，苦无惊人语，聊以见文致之无穷耳。"②不久，顾起元犹觉得不够，搜肠刮肚，再赓和十四首。其《续雁字诗十四首》小序云："余既赋雁字诗二十首，偶检上下平韵，尚遗十

① (明)顾起元：《懒真草堂集》卷五，第994页。
② (明)顾起元：《懒真草堂集》，第995页。

四，因戏足之，语多重出，意多旁溢，不伦不理，可有可无，聊以消暇日而已，更欲博羡长垂和，不知可当糠秕之前否？因命童子录而藏之笥中。”①不仅如此，他还赓和了文徵明《花月》诗十首，序云：“文待诏徵仲《花月诗》十章，韵多险。左孚之使君次韵至三十首，余仅得三之一，不能悉索蔽赋，与之敌也。”且不论这些诗的艺术成就如何，单就赓和、追和的行为来说，显然反映了“吴中”地域自成一个诗学“圈子”的现象。以上种种也证明顾起元具有独立的金陵地域文学意识，并以此为傲。

顾起元在创作方面，主要代表作为《懒真草堂集》，有诗二十卷、文三十卷，顾氏自序题款为“万历戊午冬日江宁遯园居士顾起元书于归鸿馆”，则当在万历四十六年(1618)辑成。序云：“余二十年所为撰辑记述者，略具是矣！余本疏才……上不能规古人不晦之心，下不能避今人不贷之口，随意信手率尔出之，时而自憎，时而自笑，故生平未敢举似人，求其扬榷。常叹昔人有自谓老实文字，不宜留稿者，意赏其质，可以为师。”所谓“老实文字”，即是指真率质朴，不剽窃、不雕饰。由此可见，在反对后七子摹古风气方面，以顾起元为代表的金陵诗学群体皆有大致相同的文学主张。因此，张岱《石匮书后集》中评价顾氏说：“其诗文高者，直达秦汉；而清芬丽藻，兼六代之长。近体以初、盛为宗，而不废钱刘温李；是为大家，不名一体。”②明确指出顾起元的诗风，是以初盛唐为宗，同时又兼取中晚唐的。这种博学各家、自成一体的创作特点，与焦竑是一脉相承、基本一致的。

## 三、从《懒真草堂集》看其诗学主张

顾起元在《懒真草堂集》一书中，明确表示反对摹古的作诗方式。比如他在《竹浪斋诗序》中说：“古何必俯绌乎今，今何必仰摹乎古。”他认为摹古浪费了江南文士的才情，是值得痛惜的。在另

---

① (明)顾起元：《懒真草堂集》，第996页。

② 孔昭明主编：《台湾文献史料丛刊》第五辑《石匮书后集》，台湾大通书局1987年版，第472页。

一篇《唾心集序》中，他重申说："余尝谓文士但能吐其心灵之所孕，而文不可胜用矣！世好沾沾焉拾古人之唾余，而不知己之为珠为华者，訾无尽也，可不惜哉！"顾起元认为，与其"摹古"，不如写真情、寄神理。一方面，顾起元旗帜鲜明地提出，诗歌应当"以真情缘真境而以真语出之"。另一方面，他又认为，必须尊重自《诗经》以来的文学传统，遵循万古不变的"神理"。在他的诗学思想中，开放性与保守性共存，"神理说"与"情境说"并重。以下列举其诗论详述之。

**1. 诗为"神理"所寄**

顾起元提出"神理说"，早清代翁方纲的"肌理说"近200年，然而两者产生的诗学背景与诗学主张具有惊人的相似性。前者是对公安派性灵说与后七子派格调论的修正；后者是王士祯神韵说和沈德潜格调说的调和与修正。翁方纲提出的"肌理"包括两个方面：一是以儒学经籍为基础的"义理"，一是词章（诗歌）的"文理"。同样，顾起元倡言"神理"亦是如此，一方面是指以儒学经籍为基础的"性理"、"情理"，另一方面，也指向诗歌的"思理"。

顾起元对于汉代的诗经学与宋明理学都保持浓厚的学术兴趣。因此，他强调经学或理学思想，是文学观念的出发点。其《诗经讲义序》说：

> 夫子之论诗也，不遗于鸟兽草木之名，盖以比兴之所寄，即动植之纤者精而取之，亡不可以观天机而标神理。盖大道之所不弃也，而况寻讽咏之所自起，绎音节之所由成，固以意逆志之鼓吹，而告往知来之津筏也。①

① （明）顾起元：《懒真草堂集》卷十四。按：该集有"金陵丛书丙集"本，惜中间缺少卷十至卷十七，丛书集成本同缺，所缺见于台湾《明人文集丛刊》第一期第29册，因初稿笔者疏忽，未及时记下页码，待补。所缺亦可参《四库禁毁丛书集部补编本》第68册。以下页码，转引自《明诗话全编》本，第6350页。

他经常援引《诗经》为例，说明古之君子借男女情爱之诗以寄托君臣道德之义，并没有什么值得避讳的。比如他说：

《诗》之为道也，与四经异，主文而谲谏，比物而托悰，游夷要眇……宋儒误认夫子"郑声淫"之一言，遂谓《郑风》所存，皆为男女期会奔佚之情、谑浪啁哳之语。其失固已不得待辩矣……古之贤人君子，有不得志于君臣朋友之间，或思有所讽焉，以匡其失；或思有所喻焉，以白其衷，而其意又未可以颂言而无讳也。于是托悰于闺阃，以寄吾蹇产悱恻之思。①

顾起元还站在儒学的立场上，极力反对严羽诗有"别材、别趣"而非关"学、理"之说。他认为，严羽此论滋长了明代诗坛空疏不学的风气："夫诗理渊宏，谈何容易。自沧浪有'别材'、'非学'之论，掉鞅骚坛者或张空拳以角胜矣。"②因此，他提出"博学穷理"，而后自知诗趣。在他看来，操风雅者无非学，通文章者无非理。唯有博学，才能远追圣人温柔敦厚之遗风；唯有穷理，才能近观天地万物之焕彩。其《陈尧勋诗序》说：

世之论者且建鼓而衷曰：诗有别材，非关学也；诗有别趣，非关理也。白战者求其说而不得，则胪传而诵之，以是为笃论。夫世亦安有渺学而可言材、瞀理而可言趣哉？学者材之府库，而材之精学所不能至也。理者趣之渊源，而趣之深理所不能尽也。然则士欲寄精于风雅，而远追乎温柔敦厚之道，自非博学以聚之，穷理以昌之，于以牢笼天地，经纬古今，原本山川，极命草木，徒步虚而炫采，矜弋获以自雄，不已远矣！③

---

① (明)顾起元：《懒真草堂集》卷四《脞论十二首·诗》，转引自《明诗话全编》，江苏古籍出版社 1997 年版，第 6344、6345 页。

② (明)顾起元：《懒真草堂集》卷一四《黄菊先生诗集序》，第 6349 页。

③ (明)顾起元：《懒真草堂集》卷一五，第 6352 页。

顾起元认为，明人被严沧浪一叶障目而不见泰山，忽略了大部分以博雅为旨趣的其他诗话著作。其实宋代诗话继承了自钟嵘以来的观点，其中有许多有关艺术构思与创作的真知灼见，阐释了诗歌从构思到行文的“思理”，堪称词林的金科玉律。他说：

昔钟参军有《诗品》，皎然有《诗式》，其于掎摭利病，标示轨度，可谓具矣。至宋而说诗之录益繁，盖笥不易藏，而读不胜乙。其推案之严，苛于用笔；攻刺之巧，憯于墨兵。是诚掞咏之金科，而摛词之玉律也。夫以悄焉动容，神通万里；寂然凝虑，思接千秋。东坡先生有云：急追而赴之，如兔起鹘落，少纵焉则逝矣！何暇计夫四声八病十二格之得失，觑觑焉趋且避为哉！虽然李广之简易，自号“飞将军”，而程不识治刁斗、远斥堠，亦自可以不败……士诚由说而悟诗之法，由法而悟诗之意，情变所孕，神用无方，物以貌求，心以理胜，工倕旋而盖规矩于以墨守而有余矣。博学而详说之，岂不彬彬然兴于诗哉！①

总之，顾起元将诗歌创作规律总结为“情变所孕，神用无方，物以貌求，心以理胜”，强调“情”与“物”的协调、“心”与“理”的统一，既不离儒者情怀，又不悖诗人雅致，这正是其诗论的关键所在。

**2. 诗持性情之正**

前面我们说过，焦竑与金陵诗学同好盛时泰、祝世禄等人之诗，皆以性情平和、春容雅正相推许，这大概是金陵诗学群体的一个显著特征。顾起元也如此推举其好友葛如龙之诗。他说：

若余所把臂而称石交，则葛君云蒸（葛如龙）其一矣……嗟乎！昔之传甫里者，谓其少攻歌诗，凌铄波涛，穿穴险固，

① （明）顾起元：《懒真草堂集》卷一六《芸林诗话序》，第6355、6356页。

囚琐怪异，破碎敌体，盖牢骚怨抑不得其平而鸣，畸人怨士之志往往有所不能挫，而云蒸诗趋以采齐，行以肆夏，温柔敦厚，纯乎初、盛之音，而无郊寒岛瘦之概。盖其人视清甫（顾源）、仲交（盛时泰）在伯仲间，而其诗亦卓然与无功（祝世禄）、然浩称嗣响。①

他对同乡隐者、著名诗人胡宗仁也以“玄澹萧散”、“清奇澹宕”、“冲和渊阒”相赞许：

（胡）彭举玄澹萧散……未有以撄其神者。金陵为六代之遗，风华艳冶，沉酣渐渍，几千百年，至今绅佩中不能尽削……古所称韵士，君殆其人也。君工诗，善草隶、图画，其诗寤寐古人而不为剽袭，往往率胸怀出之，清奇澹宕，不染世淄氛……盖君之风检高，故举口无凡韵；兴寄远，故下笔无纤词。余尝观噉名之士，感激用壮，作气以张其言，如扣方緪之弦，挝初鞔之鼓，铿訇憔急之音多，冲和渊阒之致少。如君之约于言而丰于味，言不烦而意无尽者，固不易得也。②

当然，顾起元对金陵诗风并非一味褒奖，他对六朝诗风靡丽的一面进行反省，同时也有对偏于浮艳的金陵诗风予以纠正的意图。为了持正性情，顾起元以“神理”来规范之。他说：

诗以持人之性情，天地之神理寄焉。古人之为诗也，无亦惟是取真情与真境缘饰之而已矣。晋、宋、齐、梁最称浮靡，然其一时人物之风华、情态之艳冶，可按而求，则神理犹未尽离也。自模拟剽窃之道盛，称诗者往往以其所不必感之情，与

① （明）顾起元：《懒真草堂集》卷十四《竹护斋诗序》，第6350、6351页。

② （明）顾起元：《懒真草堂集》卷十四《胡彭举知载诗草序》，第6349、6350页。

其所未尝涉之境，传而成之。其音响肤泽，岂不自谓为汉魏、为盛唐，然而神理之存焉者或寡矣。夫所谓神理者，固亦不出乎音响肤泽之间；然是音响肤泽者，神理之变化也。吾才不如古人，学不如古人，思不如古人，工力不如古人，所谓神理者固已寂寥而不韫，柲抑而不发矣。乃欲以音响肤泽间袭取之以为工，岂有神理可以伪为者哉？……先生之诗以真情缘真境，而以真语出之。其音响肤泽不摹古人，而特寄焉以写其心之所欲吐。①

同时，顾起元认为公安、竟陵派等当下诗风性情不正，以致天下流行元、白轻俗的诗风。他说：

诗者，持也，持人之性情也。天倪自动，人籁相宣，刻玉不足纪其盈虚，铸金未能均其清浊。其合也则涂歌巷号，动以叶于宫商；其离也则刻鸷雕龙，犹自彰其骫骳。岂非哀乐之感，冥乎自然；律吕之调，非由人事者也？后世披华者至于剽市金，袭美者同乎宝燕石，遂使宫娃厨媪争言元白之诗，酒肆歌楼竞谱高工之曲。泛滥之态靡恒，丽则之情益寡。释彼取此，每况愈下，以乱易暴，无或取焉。②

由此可见，“持人性情之正”不仅有保持儒家诗教本色、主张温柔敦厚的意图，更有对当时偏离“正轨”的诗风予以纠正的意图。

**3. 诗缘真情真境**

顾起元认为，陆机《文赋》中所说的“诗缘情而绮靡”的观点自有其合理性；“绮靡”是感情的表现形态，体现了江南诗学主情的传统。他在给郑之文(万历三十八年进士)的诗集序中写道：

昔士衡《文赋》有曰：“诗缘情而绮靡。”而“绮靡”玷斯语

① (明)顾起元：《懒真草堂集》卷十三《刘成斋先生诗序》，第6345页。
② (明)顾起元：《懒真草堂集》卷十三《潭西楼集序》，第6346页。

者，谓为六代之滥觞，不知作者内激于志，外荡于物，志与物泊然相遭于标举兴会之时，而绮旎佚丽之形出焉。绮靡者，情之所自溢也，不绮靡不可以言情。彼欲饰情而为绮靡者，或未必汰绮靡而致其情，皆非工于缘情者矣。范蔚宗言情致所托，要当以意为主，然后抽其芬芳，振其金石。夫苟不谓芬芳为意之萌芽，金石为意之节族，乃于以文传意之后，旁举而益之，至使雕绘襞积之工掩其真美，矫枉者遂疑《雅》、《颂》之平典，非陶咏性情者之所庶几也，岂不陋哉！余读愚公郑君之诗，恍然更有悟于士衡之旨也。①

顾起元“不绮靡不可以言情”的说法虽然绝对，但确实有其合理性。“绮靡”一词，不只有轻媚浮艳的一面，也含有“丰富多彩”的意蕴。值得注意的是，顾起元对公安派“无非性灵”的诗学思想持审慎的态度，认为这并非“绮靡”，而是仓促。他以自己的学诗经历为例证，说明性情是受阅历而升华的，“真情、真境”并非寻常浮声累气、虫鸣鸟语可以触发，而是须得到“神理”而后才能触动诗兴。他说：

予束发即学为韵语，窃尝自哂以为候虫时鸟之鸣，无关神理，聊以自窍于阶除草木之间而已。久之……乃知诗有真才，有真趣，有真境，殆不可以记问摹画得之。予嚮者之所为，盖河汉也。间启箧而差次之，则五七言古之近者可什伍，近体之近者可什三，而浮声累气居其大半。虽欲比于候虫时鸟之鸣，不可得矣！然予嚮也穷。日夕以求之而不可得。今也当兴尽归来之日，古人之微旨忽呈露于吾前，乃欲缘是以趋之，而不能不为啬神阻。因摘而存之，姑记其意，以志予之终河汉于此道也。②

① (明)顾起元:《懒真草堂集》卷十三《锦研斋次草序》，第6354、6355页。

② (明)顾起元:《懒真草堂集》卷十三《澹真馆草序》，第6347页。

顾起元认为，人的感情是丰富的，诗歌是触景生情的产物，而“真情真境”是层出不穷、与日俱新的。所以，今人之好诗，必然是古人所未曾写过的。而今人放弃真情真境而去摹古人，无异于优孟衣冠，作者的“真面目”、真性情就不复存在了。其原文较长，兹全引以资参证如下：

余尝闻人之称治诗者，以为必字字句句尽拟唐人，而后可以为诗。至其评人之诗，或曰：工则工矣，非唐诗也，非唐犹之乎亡诗也。嗟兹乎，诗果若是乎哉？夫诗首于风，而风嘘于世，世降而风移，风移而诗变。此天籁之所不容已，而玄籥之所不能阏也。故古亡是物，今则有之矣；古亡是事，今则有之矣；古亡是言，今则有之矣。古何必俯绌乎今？今何必仰慕乎古？并峙于寥廓之间耳，恶乎同？其在人也，触境而生情，而情每以境夺；因情而触境，而境即以情迁……吾内感于情，而外触于境，以其介然不容已者，激而为声歌。当是时也，急起而追之，如兔起鹘落，犹恐不及；乃不自抒其情，而寻古人之情，不自写其境，而拟古人之境，舍真取似，弃我从人，有能赴其所欲言者邪？且使采风者欲论其世，而其事皆往世之刍狗，真境界夺矣；欲知其人，而其言皆前人之优孟，真面目遁矣。欲如古之所谓“兴、观、群、怨”、“多识”者，杳然不可复得于篇什内矣。诗果若是乎哉？①

可见顾起元的诗论是比较成系统的。一方面，他重视“神理”的规范引领作用，另一方面，又注重抒写“真情真境”。只有将两者结合，才能写出“持人性情之正”、符合风雅规范的好诗。

综上所述，顾起元的诗学观可用其《刘成斋诗集序》中的一句话概括：“诗以持人之性情，天地之神理寄焉。古人之为诗也，无亦惟是取真情与真境缘饰之而已矣。”其“神理说”包含着复杂的诗

① （明）顾起元：《懒真草堂集》卷十四《竹浪斋诗序》，第6353页。

学思想，一方面，他具有相当保守的一面，认为诗歌必须“持人性情之正”，明显受到儒家传统思想的影响。另一方面，江南诗学素有“缘情绮靡”的传统，又在一定程度上突破了其保守观念，极力反对七子派摹古诗学，同时又反对任情泛滥，提出“以真情触真境”、有“真才、真趣、真境”而后才能为诗，对公安派的诗学观也是一种修正。不仅如此，顾起元差不多与钟惺同时提出“新声代变”的主张，对后七子与公安派的流弊均有了深刻的认识。然而，他并非如钟惺独以“幽情孤峭”为宗风，对流俗予以矫正，而是提出博采众长、融合李杜高岑之雄丽高浑与王孟韦柳之清和婉洁等优长，将变雅变声导入中和雅正之途。他在天启三年(1623)所写的《姚允吉诗集序》中说：

> 自顷新声代变，言诗者各就其意之所至，才之所就，矜险以惊奇，辞不必中规矩，音不必和金石，镂空而出之，随手而拈之，钟参军所谓弋浮以炫目、裁虚以荡心，雅道之沦丧尽矣。(姚)允吉之诗，天籁相宜，人巧并错，览其色泽，则采虹垂天、丹霞蔽水；按其音调，则哂然凤啸，宛尔龙吟，述悰而沉郁顿挫无不显之情；叙景而浓淡惨舒有必穷之境。高岑之雄古，王孟之清和，韦柳之婉洁，撮举其胜，而时出之，允吉之所得于唐人者深矣！代变之后，复闻正始之音，岂不快哉！①

也就是说，晚年的顾起元虽然趋向保守，但作为一位浸淫诗学多年的正直学者，他坚持以王孟为传统的清雅文人诗风，并且已经敏锐地发现，竟陵派诗风流行，必然造成“变风变雅”大作的局面。他仍然期望金陵的诗人学子担当力挽颓风的重任，然而，这只不过是其一厢情愿而已。

① (明)顾起元：《蛰庵日录》卷三，载《四库全书存目丛书》集部第177册，齐鲁书社1997年版，第790页。

## 第四节 朱 之 蕃

朱之蕃(1561—1626)字元介，一字元价，号兰嵎。幼即颖拔，能诗能文，工书善画，一日可书万字。其父朱衣与焦竑(万历十七年状元)同乡举。起初，焦竑只看重博学聪特之士，不喜之蕃弄字作画，每相遇即讥讽再三，然之蕃侍立惟谨，终身父事之。万历二十二年(1594)之蕃乡试中举，读卷官(评卷者)之一为湖广龙膺。次年成进士，廷试第一，授修撰。万历三十三年(1605)奉命出使朝鲜，赐一品服。使朝期间以字画酬应，所获回赠貂皮、人参无数；“濒行，尽举以易法书名画归，故古珍收藏之富，甲于白下。诗才敏捷，张帜东国，与馆伴周旋，有倡必和。”①其后充会试同考官，转翰林院。历任左谕德、庶子、少詹事，进礼部侍郎，改吏部。遭弹劾，遂退隐不复出。江南书商敬其声望，争相约稿，故其编辑之作遍布天下。

朱之蕃状元及第及使朝功成，一时文苑宿儒皆推望其主持风雅。龙膺《与朱元介太史》云：“十年以前，王气旁钟，一发于焦，再发于足下，项背相望，高踌承明，煌煌为烈……昭代自开天以至今日，大魁之数，正与洙泗诸贤相亚。其中名德巨卿，固不可偻指，乃若气节无如罗文毅(伦)，才华无如杨用修(慎)，相业无如谢文正(迁)。足下以冲养邃抱而得此，当轶三公而伯仲之，不佞且拭目待矣。”②后有《寄朱元介宗伯》诗一首，致意拳拳。但是，金陵前辈焦竑与好友顾起元等的退隐，使其萌生全身而退的念头。朱之蕃在仕时，便与隐居的顾起元相唱和。顾氏《懒真草堂集》卷七有《朱元介宫詹以闲园八咏见属和次韵》八首。③ 朱之蕃于万历三十四年丁母忧，遂不复出仕，隐居小桃园，卒年67岁。卒赠礼

① (清)梁廷楠撰：《艺文汇编 · 朱之蕃传》，暨南大学出版社2001年版，第234页。

② (明)龙膺：《龙膺集》，湖南人民出版社2008年版，第236页。

③ (明)顾起元：《懒真草堂集》，第970页。

部尚书。著有《奉使朝鲜稿》、《南还纪胜》、《南还杂著》、《落花诗》诸集。

## 一、诗学活动

金陵、苏州文人素有隐逸传统。诗人姚旅独喜之蕃《咏风筝》十首，其一云："自负云霄早致身，安排线索靠縋人。摩天手段乘风展，掉尾精神逐目新。暂纵观瞻喧里巷，终嗟破碎委埃尘。牵来拽去成何用，骤雨淋头断送春。"姚注云："点破世态。"诚如是言，朱之蕃宦籍十年，彼时齐、楚、宣、浙党争剧烈，他已将晚明腐败难拾的政局看透，其后二十年居家，不再响应朝廷征召，以编辑、著述、书画自娱。

朱之蕃的文学交游范围大概与顾起元同。朱之蕃与其父朱衣、与其弟朱之仕，与金陵文学世家余氏、焦氏、顾氏、何氏等交游情况，详见前焦竑、顾起元二节，在此不赘述。由于朱之蕃诗文全集未及刊出，而作品多数已佚，其活动我们无从直接得知，唯有考鉴其他文人之别集。我们仅仅知道，除了金陵故交姚汝循、李登、黄居中(黄虞稷父)之外，他与李维桢、汪道昆、程嘉燧等有文字交，事见李维桢《大泌山房集》。① 又与张京元过从甚密，京元(1534—?)，字思德，别字无始，明泰兴(今属江苏)人，万历三十二年(1604)进士，授户部主事，擢江西参议佥事，迁提学副使。朱之蕃曾作诗文及《东坡笠屐图》赠之。又曾与冯梦祯、董其昌等先后观摩并题跋王维《江山雪霁图》；并赠题董氏《云起楼图卷》五律八首。又与《西园闻见录》之作者张萱(1558—1641)为挚友，万历三十四年(1606)曾襄助其刊刻《汇雅》二十卷。

朱之蕃影响最大的文学活动之一是参与"金陵题咏"，并于天

① 李氏文字见《李长公家传》云："长公名世贤，字圣甫尝拜臬司从事，不就，故人称长公……少有大志，业儒不竟，从诸父贾云间、白下，心计过人，已治盐、筴……偶念远涉江湖，风波不可知，具白诸父休矣，请就姑苏，业日益饶，与其士大夫贤豪长者游……建怀德堂、朝阳楼，又拓钟山居地，广五十，壮丽十之。朱元介宗伯、颜其堂庆远、汪司空、程文学为记。"载《四库全书存目丛书》集部第 152 册，第 152~171 页。

启三年制成诗画图册刊行。朱之蕃为四十景逐一题咏，以本地士绅的身份，表达了金陵山水人文的优越感，对于金陵诗学的建设，无疑是具有积极的象征意义的。他在序中说道："宇内郡邑，有志必标景物，以彰形胜、存名迹。金陵自秦汉六朝，夙称佳丽。至圣祖开基定鼎，始符千古王气。而龙盘虎踞之区，遂朝万邦。"①金陵的地位，在政治上、地理上如此，人文上亦然。金陵诗学群体以其傲然之气，在晚明诗坛上折冲樽俎，并不甘心步后七子以及公安、竟陵派的后尘，这种地域性格很显然起了一定的作用。

朱之蕃影响很大的另一个文学活动是奉使赴朝，与朝鲜诗人唱和，并将诗作刊印。《四库全书总目提要》云："之蕃以万历乙巳(1605)冬，被命使朝鲜，丙午(1606)春仲出都，夏杪入关，与馆伴周旋，有倡必和，录为二大册。第一册为《奉使朝鲜稿》，前诗后杂著，之蕃作也；第二册为《东方和音》，朝鲜国议政府左赞成柳根等诗也。"这是中国官员至海外交流诗歌的直接成果，在两国文化史上写下了璀璨的一笔。但是，这种外交上的应酬文字到底有何文学价值，前人是并不看好的。钱谦益侧重于其使朝文学活动的功利性。其《列朝诗集小传》评曰："元介出使朝鲜，尽却其赠贿。鲜人来乞书，以貂参为贽，橐装顾反厚，尽斥以买法书、名画、古器，收藏遂甲于白下。"朱彝尊《静志居诗话》侧重其应酬性："元介文翰兼工，张旃东国，与馆伴周旋，有倡必和。微嫌诗材懊熟，语不惊人。"总体上说，后世的选家对朱之蕃创作成就评价不高，远不如其师友焦竑、顾起元。

## 二、诗学编著

尽管朱之蕃诗歌创作成就一般，其生平亦没有结社记录，也没有卷帙浩繁的诗文集流传下来，然而，由于江南书商(包括金陵朱氏本家族)打着"朱状元"的旗号翻刻了各类文学书籍，这些诗学著作，一定程度上代表了万历时期选家的水平。我们完全可以从中了

① (明)朱之蕃:《金陵古今图考金陵图咏不分卷》，天启三年金陵朱氏刊本弁首。

解其人的文学观念与诗学思想。总体而言，从其汇刻诸多诗文集而言，其“杂文学”之观念较前贤更甚。主要体现在如下编辑活动中：

**1. 汇刻《江南春》诗(词)集一卷**

《江南春》系元代倪瓒所作诗，因第三首首句变为两个三字句结构，故后来渐渐被误认为其自创词牌之词；又因倪瓒将此《江南春》撰为真书诗卷而驰名。《江南春》在明中叶“吴中派”沈周之际，迎来了一次诗词、书画的创作高潮，以“吴中四才子”为代表，以下延及三十八人，1535 年，至文徵明之际，他根据实际创作，将“诗卷”更名为“词卷”，制成《江南春词卷》书法长卷。嘉靖年间，宝幢居士顾源补充己作刊行。嘉靖末年出现过一种增补本，似是吴县袁氏所刊，补袁尊尼(1523—1574)三兄弟、陆治(1496—1576)等十四人，但影响甚微。至晚明，朱之蕃邀请顾起元各作八首《江南春》，缀接在顾源之后刊刻，是为《江南春》万历本，流传甚广。

《江南春》词卷唱和并发行，其活动肇始于元末江南无锡倪瓒，以徐祯卿、文徵明等“江南四才子”为高潮，以金陵顾起元、朱之蕃为殿军，成为江南旷绝古今之唱和活动，体现了江南诗学自身传统的延续性；同时也暴露出江南诗学“游戏于文艺”之消极一面：“江南春”发展到顾起元、朱之蕃之际，已成为非诗非词的文体；朱之蕃等人借文字以逍遥避世，滋长了以冶游为目的、以文为戏的不良风气；刊刻作品多佐文人娱欢，诗、书、画成为相通的文艺消遣类别。

**2. 刊刻《国朝群英品粹》十六卷**

万历二十四年，由朱之蕃编辑、汤斌尹辑注的《国朝群英品粹》十六卷，交由闽中建安余象斗刊刻发行；与同时市面上发行之屠隆《片言群玉要删》竞利。此举是朱之蕃早年的商业行为。之蕃之父朱衣在县官任上遭人诬蔑弹劾而被抄家；朱之蕃弱冠即以馆塾维生。通籍后，联名汤斌尹集注一本“当朝状元兼会元”的八股制艺指南，余象斗别出心裁在封面上标明“字字句句注解分明”。有了这些宣传手段，其世俗影响可以想见。余象斗向朱之蕃买了两本书的版权，除此之外，还有《史记品注》。朱之蕃曾与焦竑校刊《管子品汇释评》、《荀子品汇释评》。

朱之蕃参与刻书竞利的活动，大概持续了八九年的时间，直到万历三十三、三十四年出使朝鲜满载而归，其商业性的刻书活动才渐少，转而求精，以天启三年所刻《金陵图咏》为代表。可见，以朱之蕃为代表的金陵文人，其学术与文学、文艺等原本是“混为一谈”的；在类书的“品粹”中，也有文学的真知灼见；在子书、史书品读中，也有对于时文技法的深入研究。这种“杂文学”的观念，可能才是晚明江南诗学真实生存环境与真实面貌的体现。

**3. 删刻《诗法要标》三卷**

本书卷首有朱之蕃序，书末有程逵跋。原署“无障吴默、二曲王桢选集，兰嵎朱之蕃评，山人程逵校”，然据朱序，实为朱之蕃编选删定。朱氏以王瓒《诗法指南》、吴默《翰林诗法》为基础，“间出己意，删定增损，议简有确，寻绎有据，而更称引合作者，著为式”。所辑内容皆标立名目，卷一列有《诗学正源》、《诗学正义》、《诗有平仄》等三十余目，辑自《木天禁语》、《诗法家数》等书。卷二列有《荣遇诗法》、《颂美诗法》、《讽谏诗法》、《赠行诗法》、《登临诗法》、《咏物诗法》、《宫词诗法》、《赓和诗法》、《哭挽诗法》、《诗学禁脔》十目，前九目中除《宫词诗法》外，皆辑自《诗法家数》，但《诗法家数》未附诗例，此则每一格皆列有例诗数首。末一目除全录题范德机《诗学禁脔》外，另辑有《木天禁语》中《律诗篇法》一节内容。卷三列有《诗法十科》、《诗法四则》、《诗法二十四品》、《诗法一指》、《诗法三造》、《沙中金集》、《诗有三偷》、《诗家十气象》、《总论》、《诗不越赋比兴》、《名公雅论》、《作诗用韵》十二目，分别辑自《诗家一指》、《沙中金集》、《名公雅论》等。此书远比吴默十卷本普及。

**4. 刊刻《盛明百家诗选》三十五卷**

《盛明百家诗选》是在俞宪《盛明百家诗》的基础上精选而成的，但并没有采用俞氏仿《河岳英灵集》之体例，而是仿王安石《唐百家诗》例，选诗和评语极为精简。其总体思想是：前后七子诗风奇崛恣肆，而吴中派诗风清淡雅致，两者不分轩轾。朱之蕃在对李梦阳和徐祯卿的评价中已然奠定了这个基调。他一方面肯定李于鳞“力变文体，首倡艺林，世称何、李。比汉之迁、固，唐之李、杜，尤为大家，不可易也”，另一方面赞赏徐祯卿“诗清婉，不落凡调”。

接下来，朱之蕃以更加鲜明的态度将吴中“清雅”一派与前后七子“奇崛”一派区分开来。但凡七子派，朱之蕃皆以“奇崛”许之：郑善夫“其诗有奇气雄思”；殷云霄“其诗气逸才雄，思奇语劲”；汤胤勣“豪迈奇崛”；顾可久“诗中亦时见奇气”；周君祚“诗多沉浑奇宕之致”；朱曰藩“负奇气，嗜吟哦”；徐中行“其诗奇思勃兴，新句时出”；梁有誉“其诗有峻发之才，自得之趣；”张九一“其诗新奇宏畅”；俞允文“其诗赋有奇思”。但凡吴中派，朱之蕃皆以“淡雅”称之：唐寅“自有隽才”；文徵明“其诗在晚唐、胜国之间，平衍和缓，自成一家”；徐问“其词旨平正，不以刻镂为工，清若恬佚之士也”；薛蕙“其诗简淡，得陶韦之趣”；高叔嗣“诗清雅冲远”；陆深“清利骏爽，卓然名家”；沈周“其诗乃陆鲁望之流”；沈恺“诗文迥出时流，卓然大雅”；骆文盛“其诗有王孟之风，殆不可多得者”；王立道“其诗如刘长卿”；秦梁“诗清婉倩丽，有如其人”；王世懋“诗才秀发，比美伯兄云”；朱永年“其诗多旷远之趣，超忽之怀，有可传者”；姚咨“其诗体备趣远，穷而益工”；郑坤“其诗赋有萧散清逸之风”；陆弼“其诗潇洒精爽”。以上评点，还是不乏真知灼见的。

总的来说，尽管《四库全书总目提要》对其选诗标准颇有微词，评“其去取尤漫无持择，非善本也”。但朱之蕃将明代前后七子的功绩基本反映出来，同时保持江南诗学（尤其是吴中派）的主流特色，还是功不可没的。正如今人李圣华《冷斋诗话》之《明清人选明诗》一则云：“嘉靖以来，明诗之选，代不乏人，尤盛于易代之际。俞宪《盛明百家诗》三百二十四卷，规模浩繁，明人初自鼓吹明诗也。惜未能凝取菁华，稍嫌冗滥。朱之蕃《盛明百家诗选》三十卷，主于清华，鼓扬盛明风雅，要自可观。”①

**5. 选刻《中唐十二家诗》、《晚唐十二家诗》**

明万历壬子金陵朱之蕃刊本《中唐十二家诗》：储光羲、独孤

① 李圣华（冷斋室主人）：《冷斋诗话一则》，载《语文知识》2007年第1期，第93页。

及、刘长卿、钱起、卢纶、孙逖、崔峒、刘禹锡、张籍、王建、贾岛、李商隐；《晚唐十二家诗》：孟郊、郑谷、许浑、姚合、杜牧、薛能、李中、吴融、罗隐、李频、许棠、杜荀鹤。在弘嘉年间，张逊业辑刻《唐十二家诗》、黄贯曾辑刻《唐诗二十六家诗》、蒋孝辑刻《广十二家唐诗》等选本，大多只收中唐以前诗歌，可见当时复古风气之一斑。至晚明朱之蕃而风气一变，这种选诗格局得到了明显的改观。此二种刊本，因笔者未经眼，兹以前人研究综述之。

《中唐十二家诗》，宋元丰八年原刻本，厥后传有历阳、盱江二本，明正德乙亥刘成德翻刻，嘉靖二十九年毗陵蒋孝重刻。蒋氏题为“广十二家诗”，凡七十九卷，实则是对七子派“勿作大历以下”诗学观的补充。万历四十年，朱之蕃以蒋氏本重辑，合为十二卷，交付金溪书坊王世茂车书楼刊刻。此际，朱之蕃明确亮出“中唐”旗号，显然突破了蒋孝的诗学观。

《晚唐十二家诗》，版制与中唐相同。傅增湘《藏园群书经眼录》卷 17 著录条目下按语云：“此集刻工殊草草，然唐人小集有为他刻所无者，姑存之以作勘雠之用。”另据季振宜的记录，我们亦可知其汇制《全唐诗》七百十七卷、一百七十二册，其晚唐诗卷亦多参考此本；而康熙《御制全唐诗》则以季氏全集为底本，则今传《全唐诗》中，亦有朱之蕃的一番编辑功劳。

# 第六章　杭嘉湖诗学群

浙西杭、嘉、湖一线，是横贯太湖南岸的一条经济动脉，其文化亦十分发达。杭州张瀚云："嘉禾边海，东有鱼盐之饶；吴兴边湖，西有五湖之利；杭州其都会也。山川秀丽，人慧俗奢，米资于北，薪资于南，其地实啬而文侈。"①浙西滨太湖一带以其得天独厚的水利优势，发展新的桑棉农业，又与苏南壤接，故而商业氛围浓郁，风俗与苏州相似。晚明与徐宏祖齐名的人文地理学家、台州王士性著有《广志绎》一书，将浙江十一府分为三部分，论述其异同："杭嘉湖平原水乡，为泽国之民……金、衢、严、处丘陵阻险，为山谷之民……宁、绍、台、温连山大海，为海滨之民……泽国之民，舟楫为居，閭阎易于富贵，俗尚奢侈，缙绅气势大而众庶少。"②王士性认为，浙东穷而民吝，浙中稍富而民安，经济远不如浙西。浙西经济转化为文化优势，体现在文人的精神面貌上即所谓的"缙绅气势"：因其地经济最为富庶，文化最为发达，并且社会风俗又以奢侈淫靡为时尚，于是逐渐形成了当地文人强大的文化气场。

这种"缙绅气势"，具体表现为其地文人财力雄厚、胸襟广博、眼界过人、傲视古今。其为文学结社，必推为祭酒；其以鉴藏自矜，必甲于天下。杭州以卓明卿、冯梦祯、虞淳熙、黄汝亨、田艺蘅为代表，嘉兴以项元汴、李应征、李日华、谭昌言、沈德符为代

① （明）张瀚：《松窗梦语》卷四《商贾记》，转引自《丛书集成续编》之《闻见偶录》，第397页。

② （明）王士性：《广志绎》卷四《江南诸省》，中华书局1981年版，第68页。

表；湖州以茅坤、朱国祯、臧懋循、董斯张为代表，他们都是名震东南的世家宿儒。以上人物及其家族成员，《两浙名贤录》(天启本)、《嘉禾征献录》、《南吴旧话录》等均有传记或文献记载。

## 第一节 概　　览

晚明杭嘉湖诗学空前繁盛，堪称当世罕见，可惜如今仅存吉光片羽。以清代文献为例，杭州府有《杭郡诗辑》208 册(丁丙辑)，惜其未详明诗；嘉兴府有崇祯年间蒋之翘《槜李诗乘》，可惜在清初战乱中佚失，即朱彝尊所谓“遗稿已化为蛛丝蟫粉”者。① 即便后来又有沈季友《槜李诗系》42 卷，不仅所收不全，且世间罕有传播，今存上海图书馆藏本、台湾“故宫博物院”复印文渊阁四库本。嘉兴还有清陈光裕《濮川诗钞》45 卷、许灿《梅里诗辑》28 卷，② 可惜操觚者眼光局于一隅，影响不大。杭嘉湖之中，唯有湖州府诗歌选集总集保存较好：顺康年间有沈树本《湖州诗摭》180 卷，然而因世家经济衰落，未能刊行，见诸戴璐《吴兴诗话》十卷自序：“吾郡风雅，代不乏人。每慨乡贤著作，日久无征，有志撰集，如《槜李诗系》……之类，采访多年，方知沈编修纶翁先生向有《湖州诗摭》一百八十卷，喜而不寐；甲寅归里，询问原卷尚存，不致如郑氏《湖录》、徐氏《湖佚》残缺不全，但卷帙浩繁，枣梨需费，尚期同志诸公相助为理。”③到了民国，湖州南浔镇终于出了一位出版家周庆云，蒐集沈树友残稿，得元代至清末诗人诗作若干，辑成《浔溪诗征》40 卷普及。选诗前三位即为晚明湖州董氏一门，第一为董汉策(402 首)，第二为董嗣成(185 首)，第三为董说(164 首)。至于其他世家之作品，消失于荒烟蔓草者何其多也！

① (清)朱彝尊：《槜李诗系序》，载(清)沈季友辑：《沈南疑先生槜李诗系》卷首，清康熙四十九年敦素堂刻本，上海图书馆藏。

② 此二书王学泰有书目辑评，载傅璇琮等主编：《中国诗学大辞典》，浙江教育出版社 1999 年版，第 815 页。

③ (清)戴璐：《吴兴诗话》，载《丛书集成续编》之《文学类》，第 231 页。

晚明杭嘉湖诗学成为绝唱，明清鼎革的巨大变故是其主要原因。历史往往将天崩地裂、山呼海啸、沧海桑田的残酷一面展示给普罗大众，昔日烈火烹油般的人文胜景，在明清鼎革之际扫荡一空。于是，繁花春鸟之嘤声变成了落叶秋蝉之哀唱。在杭州，张岱掇拾着西湖陶庵祖辈父辈的残梦，写下了《陶庵梦忆》、《西湖梦寻》；在湖州，董斯张之子董说削发为僧，芒鞋竹杖寻访旧日胜迹，在简陋的僧庵写下《西游补》戏嘲人生；在嘉兴南湖，朱国祚之曾孙朱彝尊扁舟一叶，自号“小长芦钓师”，日与李符、李良年兄弟以及沈氏后人沈皞日、沈岸登聊为小词之戏。即便是这样忍气吞声的游戏文字，亦成为清代文学史上不可复制的经典作品。这使我们不得不感慨：倘若没有这场变故，杭嘉湖的文学世家还将吞吐多大的能量！

## 一、失落的文明：杭嘉湖文学世家群体

清初的战乱，给杭嘉湖一带的世家大族以沉重打击。从表面上看，彼时仍然风平浪静，许多文学世家子弟仍然活跃在文坛，比如钱塘“三陆”陆堦、陆圻、陆培与同里沈谦、丁澎等结成西泠十子社；徐士俊与卓珂月继续着他们的“棹歌”；嘉善钱士升、钱士晋、钱士贲兄弟仍执掌文苑牛耳；嘉兴项圣谟仍在作画吟诗……直到奏销案、科场案、明史案接踵而至，杭嘉湖士子才意识到末日已然来临。仅以康熙二年(1663)“明史案”为例，案犯庄廷钺(庄廷鑨之弟)、茅元铭、蒋麟征、潘柽章、吴之铭等世家十四才子在杭州虎林凌迟示众，当场被杀者七十余人，其家属男性充军女性被卖为营妓，并一概发配至宁古塔等边寒之地。在这种打击下，原本发展起来的世家文人为了苟活于世，纷纷告诫子弟，从此远离文字，以农耕商贾为治生。以嘉兴谭氏为例：光绪年间谭新嘉辑成谭氏家集《碧漪斋集》四卷，清末鲁国宝序云：

> 《碧漪斋集》四卷，嘉兴志贤谭君辑其先人手泽，暨并世名流硕彦投赠诗文、散见他帙世鲜传本者，甄综而编纂之。盖仿明浦阳义门郑氏《麟溪集》而作者也。余维谭尔氏自明中叶

以来，举德行五经鸿博者三，擢卿贰者四，浙西人物之盛，动届首指。吾读竹垞诗，所谓碧漪坊里谭公宅者，未尝不想见其为人也。逮及乾隆禁书令，亟士稍稍读书通当世事，偶不自检即遭罹不测，通德怀旧之族，相戒勿儒，而农田以给。谭氏历乾嘉道咸四叶，绝少挂名朝籍者，宁非由于此耶！①

“浙西人物，动届首指”的谭氏就这样破败了。类似谭氏这样的文学世家所在多是，比如茅氏、沈氏、董氏(董说、董樵一脉)，皆告诫子弟，切勿涉足考场和官场。这样一来，其世家文学势必衰落。

晚明文士的别集，一般是以家刻或家钞本的方式承传的，谭氏在清初文字狱之际损失了诸多别集。《明诗综诗话》作者朱彝尊作为晚明诗人谭贞良的外侄，似乎亦未见其集，仅录遗诗数首。他回忆道：“先生书破万卷，以五经成进士，重茧山后，正命不渝，大节皎然一世。余之姑作配先生，犹忆弱龄就塾先生之堂，先生与姑，视予犹子，尝谬题以国士，只今瓠落无容，不复先生之品目。录先生遗诗，不禁清泪阑干矣。”②

谭氏毕竟幸运，其家人得以保全，且尚有朱彝尊为其整理遗著。同里沈氏就没有这么好运了。沈章的两个儿子在“明史案”中被杀，沈氏亦与朱彝尊有姻亲关联，朱彝尊曲笔哀悯之：“沈上舍为亡弟千里妇翁，诗颇崛奇，所居苎庄，约略相通，环以水竹。公尝读书其地，今其二子皆登鬼录，遗书不可问也。”③同样被杀者尚有项元汴之曾孙辈项真，他死得冤枉而惨烈，应是与复社魁目杨廷枢、昆山才子顾咸建、钱塘“西泠十子”领袖陆培等一道殉难于“剃发令”。朱彝尊大胆将其写入《明诗综诗话》以及《静志居诗话》，写得非常高明，摘抄下来，奇文共赏：

---

① (清)谭新嘉：《碧漪斋集》，载《丛书集成三编·文学类·文别集：清、文别集》，新文丰出版公司民国年间版，第435~436页。

② (清)朱彝尊：《明诗综诗话》“谭贞良”条，第707页。

③ (清)朱彝尊：《明诗综诗话》“沈章”条，第714页。

不损(项真之字)以门才自豪，兼综今古，文深为李长蘅(李流芳)、闻子将(闻启祥)所赏，有御史巡按至浙，试士子文，经书发题外，俾作一诗，题是《赋得多雨红榴折》。不损书法绝伦，以行草纵笔写之，同学虑御史必怒，咸为不损危，而御史竟拔置第一。益自负，傥荡不羁，入修门，坐事瘐死于狱。予尝见其为闺人铭梳奁曰：“人之有发，旦日思理。有身有心，奚不如是!”笔法极其飞舞，绎其语，殆亦非真狂生也。①

按辈分推测，项真似是朱彝尊之表兄，此慷慨淋漓的小传，无疑是一篇《思旧赋》。如果不是再三品读，绝对不能体会此中玄机。“入修门，坐事瘐死于狱”，指项真被押解杭州大牢暴卒；到底缘何事？朱彝尊不说，给读者猜了个哑谜，大意是说，项真写了一首梳头发的小诗，笔法极其飞舞，细味其语言，不是真正的癫狂者写的。此谜底就是“剃发令”。朱彝尊当然不敢伸张，与其有姻亲关系者，茅氏、李氏、沈氏、吴氏无不在这一桩桩千古大案中家破人亡、风流散尽。

鼎革之际，湖州不仅人才凋零，且文献征集亦变得异常困难。朱彝尊在《竹垞小志》卷一中，这样回忆其编撰《明诗综诗话》之际，喜获前辈乡贤沈南疑《檇李诗系》的兴奋之情：“比来索居长水，编辑有明一代诗，陆子聚缑过醧舫，贻示南疑沈君《檇李诗系》，其于逸民、寓公、方外、闺秀，搜罗甚备，余颇得什一之助。”②更不用说三百年后的今天，我们钩沉世家文明的碎片有何等艰难!

## 二、湖上的诗社：诗学世家群体举隅

出于历史原因，我们今天研究明代文学活动仍以考察“结社”等作为主要方式。明代杭嘉湖结社主要集中在杭州西湖、嘉兴南湖

① (清)朱彝尊：《静志居诗话》，第604页。

② (清)朱彝尊著，阮元订：《竹垞小志》，载《丛书集成续编》，第148页。

以及湖州苕溪（"鹉湖"），文学世家一以贯之地充当了诗社的主体。因分此三地展开。

杭州西湖山水天下闻名，作为风流文士会聚之所，自然也是诗学活动中心之一。明清杭州诗社之盛，从晚明"西湖八社"起，延自清代中叶的"南屏社"、"湖南社"，二百余年不绝如缕。吴庆坻《蕉廊脞录》卷三"杭州诸诗社"条云：

> 吾杭自明季张右民与龙门诸子创登楼社，而西湖八社、西泠十子继之。其后有孤山五老会，则汪然明、李太虚、冯云将、张卿子、顾林调也；北门四子，则陆荩思、王仲昭、陆升黉、王丹麓也；鹫山盟十六子，则徐元文、毛驰黄诸人也。南屏吟社，则杭、厉诸人也；湖南诗社，会者凡二十人，兹为最盛。

吴庆坻追述有误，实际上西湖诗社自"八社"始。其主盟者为湖州方九叙、李奎、茅坤等，由于茅坤（1512—1601）颇为高寿（在晚明生活近 20 年，卒年 90 岁），犹以其主持诗社时间最长，为诗坛祭酒。惜其领袖诗坛的价值远胜于诗歌创作的实际成就。① 茅坤身后，又有南国子监祭酒冯梦祯致仕寓居西湖，与同样致仕居家的黄汝亨流连诗酒，后来成为西湖诗社（"西泠诗社"之前身）的盟主。再后来，冯梦祯之子冯云将继续主持"孤山五老会"，一门风雅，延至清代康熙年间。

西湖社事远远不如金陵青溪社那么集中，因而此群体涉及的诗人相当分散，其聚社的规模小而频繁。有关西湖诗社所涉较著名的诗人，兹录于下：

---

① 比如其同乡晚辈朱国祯在《涌幢小品 · 俚诗有本》中评价说："茅鹿门先生文章擅海内，尤工叙事志铭，国朝诸大家皆不及也。晚喜作诗，自称半路修行，语多率易。"朱彝尊《明诗综诗话》亦云：茅坤"文既卑，诗亦庸钝，观其酬酢，多医卜星相之流，知非意所存也"。

方九叙(生卒不详)。《明诗综》云:“钱唐人。嘉靖甲辰进士。有《十洲集》。”《列朝诗集小传》:“九叙,字禹绩,钱塘人。嘉靖甲辰进士,除兵部主事,守山海关,知承天府,以伉直忤巨阉,罢归。为人高朗,善论事,家居结社湖上,有《方承天遗稿》。”

李奎(1503? —1584?)字伯文,钱塘人。起家刀笔,繇布政司吏再考,从事锦衣。雅善诗,跌宕自豪,从齐人谢榛游,倾动诸公卿。陆太保炳掌锦衣,不敢以从事史遇之,引为上客,而锦衣经历沈炼,交章忠义士也,两人深相结纳……(严)世蕃久知之,欲中以奇祸,乃脱身归里中,与方太守九叙、沈山人仕,结社湖山之间。年八十二卒。葬西湖之上,归安茅坤伐石而表曰:“诗人李珠山之墓。”

田艺蘅(1524—?)字子艺,钱塘人。学宪叔禾(田汝成)之子。十岁从其父过采石,赋诗云……性放旷不羁,好酒任侠。有《留青日札》等。

卓明卿(1538—1597),仁和塘栖人,字澄父。眉目如画,始薄章句,与豪子弟学骑射剑术,已乃折节,闭门博综百氏,所交倾海内豪杰,好称诗,初为国子生,赋《桃溪书屋诗》,诗声满留都,谒选得光禄署正。好诗弥笃,父艰服阕,补珍羞署。与东海屠赤水(隆),云间王世贞、伯仲周山人诗、吴下王伯谷诸子相友善。舍资造大善寺,栖上古刹诸胜碑记,俱出先生手笔。著有《卓澄父正续集》,《卓氏藻林》。①

虞淳熙(1553—1621)字长孺,钱塘人。万历癸未进士,授兵部职方主事……上震怒,家宰罢去,长孺与赵削籍,而诸言者皆得重谴。万历之党议,坚持不可拔,自此始也。归田三十载,值天启之初,群公皆自谪籍起,而长孺卒于家,年六十有九……子宗瑶、宗玫,皆有文,刻《德园集》六十卷。②

---

① 余杭县政协文史资料委员会编印:《余杭文史资料》第4辑《余杭县历代人士选录》,1988年,第127页。

② (清)钱谦益:《列朝诗集小传》,第619页。

徐桂(?)，字茂吴，长洲人，居武林。万历丁丑进士，除袁州推官。恃才自放，坐计吏免。四明屠长卿、秀水冯开之与茂吴同榜，皆失官家居，扁舟白袷，往朱吴、越间。长卿负才敏捷，叉手击钵，时人皆逊避之，独茂吴与之抗。尤多咏物艳体之诗，留连唱酬，至数十百篇。有《大络山人集》。① 据谈迁《枣林艺篑》记载，徐桂与汪道昆、屠隆等结西湖"西泠社"："万历丙戌八月，歙县汪道昆、鄞县屠长卿隆辈集西湖净慈寺，仁和卓明卿、余姚徐桂为地主，倡'西泠社'。"

莫叔明(1505?—1580?)，字公远，长洲人，徙居武林。僻好为诗，苦思险诣，务出于人所不经道，高自标置，每谓人：近日出语太易，人得无以岑嘉州目我乎？举少年皆目笑之。数见讥困，贫亦益甚。游燕、齐及楚，返葬于武林，卒年七十六。自伐石为之表曰："明诗人莫公远之墓。"②

以上诸人中，方九叙、李奎、田艺蘅等文学世家成员，主持隆庆万历之际西湖诗社；卓明卿、徐桂、冯梦祯和虞淳熙是万历年间西湖诗社主盟者。据郭绍虞考证，卓明卿与其兄卓显卿之子卓发之(1576—1638)均曾主盟"南屏社"、"西泠社"；而冯梦祯和虞淳熙兼为西湖"放生会"等佛社主持；徐桂与莫叔明流寓杭州，为西湖诗社之常客，曾与吴江俞安期各执分金一钱五，与西湖社集吟诗。卓明卿之后，其子卓尔康(字去病)与同里沈守正等，于启祯年间仍结有"西湖诗社"，探讨时艺之余，间以吟弄风雅，事见沈氏《雪堂集》卷五《西湖诗社序》：

西湖皆诗料也，而生长于斯者，习焉而不知。谬称诗者，妄谓五七字于时艺不相通。彼于笔墨趣中犹作二见，安望其领略山水哉……诸君皆西湖之秀也，方堕地时已半为灵气所孕，而又学以溺之，趣以荡之，师友以濯涤之，宜其文即人人殊，

---

① (清)钱谦益：《列朝诗集小传》，第618页。
② (清)钱谦益：《列朝诗集小传》，第510页。

而都无矗水顽山之气。①

嘉兴诗社以“鸳社”为主，“鸳社”本名“鸳水社”，社事至少延续了三代。据崇祯年间项玉笋《檇李往哲续编》记载，万历十一年至十三年，朱彝尊之伯祖父朱大启曾主文社，是为鸳社雏形，时朱氏以少司寇致仕，为乡里所推重。② 万历二十二年，谭昌言(字圣俞)举解元，创文社，不废题咏。然彼时尚无“鸳社”之名。万历四十年前后，朱彝尊之父朱茂时在城南修筑鹤洲别业，成为后来“鸳水”社事的举办地之一。园成之日，“陈少詹懿典作记、董尚书其昌书匾、李少卿日华写图《鹤州图》，后先觞咏者，题壁淋漓；今则大树飘零，高台芜没，只存折柳断桥而已”③。“鸳社”始创于谭昌言之长子谭孟恂(字贞默，一字梁生)，李日华之友汪珂玉、其子李肇亨亦曾主持社事，李日华序云：“鸳水有社创于谭梁生。”(《恬致堂集》卷十四《鸳水诗社初刻序》)《檇李诗系》云：“当万、天间，风雅衰落，经生有不知四声者；贞默创立鸳社，集里中诸名士，岁时征咏，共相切劇。”(《恬致堂集》卷二十)“鸳社”在清初持续了一段时期，华亭王廷宰补嘉兴县学籍，曾注名“鸳水诗社”，并于顺治乙酉前后，曾教朱彝尊吟诗作对。④ 随着李肇亨等人辞世，鸳社中断。朱彝尊《明诗综诗话》“李肇亨”条写道：

吾乡鲜丘壑之胜，然园亭之参错，水土之明瑟，舟楫之沿洄，纵游览所如而不倦。万历以来，承平日久，士大夫留意图书，讨论藏弆，以文会友、对酒当歌。鸳社之集，谭梁生(谭孟恂，即谭贞良之兄)偕会嘉和之，先后赋诗者三十三人，事

---

① (明)沈守正：《雪堂集》，《四库禁毁书丛刊》编纂委员会编：《四库禁毁书丛刊》集部第70册，北京出版社2000年版，第637页。

② (清)项玉笋：《檇李往哲续编》之《朱文恪公传》，《四库全书存目丛书补编》第39册，第610页。

③ (清)朱彝尊：《明诗综诗话》“朱茂时”条，第712页。又，《静志居诗话》，第599页。

④ (清)朱彝尊：《静志居诗话》，第594页。

未百年，而闾阎故老，已莫能举其姓氏。玉杯锦席之地，皆化为宿草荒烟；惟李氏写山一楼，尚未妆飞粉落，宛然灵光之在鲁。录珂雪之作，不禁怃然。①

“鸳社”中的世家文士与西湖诗社成员互通往来。杭州的文士间往嘉兴游览，如虞淳熙《德园先生集》卷五《谭孟恂聊斋时艺序》云：“白鹭洲洲北为鹤渚，新有聊斋，是谭孟恂养鹤处。孟恂奇怀，无作不兴，逋元同好也，与予不相往还，而逢之社中，又逢之憨老筵下，因扶藜往诣。”②

“鸳社”、“苕溪社”诗人，间或寓居邻县，而嘉兴诸子，亦在杭州购置别业，像冯梦祯与黄汝亨晚年竟寓居钱塘西湖之畔、湖州茅坤寓居武林、嘉兴李应征寓居湖州等。如茅坤为西湖诗社祭酒一样，嘉兴李应征是继正德、嘉靖年间刘麟、孙一元等“苕溪五子社”之后寓居湖州苕溪的，他成为万历初“岘山社”(又称“岘山怡老会”)的主盟者。③ 李应征，字伯远，嘉兴人，万历癸酉举人。除临陵教谕，迁南国子博士。有《素莲绾》、《澄远堂》、《偶寄轩》、《藿园》、《寄苕》、《蓟易》、《河梁》、《两都汗漫游》诸集。华亭杨镜永《李霁岩公传》称其万历元年中举后“卜居吴兴，日往来岘山碧浪间，壶觞啸咏，续刘寓公(麟)、孙山人(一元)之社，时人慕

① (清)朱彝尊：《明诗综诗话》“李肇亨”条，第714页。

② 《四库禁毁书丛刊》集部43，第230页。

③ 李应征为万历初吴兴诗坛之祭酒，史有定评。朱彝尊《明诗综》引皇甫子循云：“伯远肆力风雅，律诗时似少陵，而风骨师心太白。”邓远游云：“伯远意取师心，法必模古，其于诸体，无所不工，亦靡所不合。”《静志居诗话》：“定陵(万历)初年，人皆修辞琢句，出入风雅之林，若李伯远、郑允升、归季思、区用孺辈，尤卓然名家……未见万历初之不及嘉靖季也。”《槜李诗系》：“应征以骀宕之士，雄视一世，平生感愤，一发于诗。故能众体兼长，风流俊爽，情旨婉切，不徒以写景述事为工。”陈田《明诗纪事》选其诗多达十六首。“岘山怡老会”见郭绍虞：《照隅室古典文学论集》上编，第546~548页。

之"①。其《藿园》集中有《夏日同弟玄白邀沈司马泛舟南湖醉歌》、《夏日同沈纯甫(沈炼，著名政治家，字青霞)中丞、姚叔庠文学(姚士粦)、沈汝纳、范东生(汭)二婿宿白雀寺分得秋字》、《沈婿汝纳、范婿东生(汭)姚君叔庠冬夜集续郊居分得阶字八韵》等诗。② 可见当时"岘山苕溪"之间确实存在着以李应征及其两位女婿沈汝纳、范汭为首的诗社，姑且依郭绍虞考据之名，称之为"岘山社"。"鸳社"与"岘山社"其余社员如下：

李衷纯(1560？—1620前后)，字元白，本作玄白，后人避康熙讳而改。嘉兴人，李应征之弟。万历壬子举人，选授如皋知县，升南工部主事转兵部员外，出邵武知府，官至两淮盐运使。朱彝尊评曰："都运少以诗受知于王元美，元美集中载有赠诗。既而上交郭美命，从游叶进卿，东林诸君子目以俊及。筮仕如皋，特多惠绩。立碑颂德者如林，其卒也，钱氏(谦益)志其墓，盖循吏也。"③有《潋楚斋草》。

范汭，字东生，乌程人，李应征女婿。朱彝尊评曰："东生诗才娴雅，如霞犀结佩，可以辟尘，方之梦旸、允兆诸君，觉尤胜拔。韩子蘧(名纯生，著《诗兼》)云：东生论诗，不可一世，意所不协，张髭怒目，喃喃骺淬。及其苦吟，收视反听，思极窅杳，有清微简远之句。"④有《范东生集》。

吴鼎芳，字凝父，吴县人，后为僧，名大香，侨居乌程之霞幕山，与范汭交。有《披襟唱和集》。"……韩子蘧云：东生苕产，而侨寓吴门，凝父吴人，而栖禅乌程。东生好浮大白，高谈雄辩；凝父风神蕴藉，恬淡寡言。其踪迹虽殊，而论诗相若。"⑤

陈泰来(1559—1594)，字伯符，号员峤，平湖人，万历丁丑

① (明)李应征：《澄远堂三世诗存》附录，载《四库全书存目丛书》集部第394册，第170页。

② (明)李应征：《澄远堂三世诗存》，第201、209、241页。

③ (清)朱彝尊：《静志居诗话》，第507页。

④ (清)朱彝尊：《静志居诗话》，第507页。

⑤ (清)朱彝尊：《静志居诗话》，第547页。

(1577)进士。万历十七年，冯梦祯、屠隆、陈泰来有社吟。① 朱彝尊曰："员峤年十八举于乡，十九释褐归娶，赐内府金花灯笼。知平湖事刘抑亭赠以对联云：'秋进士联春进士，大登科后小登科。'乡里荣之。公以气节自许，居太学，忤江陵，因三王并封，面质太仓于朝房，北请建储。既因计典救孙铣，谪饶平典史。陛辞就道，赋诗有'直道不缘三黜改，孤忠或受九重知'。卒年三十有六。"② 有《员峤集》。

沈自邠(1554—1589)，字茂仁，秀水人，沈启原子，沈德符父。万历丁丑进士，改庶吉士，授检讨，进修撰。有《沈修撰集》。

沈德符(1578—1642)，字虎臣，一字景倩，万历四十六年(1618)举人。有《清权堂集》。

岘山社之后，茅坤之子孙主盟湖州诗坛，其子茅维、茅国缙、茅瑞征等均是进士，茅维诗名卓著，与吴梦旸、臧懋循、吴稼竳号称"吴兴四子"、"苕溪四隐"，继承其父辈传统，主持湖州风雅。该社社长为吴梦旸，青壮时仗剑北上，上疏遇阻，"遂拂衣归，诸乡老推共入社，为诗酒高会"(黄汝亨《吴允兆传》)。吴梦旸《射堂诗钞》附有茅维《哭吴允兆社长诗十首》，其四云："苕溪称四逸，祭酒事当年。禊宴无虚日，花晨有社编。"该诗自注曰："予迨晋叔、翁晋皆兄事，允兆得称四逸。"我们称之为"苕溪四子社"。主要成员简介如下：

臧懋循(1550—1620)，字晋叔，长兴人。万历庚辰进士。"晋叔风流放诞，官国子博士。每出必以棋局蹴球，系于车后。又与所欢小史，衣红衣，并马出凤隆门，中白简罢官。时南海唐伯元上书，议文庙从祀，恭进石经太学，与晋叔偕贬，同日出关。汤若士诗云：'却笑唐生同日贬，一时臧谷竟何云？'艺林至今以为美

① 见屠隆《栖真馆集》卷八《冯开之、金金伯韶载酒邀同陈伯符夜泛得花字》，可考见社课之事；冯梦祯《快雪堂集》卷四九：(己丑十月)二十九日夜同屠长卿、陈伯符、金伯韶宿王江泾。王江泾乃鸳湖名镇。

② (清)朱彝尊：《静志居诗话》，第449页。

谈。”①有《负苞堂诗选》九卷。

吴梦旸(1580? —1626?)，字允兆，归安人。生短小，禀性强直……好吟诗，诗不就，竟夜不交睫，苦思刻镂，必得当而后已……尝集汪景纯家听歌，与程孟阳限韵为数艳句，互相叹赏。又即席送潘景升，约为短歌。孟阳诗先就，允兆击节，自取其草碎而嚼之。其通怀乐善如此。②

茅维(1576—1654?)，字孝若，归安人，副使坤之子。万历乙卯举人，授翰林孔目。《列朝诗集小传》：“万历间，苕之称诗者，臧懋循晋叔、吴梦旸允兆、吴稼竳翁晋，而孝若与之抗行为四子。有《十赉堂集》数十卷。流览篇帙，才调斐然，以检括为难耳。”③有《十赉堂甲集》五卷、乙集五卷、《菰园集》六卷、《佩觚闽游草》一卷。④

吴稼竳(1550前后—?)，字翁晋，孝丰人。佥都御史峻伯(吴维岳)之子。以父任为郎，官至云南通判。《列朝诗集小传》：“峻伯与王元美同为舍郎，元美诗未有名，峻伯进之于社。而汪伯玉则峻伯所举士也。”⑤有《元盖副草》二十卷。

纵观晚明诗社历程我们发现，晚明江南文学世家成员结诗社主要有两种目的：其一是作为“文社”的辅佐，旨在练笔，并扩大交往与影响；其二是娱情怡老性质的社交。相对而言，万历早期的“西湖八社”主持者以耆旧为主，偏向于后一种；而晚期诗社(如“西泠十子社”)的组织者以世家举子为主，偏向于前者，有时文社与诗社是合二为一的。项玉笋说：“启祯之时，江浙以文社相雄

① (清)钱谦益：《列朝诗集小传》，第465页。

② (清)钱谦益：《列朝诗集小传》，第605页。

③ 陈田：《明诗纪事》5，上海古籍出版社1993年版，第2797页。

④ 以上整段述评，参见陈田《明诗纪事》5庚签卷三十下。该文接下述：屠隆《南有堂集》“孝若为汉魏则汉魏，为六朝则六朝，为初唐则初唐，其于体靡不合，间为唐之中、盛，雄俊悲壮，龙劈海而雕搏空也”。笔者按：陈田此处误，《南有堂集》乃王穉登之作。

⑤ (清)钱谦益：《列朝诗集小传》丁集下，“吴通判稼竳”，第626页。

长，有虞山、娄东、金沙、云间、西泠之目。大抵砺名节、矜气谊。”①但不管是哪一种诗社性质，文学世家成为诗社的支柱，这一点是毋庸置疑的。

## 三、世家成员的其他群聚方式

晚明杭州、嘉兴文献之富、人文之盛，在全国名列前茅，连素以苏州为第一的王世贞也感慨万千，其《槜李往哲列传序》称：“今天下称文献，独甲吾吴郡，而钱塘居其乙。顾嘉兴当二方之中，地独坦衍，饶水稻禾、蚕桑织绣工作之技，衣食海内弗尽，而人物则自明兴以及今嘉万之际，益彬彬矣！”②出于这种经济、人文优势，当地的文学或文化活动异常频繁，我们以其地世家为中心，再举四个方面的群聚活动。

**1. 以鉴藏为主的艺术交往**

晚明鉴藏家中，以嘉兴项元汴、冯梦祯、黄汝亨、周履靖、李日华等最富盛名，嘉兴许多文士有收藏字画古玩的嗜好，尤以项元汴(1525—1590)的表现最为突出，仅此一人，即可“代表明人鉴藏巅峰水平”。③ 其收藏富甲天下，“珍品”数量远远超过了一代权相严嵩和太仓巨富王世贞。推其原因，许多文献称其“善治生产”使然。④项元汴以下是冯梦祯和黄汝亨。冯氏与黄氏原本为秀水和嘉兴人，卜居杭州。冯氏有快雪堂，以藏王维名画《江山雪霁图》享誉士林，

---

① 见(清)项玉笋《槜李往哲续编》之《礼部仪制司主事谭公传》，《明代传记丛刊》第149册，第465页。

② 见(明)戚元佐《槜李往哲编》前序，载《明代传记丛刊》第149册，第323页。

③ 封治国：《项元汴家系再考》，载范景中、曹意强主编：《美术史与观念史Ⅷ》，南京师范大学出版社2009年版，第132页。

④ 据美国学者高居翰推测，“他(项元汴)是富有的地主、巨贾及典当商，而他之所以能够蓄积偌大的收藏，有部分原因可能与他经营典当行业有关——他可以将典当者无力赎回的抵押品据为己有”。这种推测是有据可查的，比如其同乡沈德符《万历野获编》卷八记载了这样一件事：严嵩和张居正倒台后，藏品轻易被项元汴抢购。篇末沈德符还意味深长地感叹道：“项太学墨林辈争购之，所蓄皆精绝。其时值尚廉，迨至今日，不啻什百之矣！”

而清代嘉兴黄氏“小蓬莱阁”鉴藏富甲天下，黄汝亨开其源头。再有如嘉兴周履靖一生贫病交加，但却能广买山田、植梅百株，修筑别墅，其《画谱陵》(《夷门广牍》之一种)所收画谱五种，无不精工。李日华酷爱藏砚，其名砚足可以开一个博物馆，其书斋亦因六方名砚而得名……晚明嘉兴俨然成为全国的鉴藏之乡。

嘉兴项、冯、黄、周、李诸氏不仅为世家之好，且互通婚姻。以李日华为参照，则项元汴(1525—1590)为其叔父辈，冯梦祯为其师，周履靖为其表叔。项氏子孙与李日华互通鉴藏、题跋玩赏，且有姻亲关系，李日华之堂兄李培为项元汴之孙项圣谟的亲家，并且李日华的孙子娶了项圣谟的女儿。冯梦祯与李日华也是世交。冯梦祯教授李日华作文技巧，李对其师心怀感恩之情。但是冯梦祯之长子冯权奇曾伪造白居易《楞严经》，诈取李日华钱财；还曾以冯梦祯遗物《兰亭诗卷》作抵押，租住李日华春波里别业，经年失火，冯氏又以二鼎作为赔偿，索去诗卷，李日华怅然不已。① 虽然如此，从中我们亦可知道冯、李为世交。而周履靖与李日华不仅是表亲，且是邻居，是师友。据《光绪嘉兴县志》载：“李日华幼时与履靖比邻，(周履靖)抚之曰：‘他日必为风雅宗之。’以是负知人望。”这种盘根错节的姻亲师友关系，保障了嘉兴文学世家的持续繁荣。

**2. 以诗文传奇为主的文学交往**

秀水冯梦祯曾官南国子监祭酒，晚年又侨居杭州，李日华、黄汝亨皆是冯梦祯的门生。万历十六年(1588)春，冯氏在南国子监任上拔擢李日华，见《快雪堂集》卷三《题门人稿》云：“门人曰李日华者，奇才也，从游五年矣。其文每变每奇，近则粹然一出于正，所谓望之似木鸡者，德全而神藏矣，不可识矣……余士楚楚，只羽片鳞，往往不乏。今岁复得三衢诸生六七辈，俱异品也。乃括其文若干首，题曰《冯开之门人稿》，以附《听雨草》之后。盖余不欲掩诸生之美。”②冯氏、沈氏、李氏作为文学世家，有着频繁的姻娅关

① 万木春：《味水轩里的闲居者》第一章注解第146条，第50、51页。

② (明)冯梦祯：《快雪堂集》，《四库全书存目丛书》集部第164册，第75页。

系。据万木春考证，冯梦祯的女儿嫁给了沈德符的弟弟沈凤，而李日华之女又嫁给了沈凤之子沈大詹。① 此外，湖州吴梦旸、凌濛初也是冯梦祯的学生，吴梦旸为凌濛初母蒋氏的姑丈。②

冯梦祯还酷爱戏剧，与汤显祖、臧懋循均为莫逆之交，与凌濛初为忘年交。臧懋循与凌濛初改编汤显祖之《牡丹亭》，使临川派与吴江派的论争趋于白热化，冯梦祯曾修书从中调停。万历三十年冬月初八，冯梦祯应吴梦旸、凌濛初兄长之邀至凌家宴饮观剧，次年，冯氏与凌濛初同游太湖，共同评点《东坡禅喜集》十四卷，天启元年经凌氏增订刊印。

**3. 以礼佛为主的禅宗交往**

晚明礼佛以冯梦祯最为典型，杭嘉湖士人普遍参与了冯梦祯等主持的“佛社”。冯梦祯在高僧与晚明文士之间担当了“串联”的角色。首先，冯梦祯是虔诚的教徒，与晚明四大高僧中的三位皆有师生之谊，受教于云栖袾宏(1535—1615)、紫柏真可(1543—1603)与憨山德清(1546—1623)；其次，冯氏再将教义传给其在南国子监结识的曹僚和郎署。像后七子派、公安派、竟陵派中的许多居士是冯梦祯的“佛门弟子”，比如“后七子派”的王世贞与屠隆，“公安派”的袁宏道、袁中道、黄辉、陶望龄，以及“竟陵派”的钟惺、谭元春、华亭董其昌等，都曾向冯梦祯讨教佛学；最后，以冯梦祯为中心，形成了晚明盛大的“居士佛”网络。

由于地缘的关系，杭嘉湖文士与冯梦祯的关系更为密切；他们有共同参与佛事的生活体验，显然较授受教义更进一步。冯梦祯晚年栖居西湖，而高僧袾宏(即“莲池大师”)晚年亦定居杭州云栖寺，冯梦祯与之在西湖共创“放生社”，虞淳熙、虞景熙兄弟皆参与其中。冯梦祯受紫柏真可的委托，发起了嘉兴楞严寺刊刻大藏经的活

① 谭贞墨《明太仆少卿李九疑先生行状》：“(李日华)孙三，长新枝……继娶项参军孔彰女。”载《恬致堂集》，《四库禁毁书丛刊》集部第64册，第27页。又参见冯梦祯《快雪堂集》卷六《寿沈翁志堂先生六十序》：“长溪沈翁志堂先生，余年家父行，而余仲女实妇先生之诸孙(沈)凤。”

② 参见(明)冯梦祯：《快雪堂集》卷九《吴母凌硕人传》，第187页。

动，李日华作为教众，积极襄助。冯梦祯与真可的弟子行悫和尚交好，因行悫之故，与湖州朱氏、董氏关系密切：冯梦祯曾与朱国祯、董斯张等结方外社，并与朱国祯还曾在行悫寺旁筑庵以居；又曾与朱国祯之子朱大启结“萍社”，更唱迭和。

**4. 以著述为主的学术交往**

嘉兴、湖州一带(古称吴兴)，修史、治学的风气甚浓，其学术亦处于全国领先水平。清嘉庆二十四年，严可均在《杨秋室诗录序》中说：“吴兴之作者众矣，沈休文《宋书》，姚思廉《陈书》，十七史中有其二焉。由唐而宋而元，则徐元固《初学记》、孟东野、沈下贤、释皎然、牟、赵子昂诗文全集具存，而沈作《寓简》、叶少蕴《岩下放言》、胡元任《渔隐丛话》亦略资考证。明则朱文宁《史概》、董遐周《广博物志》、郑侯升诗集，其尤也。国初已来，为经史诸子之学者数十家，诗文千余家。”①

早在嘉靖年间，秀水卜氏三兄弟卜大同、卜大有、卜大顺就著作等身，像《备倭记》、《皇明资治通纪》、《史学要义》等为其代表作。到了晚明，冯梦祯、沈德符、朱国祯、李日华、姚士粦、胡震亨、董斯张是吴兴史学最突出的代表。他们之间，因为乡邦关系，实际上组成了一个研究历史地志等学术著作的群体。据万历《嘉兴府志》载，“海盐姚士粦，字叔庠，与胡震亨同学，以奥博相尚。蒐罗秦汉以来遗文，撰《秘册汇函》，跋尾各为考据，具有原委。冯梦祯为南祭酒，校刊南北诸史，多出其手。”辄冯梦祯、姚士粦、胡震亨关系甚明。而在历史著作方面，朱国祯撰有《皇明史概》，李日华撰有《官制备考》，沈德符(1578—1642)撰有《万历野获编》、董斯张撰有《吴兴备志》等。此外，李日华、姚士粦、胡震亨、董斯张还是嘉兴、海盐方志的主要修撰者(参前文)，他们之间，即便没有日常密切的学术往来，亦是声气相通的群体。

## 四、“古雅”、“侧艳”的群体诗风

杭嘉湖诗学群体规模虽然庞大，但其成员在明诗史上创作成就

---

① (清)严可均：《铁桥漫稿》卷六，清道光十八年四录堂刻本。

整体不高。诚如李东阳所指出的那样，“诗之为物也，大则关气运，小则因土俗”①，杭嘉湖诗学既然不如金陵、苏州得“气运”先机，那么当地的“土俗”就会起一定作用。此地人文风俗、地域性格大体上属于“内敛型”，因此其诗学在以“复古”为背景的环境下，很难有突破性的发展。换句话说，杭嘉湖文人较江南其他区域文士而言，更加优柔持重，其性格特征不似金陵与苏松文人那样鲜明。以各地科魁为例：大概因为金陵远离京师，因此焦竑、顾起元、朱之蕃偏重于“处江湖之远”，热衷于隐居和学术；松江地近东林，唐文献、文震孟偏重于“居庙堂之高”，热衷于政声和仕进。而杭嘉湖文士则折中于二者之间，他们在隐忍中委曲求全、逆来顺受。他们中有些缺乏气节的文士甚至攀附权臣，声名不佳。如黄洪宪攀附张居正，施凤来、沈潅勾结魏忠贤等，这种区域文人性格也存在于诗学领域，表现为相对保守、畏葸不前。因此，当后七子拟古风气盛行江南之际，他们响应风从；当后七子式微，他们仍然以拟古为时尚。到了天启崇祯年间，诗风才有所变化，倾向于晚唐“侧艳”一派，诞生了所谓“吴下体”。然而，随着明末烽烟的弥漫，其诗风变得多元化，出现了分流，其整体特征变得较为模糊。以下详论。

万历年间的杭州诗人群体以拟古为宗旨，卓明卿父子屡次邀请王世贞、汪道昆前来游览西湖、主持诗社，其诗歌均未脱离后七子窠臼。比如钱塘虞淳熙(1553—1621)，钱谦益《列朝诗集小传》评曰：

> 虞长孺少见知于李于鳞、王元美，赋才奇谲，搜抉奇字僻句，务不经人弋获，以为绝出。于时贤，颇心折汤若士、屠长卿，自诡以傲兀胜之。虽未免牛鬼蛇神之诮，可谓经奇者也。尝曰：“我文似古而不似古者，皆我胸中语耳。”黄贞父(汝亨)评其诗文曰：“宏深微眇，应念而作，风生雨集，排古游今。”斯善誉长孺者矣。②

① (明)李东阳：《赤城诗集序》，见《怀麓堂集》卷二十四，四库全书本。
② (清)钱谦益：《列朝诗集小传》，第620页。

类似这般追随王世贞的诗人颇多，比如黄汝亨《寓林集》中再三提及的嘉兴李衷纯（字玄白）即是。他曾为王世贞、郭子章辑《王郭两先生崇论》，黄汝亨对其诗评价为“玄白诗，博通而裁炼，藻飞而瞻远，上溯建安，下逮大历，可谓通才”。在湖州，不少文士长期尊奉后七子诗学思想。比如吴稼竳即是其中之典型。臧懋循作为其表兄，与他堪称生死之交、情同手足，吴氏死后，臧懋循一连写了十首挽诗。然而，这些并不妨碍臧氏对吴氏痴迷复古风气的轻微指责，他在吴氏《玄盖副草序》中写道：

> 吾友吴翁晋，诗称名家盖三世。其大父观察公（吴麟）起于正德间……或谓翁晋名早起，所善咸当代方闻之士，诗殆以游而工者。余谓不然。囊者弇公（王世贞）、太函（汪道昆）之名倾宇内，士人附之若趋市，然两公所遇翁晋称素交……质翁晋不置口，会之士方视两公，月旦为轩轾，莫不侧目翁晋……时负才者，竞为新声，翁晋独斤斤循前人矩矱不少变。或谓诗贵亟解，无取积功，翁晋则谓，吾宁为赵营平之入羌，不敢以躁胜；或谓诗贵独运，无取博收，翁晋则谓，吾宁为王频阳之入荆，不敢以寡胜；或谓诗贵奇窔不穷，无取视之常道，翁晋则谓，吾宁为武侯之不入陕，不敢为凉公之入蔡，以间道胜。人方求工于句字而法曰疏；取合乎情境而音曰窒；翁晋则法严于章而句字协，音畅于格而情境谐，概读其诗而可以想见其人为长者。析体而论，其为古体，于汉魏以来之作者无所不窥；降而为唐之初盛者有之，而卒未尝为中晚之为古也。其为近体，于唐之初盛诸作者所不窥；降而为唐之中晚者有之，而卒未尝为唐以后之为唐也……予观翁晋之诗，终不与世推移。①

① 吴稼竳《玄盖副草》卷首，载《四库全书存目丛书》集部第186册，第512~515页。序下注标明：先君于中丞公为内外兄弟，故予与翁晋（稼竳）少长相狎云。翁晋简默寡谐，独善允兆（梦旸）及予。尝自言得吾两人，诗益进……翁晋生平交，自吾两人而外，唯梅季豹、茅孝若。季豹已不可作，而孝若在燕……万历丙午立冬日臧懋循书于秦淮客舍。

朱彝尊也如此评价这位乡贤："翁晋弱冠称诗，为二公所推许，长而掉鞅词坛，勃窣苦心，自汉魏以及三唐，无不含咀采撷。然而游弇州、太函之门，风气声韵，多所熏染，求其超乘而上，则未能也。"①可谓公允。

万历后期，随着追随后七子的诗人卓明卿等人相继辞世，杭嘉湖诗风向中晚唐转变。朱彝尊在编辑《明诗综诗话》之际，对吴稼竳晚年的诗风似乎有了新的认识，"翁晋乐府，如健儿骑骏马，左右突驰，靡不如意。近体颇合西昆。然摹古终太有痕也……归自滇南里居，极丝竹云林之趣。自号'大绦先生'，病革，语其子以布衣幅巾，叹谓'如此，庶足以见畴昔诗人于地下'，盖以赀郎自惩云"②，亦似说吴氏在晚年稍有所悔，其诗亦有晚唐西昆风调。与吴稼竳并称于世的吴梦旸(允兆)，钱谦益亦称其诗"在大历元和之间"。③

冯梦祯结社西湖之际，拟古风气与晚唐"艳体"并行不悖。吴下"艳体"在明代中叶就颇为兴盛，比如嘉靖隆庆时期"岘山社"诗人王济(字伯雨，乌程人)"若和宫词，王建难称独步"。④ 冯梦祯与后七子派王世贞、屠隆以及公安派袁宏道、陶望龄皆相师友，但实际上其诗"非古非今"，倾向于侧艳之词，主要是对绮靡清艳的六朝歌行与晚唐绝句的模仿，可谓惟妙惟肖。《槜李诗系》这样评价冯梦祯："开之登临古什，追踪陶、谢；律绝虽多艳体，亦有生香真色之妙。"《静志居诗话》对冯氏的评价是"公儒雅风流，名高三席。归田之后，间娱情声伎，筝歌酒宴，望者目为神仙中人。诗亦不蹈时习，五古能盘硬语，尤见意匠经营。同籍若沈君典、屠纬真皆不及也"⑤。冯梦祯的同乡沈德符亦偏好晚唐体，钱谦益称"其论诗宗尚皮(日休)、陆(龟蒙)，与同时钟谭声气歙合，而格调迥别，不为苟同"⑥。而前面我们提到的臧懋循，本来亦是遵奉复古

① (清)钱谦益：《列朝诗集小传》，第626页。
② (清)朱彝尊：《静志居诗话》，第524页。
③ (清)钱谦益：《列朝诗集小传》，第608页。
④ (清)钱谦益：《列朝诗集小传》，第477页。
⑤ (清)朱彝尊：《静志居诗话》卷一五"冯梦祯"条。
⑥ (清)钱谦益：《列朝诗集小传》，第657页。

路线者，只不过他不喜套袭陈句，喜为清奇之诗，不作苦吟之状。时姑苏县令章嘉祯云："臧顾渚放眼万卷，诗成有神。说者谓其绝句似李供奉、王龙标，五言近体似宋员外，七言近体似岑嘉州。惟不喜少陵，每极口弹讥之。为文取材于古，匠心斐然。"①更因与冯梦祯、黄汝亨、曹学佺、汤显祖相师友，臧懋循之诗也带有宁可侧艳亦不蹈袭古人词句的特色。朱彝尊评价道："晋叔精曲律，持论断断不爽，诗亦不堕七子之习，故虽从元美晏游，不入四十子之目，亦磊落之士也。"②陈田说："晋叔官南都时，入曹石仓诗社，诗虽绮靡，亦有清致。"《四库全书总目提要》"负苞堂集"评语也说："懋循诗，多绮罗脂粉语。"这种拟古与侧艳并存的诗风，在冯梦祯的门生李日华身上则表现得更为明显。朱彝尊评价为："太仆恬淡自持，居官日浅，悠游田里……其诗非选非唐，别裁风格，颇与王辰玉、陈仲醇同流。微为纤艳，近《家宴集》语。"③《家宴集》是唐末五代文人乐府(艳诗)集，朱氏此语偏向于认定李日华诗风沿袭温庭筠"花间"晚唐一派。④

我们认为，诗学的发展诚如本节前引李东阳所论，如果没有外来应力的作用，"小则因土俗"就会发挥决定性的作用。像冯梦祯等消闲于西溪、李日华等游吟于鸳湖，"与王辰玉(衡)、陈仲醇(继儒)同流"是必然的趋势。事实上，冯梦祯、李日华的"小友"董斯张就是如此，他与王留、陈继儒走到一起，倡导"吴下体"。⑤

---

① (清)郑元庆:《湖录经籍考》，载《丛书集成续编》，第302页。

② (清)朱彝尊:《静志居诗话》，第454页。

③ (清)朱彝尊:《明诗综诗话》，第658页;《静志居诗话》，第477页。

④ (南宋)陈振孙《直斋书录解题》卷二十一称:《家宴集》"序称子起，失其姓氏。雍熙丙戌岁也。所集皆唐末五代人乐府，视《花间》不及也。"温庭筠正是《花间集》中最为重要的诗人，他在该中被列于首位，入选作品66首。《旧唐书·文苑传·温庭筠》:"能逐弦吹之音，为侧艳之词。"

⑤ "吴下体"得名于董斯张《静啸斋存草》卷七《哭王亦房四首》:"与如倡成吴下体，一时凿破瓮中天。"赵红娟《明清湖州董氏文学世家研究》引其《董氏诗萃》卷四"大抵古瘦则穷追秦汉，冲淡则兼采大历、会昌，怪丽则入飞卿、长吉，务期自成一家，不袭前哲"作为自评。中国社会科学出版社2011年版，第238页。

朱彝尊评曰："遐周初学诗于赵广业，及入闽，心折曹能始，归与吴允兆、王亦房(留)酬和。是时公安、竟陵派盛行，浙西风气，不尽移易。遐周洽闻周见，与吾郡沈景倩(德符)略同，诗亦相似。"①"吴下体"无疑是一种本土化的"晚唐体"模式。

然而，随着国事江河日下，那种"大则关气运"(李东阳语)的外力，改变了原有的诗学趋势，杭嘉湖诗风急剧分流为三股：杭州士子与"云间"拟古派合流；嘉兴诸子向王孟神韵派汇聚；湖州士子为钟谭竟陵派后劲，这种趋势延续至清初数十年。展开如下：

**1. 钱塘合流入"云间"**

晚明杭州府下辖钱塘、仁和、余杭、临安、富阳、新城、于潜、昌化、海宁九县，以靠近杭州府治所在的钱塘、仁和、余杭三县人才最为兴盛，此地文士与无锡东林、苏州虎丘、松江云间的世家子弟一道，以敦复大雅、振兴国运为己任，原本消歇的后七子派拟古风气又畅行起来。最典型的例证是冯梦祯之孙冯延年(字千秋)以及玄孙冯融，与钱塘闻启祥(字子将)及其弟闻启祯(字子有)与闻子兴(佚其名，以字称)、张元(字天生)、虞宗瑶及其弟宗玫、余杭三严(严调御、严武顺、严敕)等结"读书社"，倡导复古诗风，后来发展成为"登楼社"。朱彝尊《静志居诗话》"闻启祥"条曰："杭州先有读书社，倡自闻孝廉子将、张文学天生、冯公子千秋，及余杭三严，后乃入于复社，而登楼继之，文必秦汉，诗必盛唐，彬彬盛矣！""读书社"几乎皆是世家子弟，以实学经世为宗旨。严武顺《读书社通序》："迭为宾主，莫如兄弟，人共四姓，会作九班：三邹三会、三严三会、三闻同并识乃共三会。相间两岸，相续不断，政于迹有往来，更见心无人我，且使母妻各熟其声咳，亦令僮仆交致其殷勤。"②("三邹"不详；朱倓先生认为，三邹为邹孝直

① (清)朱彝尊：《静志居诗话》，第550页。

② (清)丁丙《武林掌故丛编》本，转引自陈豪楚：《两浙结社考》，载《越风》1936年第18期。

及其弟叔夏，缺一人待考)①后来参加“登楼社”的浙西世家子弟更多，“文章”与“道义”并重的倾向更明显。比如杭州塘栖陆培陆圻兄弟、江浩与江道信(佚其名，以字称)兄弟、卓人月、嘉兴朱一是以及余姚黄宗羲等，皆一时慷慨之士。② 由于成员众多，“读书社”起初诗风并不统一。比如其间主盟诗社的陆培，起初与谭元春等结交，“其诗采组六朝，医方酒令，触口皆成俪语”③。“读书社”所邀请的经学讲师萧士玮，④ 其人即是江浙一带“竟陵派”的主要成员之一。

随着时局的变化，陆氏兄弟与汪沨、柴绍炳、沈昀、陈廷会、应撝谦、孙治等十人将“读书社”发展为“登楼社”，并形成了“雅丽”的群体风格，世号“西泠十子”。接着云间陈子龙司理杭州，参加了“登楼社”，与“十子”唱和往来，由此形成了“云间派”既推尊后七子又注重比兴寄托的诗学思想。因此，正如王昶《湖海诗传》卷三八所指出的那样：“浙江明季多学钟、谭，渐乖于正。自云间陈卧子先生司理山阴，差知复古。后如‘西泠十子’，皆奉司理之余绪。”这说明杭州登楼社诸公子已经并入“云间派”。杨钟羲《雪桥诗话》引钱塘朱彭的话说：“朱青湖谓：陈卧子司李绍兴，诗名既盛，浙东西人无不遵其指授。西泠十子皆云间派也。西河幼为卧子激赏，故诗俱法唐音。竹垞初年亦然，康熙中叶始尚宋诗。盖自查悔余、吴孟举出，而诗格始大变。”⑤此一则坦陈：非但杭州文士诗

---

① 朱倓：《明季杭州读书社考》，载北京大学《国学季刊》第二卷第二号。

② 参见(清)黄宗羲：《南雷文案》卷四《郑玄子先生述》。

③ (清)朱彝尊：《明诗综诗话》，第741页。

④ 萧士玮说：“余至武陵，闻子将出读书社诸君子文，余视之，脱口落墨，不随毫楮，独留一种天然秀逸之韵，倏忽往来，扑人眉端，如山岚水波，风烟出入。年来文章一道，蕉鹿之争，纷纷未已，为士师者，良亦独难。子将以一世沉：吐，不可以庄语，遗物离人，而游于独，前有高岸，后有深谷，泠然如此即立而已矣。子将固善移诸君之情矣。”《春浮园棠》卷上《读书社文序》，转引自朱倓《明季杭州读书社考》。

⑤ (清)朱彝尊：《静志居诗话》，第519页。

学云间派，甚且萧山毛奇龄、湖州朱彝尊早年亦学云间唐音。

**2. 鸳湖清逸倡“神韵”**

晚明嘉兴府下辖嘉兴、秀水、嘉善、海盐、平湖、桐乡诸县，由于地饶物丰，文士倾向于抒发王、孟清韵。万历、天启年间，嘉兴“神韵派”已悄然成风。平湖沈懋孝任南国子司业、起河南巡抚，辞官归淇林，悠游三十余年，其“状元门生”施凤来评曰：“先生之于世綦淡，以故撮其清淡高远之味；于文亦綦深，雄快典重似龙门（指司马迁）、似中护（班固）……似昌黎似庐陵似眉山诸君子，而先生无意也，浑浑而出之。”①施凤来认为，其师文风雄快典重，固然有学习七子派推尊“文必秦汉”以及不废“唐宋派”师法昌黎、庐陵、眉山的一面；但是他有意识地将诗文分开品评，认为沈懋孝之诗并没有重蹈后七子覆辙，而是朝王孟清诗的方向自由发挥。朱彝尊评价其乡贤谭氏父子亦如此，谭昌言任南兵部主事期间，在“留都结诗社、读史社，诗爱孟襄阳，第不多作”，② 到了其子谭孟恂这一代，他和“鸳社”社友陈懿典（孟常）、岳和声（之律）、徐必达（德夫）、高道素、钮百谷等推崇王孟清诗。比如高道素，钱谦益评曰：“工部诗文，陶冶情性，不事剽贼，故能秀出天外。”陈恭尹评曰：“屯田诗，俊逸朗微。”顾茂伦评曰：“先生五律，清真春雅。”朱彝尊评曰：“水部才思过人，不以格律自拘，古今诗皆超诣，五律尤为长城。”③岳和声著《餐微子全集》八册三十卷，存本在第二次世界大战期间为日寇掠走，今藏其尊经阁文库。虽未见之，但“餐微”显然表明了其王孟一派清逸之志趣。岳氏兄弟之外，尚有陈懿典著《吏隐斋集》、徐必达著《南草集》，其诗皆以清逸为主流。

在秀水平湖一带，不少士大夫亦以王孟清逸诗风为宗尚。朱彝

① （明）沈懋孝：《长水先生文钞》，载《四库禁毁书丛刊》编纂委员会编《四库禁毁书丛刊》集部第 159 册，北京出版社 2000 年版，第 89 页。

② （清）朱彝尊：《明诗综诗话》，第 667 页。

③ 以上有关高道素评论，均载《明诗综诗话》，第 680 页。

尊评价其曾祖朱国祚“诗亦非肉食人语，正如冰荷在壑，冷香袭人”①(该条目下还有“竟陵诗派初行，公览之，惊曰：‘安得此亡国之音，吾不忍见之也。’知几其如神乎?”表明朱彝尊对竟陵派的尖刻批评态度源于朱国祚)，又评价其叔祖朱大复“颇类孙太初(一元)……集多秀句”②。又如评价平湖陆锡恩“诗颇淡雅”;③ 曹澄庸“汾州诗品超逸，诵之，如食哀梨脆枣，大是爽俊”；评价为凌濛初撰写墓志的郑龙采“雅尚清狂……非蹈袭者所及”;④ 朱彝尊还引用范允临(1558—1641)之语评价其叔朱懋昭“全诗清越”。⑤这种例子还可以举出十几个来。在上述例证中我们亦可得知：湖州一部分士大夫清幽雅致的诗风，与竟陵派是貌合神离的。

崇祯年间嘉兴“神韵派”诗学思想，见称于著名诗学家陆时雍的《诗镜总论》。由于文献有限，我们仅能考证出陆时雍与嘉兴桐乡周氏、朱氏、沈氏、张氏、钱氏、冯氏等有结社联吟的情形。有一位名叫周拱成的学者是陆时雍的生死至交，陆时雍死于冤狱，周氏作诗挽之，有《哭陆二仲昭》二首，中有“簌簌酸风吹敝襟，死生交态此时心”之句。⑥ 他曾与陆时雍酬和《白燕诗》二首，其一押“红”韵，其一押“非”韵⑦，似是社课之作。《雪桥诗话》“桐乡周孟侯”条记载诗社详情，言及当时有所谓“桐川四子”、“桐川六子”之社：“当明之季，同里沈柱墨亭、张伯升超、赓言方起兄弟、孔文在自沫，称桐川四子，已而偕朱洁湘万钱(奇)，及石门钱叔涵人诩为六子……当与邑人梅花逋客沈机、青堆布衣张炎贞、梅花逸叟冯允秀合传。孟侯子寀展臣，孙云籽补庵，能世其学。补庵以岁

① (清)朱彝尊：《静志居诗话》，第465页。

② (清)朱彝尊：《静志居诗话》，第486页。

③ (清)朱彝尊：《静志居诗话》，第461页。

④ (清)朱彝尊：《静志居诗话》，第561页。

⑤ (清)朱彝尊：《静志居诗话》，“朱茂昭”条，第600页。

⑥ (明)周拱成：《圣雨斋诗集》卷二，载《丛书集成续编·泊水斋诗钞》，第582页。

⑦ (明)周拱成：《圣雨斋诗集》，第579页。

贡官钱塘教谕，结诗礼于学舍，西泠知名之士乐与之游。”①可见，在晚明清初嘉兴与钱塘一地，仍有不少世家文士与“神韵派”诗人群体交游。

**3. 湖州变徵续“竟陵”**

晚明湖州府下辖安吉（曾一度与孝丰合并，改为安吉州）、乌程、归安、长兴、德清、武康诸县。湖州当湖、苕溪河汊纵横，复杂的地理环境造就军事人才，晚明兵家辈出于此，像晚明第一代世家官宦皆有雄才：孝丰吴维岳巡抚云贵，荡尽“巨酋”；归安茅坤兵备广西，镇压瑶民之乱；长兴臧继芳治松江府，屡靖饥民之变；德清蔡汝楠按察四川，夷族秋毫无犯。第二代成员处万历承平之际，无甚建树。到了万历末至启祯之际，像茅瑞征献《东夷考略》、《万历三大征考》，再现茅氏军事天赋；而其侄茅元仪不仅写下了军事百科全书《武备志》，且仗剑去国，为蓟辽副总兵，与孙承宗、毛文龙、袁崇焕并称将才。在茅氏父子影响下，乌程凌濛初（徐州佥事，战死）、凌义渠（大理卿，守长安门，自缢）皆通晓军事，而山阴王思任（官至九江佥事）、海盐吴麟征（官至太常，战死西直门）、上虞倪元璐（兵部侍郎，北京城破自缢）、山阴祁彪佳（苏松总督，南京城破投水自尽）皆因兵败殉国。他们知其不可为而为之，支撑着晚明最后的败局。因此，作为其余事的诗章，皆合于竟陵派“幽峭”“凄怨”一格，成为变徵之声。

我们从钱谦益和朱彝尊的评语中，约略得知嘉兴秀水沈德符是杭嘉湖群体中最较早浸染竟陵诗风的作者。朱彝尊《静志居诗话》称其诗“宁取公安、竟陵，欲尽反历下、琅琊之弊。故多艳字侧辞，雪飒星碎，未免病于多才也”②。钱谦益则谓其“与同时钟、

① 杨钟羲撰集，刘承干校：《雪桥诗话续集》，北京古籍出版社1991年版，第98页。此则诗话所言“桐川六子”甚明，他们分别是：沈槎，字星浮，号墨亭，贡生；朱万锜字洁湘，崇祯九年举人，门人私谥正谊先生，朱大雅之子；张超字百升，顺治十二年进士；其弟张方起字赓言，顺治十八年进士；钱人诩字叔涵；孔自洙字文在，顺治己丑进士。

② （清）朱彝尊：《静志居诗话》，第515页。

谭之流，声气歙合，而格调迥别”①。从陈广宏的研究中，我们知道钟惺去湖州访状元韩敬，“杭州严调御兄弟、邹之峄、闻启祥、李流芳叔侄、王宇春、郑圭、韩敬以及葛寅亮、王宇等”，与钟、谭“频频集会，随兴游止，走笔赋诗，故友新识，交情日深”②，一定程度上受竟陵诗风影响。但此时吴兴诗人与竟陵诗风接触，无非如李圣华评价沈德符、董斯张“吴下体”时所说，“大抵是融合竟陵诗风，回归吴中诗风传统”③，吴兴诗人保持了其独立性。

明末吴兴文士推崇竟陵诗风，却是国变触发使然，是“乱世之音怨以怒”的体现。钱谦益皆以“诗妖诗魔”评价之，比如钱谦益评王思任：“季重为诗，才情烂漫，无复持择，入鬼入魔，恶道岔出。”甚至诋毁他们因蹈袭竟陵诗风而导致亡国，这无疑是“倒果为因”的作派，笔者曾撰拙文辨之。④ 朱彝尊因为乡谊关系（凌氏和茅氏与朱氏世代联姻、倪元璐是朱氏胞弟朱千里的老师……）极力避开“诗袭竟陵”不谈，只涉及人事沧桑变故，比如他论及王思任之诗“滑稽太甚，有伤大雅”；⑤ 论及凌义渠，只说其与同乡闵元京辑《湘烟录》十六卷，董斯张称其“冷艳毕胪，如吴郡《入东记》”；⑥ 论及吴麟征“诗不甚敦琢，其工者每涉伤时”⑦等等，大概因为彼时“竟陵派”已经成为众矢之的，朱彝尊为尊者讳，只好用曲笔，顾左右而言他了。

## 第二节　杭州诗学：以冯梦祯、黄汝亨为例

万历年间，晚明杭州诗学从整体格局上说，仍然为后七子拟古

① （清）钱谦益：《列朝诗集小传》，第 657 页。

② 李圣华：《晚明诗歌研究》，人民文学出版社 2002 年版，第 278 页。

③ 李圣华：《晚明诗歌研究》，第 258 页。

④ 张清河：《〈明诗归〉“伪书”的价值》，载《贵州师范大学学报》2011 年第 3 期。

⑤ （清）朱彝尊：《静志居诗话》，第 483 页。

⑥ （清）朱彝尊：《明诗综诗话》，第 718 页。

⑦ （清）朱彝尊：《明诗综诗话》，第 720 页。

诗风所笼罩。然而，由于杭州是一个开放的城市，湖州茅坤、秀水冯梦祯、嘉兴黄汝亨等曾寓居于此，这些外来的文士带来了博学和会通的精神，形成了清新艳丽的“吴兴”诗风，使得杭州诗学朝自主化、多元化、精细化方向发展。以上三名士中，由于茅坤晚年的诗学活动主要围绕其儿孙的科举进谒而展开，姑且置而不论。我们以冯梦祯、黄汝亨为代表，阐述这种诗学嬗变过程。二人简介如下：

冯梦祯(1548—1605)，字开之，号具区，秀水(今属浙江嘉兴)人。早年力学，广交师友，博览群书，学有所成。明神宗万历五年(1577)会试第一，授翰林院编修，官至国子监司成，与沈懋学、屠隆以文章气节相尚，因“夺情案”牵连，辞庶吉士，以免结怨于张居正。① 三年期满，入京，张居正复其翰林编修，冯梦祯则称病谢之，家居不出。万历十五年京察，以浮躁谪官里居。曾师事罗汝芳，讲性命之学，又精研佛典，好尚文学。《本朝京省人物考》云：“梦祯落落世外少仕态，中京察，脱然有遗世想。多与野衲寠人啸饮湖山。”②万历二十年，补广德州判官，量移南京国子司业，历右谕德、右庶子，拜南京国子祭酒，结交文士，奖掖后学；一时隽彦，向风景从。万历二十六年，为南曹郎劾免，遂不复出。携妻归杭州，遂筑室西湖之畔。卒年五十八岁。著有《快雪堂集》六十四卷等。钱谦益称其“为诗文疏朗通脱，不以刻镂求工”③。

① 据(明)李维桢《冯祭酒家传》：“其人多公意气交，下诏狱，窜荒憬，无适救援，惟仰屋笑，或题咏寄慨。江陵故已旁猜，而公亦咯血病，乞长休告。”《大泌山房集》卷六六。又钱谦益《南京国子监祭酒冯公墓志铭》：“与同年生宣城沈君典、鄞屠长卿以文章意气相豪，纵酒悲歌，跌宕俯仰，声华籍盛，亦以此负狂简声。邹忠介公抗论江陵，拜杖远戍，公独送郊外，执手慷慨。归仰屋直视，面气坟赤，太公流涕曰：‘盍从我而归乎？吾不忍见壮子流血死墀下也。’公填咽不能答，沥血数升，请急从太公南归。”《初学集》卷五十一，载《四库禁毁书丛刊》集部第114册，第598页。

② (明)过庭训：《本朝京省人物考》一百十五卷，载《四库禁毁书丛刊》史部第61册，第435页。

③ (清)钱谦益：《列朝诗集小传》，第620页。

朱彝尊则评曰："公儒雅风流，名高三席，归田之后，间娱情声妓，筝歌酒宴，望者目为神仙中人。诗亦不蹈时习，五古能盘硬语，尤见意匠经营，同籍若沈君典、屠纬真皆不及也。"①

黄汝亨(1558—1626)，字贞父，钱塘人，文学家黄裳(1517—1594)之子。据《明人传记资料索引》：黄裳，字子重，号鹤州，诸生，用文学为时所推重,② 官至浙江承宣布政使司，卒年七十八。③ 黄汝亨年十八(1575)即被茅坤延至家中与其仲子国缙同学，"鹿门(茅坤)、具区(冯梦祯)诸先生皆折节下之"(顾起元《寓林集序》)，并且"以文学受知督学滕公"。(《康熙仁和县志》)明万历二十六年(1598)进士，除进贤知县，授南京工部主事，历礼部郎中，官至江西提学佥事，"所称弟子著录几万人"。(《寓林集序》)官至江西布政司参议。藏书颇丰，书室名为"云上轩"。著有《天目记游》、《廉吏传》、《古秦议》、《寓林集》、《寓庸子游记》、《历代贡举志》等。

## 一、冯梦祯的文学活动

在晚明浙西诗坛，冯梦祯绝对是泰斗级的人物。他虽然只活到58岁，但是其文学活动上承茅坤、卓明卿等嘉靖后七子余绪，中交袁宏道、陶望龄等公安主将，下启崇祯闻启祥等"登楼社"诸子，在晚明文学史上亦享有较高地位。

冯梦祯的主要文学活动，与其坎坷的政治生涯相始终。冯梦祯中会元时年28岁，选庶吉士、除编修，俨然呈现晋升到馆阁大臣的趋势。然而，随之而来的"夺情"政治风波，使得他与至交好友、状元沈懋学沉沦下僚长达近二十年。冯梦祯对张居正擅权之心情颇

---

① (清)朱彝尊：《静志居诗话》，第447页。

② 黄裳虽无功名，但家境殷实，多与名流往来，有文学名声。参见焦竑《献征录》卷六七《贞士黄公行状》，李维桢《大泌山房集》卷一《处士黄先生墓志铭》，冯梦祯《快雪堂集》卷一七《鹤州居士墓表》，茅坤《茅鹿门先生文集》卷一一三《鹤州黄先生传》等文。

③ 见台湾"国立中央图书馆"编辑：《明人传记资料索引》：台湾"国立中央图书馆"1965年版，第661页。

为复杂，后来他曾借替张瀚作传的机会婉转表达。① 这种爱恨交织的心情是可以理解的，毕竟此种情形（会元和状元同时被贬为曹僚）在政治史上堪称空前绝后。沈懋学的悲惨遭遇，更加强化了冯梦祯的幻灭感：二十年后（1596），状元沈懋学潦倒病卒，膝下仅活一女，竟无力为之治丧，屠隆哀嚎四方祈求募捐，才得以草草安葬。② 残酷的现实，滋生冯梦祯"逃官"的念头，沉寂十六年后，冯梦祯才在万历二十一年（1593）应诏补广德州判官，量移行人司，副尚宝司丞，升南京国子监司业，迁右谕德，署南京翰林院，再迁右庶子，拜南京国子监祭酒。三年后被劾罢官，遂不复出，移居杭州，参禅礼佛，未逾九年而终。

冯梦祯不仅"逃官"，且"逃禅"、"佞佛"，并极力游说屠隆、王世贞、王锡爵等成为其佛门弟子，为整个江南文化增添了更深的消极避世情绪。冯梦祯的思想变化（或者曰"心路历程"）一句以概之，即"从心学滑向禅宗"。起初，冯梦祯与杨起元等皆是王学左派中人，皆是罗汝芳（近溪）的学生，其《题杨贞复经义近草》云："吾友杨贞复，素究心学问，与余举进士同门，比入馆又连舍，彼此一知一见无不披览寓目。"③由于阳明心学在讲学方式及"证道"方式上与禅宗合流，再加上冯梦祯深受各种打击，对老庄之学颇有

---

① 冯梦祯似乎对张居正抱着"于公颂其德、于私泄其愤"的双重心态。他说："余初入仕，张公方在铨衡。其年九月，长星出而夺情事作。自张公归而继居铨衡者六七公，贤者不久，久者不贤，士论益思公不已。近世柄臣无如江陵公专，而公在铨衡五年，称最久，然能举其职不废。江陵公虽晚节不终，而丁丑以前颇能虚己毕公之用，居然贤相已。"载张瀚：《松窗梦语》前引《张太宰恭懿公传》，中华书局1985年版，第3页。

② 屠隆哀求吕玉绳埋葬沈懋学之事，载《白榆集》卷十《与吕麟趾》，台湾伟文图书公司1977年版，第547～550页。沈懋学之女后来成为屠隆童养媳，曾一度寄养在吕玉绳家。参见《栖真馆集》卷一《夜坐吕玉绳使君斋》、卷二《赠吕玉绳使君，时余吊沈君典墓过宣城》等诗。另据徐朔方《屠隆年谱》考证，此为万历十五、十六年事。参见徐朔方：《晚明曲家年谱》第2卷，浙江古籍出版社1993年版，第359页。

③ （明）冯梦祯：《快雪堂集》卷三，载《四库全书存目丛书》集部第164册，第75页。

研究，更使他对禅宗深信不疑。其弟子顾起元在《快雪堂集序》云：“先生自谓中年读庄子有得，浸寻入佛氏阃奥，觉已不与世忤。”可谓深中肯綮。关于其“逃禅”之习，阳明正宗传人许孚远(1535—1604)曾予以耳提面命的批判，但是他已经没有挽回的余地了。① 这说明，晚明士大夫已有普遍的“逃禅”风气，传统理学不能禁；而冯梦祯受当时社会风气的影响，加上个人政治前途暗淡，他早已浸入禅学中不能自拔。他后半生以坐禅而终，曾从晚明高僧云栖袾宏受菩萨戒，又礼达观(真可)修念佛三昧。亦与憨山(德清)等频繁往来，曾刺血书“经、律、论”各一卷。又曾与陆与绳(光祖)等募资刻印嘉兴《大藏经》，远近响应，终成其事。力劝达观毋北行干政，未果，达观坐化于诏狱，冯梦祯愤恨而卒。

冯梦祯与江南许多官宦名流有文字之交，如茅坤(1512—1601)、吴国伦(1524—1593)、袁黄(1533—1606)、叶向高(1559—1627)等。与中下层文人如洪应明(字自诚，号还初道人，金坛人，著有《菜根谭》，1603年前后曾居金陵秦淮一带，潜心著述)、田艺蘅(钱塘人，有《田子艺集》)等交游。冯梦祯与屠隆(万历五年进士)、王世贞为禅宗道友，又与周应治、② 汤显祖(万历十一年进士)交谊颇深。冯梦祯与屠隆、王世贞、胡应麟、龙膺、袁宗道等的交往亦如是，他似乎更多地投入在心学禅宗的世界里，不属于当时任何文学流派：尽管他自考取进士之际便和东林邹元

① (明)冯梦祯：《快雪堂集》卷三，《题许儆庵先生秦中订士录》云：“已卯(1579)春，余以庶士告病，而南晤许儆庵先生于济汶间，听先生议论，盖毅然儒者。先生知余好佛，出正言攻余之短，余不敏，怀先生之教，至今而不能改也。”

② 周应治，字元孚，万历八年进士，与屠隆为同乡，皆师事冯梦祯参禅。他与王世贞、赵南星、汤显祖、胡应麟等为文字友；然而他并不为七子派所笼络。参见《弇州四部稿》卷一九一《与周元孚》：“足下能抑才以保格，舍象而先意，去色泽而完风骨，大难大难。”将之纳入后七子“格调派”。胡应麟《少室山房集》卷五十《周元孚过访见赠奉答时元孚方有南都司马之擢》及《为周元孚悼亡二首》等，也视其为诗友。而赵南星《味檗斋文集》卷五《答周元孚》，又《赵文毅文集》之《与周元孚书》，该书探讨“用世之才”，入选《皇明经世文编》卷三百七十九，则又入经世一派；《汤显祖全集》卷四《问荆邮草》之二《寄户部周元孚三首并序》，将之视为主情派同调。

标、赵南星交好，且同生死、共进退，但他不是东林派；尽管他被王世贞笼络进入“格调派”，但并没有被王氏纳入“末五子”(李维桢、屠隆、胡应麟等)之列。

冯梦祯与黄汝亨相交最深。两人皆醉心禅学，为心宗密友。其《读黄贞父稿》云：“夫贞父于博士家言称神矣！乃贞父所兹神者无甚是编，然世之知贞父者，未必以是编也。”可见，冯梦祯将黄氏视为高山流水、曲高和寡的知音。《绮云馆读黄贞父稿》又云：“贞父前刻近稿二十首，盖近于无上妙义，而世俗好之者绝少。余谓贞父世尊称性说华严，而聋哑声闻在坐，其奈利生何！”①又因为以禅入诗，冯梦祯之诗颇得禅趣。顾起元为冯梦祯《快雪堂集》作的序里有这样几句评语：“别有只眼，别有远识，别有微情，往往开古今人所未发之覆，而至其格外之韵，意表之致。如月之有光，花之有香，竹之有声，茶之有味。”②

冯梦祯除了在禅学上影响甚著，教育方面亦堪称大家。由于冯梦祯长期滞留在江南曹僚(比如南国子监)授业，江南一大批文学才子得到了他的奖掖。康熙《秀水县志》卷六如是说：“里居数载，稽讨典籍，手不释卷。好奖引后学，凡以艺质者，片语有合，辄推许恐后，一时秀隽风靡从之……历迁南少司成，赏拔朱之蕃、顾起元于雍试。”后来寓居武林，亦诲人不倦。经过冯梦祯慧眼选中、予以奖掖的著名文人有：王骥德(1552—1623)、陈继儒(1558—1639，见《快雪堂集》卷六《寿廉石先生八十小序》。按：陈继儒与冯梦祯均为“松江十八子社”成员，冯氏万历五年即高中会元，曾以学长身份讲学于该社，因此陈继儒曾师事之)、于玉立、顾起元(1565—1628)、朱之蕃(1561—1626)、李日华(1565—1635)、项德新(项元汴之子，1571—1623)、茅维(字孝若，1577—1643)、凌濛初(1580—1644)、周安期(1582—1647)、闻启祥(1590—1647)等。

---

① (明)冯梦祯：《快雪堂集》卷三，《四库全书存目丛书》集部第164册，第76页。

② (明)冯梦祯：《快雪堂集》弁首。

## 二、冯梦祯的诗学思想

下面，以万历四十四年（1616）黄汝亨、朱之蕃刻本《快雪堂集》六十四卷为例，说明冯梦祯的诗学思想。该集卷首有李维桢序，万历四十四年焦竑序，万历四十三年朱之蕃序，顾起元序，黄汝亨序，丁元荐序，门人朱鹭（1553—1632）序（或作为跋）以及各体文章计三十一卷，尺牍十三卷，语录、漫录各一卷，日记十七卷，诗二卷。①《四库全书》未收本集，仅于存目中著录，其总目评价不高，略云："（梦祯）所作皆喜于疏快，不以镂刻为工。而随意所如，无复古人矩镬矣。"但正是这一评语，亦可见冯梦祯反对机械摹古的倾向，时人对此评价颇高。比如顾起元序云："其意沉郁淡雅，简远冲夷，称心而言，尽兴而止，讽而咏之，有如清庙之瑟，朱弦疏越，一唱三叹有余音者。"钱谦益为其写墓志铭，称其诗文"摆落畦径，含咀英华，匠心独妙"，与同年沈懋学、屠隆"以文字意气相豪"，"声华籍甚"，及其为南祭酒，"文章誉望，学者以为高人朗士，秀出天外"，"风流宏长，衣被海内"。② 朱彝尊谓其诗"不蹈时习，五古能盘硬语，尤见意匠经营。同籍沈君典、屠纬真皆不能及也"③。他的诗论亦如此，不在沈懋学、屠隆之下。大致而言，包括如下几点：

**1. 以"清新拔俗"为诗学追求**

万历二十七年，深受七子派诗风影响的广东进士邓云霄出任长洲县令。此前，其前任、公安健将江盈科已经年满两届，升任吏部主事。邓云霄继任不久便标立七子宗风，且于万历三十年重刻《李空同先生集》。冯梦祯欣然为序。冯梦祯痛斥公安派使得江南诗道大坏，以致不学无术之人也摇笔为诗，而令风雅扫地。他希望邓云

---

① 参见傅增湘撰：《藏园群书题记》，上海古籍出版社 1989 年版，第 875 页。

② 以上评语皆出自（清）钱谦益：《南京国子监祭酒冯公墓志铭》，载《初学集》卷五一第十五叶，《四库禁毁书丛刊》集部第 114 册影印明崇祯十六年瞿式耜刻本，北京出版社 1997 年版，第 598 页。

③ （清）朱彝尊：《静志居诗话》，第 447 页。

霄能重振旗鼓，以“清新拔俗”之韵，中兴诗道。他说：

夫诗道至今日卑甚矣。闾巷小人，艳一青衿不得，即摇笔学为诗，游大人以媒食。士大夫或不得意于名场，而后染指焉，以其冷灰无用之精神，问津万里之途，安能远到，诗道安得不卑。其间非无有志缙绅与独行布衣锐志以诗为事者，而患无命……玄度(按：邓云霄字玄度)令长洲三年，以文学饬吏治，为诗清新，翩翩有拔俗之韵。诗道中兴，吾有望焉。①

冯梦祯对于“有志无命”的缙绅大夫充满期待，实际上，他的周围就形成了这样一个诗学圈。除了沈懋学、屠隆，万历五年同籍进士中，有许多少年得志而沉沦一世的文学家。比如他的好友陈泰来，考中进士时，年仅 19 岁，旋授顺天府教授，进国子博士。后擢升礼部员外郎，因赵南星案牵连，贬为饶平典史，沉沦以终。冯梦祯《陈伯符诗集序》云：

伯符持清婉，时露雄俊。穷其所诣，高达夫、岑嘉州不难到。盖知伯符不独以诗，即知伯符以诗，亦不尽斯集也。②

冯梦祯注意到，七子派复古过于重视杜甫“沉郁”的风格，而忽视了另一种风格：“清雄。”“清雄”是李白在《上安州裴长史书》中所称赏的艺术风格，后人也以此评价李白的诗风。“清雄”还可以用来指王孟诗派的风格，清即“清婉”，雄即“雄俊”。冯梦祯说陈泰来之诗“清婉雄俊”，实际上是以古人相期许的。冯梦祯广泛使用“清”字来评诗。他赞誉陆采(字子玄，号天池)之诗“清爽”、“俊逸”。他说：

余得其诗集于先生之子纯孙，稍卒业，仅三之一。见其合

① (明)冯梦祯：《快雪堂集》卷二《重刻空同先生集序》，载《四库全书存目丛书》集部第 164 册，第 50、51 页。

② (明)冯梦祯：《快雪堂集》卷二，第 61 页。

者，五言古典则雄浑，有建安、黄初气骨；七言古高绝清爽，长于叙事，直入少陵之室；近体亦俊逸可喜。①

他还赞赏郡中何氏兄弟之诗“清美”。他说：

初四，何氏出一初手卷……卷内有嘉禾何俊、何焕二诗，甚清美。此吾郡人，竟未尝闻其姓氏。(《快雪堂集》卷四十八《戊子日记》)

他在给友人的信中，对“唐宋派”茅坤和唐慎之予以极高的赞誉，以为其各有王维诗风与杜甫诗风：

嘉靖以来，作者如云，当以唐中丞为上首，茅鹿门、方中丞，时业于王摩诘之诗。摩诘高秀有之，而中丞老成痛快，似兼杜陵之长。凌铄一代，此人而已。然惟归田教授时诸篇足以当之……②

在给其诗友作序之时，冯梦祯其实偏向于王孟诗风。他说，其好友武林沈方平(名大治，生平不详，任职南给事中)、歙县潘之恒(1536—1621，字景升，与王世贞、袁宏道交游)、湖州冯敏效等人的诗作皆有王孟之风。他说：

以方平之资，充之以学，诗必为王摩诘、孟襄阳，文必为漆园吏。今以《一月草》观方平，如鸡鸣时看海日，先见赤光冲击海面耳。方平其勖诸？庚寅(按：万历十八年)小春日书。③

景升(潘之恒)从公帐中搜得一帙示余。公欲秘不得，曰：

① (明)冯梦祯：《快雪堂集》卷二《陆子玄诗集序》，载《四库全书存目丛书》集部第164册，第64页。

② (明)冯梦祯：《快雪堂集》卷四十二《答费学卿》，第602页。

③ (明)冯梦祯：《快雪堂集》卷三《题沈方平一月草》，第78页。

"此吾焚弃之余，慎勿传之可耳。"余阅之一过，见其气韵萧远，肤彩沉秀。五言合处入王孟集中，难分楮玉；选体高深时露，合璧道德；颂探柱下之骊珠。①

（冯敏效，字忠卿，号季山，1539—1595）自少留意诗律，晚遭多事，吟咏益盛。步趋王摩诘、刘文房，居然入室。所游远不过金陵、钱塘，而寄兴流连，吊古貌物，语新勃发。所著《小有集》若干卷，藏家塾。②

从以上例证来看，主张复古诗学的冯梦祯与公安派大异其趣，然而仅从诗学王孟一派的这一面看，其主张与其嘉兴后学陆时雍的"神韵说"比较近似。

**2. 宣达"性情"，自呈"天机"**

冯梦祯在给诗人龚勉（1536—1607，字子勤，隆庆二年进士，后授浙江嘉兴令，筑"烟雨楼"，一时江南名士题咏甚众）《尚友堂集》所作序言中，明确提出了"诗而本之性情"，"随感而动，天机自呈"的主张。他说：

夫强笑不乐，强哭不哀，饬妇人须髯则不韵，傅男子以粉黛则不庄，何也？性情不可假也。故曰田夫、牧樵、妇人、女子何尝习声律，工文辞哉，而其率然自鸣之语，反见采于史氏，陈于先王，至今尊之曰"经"。而后之文人才子，竭其精力，求一言之似而不可得，田夫、牧樵、妇人、女子所易，而文人才子所难，则其性情可知矣。夫诗而本之性情，近取诸身，远取诸物，随感而动，天机自呈。譬如临镜自见其面，亦如水银撒地，大小皆圆，宁待安排、布置耶！龚先生为诗，不务诡奇，大都吐其心之所欲言而止，清夷简远，类其为人，亦类其为政，所谓自鸣其性情者也。③

---

① （明）冯梦祯：《快雪堂集》卷二《尧山藏草序》，第66页。

② （明）冯梦祯：《快雪堂集》卷十四《有明尘隐冯季公墓志铭》，第239页。

③ （明）冯梦祯：《快雪堂集》卷三十一《跋尚友堂诗集》，第448页。

在为海宁诗人于见素所作传文中，冯梦祯提出：像陶渊明、苏轼等人诗“不以声律求”，而以性情得之，读来“便觉天机激触，万虑都捐耳”。他说：

长公于文好苏长公，于诗好陶渊明、邵康节，曰：“此不当以声律求之。水声林影间，试一研诵，便觉天机激触，万虑都捐耳。”①

他还提出，作诗须“沉冥人情”。他说：

至其诗则沉冥人情，古选，杜陵纵横有之。昔年华格俊调，遂为绛、灌屠狗时境界。珠玉在旁，不觉自秽。②

冯梦祯甚至认为，“情”是文学的本质特征。他在给钱塘田艺蘅的文集作序时，如此说：

词曲本诗余、词余，本唐人之诗。唐人之诗本汉、魏古选。汉、魏古选本《三百篇》。虽日愈趋愈下，其为宣达性情，古今雅俗一也……长歌读之，哀酸甚于痛哭。③

冯梦祯甚至作了许多选体诗及艳情诗，认为也是性情的流露，因此将之寄予故人。他给沔阳诗人费尚伊的回信说：

足下诗数种，读之大有性情俊气。数千里之外，如对故人，喜不可言。弟近著作大懒，稍作选体及齐梁艳诗，然亦不多，容录附后信耳。④

---

① （明）冯梦祯：《快雪堂集》卷九《于长公传》，第174页。

② （明）冯梦祯：《快雪堂集》卷二《序沈茂仁南还诗及纪行》，第63页。

③ （明）冯梦祯：《快雪堂集》卷一《序田子艺先生〈鳗园心调〉》，第57、58页。

④ （明）冯梦祯：《快雪堂集》卷四十二《答费国聘同年》，第601页。

由以上可见，冯梦祯“性情”说之所以不同于“性灵”说，是因为在冯梦祯眼里，“古诗宗选体、近体宗杜陵”的复古观念，始终占据着其诗学的核心位置。其诗学又有别于后七子派，是因为他主张“自鸣性情”，仿古人精神而抒发自我清俊之情感，甚至不废侧艳之词。

**3. 疏朗通脱，不以镂刻为工**

冯梦祯性耽山水，不仅羡慕友人山水之兴，其诗颇得江山之助，此亦其疏朗通脱表现之一。他说：

弟今须发尽白，已成老翁，独登山之足，犹在足下，今日能保渥丹之旧否？足下诗数种，读之大有胜情俊气。①

余年始四十，两鬓如雪，顾甚嗜奇山水。《除夕》诗云：“白发从他长，青山到处看。”盖如实语。②

因此，他十分欣赏好友王士性的漫游以治学之举，为其地理笔记巨著《广志绎》作序云：

杜子美诗人冠冕，遭乱流离三巴、吴、楚，游踪颇阔。故曰“不开万卷，不行万里，不能读杜诗”。良然。岂非名山大川足以涤人胸怀，发人才性，而五方谣俗，方言物产，仙踪灵迹，怪怪奇奇，其于新耳目、廓拘蔽，良有助焉。③

冯梦祯嗜好禅学，其诗透悟禅理，此其疏朗通脱表现之二。他说：

居士（蜀中曹邦化，号梅溪居士，官至宁州知州）深于性命之学，自解官后，交游玩好，一概谢绝，终日焚香宴坐，而不废苦吟。所著诗篇，游览居半，而《三游》者，又居游览之

① （明）冯梦祯：《快雪堂集》卷四十二《答费国聘同年》，第601页。
② （明）冯梦祯：《快雪堂集》卷二十七《天目游记》，第391页。
③ （明）冯梦祯：《快雪堂集》卷二《王恒叔（广志绎）序》，第60页。

半。今所传诗稿以《三游》称，志其盛也……余扩拓无机，不染世味，或者不为居士所拒。①

冯梦祯认为，理学与禅学皆可以整肃性情，近来大家，多有佳作。他说：

唐中丞外，有薛方山、诸理斋。薛华整，诸俊逸，足称名家。吴因之外，陶石篑、汤霍林，亦后来之秀……汤义仍，仆识之癸未(按：汤显祖于万历十一年中式，观政礼部，冯氏与之交)；棘呻黄贞父，与仆交甚善。义仍华丽，一时之杰；贞父则法素身佛，少庄严。②

冯梦祯为宽悦和尚(字臞鹤，金陵人，居普德寺)诗集作序，强调禅诗亦当以博学复古为前提。他说：

悦公初剃染，出讲者之门，有义笼之誉。已攻苦为诗，自《三百篇》、楚骚、汉选、六代、三唐之体无不习也。三玄、百家、怪奇之语、徵中之词，无不涉也。于是海内称讲僧、诗僧，屈公一指……尝论我明诗道：李、何正始，琅琊中兴，正变羽翼，宜在今日，而衲子缺气。今得悦公，一夔已足。③

冯梦祯一方面强调复古，另一方面又强调创新，否则便胶柱鼓瑟，如刻舟求剑了。比如他在给宽悦的另一篇序跋中写道：

(悦公)已示余内四十自祝偈，余读一过，则如水流花开，自然成色，有寒山之真率而稍雅，有石室之潇洒而稍工。真本色人语，或以诗人三尺求之，剑去久矣。④

---

① (明)冯梦祯：《快雪堂集》卷二《梅溪居士〈三游稿〉序》，第62页。
② (明)冯梦祯：《快雪堂集》卷四十二《答费学卿》，第602页。
③ (明)冯梦祯：《快雪堂集》卷二《尧山藏草序》，第66页。
④ (明)冯梦祯：《快雪堂集》卷三十《跋悦公四十自祝偈》，第436页。

冯梦祯游艺于书画诗社，其诗得山水画派之妙趣，此其疏朗通脱表现之三。冯氏早年与松江高承祚、冯大受(字咸甫，工书法，深为王世贞、莫如忠所器重)等结“松江十八子文社”，中岁与钱塘卓明卿结社交游。他曾回忆道：

(高承祚)绮岁举业之暇，即喜吟哦，赋小诗隽永。已与蔡山人幼公、冯孝廉咸甫、杨太史彦履结社，唱和迭出，为时所珍。比入木天，益肆其力，近体五言秀整，七言高华，绝句雄迈，歌行更跳荡有致。①

(卓明卿)诗法中唐，近步历下，称能品。两都名胜，吴越山水，题咏几尽矣。②

冯梦祯与长兴著名藏书家姚绍科(字伯道，性嗜古，诗学摩诘，有“白云斋”)交游，多次互赠内室“扇头诗”，表现出浓厚的文人艺术趣味：

(姚伯道)有书奴骆僎，美而能诗。于徐茂吴斋中见其“九秋”诗，复于张仲初扇上“阳台梦”排律，甚佳。人言臧晋叔为其润笔，臧殆不及也。③

偶于徐茂吴、许然明扇头见骆记室诗篇，俨有初唐风骨，况其主人。向呈小诗，真持布鼓于雷门矣。④

总之，冯梦祯学问驳杂，淹通书画，深谙禅理，这使得其诗学

① (明)冯梦祯：《快雪堂集》卷十一《翰林院检讨雈城高公洎配杨孺人墓志铭》，第199页。

② (明)冯梦祯：《快雪堂集》卷九《卓征甫传》，第178页。

③ (明)冯梦祯：《快雪堂集》卷五十《庚寅日记》“三月初八”条，第711页。

④ (明)冯梦祯：《快雪堂集》卷四十一《答姚伯道叔度兄弟》，第583页。

在一定程度上跳脱了复古派的局限。然而，耽于逃禅的论诗习气，使得其诗论过于圆通，因而在文学史上影响有限，虽在理论的体系性方面有超越其至交屠隆、沈懋学一面，但文学业绩远远不如其好友王世贞、汤显祖等人。不过，其诗论自成晚明一派，且“诗”与“禅”的结合也是诗学传统之一，因此其诗学成就也是不容忽视的。

### 三、黄汝亨及其《寓林集》

黄汝亨与冯梦祯的关系十分亲密，亦师亦友。他们皆有为茅坤之子指点时文的经历。冯梦祯还曾与黄汝亨及杭州沈鼎新等共结诗社“澹社”。然而，与冯梦祯寄居杭州不同，黄氏乃是钱塘望族，红楼梦“金陵四大家族”之“金陵王”，其原型很可能就是钱塘黄氏。① 黄、洪、钱、顾为明末杭州四大文学世家。黄汝亨的儿媳即顾若璞，顾氏乃清初“蕉园诗社”(《红楼梦》中诗社原型)之主盟者；黄汝亨是著名剧作家洪升的外曾祖父……除此以外，杭郡外来大族皆欲攀交黄氏，崇祯初杭郡郡守丁汝驤便是黄汝亨的门生兼女婿。

作为晚明一大家，黄汝亨之诗堪称“晋宋之陶谢、唐之王孟”，(顾起元《寓林集序》)、“诗文屡变屡进，大类诚斋，其拂衣高卧亦相类，生平强项多骨，见微知著，落落无用世情”(陈继儒《寓林集序》)，“才气迈一世，诗格耻为艳丽，而古色照人”(《康熙仁和县志》)。在晚明文学史上，冯、黄二子以其卓越的文学才华、突出的教育贡献并称于世。

作为汤显祖20年的生死之交，黄汝亨与汤过从甚密。② 据其《寓林集·答汤若士》云：“拙稿纸刻俱不佳，获大序而压世，真所谓美如冠玉。愧甚!”又云：“重刻稿并奉以大序冠玉也。”可见黄汝亨曾反复请汤显祖为其诗文集作序。然不知何故，今《寓林集》中

---

① 土默热著，秦轩编：《土默热红学》，《〈红楼梦〉创作真相与作品真谛新探》，吉林人民出版社2006年版，第208页。

② 汤显祖卒，黄汝亨专程往临川祭奠，并挥笔写下深情哀婉的《祭汤若士先生文》，祭文有“亦有山水，谁则牙期?”之句，说明友情之挚。载《寓林集》卷二十。

汤序已佚，殊为可惜。我们仅可参考康熙《仁和县志》黄氏为其《寓林集》所作自序，来推知黄汝亨的诗学态度。黄氏大概是站在“古学”(包括七子派与理学派)的立场上，极力反对竟陵诗风的。他说：

> 余不慧……精气耗于科举讲诵之学十之六七。于壮乃举进士，劳苦官下，自为邑至督学，浮沉进退者廿余年，治《易》，泛涉经史，不能淹通……六经而下，文嗜庄周、司马迁及韩欧苏子瞻氏，诗嗜陶谢及王孟韦岑之流，理学嗜程明道、陆子静、王伯安诸公，而于禅书亦津津好之，性之所近，笔与境两相际，时有如之而未尽合也。世之才子，幽冥为奇，雕刻为巧，藻绘为工，狎盟当代者，余不敢与之方驾。而位不展志，又非有匡朝经世之鸿篇，惟生平不能作违心语。①

显然，黄汝亨是针对竟陵派而发的。明末“格调”寖微而“神韵”方兴，尽管黄汝亨与竟陵派皆喜好王孟“神韵”一派的诗风，但他对钟惺这样的“世之才子，幽冥为奇，雕刻为巧，藻绘为工，狎盟当代”之行径感到不齿。他认为，诗须率性而作，不作违心语，古淡中自有高格。同江南士子群的观念一样，他主张经、史、诗、文的“会通”，尽管他自谦说自己“泛涉经史，不能淹通”，但主张经学、理学与文学的会通，是其诗文的宗旨所在，这是没有疑问的。

黄汝亨的诗学观受阳明心学与“公安”一派的影响，偏于激进，因此引起了王夫之的反感。他说：“隆、万之际，一变而愈之于弱靡，以语录代古文，以填词为实讲，以杜撰为清新，以俚语为调度，以挑撮为工巧。若黄贞父、许子逊之流，吟舌娇涩，如鸲鹆学语，古今来无此文字，遂以湮塞文人之心者数十年。”②惟其如此，

① (明)黄汝亨：《寓林集》，载《续修四库全书》集部第1368册，第592、593页。又《四库禁毁书丛刊》集部第42册，第21、22页。

② (清)王夫之：《姜斋诗话》卷二，郭绍虞主编：《四溟诗话·姜斋诗话》，人民文学出版社1961年版，第171页。

才可见黄汝亨所代表的江南诗学积极一面。其主张主要体现如下：

**1.“诗难言”，以“山水禅理”为旨归**

嘉兴李日华为黄汝亨所作《黄贞父先生寓林诗集序》，比较中肯地说出了这位师友的诗学主张。概而言之，黄氏认为“诗难言”，认为一个优秀的诗人，必须兼有才、学、格、韵等诸方面的素质，还要懂得灵活运用。不过，从他列举的诗人而言，他似乎偏向于王孟一派，“于空明妙湛中别出灵手”。此段文字如下：

> 万历辛卯，李平章公典浙试，余与贞父同入彀，俱官豫章……贞父于诗则慎持之。贞父每曰：诗难言之！诗难言之！诗之于文，犹酒与饮食，酒无关解渴济虚，而达肌肤、发颜色，卺然独与神明谋；诗之视文，若有议论，若无议论；若有叙述，若无叙述；若有义味，若无义味；若可解，若不可解；若烦思索，若不烦思索：无才人必不能吐一字，而见才则显斧凿；无学人必不能研一句，而见学则牵补缀。李杜韩柳禁厨法酝，曲材大良；长吉、玉川、樊南、桑苎，鹤觞陴筒，瀹然异趣。他如元白寡薄，郊岛酸醨，悉非上尊，姑充野勺。无已，则挹元晖净练之江，滴灵运芙蓉之露，蒸襄阳梦泽之薪，搜彭泽良苗之秫，于空明妙湛中别出灵手，庶足窥音希之先，而续删后之脉……近代诸子，矜声俊而闇中扃，工肖模而乏天韵，雕镂刻抉，沦索幽阴，非剿则诡，纵躁甚时名，充溢部帙，以质之贞父，意度殊所外也。①

黄汝亨耽于山水与诗章之趣。他与袁宏道、刘戡之、曾可前、陶若曾等人相游处，“(余)适留滞旅，往往逢之(按：指夷陵陶若曾)、袁中郎、刘元定、曾退如坐上，诗筒酒杯，数过从无间也”，数年之后，他栖居武林山水间，仍感慨万千，“即如前三君，独退如负公辅之望，而元定骥伏，中郎蝶化，余亦栖迟灵峰湖畔，啸侣

① 李日华之序，引自(明)《恬致堂集》卷十四，载《四库禁毁书丛刊》集部第64册，第372、373页。

猿鹤……去住寥落之感也"①。万历三十八年暮春，他曾与姚文蔚同游黄山，作即曰："我辈看名山，如看美人，颦笑不同情，修约不同体，坐卧徙倚不同境，其状千变。山色之落眼光亦尔，其至者不容言也。"②他甚至认为，山水之乐才是生命体验的本体，而诗文只是途径，如：万历二十七年，他遍游西山之后感悟到："乃知笔墨之际，有功泉石，政不在记述之佳恶也。"③

尽管黄汝亨喜好交游且与公安志同道合，与钟惺等文坛名人来往亦甚为密切，但是钟、黄二子在诗学思想上其实貌合神离。黄汝亨之所以从王孟诗入手，正是从对竟陵派予以批判的角度出发的。他曾经与友人李应征(字伯远，嘉兴诗人，官南国子博士)等倡言雅道，认为山水诗须以王维为禅宗。他说：

> 友人李伯远(应征)常言："相人法宁有俗中之雅，毋容雅中之俗。"每叹服，以为名言。诗亦然。高僧名衲，其至者原不在诗。委巷间人往往夸觚翰啸歌以为雅，图穷而匕首见，似雅之俗，恐亦不免。乃其至者，自声而为诗，如松涛竹籁洒落人间。摩诘之为禅。皎然、灵一之为诗，两者固并行而互映也。④

巧合的是，黄汝亨论人以"王孟诗风"相推许，时人也以王孟诗风来赞许他本人。比如，顾起元《懒真草堂集》为其作序，称其诗"晋宋之陶谢，唐之王孟"，并以此为风雅之道，冀黄汝亨振作

---

① (明)黄汝亨：《寓林集》卷三《陶孝若南北游草序》，《续修四库全书》集部第1368册，第660页。又《四库禁毁书丛刊》集部第42册，第90页。

② (明)黄汝亨：《寓林集》卷三十《姚元素黄山记引》，载《续修四库全书集部》第1369册，第521页。

③ (明)黄汝亨：《寓林集》卷三《山游草自序》，载《续修四库全书》集部第1368册，第663页。

④ (明)黄汝亨：《寓林集》卷三《震泽咏小序》，载《续修四库全书》集部第1368册，第662页。

骚坛："余尝私谓当今雅道沦谢，当与天下共推贞甫。"①

**2. 诗道"性情"，绮自情生**

黄汝亨认为，"性情"是诗歌创作的前提。他从庄子和陆机《文赋》中寻找理论依据，援引庄子"六经皆本性情"和陆机"诗缘情而绮靡"的观念，变通为以"情"为诗教的诗学观，是冯梦龙"情教说"的先声。他说：

> 庄生曰：诗以道性情。而予以为：其事则《书》也，其美刺则《春秋》也，其变则《易》也，皆性情之流，天理之则也。按实则事为据，通灵则变为神。要之繇事以通变，繇变以证性情，则美刺之义陈，而经纬之教立矣。仲尼述六经，删《诗三百》以垂不朽；子夏亲承其训，故《小序》得者什九。申公去古未远，义存阙疑，毛、韩、齐、鲁递为之说，各有师承。而晦翁训注，大略纂集旧闻，据理循迹，其言于《雅》、《颂》多合，于《国风》多离。如执"放郑声"一语，而郑、卫之声概从淫邪，不知夫声之非诗也。夫惟灵心与实事合，而后可与言诗，诗之难言久矣。②

> 陆士衡有云："诗缘情而绮靡。"绮自情生者也。万物之色，艳冶心目，无之非绮。惟名花名姝二者，来香国，呈媚恣，令人飘飘摇摇而不自禁，则情为之萦，（汪）然明有情人也……趣超而语隽，所谓情生者也。作者谓"绮伤大雅，滥觞六朝"，不知应物称体，斯二者为宜，何厌绮乎？况乎芳菲易谢，美丽不常，古人逢落花而兴悲，叹佳人之难得，然明有心，谅同之也，岂以我辈钟情，目之为惑，《国风》好色比之

① 顾序另见（明）黄汝亨：《寓林集》卷首，载《四库禁毁书丛刊》集部第42册，第4、5页。

② （明）黄汝亨：《寓林集》卷二《诗故序》，载《续修四库全书》集部第1368册，第634页。

于淫乎哉!①

以上著作中,《诗故》虽是藩王、学者朱谋㙔的心血之作,然而刘松来认为,“该书在整体上并未改变历代经学家以政治教化附会诗义和将诗旨归于美刺两端的做法”②,而《绮咏》的作者、“黄衫豪客”汪然明尽管对秦淮名妓极尽怜香惜玉之能事,其艳诗集出版时仍然要以“绮伤大雅,滥觞六朝”自嘲。受公安派思想影响的黄汝亨,则对充斥诗坛的传统伪道德扫荡一空,直接指出:抒“灵心”、写“绮靡”即诗的“缘情”本质,不必遮遮掩掩,显示出非凡的魄力和卓越的见识。

**3.“才”“情”相谐,清妙自然**

黄汝亨认为,优秀的文学作品是“才”与“情”和谐共生的产物。情感必须真挚,诗歌深婉幽眇,合乎“神情”,才能登大雅之堂。他说:

> 儒家谭文辞,则《庄》、《骚》并称……总之,文生于情,庄生游世之外,故清浊一流……宋玉而下,有其才而非其情,贾谊有其情而非其才,谊之泣以死也,又其甚者也,亦犹晋人之嫉物轻世也,庄之流也。相如因缘得意媚于主上,所为《子虚》、《大人》之篇,都丽寥廓,乏于深婉,其情可知已。道不同不相为谋,呜呼!此反骚之所以作也。儒者探《易》之幽而参于《庄》,讽《诗》之深而参于《骚》,参于《庄》可以群,参于《骚》可以怨,其庶矣乎!……要于神情,斯不亦符节骚人,而升之风雅之堂哉!③

① (明)黄汝亨:《寓林集》卷三《绮咏小序》,载《续修四库全书》集部第1368册,第660、661页。又《四库禁毁书丛刊》集部第42册,第90、91页。

② 江西省高校古籍整理小组:《豫章丛书·诗故·点校说明》,江西教育出版社2006年版,第548页。

③ (明)黄汝亨:《寓林集》卷一《楚辞序》,载《续修四库全书》集部第1368册,第622页。

在为友人屠隆《鸿苞集》所作序言中，黄汝亨系统阐述其“才情说”。他说：

> 今夫虚空之中，忽然而有天地，天地中有四海五岳……而总为虚空之所苞举，则是虚空者之为物，熟与妙合偶对哉？尝试观之，惟人之灵，通神明，类万物，函虚蹠实，参两天地而称三才。世人往往桎梏束之，波流汩之，故子舆氏有不能尽其才之叹。世有才子，而后能觳列虚空，笼络宇宙；坚竖之为功，而精溢之则为言。屠长卿先生所著《鸿苞》一编是也……盖其心灵无所不映澈，而其长才无所不游徙，其塊磊历落之气不竟于名位，而眺览山川，挥洒词赋，犹不足以满其清湛浩荡之胸。读是篇也。不可谓长卿非才子，亦不可谓长卿不能尽其才者已。虽然，神明往则灵焉托？驰骤歇而才安归？六艺犹为陈筌，玄释不过传响，此编即称博雅功臣，而谓为长卿易简理得之书，不可也。①

黄汝亨认为，“才”是“情”的载体（即“寄托”），而“情”是“才”的归宿。黄汝亨还以前人集杜句为例，说明“谐情合体，仿性纾才”才能成为佳作：

> 朱进父用杜子“浅把涓涓酒”二句，作饮酒诗十六首，而南太史子兴竟集杜句为之，得三十首。两公俱称绝调，而为太史更难。何者？我与我周旋易，而我与人相代而竟作我，非谐情合体，仿性纾才不能也。②

黄汝亨推崇王维诗“清空”风格，又羡慕白居易“清吟妙自然”之隐逸诗句，广泛学习，精心研思。他是这样赞赏白居易的：

① （明）黄汝亨：《寓林集》卷二《鸿苞序》，载《续修四库全书》集部第631页。

② （明）黄汝亨：《寓林集》卷三《南太史饮酒集杜小序》，第662页。

空庭过凉雨，松下一高眠。偶读香山句，清吟妙自然。常时爱饮酒，第三号逃禅。吾亦无室事，从君结此缘。①

关于黄汝亨的“清妙”说，后人也有诸多称许。陆云龙称黄氏小品文“清新之致，淡逸之思，不为大雅宗乎？披卷快读，当见西山爽气扑人眉宇，沁人心骨”。李日华《恬致堂集》称其诗“虚明妙湛，别出灵手”。陈田说黄诗“刻意摹古，思清而词隽”。黄氏诗学，承袭了江南地域诗风与复古文学的双重传统。在黄汝亨周围，尚有一批这样的诗学家，他们既继承了明代七子派的复古传统，又能在江南诗风的熏陶下保持清丽的地域特色，陶写时代的新声。除了上述冯梦祯、黄汝亨之外，诸如李应征，陈田称赏其诗“五言清远，七言跌宕，自是一时之俊”；长洲令邓云霄，《四库全书》云：“云霄作《冷邸小言》，论诗以妙悟为宗，自然为用，集中多仿王孟之音，而酝酿深厚则未及古人。”这样的例子还可找出一大批，然而其中大多数人湮没无闻，又与本文不相关涉，故行文略去。

总之，黄汝亨才雄情绮，其论诗主张“清妙”，故而其“年弟”兰陵张师绎在其《寓林集序》中说：

欲观世道之盛衰，当验人才之虚实。欲观学人之深浅，当验立言之醇疵。天下所不足者，非才也；其所最有馀者，皆言也、才也。而陶熔之无学力，则入必不固。而嵬琐佻达之症，杂见而不未能究其所从来言也。而按仰之不醇深，则出必不真，而唯阿标榜之病，日展转而不能隄其所欲往。故正人心者息邪淫而已。

最后强调一点：作为汤显祖的诗友、谭元春的前辈，黄汝亨与竟陵派素有文字交。然而，黄氏始终强调博学而转益多师。黄汝亨在《寓林集》卷二十八致谭友夏书信中说，自《诗归》问世，议论蜂起，钟、谭屡遭攻击和迫害，钟惺因此失却晋阶资格，谭友夏也被

① （明）黄汝亨：《寓林集》诗集卷三《读香山集》，载《四库禁毁书丛刊》集部第43册，第76页。

视为“怪物”。书信中充满同情和安慰，但同时也透露出他对竟陵派“幽情单绪”之说风行天下的忧虑。

## 第三节　嘉兴诗学：以周履靖、李日华为例

嘉兴(秀水)与杭州、湖州组成了一个较大的诗学群体；然而其自身亦有一定的独立性。嘉兴诗文之士，亦是一群兼通诗、文、书、画、金石印章、琴棋博弈之人，其诗学观更加博杂，更加综汇贯通。惟其如此，江南诗学尚博、崇艺、主情的特色在他们身上才体现得更加淋漓尽致。晚明嘉兴(秀水)诗学由冯梦祯开创，尽管我们根据冯氏晚年移居杭州、流连诗酒之故将其置于上一节论述，然并不妨碍探讨其对嘉兴诗学之影响。李日华甚是拥戴冯氏，不仅终生师事之，而且高度评价冯氏，认为他开创了晚明杭嘉湖诗文制艺诸学的“元脉”。李氏说：

> 昭代易诗以经义，其格稍拘不能。闲士之溢思，其文每变每穷，而至于不可诘。隆万间，余师具区先生镕炼超脱，不破拘格而自标神骏，天下翕然宗之其后为陶(望龄)、为汤(显祖)，踵起艺林，因目为“元脉”。夫元脉归举首，则鉴归主司；鉴归主司，则功归制科矣。①

冯梦祯之后，陶望龄属于公安派，汤显祖是江西之杰，姑置而不论；从嘉兴地方文献考察，对当地诗学贡献最大者，当为周履靖、李日华叔侄。周履靖不仅是李日华的表叔，而且是其文学启蒙老师。②

① 李日华：《曹太史允大江云集序》，《恬致堂集》卷十四，载《四库禁毁书丛书》集部第 64 册，第 339 页。

② 据李日华《梅墟先生别录》回忆，“余……六岁始识字。七岁始读书。十二而属文。是时亦知好古矣。以家贫。无所得书。先生悉出所藏书教余……后即读书于先生晴雪斋中。益发得亲先生言论。先生不以余愚幼。而谬与谭。兼出古墨。指点笔意。或夜深秉烛。披咏唐人诗而上下之。”《四库全书存目丛书》史部第 85 册，第 481 页。

以下详述之：

周履靖(1542—1623)，秀水(嘉兴)人。字逸之，号螺冠子、夷门生，性喜梅花，又号“梅颠居士”，别署抱真先生。终生布衣，筑舍鸳湖之滨，于所居之处编篱引流，杂植梅竹百余株，又费千金买古今典籍，读书其中。其继室桑贞白(1573—1620)亦能诗，有《香奁集》二卷，夫妇偕隐唱和酬及老。郡县交辟皆不应，专力于古文诗词，诗名噪海内，胜流莫不愿与之交。与当时的文人名士如王世贞、王稺登、屠隆、茅坤、陈继儒、董其昌、李日华等皆相结交。曹顺庆等评价说，“履靖诗学陶谢，傍及盛唐诸诗人，一追晋魏，然博览名家金石，并能自出法度之外。论诗力主冲淡清绝古简”①。其文集《闲云稿》四卷，前有刑部尚书彭辂序、一甲进士黄洪宪序；《梅颠稿》原有状元朱之蕃为之作碑传、宰相叶向高为之作传文，周氏以山人之名而得序于此等权贵，其声望可知。周履靖极其博学，撰述甚富，据《螺冠子自叙》所载，他所编著的著作达七十九种，光绪《嘉兴县志》著录尚存四十六种，有《梅墟杂稿》、《夷门广牍》、《绿绮新声》、《螺冠子》、《梅坞贻琼》、《闲云馆诗余》、《梅颠稿选》、《画评会海》等。其中大型丛书《夷门广牍》一五八卷最为著名，由南京荆山书林于万历二十五年(1597)刻印行世。诗学典籍《骚坛秘语》就收在他自己辑成的这部丛书中。

李日华(1565—1635)，字君实，号九疑，又号竹懒，嘉兴人。万历二十年(1592)进士，历任九江推官、汝州判官、淹留县令、西华县令、南京礼部仪制司主事等，以南京太仆寺少卿致仕。据《明史》载，李日华官场多次起伏，均以恬淡处之。其性和易，与物无忤。家居二十年，惟以读书、著述、书画自娱。钱谦益谓“为一时风流儒雅，好古博物之士……书画亚于玄宰(董其昌)，博雅亚于损仲(王惟俭)，而微兼二公之长”(《列朝诗集小传》)。蒋凡、汪勇豪先生评价说，其“为人和易安雅，恬于仕进。时廷臣结党，互相攻讦，其独洁身引退，奉亲读书，倏然埃尘之外。又能书画，

① 曹顺庆先生评语，载吴文治主编：《明诗话全编》第5册，第4965页。

善赏鉴，人称博雅。诗歌多表现士大夫闲情逸致，风格清俊。所作笔记，措语省净，多类小品。论诗力主本诸心灵，自出手眼，不求工而自上”①。李晔著有《恬致堂集》、《六研斋笔记》、《味水轩日记》、《恬致堂诗话》、《竹懒画媵》、《梅墟先生别录》(与郑琰同撰)、《游白岳记》、《官制备考》等十数种。生平事迹见《列朝诗集小传》丁集、《明史》卷一八八。

## 一、周履靖的诗学活动及其思想

周履靖是“青溪社”早期盟主之一彭辂(字子殷，海盐人，嘉靖丁未进士，官南京刑部主事)的学生，其诗集《闲云稿》首序即由彭辂主笔。周氏在《螺冠子自序》中说，他与苏州文徵明之子文彭、文嘉以及名士王稺登、周天球交游。另据康熙《嘉兴县志》称，周履靖与王世贞为“莫逆交”，其推崇陶谢古风，很可能受到王世贞的影响。当然，与他交往最为密切者还是松江董其昌、陈继儒以及其外侄李日华，以及杭嘉湖一带的山人隐士。

周履靖著有《梅颠稿选》二十卷，前有诗人钱应金序曰：“先生有过人之才，有兼人之力，而又有不近人之情……其为文诸法无不备，其为诗诸体无不工，其为法书，兼篆隶楷草之能，钟王虞褚之妙……其结客自名公卿贤豪长者，以至方外野衲道民几一时高品，无不遗之翰墨，而投之诗歌。”②周履靖弱冠弃巾，专于艺文七十年，专心致志，“其为人虽奕奕多奇，种种嗜好，而无非一片冰心、一具傲骨，散而为香风道气，请得约略其生平，曰梅颠先生。其诗似襄阳，其颠似海岳，其爱梅似孤山处士”，达到晚明山人文学的较高境界，所以取得如此全面的成就，并非时人一面阿谀之辞。

又陈继儒序曰：“率本于天真烂熳，情性流行，不叫号以为

① 蒋凡、汪勇豪先生评语，载吴文治主编：《明诗话全编》第7册，第6357页。

② (明)周履靖：《梅颠稿选》弁言，载《四库全书存目丛书》集部第187册，第336页。

豪，不呻吟以为幽，不狂搜险觅以为新怪。介石朋松、耕云钓月，笔墨纷批，飘然多逸群拔俗之想，年八十有四逝矣。后世读其书而不得见，辗转寻味，复未省为何如人，或疑为诗匠，为文伯，为书画家，为聱叟，为畸翁，而不知梅颠……朱金陵(之蕃)碑曰：好古而不嫌析产之诮，陈诗而不避卖名之訾。叶福清(向高)传曰：以虫书籀篆、金石为尚友；以禽鱼草木天地星形方言稗说为汗漫友；以大历诸家、中原七子为吟友哉！斯言还证此稿，可谓实录，可谓传神。梅颠庶乎不朽矣！”可见“一任天真”是时人对其文学思想的基本评价。

周履靖兼通美食、园艺、太极、气功、音乐、金石、医学、书画、养生、茶道、命相、阴阳风水等三十余门技艺，皆有专著行世，其学博杂，堪称亘古绝今。但凡各艺，皆能会通诗文，更是千古罕有。如《茶德颂》：

> 有嗜茶茗友，烹沦不论夕朝。沸汤在须臾，汲泉与燎火。无暇蹑长衢，竹炉列牖，兽炭陈庐。卢仝应让，陆羽不如。堪贱羽觞酒觚，所贵茗碗茶壶。一瓯睡觉，二碗饭余。遇醉汉、渴夫、山僧、逸士，闻馨嗅味，欣然而喜；为掀唇快饮，润喉嗽齿，诗肠濯涤，妙思猛起。友生咏句，而嘲其酒糟，我辈恶醪啜其汤饮，犹胜啮糟。一吸怀畅，再吸思陶。心烦顷舒，神昏顿醒。喉能清爽而发高声，秘传煎烹沦啜。真形始悟玉川之妙法，近鲁望之幽情。燃石鼎俨若翻浪，倾磁瓯叶泛如萍。虽拟酒德颂，不学古调咏螟蛉。①

这篇茶颂，将寻常日饮上升为思陶妙境。再如补黄省曾所作《菊谱·十四·品第》，又将“五经”“四书”皆用以解释日常俗事，大雅大俗之间浑然无隙：

① (明)周履靖：《茶德颂》，载《古今图书集成》第87册“草木典”，台湾文星书局1964年版，第184~185页。

或曰：菊奚先？曰先色与香而后有态。曰：然则色奚先？曰：黄。黄者，中之色。《易》曰："黄巾通理。"《诗》曰："绿衣黄裳。"土旺季月，而菊以九日花，金土之应，相生而相得者也……子曰："虽小道，必有可观者焉。"苟致远而不泥，庶几近道矣。①

可见，周履靖的诗学活动较为单一，是一种书斋化、隐逸式的活动，更加强调文学本身的娱情性、高雅性，不像其他江南文士那样将之视为传之后世的神圣化活动。因此，朱彝尊指责周氏夫妇为"好事者"、"偕隐者"，他说："逸之夫妇能诗，门内唱和，钞撮《夷门广牍》刊行，亦好事者流。盖先寒山赵凡夫偕隐者。"②

周履靖的诗学思想，集中体现在其名著《骚坛秘语》之中。按照卷帙顺序，现提炼介绍如下：

**1."情景事意"说**

周履靖认为，"凡作诗，先须澄静此心"，在"澄心"的前提下，体会各种体裁的差别，其中五绝偏于情景，七绝偏于事意。他说：

大抵五言古诗，所养浩荡，所见详明，所取精微，所用轻快……大要七言古诗，所养浩荡，所见详明，所出奇崛，所用峭绝……五言律就其中择取事情极明莹者而用之，务要湩养宽平，不可迫切……七言律就其中择取沉雄险特者而用之，务要奇峭，不可宽缓……五言绝句主情景，七言绝句主事意。

在此总则之下，周履靖分式、制、情、景、事、意、音、律、病、变、范予以详述。仔细比照，不难发现"情景事意"是其创作论的核心观念。前言体制二节，是为了分体陈述"情景事意"之表

① 见黄省曾《菊谱》卷首，《说郛》本。按：此观点似抄袭北宋苏易简《文房四谱序》，文字大同小异。周氏抄得了无痕迹，若非我们警觉，真以为此序是周履靖本人原创。

② （清）朱彝尊：《静志居诗话》，第543页。

现；后面说的音律病变，是补充说明注意事项；而“范”则是举古人之典范予以诠释。

那么，何谓“情景事意”？其在诗歌创作中如何体现？周履靖进行了细致的分类，并就诗人与体裁主客观方面相应作出要求。他是这样说的：

情分十二感，分别是喜、怒、哀、惧、爱、恶、欲、忧、差、惜、思、乐。诗人面对写作对象，有“三体”：对待自己，要“发尽真情，去浮取切”；对待他人，要“以心体之，真切犹己”；对待事物，要“心体造化，鼓舞天机”。对于六种体裁(五古、七古、五律、七律、五绝、七绝)其“入情”皆有相应的要求。五古、七古要做到“情景事意”的融合；五律七律要做到将“真情”推到奇绝处；五绝七绝要“入事入情”。

景分十二类，分别是“时候、天文、地理、宫室、人物、鬼神、鸟兽、草木、器物、饮馔、音乐、艺文”，接着提出在写景过程中，应该“以时为本、以人为主”的主张，做到“四真”(适、炼、抉、生)、“三奇”(平、奇、杂)、“四玄”(仙、天、神、理)，并认为，五言以“清空”的审美风格为主，而七言以“奇壮”的审美风格为主。

事分为四始六设，分别是“正、邪、疑、妄”和“梦寐、古人、神示、仙灵、鸟兽、草木”。关于如何用事，他提出了“五故事”之说，即“正用、反用、借用、暗用、活用”，并对古、律、绝提出取其清虚处、取其圆活处、以痴语入而暗通情理的要求。

意有十取，分别是“正当、将迎、补绩、疑难、反异、超越、规正、愿望、解释、推极”。关于“意”的重要性，《骚坛秘语》卷下有专门论述，他说：“作诗以命意为主。古人云：‘操词易，命意难。’信不诬也。命意欲其高远超诣，出人意表，与寻常迥绝，方可为主。”因此在此只是点到为止。他提出，五言贵含蓄，七言贵显露。他说：“五言诗句常含蓄，举一反三，则含蓄矣。七言诗意欲显露，举要其中而断之，则显露矣。”

周履靖的“情景事意”说，并非其个人的发明。以其藏书之富、读书之勤，他肯定受到了汪道昆、李维桢、袁宏道等时人的影响，而将他们的观点付诸具体细则，用以指导诗歌创作。比如，他明显受到了李维桢“情景事理”说的影响。李说见《朱修能诗跋》：

> 今为诗者，仿古人调格，摘古人字句，残膏余沫，诚可取厌。然而诗之所以为诗，情景事理，自古迄今，故无二道。惟才识之士，拟议以成变化，臭腐可为神奇，安能离去古人，别造一坛宇耶？离去古人而自为之，譬之易四肢五官以为人，则妖孽而已矣！①

周履靖“情景事意”之说，较“情景事理”一字之差，但旨趣迥别。李维桢强调的“理”，乃是古人之理，其复古色彩浓烈，且带有强烈的对公安派不满的情绪。然而，周履靖偏重于“意”，则是指诗人的“意趣”或者诗歌的“立意”，没有门户之见，复古派也好，公安派也罢，无不可以统摄于作者之“意”中。

**2.“体格”为主，“性情、韵调”并重**

《骚坛秘语》卷中共八节，分别是“要、格、体、情、性、韵、调、会”。首节“要”，指出总体的风格论，提出除了“养气”以形成风格，还需要炼思、炼语、炼字；显然这是总体上的要求。而末节“会”是强调会通融合，提出以“六妙六悟”来融会各种风格。中间部分，充分体现了周履靖具体的诗学主张，对古诗、律诗、绝句在字句结构、声情音韵、气象境界等方面的不同风格，以及从先秦至盛唐诸家之异同特色，一一叙说周详，便于初学。

在本卷中，“体格”是作者重点论述的内容，也就是古人诗歌的风格论。他将体格分为四等，以“玄远沉雄郁”为甲等，以“清明深壮密”为乙等，以“逸雅重健婉”为丙等，以“淡奇俊怪丽”为丁等，显然受到了时人“初盛中晚”四唐诗风格论的影响，以初盛唐诗风为主、以中晚唐诗风为次。其中“体第十五”是全书的重点。霍松林等认为，“‘体第十五’是全书精华所在，其中分为古体、律诗、绝句。重点在古体这一部分，实质上就是元人陈绎曾的《诗

---

① （明）李维桢：《大泌山房集》卷一，第129页。

谱》原文，只不过去掉其‘杂体’，又加上入唐后诸家。”①这一看法基本上是准确的。《文选》以前古体诸家风格，皆剿袭陈绎曾《诗谱》，毋庸置评。然而其唐诗部分，虽然也涉嫌剿袭各家观点，但组合有序，仍然可见作者有较明确的诗学思想。

首先，他肯定了陈子昂的诗学贡献，承续了唐代古诗学的传统。仅此一点，可谓是对后七子派“唐无古诗说”最有力的反驳。他在剿袭了《诗谱》一段“陈子昂初变齐梁之弊，以理胜情，以气胜辞”之后，接着补充了自己的观点：“（子昂）祖《十九首》、郭景纯、陶渊明，故立意玄远而造语精圆。”认为陈子昂的古风根源于陶诗。并且他认为，“孟浩然、韦应物、高适、岑参、刘长卿、常建、郎士元、崔曙、钱起、李益、李颀、李端、戎昱、卢纶，十四人皆宗陈子昂，以古意变齐梁。以上为盛唐”。为了说明古风在唐代的发展，他拉来了“大历十才子”，以此说明陶诗古风在盛唐的繁盛，显然是针对后七子派否认唐代古诗学、不作大历以下言语而进行的反拨。②

其次，他尤其推崇杜甫、李白的古风，前者重于“体”，后者重于“格”，认为杜诗：“体制格式，备极诸变，上祖雅颂，下友楚汉，俯拾齐梁，故历代尊之，永以为训，诗家之圣者也。”“李白祖风骚，宗汉魏，下至徐、庾、杨、王亦时用之，善掉弄造出奇怪，惊动心目，忽然撇出，妙入无声。（以上评论剿袭《诗谱》）其诗家之仙者乎？格高于杜，变化不及。”从体格上推尊杜甫、李白为诗圣、诗仙，各有所长，观点鲜明。

再次，他仿照《诗谱》句式，对唐诗提出诸多宏观的构想，具有唐诗史价值。陈绎曾《诗谱》曰：“凡读《文选》诗，分三节：东都

---

① 霍松林主编，张连第、林珂、梅运生等编著：《中国历代诗词曲论专著提要》，北京师范学院出版社1991年版，第202页。

② 我们注意到：将大历诗人归入盛唐，是万历间晚明江南诗论家普遍的做法。比如吴梦旸称焦竑诗有“大历之风”即如此。原因很简单：他们既推尊盛唐，又欣赏大历诸子多样化的诗风，将两者结合起来是必然的选择。而且，七子派论诗持“大历之后勿论也”的苛刻观点已深入人心，“大历”正好是一个灰色的中间地带。

以上主情，建安以下主意，三谢以下主辞。”周履靖在其基础上论唐诗：“盛唐主辞情，中唐主辞意，晚唐主辞律。”可谓推陈出新。我们推测其思理：汉唐气象相似，故盛唐主情；黄初正始气格局促，而贞元元和之气格与之相近，故中唐酷似建安以下，诗主辞意。晚唐多衰飒之气，与三谢以下之乱世颇相同，故诗人尚雕琢而主辞律。这种诗史观，与近代论者相符若契。

除了古体以外，周履靖在绝句方面也有新论。他说：“王维、裴迪、贺知章、李白诸家意绝语不绝。”也就是说，上述作家达到了“含蓄美”，言有尽而意不穷。相对而言，“杜甫、岑参、高适、王昌龄、刘长卿、张祜、韦应物、孟浩然、杜牧、李商隐、张籍、王建、韩愈、柳宗元、刘禹锡、白居易、贾岛、李贺诸家意绝语俱绝。”除了对王昌龄的评价偏低，大体上也是比较公允的。

**3. 重命意、悟篇法、通关节**

卷下撮辑皎然、严羽、曾李、杨载、虞集、范梈、赵扮谦诸家诗论，亦申以已见。总共十一节，前一节为总论，末一节为辨体。中间三部分为重点，各领属三节，如命意(五古、五律、七古)、篇法(对法、句法、字法)、关节(气象、家数、音节)。兹将周氏自创的部分论述如下。

其一，他高度强调命意的重要性。周履靖引用元代曾李、虞集的《诗则》、《诗家一指》等著作说：“作诗以命意为主。古人云：‘操词易，命意难。’信不诬矣。命意欲其高远超谐，出人意表，与寻常迥绝，方可为主。”(《诗则》)“作诗先命意，如构宫室，必法度形似备于胸中，始施斤钺。此以实论取譬，则风之于空，春之于世，暂有其迹，而无能得知所为者。是以造端超诣，变用易成，立意卑凡，真情愈远。”《诗家一指》由于元人诗学书籍汗漫不可知，周履靖连引数种有关“命意”之诗话，并明确标明出处，说明他对“命意”问题的高度重视。

其二，他对元代诗人的“篇法”理论进行了再编辑。在总论中，他用虞集的《诗家一指》说明，篇法是历代诗家关注的要领，“有以字论者，有以意论者，有以事论者，有以血脉论者”(《篇法》)。然而，前引范梈的《木天禁语·六关》中，只是将“篇法”置于“关节”

之内，即“六关：篇法、句法、字法、气象、字数、音节”。显然，为了使结构匀称，周履靖有意识地作了调整，将“气象、字数、音节”作为“关节”独立出来。在论述“篇法”的过程中，他并非全部剿袭范梈的理论。比如，古诗的篇法理论，他照搬范氏；但是就绝句而言，又偏重杨载的观点。“杨氏曰：‘绝句，截句也。后两句对者，是截律诗前四句也。前两句对者，是截律诗后四句也。如四句皆对者，是截去律诗前后四句也。四句皆不对者，是截取律诗前后四句也。虽正变不齐，而首尾布置，四句自为起承转合。”(《诗法源流》)总之，由于他熟悉元代诗家秘籍，对篇法理论作了简洁的整合。

其三，在剿袭前人的基础上，删改了部分“关节”。周履靖关于“气象、家数、音节”的看法，大体上来自范梈的《木天禁语》。但是，若不符合周履靖“雅正”的观念，他便会替换删改。比如“音节”，范氏原书为：“马御史云：东夷、西戎、南蛮、北狄，四方偏气之语，不相通晓，互相憎恶。惟中原汉语，四方可以通行，四方之人皆喜于习说。盖中原天地之中，得气之正，声音散布，各能相入，是以诗中宜用中原之韵。”周履靖改为：“严沧浪云‘下字贵响，造语贵圆’；又曰‘音韵忌散缓，亦忌迫促’。曾氏曰‘造语妥帖，琢对称停，不患无音节矣’；又曰‘诗贵有音节气象。悠游则音节自足，观《楚辞·九歌》可见。赵氏曰：‘音节非但谓韵也，凡字有响亮是也。马伯庸谓不可用哑韵，如五支二十四咸。此或未然也。古人云，诗有全篇平声字者，全篇反字者，但咏之不觉其然，于是又知非谓用平反字韵也。’”应该说，周履靖的选材破除了狭隘的地域观念，具有通变意识。所引书籍，除了《沧浪诗话》，后面广引元代曾李《诗则》以及赵㧑谦《学范》，均为海内罕见之典籍，若说周履靖是一味剿袭显然未允。

周履靖另有《梅坞遗琼》六卷，有诗文序广赠同好，如孙孟芳(字世声，生于艺术世家，书法家孙得原之子)、沈绍文(字孺休，生平不详)、陆万言(字君策，华亭人，万历五年举人，隐居“畸墅”)、何三畏(字士抑，号绳武，万历十年举人，授绍兴推官，后隐居天与轩，有《漱六斋集》四十八卷)、陈继儒(字仲醇，后文有详介）等，无非是抒发隐逸之闲思、山水书画之雅意。这一批“山人”虽然广泛开展了诸如行吟结社、刊行社集等活动（如1594年周履靖将这群人的泖湖之酬唱刊行，是为《泛泖吟》，有涵芬楼影印《夷门广牍》万历刻本），也形成了一定的诗学势力，但与主流诗坛相隔离，姑存而不论。

## 二、李日华的诗学活动

李日华的诗学活动主要集中于其家居期间。钱谦益《列朝诗集小传》说：“君实和易安雅，恬于仕进，后先家食二十余年。能书画，善赏鉴，一时士大夫风流儒雅，好古博物者，祥符王损仲、云间董玄宰为最，君实书画亚于玄宰，博雅亚于损仲，而微兼二公之长，落落穆穆，韵度颓然，可谓名士矣。”①其实，由于地理条件的局限，李日华并没有与其他所谓“一时士大夫风流儒雅，如古博物者”有所交往。据万木春考证说，李日华与只隔一夜航程的董其昌也仅有数面之缘，是钱谦益将其跨地域的影响夸张了。②

然而，李日华仕宦多年，性情恬雅，当时文坛名流皆乐与交游，隐居之后整理其诗学思想，对嘉兴诗学的影响可谓深入而长远的。这些交游皆可以考证。

首先是以制艺科举为中心的广泛交游。李日华18岁应举子业，除了师事冯梦祯，亦曾师从陈继儒，“质经则师冯具区，考艺则师陈眉公”，③故其《陈眉公先生秘笈序》开首称呼即“吾师眉公先生”。④又与汤显祖、虞淳熙相师友，作有《虞德园先生文集序》，称“余以为文至娄东（注：王世贞），无忝盛明。一时横出者，乃有临川汤先生、武林虞先生。两先生不屑拾人间片唾，所陈瑰丽异

---

① （清）钱谦益：《列朝诗集小传》，第638页。

② 万木春：《味水轩里的闲居者——万历末年嘉兴的书画世界》，中国美术学院出版社2008年版，第148页。

③ 李杰：《李日华的文艺思想研究》，复旦大学2006年博士论文，第13页。

④ （明）李日华：《恬致堂集》卷十一，《四库禁毁书丛刊》集部第64册，第311页。

特，似非经舍史圃搜弥所得”①。他与袁宏道亦有赠序之缘。一个颇值得玩味的细节是：尽管李日华在制艺文章之学方面与袁宏道意见相左，但诗学方面则叹服袁氏，与之保持着较好的私交。② 其《袁中郎广庄序》云：“吾辈胶黐纠缠于文墨议论，几丧其故，安可无是忝神之书，以自拯而拯世。则漆园一杯，愿与中郎共之。”③

其次是与嘉兴士林有密切的亲缘关系。李氏与嘉兴望族沈氏、周氏、项氏等世为婚姻。李杰博士据李氏家谱考证，李日华五世祖曾入赘嘉兴沈氏，李日华之长子肇亨娶沈懋孝孙女。而笔者强调，李日华不仅是周履靖的外侄，曾为周氏著《梅坞先生别录》；而且是嘉兴鉴藏大家项元汴所奖掖的后学，项、李为通家之好。④ 项氏在李日华幼时就曾造访李府；待其14岁入嘉兴县学，项氏作《玉树图》相赠，以励其用功读书。⑤ 日华有子名李肇亨，字会嘉，号珂雪，书法学褚遂良，娶项元汴之孙项圣谟之女。

李日华与当地文学世家皆有比较紧密的学缘联系，比如冯梦祯是李日华、黄汝亨的老师；而李日华既是嘉善曹氏子弟曹勋、曹恂等的老师，又曾执教谭氏子弟谭贞默、谭贞良等，广泛的人脉，奠定了其“悠游于艺文”的基础。我们以其交往的嘉兴诗学成员为例，说明李日华的广泛影响：

谭孟珣，字梁生，一字贞默，贞良之兄，李日华之门生。崇祯

① （明）李日华：《恬致堂集》卷十一，第313页。

② 李杰认为李氏与袁宏道无往来的论断似乎有些绝对，他说：“尽管李日华与三袁生活的年代大体同时……但根据李日华的生平交游情况，可以肯定地说他与三袁没有任何实际的交往。”李杰：《李日华的文艺思想研究》，第138页。

③ （明）李日华：《恬致堂集》卷十一，《四库禁毁书丛刊》集部第64册，第318页。

④ 李日华的堂兄李培与项元汴的子辈为亲家，后来李日华的长孙又娶了项氏之孙项圣谟之女。

⑤ （明）李日华《恬致堂集》卷二十二《寿项母陆孺人六衮序》：“余幼侍家山人燕几，犹及见墨林先生。抵掌谈笑，逸思横发。觥筹之余，抽染毫素，以寄胜情。余方舞答游校庠，先生为作《玉树图》，贻家山人言贺。至今椟藏之。”《四库禁毁书丛刊》集部第64册，第530页。

元年(1628)进士，官至国子监祭酒。明亡为僧，年七十七卒。谭贞默序李日华《紫桃轩杂缀》赞其“所吐余滓亦悉为珠玉”。有《碧漪斋集》。

曹勋(1589—1655)，字允大，号峨雪，晚号东干钓叟，嘉善人，李日华之门生。天启元年举人，崇祯元年(1528)会元，选庶吉士，历官翰林学士、礼部右侍郎。曾与弟曹炯等曹氏子弟16人创办“小兰亭诗社”，声闻华亭、嘉善间。其集《曹宗伯集》毁于乾隆年间。

岳和声(？—1628)，字之律，号石梁，岳元声弟，岳骏声兄，李日华同年进士。于万历二十三年“大计”遭劾，与同乡沈思孝、钱塘虞淳熙等同被削去官籍。后起为延绥总督，忧兵变而病卒。李日华尝与岳氏谋求营建孙一元祠堂未果，事见《竹懒画媵》卷一《题岳之律年丈求画小册》。有《餐微子集》。

徐必达(1562—1631)，字德夫，号玄丈，秀水人。徐学周子，徐行远弟，徐世淳父。万历二十年(1592)进士。初授太湖知县，累仕至右佥都御史，官至南京兵部侍郎。徐与李日华一同师事冯梦祯。冯梦祯《快雪堂日记》万历十六年四月二日条：“严莻夫来。以徐生必达见。椎朴中无所不有。今日得此一士。”有《南州诗说》八卷。

黄汝亨，杭州人，李日华同学、同僚，关系甚密。《六研斋笔记》：“万历三十七年五月七日：赴黄贞甫招，集灵隐寺之松隐房，与周太学本因、温太史员峤(即温体仁)坐涧心桥，俯听流泉，谈谐竟暮而别。”李日华与黄汝亨女婿张德懋亦是同年进士，两人为至交，《竹懒画媵》卷一、卷二皆有赠诗数首。

臧懋循，李日华之书友。《六研斋笔记》载，万历三十七年七月二十七日，与李日华、陆伯承暮饮谈所刻书。

沈懋孝，字幼真，号晴峰，平湖人，隆庆戊辰进士，李日华之子肇亨娶其孙女。曾教授里中，李氏师事之。晚年与李氏探讨老庄之学及朝鲜时政，事见《味水轩日记》卷一万历三十七年正月八日条、十月二十四日条。懋孝亡，李日华率儿肇亨往当湖吊唁，事见万历四十年十一月二十三日条。有《淇林雅咏》。

项德祯，字庭坚，号玄池，项笃寿长子、项元汴从子。与袁宗道同科(1586)进士，亦与之相交莫逆。历任工部屯田主事、四川参议、河南副宪使、山西参议。李日华与之交往甚密，玄池夫人卒，李氏冒急雨往吊，事见《味水轩日记》卷一万历三十七年四月十九日条。著有《皇明弼直录》、《续名臣记》、《大政志》、《易州新志》等。

沈孚先，字白生，李日华之邻居，万历二十六年进士，历南工部主事，官至水部郎，曾与其弟沈德水刻陈继儒《宝砚斋秘笈》丛书，版心镌其斋名“尚白”。

汪珂玉，字玉水，徽州人，寓居嘉善。朱彝尊《静志居诗话》云：“玉水不卑小官，留心著述……惜乎诗草甚富，泯焉无存。”①

最后值得补充的是：以上诸名士，在李日华的日常交际中不过十之二三，但已能充分反映出以李日华为首的嘉兴文学世家的交往情况。这些世家，如谭氏、岳氏、曹氏、徐氏、臧氏、沈氏等是科举世家，有些甚至达到了所谓“一门三进士”的辉煌。因此其《恬致堂集》前序作者为探花钱谦益、状元曹勋。李日华的交往圈子中所弥漫的“士大夫”气息，充分渗透到其诗歌创作与诗学理论中。

## 三、李日华的诗学思想

有关李日华的诗学思想，复旦大学李杰博士的学位论文分“性灵论”、“境意论”、“审美论”、“功用论”进行了较好的概括，比如“性灵论”综述道：“强调文艺要表现率真的性情，要求主体要有天才和个性，文艺创作要追求天趣之高境，重视创作时的灵感状态；但他在重天才和灵感的同时，并不否定学识的积累，既消除了神秘主义的倾向，也对明末公安末流的不学虚症进行了医治。”②

李日华的诗学思想偏于性灵才具，强调天趣生机，因此复旦大学汪涌豪认为：

---

① (清)朱彝尊：《静志居诗话》，第711页。

② 参见李杰：《李日华的文艺思想研究》弁首“内容摘要”。

李日华的诗论是一种截然推尚诗人本位，推尚诗人心灵与才情的“唯人”、“唯心”与“唯才”的理论，是可以成立的。这种理论与晚明时代人们普遍重视个性与才情的表达是相一致的。我们只要看汤显祖对“才士之文”的推崇，对“天生人之至灵也”(《秀才说》)、“士奇则心灵”(《序丘毛伯稿》)的强调，袁宗道之倡言“文机一变，天趣横生”(《答陶石篑》)，袁宏道之倡言“世人所难得者唯趣”，反对“有身如梏，有心如棘，毛孔骨节俱为闻见知识所缚”(《叙陈正甫会心集》)，陶望龄之要求才情常新，“各极其才而尽其变”(《刻徐文长三集序》)，邹迪光之提出“大都所谓诗者，以我用人，而不以人徇”(《王懋中先生诗集序》)，冯梦祯之主张“心变世，世不能变心”(《序曾直卿先生易测》)，还有竟陵派之“内自信于心，而上求信于古人”的论说，就可以明白，它们在当时士人的心中已衍成怎样浩大的风潮。①

李日华诗学思想，用他自己的话，可概括为“才、气、境、情”四个方面，他认为三代以下，汉魏诸唐之诗人“所凭而立者，才也，气也；所触而受者，境也，情也，万轨千驰不越乎是四者之用”。这与其表叔周履靖“情景事意”的主张是一致的。原文集中体现在为亲翁沈懋孝所作《沈晴峰先生诗集序》中，详引如下：

余伏读沈先生所著乐书，原本声气，参函大化，上溯韶茎，下釐俗谬，丽丽万余言，其要旨在沦情理，而饬其归于古淡庄雅，卓哉遂识，朗照汉唐，诸儒莫之能企矣……盖所为三代后离乐之诗，亦洋洋乎富有日新也。余夙受知先生，又以葭莩，故得请受而卒业，见其由建安、黄初下迨武德、贞观、元和、大历诸家之裁，靡所不有，亦靡所不肖；肖矣，又靡所不

① 汪涌豪：《新编李日华诗话书后》，载《批评的考究》，复旦大学出版社2003年版，第207页。

融泽宣耀，变化出没，尽剽其胜而踞其巅，今人知先生之于古人靡所不涵茹……然余由是而绎先生之旨，挹先生之风，觉神斤意杼，椎凿太空，缔构八虚，超然别行乎埃壒之外，而春容流逸，一取天地自然之音。即曹刘之雄矫，左谢之冲芬，陶韦之清适，杜陵之沉恣，青莲之俊爽，玉川长吉之诡幻，樊川香山之酣放，浪仙东野之幽奇，非不恫心慽目，试以先生之古淡庄雅临之，不啻鼓旗之驾偏部，端冕之莅庭造也。盖诸子所凭而立者，才也，气也；所触而受者，境也，情也，万轨千驰不越乎是四者之用。①

由此可见：偏重才气性灵的李日华宗法的对象早已突破了“诗必初盛唐”的局限，而是主张综合曹操、刘祯、左思、谢灵运、陶渊明、韦应物、杜甫、李白、卢仝、李贺、白居易、杜牧、贾岛、孟郊诸家之长，以古淡庄雅之气质、参函大化之才气，熔铸“建安、黄初下迨武德、贞观、元和、大历诸家之裁”而为诗歌。他曾特别关注李贺之诗集，深叹其诗逸失之众，其《书李长吉集后》云：

唐李公藩尝缀贺诗，未成……故杜牧所传，仅贺十一耳。宋黄长睿别得贺轶诗五十二首于赵来叔处，岂今所称外集者与？然较前数，亦逸其大半，何也？珠贝失贯，转就澌尽，为发一叹。②

李日华推尊李贺诗，其实是杭嘉湖一带中晚唐甚至宋元诗风流行的一个表征。其同学(冯梦祯弟子)凌濛初感叹：“今世词家为歌者，无不喜拟长吉，亦一时之变也。”③除了李贺，他还赞赏以“奇

① (明)李日华：《恬致堂集》，载《四库禁毁书丛刊》集部第64册，卷一二，第336页。

② (明)李日华：《恬致堂集》卷三六，《四库禁毁书丛刊》集部第65册，第116页。

③ 凌刻本《李长吉歌诗》，转引自陈治国：《李贺研究资料》，北京师范大学出版社1983年版，第30页。

诡”、“瑰丽”著称的卢仝、李商隐等晚唐甚至宋代的苏、黄，元代贯云石等诗人。他说：“元贯云石号酸斋，风流跌宕，人知其工小词乐府，而不知其歌行奇诡激烈，即卢玉川、李商隐不是过。”①他还说：“文与可，世但称其墨竹擅千古之妙，然其词笔瑰丽，亦非秦黄以下人。”②

李日华对吴地诗学的整体成就与独特风貌评价颇高。他认为，“吴音清柔，歌则窈窕洞彻，沉沉绵绵，切于感慕，故乐府有吴趋行、吴音子，又曰吴歈，皆以音擅于天下，他郡虽习之，不及也。”③但与此同时，他对晚明江南诗学缺乏“大家”的现象感到担忧。他说：“自徐昌谷殁，而选诗之脉断矣。非选诗之脉断，而为选诗者之自断也。黄初、太始后，晚晋以冲玄异辙，齐梁以柔艳分镳。唐格卑卑，冲风英振，近临川汤先生曾一整辔，然亦患夫材巨而学博。材巨则要眇之音或惊镗鞳，学博则菁英之色或点尘芜，非不工为选，而求工选者之逾失之也。”④同时，他对诗歌创作的娱乐化倾向表示不满。他说：“顾今世所为诗，古选律绝，牵缀风烟，渲染月露，雕绘不越青黄，栉比无关宫徵，只用写悰绨素、娱弄楮墨而已。”(《沈晴峰先生诗集序》)他还说：

> 今之为诗者，非悬令甲，非本性情，率为酬也、游也而已矣。酬以狥俗，有强欢之笑，有不戚之悲。应猝则取办捉刀，填虚则借资祭獭，百丑方丛，一妙何适，此岂复有诗哉？……其为风雅之辱，又曷胜洗也。吴门称诗者盖有王百谷，百谷之诗亦不外酬与游之两端，而能超然不为俗累，亦不至于困于游，而以诗辱，是其才情爽爽，诚丘壑中之秀出也。百谷亡而

① (明)李日华：《紫桃轩杂缀》(下册)之《紫桃轩又缀》卷一，中央书局1935年版，第8页。

② (明)李日华：《紫桃轩杂缀》(下册)之《紫桃轩又缀》卷一，第24页。

③ (明)李日华：《六砚斋笔记》卷四。

④ (明)李日华：《恬致堂集》卷十五《项惟亨读选堂诗集序》，载《四库禁毁书丛刊》集部第64册，第387页。

五侯之鲭几废筋矣！①

可见李日华并没有沉迷在江南诗学的繁声碎响之中，他清醒地意识到，江南诗坛自王穉登卒后，缺乏“振臂一呼”的人物。后来云间诗人陈子龙担当了这样的角色，可见李氏眼光的超前性。下面，我们结合其《恬致堂集》以及《六砚斋笔记》、《紫桃轩杂缀》等著作，谈谈他的诗学见解。简括为三方面，不尽之处，留待以后甄补。

**1. 崇尚“天趣”，陶冶“性灵”**

李日华将古今文学之特征总结为“天趣”二字，认为得天趣者得文章。他甚至认为，诸子以及史家行文与文学家一样，皆有天趣。只不过，诸子偏于理趣，史家偏于意趣，而文学家偏于情趣。他说：

> 诗有趣，文亦有趣。老庄有理趣，为《庖羲》翼，至西晋而绝；左史有意趣，为《春秋》翼，至前汉而绝；屈马有情趣，为《风雅》翼，至六朝而绝。②

那么，“诗趣”何在？李日华在其《六砚斋笔记》中解释道：“韵者，生动之趣，可以神游意会、陡然得之，不可言驻思而得也。”也就是说，这种“趣”来自于天赋与勤于思考而陡然意会。因此，他极力反对后七子派精研杜诗、食古不化，倾向于“无意为诗，而诗品自贵”。他说：

> 诗，心籁也。以和心感者，如编钟悬球，随叩以应。吐雍雅音，满人清听……君子无意于诗，而诗品自贵。③

---

① (明)李日华：《恬致堂集》卷十五《张振凡河萍草序》，第389页。

② (明)李日华：《六砚斋笔记》卷四“趣”条，另见(清)刘坚：《修洁斋闲笔》卷五转抄，《续修四库全书》子部杂家类，上海古籍出版社1996年版，第697页。

③ (明)李日华：《恬致堂集》卷一四《晏文澜先生居易堂诗集序》，第370页。

李日华并非一味反对学习古人，他只是反对赝古。他强调从古人的真精神中获得启发，“自适其天”，发挥各自的天赋，而抒写各种天趣。他说：

> (古之郡守)乐其山川风物，时一啸歌咏吟，以自适其天……神斤意匠，恣极雕绘，其所收于真宰，良已不薄。若韩之潮、柳之柳，许浑之吴兴，苏公之黄与惠，映带千古。①

这种“天趣”，就是指“性灵”，也即天机自成的灵感。李日华不只一次用到“性灵”一词，兹引三四例如下：

> 绘事必以微茫惨淡为妙境，非性灵廓彻者，未易证入，所谓气韵必在生知，正在此虚淡中所含意多耳。②

> 歙友京篱生者，耽嗜书法，终日挥洒，遇不得意则痛饮烂醉，人不得谁何之也。余书联语贻之云：性灵活泼毫锋上，世界沉埋酒瓮中。③

> 余少学诗，未具真眼。为古人“诗能穷人”、“穷乃后工”之论所笼……饥冻肠腑，未易得佳响。彼列鼎高门，珥貂穉彦，辽乎阔哉，于斯道矣。不知诗者，是人性灵浮动英妙之物。禀上振者，恣取无禁；辩凡思者，一字不能。初非缘境为生息，逐年以滋长也。④

李日华是站在文学首先也是一种艺术创造的角度上来谈“性

① (明)李日华：《恬致堂集》卷十四《别驾陈侯诗集序》，第371页。
② (明)李日华：《紫桃轩又缀》卷一。
③ (明)李日华：《紫桃轩又缀》卷二，第57页。
④ (明)李日华：《恬致堂集》卷十七《题项金吾竹君诗草》，第439页。

灵”的，因而与袁氏三兄弟“性灵说”略有区别。李日华认为，性灵是天人之际万物(包括人)的自然属性，“性者，物自然之天”。只因“造化钟神秀”，故而性灵满人间。诗人只要有创作冲动，就能达到性灵。因此，他在《六砚斋笔记》卷一中指出，所谓“性灵”，“要在胸中实有吐出便是矣”。

**2. 标新拔异，焕发“生机”，方能有所作为**

李日华经常借书画技巧探讨文艺。比如他在《评书》一段中说：“古人作一段书，必别立一种意态，若《黄庭》之玄淡简远，《乐毅》之英采沉鸷，《兰亭》之俯仰尽态，《洛神》之飘飘凝伫，各自标新拔异，前乎后乎，亦不相师，此是何等境界。”意思是说，但凡好的艺术作品，都是推陈出新、别开生面的产物。他还说：“书何以见有节气，盖谓会古融今，爽爽自运处，自备一种劲秀，不惟不逐时尚，兼亦不随古人脚跟转耳。”(《紫桃轩杂缀》卷三)自然，文学艺术也应这样，唯有“标新拔异”，才能迎来“天地一线新新之机”。正是着眼于此，他对后七子派赝古风气予以尖锐的批判，而且，对公安派的矫枉过正持观望态度，而对其好友、湖州著名诗人、一代名臣陆澄原的诗作充满期待，希望他能振作江南诗学。他说：

> 古今慧业，文人胸怀，不留一物，惟目迎天地一线新新之机，自为搏挠，自为满志。其笃意于新也，不独饔飧醪醴醺腐经昔者不御，拖桁中笈渝敝者不服，藉令得天上酥陀之馔，龙宫摩羯之珠，染指瞥眼，即为挥弃。其于文咏，奚止寻常窠窟蹴飏他方。虽三曹雄丽，二谢秀逸，杜陵沉顿雄豪之篇，长庚高亮空玄之句，偶一讽之，不以宿我灵府也。何也？以新新之机不存焉故也。昭代诸公，历下极意迎新，竟又规矩成袭；娄东熔合变化，几于无际。顾集芳酝妙，蜜官所输，非太空云液从金茎滴下也。袁中郎竖幢著论，猛思斩断剿袭之振，乃其所吐光色，或未足凌夺旧库。噫！难言之矣。余友陆嗣端诗，初惊其花艳……噫！所谓天地新新之机，日在嗣端胸怀间，供其抽绎，不复透犀生晕，入蚌胎珠耶……余亦有意于振新，恨根

钝识浅。①

李日华还高度赞扬了其家乡诗人钱应金，谓其“能拔新领异，以鼓吹吟坛者”。语见其为钱氏之弟作《听竹楼诗序》：“钱而敕，吾里诗人也。清神修干，立玉亭亭，望者已知其无俗肠……而胸次超超，日游云天上。入则师其兄而介。而介博硕恢奇，于书无不读，又能拔新领异，以鼓吹吟坛者。”钱而介即钱应金之字，曾为周履靖的诗集作序（见上文），是清代第一词人陈维崧的词学启蒙老师。李日华对松江董其昌之书法艺术赞赏有加，称其“一任自然，无意而出”（《竹懒书论》），也是赞扬其创新而生机无限。

乡人董启策持罗心禹诗卷乞序于李日华，李氏赞扬罗有“旷然天机”。他说：

（罗心禹）神气恬凝，风藻秀逸，旷然天机人也。居恒扫轨杜键，以几席当匡庐之顶，每轻云欲归，瑶雪正峙，引领决眦，若将不足。夫既已宾揖峦岫，而饱飧烟霏矣，则一畅之于诗。其诗不为皙泽髦发、膏唇脂粉，以阿时好。亦不为诡激抗引、徒豪举以自雄，而圆脱清俊，若浅若深，是真冲于情、澹于嗜、得其得而解其解者。②

李日华认为，江南文士凭借“多读书”、“多析理”、“多养气”，与造物相与为一，就能创造新新生机。他说：

余固愿士之为文者，多读书以沃其本，多析理以删其繁，多养气以达其颖，与造物者相为新新而不穷。《语》曰“起夕秀于未振”，新新之谓也。③

① （明）李日华：《恬致堂集》卷一四《陆水部嗣端诗稿序》，第377页。

② （明）李日华：《恬致堂集》卷十四《罗生诗序》，第380页。

③ （明）李日华：《恬致堂集》卷十六《匡庐撷秀序》，第410页。

子瞻雄才大略，终日读书，终日谈道论天下事；元章终日弄奇石古物；与可亦博雅嗜古，工作篆隶，非区区习绘事者，止因胸次高朗，涵浸古人道趣，多山川灵秀百物之妙，乘其傲兀恣肆时，咸来凑其丹府，有触即尔迸出、如石中爆火，岂有意取奇哉！①

我们可以设想：如果不是明清易代，像陆澄原、钱应金等之后，必定还会产生一大批优秀的诗人，江南诗学还会有巨大的发展空间，这些世家诗人的文学成就，会催生一批像钱谦益之类的诗人。然而，历史是不容吊诡的。明亡后，江南诗学的新新生机蛰伏在萌芽状态。所幸的是，李日华等人的诗学思想保存下来。

李日华还曾以其高度的艺术警觉，抨击竟陵派挖掘古人幽僻生涩之处化为己用的做法，认为这不是标新拔异，而是误入歧途。他批判道：

迩诗道自楚袁崛起，钟谭继政，所摽注劓割令人瞠目悚神，将尽易其步。然而天下与者半，而不与者半。与者与其不尽随人，不与者不与其未尽慊己也。②

李日华以其艺术眼光批判竟陵派诗学，其角度新颖，观点独特，成为晚明诗坛的一线亮色。然而可惜的是，随着明清之际的大变革，后世文人对于竟陵派的批判完全脱离了艺术领域，转而走上了政治清算的道路；李日华等人“标新拔异”的诗学努力，也尘封在历史的记忆中。

**3.“恬淡”自持，修身养性而后为诗**

李日华之诗，朱彝尊《明诗综》评为“恬淡自持”，陈田《明诗纪

① （明）李日华：《竹懒画媵》卷二《墨君题语》，载《中国画论类编》，人民美术出版社1986年版，第134页。

② （明）李日华：《恬致堂集》卷十四《葛无奇侍御留燕堂诗集序》，载《四库禁毁书丛刊》集部第64册，第375页。

事》评为“和易安雅”，“性情通脱，人品高妙，故吐属不凡”。“恬淡”其实也符合李日华论诗的主张。首先，他并不赞同诗“穷而后工”的说法，而是认为，决定诗歌创作水平的是诗人的修养。他说：

> 昔人以风月灞桥作敲诗之地，盖谓空寒寂历中，足以控引胜情，离绝俗垢；或又以凄紧无聊能逗出真致语耳。余谓此皆小乘观法。夫境有浓淡，怀有愉怫，时有凛舒，感有夷阻，而吟弄抒写，总是人耳。譬之悬球不过片玉，而轻抟重拊，种种殊音，善听者正不必偏赏其哀激也。①

他甚至认为，修养高的作者，感情也是一种“预设”，可以收发自如。比如杜甫之“沉郁顿挫”，或者白居易之“感伤”、韩愈“喜怒哀乐”之变化。他认为白居易之诗，特“以情取妍”。他说：

> 余倅江州，苏宏嘉先生以司徒檄榷税江浒，一新琵琶亭，余为作记……语云：“抑郁磥砢之气，必填阛汾之胸；骚牢愤懑之词，必发鄙庸之口，意谓乐天旷士，所谓泪湿青衫者，特剧情取妍，非衷语也。”宏嘉叹息以为知言。

他认为，感情无非是“缠绵襞缐之具”，韩愈之论诗即如此：

> 儒言“诗发性情”，情者，缠绵襞缐之具。春蚕登箔，抽吐无端，追乎罗合隐起，得而观焉。佛者施设种种，要在划情，情丝不留，综緅安寄？昔退之谓旭草圣，奇于喜怒悲哀骇愕斗进之变，疑高闲淡泊颓废不足相发，矧夫触情而吟，又转相触者耶！②

---

① (明)李日华：《恬致堂集》卷一四《汪玉水诗稿序》，第379页。

② (明)李日华：《恬致堂集》卷一四《勉公诗集序》，载《四库禁毁书丛刊》集部第64册，第401页。

其次，他从唐诗“雍雅和厚，清脆婉丽”的一面认识到：唯有和厚的诗才是纯粹的诗，可以“合古今远近异同”为一体。世人有各自的感情偏向，故而都是片面的。可见他综合黄德水、张之象、胡应麟、钟惺、谭元春诸家的意图：

> 声诗之道，至唐始盛。唐之诗，其美者雍雅和厚，清脆婉丽，感动人者自然流播人口，虽歌工贱倡，得以意自为取舍……学士大夫多闻多见，多杂嗜偏尚，又好雄其所建，是故所品削不尽协酸碱……合古今远近异同而一之，是以诗有《纪》有《汇》有《薮》有《归》，而难乎为《粹》也。①

他还认为，“平淡”是众味之原，是语言文字的一种成熟“老境”。他说：

> 老子曰：道之出口，淡乎其无味。非无味也，众味之原。将渝然蒸变，方且托于空玄，而不与根境相涉，故浅尝之而不得，捆咀之而亦不得，以其不得也，名之曰“无味”，字之曰“淡”。若夫语言文字，腴物也。谓之谈何居？将毋蒸变之宗独握而空玄之趣在酸醎外乎？坡公曰：渐老渐熟，渐归乎淡。归淡于既熟之后，其淡可想矣。②

再次，“淡雅”的风格不易达到，须从师悟道、读书体会，养心灵、培元气，而后方能“神妙”。其门人王起隆作《序紫桃轩杂缀》，将李氏比为苏轼：“君实先生人品文章，书法绘事，谭谐禅悦，种种擅当世之尤，大类坡公。”李日华也颇喜以韩门弟子、苏门学士为例，告诫其弟子。比如下则：

① （明）李日华：《恬致堂集》卷一四《金华诗粹序》，第369页。

② （明）李日华：《恬致堂集》卷十六《孟鸣侄淡言序》，第417页。

> 不佞见今之士大夫相与汩没于俗情，其先后进之相与，祇以貌相怡愉，间有谈及文艺者，务为褒嘉赞奖，以张声名……士生而各占一经，各稔所习，各运心灵，即可登坛展步，何所须长老之指示者……夫道者所参造化命万物，畅然快其心灵，卓乎其有立于世也。是说也，皇甫湜、张籍、李汉之所咨于昌黎，而秦观、张耒、晁无咎辈之所切磋于眉山者……故夫善为文者，养心灵、培元气而已。养心灵者，在薄嗜欲而观天机，培元气者，在厚廉耻之防，葆不愧不怍之真，以伸于天地万物之表。如是而又旦夕以古人奇书灌溉之，岂有不臻神妙者哉。①

李日华尤其欣赏苏轼、文同等人，认为先须读书养性，而后才能胸有成竹。他说：

> 文与可，世但称其墨竹擅千古之妙，然其词笔诡丽，亦非秦、黄以下人……固知风梢雪干，洒洒腾空，皆从锦胸中跃出，断非凡手腕可追者。余尝与友人论绘事，必在多读书。初时溟涬其语，久乃相信，以其证人渐深耳。②

总之，无论是“性灵”说、还是“新新生机”说、“恬淡”说，李日华都谈到了三个前提：读书、悟道、养气。其诗论既表现了士大夫的恬雅情调，也体现了江南诗学视博学与体悟并重的一面。其诗文集名《恬致堂集》，也标明了他的旨趣。李日华大半生致力于艺术鉴藏，以其卓越的能力与超凡的精力，开创了“吴派”新局面，这一派别，从李日华到董其昌，笼络了诸如陈继儒、周天球、莫是龙、项圣谟、卞文瑜等十余位江南文士精英，由他们所组成的群体，不惟是一个书画派别，也是一个诗学派别。

---

① (明)李日华：《恬致堂集》卷三二《答年家俞企延茂才》，载《四库禁毁书丛刊》集部第65册，第45页。

② (明)李日华《竹懒画媵》卷二，《中国画论类编》本。

## 第四节　湖州诗学：以朱国祯、董斯张为例

湖州处浙西要冲，自战国春申君建菰城，两千年来人才如林，至晚明而大盛。朱彝尊写道："万历以来执政者，前有四明，后有乌程。"由于朱国祚、温体仁先后担任首辅，加之乌程、德清、嘉善、归安各县科举鼎盛，形成了所谓"浙党"，湖州人才蔚起是历史发展之必然趋势。前文所举世家大族有孝丰吴氏(吴维岳家族)、乌程董氏(董份家族)、归安茅氏(茅坤家族)；我们此处以嘉善钱氏为例，说明其科举成就。朱彝尊评价"钱栴"之条目云："吾乡科第之盛，属嘉善钱氏。抚军(钱士晋)、相国(钱士升)二房，联华接武，相国有仲驭(钱棅)，抚军有彦林(钱栴)，后先以死勤事，贤子弟固自难得。"①值得补充的是，钱栴的亲家夏允彝(女婿为夏完淳)亦生在阀阅之家，成为"云间派"的主要成员。这种科举优势，不仅在政治上充分体现其渗透力，且文学上的影响力亦彰显无遗。本节仅以朱氏国祯、董氏斯张为例说明之。

朱国祯(1558—1632)，乌程(今湖州南浔)人，字文宁，号平涵。明万历十七年(1589)进士，选翰林院庶吉士，未几授检讨。累官国子祭酒，谢病归，久不出。天启元年，擢礼部右侍郎，未上任。天启三年，拜礼部尚书，兼文渊阁大学士。天启四年，总裁《国史实录》。魏忠贤窃国柄，国祯佐叶向高，多所调护，及叶向高、韩爌相继罢去，国祯为首辅，累加太子太保，后为阉逆李蕃所劾，不数月即引疾归去。卒谥文肃。一生著述甚丰，主要有《明史概》、《大政记》、《涌幢小品》、《皇明纪传》等。

董斯张(1587—1628)，乌程人，原名嗣章，字遐周，因体弱多病，自号"瘦居士"。董份六孙，董嗣成弟。国子监生，一生未仕。朱彝尊评价说，董氏早年学诗于赵广业，与周永年、茅维、吴梦旸、王留有诗唱和。及入闽，心折曹学佺。诗格学习宋人，于竟陵派盛行时能不受其影响(《静志居诗话》："是时公安、竟陵派盛

① (清)朱彝尊：《静志居诗话》，第649页。

行，浙西风气，不尽移易。”)，冥心苦构，力图自成一格。遐周洽闻周见，与同郡沈景倩(德符)学识略同，诗亦相似。尝以所作投前守吴季骃。季骃寓书韩求仲云：“在郡两年，不识有董生，吴兴守眼可抉也。近得渠见赠诗，如飞天仙人，不著一烟火字。”其倾倒如是。陈田《明诗纪事》补充说：“遐周《童牙》，《留篋》二稿，骨格尚未老苍，《寒竽》一集，自谓一变，冥心苦构，心血欲呕，颇参宋派。尝自写集三本，置于寺庙庋笥中，假好事传观，自负亦不浅矣。”①总之，董斯张以一介贡生，傲视江南文坛，既源于其显赫家世，又得益于其文学禀赋与领袖气质，以故董樵《遐周先生言行录》曰：“启、祯以来，东南文社一昌君子之气，而一时领袖群贤几人，皆当年就正遐周先生之门，比之苏门诸君子者。”著有《广博物志》四十卷、《静默斋集》四十卷。

## 一、朱国祯诗学活动及主张

从文字记录来看，朱国祯与江南纯粹的文士结交并不频繁。其早期文学活动围绕科举展开，其弟朱国祚(1559—1624)于万历十一年考中状元，从此青云直上；而朱国祯仕途较坎坷。万历十七年进士及第，旋遭父忧，落拓里居，其座师王世贞前往问询。大概与王世贞、李维桢、焦竑、叶向高、姚思仁、姚希孟等有文字交。李维桢《大泌山房集》第一百五卷载有《朱公墓表》，第一百八卷载有《朱公吴太孺人墓表》，分别是其为朱国祯父母所写的碑文。姚希孟《棘门集》卷七载有《祭朱相国平翁文》。前宰相、乡贤姚思仁对朱国祯耳提面命，朱国祯甚为感戴，有《答姚罗浮》、《贺姚罗浮老先生八十序》等文。朱国祯与焦竑等交游。其《祭某翰林文》说，他“方托游僧之便，定再会之期，远期金陵之焦叟，近则务塘之顾莲庄……如何不吊，奄忽而殂”，其诗集有五古《入山后访焦弱侯年

① 董斯张生平见陈田：《明诗纪事》庚签卷八，第2371页；(清)朱彝尊：《静志居诗话》卷一八，第550页。

丈》①，记述了他们遍游阳羡的经历。王世贞、叶向高是其座师和房师，姚希孟是其门生，其交往自不待言。另外，朱国祯曾与冯起震、冯可宾父子交游颇久，时冯可宾任湖州司理，朱国祯曾与李日华、董其昌一起为冯起震撰九十寿文，并为其竹石画十幅作诗，这种祝寿、题画唱酬是朱国祯未仕前为数不多的诗学活动。

朱国祯通籍后，其文学活动主要是与同馆翰林相勉励。万历二十五年，他选上庶吉士，与吴道南相交莫逆。万历二十七年(1599)，“与馆中诸友，如黄慎斋辉(1559—1621)、董思白其昌(1555—1636)、区海目大相(1560？—1614)、周砺斋如砥(1550—1615)、吴曙谷道南(1547—1620)、陶石篑望龄(1562—1609)谈性命，揆时事，彼此相勉励。惟陶意气尤合；黄赏识奖掖，尤称知己”。由此可知，其与公安派黄辉、陶望龄等交谊颇深，其集中(第172页)有《祭陶石篑年丈文》；又因为地缘的关系，与董其昌往来四十余年。

然而，随着朱国祯从史馆迈向馆阁，他舍弃了文学、心学而醉心理学，尤其推崇东林理学。兹举一例：高攀龙(1562—1626)死后，朱国祯仿谌若水为王阳明作墓志之例，为之作墓志铭长达4680字。这是笔者所见最长的墓志铭，比晚明最长墓志铭之一(黄道周为倪元璐手书墓志铭，2800余字)还多近2000字，是新近出土的最长墓志铭之一(清初宝应令乔可聘墓志铭，字数2400)的两倍，较此前其效仿对象、谌若水所撰长文《阳明先生墓志铭》也多1500字，② 其长度在历代墓志铭中实属罕见。铭文中他高度赞扬了高攀龙的理学业绩，称其超越王阳明，而与薛瑄并驾：“理学至

① (明)朱国祯：《朱文肃公集不分卷》，上海古籍出版社影印北京大学图书馆藏清抄本，第377页。

② 四篇墓志，分别见王德毅：《墓志铭的史料价值》，载《宋代墓志史料的文本分析与实际应用》国际研讨会议论文集，台湾东吴大学2003年主持。周铮：《明倪元璐墓志铭底稿手卷》，载《收藏家》2002年第4期，第45~47页。乔可聘墓志，参见袁淮主编：《扬州文博研究集》，广陵书社2009年版，第231~235页。《阳明先生墓志铭》，载《王阳明全集全译本》第1卷，北京燕山出版社2007年版，第336~340页。

国朝而明，明之极间亦厄而蚀如日月，然暂蚀必复，复乃愈显其明。正统八年，癸亥河东薛先生厄于王振几死，卒参密勿，祀朝廷越一百二十四年，丙寅乃有梁溪高先生。”①朱国祯与东林党人、金坛于玉立为知己，曾两为寿文，于氏卒，朱悲痛不已，买舟匍匐往吊，有《祭于中甫文》。② 又与理学名臣丁宾（1543—1633）交好，为其作九十寿序说，“余事之在师友间”。由于心向理学，许孚远（见前冯梦祯一节）对之期许颇高。其诗集第一首七律即《寄儆庵许先生》，诗云：“云霄锦字下吴兴，廿载交情老去增。碑昔道旁推茂宰，人今天上说中丞。贺兰看月蜚金罍，玄阁谈经坐玉绳。珍重吾师新事业，野人烟水正堪吟。”③

朱国祯的诗文往来更多局限于当地，即与湖州温氏、潘氏、沈氏、董氏、归安茅氏等结交。据朱氏《自述行略》载：朱国祯家贫，由于是长子，必须担负持家重任，弱冠即以馆阁为生，曾教授温体仁（1573—1639）及其幼弟温幼真，④ 也曾教潘季驯（1521—1595）之子习时文制艺。⑤ 与归安茅氏、湖州董氏往来甚为频繁，与沈儆炌之交往见《祭大司空沈泰垣年丈文》、《大司空泰垣沈公配查夫人行状》等文；与茅坤重孙茅瑞征交好，为其作墓志铭。⑥ 又为茅坤第三子茅国绶作长达1200字的墓志铭；⑦ 又为茅瑞征的堂弟茅元仪作《赠茅止生总戎往阃》诗，为茅维作《茅孝若〈蕢言〉序》。湖州董氏（董斯张家）延馆而未就，然与董家自此结深交，董斯张以弟

① （明）朱国祯：《朱文肃公集不分卷》，第46页。

② （明）朱国祯：《朱文肃公集不分卷》，第176页。

③ （明）朱国祯：《朱文肃公集不分卷》，第396页。

④ （明）朱国祯：《朱文肃公集不分卷》卷内有《寄温幼真》七绝，第388页。

⑤ 另参见下文《贺温培初寿文》：“余读书年二十无成，游学淤溪温氏，地去余镇凡七里，故又以名，温世家，多佳子弟，同时比肩、年相上下者凡六人。”

⑥ （明）朱国祯：《朱文肃公集不分卷》，第70~72页。

⑦ （明）朱国祯：《朱文肃公集不分卷》，第103、104页。

子礼事之。朱国祯在秀水期间，为董份作《贺董方白寿序》,①《祭大宗伯董浔阳文》,② 为董斯张及其三兄董嗣茂、五兄董嗣昳点拨时文，后与董嗣茂结为儿女亲家。董嗣昳卒，朱氏有《董幼函墓志铭》。③ 朱国祯与董斯张互有诗文往来，既是两大世家同气连枝的一种体现，又是双方互生敬意使然。董斯张补辑《吴兴艺文志》，朱国祯有《董遐周艺文小补序》。④ 另外，朱国祯与吴氏、钱氏、闵氏皆有姻亲或同学关系，曾为吴宏济(字汝楫，明史有传)作墓志铭，与嘉兴及松江钱氏家族多名成员交往，钱龙锡因受袁崇焕案牵连，朱国祯曾力为辩护。⑤ 闵洪学受温体仁照顾，天启二年至六年出任云南巡抚归来，朱国祯为之写了《赠闵曾泉功成恩荫序》；又为其从弟写《送闵斗阳光禄序》。可见，朱氏交游圈主要局域在湖州豪门世家之间。朱国祯与外界的诗学交流有限，其诗学视野也并不开阔。然而他是晚明继焦竑之后少有的学者型诗论家，在诗学考据、诗学源流等方面有所建树。

朱国祯之子朱大启亦是湖州诗坛领袖。朱大启(1565—1642)，字君舆，别字广原，万历三十八年(1610)进士，授南昌推官，万历四十年(1612)，充任江西同考官，与汤显祖书信往还。⑥ 天启中任文选郎中，天启六年(?)为胡震亨作《李杜诗通序》。崇祯初升太常少卿，转太仆卿，提督四夷馆，官至刑部右侍郎。崇祯五年，与岳元声、李日华、姚思仁、谭贞默、陈懿典等乡宦集资重修烟雨楼。崇祯十五年(1642)卒，赠刑部尚书。有《曼寄轩集》。以下是朱国祯诗论的展开。

**1. 论“佛语衍为寒山诗，儒语衍为《击壤集》”**

朱国祯明确指出，中国诗歌总体趋势是世俗化的，所谓“佛语

---

① (明)朱国祯:《朱文肃公集不分卷》，第133页。

② (明)朱国祯:《朱文肃公集不分卷》，第170页。

③ (明)朱国祯:《朱文肃公集不分卷》，第95页。

④ (明)朱国祯:《朱文肃公集不分卷》，第288~289页。

⑤ (明)朱国祯:《朱文肃公集不分卷》，《答钱机山》，第233页。

⑥ (明)汤显祖著，徐朔方笺校:《汤显祖全集》卷四十七《答朱广原》，上海古籍出版社1982年版，第1457页。

衍为寒山诗，儒语衍为《击壤集》”即是指此。尤其是后者，道出了理学诗的源流。宋明理学起初是议论心性物理，继而用诗歌的形式表现“孔颜之乐”，这样就产生了邵雍的《击壤集》。朱国祯对邵雍的理学诗非常赞赏，将之上升到与陶诗平起平坐的位置。他在诗中赞誉道：

有友在京国，尺书忽见贻。云光照海外，仿佛睹须眉。兼以刻三种，引之如抽丝。一一窥要妙，工岂独文辞。堂名云仰节，父作子述之。惟彼陶与邵，旷世可相期。①

朱国祯高度肯定陈献章的理学诗成就，认为是大儒手笔。他说：

先生《挽罗一峰先生》诗云：“状元文史少微星，翰苑为官漫两京。”此二句说尽一峰生平历履。又云：“青天白日人千古，五典三纲疏一通。”说尽行事。只此四句，可当一篇好墓志，人谁做得？先生之诗，大约得温柔敦厚之旨，法律之精，又不必言。其谈诗有云：“作诗当雅健第一，忌俗与弱。”盖其所得深矣，大儒之不可尽如此。②

在前人诗话中，朱国祯偏好崔铣（1478—1541）的诗话著作，为理学诗重振旗鼓。他引述说：

崔后渠评大理李世卿集云：“李子未知诗，其词险，其调戾，文则庶矣！古而啬，简而腴，奇而妥。”（《后渠评品》四则之一）又评《圭峰集》云：“罗景鸣，振奇人也。故其言捷于异，而奇于典。其昭于细，故而合于大。然能自冶伟词，不乱于颓习。”评白沙“挥而疏”，一峰“尚直而率”，定山“好名而无

① （明）朱国祯：《朱文肃公集不分卷》五言古体卷《寄曹予都察院》。
② （明）朱国祯：《涌幢小品》卷十六《陈白沙先生》七则之三。

实”。又云：“白沙受清秩而交泛，一峰行乡约而戮族人，定山晚仕而败”，独推重章枫山是矣。然指谪三公处，殊不尽然。“掸”与“疏”二字，非白沙本色，其交亦非泛泛者。“戮族人”，事必有故，苟为所不可，除之何害？定山以老疾被察典，不可谓“败”也。①

**2. 阐发“性灵”，陶镕气质**

我们反复强调，“性灵”一词，晚明各家所指有别。朱国祯所谓的“性灵”，是指心胸气度。其《赠古岳张邑侯考满序》云：

闻之先正云：“量可学，才不可学。”心窃疑之。儒者借此一字，阐发性灵、陶镕气质，而独难于才。何居？苏子曰：天下所不足，非才也，气也。是又以才为易。错综变化，自是笔端所向，各有所重，而要之必有归一之论。才有小大，一技一能，必有独诣不可强……才之包涵甚广，德为基，守为干，而时措咸宜尽其神。有读破万卷面墙如故，有旷览千古跬步不前，盖父不能受，师不能传，天授之奇也。②

此段行文中，前有“量可学，才不可学”，后有“阐发性灵、陶镕气质，而独难于才”。可见，朱国祯认为，才由“量”生，“量”即“性灵”，也即诗人的心胸度量。此观点与同时的闽中诗人谢肇淛的论点不谋而合。谢肇淛(1567—1624)在《近游草自序》认为：“夫世之游者，为名高也。”接下来他说，交游可令士大夫“开辟心胸，陶铸性灵”。然而，朱国祯、谢肇淛所说的“交游”，指的是结伴旅游，而非应酬。朱国祯极力反对应酬文字，认为其与诗道相违。他说：

近日文字中间为上官而作，如考满入觐，贺寿送行，连篇

① (明)朱国祯：《涌幢小品》卷十六四则之二。

② (明)朱国祯：《朱文肃公集不分卷》，第14页。

累牍，有一人而至二三首者，非不美观，然套语谀辞若出一辙，其于文格益靡且远。惟先生一切谢绝，即刘东山为广左伯郡太守求送行序文，亦不肯应。其言曰："所不敢施于当道，一嫌于上交，一恐其难继。"其识远矣！①

**3. 论诗重视"清丽"一格**

朱国祯作诗，虽其侄曾孙朱彝尊《明诗综》避讳而一首未载，然今存《朱文肃诗集》一卷，尚可窥见其诗作风格，是偏于"清丽"的。兹举其五古与七律二首作为代表：

> 清世多耆硕，东方有大儒。高标属瑶岛，清影彻冰壶。在昔文章府，曾将锦绣铺……有子已堪付，寻真兴不孤。诗歌遒且上，冠剑美而都……②

> 浔上渔翁敢自夸，岁残四壁贮烟霞。玉堂元只清如水，铁干还应着有花。单卧袁安谁命驾，一钱杜甫漫名家。寒枝不受风欺弄，曾奉东皇羽葆遮。③

朱国祯在《涌幢小品》中，多次以"清丽"标举时人之诗。比如，他推崇其好友、同年进士董应举(1557—1639，字崇相，一字见龙，福州人，官南吏部主事、户部侍郎、两淮盐政等职)，尤赞赏其能以"王、韦"诗风相鼓吹。他说：

> 陈勋字元凯……诗入唐人室，字与画皆精妙，人宝贵之。董见龙评曰："读其所作，如入清溪，棹晓月，两山倒影荡漾

① (明)朱国祯：《涌幢小品》卷十六《陈白沙》七则之四。

② 《朱文肃公集》卷一《青方冯先生，我湖司理桢卿公之尊人也。就养，便道访余浔中，即席写竹石，运笔如飞，别去又寄一卷一扇，皆神品也……》。

③ 《岁除自嘲并嘲复无上人》。

于蛉榍之下，而空明激射，如近如远。其清言莹骨，雅步绳趋，不失尺寸，酌于古今之间，动中伦虑，亦似其为人。”又曰：“元凯盛年独居，似王右丞，终日焚香，嘿坐寄怀。清远似韦苏州。然右丞有辋川差足乐。元凯贫，无一林亭可适。卒而后，有绍兴之命。视之苏州，犹为不遭。然其出处语嘿，萧然韵致，则二子莫之先也。”①

他还曾赞赏其好友陈佑山“诗文清丽”，并将其子培养成中国历史上少有的神童。他说：

陈佑山汝弼之子敏勋，少慧。九岁，从佑山鄱阳舟中。佑山指笔架作对云：“笔架如山。”应声曰：“棋盘似路。”……未几卒。佑山平湖人，进士，官给事中，弹汪太宰铉，谪官。诗文清丽。②

总之，朱国祯的诗论，继承了焦竑注重考据的学术路线，又尊重明代潜藏在主流诗坛之下的理学诗传统，并且还坚持以“清丽”的诗学风格为评价标准，春融雅正，有大臣之风。朱国祯与其弟朱国祚是同样出色的政治家，但他们的诗歌创作与理论均并不在一流作家之列，他们沿袭着仁和张瀚（1501—1593）、华亭陆树声（1509—1605）、湖州董份（1510—1595）、秀水沈启原（1526—1591）、苏州王锡爵（1534—1610）、长洲申时行（1535—1634）等阁老悠游士林的台阁风气，缺乏鲜明的时代特色。而且其诗学理论亦集中在笔记杂谈之中，缺乏鲜明的针对性与时效性，对于“后七子”和公安竟陵派等争论亦不屑于理会，造成了其诗学与晚明诗坛一定程度上的疏远与隔离。但朱国祯等代表着有明一代诗学的一种极大的势力，他们在漫长的致仕家居期间，以其声望扶植各种政治的、科举的、文学的新势力。下面我们将要讨论的董斯张，即朱国

① 朱国祯：《涌幢小品》卷二十二之《似王、韦》。

② （明）朱国祯：《涌幢小品》卷二十四《捷对》七则之四。

祯等培养起来的俊彦新秀。

## 二、董斯张生平及其诗论

董斯张家学素有渊源，其祖董份(1510—1595)为礼部尚书，家财百万贯(在杭、嘉、湖有地万余亩)，著有《史记评抄》、《汉书评抄》等百余卷、《泌园集》三十七卷等。其长兄董嗣成字伯念，号青芝，万历庚辰(1580)进士，廷对二甲第一。天姿颖敏，工诗文，精书法，“星纬经脉之学，丹青弧矢之艺”，莫不旁通。受其影响，斯张幼即颖悟慧异，博览群书，触类旁通，诗文词曲，无所不精。“生平契厚皆海内名士，商榷著述，结社联吟，力扶诗教。”(《南浔志》卷十二)董斯张乃大司空沈儆炌之外孙，沈氏是朱国祯之至交，曾视八闽学政，于士子中擢拔曹学佺，奠定了董斯张与曹学佺之私交基础。后来，董氏之诗学深受曹学佺的影响。本章前言曾介绍了更为重要的一层诗学关系：董斯张是茅坤的女婿，是文学家茅维(1575—1646，著名诗人、戏剧家，与吴梦旸、臧懋循、吴稼竳号称“吴兴四大家”，一称“苕溪四逸”)的妹夫，显赫的家世和广泛的人脉，注定了董斯张一开始进行诗文活动，就成为众星捧月的对象。

董斯张才名早著，曾以博物君子之名，允称当代。朱国祯在为董母所作《贺董母沈夫人寿文》中，开篇就写道：“遐周董君，今之才子也！譬之明珠，可照耀璧月……遐周天才逸发，其文章如独鹤横空，不染世间纤毫尘滓；胸中富有万卷，压倒茂先博物。董氏即世世多才，无有能出其上者。”①又与王穉登为忘年交，王氏称其：“才本天授，非人力也；情本神来，非学力也。余请以此言序《遐周集》……遐周初字然明，家本缨黻；折节下士，读书谈道，绝无一切游闲贵介之习。产日旁落，掉臂不顾；一编在手，旦夕吟咏不辍声。既具夙慧，又殚苦心，本天授也，而人力精进；本神来也，而学力淹通；富赡也而不备假，敏捷也而不矜伐。言不出口，体不胜衣；若以皮相耳食求之，孱然白面书生耳；安测其中森然武库

① (明)朱国祯：《朱文肃公集不分卷》，第163页。

乎?”(《董遐周集序》)又与陈继儒深交，陈眉公《静啸斋集序》卷首云：“余得《董遐周集》读而乐之，盖诗人满天下，而性情之音希矣。遐周出江东名家，气韵清拔，不屑群碎。伯兄仪曹慨然愧叹，以为不如。十五吐句震砻坐客，时甫帖括，未暇横心为之。已复善病，遂逃于诗。游闽之后，幽怨孤愤，篇咏间作……遐周得性情则言，不得则止。故其言清真幽澹，高迈孤迥，不洗汰而洁，不摹拟而肖，诗赋四卷，而三楚六朝四唐之变化尽在是，此诗之舟也……”董斯张拙于生计，却勤于著述，“伏床咯血，犹兀兀点笔，年四十三”(《湖州府志》卷二十一)。传世著作有《吴兴备志》三十二卷，《弁山志辑》一卷，《广博物志》五十卷，《吹景集》十四卷，《白法志》一卷，《梦历》、《静啸斋存草》十二卷、《静啸斋遗文》四卷、《灵芸》一卷、《古赋》一卷，《文苑英华钞》四十卷，《增定唐诗品汇》三十卷，《选采真社集》、《吴兴艺文补》七十卷等。

董斯张之子董说亦是湖州著名诗人，清初沦为遗民、僧人。戴璐云：“董西园字若雨，名著复社，《诗选》、《明诗综》仅二首。其《丰草庵诗》，若《雁字》、《落叶》诸咏，丽句清词，不拾牙慧，绝蔬笋气。忽为僧，自号莆潜戒子、樵牧耒舫，以韦布终身。钮玉樵《觚剩》：若雨华阀懿孙，才情恬旷，淑配称闺阁之贤，佳儿获芝兰之秀。一旦独皈净域，自号月涵，每一出游，则有书五十担随之，虽僻谷之深、洪涛之险，不暂离也。”①以下是董斯张诗论的展开。

**1. 主张“性情”说**

董斯张认为：唐诗有“性情”，故而能继承《三百篇》之风雅；宋诗或者注重典故训诂，或者类似悟禅，泯灭性情，驱逐神韵，导致弊病发生。他说：

> 情不可得，何有于声气？余苦参二十年许，觉三百篇递降而之唐，离者十三，不离者十七，皆是物也。以唐人品唐诗，《箧中》、《河岳》二集，独尊神韵佹得之。《间气》、《极玄》求

① (清)戴璐：《吴兴诗话》卷二，第236页。

声问格，唐士尽骨，异端燐起。宋诗病大率有二，一曰史，一曰悟。史则诂，鹤林氏诂其史，甫不受。悟则肤，沧浪氏肤其悟，青莲、王、孟诸家不受……杨氏音之，高氏声之，于鳞氏删之，即神韵无论，野狐一径，扼无使入。三先生为唐诸家殿，良苦土型，就驰驱范，调之以火齐，运之以如丝……岂有僭焉。①

董斯张在给好友徐波诗集作序时，批判七子派泥古不化，缺乏真性情。他说：

今人议七子后，动称性情诗。问渠性情是何物？罔措矣。吾尝语王亦房："识得性情两字，一生吟咏事毕。"亦房往，吾病且废，恨未获死，心禅悦极，文字之原，下语如隔罗縠。今日读元叹所寄诗，真能为性情诗者也。或谓法不孤起，元叹非台岩不践，非耆宿不参，那得无此微言，然此亦目论也。藉衣缁之士强坐之匡庐，雪浪百许日令摇笔，措元叹一语可冀哉？兴公赋古来以为美谈，吾以伧父习心未除，摹幽绘胜，犹拾人眉眼边事，末路坠漆园烟雾中，不能不避元叹一头地，况余子耶！元叹他诗亦无致不超，冰泉在山，寒吹潜赴，读之善喜者敛，善怒者平，一唱三叹，缚解扰息，穆然远视，如见其人。无元叹之妙指，而欲求元叹之妙弦，元叹自此远矣！②

董斯张认为，情有真伪，性有雅俗，唯有真情才能得风雅之致。他说：

"世人竞学兰亭面，欲换凡骨无金丹。"双井老人论书语。余论文亦云："诗，有声之文也。"气泽无不可假，惟骨不容伪似。不凡而非者三，曰浅之伪清，曰薄之伪灵，曰窘边幅之伪

① (明)董斯张：《静啸斋遗文》卷一《唐诗合选序》，第581页。
② (明)董斯张：《静啸斋遗文》卷一《徐元叹诗小叙》，第584页。

精。真解人则不然。靡剿声，靡写貌，如彀音之初试，駃騠之甫骤，眼无凡习，手无凡字。其人为谁？曰穉弢。穉弢席累叶缨黻，能一扫裘马习。神辔新敛，名书毕综，顾坑浪于俗少所谐，花石宾友，采及山衲，兴到命诗。率清徽之泠泠，任荆棘盈壤，尘沙涨天，不能着穉弢腕中一点。如《琴咏》云："生灭若自我，岂我能为声？"又别章云："色香俱可听，遂得披幽襟。"余直赏其骨，若名理求之，便邈山河。持此以往复，何境不入耶？①

**2. 倡导"吴下体"，强调体验生活**

董斯张与苏州王穉登之幼子王留（生卒不详，字亦房，诸生，以诗名，著《匏叶》、《燕载遗稿》等）以及复社的组织者吴江孙淳（生卒不详，字孟朴，嘉兴诸生，少负诗名，著有《蘅草》一卷、《梅绾斋诗》二卷）交游，从学习唐诗中悟得"性情"，从而倡导"吴下体"。② 在给王留的信中，他强调以充沛的才情焕发诗的新机。他说：

读《见怀诗》，清韵亮节，如寒鹳叫空，歌未竟辄泪浪浪下。至马使君赓唱之作，精气璀璨，令人不可逼视，抑何才之富，机之新也。古云："诗非奇穷不能工。"造物以眼前困亦房，"未必不为千古地，它时看遍长安花"。以风雅二字转移天下，无论李王诸君不敢自称夜郎王，即黄初开元以还，有不见我之恨。区区里左儿，刳肝斗技，春鸟寒虫，何能与王孙伍

① （明）董斯张：《静啸斋遗文》卷一《题沈穉弢俪影轩草》，第586页。

② "吴下体"的说法，来自赵红娟的研究。她认为："斯张与吴门王亦房倡'吴下体'。《静啸斋存草》卷七《哭王亦房四首》其四：'与汝倡成吴下体，一时凿破瓮中天。'"见其《明遗民董说研究》一书，上海古籍出版社2006年版，第53页。笔者按："吴下体"成立与否尚不确定。但是我们不得不承认，这种与七子派另标手眼、从"性情"立场出发重新学习唐诗的诗学观念确实新人耳目，姑且袭用其术语。

哉！弟不患足下不雄长，艺林正恐获之远而丧之近。①

董斯张从孙淳的学诗实践中领悟到：学诗不能采取守株待兔的方式，而应该主动出击，在生活中活学活用，充分发挥主观能动性，而非执念于唐人诗境。他说：

始孟朴语我："我穷而游，游即法子为诗，乃当境而盈意，及境谢而追之，而我诗多所遗憾者，何病也？"曰："子殆以待境心为之也。夫神，境之接也。微乎！微乎！石火箭锋，拟心参之。先主者，其物不灵。此余少时所涉也。"岁余，孟朴复来曰："我昔人，我诗非昔诗也。我每穷一题，窅窅乎其靡所即，格格乎其若不可击。"曰："此别作一离境心也。万物偕作，独距而钥，艮寅之厉，郁为枯魄，子其恬以伺之。"居无何，孟朴忽持一新帙来，呼余快读，且狂叫曰："我误矣！我乃今知所以德子矣！我乃今而知罗绮一山水矣！山水一罗绮矣！我乃今自吴中还，见陈古白氏之书，李长蘅之树石，皆吾诗矣！先境吾无诗，吾蹑境亦无诗矣！乃今知有唐三百年，皆非诗矣！"余深诞其言，而无以难之。②

董斯张以李白、苏轼为例，说明"诗"是性情修凝、体验生活的产物，而非学识积累。他说：

青莲眼空尘界，偶然出语，无不是金铜仙人掌中物。其诗直只旷古而无对。世间两脚书橱不少，才学语便尘土，不复可观。然枵腹者，又不得以此借口。须知太白读书，匡庐十年，贮在何处？知金粟如来，则知太白；知太白之为人，则知太白

① （明）董斯张：《静啸斋遗文》卷三《答王亦房书》，第596页。

② （明）董斯张：《静啸斋遗文》卷一《孙孟朴蘅草序》，第582页。

之诗矣。①

> 东坡居士以慈悲心出奇崛手，活此鱼，复有此咏。此老人胸中无杀机，亦无死句也。山谷是个中人，其赓什亦翛然可讽。后山语句便如八月荷，衰飒不可奈。米海岳云："真者在前，气焰慑人。"余于评诗亦云。②

显然，董斯张认为，一味读书，必死于句下。李白有空尘的眼界，更有丰富的生活体验，庐山生活十年，才有胸中山水真诗；苏轼放鱼诗，先有放鱼的生活体验，才达到了米芾所说的"真者在前，气焰慑人"的境界。

**3. 重比兴，尚寄托**

董斯张论诗不主一家，讲究比兴并举，意境相协，从而寄托高远。其《瘦居士自传》曾曰：

> 居常以诗，须比兴双洽。然意可鬼索，境由天会，稽其两义，兴且远矣！俯仰玄古，步兵我师，过此肉于杜甫，竹于李白，其余硌硌多有幽契。我诗如层云，若浮若留，缥缈烟际。但人飞鸟志，此乃佳耳。

董斯张在给私塾先生吴江沈伯任（生平不详）所作诗集小引，称其诗有寄托：

> （沈伯任）访余病，持其诗相质，波平树缛，雍容之声，宛登我春台中。伯任顾谢弗当，曰："吾以寄。"噫，但愁不寄耳。寄则神全，神全者，手不字，喉不声，尽诗也。万象精

① （明）董斯张：《静啸斋遗文》卷四《书李白江夏送人序后》，第605页。

② （明）董斯张：《静啸斋遗文》卷四《书东坡放鱼倡和诗后》，第605页。

明，自然咏歌。夫讵镂尘剪花，盗形式，摹声气，云诗乎哉？吾往时读孟氏书每未能会，既曰诵其诗其人焉，往而是迢焉。论世为微言，未谢玄契攸托。今之世乃叔矣！①

董斯张还受到多位诗僧的点拨，其中紫柏禅师的高足行忞（号复元，湖州人）就是其中一位。其诗如倪瓒山水画，寄托高远，清真孤迥。董斯张回忆说：

忞公高视阔步，霞飞云上。向檇李冯开之、吾师朱文宁两先生为筑庵以居。其居去吾浔不十里，每从之游，习其人，兼讽其所为诗。口不谈贵介，笔不流凡近，真使人有超然出世之想。若师者，真可谓真禅悦也已。师将有远行，予为刻其诗以传，朱先生序之最详。犹记冯先生语曰："忞公诗，清真孤迥，绝无一馂馅气。政如倪元镇画远水疏林、孤云片石，于虚得之矣。"得之矣！②

综上所述，董斯张诗学关注"性情"，重视比兴寄托，使得晚明江南诗学呈现出新鲜明朗的一面。无论其"吴下体"成立与否，可以肯定的是：董斯张、王留壮大了"吴派"的诗学势力，其"才情并重"、"比兴双洽"的理论，既综合了后七子派与公安竟陵派的诗学思想，也开陈子龙"比兴寄托"之论的先河。

① （明）董斯张：《静啸斋遗文》卷一《沈伯任诗小引》，第585页。
② （明）董斯张：《静啸斋遗文》卷一《题忞公诗》，第585页。

# 第七章　苏松常诗学群

晚明苏松常诗学振兴于以苏州城为核心的“吴中”。如果说，明代“吴中诗学”的发展分阶段性的话，那么我们可以一分为三：初期在明初，以高启等“四杰”、“十子”为代表，恰似落日未远，残霞满天；盛期在明代中叶，以徐祯卿、唐寅等“吴中四才子”为代表，恰似风清露白，星月辉映；末期在晚明，以“太仓四王”（王世贞、王世懋、王稺登、王锡爵）、“吴门三张”（张献翼、张凤翼、张燕翼）及其周围“四十子”为代表，恰似北斗璀璨，繁星满天。物换星移度几秋，在王世贞、王世懋等“吴门派”诗人辞世后，吴中诗风大变，追求后七子“雄浑清壮”的风气消歇，清丽婉雅的“吴歈”盛行，像赵宧光父子、王衡、王留、陈继儒、董其昌等即其中的代表。他们将诗书画合而为一的艺术传统、浪漫主义文学传统发扬光大，形成了所谓“松江派”，取缔了“吴门派”的地位。

晚明新兴政治势力崛起于常州无锡，形成了所谓“东林党”，并在江南科举优势的裹挟下，东林风潮席卷全国。东林诗学注重“诗教”观念，提倡以实学救国，受其影响，原来崇尚“隐逸”和“清雅”风调的吴中、松江诗人纷纷改弦更张，加入“东林党”或者其后继之“复社”，最终在晚明黎明前的暗夜，诞生了一颗耀眼的启明星——“云间派”中坚、明诗殿军陈子龙。复社的俊彦们亦纷纷结成“娄东派”、“嘉定派”、“虞山派”、“昆山派”、“金沙派”、“阳羡派”……同声合唱出一曲惊天动地的挽歌；① 明代古典主义诗学，

① 参见罗时进：《明末清初江南三诗派》，载《古典文学知识》2006 年第 1 期；《明清之际江南文学版图中的诗歌流派》，载《江海学刊》2006 年第 5 期等。

也在此最高潮中谢幕。

## 第一节　概　　览

首先，我们必须强调一个事实：以苏州为中心从东向看，晚明苏州、松江文人之间具有较强的互动性，组成了一个庞大的区域群体。这一点，从“吴派”的发展过程可见一斑。前文（第三章第二节《江南诗学特征论》之“崇艺”小节）已经阐明：晚明“吴派”形成苏州和松江融会并竞争的鼎盛局面，先有所谓“吴门派”之起伏，后有所谓“松江派”之繁盛。

其次，我们必须强调另一个事实：以苏州为中心从西向看，晚明苏州和常州因地缘关系，又形成了一个整体化的文化区域，刘廷乾博士称之为“苏常文化区域”。他说：“明代，苏州、常州二府在文化上取得了全面繁荣，几乎在每个领域，都处于全国领先地位。从作家队伍的发展来看，不管是明代初期、中期，还是后期、明末，各个时期的作家成批涌现，前后相继，发展基本均衡。”①至于晚明苏常互动发展的态势，他是如此描述的：“……启祯时期，常州东林书院、苏州娄东复社，更是引领带动了大批作家，从而使苏常作家队伍，即使到了明末，仍保持着发展强势。”②苏常群体以东林党和复社文人为主而展开，我们概括为：前有所谓“东林党”之波诡云谲，后有所谓“复社”之波澜壮阔。

### 一、吴门、松江诗人群

李希凡等指出：“‘吴派’画家大多出身书香门第，自幼即受到良好的文化教育和艺术陶冶，具有广博的知识和聪慧的才情。他们之中身兼诗人、书法家和画家的相当普遍，杜琼、刘珏、沈周、文徵明、陈淳、文嘉、陆师道、周天球、王谷祥等人俱负诗名，多有

① 刘廷乾：《江苏明代作家研究》，东南大学出版社 2010 年版，第 15 页。

② 刘廷乾：《江苏明代作家研究》，第 16 页。

诗集传世。”①其实，受晚明文化产品市场化的影响，纯粹的“诗人”在吴中地区较少见，“吴派”画家兼诗人的情状到晚明更加普遍。我们按先后顺序，分吴门和松江两个诗人群体介绍。

吴门即苏州，一称“姑苏”，是中国最古老的文化名城之一。公元前541年吴国大将伍子胥扩建新都，故一名“姑胥”、“胥城”。在明代，苏州成为全国的经济文化中心。明中叶著名的“吴门四才子”徐祯卿、唐寅、祝允明、文徵明享誉海内；此后，以文徵明（官至待诏）弟子为代表的“吴门”诗人群体再次崛起于苏州，成为与王世贞等“四王”并峙的诗学集团。关于“吴门诗人群”的存在，王世贞、钱谦益等文学大家亦坦言不讳，而文震孟的《姑苏名贤小记》则为之立传。展开如下：

文徵明寿诞之长、弟子之众、诗学影响之大，曾令王世贞大为感慨，他在《弇州山人续稿》之《文先生传》中说：“环吴之里居者，润泽于先生之手几四十年。先生好为诗，传情而发，娟秀妍雅，出入柳柳州、白香山、苏端明诸公。先生门无杂宾客，故尝授陈道复书；而陆仪部师道、归自仪部委质为弟子；其最善后进者，王吏部谷祥、王太学宠、秀才彭年、周天球，而先生之二子彭嘉亦名，能精其业。”“余尝谓吴兴赵文敏公孟俯，风流才艺，惟吾郡文待诏（文徵明）可以当之，而亦少有差次。其同者诗文也，书画也。又皆以荐辟起家。赵诗小壮而俗，文稍雅而弱，其浅同也。文皆畅利而乏深沉，其离古同也……寿则文逾九龄，而赵仅垂七帙，异也。若出处大节之异，前辈固已纷纷言之，吾待诏不与同年语也。”钱谦益评曰：“吴门前辈，自子傅（陆师道）、道复（陈淳），以迄于王伯谷（王稺登）、居士贞（居节）之流，皆及文待诏（文徵明）之门，上下其论议，师承其风范，风流儒雅，彬彬可观，遗风余韵，至今犹在人间，未可谓五世而斩也。”②钱谦益所谓“未可谓五世而斩也”，也就是严迪昌所说的“六世辉煌”。严迪昌说：

① 李希凡总主编，单国强本卷主编：《中华艺术通史》明代卷（下编），北京师范大学出版社2006年版，第55页。

② （清）钱谦益：《列朝诗集小传》丁集之“陆少卿师道”条，第474页。

> 作为东南文化的一个重镇，以苏州为中心的包括吴江、昆山、常熟诸邑在内的吴中地区的人文，自明代中叶起振兴而臻于鼎盛，毋论文学、艺术还是学术、工艺，莫不人才辈出，冠甲江南。至于与科举文化密迩相关的历经世代雄厚积累而构成的文化世族的簇拥迭兴，在这个地域尤蔚为壮观，成为大江南北最称密集的灿烂景象。若吴门文氏，自迁吴第二世文洪起，经文林，到文奎、文璧(征明)兄弟已人文隆兴，由此，文伯仁(五峰)、文彭(三桥)、文嘉(文水)；文肇祉(雁峰)、文元发(湘南)、文元善(虎丘)；文震孟(湛持)、文震亨(启美)、文从简(彦可)；文秉(孙符)、文乘(应符)、文果(园公)、文棉(端文)；文点(与也)、文按(宾日)、文然(弓云)，及于甲申、乙酉之际，历六世而诗画兼擅，群从如云，这里提到的只是名尤著者而已。①

以苏州文氏家族为中心的“吴门前辈”，见诸于文震孟《姑苏名贤小记》下卷“陆师道”以下诸人，本文前章已引述，② 故此不赘。“吴门派”成员之间不仅亦师亦友，而且还有更加密切的姻娅关系。比如陆师道之女陆卿子嫁给了赵宧光；文彭(文徵明长子)之孙女文淑嫁给了赵宧光之子赵均；文嘉(文徵明次子)之子文元善娶了王穉登之女。除此以外，为了便于艺术交流，他们有时会择园群居。比如王穉登与赵宧光是隔苏州河而居的芳邻，直到十年后赵宧光卜居寒山别业才分开。这些关系表明“吴门”确实存在着一个以文氏、陆氏、赵氏、王氏等艺术世家为主的群体。综合钱谦益《列朝诗集小传》丁集中“陆师道”以下诸人的名单，我们将两者共同列举的以下诗人作为“吴门派”诗人群的代表：

> 陆师道(1510—1574)，字子傅，长洲人。嘉靖戊戌进士，

---

① 严迪昌：《清诗史》(上册)，浙江古籍出版社2002年版，第260页。

② 见前文第三章第一节“世家文士与群聚活动”第10小节“邑贤题咏”。

授工部主事，改礼部仪制，以母病，告归侍养，年尚未三十也。杜门却扫二十五年。嘉靖末，用荐起南祠部，迁膳部郎，改尚宝司少卿。穆庙初，病不任，拜起，予告归，贫益甚，至鬻衣以给馔粥。又六年而卒。子傅自仪部归，已负重名，文待诏方里居，北面称弟子，手抄典籍积数千卷。①

居节(1524—1585)，字士贞，吴人。少从文徵明游，学其书画，待诏之门人，未能或先也。家本业织，籍隶织局，织监孙隆闻其名，召见，不肯往。孙怒，坐以逋币拘系，破家僦居虎丘半塘，屋数椽，萧然自适。年六十，竟以穷死。诗名《牧豕集》。②

钱谷(1508—1587)，字叔宝，吴人。少孤贫，游文待诏门下，日取架上书读之。以其余力点染水墨，得沈氏之法。晚葺故庐，读书其中。闻有异书，虽病必强起，匍匐请观。手自抄写，几于充栋，穷日夜校勘，至老不衰。尝编《续吴都文粹》若干卷。子允治，字功甫，贫而好学，酷似其父，年八十余，隆冬病疡，映日抄书，薄暮不止。③

陆治(1496—1576)，字叔平，吴人。少年为侠游，长而束修自好，种菊支硎之傍，自守泊如也。工写生，得徐黄遗意，山水喜仿宋人，而时出己意。为王元美临王安道图四十幅，奇峭削成，安道相上下。又与元美游两洞庭，画洞庭十六景，元美称其上逼李、郭、马、夏，而下勿论也。晚年贫甚，有贵官子所知某，以画请，作数幅答之，其人厚具贽币以谢，叔平曰："吾为所知，非为贫也。"立却之。年八十余而卒。诗

① 参见(清)钱谦益：《列朝诗集小传》，第474页。
② (清)钱谦益：《列朝诗集小传》，第483页。
③ (清)钱谦益：《列朝诗集小传》，第487页。

亦有秀句可诵。①

其后，文震孟之子文秉作《姑苏名贤小记》，续志《姑苏名贤》不载者十余人，与文氏家族皆有较深的渊源关系，他们是：王稺登、赵宧光、周天球、朱鹭、张凤翼、伍袁孝、袁虬、陆士仁、俞琬纶、周顺昌、毛文炜、陈元素、王志坚、朱陛宣、吴默、张世伟、顾所受、徐汧、刘曙、陆世钥等，择其著者简介如下：（王稺登、赵宧光在后文有专节介绍）

周天球（1514—1595），字公瑕，长洲人。为诸生，笃志古学，善大小篆隶、行草，从文待诏游，待诏赏异之。待诏殁，丰碑大碣，皆出公瑕手。隆庆中，游长安，燕集唱酬之作，一时词客皆为让坐，而诗名颇为书法所掩。胡应麟《诗薮》，盛称其《观象台》诸作，以为绝伦。大率声调雄壮，规摹王、李，去吴中风雅远矣。②

朱鹭（1553—1632），字白民，号西空老人，亦曰西空居士，吴江人。少有隽才。尝为诸生。拟元不得中，乃谢去。写竹法文梅两家，韵致洒落；工古文词，博学闳览，尤邃于《易》。性至孝，家贫，教授生徒以养父母。居恒备脯养亲，父母床头，日储数十文，曰“买笑钱”。父死，乃谢青衿，芒鞋、竹杖，独游名山，所至画竹以自给。崇祯壬申（1632），作《辞世偈》，沐浴更衣而逝，卒年八十。著有《名山游草》、《西空剡句》，并传世。③

张凤翼（1527—1613），字伯起，长洲人。与其弟献翼幼

① （清）钱谦益：《列朝诗集小传》，第487页。

② （清）钱谦益：《列朝诗集小传》，第486页。

③ （清）顾沅《吴郡五百名贤图赞》卷十一，道光八年石拓本，台湾广文书局1978年影印。

于、燕翼叔贻并有才名。吴人语曰："前有四皇，后有三张。"伯起、叔贻，皆举乡荐，幼于困国学。叔贻早死，而伯起老于公车，年八十余乃终。伯起善书，晚年不事干请，鬻书以自给。好度曲，为新声，所著《红拂记》，梨园子弟皆歌之。①

王志坚(1576—1633)，字淑士，号闻修，昆山人。万历三十八年(1610)进士，授南兵部主事。迁员外郎中。暇日，邀同舍郎为"读书社"，间借金陵焦氏藏书，校雠缮写，矻矻如诸生时。其读书最为有法，先经，后史、子、集，皆有撰述。迁贵州提学佥事，不赴，乞侍养归。崇祯四年(1631)以佥事督湖广学政，擢十四岁童生王夫之等，所选得人，部议为天下学政第一。卒于官。志坚与李流芳、归昌世并称"三才子"，肆志古学，兼通内典，诗文法唐、宋。生平作诗甚富，自选止七十余首。著有《河渚集》四十卷、《四六法海》十二卷、《古文续编》二十三卷、《故澜编》二十卷以及《香严室诗草》等。②

张世伟(1568—1641)，字异度，吴江人。七岁丧母，朝夕上食号恸，塾中书生皆为流涕。性明慧，善属文。父尚携之游于王世贞、王锡爵之门，二公以为国器，及长，声名籍甚。万历四十年(1612)举于乡，出新城王象春之门。累试不第，谢公车以老。与吴中文震孟、姚希孟、周顺昌、朱陛宣，并以名行相砥砺，称"吴门五君子"。卒年七十有四，友人私谥孝节先生。著有《自广斋集》。③

万历后期，随着朝廷对苏州丝织业贪得无厌的掠夺，爆发了声势浩大的苏民暴动；与这场暴动相关的苏州文士均在不同程度上受

① (清)钱谦益：《列朝诗集小传》，第483页。
② (清)顾沅：《吴郡五百名贤图赞》卷十二。
③ (清)顾沅：《吴郡五百名贤图赞》卷十二。

到牵连，苏松文化格局为之一变。松江滨海，饶鱼盐之利，其文化世家在中晚明迅速崛起，各方面均有赶超苏州和江南其他地区之趋势。王昶在《青浦诗传序》中说："盖吾乡溪山清远，与三吴竞胜，而地偏境寂，无芬华绮丽之引。士大夫家云烟水竹间，起居饮食，日餐湖光而吸山绿，襟怀幽旷，皆乾坤清气所结，往往屏喧杂，爱萧闲，励清标，崇名节。居官以恬退相师，伏处以孤高自励。性情学问，追古人于千载之上，从容抒写，归于自得。故如明中叶以后，空同，历下，公安、竟陵，纷呶奔走，四方争附，其坛坫以此哗世炫俗；而吾邑士大夫附丽者独少，此固昔贤自守之高。而为家乡后进，读其诗，仰企其人，当如何流连跻慕，奉为轨则欤！昔吾有先正，其言明且清，盖非邱里之言，合十姓百名而为风俗也。然则遵以为诗学之正宗，亦无不可。"①今人李洵说：

> 据清初松江叶梦珠在《阅世编》中列出的地区家望族兴衰情况看来……江南地区"士大夫"望族，在嘉万时期以前的大都已经没落，而嘉万以后兴起这些"士大夫"家族，都是和江南地区在十六、十七世纪经济、文化的突出发展有关……其中以科甲起家后而家资钜万的有华亭徐氏、云间陆氏、松江顾氏、林氏、华亭董氏、沈氏、王氏、云间章氏、上海沈氏、东门陆氏、姚氏、新场朱氏。②

正是在这样的政治、经济、科举人文背景下，"松江派"取代"吴门派"，成为"吴派"的主力军。以董其昌为首的"松江派"正是在这种背景下乘势而兴。刘纲纪先生认为，"松江派"与"吴门派"存在着明显的区别：

> 第一，吴门四家的绘画是代表明代中叶对革新朝政尚持有

① (清)王昶著，周维德辑校：《蒲褐山房诗话新编》，齐鲁书社 1988 年版，第 313~314 页。

② 李洵：《下学集》，中国社会科学出版社 1995 年版，第 218 页。

> 积极态度的温和派文人的绘画，董其昌的绘画则是代表明代后期对革新朝政已不关心并持回避态度的文人的画。第二，吴门四家与董其昌的画可以说都是“温厚和平”的，但实际又有重要的不同。吴门四家的“温厚和平”是儒者的颇为诚挚的“温厚和平”，董其昌的“温厚和平”则主要是禅宗的不露锋芒和追求一种超越性的心灵解脱的表现。第三……①

据姜绍书《无声诗史》记载，董于“万历戊子、己丑联掇经魁，遂读中秘书，日与陶周望望龄、袁伯修中道游戏禅说，视一切功名文字黄鹄之笑壤虫而已”。刘纲纪先生分析说：“一方面在朝做官，另一方面又大谈禅学，再加上饮酒狎妓，以求得精神上的麻醉与解脱，这是当时不少地位不低的文人的共同特点。在宦官的黑暗政治下，董其昌‘不激不随，故免于党人之祸’（康熙《松江府志》卷四十二）。这个记述大体是对的，董既没有像李梦阳、何景明、王世贞或明末的东林党人那样起来反对宦官暴政，但也没有完全依附、加入宦官一党……（而是对政治斗争）采取了回避态度。”②从董其昌身上，我们看到了松江派的一个侧影。

“松江”文人总集在晚明达到繁盛，但由于清代的销禁政策，仅存清初姚湘恭所编《松风余韵》等极少数诗文集，③ 此书与明李绍文《云间人物志》、清王昶《清浦诗传》一道，成为本文寥寥可数的参考资料，诚为憾事。姚自序其凡例云：“乡先生之集，著录于郡邑志乘者，不下四百余种；其间居高位、享盛名，著述之富，倾动当时者，不敢妄加别择，止就所遗者录之。如张南安（张弼，1425—1487）、钱状元（钱福，1461—1504）、顾文僖（顾清，

① 刘纲纪：《文徵明》，吉林美术出版社1996年版，第41、42页。

② 刘纲纪：《文徵明》，第37页。

③ 清末浙西学者谭献访求松江别集，仅存《松风余韵》与《松江诗录》，而后者仅录清人别集之诗作。谭复堂说：“书肆中求云间遗文，仅见《松风余韵》及《松江诗录》，白龙潭老僧导读残碣，已为道光间有司掩塞矣。”考见念劬庐丛刻《复堂日记补录》同治九年十二月十七日条，《复堂日记》，台湾新文丰出版公司1989年版，第89页。

1460—1528)、孙文简(孙承恩，1485—1565)、陆文裕(陆树声，1509—1605)、徐文贞(徐阶，1503—1583)、潘恭定(潘允端，1526—1601)、唐文恪(唐文献，1549—1605)、董文敏(董其昌，1555—1636)、张文节(不详)、莫方伯父子(莫如忠，1509—1589，莫廷韩，1537—1588)、冯宪使叔侄(冯时可，1548？—1623？，冯大受，1560？—1620前后)、周学宪(周绍元，周思兼长子)、①王侍御(王广心，1610—1691)、徐少司寇(徐孚远，1599—1605)、杜大司空(杜麟征，1599—1633)、林太仆(林景阳，1530—1604)、何孔目(何良俊，1506—1673)、陆古塘(陆应旸，1542—1627)、陈仲醇(陈继儒，1558—1639)等集是也。至若位不甚高、名不甚著，不挂词人之口，不登选家之编，前如沈东老(不详)、徐长谷(徐献忠，1469—1545)，后如张虞候(不详)、彭钦之(即彭汝让)②之类，即于各集略掇数章，以附见生平梗概。"③可见，历来大型文征、诗征仍然是以文学世家作为主体。在这众多的世家文士中，董其昌无疑是最耀眼的"明星"，上至首辅阁佬、下至贫庶山人，皆与之相关联。比如，董其昌师事陆树声，又与唐文献等结"十八子社"；更为重要的是，他与冯时可结"广五子社"，又与莫如忠父子、陈继儒等结"松江派"。

"松江派"核心成员董其昌和陈继儒待后文专论，该派主要成员到底是哪些人，三百年来一直存在分歧。任道斌《董其昌》一书认为，"顾正谊、丁云鹏、范允临、李日华、杨明时、米万钟、邢侗、李流芳、陈继儒"为董其昌的同道，而"赵左、沈士充……王时敏、杨文骢、程嘉燧、项圣谟、冒襄、吴伟业"均受业于董氏，而"陈子龙、陈贞慧、珂雪、沈德符等，均为董其昌的私淑弟子，

① 崇祯《松江府志》卷四十二，"周绍元学宪，字希安……著《贵我编》"，《日本藏中国罕见地方志丛刊》本，第1117页。

② 彭汝让为"松江十八子社"社长，据崇祯《松江府志》卷四十二"彭汝让"条载，"彭汝让，字钦之，少负才名，唐文献、冯梦祯严事之为社长"，则"十八子社"社长为彭汝让无疑。第1103页。

③ (清)姚宏绪编：《松风余韵》五十一卷《凡例》，载《四库全书存目丛书补编》第37册，第120、121页。

桃李之盛，已不只局于松江一隅”①。这个说法是值得商榷的，万木春就曾指出，像李日华对董其昌避而不见（见前章“李日华的诗学活动”一节注引），可见两人私交并不深；而米万钟、邢侗是董其昌书画派的竞争对手（邢氏之画与董其昌并称“南董北邢”、米氏之书与董并称“南董北米”）；李流芳与程嘉燧等号称“嘉定四先生”，并不曾拜师于董其昌，亦有一定独立性。我们仍然以考察松江一带与董其昌有日常往来、有相似风格的画家兼诗人为主。董其昌为之折节的好友，或者说是“松江派”的作家群体或外围作家兼诗人者还有：②

顾正谊，号亭林，别署瀼西居士、宝云居士，明万历中以国子贡生官中书舍人。画崇黄公望，山水得元人精意，有声于当时。与陈继儒、王穉登、孙克宏相友善。董其昌曾师事之。著《诗史》十五卷，唐汝询为之选辑。

赵左（1573—1644），字文度，松江人。书师宋旭，画宗董源，兼有倪（瓒）、黄（公望）之意。风格以秀润巧致，自创苏松一派。其《大愚庵遗集》，仁和徐士俊序云：“华亭赵文度先生，少年游京师，以秋草诗得名，京师之人，群呼之为赵秋草，与曩时所谓袁白燕者相类。”有《雁楼集》十五卷。

沈士充（？—1630后），字子居，华亭人。出宋旭、赵左之门，工画山水，丘壑倩葱，皴染淹润，为云间正传，郡人画者多师之。画风接近董其昌，于“松江画派”中别辟“云间派”，并为此派首要人物。时董其昌名重当代，赝董画充斥天下，若沈士充、赵左所仿，悉为上乘。陈继儒索画于董其昌不得，乃以札致沈：“子居老兄：送去白纸一幅，润笔三星，烦画山水大堂，明日即要，不必落款，要董思老出名也。”诗集不详。

---

① 任道斌：《董其昌》，载《中国历代画家大观》，上海人民美术出版社1998年版，第357页。

② 参见尚辉：《松江画派》，吉林美术出版社2003年版，第31页：“松江派的构成，以董其昌为开派之首，以莫是龙、陈继儒为中坚，以顾正谊、宋旭、赵左、沈士充、蒋蔼为依托。追其余绪者，尚有顾正谊之婿李绍箕，侄顾懿德、顾胤光以及为董其昌所深赏的吴振、董孝初等。”

莫如忠(1509—1589)，字子良，华亭人。嘉靖戊戌进士，改仪制，擢贵州提学副使，道远不能将母，投劾归。家居十五年，补湖广副使，历……浙江布政，乞归。子良束修自好，恬于荣进……善草书，为诗尤工近体。王元美初登第，子良为前辈称诗，元美因仲山人往交，称其诗清令，蔚有唐风。① 董其昌曾师事之。有《崇兰馆集》。

莫是龙(1537—1587)，字云卿，以字行。更字廷韩，华亭人。方伯子良之子。十岁善属文，以诸生久次，贡入国学。廷韩有才情，风姿玉立。少谒王道思于闽，道思赠诗云……其风致可想也。廷韩尤妙于书法，尝作送春赋，手自缮写，词翰清丽，皇甫子循、王元美皆激赏之。②

孙克宏(1592—1670)，字允执，文简公孙承恩之子。以荫为国子监生，选授后府都事，升经历，擢应天府治中，摄上元县事。厘正粮差法，县人赖之。再擢汉阳府知府，会高拱修隙于徐文贞公阶，以事罢归。克宏少敏慧，博涉群籍，气度萧远，有晋人风。正书仿宋克，尤工八分书，山水学马远，花鸟似徐熙、赵昌。又善以水墨写生，及竹石兰草，无不臻妙。有《雪堂日抄》二十卷。③

陆应旸(1542—1627)，字伯生，陆郊子。郊著《子野集》，“尝呼其子应旸歌摩诘诗”。少补县学生，已而被斥，绝意仕进。作诗宗大历。学士黄洪宪及大学士许国申时行皆折节交之。王世贞好以名笼络后进，常誉应旸。应旸不往，时论益以为高。应旸虽以为鸣，然修复孔宅，议扩郡城，所论侥有筹干。又好远游，故其集有《桃源》、《河上》、《荆门》、《白门》、《武夷》、《五茸》诸游稿，凡二十三种。又有《樵史》、《太平山房诗选》行世。卒年八十有六。应旸诗中喜用鸿雁，故人呼为陆鸿雁焉。④

---

① (清)钱谦益:《列朝诗集小传》，第402页。

② (清)钱谦益:《列朝诗集小传》，第461页。

③ (清)王昶著，周维德辑校:《蒲褐山房诗话新编》，齐鲁书社1988年版，第234页。

④ (清)王昶:《蒲褐山房诗话新编》卷一一，第244页。

蒋蔼(生卒年不详)，字志和，松江人。明天启、崇祯时人。善画山水，学沈士充，苍劲处多用渴笔。规摹唐、宋，皆能神合。陈继儒题其画卷云："自唐、宋、元名家，皆撮其精微，染于毫端，岂惟气吞时流，即董宗伯(其昌)见之，几下卫夫人之叹。"

## 二、吴派"平淡"诗风——以"拟陶"为例

自明中叶起，以"吴中四才子"为首的"吴门派"，以其狂狷的性格、充沛的才情、萧散的诗文画风、潇洒的生活态度，对江南文士造成了深远的影响。然而，我们不得不指出：这种影响是有阶段性的。"四才子"生前是落寞的，他们在文坛的地位甚微；在"北学"与理学的强势话语中，他们无非是顾影自怜的失意者。简锦松论曰："吴宽、王鏊长期仕于台阁，接引乡邦后进，提倡古文词改革，吴人仰之如领袖，尊之如师范，苏州传统之建立，二人影响最大；沈祝唐文四子于苏州文苑享誉虽隆，而重要性尚不及吴、王。"①直到1553年文徵明以九十高寿辞世，一时间祭文如林，嘉靖末期江南文士对"四子"展开了持续的追缅活动，其生前有关逸闻趣事成为笔记中的常见题材(以项元汴捕风捉影所撰"唐伯虎点秋香"最为典型)，其平日酬唱雅集亦成为士林效仿的榜样(以"江南春词"与"落花诗"唱和为著)，这种"隔代效应"在晚明愈发彰显，主要表现为：

首先，是理学风气消退，六朝诗风畅行；② 其次是"七子"阵营松动，王世贞补充大量江南士子作为"五子"作为附翼，其中不少为"吴门派"作家；再次是苏州文士之独立性进一步彰显，出现了"三黄、四皇、三张"等世家文学集团，皆以文徵明等为学习范型。晚明"吴派"诗风丕变，正是这种影响的逐步深化。下面，我

① 简锦松：《明代文学批评研究》，台湾学生书局1989年版，第86页。

② 关于此，雷磊和陈斌博士已有所阐释。雷磊论题为《嘉靖六朝派的演进》(载《文学遗产》2007年第2期)；陈斌论述说，嘉靖间"肇始于吴中、金陵两地的六朝派"盛行，"六朝派与七子派的诗学分畛，也成为明中后期颇为人们关注的话题之一"。《明代中古诗歌接受与批评研究》，三联书店2009年版，第8页。

们仅以“拟陶”“尊王”的诗学风尚为例说明之。

大明正德十年(1515)，苏州唐寅效仿陶渊明“花隐”风范，作《桃花庵诗》。他以“桃花坞里桃花庵，桃花庵里桃花仙”自居；以“但愿老死花酒间，不愿鞠躬车马前”自傲；以“不见五陵豪杰墓，无花无酒锄作田”自省；以其强烈的狂狷气质与骨傲精神标榜于世，成为“四才子”之人格象征。五六十年间，这种慕陶拟陶、哀悼六朝的风气在吴门蔓延，有两大现象可资证明。

**1.《桃源图》画并跋**

吴门画派中，以《桃花源》为母题绘图者上十人，他们分别是：文徵明(1470—1559，见郁逢庆《书画题跋记》卷十二之《文衡山桃源图》以下简称《桃》)、唐寅(1470—1523，戴熙《习古斋画絮》卷十《〈桃〉拟唐子畏笔》)、陆治(1496—1576，王世贞《弇州山人四部续稿》卷一百五十陆包山《桃》序)、仇英(1498—1552，钱大昕《潜研堂集》诗续集卷二《题仇十洲〈桃〉用靖节韵》)、文嘉(1501—1583，卞永誉《式古堂书画汇考》卷五八《休承〈桃〉并题》)、文伯仁(1502—1575，郑虎文《吞松阁集》卷二十《题文伯仁〈桃〉》)、居节(1524—1585，齐学裘《见闻续笔》卷一七，“居士贞〈桃〉”条)、顾湄(崇祯至顺治年间，钱澄之《田间诗文集》卷二三《题顾伊人〈桃〉》)、吴伟业(1609—1672，钱杜《松壶画忆》卷下“吴梅村〈桃〉”)。①

**2.“落花诗”题咏**

吴派诗人群除了效仿陶渊明作“花隐”之外，更写有大量咏花诗，“落花诗”是其中一种。“落花诗”是伤悼六朝、金陵怀古的一种体式，笔者追溯，最早见于唐末韩偓、南唐李煜，北宋间安陆宋祁曾赓和之，未几殒身，人或以为“诗谶”,② 故文人长期弃置不

---

① 本段文字部分参照复旦大学陈圣争博士《千古文士桃源梦》之《〈桃花源志略〉统计表》，见第二届中国大陆、台湾、香港博士生中文论坛(南开会场)会议论文集(未刊稿)第21页，特此说明。

② 陆游《老学庵笔记》载：李后主《落花诗》云：“莺狂应有限，蝶舞已无多。”未几亡国。宋子京亦有《落花诗》云：“香随蜂蜜尽，红入燕泥干。”亦不久下世。诗谶盖有之矣。见程毅中主编：《宋人诗话外编》(下册)，国际文化出版公司1996年版，第884页。

用。明代中叶，苏州文士将自身境遇与四季轮回、六朝循环等天命因果论结合起来，掀起了一股“群体自悼”的落花诗题咏热。沈周首倡“落花诗”，又绘有《落花诗意图》；唐寅赓和三十首，并作《落花诗帖》(即《落花诗册》)、胡乾、文徵明等接着《次唐子畏落花诗》数首……清初叶燮对此现象评价颇高。① 到了晚明，金陵朱之蕃刊行《落花诗》一册，顾起元等赓和之；钱塘虞淳熙兄弟作《溪上落花诗》一册凡百余首，临川汤显祖题序；② 仁和何伟然《落花诗》一册，常州吴从先为序；③ 钱塘戴大圆《落花诗》六十首，山阴王思任为序。④ 这种趋势愈演愈烈，连方外释道、闺媛妓女、遗民耆旧亦纷纷加入。据清初王晫《今世说》载：兴化李瀚之女李国梅(字芬子〉九岁赋《落花诗》得“莺声唤转梦中人”之句。吴兴名妓梁小玉(号琅嬛女史)“七岁赋《落花》诗，八岁摹大令书，十九岁拟《两都》”，该书还载有释湛淳《落花诗》等。明末昆山归庄(1613—1673)作《落花诗》十二首、衡阳王夫之作有《落花诗》一卷共九十九

① (清)叶燮:《半庐文稿》:“吾吴沈石田先生有咏落花诗三十首，同时诸名公钜手从而和之者数十家，曲状落花，可谓尽态极妍。其诗之极得意处，皆花之极不得意处。诸先生若曰吾不能有挽回造物之能事，冀造物者之或有悔心焉；而为挽回之……石田先生为吾郡有明三百年来才学文章，其品行为独步。”见《丛书集成续编》，第531页。

② 汤序曰:“长孺、僧孺兄弟似无著、天亲、不绮语人也；一夕，作花溪诸诗百余首，刻烛而就。予经时闭门致思，不能如其绮也……世云，学佛人作绮语业，当人无间狱。如此，喜二虞人地当在我先。又云，慧业文人，应生天上。则我生天亦在二虞之后矣。”此序颇常见，各“小品文选”皆录之。

③ 吴序云:“仙郎曰:‘是则工拙可无论，使海内伤春之士怜其花，因及其诗，固幸矣。’因以景升之目足当帘栊，或永不堕落，而以余言为护花铃也。噫！余恐仙郎以英雄之泪，化而为子规之血，令海内伤春者益愁于目也。”

④ (清)王思任《落花诗序》:“客从燕中来，出戴大圆《落花诗》六十首相示，乃其刻烛而和友生者，宛妙悲掣，杂之苏、杜，一时难问须眉。门人喻安熔王巍测之曰:使君如蕃秀之向朱明，何以霜落水收乃尔。予笑而不应，徐开之诗中云心澹荡，石火世尘，岂在一蜗角，使君自有妇，不胜其回风无处之盛也。故以吟代其涕耳。使君昔令我会稽，腹廉而骨傲，惟单弱者爱之。夫惟单弱者爱之，自不应得美官，是与子同病。予向者知其人与其官，而不知其能诗，彼必以我为非人也。”

首，其中包括《正落花诗》十首、《续落花诗》三十首、《广落花诗》三十首、《寄咏落花》十首、《落花诗体》十首，《补落花诗》九首。这一场盛大的"落花诗"题咏，与明朝的国运相始终，倒真的像是一种"诗谶"了。①

我们再直接以江南文士对陶诗的接受史进程为例，论证晚明江南在"吴派"影响下"拟陶"风气之盛。嘉靖末，昆山归有光将其书斋更名"陶庵"并题记说："观陶子之集则其平淡冲和，潇洒脱落，悠然势分之外，非独不困于穷，而直以穷为娱，百世之下，讽咏其词，融融然尘渣俗垢与之俱化，信乎古之善处穷者也！"(《震川先生集》卷十七《陶庵记》)归有光十进春闱，晚年始得售，而"吴门派"诸如文徵明等一生九试均未中式，他们更以"善处穷"而著称，文氏弟子十之八九为处士，且结交皆贫且有品节者，比如他为钱谷题"悬磬室"，为金陵盛时泰题"苍润轩"，这里自然包含了追慕陶渊明的处士情怀。文徵明与金陵书画家声气相通，蔡德清作《文徵明与金陵书家交游考略》言之甚详，笔者搜钱谦益《列朝诗集小传》亦得一旁证：青溪社长陈芹善画竹，"乘兴写竹枝，醉墨欹斜，沾湿袖衫。文徵仲尝诫门下士：'往南京慎勿画竹，彼中有人也'"②。受吴门风气的影响，金陵文士亦以陶处士为"真隐者"，有"真性情"。比如金坛王樵寄居金陵，酷爱陶诗；③ 金陵何湛之

① 尤其具有反讽意味的是，清末再次出现"落花诗"题咏热，似乎是一曲整个封建王朝的挽歌。继龚自珍《落花诗集》后，俞樾以此意象入曾国藩挽联：是名宰相，是真将军，当代郭汾阳，到此顿惊梁木坏；为天下悲，为后学惜，伤心宋公序，从今谁颂《落花诗》。到了清末，更是题咏如潮，高峰迭起，陈宝琛、文廷式、梁鼎芬、王国维、吴宓……皆有上乘《落花诗》诗作，所谓国家不幸诗家幸，信然矣。

② (清)钱谦益：《列朝诗集小传》"陈宁乡芹"条，第459页。

③ 赵南星因王樵之故，为其师姜宝作序："姜三溪先生者，王方麓先生之师也……王先生行谊修洁，博极群书，学醇而识精，故能知先生之诗。先生于渊明无所模拟，渊明皆古诗，而先生多近体，其中情芳，故无不可。学以示人，其意真，故其词不雕；其得趣深，故其度闲。贫而不慑，达而不放、素而不俚，诚哉其似渊明也。"《赵忠毅公诗文集》卷八《三溪先生诗序》，载《四库禁毁书丛刊》集部第68册，第187页。

辑佚陶诗，编成陶诗集，后又编《陶韦合集》，焦竑为之序。① 何湛之亦有自序。② 焦竑还颇为肯定地下结论说，陶诗是不可复制的经典，唐诗难以追及。③

“吴门”拟陶之风，并未因晚明时局变化而消退。比如文徵明的孙甥姚希孟写信给石昆玉说：“伏读大集，其手格出入韦陶。而感时言志，淋漓毫楮。读其诗，想见其人，岂徒以敲声戛句为工而已。”④然而，随着松江派的崛起，云间、嘉定、嘉善、嘉兴一带“慕陶”风气较苏州更浓一些。华亭陆树声《长水日记》：“陶渊明《饮酒》《田园》诸作，见者若疑其为闲淡绝物，散诞自居也，而不知其雅操坚持，苦心独复处。”陆氏门生董其昌亦论曰：“陶靖节诗，储光羲之源委也。韦司直亦其耳孙乎？东坡和陶虽极力摹拟，然禅家所谓夹带有之矣。东坡像太白、渊明皆相似。”⑤昆山归子慕与嘉定黄淳耀平生皆喜读陶诗，颇多拟作，且皆以“陶庵”为名号；嘉善娄坚亦被后人看做“松江派”人物，其看法与董其昌相似：“陶诗所以妙绝古今，正在胸中超然。非闻道者决不能为此语也。区区以文字求之，抑末矣。”⑥侨居钱塘的张岱《沉吟楼诗选》中有一首《题渊明抚孤松图》诗，其末联卒章显志，云：“爱君我欲同君住，

① 焦序云：“余观汉、魏以逮六朝，作者猬起，能道其中之所欲言者，阮步兵、左太冲、张景阳、陶靖节四人而已。靖节先生人品最高，平生任真推分，忘情得失，每念其人，辄慨然有天际真人之想。若夫微衷雅抱，触而成言，或因拙以得工，或发奇而似易，譬之岭玉渊珠，光采白露，先生不知也。”《澹园集》卷二十二。

② 何序云：“晋处士植节于板荡之秋，游心于名利之外，其诗冲夷清旷，不染尘俗，无为而为，故语皆实际，信《三百篇》之后一人也。”

③ 焦竑在《谢康乐集序》中重申：“李唐以来，类欲攀屈、宋之逸驾，薄齐梁之後尘矣，遽使之规迹古风，配陶凌谢，其可乎？”《澹园集》卷二十二。

④ （明）姚希孟：《清闷全集·文远集》卷七《石年伯楚阳》，载《四库禁毁书丛刊》集部第179册，第358页。

⑤ （明）董其昌：《画禅室随笔·书陶诗跋后》，第57页。

⑥ （明）娄坚：《学古绪言》卷二十五《题手书陶诗册子后》，四库全书本。

一样疏狂两个身。”显然，他是以“陶渊明后世”自居的。

值得注意的是，明末江南子弟更加强调从“节操”上肯定陶潜，并将之上升到与屈原并尊的地位。比如嘉善魏学洢云：“余于赋好正则，于诗好元亮。每逢木叶摇落，意悄然而生悲，未尝不歌离骚也；尚羊篱落，逌然如有听会，未尝不吟陶诗也。悠悠无事，借古人之遗榘，以自遂啸歌，夫亦何不可？”①明末嘉兴张履祥亦云：“陶靖节、屈三闾二人相似。觉得靖节为优。然三闾终是三代人物，后世不及也。”这种重视民族气节的观念，从整体上说，与“吴门派”、“松江派”诗学思想的相距甚远，反倒与“复社”与“几社”之思想更为紧密了。

## 三、常州东林、苏州复社、松江几社诗人群

以上我们所见平淡隐忍的“吴派”，乃晚明吴文化的一个主侧面；下面我们从“正面”考察吴地文化及文学，审视其弘扬正气、追求卓越、敢于担当的积极一面。我们以东林、复社、几社说明。

常州、苏州、松江地区，古称“吴”。自孔子门生子游南归于吴，吴地儒学由兹兴盛。唐代出现了著名的“吴中四士”(贺知章、张旭、张若虚、包融)，宋代胡瑗“以经术教授吴中”，② 范仲淹以正气砥砺士节，吴地人文为之一盛。明代以八股取士，吴之科甲，甲于天下。归有光曾说过：“吴为人才渊薮，文字之盛，甲于天下。其人耻为他业，自髫龀以上，皆能诵习举子应主司之试。居庠校中，有白首不自已者。江以南，其俗尽然。每岁大比，棘围之外林立。”③这些人才成为一股积极的政治势力，这种状况至晚明发展到极致，出现了东林、复社、几社等文人集团。

明末政界和文坛最大的事件是所谓“东林”和“复社”参政议政、左右全国舆论。当然，事物的发展总是有阶段性和层次性的。何宗

① (明)魏学洢《茅檐集》卷四《小集自序》，四库全书本。

② 《宋史》卷432“胡瑗传”。

③ (明)归有光：《震川先生集》卷九，《送王汝康会试序》，四库全书本。

美指出：“复社地域性文人群体的文学活动既有层次性，又有承传性。一方面群体烘托出宗主，宗主左右着风气；另一方面前辈提携后俊，后浪推动前浪，出现了代有人出、流衍不绝的趋势。以吴中为例，名列复社者有三百多人，主宰风气、奉为魁目者十数人而已；整个群体的前后延续性十分明显：钱谦益、姚希孟、文震孟等人为盛负名望的东林一辈，张溥、张采、杨廷枢、顾梦麟、杨彝等人为复社领袖，吴伟业、毛家祯、周肇等为张溥弟子，周肇为首又有‘太仓十子’。”①的确如此，考虑到地域诗人群的承传性，我们先介绍东林，再论及复社；考虑到群体的层次性及复杂性，我们将范围缩小到其发源地：常州及苏州、松江(云间)。

清常州无锡诗人钱泳在《履园丛话》中总结说：“大约明之士大夫，不以直声廷杖，则以书画名家，此亦一时习气也。”②相对于我们上一小节所述王穉登、赵宧光等吴门派以及董其昌、陈继儒的清逸淡雅、“以书画名家”而言，本小节所举的东林与复社、几社士子呈现出迥然不同的精神面貌，他们慷慨激昂，道义与文章并重，学术共人品等高。“东林党议”之所以四百年来一直为人津津乐道，就在于东林士子敢于以身犯险，为民请命，砥砺气节，不惧牺牲，即钱泳所谓以“直声廷杖”为追求。早期东林党人如邹元标、赵用贤等因“夺情五杖”而名噪天下；万历中后期有所谓“东林八子”——在“三王并封”、“乙未京察”(即万历二十三年京城上计，详见前文)事件中被罢官的顾宪成兄弟以及高攀龙、安希范，与本地士绅钱一本、薛敷教、刘元珍、叶茂才等，复建“东林书院”，讥评时政；明末又有文震孟、陈仁锡、郑鄤抗疏阉党，杨涟、左光斗、袁化中、魏大中、周朝瑞、顾大章喋血诏狱，叶廷秀亦因营救黄道周受杖……这些文士，无不因“承传”东林人的慷慨气节而蜚声江南、享誉士林。这些理学名臣或者正直君子冒死“入世”的情怀，在晚明知识界造成了较大影响。

① 何宗美：《明末清初文人结社研究》，南开大学出版社2003年版，第220页。

② (清)钱泳：《履园丛话》卷十，中华书局1979年版，第263页。

由于“东林”学派的构成较为复杂，兹将其地域范围略微扩大，将常熟等地“东林党人”亦圈入，搜得东林诗人群总数近百人，参照乾隆年间无锡诗学家顾光旭《梁溪诗钞》(该集所收1100余家，其中明代300家，晚明江南世家诗人百余人)、钱谦益《列朝诗集小传》、朱彝尊《明诗综诗话》以及今人《明诗话全编》所列名录，选十数参与“东林”诗学活动、成就较高者(“顾高”等“东林八子”以及“六君子”、“七君子”后文作专节介绍)，列举如下：

赵用贤(1535—1596)，字汝师，常熟人。隆庆五年(1571)进士，选庶吉士。万历初授检讨。因反对张居正居丧夺情，与邹元标、吴中行、艾穆、沈思孝抗疏而获廷杖，民间誉为“五贤”。《明史》载：用贤体素肥，肉溃落如掌，其妻腊而藏之……用贤借此“肉腊”精神，成为东林之领袖。著有文集三十卷，诗集六卷，《明史艺文志》及《三吴文献志》、《因革录》等选载，均传于世。

赵南星(1550—1627)，字梦白，号侪鹤，别号清都散客。河北高邑人，官至吏部尚书，东林党首领之一。“梦白抗议竖节，身为部党之魁……为诗厌薄七子，刻意濯磨，而步趣北地，不能出其窠臼。”(《列朝诗集小传》)

邹元标(1551—1624)，字尔瞻，号南皋。江西吉水人，“东林党”首领之一，与赵南星、顾宪成号为“三君”。著有《愿学集》八卷。

归子慕(1563—1606)，字季思，号陶庵，人称清远先生，昆山人。万历辛卯举人，试南宫，归而屏迹田里。所居陶巷甚陋，善病其中。季思虽病，犹授生徒……卒年四十有四。其诗学陶而得其神髓，韦苏州后，鲜有其伦，诵之令人增陋巷箪瓢之乐。有《陶庵集》。①

文震孟(1574—1636)，字文起，号湘南，别号湛持，一作湛村，长洲人。文徵明之曾孙，姚希孟之舅。生而奇伟，眉棱上指，目光射人，与世所传文天祥像无异。年五十，中状元，授翰林院编修。崇祯初拜礼部左侍郎，兼东阁大学士。刚正不阿，直指皇帝诸

① (清)朱彝尊：《静志居诗话》，第456页。

事不理，犹如“傀儡登场”，忤逆魏忠贤，遭廷杖，卒年六十三。

姚希孟(1579—1636)，字孟长，号现闻，吴县人。万历癸未(1623)进士，改庶吉士，授检讨，历左赞善、左论德，出为南京少詹事，卒赠礼部右侍郎，谥文毅，有《公槐》、《响玉》、《棘门》、《沆瀣》、《秋旻》、《文远》、《循沧》、《松瘿》、《伽陵》、《风吟》诸集。①

陈仁锡(1581—1636)，字明卿，号芝台，长洲人。天启二年(1622)进士，授翰林编修，因得罪权宦魏忠贤被罢职。崇祯初复官，官至国子监祭酒。陈仁锡讲求经济，性好学，喜著述。朱彝尊评曰：“吴中甲第之盛，前数嘉靖壬戌，申文定、王文肃同郡人。后则天启壬戌，文文肃、陈文庄同县人。两公皆老于公车，晚始登第。而文庄为先文恪万历丁酉所拔士，至壬戌，复为先公所录，及殿试，则先公又充读卷官，盖三试皆出先公之门，亦异事矣。”有《四书备考》、《经济八编类纂》、《重订古周礼》等。②

郑鄤(1594—1639)，字谦止，号峚阳，常州横林人。郑振先之子，少有才名，随父讲学东林。天启二年(1622)进士，因上疏弹劾阉党，被降职外调，回籍候补。天启六年，杨涟等六君子遭魏阉诬陷入狱，郑作《黄芝歌》寄予同情，乃遭削职为民，远遁岭南。崇祯初返里，崇祯八年(1635)复起用，旋因抗疏温体仁，遭其党陷害，劾以“杖母不孝”和“奸妹”，崇祯十二年(1639)被凌迟处死。有《峚阳集》

钱谦益(1582—1664)，字受之，号牧斋，常熟人，明万历三十八年(1610)一甲三名进士，他是东林党的领袖之一，官至礼部侍郎，因与温体仁争权而被革职。在明末他作为东林党首领，已颇具影响。《明史》称其“至启、祯时，准北宋之矩矱”，为明末清初诗坛盟主之一。有《初学集》一百一十卷、《有学集》五十卷，另编《列朝诗集小传》八十卷。

关于复社，前文第三章第一节“文学世家与群聚活动”之“结

① (清)朱彝尊：《静志居诗话》，第516页。
② (清)朱彝尊：《静志居诗话》，第553页。

社”小节，所言甚详，因其重要性，兹引朱彝尊之语重申之：“诗流结社，自宋、元以来代有之。迨明万历间，白门再会，称极盛矣。至于文社，始天启甲子，合吴郡、金沙、檇李仅十有一人，张溥天如、张采来章、杨廷枢维斗、杨彝子常、顾梦麟麟士、朱隗云子、王启荣惠常、周铨简臣、周钟介生、吴昌时来之、钱栴彦林，分主五经文字之选，而效奔走以襄厥事者，嘉兴府学生孙淳孟朴也。是曰‘应社’。当其始，取友尚隘，而来之、彦林谋推大之，讫于四海，于是有‘广应社’。贵池刘城伯宗、吴应箕次尾、泾县万应隆道吉、芜湖沈士柱昆铜、宣城沈寿民眉生咸来会，声气之孚，先自‘应社’始也。崇祯之初，嘉鱼熊开元宰吴江，进诸生而讲艺，于时孟朴里居，结吴甑扶九、吴允夏去盈、沈应瑞圣符等，肇举‘复社’。于时云间有‘几社’，浙西有‘闻社’，江北有‘南社’，江西有‘则社’，又有历亭‘席社’，昆阳‘云簪社’，而吴门别有‘羽朋社’，武林有‘读书社’，山左有‘大社’，佥会于吴，统于‘复社’。”①

由上述可见，“复社”成员所涉地域范围更广。较其前驱“东林”党人而言，其举进士者亦更众，复社文士亦不乏“直言廷杖”者。比如复社的发起人之一、吴江县令熊开元即因廷杖而扬名，其后文震孟、吴伟业也因直言险遭廷杖，皆以气节高致，驰名海内。我们仅以苏州籍的“魁目”作为代表，列举一二：

张采(1596—1648)，字受先，号南郭，苏州太仓人。崇祯元年(1628)戊辰科进士，除临川知县，升礼部主事。朱彝尊评曰：“‘娄东二张’，狎主复社盟者，吉士身后，诏求遗书，通邑大都，家守其学。仪部名遂少逊，然里门作志，留都议礼，考文徵献，比于吉士功多。”②(张溥后文专节介绍)

杨廷枢(1595—1647)，字维斗，号复庵，苏州长洲人。崇祯三年(1630)乡试第一。后因反清事泄，为清吏所执，慷慨就义。朱彝尊评曰：“先生倡‘应社’于吴中，评骘五经文字，张溥天如、

① (清)朱彝尊：《静志居诗话》，第649页。
② (清)朱彝尊：《静志居诗话》，第571页。

朱隗云子主《易》，杨彝子常、顾梦麟麟士主《诗》，周铨简臣、周钟介生主《春秋》，张采受先、王启荣惠常主《礼记》，而先生嘉善钱栴彦林主《书》，后与复社几社合。领解之后声誉日重，门下著录者二千人。诗虽游好，然如吉光孔翠，片羽皆足为珍，且胜于服习竟陵派者多矣。”

朱槐（生卒年不详），字云子，长洲人。朱彝尊评曰：“子际钟、谭盛行之日，唱酬吴下，遥应南风。然其论诗有云‘诗贵渊源风旨，不取蹈袭形模，汉、魏未尝规摹三百篇，盛唐未曾规摹汉、魏。今且拘拘留其声音笑貌，何为者耶？’又赠陈玉立长歌云：‘譬如韩昌黎、杜少陵，文章无一字无来路，何曾入蹊径尚平腐也？说不惊人不休也，说横空监硬语，堪叹世人疲驴瘦马逐队行，及至跨险腾空鞭不去。五十年前不知天下几人僵死中原白雪中，后此还为楚风误。’则于竟陵非衷心诚服可知。且盛称卧子之作，而其己作，第留意于中晚，不可与闻修、元叹等齿也。”①有《咫闻斋集》。

吴易（1612—1646），字日生，吴江人，生有膂力，好兵法，跃弛不羁。崇祯十六年（1643）癸未进士。福王时，谒史可法于扬州，可法异其才，荐授职方主事。扬州兵败，返乡起义师抗清，满门遭诛，孤军犹战，创“白头军”，活跃于太湖一带，唐王时封为长兴伯。兵败就义于杭州草桥门。著有《吴长兴伯集》五卷、《吴节愍遗集》二卷、《惕斋遗书》四卷、《北征小咏》一卷等。

松江“几社”诸子的兴起，无疑是汲取了前面“东林”的经验教训的结果。他们繁盛于“复社”之侧，精诚团结、齐心协力，以经世实学为突破，以椎轮风雅为宗旨，掀起了复古主义的最高潮。其成功的原因，我们归结为以下三点：

第一，他们并非如“复社”魁目一样，盲目致力于社群的壮大，而是韬光养晦、待时而兴。这种趋势，即是参考正反面教材的结果。前面我们曾以缪昌期致书警告顾宪成为例，说明东林社事扩大有致祸的必然性，然缪昌期终究未能幸免于难。“几社”创建于崇祯二年，本早于复社，但他们简严持社，期待“绝学有再兴之几，

① （清）朱彝尊：《静志居诗话》，第651页。

而得(《周易》)知几神之义”，“唯恐汉、宋祸苗，以我身亲之，故不欲并称复社，自立一名”(杜春登《社事始末》)。几社社员在成立次年的科考便取得大捷，陈子龙、彭宾金陵中举，崇祯四年，杜麟征中进士，陈子龙仅因试卷存在涂抹而落第暂还，此时“几社六子”中，已然成功一半。于是松江子弟竞相入社，延至百人。

第二，“几社”与此前诗文社相较具有更加深层的凝聚力，其世家社员之间结成了根深蒂固的师友姻娅关系。其实，云间结社早在“几社”之前风气就较为浓厚，如“十八子社”，① 但出于社长彭汝让蒙冤入狱等事故而瓦解，冯梦祯《快雪堂集》卷二十二《祭彭钦之》一文有所暗示。② 唐文献外曾孙朱彝尊云：“松江旧有十八子社，唐文恪、董文敏及吾乡冯祭酒与焉。崇祯中，勒卣偕陈、夏诸公倡几社，首事仅六人，以诗古文辞相砥砺，今所传《壬申文选》是已。陈、夏皆以名节著，惟勒卣早夭。”③按照语气揣测，“几社六子”似乎是松江十八子之孑遗。随着唐文献高中状元，董其昌远宦京师，“十八子”虽不复存，但模型未远，故而周立勋与陈子龙、夏允彝等六人重组“几社”。《娄县志》载：“(陈子龙)归乃与同里周太仆勒卣、徐孝廉闇公、李舍人舒章、顾征君伟南、宋待诏子建、朱郡臣宗远、王文学默公，共肆力于古文辞。上溯三百，下迄六朝，靡不扬扢。”④他们共聚陆树声之孙陆庆曾(字文孙)之“南园”，切磋诗文。李雯回忆说：“闇公、卧子读书南园，余与勒卣、文孙辈，或间日一至，或连日羁留……乐其修竹长林，荒池废榭。”⑤可见，

① 关于“十八子社”，郭氏参考的材料，即朱彝尊《静志居诗话》一段，且误将“十八子社”抄成“十六子社”，可见郭绍虞先生并不清楚该社，参见郭绍虞：《照隅室古典文学论集》(上编)，第 582 页。

② (明)冯梦祯：《快雪堂集》，载《四库全书存目丛书》集部第 164 册，第 347 页。

③ (清)朱彝尊：《静志居诗话》，第 655 页。

④ (明)陈子龙自撰《年谱》崇祯五年壬申“考证”引，载《陈子龙全集》，王志英辑校本，人民文学出版社 2011 年版，第 932 页。

⑤ (明)陈子龙自撰《年谱》崇祯八年乙亥“附录”引李雯《会业序》，第 935 页。

“几社”较“十八子社”更具凝聚力。

第三，在崇祯十年陈(子龙)夏(允彝)考中进士、初战告捷之后，他们选择稳健的政治策略，提出以“经世实学”救国济困的思想。晚明“实学”思想起源于焦竑，而发展于焦门弟子王志坚、徐光启等，王志坚生前便被吏议为“全国学政第一”，惜其逝于任上，十数年间影响甚深。钱谦益在《王淑士墓志铭》中，极力称赞这位昆山前辈，说他“穷经辨志，有古先儒者之风”。① 而焦门弟子、另一位实学家徐光启亦于崇祯六年病逝。陈子龙、徐孚远、宋征璧等接续其实学思想，一边整理其旷世遗著《农政全书》，一边在选刻时文的基础上，编选《皇明经世文编》。华亭许誉卿卷首序高度评价之：“《(皇明)经世编》者，吾郡诸子，志在用世，参订往哲，备一代经济之书也。”②相对于那些“平时袖手谈心性，临危一死报君王”(明末儒者颜元语)的所谓东林、复社文章家，云间诸子无疑是积极进取的士人楷模。

正因为如此，陈子龙等云间诸子在后世的地位越来越高，加上陈、夏、徐三子慷慨赴国难、视死忽如归的英烈壮举，与复社魁目周钟投靠李闯王、再降清廷，钱谦益、吴伟业等纷纷降清之苟且行径形成鲜明对比，所以陈子龙之地位隆升，而钱谦益、吴伟业之地位沉降，正如朱丽霞、罗时进所指出的那样：“卧子的文名、学名和人名真正被推扬是始于乾隆皇帝‘崇奖忠贞’的圣举。从此，卧子的英名得到广泛传扬。如沈德潜……全祖望……将卧子推为明诗第一。同时，倪永清《诗最》言卧子‘空同、大复之后，一人而已’。”③

以下附录“云间六子”小传(陈子龙后文详介)：

夏允彝(1596—1645)，字彝仲，号瑗公，松江华亭人。崇祯

---

① (清)钱谦益：《初学集》卷五十四，载《钱牧斋全集》第2册，上海古籍出版社2003年版，第1351页。

② 陈子龙等编撰：《皇明经世文编》，载《四库禁毁书丛刊》编纂委员会编《四库禁毁书丛刊》集部第22册，北京出版社2000年版，第26页。

③ 朱丽霞、罗时进：《松江宋氏家族与几社之关系》，载《北京大学学报》2005年第2期。

十年(1637)进士，授长乐知县，以善决疑狱闻名，曾被吏部举为天下廉令之首。1645年与陈子龙举义师守卫江南，兵败投水自尽。夏允彝颇能诗。俞陛云《吟边小识》说：“明季云间六子，以夏考功允彝、陈黄门卧子最为擅名。”有《夏文忠公集》五卷、《幸存录》六卷、《几社六君子诗》一卷。

徐孚远(1599—1665)，字闇公，晚号复斋，松江华亭人，徐阶之孙。崇祯十五年壬午举人。桂王时拜左副都御史。流亡至潮州，会通郑成功与内地桂王、鲁王联合抗清。著有《钓璜堂存稿》二十卷、《交行摘稿》、《几社会义集》七集等。

彭宾(1601—1665年后)，① 字燕又，一字穆如，松江华亭人。明崇祯三年(1630)举人，入清官汝宁府推官。与夏允彝，陈子龙友善，但诗文风格有所不同。宾死后，遗稿多散失。康熙末，孙彭士超辑聚残稿，编为《搜遗稿》。

李雯(1606—1647)，② 字舒章，松江青浦人。明崇祯十五年

① 彭宾生卒年考证：据《彭燕又先生文集》有《徐介臣(五十)寿序》，言及“介臣少吾一岁”之语，又有“文贞公三十年相业……仲先生存日，名德重光……”之句，则徐介臣为徐家二公子徐凤采之又一字(徐凤采原字圣期，期待圣明之意，盖明亡改介臣以示忠诚乎?)。宁稼雨《中国文言小说总目提要》“广陵香影录”条(齐鲁书社1996年版，第373页)考《徐闇公年谱》得出徐凤采生于1602年，卒于1657年，则彭宾必生于1601年。彭氏文集见《四库全书存目丛书》集部第197册，齐鲁书社1997年版，第347页。顺治初(1650前后)，周茂源《鹤静堂集》卷二《别彭燕又》诗中有“五十无官殊不恶”之句，可资旁证。又汪价《三农赘人广自序》：“云间彭燕又以五十年老孝廉，授汝宁司李，才华震荡，不屑以肺石绳人。未几，巡方者劾之，款迹累累，罪且不测。御史李某为之转旋，追还原疏，更为改缮，燕又得薄谴以归。”彭宾举孝廉应不早于14岁，则此事发生在1665年后。汪序见《陈子龙诗集》卷五《集严子岸同沈昆铜、闻子将、彭燕又》诗下附注。(明)陈子龙著，施蛰存、马祖熙标校：《陈子龙诗集》，上海古籍出版社2006年版，第139页。

② 本文李雯生年，参照夏完淳辑《重刻云间三子新诗合稿序》：“宋卒于康熙丁未，年五十岁，距丁亥适二十年，是丁亥宋年三十岁也。宋少于陈十岁，李八岁。”今人皆将李雯与卧子同岁，未知何据，疑传抄之误。倘无其他证据，当以此为准。序见昆山赵经申峭帆楼重刻本，台北新文丰出版公司1997年版，第145页。

(1642)举人。入清后荐为内阁中书舍人。少与陈子龙、宋征舆齐名，称“云间三子”。又与陈子龙并称“陈李”，或与宋征舆并称“宋李”。著有《蓼斋集》、《蓼斋后集》。

宋征舆(1618—1667)，字直方，一字辕文。松江华亭人。父宋懋澄为明万历四十年(1612)壬子科举人，著名诗人。宋征舆于顺治四年(1647)丁亥进士，官至都察院左副都御史。著有《林屋诗草》。

## 四、东林、复社与几社诗学思想

首先我们不得不承认这样一个前提性的事实：东林、复社和几社的主要职能是“文社”而非“诗社”；即便是“文社”亦存在着所谓的“唐宋文”与“秦汉文”的派别斗争，更遑论作为“余事”的“诗社”了。因此在万历末期以至天启年间，其中大多数人的诗学思想并不统一。比如：梁溪顾宪成、吴桂森与武进钱一本、山阴刘宗周提倡朱熹、邵雍、陈白沙诗；嘉定黄淳耀、黄渊耀兄弟推崇陶潜、谢灵运、李白之诗；吴县姚希孟嗜好陶潜、王维诗；江阴李应升推崇柳宗元、苏轼之诗，武进郑鄤和常熟钱谦益亦好苏诗；王思任、倪元璐取法于李贺、刘长卿，偏向“竟陵体”……林林总总，不一而足。

崇祯二年复社与几社成立后，随着国势日危，经世救国的思想成为江南诗学的主潮，以张溥、陈子龙为代表的复社、几社魁目，在诗学思想上倾向趋于一致。李圣华《晚明诗歌研究》将其概括为四个方面：(一)诗以用事，钩沉致远为宗；(二)推崇德性，重解温柔敦厚之旨；(三)系乎时代，诗尚雄浑大雅；(四)强调诗人的才、情、学相统一。这个论断大体上是站得住脚的。然而，李圣华是从张溥与陈子龙的文集中寻找共性作为理论依据的，所以我们总会感到些许遗憾，也即这种概括未免失之平面化和概念化。事实上，明代诗学所呈现出的丰富性和差异性，是很难通过几个具体的“术语”概括的，因此陈良运先生曾不无遗憾地指出，“明代没有流派倾向的诗人和诗论家，于诗歌理论都没有突出的建树”，“很难找到几个令人耳目一新的片段”。① 我们只能从大的方面来概括明末东林、复社、几社带来的诗学变化，主要有以下三点：

**1. 重申儒家“诗教观”，强调诗的“人伦教化”职能**

尽管东林、复社与几社文人集团的诗文观点千姿百态，但本着“用世”精神与“救国”理念，他们有一点是相通的。那就是将被公安派、竟陵派消解的儒家“诗教观”重新塑造，并置于首要地位。

首先，东林八子明确提出“兴观群怨”说。顾宪成赞成一切文艺皆可救国，可兴可观，可群可怨。比如，他在读《史记滑稽列传》中慨然作跋说“诗者，声之精神之所寄，通乎政”。而建立东林书院，便是“群怨”精神的体现，他说：“我吴尽多君子，若能联属为一，相牵相引，接天地之善脉于无穷，岂非大胜事哉！”②顾允成则致力于破除公安派所引领的士林逃禅风气与“虚无论”，他说：“迩来反复体勘世道，人心愈趋愈下，只被‘无善无恶’四字作祟。君子有所淬砺，却以‘无’字埋藏；小人有所贪求，却以‘无’字出脱。”③

其次，东林、复社、几社分阶段性、有针对性地对“温柔敦厚”进行阐释。早期的东林派完全主张“温柔敦厚”，带有理学气质，如赵南星说：“古有之诗以道性情，天地万物莫不有性情焉。端居一室而通其性情于天地万物者，其惟诗乎……言天地而天地……言山川而山川，言草木而草木，举相似也；变幻无端而归之于温柔敦厚，举相似也。”④这与晚明理学家、经世实学的先驱者焦竑的论调是一致的，焦竑认为：“夫诗以微言通讽谕，以温柔敦厚为教，不通于微言，不底于温厚，不可以言诗。”⑤万历十五年，东

① 陈良运：《中国诗学批评史》，江西人民出版社 2007 年版，第 480 页。

② （明）顾宪成：《泾皋藏稿》卷五《致邹孚如书》，文渊阁四库全书本。

③ （明）顾允成：《小辨斋偶存》卷六《与邹大泽铨部》，文渊阁四库全书本。

④ （明）赵南星：《赵忠毅公诗文集》卷七《明十二家诗选序》，载《四库禁毁书丛刊》集部第 68 册，第 152 页。

⑤ （明）焦竑：《澹园集》卷十六《弗告堂诗集序》，第 168 页。

林领袖、左都御史吴时来首次拈出汉儒经解“温柔敦厚而不愚，深于诗者也”论诗，提出“必直指道而后为道学诗，则《雅》为《经》而国风可尽删”的观点。① 复社张溥也说：“经解不云乎：温柔敦厚而不愚，深于诗者也。解诗而愚者，汉以下皆是也，求之作者，其失弥甚。”②然而张溥认为“温柔敦厚”是根本，是不可动摇的，他坚持一本多元的“温柔敦厚”说。他说：“时贤以一概托于太师采风，弗遣众国之义，要本温柔敦厚为训。”③到了明末，陈子龙、方以智则倾向于肯定多元化的“温柔敦厚”说。陈子龙认为，屈骚与杜诗旨在“刺讥谏失”，也是“温柔敦厚”、忠君爱民的表现：“有唐杜子美，当天宝之末，亲经乱离，其发为诗歌也，序世变，刺当涂，悲愤峭激，深切著明，无所隐忌，读之使人慷慨奋迅而不能止。然而论者或曰是无当于风骚之旨者也……洎乎势当流极，运际板荡，其君子忧愤而思大谏，若震聋不择曼声，拯溺不取缓步，如《召旻》、《雨无正》之篇，何其刻急鲜优游之度耶？乃知少陵遇安史之变，不胜其忠君忧国之心，维音哓哓，亦无倍于风人之义者也。”方以智序陈子龙诗，也是从这个角度出发进行辩解的。他说：“或曰诗以温柔敦厚为主，近日变风，颓放已甚，毋乃憔杀？余曰：‘是余之过也，然非无病而呻吟，各有其不得已而不自知者……必曰吾求所为温柔敦厚以自讳，必曰吾以无所讳而温柔敦厚，是愈文过而自欺矣！’”④他们认为，只要心存大义，对“温柔敦厚”的范畴有所突破也是无可厚非的。

最后，我们谈谈几社六子的“比兴寄托”说。陈子龙在《李舒章诗序》中说：“夫深永之致，皆在比兴；感慨之衷，丽于物色。故言之者无罪，而使人深长思，足以兴善而达情，此托意之微也。”

---

① （明）吴时来：《寤斋先生遗稿》卷一《自得园诗稿序》，仙居丛书本。

② （明）张溥：《七录斋诗文合集·古文近稿》卷四《宋九青诗序》，载《续修四库全书》第1387册，第335页。

③ （明）张溥：《七录斋诗文合集·存稿》卷一《试牍正风序》，第428页。

④ （清）方以智：《浮山文集前编》卷二《陈卧子诗序》，载《四库禁毁书丛刊》集部第113册，第484页。

这里包含两层意思：诗歌要有深度，就必须有比兴；而诗歌要有广度，就必须有寄托。关于“比兴”，他说：“自古忠臣善士，不明于时，郁陶隐轸而托于文词者何限？然自《风》、《雅》而后，必以屈平为称首，此非独平之于工怨，而亦平之工于辞也。君子之修辞也，正言之不足，故反言之；独言之不足，故比物连类而言之。是以六义并存，而莫深于比兴之际。”关于“寄托”，他说：“而诗之本不在是，盖忧时托志者之所作也。苟比兴道备，而褒刺义合，虽涂歌巷语，亦有取焉……夫作诗而不足以导扬盛美，刺讥当时，托物联类而见其志，则是《风》不必列十五国，而《雅》不必分大小也。虽工而余不好也。”①可见，“比兴”强调形式的层面，“寄托”强调内容的层面，两者是一个整体，缺一不可。

**2. 提出规正“风雅”的复古诗论**

早期东林的支持者吕坤曾断言：“夫诗不范品格、傍风雅、入真澹，即千万语皆支也；诗不关世道，即千万语皆赘也；诗是矣而人非，即千万语皆伪也，是谓三蔽。”②公安竟陵派以禅意、幽趣入诗，离“范品格、傍风雅、入真澹、关世道”越来越远。因此，从万历年间东林阵营形成之日起，至复社、几社完结之日止，这些群体的大多数文士将公安竟陵作为“风雅正宗”的对立面予以坚决批判，认为他们受到了蒙蔽，走入了变风变雅的歧途。

为了规正风雅，他们走到兴复古学、以诗文载道的轨道上来。这种扭转有一个过程。首先是将“文”与“道”置于同等重要的位置，为复古张目。比如晚期东林魁目姚希孟说：“风雅之道，儒者鄙同鞶帨；而性命高谈，匡扶闳议，又骚坛吟社墐耳不欲闻。数者侵若水火，余以为皆末流也。二雅诸什，大都瘉时激衷；左徒连蜷婉笃，博引而旁喻；至杜陵直抒孤愤，而人不以急君为訾。若大于穆

---

① （明）陈子龙：《陈忠裕公全集》卷二十五《六子诗序》，人民文学出版社2011年版，第785页。

② （明）吕坤撰：《去伪斋集》卷三《陈少邱诗集序》，王国轩、王秀梅整理：《吕坤全集》（上册），中华书局2008年版，第93页。

不显，就将缉熙，又非诗人遗音乎？诗而彭泽，文而昌黎、庐陵，止矣！”①接着，李应升提出“风雅本于性情之正”的命题，他说：“文章、山水之观，一也。柳子厚《记游》……既其所至，殆风雅之变乎？风雅正变不同，要以本之性情，不可得而貌也。作者旷以开境，奥以藏精，和之以神，悠之以韵。先辈风雅，庶几在兹。”②而复社陈子龙进一步提出唯有古诗才真正具备“性情之正”。他说：“自《三百篇》以后，可以继《风》、《雅》之旨，宣悼畅郁，适性情而寄志趣者，莫良于古诗。盖措思非一端，取境无定准，博谕而不穷，言近而指远，君子幽居旷怀，娱道无闷之善物也。”③正是在东林与复社、几社“兴复古学”的一致努力下，公安竟陵被作为“俗学”遭了逐步升级的批判，而陈子龙等“云间派”推重后七子、以古雅为审美追求的诗学观建立起来，成为明末诗坛的鞺鞳大声。

**3. 在“诗言志”的前提下强调诗的“缘情”功能**

东林、复社诸君子，为了阐扬诗教、敦复风雅，具有强调“诗言志”的共性。比如江阴李应升认为，文学以德行为先，而以个人情致为辅佐。他说：“《诗三百篇》，《蓼我》寄志，《常棣》兴歌，洋洋乎备矣……庐陵郭君产孝友之乡，而沐乎其教，恂恂笃行，缙绅先生咸称之。懿德所好，发为诗歌，殆非欺我。君今佐铎匡南，明伦为职。夫言教不如身教也，‘伐柯伐柯，其则不远’。诸子衿镌其诗，以兴以观。”④“复社四公子”之一的吴应箕致友人诗序，强调诗以言志，则无不正之情。他说：“先生抱用世之志，风烈事功不即自遂，姑以诗抑伏其壮怀，而寄写其微趣，予所称无不正之

① （明）姚希孟：《响玉集》卷七《雪柏堂集序》，载《四库禁毁书丛刊》集部第178册，第517页。

② （明）李应升：《落落斋遗集》卷十《〈程墨观〉序》，载《四库禁毁书丛刊》集部第50册，第342页。

③ （明）陈子龙：《安雅堂稿》卷二《李舒章〈古诗〉序》，人民文学出版社2011年版，第1055页。

④ （明）李应升：《落落斋遗集》卷十《郭学博〈孝友贤声〉序》，载《四库禁毁书丛刊》集部第50册，第339页。

情，而情又不徒为貌者，将于先生乎是望。则先生即为诗也，而岂得称之曰此诗人而已乎?”①后来与吴应箕一同就义的金声也说：“诗之为言志也，惟君子能通天下之志。(陈)青雷行入朝，其益湛厥志，振厉风雅，以佐吾君与吾相焉。”②

复社领袖张溥等提出“性情”的概念，综合“情”与“志”两个方面的因素，但其实质是以“性”(性理)规“情”。他说：“言诗而勤以今文加之，远矣，必于人之性情观焉，然后其诗可志也。是以作诗有广不取外，约不简物，因其意近而包有其事，要于称己而足则已矣。”③其友人钱邦芑亦主张情志合一，情以寄志。他说：“从来风人谣咏，词旨多端。草木虫鱼，别有寄托。以故名流观玩，每托类以言情；志士兴怀，或借物以寄志。”④钱肃乐进一步指出“性情”的复杂性和可控性，提出“诗言志，而归于性情之正”的命题。他说：“《诗》者，性情之书也……作者志合于气，气合于声，声合于器，讵知其所由哉?因乎地，因乎时，因乎事，因乎人，又因乎其人志气之悲愉、性情之贞淫而见焉。”⑤至于嘉定黄淳耀提出的“诗言志”而“本于忠孝之情”的主张，则完全是儒家正统的诗学思想了。他说：

> 古圣人之论诗曰：“诗言志。”又曰：“思无邪。”此万世言诗者之根本准则也。诗人各言其志，而一本于仁义忠孝、和平淡泊之旨，则无论世代之升降、体裁之奇正，而均之乎追古之作也。彼规摹声调，寸步不失，如优孟之学叔敖，而

---

① (明)吴应箕：《楼山堂集》卷一六《杨学博诗序》，清光绪廿七年贵池刘氏刻本。

② (明)金声：《尚志堂集》卷六《陈青雷·诗序》，清乾隆休宁金氏刻本。

③ (明)张溥：《七录斋诗文合集·存稿·王载微诗稿序》，续修四库全书本，第475页。

④ (明)钱邦芑：《梅柳诗合刻》云南丛书二编本。

⑤ (明)钱肃乐：《诗经说约序》，见台湾“中央研究院”中国文哲研究所编顾梦麟《诗经说约》卷首，1996年版。

自命曰古，既非言志之义；乃若蔑弃规矩，一凭胸臆，其流至于为险、为怪、为诞、为纤、为凿、为俚，又安所称无邪也！①

相对而言，东林与复社中大多数魁目倾向于“文章家”而非“诗人”，“言志”说、“性情”说，在以阐扬儒家经义的八股时文中可谓左右逢源。但是，诗人则不一样，他必须有充沛的感情，有时甚至非理智可以约束。因此，那些偏向于诗歌创作的复社魁目提出了与上述君子不同的见解，典型人物是钱谦益和陈子龙。

钱谦益提出“志盈于情”的思想，其实质是在不否定“诗言志”的前提下，尽可能彰显“情”的重要性。他说：

夫诗者，言其志之所之也。志之所之，盈于情，奋于气，而击发于境风识浪、奔昏交凑之时世。于是乎朝庙亦诗，房中亦诗；吉人亦诗，棘人亦诗；燕好亦诗，穷苦亦诗；春哀亦诗，秋悲亦诗；吴咏亦诗，越吟亦诗；劳歌亦诗，相舂亦诗。穷其短长高下、抑抗清浊、吐含曲直、乐淫怨诽之极致，终不偭背乎五声六律七音八风九歌之伦次，诗之教如是而止。②

云间派诗人陈子龙虽然承认“夫诗以言志，喜怒之情郁结而不能已，则发而为诗”《诗经类考序》，但他亦认识到“性情”的复杂性，而偏向于承认“情”的合理性。他说：“夫《风》《骚》之旨皆本言情，言情之作，必托于闺襜之际。代有新声，而想穷拟议。于是以温厚之篇，含蓄之旨，未足以写哀而宣志也。”(《三子诗余序》)因此，陈子龙提出兼收并蓄、“各言尔志”的主张：“夫阮公当魏、晋之际，寄身危朝，不能退处岩石之下，志晦而词隐；故其为诗也，近于清适。舒章怀才抱道，遭逢明主，而不与元凯同升，时有

① (明)黄淳耀：《陶庵全集》卷二十三《陶庵自监录三》，四库全书本。
② (明)钱谦益：《有学集》卷十五《爱琴馆评选诗慰序》，载《钱牧斋全集》，上海古籍出版社2003年版，第713页。

济世之念，志郁而词扬，故其为诗也，近于警挚。虽云取舍异途，亦各言其志而已。”①

## 第二节　王穉登、赵宧光与吴门诗学

吴门领袖文徵明逝世后，明代中叶“吴中”风雅并未就此衰颓，相反以其更盛的人才优势强势反弹，掀起了新一轮高潮。以“王世贞、王世懋、王穉登、王锡爵”为代表的“四王”集团，接踵文徵明主盟苏州文苑。《明史·王世贞传》云：“……（王、李）狎主文盟，（李）攀龙殁，（王）独操柄二十年。才最高，地望最显，声华意气笼盖海内。一时士大夫及山人、词客、衲子、羽流，莫不奔走门下。片言褒赏，声价骤起。”《明史·文苑传·王穉登传》云：“吴中自文徵明后，风雅无定属，穉登尝及徵明门，遥接其风，主词翰之席三十余年。”在此二王的周围，更是人才辈出、俊采星驰，尤以“四十子”最为突出，② 他们大多数人活跃于苏州、松江、常州、

① （明）陈子龙：《安雅堂稿》卷二《李舒章〈古诗〉序》，人民文学出版社2011年版，第1055页。

② 四十子分别是：皇甫汸（苏州，1497—1582）、莫如忠（松江，1508—1588）、许邦才（历城人，生卒年不详）、周天球（苏州，1514—1595）、沈明臣（鄞县人，1518—1596）、王祖嫡（河南人，生卒年不详）、刘凤（苏州，生卒年不详）、张凤翼（1527—1613）、朱多㷿（宗室，1541—1589）、顾孟林（吴县，生卒年不详）、殷都（嘉定，卒于1580后）、穆文熙（东明人，1532—1617）、刘黄裳（光州人，1525—1595）、张献翼（苏州，1531—1601）、王穉登（苏州，1535—1612）、王叔承（吴江，1537—1601）、周弘禴（麻城人，卒于1590后）、沈思孝（嘉兴，1542—1611）、魏允贞（南乐人，1542—1606）、喻均（新建人，卒于1600后）、邹迪光（常州，1555—1631）、佘翔（莆田人，卒于1586年后）、张元凯（苏州，卒于1580前后）、张凤鸣（松江，生卒年不详）、邢侗（临沂人，1551—1612）、邹观光（云梦人，卒于1607年后）、曹昌先（苏州，卒于1597年后）、徐益孙（松江，卒于1593年后）、瞿汝稷（常熟，1548—1610）、顾绍芳（常州，卒于1610后）、朱器封（宗室，生卒年不详）、黄延绶（不详）、徐桂（苏州，卒于1600后）、王伯稠（昆山，卒于1602年后）、王衡（1561—1609）、汪道贯（歙县人，1543—1591）、华善继（常州，1545—1621）、张九一（新蔡人，1533—1598）、梅鼎祚（宣城人，1549—1615）、吴稼竳（湖州，1550前后—?）。

嘉兴、湖州环太湖圈，成为晚明江南文学高度繁荣的显著表征。

与此同时，文氏家学及其学派亦未中断，受文徵明扶植起来的“四皇三张”以及陆氏、王氏、赵氏等新氏族相继崛起，继续支撑着“吴门画派”，他们在晚明诗坛亦应有一席之地。本节选取王穉登与赵宧光二人，他们既是王世贞的至交好友，又是文徵明的门生或再传弟子，完全可以代表吴门诗学。

王穉登(1535—1612)，字伯谷，一作百谷，号玉遮山人。长洲人，寓居苏州城。四岁即能属对，六岁已能书写大字，十岁能诗，长而名满吴门。明世宗嘉靖四十三年(1564)，王穉登为国子学监生。入京师求官，以《紫牡丹赋》干谒于袁炜，有“色借相公袍上紫，香分太极殿中烟”之句，受到袁氏赏识，将荐之于朝，未果。后曾以布衣校书秘阁。万历年间诏修国史，未上而史局罢。卒于乡。著有《吴郡丹青志》、《吴社编》等。所著诗文札记二十种，汇刻为《王百谷集》凡十八卷。

赵宧光(1559—1625)，字凡夫，一字水臣，号广平，太仓人。赵宋王室之后。随其父“移家吴市”(苏州)，乃与王穉登隔河而居。赵宧光生而倜傥，泛览经史，贯串百家，尤精于篆书，策名上庠，终生不仕。娶陆师道(1511—1574，文徵明弟子，嘉靖十七年进士)之女陆卿子为妻，夫唱妇随，皆以诗文名于世。万历甲午(1594)春，凡夫遵先人遗言，始于苏州西部觅地，乃于吴县寒山之阳，迎葬双亲灵榇，并筑室墓旁，携眷山居，从此足迹不入城市。其诗文隽雅，谈艺亦以“雅”为宗，著有《弹雅》十六卷，有天启二年刻本。

## 一、王穉登的诗学活动

朱彝尊诗话说，“吴中自文徵明卒后，诗坛无主将，穉登尝及文氏之门，犹可上接‘四才子’之流风余韵，加之又喜奖掖寒素，敦笃故旧……遂为士论所推许，从之者甚众，主领吴中风雅三十余年。”早在万历初，王穉登初迁至苏州定居，黄姬水便序其《金昌集》，盛赞其人品与诗才，断言其诗必名世。他说：

> 百谷才性警敏，志行修洁，闭影一室，读书谈道，高情胜气，风尘物表。其视世上龌龊若喔咿嚅唲辈，不少回面一顾也。故发而为诗，则挈霞成思，缀縠为辞，尽涤氛埃，直游玄邈，往往多人不到语。虽其远道，未可涯测。而造述如是，断可名世矣！

王穉登北游袁炜幕之后，吴中士人起初颇看不起他，据《万历野获编》载："(百谷诗)'色借相公袍上紫，香分天子殿中烟'极为袁元峰(炜)相公所赏，因成知己。同邑周幼海长王十年，素憎王，因改'袍'为'脬'、'殿'为'腚'以谑之。"①但王穉登确实有不少侠义之举，他"奖掖寒素，敦笃故旧"，逐渐树立了威信。比如，嘉靖四十五年，袁炜卒，王穉登千里往吊，经苏、嘉、杭、绍、鄞五府十六县，跨吴江、钱塘、余姚、甬江、慈溪六水，从五月初一走到六月十五日。② 万历初，王穉登每过钱塘，必往慈溪慰问袁炜遗孀，且为袁氏孤女置嫁。万历二十二年，王世贞次子王士骕以涉嫌谋反下狱，王穉登为之奔走呼号，得解。万历二十四年，状元沈懋学(1552—1596)在潦倒中与世长辞，年仅43岁。王穉登与汤显祖、屠隆、冯梦祯、冯大受等皆写有悼诗，且为沈懋学筹集安葬抚恤之费。王穉登哀悼道："君典(沈懋学之字)玉折，令人短气。草间狐兔正纵横，畴起子桓地下哉！"③"惜与君典狂歌湖上……吟《公无渡河》，声琅琅中琴筑，今乃不死风波，而死枕席！"④这些义举不胜枚举，以至于其死后，一位名叫马守真的秦淮名妓为之改

---

① (明)沈德符：《万历野获编》卷二十三"山人"条。

② 参见(明)王穉登：《客越志》上集，载《四库禁毁书丛刊》集部第175册，第221~230页。

③ (明)王穉登：《谋野集》卷三，《答冯咸甫》，载《四库禁毁书丛刊》集部第175册，第374页。

④ (明)王穉登：《谋野集》卷三，《与冯开之》，载《四库禁毁书丛刊》集部第175册，第374页。

名(王稺登曾自号兰陵书吏，马氏遂更名为湘兰)，每日庵堂为之诵经祷告，直至老死。

我们发现，同样作为山人，王稺登与屠隆的气概是不一样的。王稺登与苏州豪门以及江南官宦皆有一定交情，往来之中有媚骨而不露媚相。比如他约王世贞、王锡爵同赴赵宧光寒山别业小聚，他信中写道："秋气渐佳，门下神往赵凡夫，将谒州大夫，借王先生为九鼎公请，勿桥然其舌。"①而屠隆却不是这样，万历十六年，他向松江府尹邢侗索要"买山之赀"，其愿颇奢。邢侗愤愤不平，王稺登一面修书劝慰："身非安道，荷嘉宾买山之赀，卿愧未释；问者复拜侯命，衰蹄更颁受老倦矣，而施未厌，徒伤明使君之惠乎！"②又一面劝慰屠隆道："太夫人鸡皮鹤发，可乏五鼎食哉！屠先生良苦！顾安得如山人骂座，横索金钱，令妻子饱欲死也！"③王稺登也曾向邢侗索旅费，却是"有偿置换"。他写信道："今复裹粮，走千里而乞墦(注：用孟子《娄离》墦间乞食、傲于妻妾之典)，使君能卒此德，勿以么麽弃之。捉笔成一篇，并以唐伯虎《秋涉图》奉寄，三湘九嶷当自兹始，请为王生加一餐也。"④

王稺登是典型的游吟诗人，早期游于幕，中期游于妓，晚期游于艺。其性格一直带有两面性，一面是奔竞的"山人"，一面是自负的"名士"。这两面性在其诗文集中体现得较为充分。他原本家在毗陵(今常州武进)，故写有《晋陵集》二卷；为成名来到苏州，写有《金昌集》四卷。追随"青词宰相"袁炜，在京师活动数载，著有《燕市集》二卷、《青雀集》二卷。袁炜失势，他开始了较长时间的放逐生涯，在秦淮与名妓马湘兰厮混，又远游武林，写有《客越

① (明)王稺登：《谋野集》卷三，《与邢直指》，载《四库禁毁书丛刊》集部第175册，第390页。

② (明)王稺登：《谋野集》卷三，《寄邢直指》，载《四库禁毁书丛刊》集部第175册，第400页。

③ (明)王稺登：《谋野集》卷三，《与屠长卿》，载《四库禁毁书丛刊》集部第175册，第405页。

④ (明)王稺登：《谋野集》卷三，载《四库禁毁书丛刊》集部第175册，第402页。

志》二卷、《竹箭集》二卷。厌倦了烟花，便清赏风月，“驾言出游，聊写忧郁，或赏花月，或眺泉石”，① 于是有《梅花什》一卷、《明月篇》二卷、《两航记》一卷、《青苕集》二卷、《越吟》二卷。在赵志皋、邢侗等人的支持下，王穉登曾作过短期的史志修撰工作。其后赋闲，他期望在山水中得到书画诗文的灵感，开始远游访仙。“其或邦君命、简邑使，挥翰之余，可当小乘。”于是有《荆溪疏》二卷、《延令纂》二卷、《采真篇》二卷、《法因集》四卷。“艺苑之暇，不废稗官，或蒐画苑，或述诡异”，于是有《吴郡丹青志》一卷、《虎苑》二卷、《吴社篇》一卷；“及乎晚岁，荣辱一视，彭殇齐观，适来乎时，适去乎顺”，于是有《广长庵主生圹志》一卷、《虎苑》二卷、《苦言》一卷。后人另编辑《谋野集》四卷、《题跋》一卷、《弈史》一卷。

作为知名的游吟诗人，王穉登从晚明开始的1573年至1612年去世为止，但逢诗坛盛会必有参加。王世懋、朱孟震、陈芹青溪社集有他；王世贞、汪道昆、卓明卿、潘之恒在西湖南屏结社也有他；二十年后(万历三十四年前后，1606)臧懋循、曹学佺的金陵诗会还有他。如此一个著述丰富、活动频繁、影响深远的作家，是值得我们关注的。

## 二、王穉登的诗学思想

王穉登游吟诗人的生涯，不利于他静下心来著书立说，其诗学思想主要体现在两三封与友人的书信短札中，概而言之，主要有以下三方面：

### 1. 提出诗当“述衷抒悰”、扬葩吐艳

王穉登认为，诗以表达内心的喜乐为唯一宗旨，“述衷而抒悰者，诗也”。显然，这是自南朝以来“缘情而绮靡”思想的另一种表达方式。原文说：

① 本段引文皆出自史兆斗《王百谷集序》，载《四库禁毁书丛刊》集部第175册，第4页。

黯然而销魂者，别也；飒然而变物者，秋也；忻萃而痛睽者，情也；述衷而抒悰者，诗也。乃若重耳离秦，世子独伤之渭水；子卿还汉，都尉慷慨于河梁，岂非日月敛照、风云动色者哉……于是车马在门，离觞初引；赋诗惜别，伤如之何！①

王穉登还认为，诗人应该充分展示自己的才情，扬葩吐艳。其本人的诗集即如此，其《法因集》，王廉甫赞曰："丽词妙义，如花雨缤纷；一言一字，皆成青莲。"②王穉登深谙此道，且惯用一连串的比喻来说明蕴才情于词藻的道理，他说：

夫其书富三箧，才盈八斗；亭亭孤映，皎皎绝群。袅如春柳盈烟，艳如芙蓉出水；烂若山鸡吐绶，巧若冰蚕抽茧；斯不在星为珠、俪月成璧耶！君(指何许卿)方修青云之业，名满公车，异时矫首天路，振羽赤霄，入铜龙，登白虎，把袂子云，拍肩曼倩，宁徒执牛耳于一方，江左雕龙之彦，皆槃水捧剑而驱矣。③

**2. 因才而施，注重才情与技巧，不盲从"后七子派"**

王穉登对于"后七子派"始终敬而远之，这恐怕亦是王世贞仅列之为"四十子"而不入各种"五子"名目的原因之一。他对以李攀龙为首的"后七子"一分为二地看待：一方面是复振风雅，居功至伟；另一方面是才学有限，诗业未成。他说：

---

① (明)王穉登：《晋陵集·苍梧云影集序》，载《四库禁毁书丛刊》集部第175册，第17页。

② (明)王穉登：《谋野集·与王廉甫观察》，载《四库禁毁书丛刊》集部第175册，第414页。

③ (明)王穉登：《延令纂·何许卿诗序》，载《四库禁毁书丛刊》集部第175册，第214页。

吴人之诗，大率骄淫绮靡之思多，慷慨激烈之音少。足下①毅然欲尽洗其陋。于乡国辞人及当代阐奇发藻之士，举莫当意，而独于关西李氏之作，咨嗟击节，命为绝倡。此则鄙人所未喻也。中兴宗匠，夙称李君……然仆以为，李君之诗，功崇而业浅。何谓功崇而业浅？盖明朝以来，作者绝响，声律之学，几乎扫地……李君生于弘治、正德之间，崛起关陇，蛟腾虎视，力挽七朝之废，身济百年之弱。指而号于众曰：古不汉魏，非古也；律不盛唐，非律也。一时海黛英灵之士，翕然趋之。而风雅之学，亦遂复振。②

王穉登认为，李攀龙之诗在立意、感情、声律、技巧四个方面存在缺陷，"摹仿剥深，陶熔未暇"，是不值得效仿的。他说：

今读其诗，吾独惜其调高而意直；才大而情疏；体正而律庸，力有余而巧不足也。何则？矫枉太过，和平不及。摹仿剥深，陶熔未暇，凡有识者不言可知。③

**3. 因地制宜，弘扬吴音，以"清嘉蕴藉"为宗尚**

王穉登主要是从两个方面指出追随李攀龙路线之偏谬的。其一，李攀龙善于"破"而不善于"立"；其二，李攀龙是"北人"，其

① 按：指方子服，其人不可考，疑是诗人方沆或"方子时"。若是方沆，当是刻工在刻板过程中误将墨污处当成"月"旁，原文应作"方子及"。方沆(1542—1608)，字子及，号讱庵，莆田人。隆庆二年进士，曾任南户部郎中，改刑部，参与青溪社，并予刻《唐诗纪》，官至云南提学佥事，谪宁州知府。方沆与漳浦吴琯皆曾自称"吴人"，窃取《唐诗纪》编撰成果。与李贽及其婿庄纯父为至交，又与新科(万历二十六年)进士黄汝亨友善。亦可能是"方子时"，穉登《金昌集》有《寄方子时二首》，该诗曾人选陆云龙《诗最》。

② (明)王穉登：《晋陵集》下集之《与方子服论诗书》，载《四库禁毁书丛刊》集部第175册，第19、20页。

③ (明)王穉登：《晋陵集》，载《四库禁毁书丛刊》集部第175册，第20页。

诗才学不足，声色未佳。他说：

> 仆以为李君诗拨乱反正之力多，粉饰太平之事少。所谓可创造，难守成。故曰功崇而业浅也。武宗之时，文士辈出。李君赤帜于关西，徐子白眉于东海。李资弘亮，徐学精深。长才绝力，则徐不逮李；清声古色，则李不逮徐。盖李君之才，产于北郡，其地土厚水深，其民庄重质直，其诗发扬蹈厉。吾吴土风清嘉，民生韶俊，其诗亦冲和蕴藉。政自不能一律齐也。仆谓武皇草昧之顷，难少李君。今日全盛之时，当多徐子。何哉？时异而势不同耳。故分路扬镳，城门一轨。画虎类狗，识者病焉。足下贱家丘之易，而效邯郸之步；舍熊掌之珍，而甘嗜鱼之癖，不已谬乎？虽然，匠不为拙工而废绳墨，羿不为拙射而变彀率。①

王穉登拿徐祯卿之所长来比较论证李攀龙之所短，是很有说服力的；作为吴人，学习徐诗自然要比学习李诗便捷得多。王穉登之诗能够盛誉于一时，亦是学习以徐诗为代表的“吾吴土风”之“清嘉”、“韶俊”、“冲和蕴藉”的结果。他进一步指出，要取法乎上，更师徐诗之所师，以“三百篇”、古诗、建安黄初古体以及开元天宝近体为典范：

> 三百篇者，诗之绳墨、彀率也。今之作者，即不能为三百篇，然古诗必准于建安、黄初；律诗必期于开元、天宝。诗云，“尚有典刑”，此之谓也。若夫寄兴含思，比物丑类，会美善于一涂，融情义于两得，则化裁之妙，运于一心。《易》不云乎：“神而明之，存乎其人。”惟足下努力而已。②

---

① （明）王穉登：《晋陵集》，载《四库禁毁书丛刊》集部第175册，第20页。

② （明）王穉登：《晋陵集》，载《四库禁毁书丛刊》集部第175册，第20页。

王穉登的诗，固然没有达到“前七子”领袖之一徐祯卿的高度，但在晚明“后七子”与“公安派”的夹缝中，自标吴音，领袖一方。王穉登之子王留，更是继承乃父传统，创造性地发展“吴下体”，详见前章“董斯张”一节，兹不赘述。王氏父子操持吴门风雅，在晚明诗学多元化的格局中自成一格。

## 三、赵宧光的诗学活动

上述王穉登，因受文徵明授艺，我们将之列入“吴门”一派；相比较而言，文徵明身后最有资格担当吴门派掌门人者为赵宧光，因为他不仅是吴门“嫡派”传人，而且与文徵明结有姻亲关系。

赵宧光与赵孟頫同为宋太宗赵炅第八子赵元俨之后，赵孟頫的诸多藏品在晚明均出于赵宧光之手，尤以孟頫传世之紫檀画盒所盛《续书谱》最为珍贵，可见赵孟頫即赵宧光之先祖。赵孟頫为宋太宗第十一代孙，至赵宧光又是十一代的光景；可惜赵氏族谱今已佚，无从查考了。我们追溯这段家族史，并非为了给晚明这样一位隐士脸上贴金，而是说明明中叶“吴门派”的由来已久，源自元代的“吴兴”一派，以赵孟頫及其子赵雍、孙赵彦征、甥王蒙，以及梅道人吴镇等为代表，王蒙、吴镇又与苏州黄公望、常州倪瓒并称为“元四家”。正如数千年来中国的移民史所反映的那样，环太湖流域士人因水旱战争灾害等原因迁徙到相邻州县是很寻常的(比如黄公望本松江陆氏之后，徙苏州，过继黄姓人家；赵宧光之父亦从太仓横泾“移家吴市”)。在中晚明之际，吴兴艺苑后裔回流至吴中。吴中文徵明所师法的对象正是赵孟頫、倪瓒、黄公望，而其家学来自文同(宋四家之一苏轼之师)；而其弟子陆师道等家学来自黄公望；赵宧光家学来自赵孟頫。这些艺术世家世代结成姻亲师友关系，形成一个异常亲密而神秘的群体，其衣钵不轻易外传。比如，赵宧光之妻，即陆师道之女；有子名赵均(1591—1640)，字灵均，又娶文徵明孙女文淑(1595—1634)为妻。据记载，淑字端容，性明慧，幼得家学，“求文夫人画者，山中如市”。赵氏父子篆学与陆氏、文氏姑媳诗妇画，被人称为“吴门三秀”。

撇开其祖上的光环，我们且将眼光从晚明艺苑转向诗坛，来比较一下王穉登与赵宧光。虽然王、赵是多年的邻居，但我们仍然无法一视同仁，毕竟两人气质差异太大。如果说，王穉登是山人，那么赵宧光是居士；如果说王穉登是布衣名士，那么赵宧光是贵族孑遗；如果说，王穉登之诗学以游吟见长，那么赵宧光则以读书取胜，是书斋型的诗人。

赵宧光书斋位置特别，在“姑苏城外寒山寺”之侧，所谓“寒山别业”是也。崇祯《吴县志》云：“寒山，即支硎右一支。此山先未有名，万历中士人赵宧光为父卜葬，遂隐居于此。”赵氏的“寒山别业”影响深远，诗人王衡、陈继儒参观后很受启发，曾相与隐居支硎山中读书应考。清顺治二年(1645)，赵宧光外甥文从简(彦可)及外孙文点(端文)即隐居寒山赵氏山房。后来乾隆巡视苏州，特地驻跸赵氏“寒山别业”，观其名人摩崖石刻。

赵宧光隐居寒山，托辞是替父营葬守墓。其《寒山蔓草》卷二《与某》一书辩解道：“不肖伏处山中，四三年于兹，以家大人襄事未厝，卖宅营葬。野鹿园已属之乌有先生。世人耳目，目为无赖；以不肖自视，谓贤于平泉。古人有卖身营葬，奚独我哉！”可见为了葬父，赵氏卖掉了其父所筑之园林。作为一个艺术家，没有私家园林是不堪忍受的，更何况赵氏一门艺术天分极高，闲云野鹤般的生活更利于艺术创造，于是与寒山结缘。寒山亦因赵氏闻名天下，可称互为知音，“相看两不厌”，故其在书信中总结说：“亦寒山先我矣！余复何言哉！”

寒山别业凝聚了赵氏大半生的心血。他不仅经营了寒山别业“四十景”，还仿效王维《辋川集》作山水清音二百首(见《寒山蔓草》卷一)，充满着浓郁的隐士情趣。其所在的寒山别墅群，几乎成为苏州城名宦的后院。仅“小宛堂”，就有朱鹭、陈继儒、王衡等各五首诗以题记；又有潘之恒、邹迪光、朱鹭、姚希孟、娄坚、王穉登、冯时可、冯梦祯各二首记其山池及“一云山庄”等处；又有邓云霄漫题八首、陆敬枝《怀赵四丈》三首、凌云凤山斋七首；更有朱国祯、吴梦旸、吴明璋、张萱等名流寻访不遇，怅然作诗以记。我们仅从造访赵氏的诗人大名单中，就可以窥见“寒山别业”在晚明文坛之影响。他们是：

吴江朱鹭。夷陵刘戡之(按：张居正女婿)。新都毕懋康。梁溪邹迪光。苏州陆敬枝。莆田游士豪。吴县姚希孟。嘉定娄坚。吴县钦叔阳。休宁朱简。钱塘岳和声。苏州王穉登。长洲申时行。松江冯时可。东莞邓云霄(按：继江盈科为长洲令)。临川林若抚(按：柳如是前欢)。苏州黄习远。吴县袁景休。秀水朱国祯。宜兴张纳陛。乌程范汭。松江冯大受。松江陆应旸。松江冯时可。寒山寺住持海湛。侯官曹学佺。歙县潘之恒。浙江吴明郊。钱塘黄汝亨。仁和顾隐之。苏州吴鼎芳。吴县沈颢。武陵顾大猷。归安茅元仪。福清叶向高。吴县钱希言。苏州沈野。松江葛一龙。歙县汪道会。永平韩原善。

以上四十余人名单，是从《寒山蔓草》赵宧光所获赠诗中随意拈出的，实际前往参观的诗人远不止此，可能数倍于之。比如赵宧光家藏宋版《玉台新咏》，未肯假人，虞山冯舒、何大成闻讯，“于朔风飞雪中，挟纸笔，袖炊饼数枚入山，径造其庐，乃许出书传录，四昼夜之力，钞副本以归”①。此外王世贞亦曾造访，可能没有题诗。可以说，赵宧光在寒山居住期间，结交了百余名文坛精英。此中可以窥见赵宧光结交的文人层次，主要有五等，涵盖整个晚明文坛：一等是首辅阁部，如申时行、叶向高、朱国祯等人。二等是封疆大吏，如毕懋康、岳和声、曹学佺、黄汝亨等人。三等是地方官员，如邓云霄、冯时可、吴明郊等人。四等是山人布衣，如朱鹭、钦叔阳、袁景休、吴鼎芳等人。五等是方外，比如海湛等人(沈季友《檇李诗系》卷三二云：晚明苏州寒山寺僧海湛，“号雪谷，言谈擅长书画，与名士王穉登、赵宧光、陈继儒辈相善”)。

赵宧光的寒山隐居，为他赢得了罕见的名士声价。清初褚人获云：“吴门王百谷家居，申少师予告归里……屡造之，宾客盈门，目不暇接；凡夫搜剔泉石，贵游麇至，几同朝市。两君可称处士之特矣。时人语云：‘天下歇家王百谷，山中驿吏赵凡夫。’”②赵宧

① 黄廷鉴：《读知不足斋赐书图记》，转引自叶昌炽：《藏书纪事诗》“何大成”条，北京燕山出版社 2008 年版，第 202 页。

② (清)褚人获：《坚瓠集》之《余集》卷二，江苏广陵古籍刻印社 1995 年版。

光的声誉之隆可见一斑。申少师即申时行(1535—1614)，字汝默，号瑶泉，长洲人，嘉靖四十一年(1562)状元，万历十一年任首辅，致仕退居苏州，频与赵宧光、王穉登往来。其《奉赠凡夫先生》诗云："著书三十载，住此一空山。清沼莲高下，深松鹤往还。宛然成净土，不复问人间。但有思亲念，难辞尘土颜。"冯时可亦有《同申少师饮凡夫斋中》诗记之，则赵氏的声誉越隐越隆，这是不难想见的。

与此同时，赵宧光以其皇室祖传宋钞为底本，校刻了许多濒于失传的典籍，比如：万历三十四年(1606)，赵宧光校刻所校著《说文长笺》一百四卷、《六书长笺》七卷；万历三十五年，赵宧光刻增补宋代洪迈所辑《万首唐人绝句》四十卷；崇祯六年，赵均刻小宛堂藏本宋椠《玉台新咏》十卷……从兴复绝学的意义上说，赵宧光对中国诗学、文字学的贡献，不仅是王穉登无法攀比的，就是置之于整个晚明，也鲜有人望及项背。

## 四、赵宧光的诗学思想

赵宧光的诗学思想，主要体现在其巨著《弹雅》十八卷中。其论诗整体上来说，从属于"后七子"诗学，主风骚、倡格调，上溯诗三百，下至唐诗，无不讲求法度和学问。但他毕竟博学，在诸多细节方法和理解方式上，对以王世贞、胡应麟为代表的后七子诗学有所突破，故而明末江阴许学夷引用其观点不下四十处，几乎与所引胡应麟《诗薮》条目相埒。出于诸多原因，我们未见到《弹雅》原书，①仅以许学夷所引之精华片段来说明其诗学思想以及诗学贡献。

赵宧光认为，学诗应从源头"诗三百"开始；而非拾得前后七子以及唐人余唾。只有"开眼"了，具备了一定的鉴别能力之后，才能附庸时流。他说：

> 学诗必从风雅骚赋，此端本之法也。吕氏谓必如此，使初

① 该书有崇祯赵氏刻本，《明史·艺文志》、《徐氏家藏书目》诗话类、《千顷堂书目》皆著录为"十卷"。今存明末刊十八卷本，藏首都图书馆、故宫博物院；又有天启二年(1622)刊十六卷本，藏山东大学图书馆。

学方得见古人，彼时正难得见也。此只积材之顷耳……学识至开眼后，然后可以让卑下之文，三人我师，无不可者。若未开眼而读此等诗文，鲜不为其中者矣。①

就此，他对于如何读古诗、读唐诗、选唐诗，发表了自己的见解。

**1. 古诗学思想：观其大略，兴感含蓄**

尽管赵宧光尊崇古学，认为“学诗必从风雅骚赋，方见古人之法”(《四库全书总目提要》之《弹雅》条)，但是他能推陈出新，讲求方法、法度。他赞同董仲舒的“诗无达诂”之说，反对腐儒经生读《诗》字字求解的做法。这种“不求甚解、是为正解”的态度，深得江阴许学夷之赏识，许氏以此为方法论，展开了对诗经篇目的逐一解读，故在《诗源辩体》论古诗的篇幅中，处处皆见赵宧光的说法。比如：

赵凡夫云：“读《诗》者字字能解，犹然一字未解也。或未必尽解，已能了然矣。”此语妙绝，亦足论禅。今之为经生者，于国风搜剔字义，贯串章旨，正所谓字字能解，一字未解也。②

赵宧光认为，在观其大要的前提下，凭借音节等就可达到“兴感”的境界。“《诗》多曲而通，微而著，复有音节之可娱，听之无不兴感。”③他指出，诗贵含蓄，贵全篇立意，那种以字斟句酌而作诗的方式是舍本求末。他说：“诗主含蓄不露。言尽则文也，非诗也。”④“古诗在篇不在句，后人取其句字为法，谓之步武可耳。何尝先自有法?”此外，对典故制度、遣字造句、用事用韵等，亦有考订、阐发和论述。比如“《说文》止讳东汉‘秀’、‘庄’、‘坦’、

① (明)许学夷：《诗源辩体》卷三十四第九条，第315页。

② (明)许学夷：《诗源辩体》卷一第一一，第6页。

③ (明)许学夷：《诗源辩体》卷一第九，第5页。

④ (明)许学夷：《诗源辩体》卷一第十，第5页。

‘佑’四字，而于西汉邦、盈以下，皆不讳也”(《说文长笺》)。“凡名乐府皆作者一一自配音节”，“凡论诗不得兼道义，兼则诗道终不发矣。如谈屈、宋、陶、杜，动引忠诚悃款以实之，遂令尘腐宿气孛然而起。且诗句何足以概诸公？即稍露心腹，不过偶然，政不在此时诵其德业也”。①

**2. 唐诗学思想：雅而后真，诗贵情性**

赵宧光对于李梦阳以及公安派所谓“真诗在民间”之说法甚为反感，认为唐人虽然街谈巷议中皆有可称“唐诗”者，但其中未必非雅人所为。他反复强调：“雅”是“真”的前提，只有先有雅意，其后才可以成诗。他说：

> 情真、景真，误杀天下后世，不典、不雅，鄙俚叠出，何尝不真于诗远矣？古人胸中无俗物，可以真境中求雅，今人胸中无雅调，必须雅中求真境。如此求真，真如金玉；如彼求真，真如砂砾矣！大抵汉、唐之真如此，宋人之真如彼；初、盛之真如此，晚唐之真如彼。二法悬殊，不可不辩。②

赵宧光明确反对“诗必盛唐”的说法。他说：

> 国风音节可娱，唐乃国风正派也。后人称唐诗为唐音、唐响，正以此耳。初盛中晚音节虽有高下，而靡不可娱。③

我们注意到：赵宧光明确提出唐诗“初盛中晚……靡不可娱”的主张，正因为对唐诗有了较开明的态度，他提出别具一格的“格调论”。他说：“何谓格？至处可转，至处可粘，粘断不移是也。何谓调？声出成喜，声出成悲，悲喜自生是也。”又称“调可夺格，格不可夺调。若调为格拘，诗多不接”。书中推崇唐调，称“四唐总是一调”；又倡“三

① （明）许学夷：《诗源辩体》卷六第二三，第104页。

② （明）许学夷：《诗源辩体》卷三十二唐诗“总论”，第285页。

③ （明）许学夷：《诗源辩体》卷十七，第182页。

贵”，谓“诗贵托讽，若篇篇着意，遂成腐儒；诗贵情性，若篇篇恣情，遂成放诞；诗贵景真，若篇篇赋景，便落粗浅”。①

**3. 赵本《万首唐人绝句》：补葺有功，编次有绩**

赵宧光“四唐总是一调”的观点，在其重辑宋洪迈《万首唐人绝句》一书过程中有充分的体现。在编辑过程中，他也充分展示了其诗学思想。

首先，他指出绝句是最符合诗“言有尽而意无穷”之旨趣的体裁。他说：

> 文莫先于诗，诗莫先于短韵……后代反古学士，强立乐府以拟之，于是凋声量字，校长揭短，始得勉被管弦，不啻九牛扛鼎之力哉……诗也者，正所谓言有尽而意无穷，寄无形于有象……若夫绝句大旨则已精而益筹其精，已简而益求其简。合四句如一句，绎稠情于单词，无言之言，欲尽不尽，说者云，绝妙之句，即非格制本旨，然亦不大远其名也。

其次，他按照“四唐”的顺序对原作进行了系统的整理与补充，可谓是晚明“唐诗学”的一次集成。万历初，张之象的《唐诗类苑》二百卷，辗转于俞显卿、卓明卿之手，虽较为齐备，但分类太杂，形同类书。而黄德水、吴琯(实际编撰者为陆弼、俞安期等)的《唐诗纪》，以及臧懋循的《唐诗所》皆只出齐了初盛唐卷。赵宧光之删补本，主要是删洪迈误收、芜杂或鄙俚之作，他约同黄习远增补近七百首。黄习远评曰：“凡夫先生以兹集授予校雠，乃共芟去其谬其复者共二百一十九首，补入四唐名公共一百一人，遗诗共六百五十九首，总得一万四百七十七首。诗以人汇，人以代次。厘为四十卷。凡三易寒暑而剞劂告成。”②按他自己的说法，是“讨寻四唐别

① 本段文字，皆语出赵宧光《弹雅》，但实际上综合了隆庆、万历年间多家学者的观点。比如“诗贵情性”即来自于安磐《颐山诗话》。

② 黄习远《校刻万首唐人绝句引》转引自周本淳选编：《唐人绝句类选》，浙江古籍出版社 1985 年版，第 330 页。

总群集，以及选摘稗官诸家，不遗余力，遂得洪氏缺略者数百篇，合一万若干首。虽去取略复相当，其视元本舛讹失所者，真可谓金支进海，草木皆明矣"①。可以说，这种自信与自负是经得起历史检验的。许学夷评价道：

> 洪魏公迈所编《万首唐人绝句》，取诸家集中五言、六言、七言并传记所载，郭茂倩《乐府》、小说伪撰，及凡、仙、鬼之作而辑成之，而真者尚有所遗。又其中有异名重出者，有彼此误入者，有杂于六朝者，有从郭氏删古、律为绝句者，有古、歌七言用四平韵及两平两仄者。赵凡夫、黄伯传诠次厘正，削其前失，复增入数百篇。②

从清人对《万首唐人绝句》一书的评价中，亦有不少赞誉赵补本的文字。兹举王士祯《唐人万首绝句选・凡例》说明：

> 吴郡赵凡夫本区别四唐，淆乱差少。今以赵本与《纪事》、《品汇》参伍其次第。洪元本虽云万首，而颇有遗漏，赵补入者多。③

对明代编辑者一向苛刻的清代学者王士祯亦称赞赵宧光补葺之功，这种现象还不曾多见。这也充分说明赵氏诗学思想之开通、学问之广博、学风之严谨。王穉登的诗歌创作以及赵宧光的诗学理论，是晚明吴门诗学收获的卓异成果。

## 第三节　董其昌、冯时可、陈继儒与松江诗学

早在1992年，陈建华先生就曾注意到晚明松江沿海一带文学具有某种"群体"的共性。他如此论述："陈继儒、王思任、董其

① 周本淳选编：《唐人绝句类选》，第329页。

② （明）许学夷：《诗源辩体》卷三十六，第359、360页。

③ 周本淳选编：《唐人绝句类选》，第331、332页。

昌、王衡等在文学上虽未自命为什么派，但他们互相关系密切，处世态度和艺术旨趣颇相近，对万历末期到崇祯间的江浙地区的文学潮流，他们的地位举足轻重。”①诚然，至今文学史尚未公认他们属于什么派别；但我们根据文化史、艺术史所谓“松江派”来命名之，亦无可厚非。董其昌与冯时可结成“广五子”诗社，又与陈继儒、冯氏之侄冯大受结“松江十八子文社”，② 所谓“松江派”，亦自有其史实根据。如此一个重要的群体，至今文学史界罕有人提及，即使有少数研究者关注到其中的一两个人物，也不能在诗文等传统领域内为之争取一席之地，不能不说是一个遗憾。③ 本节介绍松江诗学“广五子社”三位代表人物。

冯时可(1548？—1623？)，华亭人，御史冯恩第八子，隆庆五

① 陈建华：《中国江浙地区十四至十七世纪社会意识与文学》，学林出版社 1992 年版，第 362 页。

② 笔者考得“松江十八子社”成员名录：彭汝让；方应选(万历十一年进士)；范允谦；唐文献(万历十四年进士)；董其昌(万历十七年进士)；章宪文(万历十四年进士)；陆彦祯(万历二十三年进士)；杨继礼(万历二十年进士)；冯大受；何三畏；高洪谟；陈所蕴(万历十七年进士)；冯梦祯(万历五年进士)；沈瓒(吴江沈璟弟，万历十四年进士)；莫是龙；王韬甫(名不详)；徐益孙；袁非之与袁微之兄弟。陈继儒、徐益孙、王衡等亦曾加入该社。参见何三畏《云间志略》。

③ 比如邱江宁认为，陈继儒缺席文学史，是因为清代的准文学史(《四库全书》《国朝诗别裁》等)以及近代文学史(各种《中国文学史》)都未曾为晚明商业化作家及其畅销作品留出席位和空间，“相反，一些当时影响一般甚至很小的作家或者文学现象，现今文学史却大力书写，例如明中晚时期的归有光。”参见其《明清江南消费文化与文体演变研究》，上海三联书店 2009 年版，第 29 页。此说笔者部分赞同。历史的书写，由于时代价值观念变迁，著者往往遮蔽了部分真相。重写文学史的目的，就在于消除遮蔽、还原符合当代价值观念的文学真相。我们固然可以还原那个极度商品化时代的陈继儒，来为繁荣社会主义文化事业服务；我们更应站在学术史的高度，去还原一个在苏松地区脱颖而出的、融诗文书画等各种艺术成就于一体的文学家的陈继儒形象，并进一步挖掘与之比肩的董其昌、赵宧光、王穉登等文学家，他们每一个人在当时文艺界的影响力，均远甚于归有光。而且，作为一个异常亲密的群体，他们以书画为纽带，以园林游宴为红线，以诗文酬和为衣襟，牵连出一个活跃的、不分你我的艺术圈。

年(1571)进士，授刑部主事，改兵部，历员外郎、郎中。著述甚富，有较高的文学造诣。他在隆庆、万历年间颇有文名，当时"吴中名士，循声赞诵，奉之坛坫之上，碑版志传，腾涌海内二十余年"(钱谦益《列朝诗集小传》)。有《冯元成选集》八十二卷、《雨航杂录》二卷。

董其昌(1555—1636)，字玄宰，又字思白，号香光居士，华亭人。出身贫寒，据《南湖旧话录》载："董思白只田二十亩，上海蠹胥将中以重役，思白远遁得脱。"万历十七年(1589)入京会试中二甲第一名进士，授翰林院庶吉士，后历任万历、泰昌、天启、崇祯四朝，官至南京礼部尚书，以太子太保致仕。其间曾多次告退，赋闲居家达二十余年。

陈继儒(1558—1639)，字仲醇，号眉公、麋公，松江华亭人。数经考场颠踬，万历十四年(1586)29岁，呈告衣巾，谢去青襟，一郡皆惊。崇祯朝廷亦屡下征诏，陈继儒皆以疾辞，布衣终老。卒年82岁。著有《妮古录》、《陈眉公全集》；编有《宝颜斋秘笈》四百七十五卷。

## 一、董其昌的诗学活动

董其昌是一个复杂的历史人物，作为政治家、艺术家和文学家，其文学活动往往与其他活动掺杂在一起，而其他活动的复杂性，远非万千字能描述。我们分四个层面。

其一是政治层面。董其昌年少参加"松江十八子文社"，据社员何三畏回忆，"守土之吏如屠大令长卿、俞太守邦相皆尊礼之，吾乡徐文贞、陆文定、莫方伯，以及练川徐宗伯、新郡汪司马、娄东王司寇、王文肃两公皆折行而与之礼，声名籍籍公卿间"①。可见在当时，屠隆、喻均、徐阶、陆树声、莫如忠、徐光启、汪道昆、王世贞、王锡爵等政界大人物皆与之往来。这里有比较隐讳的原因(徐阶之孙徐元普与陆树声之子陆彦章、陆彦祯等皆在"十八子"之列)，故

① (明)何三畏《云间志略》之"徐孟孺"条，载《中国史学丛书》，台湾学生书局1987年版，第1777页。

董氏《容台集》只字未提。万历十七年，董其昌继社友方应选、唐文献之后考中进士，成为松江政治新星。在“华亭故相”的照顾下，他仕途亨通，官至南礼部尚书，加太子太保致仕。从其子参与的两件事中，亦可知董氏的政治背景是何其显赫。其一是董其昌之长子董祖源娶了徐阶的玄孙女、申时行的甥女，与徐、申结为姻亲。其二是他与次子董祖常酿出惊天动地的“民抄董宦”事件，① 董氏家族亦能屹立如常，可见董其昌老谋深算，官场交际相当深广。

其二是艺术层面。董其昌早年居家交友学艺，17 岁学书，23 岁习画，师从顾正谊、莫如忠、陆树声，与陈继儒、莫是龙等为至交。进士及第后，又与项元汴、王世贞等人交往，其后其交游扩大至整个江南艺苑。仅仅通过《古今印则》的序跋，便可见一斑。万历三十年(1602)，徽州程远刻成此书四卷，遍请名流序跋，董其昌与朱之蕃、屠隆、归子慕、顾起元、陈继儒、张凤翼、王穉登、虞淳熙、何淳之、丁元荐、冯梦祯、赵宧光、姚士粦等都参与其中。董其昌任南京礼部尚书期间，曾造访焦竑，得观宝幢居士顾源的画作；又曾为周履靖的《闲云稿》题跋；又曾与朱国祯一起校阅震泽王鏊《王文恪公集》三十六卷；又曾与董斯张酬和，斯张尊其为师长和文友……可见董其昌艺缘之深。

其三是宗教层面。晚明“居士佛”盛行，江南尤甚。② 据清乾隆年间彭际清《居士传》考察，晚明百余位居士之中，苏松一地最

① 据清初华亭毛祥麟《墨余录》卷十及《民抄董宦事实》(四川大学编《中国野史集成》第 27 册，巴蜀书社 2000 年版，第 703～706 页)载：董其昌纵容其次子董祖常奸淫掳掠，强抢生员陆兆芳婢女绿英，松江各大家族的生员翁元升、张复本、姚瑞征、沈国光、张扬誉、冯大辰、陆石麟、姚麟祚、丁宣、马或、李澹、陆兆芳等联名告状，府尹无可奈何。于是万州刺史范廷言(十八子社员)之子作《黑白传》以刺，董其昌遂逼死范生，其母上门诉冤，董祖常乃于光天化日之下，将其脱裤捣阴，而府尹亦搁置不理。于是松江民众遂视其昌为“董卓”，乃愤而纵火抄家矣，大火经日不息，董氏逃往吴兴避难。

② 明末张履祥云：“近世士大夫多师事沙门，江南为甚。至帅其妻子妇女以称弟子于和尚之门。”《杨园先生全集》卷 27《愿学记(二)》，光绪甲辰武昌吕氏刊刻。

为集中，他们大多皈依憨山、云栖、株宏等修习净土宗，以“居士”自号。如董其昌号“香光居士”，朱鹭号“西空居士”，陈继儒号“清懒居士”，赵宧光号“寒山居士”……从董其昌与东西宗教教徒的交游中（按：当时不仅儒、释、道三教合一，且东禅、西教亦可同参），也可看到其与江南文人交游范围之广。他曾先后与“晚明四大师”之达观、憨山相识，学习佛教，并与朋友吴应箕、袁宗道、唐文献、陶望龄、李贽、冯梦祯、憨山、达观结缘于禅宗。①他对利玛窦天主教也很感兴趣。利玛窦（1552—1610）字西泰，万历十一年（1583）从意大利以入贡至，在豫章、金陵等地传教十年，曾与陶望龄、李贽、祝世禄、袁宏道、汤显祖、焦竑、徐光启、李日华等上层文士广泛接触，接受所赠诗文无数。后入京寓居香山墺，为官十年而卒。在利玛窦上京之际，董其昌还曾编剧以演之。② 董其昌加入居士佛，号香光居士，在北京时，与隐庵居士米万钟相交最契，论禅论画皆莫逆，人称“南董北米”。又曾与江南各居士捐资刻“房山石经”，镌名者为葛一龙、王思任、赵琦美、冯铨、黄汝亨等。退居松江后，他也广交教友，如与无碍居士冯梦龙、止公居士钟惺、慎娱居士李流芳、去缘居士许自昌等皆相友善。

其四是文学层面：万历三十五年前后，董其昌与冯时可、王穉登等模仿王世贞“五子”故事，结交“中兴五子”，此三人有较密切的诗学往来。陈继儒认为董其昌是继王世贞、李维桢之后的文坛盟主，其《容台集》序曰：“自京山本宁李公（李维桢）与吾乡思白董公接席而来，皆不久引年特赐驰传归，士大夫高之，亦二百年容台未始有也。往王长公（王世贞）主盟艺坛，李本宁与之气谊声调甚合。董公方诸生，岳岳不肯下，曰神仙自能拔宅，何事傍人门户间？独

① （明）董其昌著，屠友祥校注本：《画禅室随笔》卷四《禅悦》，第206~209页。

② （明）董其昌著，屠友祥校注本：《画禅室随笔》卷四《禅悦》，上海远东出版社2011年版，第209页。另：董其昌接触利玛窦，似乎也是通过佛教的途径。焦竑、董其昌在金陵交游多时，曾与顾起元等一起为吴彬画赠金陵栖霞寺的《五百罗汉图》题赞，此时可能已接触利玛窦。其后，董其昌的好友、仁和杨廷筠入天主教受洗，董其昌或许通过他而与利玛窦还有往来。

好参曹洞禅，批阅永明《宗镜录》一百卷，大有奇悟。已丑读中秘书，日与陶周望、袁伯修游戏禅悦，视一切功名文字直黄鹄之笑壤虫而已。时贵侧目，出补外藩，视学楚中，旋反初服，高卧十八余年，而名日益重。四方征文者日益多，自上衮、列卿、台察、郡邑吏干旄诣门……则公请夫海内交人亦多矣。身当吾世而目见断楮残煤，至声价百倍者，无论京山，即弇州曾若是之烜赫乎？"陈继儒这一描述基本属实。董其昌对其忘年交石昆玉的评价是"虽与七子同世未尝有所附丽"，"余受交于公最蚤。晚而结山中之契"(《容台集》卷一《石居士诗选序》)。董其昌对所谓五子、七子等文士"结社"不感兴趣，即使其至交好友冯时可再三邀请他加盟"中兴五子"诗社，他也只是应酬而已。《邢子愿法帖序》说得很清楚：

> 余久卧山中，而冯元成时以小草往来燕齐，得与子愿谈对。两君皆作五君咏，谓李本宁(李维桢)、王百谷(王穉登)、冯元成(冯时可)、子愿(邢侗)与余也。余愧不能当，未有和歌。(《容台集》卷一)

可见，在以上四个层面中，董其昌对"文学"圈子兴趣最少，尽管其友陈继儒、冯时可等总是拉他来作为东南文苑的领袖，董其昌皆不予回应。

## 二、董其昌的诗学思想

董其昌与所谓"后七子"、"末五子"等保持适当的距离，可能正如陈继儒所说，他不愿如李维桢一样攀附后七子门墙。然而，董其昌并非是一个不合群的、独立的"唯艺术"论者。事实上，出于习禅的关系，其诗论观点比较接近公安、竟陵派；而且因为"诗、书、画"相通融的关系，董其昌的诗论又带有强烈的江南诗学特征。下面，我们分三个层面概述。

### 1. 注重"才情"，讲究"元气"、"士气"、"神气"

董其昌在给一些山人"名士"、官宦同僚的题词或书信中，慨然以

“才情”相许。如称赞吴震元“以彼才情，虽叔夜餐霞不足为其秀”①。再如，与冯时可一同为钱希言题序，认为其“《荆南集》亦不尽象先才情之变，而余与冯元敏灼然谓其必传”②。我们发现，除了“才情”一词使用频率较高外，董其昌还多次谈到“元气”说。比如其《谢南大理启》，化用东汉仲长统“元气为舟，微风为柂”之诗意，改为“元气为舟，才情为柂，泛学海之茫茫，遵骊渊而得路”，更说明董其昌将“才情”与“元气”相并提的宗旨。

在为其好友的祭文中，他认为元气与才情是结合在一起的。他说：

> 若夫蕴气生风，怀仁为质，神锋遒士，藻思斌郁，脱纨绮之纷纷，抱遗经而屹屹。故当元气搏而遐举，岂惟揜高阳而孤出。③

因此，在《樾馆诗选序》中，他以司马相如的文学造诣（即“元气”）为例，说明有元气而有才情。他说：

> 故相如心死倦游，不复走茂陵道，良以远山之黛，每与时徂，而才情丽藻，千载不化……④

① 吴震元（？—1642）字长卿，太仓人。万历四十三年（1615）举人，授滦州知州，补德安通判，衡州、漳州府同知。风流好学，与杨涟讲说经史。丁父忧归，杜门著书。尝刻陈继儒集及元好问集。著作有《古文记事》、《读书随喜录》、《春梦庵文集》等。《容台集》卷三《吴长卿饱菜轩题词》，载《四库全书存目丛书》集部第171册，第345页。

② 钱希言，字象先，吴县（一作常熟）人。生卒年均不详，万历四十年前后在世。博览好学，刻意为诗。恃才负气，人争避之，卒以穷死。《容台集》卷四《钱象先荆南集引》，载《四库全书存目丛书》集部第171册，第384页。

③ （明）董其昌：《容台集》卷九，载《四库全书存目丛书》集部第171册，第585页。

④ （明）董其昌：《容台集》卷二，载《四库全书存目丛书》集部第171册，第287页。

董其昌认为，具备“元气”的士人君子，就能够驾驭“士气”。何谓“士气”？他解释说：

> 士人作画当以草隶奇字之法为之，树如屈铁，山如划沙，绝去甜俗蹊径，乃为士气。①

如同元气须以才情出之一样，董氏认为，“士气”当于“作家”具备。他说：

> 项孔彰此册，乃众美必臻。树石屋宇，皆与宋人血战。就中山水，又兼元人气韵。虽其天骨自合，要亦工力深至，所谓士气、作家俱备。②

除了“元气”、“士气”，董其昌还多次用“神气”谈艺。我们经过比照，认为“神气”即“元气”。比如，他认为魏晋古诗有“神气”：

> “明月照积雪”、“大江流日夜”、“客心悲未央”、“澄江净如练”、“玉绳低建章”、“池塘生春草”、“秋菊有佳色”，俱千古奇语，不必有所附丽，文章妙境即此了然。齐、隋以还，神气都尽矣。③

他在《画禅室随笔》中，多次使用“神气”一词。比如：

---

①（明）董其昌著，屠友祥校注：《画禅室随笔校注》卷二《画诀》，上海远东出版社2011年版，第94页。

② 卞永誉：《式古堂书画汇考》卷三十五《项易庵画圣册》跋，载中国书画全书编纂委员会编：《中国书画全书》第六册，上海书画出版社1993年版，第857页。

③（明）董其昌著，屠友祥校注：《画禅室随笔校注》卷三《评文》，第179～180页。

药山看经，曰图取遮眼，若汝曹，看牛皮也须穿。今人看古帖，皆穿牛皮之喻也。古人神气淋漓翰墨间，妙处在随意所如，自成体势。故为作者，字如算子，便不是书，谓说定法也。①

余尝谓右军父子之书，至齐梁而风流顿尽。自唐初虞、褚辈变其法，乃不合而合，右军父子殆似复生。此言大可意会。盖临摹最易，神气难传故也……吴仲圭大有神气，黄子久特妙风格，王叔明奄有前规，而三家皆有纵横习气。独云林古淡天然，米痴后一人而已……今年六月，在吴门得其巨轴。云烟变灭，神气生动，果非子久、山樵所能梦见。②

文要得神气。且试看死人活人，生花剪花，活鸡木鸡，若何形状，若何神气，识得真，勘得破，可与论文。如阅时义，阅时令吾毛竦色动，便是他神气逼人处。阅时似然似不然，欲丢欲不丢，欲读又不喜读，便是他神索处。故窗稿不如考卷之神。考卷之神薄，不如墨卷之神厚。魁之神露，不如元之神藏。试之自有解人处。脱套去陈，乃文家之要诀。是以剖洗磨炼至精光透露，岂率尔而为之哉？③

董其昌认为，要想具备“神气”，须“识得真，勘得破”，强调鉴赏与创作的长期实践。虽然如此，作为艺术家的他更强调“神气”的先验性，认为“神气”是一种艺术灵感，是一种天分，所以有些艺术家才不择场合、能信手拈来。他说：

---

① (明)董其昌著，屠友祥校注：《画禅室随笔校注》卷一《论用笔》，第11页。

② (明)董其昌著，屠友祥校注：《画禅室随笔校注》卷二《画源》及《题自画》，第136、137、145页。

③ (明)董其昌著，屠友祥校注：《画禅室随笔校注》卷三《评文》，第185页。

翰墨之事，良工苦心，未尝敢以耗气应也。其尤精者，或以醉，或以梦，或以病，游戏神通，无所不可，何必神怡气王，造物乃完哉！世传张旭，号草圣，饮酒数斗，以头濡墨，纵书壁上，凄风急雨，观者叹愕。王子安为文，每磨墨数升，蒙被而卧，熟睡而起，词不加点，若有鬼神。此皆得之笔墨蹊径之外者。①

以上有关“气”的看法，既强调作家的创造精神，又不偏离创作的实际，蕴含着朴素的辩证法，因此大致是符合艺术创作规律的。

**2. 临“真境”，入“真情”，做“真人”**

董其昌认为，除了诗人主体有“才情”，还必须“取真境”。因此，他强调游历的重要性，他说：

大都诗以山川为境，山川亦以诗为境。名山遇赋客，何异士遇知己。一入品题，情貌都尽。后之游者，不待按诸《图经》，询诸樵牧，望而可举其名矣。嗟嗟，“澄江净如练”，“齐鲁青未了”，寥落片言，遂关千古登临之口，且独勿作常语哉，以其取境真也。象先《荆南集》，不尽象先才之变。而余尝持节长沙，自洞庭而下，汉阳而上，与象先共之，故其取境之真，特有赏会云。②

董其昌认为，“真情”在诗歌中起着主导作用，但要受“礼”的约束。他说：

① (明)董其昌:《容台集》卷一《人日诗后序》，载《四库全书存目丛书》集部第171册，第284页。

② (明)董其昌著，屠友祥校注:《画禅室随笔校注》卷三《评诗》，第177页。

> 余有伤弓之痛，每置不忍读，即读之，亦不忍竟。然而文词辛酸，声气悲婉，如哀蛩劳雁，使人闻而泣下，将无清欢之言难拟，而愁苦之语易工耶？虽然，士抑发乎情，止乎礼义，盖古孝子之遗志也。况其言尔雅韶丽，卓然可传。①

董氏一向以理学口吻评文学，难掩其为言“真情”张本的本质，故陆云龙评点说：“哀生于情，诗亦发其情。情不可遏。可以讲礼，亦何不可成诗？”②

董其昌进一步认为，“真情”并非如公安派等率尔出之，需用一生来酝酿。他举陶望龄、沈公路为例，说明用其酝酿之法，假以寿年，必有大成。他说：

> 余往与陶周望论文人之病惟达为甚。周望曰：阮公咏怀何郁郁奇也。余曰：岂未见苏门时什乎？……盖周望恬于进，力于古，以余为笃论，惜其无年。而兹又有慨于沈公路也。公路家承世美……吐出肝肺，捻断髭须，不惟若癖若痴，若贪若怒，且兼为四愁为八苦，而著作之兴，迄不衰止。谁实迫之，坚守恒度乃尔耶！籍令公路策足王涂、盱衡词垒，将其道益广、其气益扬。送别怀人，不止眼前俦侣；登高吊古，不止封内山川；骋妍抽秘，著书满家，当必有富于兹集者矣！斯文人之习气，志士之深心乎！嗣子谷似，博雅绍闻，结集授梨，传之海内。③

董其昌注重“参悟”，强调以“真情”临“真境”，方能成为“真人”。他说：

---

① （明）董其昌：《容台集》卷一《何士抑居庐集序》，载《四库全书存目丛书》集部第171册，第275页。

② （明）陆云龙等选评，蒋金德点校：《明人小品十六家》（下），浙江古籍出版社1996年版，第566页。

③ （明）董其昌：《容台集》卷一《沈公路文集序》，载《四库全书存目丛书》集部第171册，第276页。

古人诗语之妙，有不可与册子参者。惟当境，方知之。长沙两岸皆山，余以牙樯游行其中，望之，地皆作金色，因忆水碧沙明之语。又自岳州顺流而下，绝无高山，至九江，则匡庐突出樯帆外，因忆孟襄阳所谓“挂席几千里，名山都未逢。泊舟浔阳郭，始见香炉峰”，真人语千载不可复值也。①

董其昌在“真人”中选中了陶渊明。早在萧统为陶渊明集作序时便称他“颖脱不群，任真自得”。苏轼尚陶诗之真，和作三十余首。元好问说陶渊明之诗“老翁岂作诗，真写胸中天”。显然，陶渊明一直被后人视为“真性情”的代表。除了陶渊明，董其昌尤其推崇苏轼。他说：“‘诗不求工字不奇，天真烂漫是吾师’，东坡先生语也，宜其名高一世。”②

正是站在“求真”的立场上，董其昌认为明代诗学不振，是因为士人“失其真”。他说：“吾尝谓博综之士，弗列于艺苑者，束于才也；入理之谈，弗艳于词家者，茧于体也。”③当然，董其昌所谓的“真”也有面向“理学”的层面。于是，对于“诗文”与“时文”(八股制艺之学)的关系，他的心情是矛盾的。一方面，他认为受理学思想所局限，士人以时文为“本业”参与考试、运作官场，是诗学不振的主要原因，对此他深表遗憾。他说：

唐以诗取士，而诗无当于名公卿。何则？凡诗之工，必颛意一行，不他迁业，与之相终始而后成一家……明兴，尊尚经术，而不以诗程士，惟文学侍从之臣以之为本业……不过中书省试已耳，春明送别已耳，皇华纪行已耳。且也其官渐贵，其

① (明)董其昌著，屠友祥校注：《画禅室随笔校注》卷三《评诗》，第178页。

② (明)董其昌著，屠友祥校注：《画禅室随笔校注》卷四《杂言》上，第190页。

③ (明)董其昌：《容台集》卷一《素雯斋集序》，载《四库全书存目丛书》集部第171册，第273页。

去诗渐远……故离合之故，与唐一揆矣。君子有遗憾焉。①

另一方面，董其昌似乎将理学置于诗文之上（认为这才是文人的“本业”），显示出其复古保守的一面。难能可贵的是，他并非一味批判时下文人“离经叛道”，而是清醒地认识到文艺风气的转变来源于意识形态的转型。他认为成（化）、弘（治）之际理学尚纯，故而文宗欧（欧阳修）、曾（巩），诗法盛唐，一味“师古”；然经历了王阳明的“理学之变”后，一味“师心”，江南士风浇薄，诗文不复有理学真精神。他说：

成弘间，师无异道，士无异学，程朱之书，立于掌故，称大一统；而修词之家，墨守欧曾，平平尔。时文之变，而师古也，自北地始也；理学之变，而师心也，自东越始也。北地犹寡和，而东越挟勋名地望，以重其一家之言，濂洛考亭，几为摇撼。②

盖隆万之间，士子尺寸功令，宋人注疏之外，一步不窥，二十年来，破觚为圆，浸淫广肆，子史空玄，旁逮稗官小说，无一不为帖括用者。若以诗之才情而为文，吾知其俛拾青紫无疑也。且夫以制举义论，瞿王登坛，信阳、北地曾不得方驾；非才不敌拘于时，束于制也。假令今有李何，降格而为制义，过都历块，绝尘而奔，岂顾问哉？③

董其昌由阳明禅宗一派悟入所谓的“真”，也有其消极一面，即：他过分依赖禅宗内典，认为只有精读内典之书，方能有进于诗

① （明）董其昌：《容台集》卷一《青藜馆诗集序》，载《四库全书存目丛书》集部第171册，第269页。

② （明）董其昌：《容台集》卷一，《合刻罗文庄公集序》，载《四库全书存目丛书》集部第171册，第260页。

③ （明）董其昌：《容台集》卷一，《袁伯应诗集序》，载《四库全书存目丛书》集部第171册，第285页。

文。他说：

> 夫用修虽博综四部，而内典诸书，取材犹俭。李于鳞自谓秦汉以后，弃之若遗，纵旁引竺轧，秖收绮语，求如唐之梁补阙、宋之苏端明，无有也。其视公寒山和诗及偈颂俪语，皆盘旋了义，皈向大乘，作频伽妙音，具贝多本色，且不废小果，不住无为，岂直文人慧业，隐然开士宿根。盖染则犹是也，为六铢之天衣；铸则犹是也，为八琏之法物。有进于诗若文者矣。①

以上论点，可谓董其昌一生的创作总结，构成了董其昌求“真”的艺术观。

**3. 以“淡”为宗，以“禅”论诗**

董其昌认为，“平淡”是“才情”的一种至高境界。他在给应天府尹祝以豳的《诒美堂集序》中，集中表达了“平淡”的诗学理想，认为“淡”就是自然：“无门无径，质任自然，是之谓‘淡’。”②他说：

> 昔刘邵《人物志》以平淡为君德。撰造之家，有潜行众妙之中，独立万物之表者，“淡”是也。世之作者，极其才情之变，可以无所不能，而大雅平淡，关乎神明。非名心薄而世味浅者，终莫能近焉。淡何容易。《出师》二表，表里《伊训》、《归去来辞》，羽翼《国风》，此皆无门无径，质任自然，是之

① (明)董其昌:《容台集》卷一《芝山集序》，载《四库全书存目丛书》集部第171册，第277页。

② 祝以豳(1551—1632)，字耳刘，号惺存，又号灵苑山人，海宁袁花人。明万历十四年(1586)进士，知随州，内调为兵部郎中。天启七年(1627)，升应天府尹加南京工部右侍郎。祝氏屡建战功，御日寇于辽左，克荷兰于海门，诗非其所长。《容台集》卷三另有《少司空祝耳刘公八十寿序》可互参。

谓“淡”。①

董其昌提出“质任自然，是之谓淡”的主张，显然是将“淡”上升到宗教哲学的认识论上。徐复观认为，董氏“淡的思想的来源于庄学与禅学”。② 的确，庄子就曾提出“淡然无极”的审美理想，认为“虚无恬淡，乃合天德”(《庄子·刻意》)。董其昌也认为“淡乃天骨带来”，他说：

> 三十年前参米书，在无一实笔，自谓得诀，不能常习，今犹故吾，可愧也。米云以势为主，余病其欠淡。淡乃天骨带来，非学可及，内典所谓无师智，画家谓之气韵也。③

董其昌还强调说，“淡之玄味，必由天骨”。董其昌甚至认为，“淡”是艺术的最高境界，韩柳古文运动，正是返归文人“淡”的艺术理想。他说：

> 作书与诗文同一关捩，大抵传与不传，在淡与不淡耳。极才人之致，可以无所不能，而淡之玄味，必由天骨，非钻仰之力、澄练之功，所可强入。萧氏《文选》正与淡相反者，故曰“六朝之靡”，又曰“八代之衰”。韩柳以前，此秘未睹。苏子瞻曰：“笔势峥嵘，辞采绚烂。渐老渐熟，乃造平淡。”实非平淡、绚烂之极，犹未得十分，谓若可学而能耳。《画史》云：“若其气韵，必在生知。”可为笃论。④

---

① (明)董其昌:《容台集》卷一，载《四库全书存目丛书》集部第171册，第279页。

② 徐复观:《中国艺术精神》，广州春风文艺出版社1987年版，第363页。

③ (明)董其昌:《容台别集》卷三题跋《书品》，载《四库全书存目丛书》明崇祯本第171册，第701页。

④ (明)董其昌:《容台别集》卷一《题跋》，载《四库全书存目丛书》明崇祯本第171册，第670页。

在诗学方面，董其昌以“平淡”为主线，清理出“陶渊明—韦柳—苏轼”的谱系。他说：“陶靖节诗，储光羲之源委也。韦司直亦其耳孙乎？东坡和陶虽极力摹拟，然禅家所谓夹带有之矣。东坡像太白、渊明皆相似。”①

董其昌推崇“平淡”，最直接根源于自王维以来士林流行的禅宗思想。其以“画禅室”为名，即带有浓重的“逃禅”意味。董其昌不止一次提到王维从参禅中悟到诗、画“天机”，从而启迪了惠崇、巨然、苏轼、米芾等。如：

王右丞诗云：“宿世谬词客，前身应画师。”余谓右丞云峰石迹，迥出天机，笔思纵横，参乎造化，唐以前安得有此画师也。②

五代时僧惠崇，与宋初僧巨然，皆工画山水。巨然画，米元章称其平淡天真。惠崇以右丞为师，又以精巧胜，江南春卷为最佳。一似六度中禅，一似西来禅，皆画家之神品也。③

董其昌以禅论画，亦以禅谈艺，他甚至自诩公安袁宗道兄弟等人的禅学思想亦是拾其余唾：

余于戊子冬与唐元徵、袁伯修、瞿洞观、吴观我、吴本如、萧玄圃同会于龙华寺憨山禅师夜谈……是夕，唐袁诸君子初依法门，未能了余此义，即憨山禅师亦两存之，不能商量究竟。余谓诸公曰：请记取此语，异时必自有会。及袁伯修见李卓吾后，自谓大彻，甲午入都，与余复为禅悦之会，时袁氏兄

① （明）董其昌著，屠友祥校注：《画禅室随笔校注》卷一《跋自书》，第57页。

② （明）董其昌著，屠友祥校注：《画禅室随笔校注》卷四《杂言》上，第190页。

③ （明）董其昌：《画旨》，西泠印社出版社2008年版，第43页。

弟、萧玄圃、王衷白、陶周望数相过从，余重举前义，伯修竟犹渣滓余语也。①

董其昌提倡“平淡”，结合了当时“逃禅”的风气，因此在士林中影响甚大。实际上，晚明公安派陶望龄等提出“本色平淡”的诗学思想，袁宏道又提倡“淡是文之真性灵”的看法，已肇“平淡”诗学之一端。董其昌的贡献在于：他用出色的艺术履践证明，“平淡”不惟是“本色性灵”，而且是一种最高的艺术理想，是绚烂之后归于极致的审美理想。因此从这个角度来说，董其昌的主张，是对公安派“平淡”说的升华。

综上所述，董其昌的诗学思想可概括为三个字：“气”、“真”、“淡”，其中，“气”是本体论，“真”是创作论，“淡”是审美论。

### 三、冯时可的交游

冯时可(1548？—1623？)为“四铁御史”冯恩第八子。冯恩事迹，见《明史·列传·冯恩(子行可、时可)等传》载：冯恩为嘉靖五年进士，执贽为王守仁弟子。嘉靖十一年冬，彗星现，冯恩状告大学士张孚敬、方献夫以及右都御史汪鋐朋比为奸，嘉靖怒，且疑其受人指使，用尽酷刑。带镣出长安门，士民观者如堵，皆叹曰：“是御史，非但口如铁，其膝、其胆、其骨皆铁也。”论死。长子冯行可年十三，伏阙讼冤。日夜匍匐长安街，见冠盖者过，则攀号呼乞救，终无敢言者。上书请代父死，不许。其冬刑期将至，行可乃刺臂血书疏，自缚阙下，帝览之恻然，令法司再议。遂遣戍雷州。穆宗即位，以大理寺丞致仕，年八十一而卒。

冯时可于隆庆五年弱冠中进士，当时其父冤狱已得平反，而首辅张居正又为其座主。这本来是仕进的大好机会，然而冯却不肯攀附张江陵的权势，因此并不受其重用。万历九年冬，始出任贵州提学副使。万历十九年冬，转任四川提学，万历二十二年左右，为郧

---

① (明)董其昌著，屠友祥校注：《画禅室随笔校注》卷四《禅悦》，第207页。

县令。万历二十四年(1596)任浙江按察使，摄处州同知，与遂昌县令汤显祖同僚。万历三十六年(1608)在广西按察使任上，憨山德清有七律一首贺寿(六十岁？其生卒年据此)。次年(1609)升为云南布政司右参议。官终湖广参政。

冯时可与当时的诗学名流都有比较密切的交往。他曾为太仓王稺登、苏州周天球等“名人”作传及墓志铭(如卷五十八《处士周公遐先生墓志铭》)，又与苏州张凤翼(1527—1613)等为忘年交。①又与王世贞、汪道昆游，并与汤显祖、黄汝亨、李维桢等时相过从(见《玉茗堂集》卷十一《与邹愚公期秣陵晤冯元成、李本宁未果》等诗)，又与邢侗、王稺登、李维桢、董其昌等结为晚明文学“中兴五子”，主张复古，以廓清“台阁体”浮浅之风。实质上，冯时可等人所结“五子”，正是针对王世贞各种“五子”之名而标识的；他与当时名气最大的邢侗等人结盟，显然是为了确立新的诗学权威。然而，“中兴五子”的名号并未来得及推广，随着邢侗早逝，附名“五子”的王稺登与董其昌并不热衷于诗学结盟活动，② 这种“名人效应”并没有产生实际效果。

① 万历六年前后，冯时可曾在张凤翼家宴中，听其家班演出《窃符》、《红拂》；三十年后，冯时可仍然记忆清晰。其《冯元成选集》卷三十三《寄张伯起》云：“俯首朱墨间逾岁矣……遥想门下闲居，清夜朱火延起；腾觚飞爵，简惰跳销，两行列坐，名娼小史，叱宫激商，拘蝓致态，应笑婆娑折腰人也……何时坐文起堂中听歌《窃符》、《执拂美人》(《红拂》)乎？”卷三十四《与张伯起》又云：“粤西官曹，政务稍简……想文起堂前，自家六姬歌《白苎》，七姬舞垂手，作门下两骖，不假烟鬟控御矣。”时冯氏在“粤西”，即万历三十六年广西按察使任上。

② 所谓“中兴五子”，来源于河北广川书商张仲仪，他将邢侗、王稺登、李维桢、冯时可、董其昌五人诗集结集出版，乞序于冯时可。起初冯时可以“余生平耻以文名，又耻以文党”严词拒绝。邢侗闻讯，驰马百余里至广川与冯氏订交，冯时可当即转圜说：“子之来天赞也，徼天之灵。”并写下“五子赞”，称“五君子者，才藻同，气谊同，郁塞浮沉同，而不肖刻鹄，庶几仿佛”。然而“中兴五子”从未齐聚，最齐的一次是邢侗《来禽馆帖》上石，董其昌、李维桢、冯时可前往祝贺，王稺登则称病未往。考王稺登之心态，大概既未列王世贞五子之列，亦不屑列于所谓“中兴五子”之侧也，故此社名存实亡。

值得一提的是，晚明江南诗学起初笼罩在所谓“名人效应”的光环下，也即冯时可、邢侗所谓的“台阁体”。如王世贞、吴国伦、汪道昆等人，官宦之名望与诗名并重。王世贞死后，其他诸子均无实际领袖能力。《静志居诗话》云：“元美即世之后，明卿与汪伯玉、李本宁狎主齐坛，三君皆不知诗。王、李既殁，海内不敢违言。刘子威、冯元成、屠纬真辈相与附和之，《甑甀》、《太函》、《大泌》等集，几与《四部》争富。而《由拳》、《白榆》等集尤而效之，海内之为真诗者寡矣。”①文坛出现权力真空（所谓“公安派”续起的说法，只不过是后人追认的）。此时冯时可便欲推倒王世贞的“权威”地位，来竞争文苑领袖。他杜撰了其乡人徐学谟等人对王氏颇有不满的议论，见《冯元成选集》，转引如下：

> 弇州、太函互相推奉，退则互相诋。弇州之论太函曰“无神情”也，曰“短于用长”也，曰如“戏论”如“童嗄”也。太函之语弇州曰“古不如我也”、“整不如我也”。余皆闻其说。及见徐宗伯之语曰：“弇州因汪以导江陵，太函因王以引太原，故借文字以托相知，益以奇玩宝器，而中实榛刺，岂所谓交淡如水者乎？”

这里，徐宗伯即徐学谟，时在礼部尚书任上，故以官衔相称。其《雨航杂录》还曾多次“引用”徐叔明（徐学谟之字）语，来攻击王世贞。《四库全书总目提要》指责冯时可时说：“其论王世贞‘悲歌碣石虹高下，击筑咸阳日动摇’句，以为近于造作而远自然，正其一病。又引徐叔明语，论世贞为人作传志，效力称誉，如胶庠试最，乃至细微事而津津数说，此非特汉以前无是，即唐、宋人亦无此陋识。”我们颇怀疑这些话的真实性，徐学谟是接替王世贞巡抚郧阳之大臣，与王世贞之关系似乎并不比冯时可差；何况徐氏本人在文学上有所建树之欲望并不强烈，没有必要一再攻击王世贞。而王世贞与汪道昆同进退，两人私交甚深，王氏似更无必要攻击汪

① 朱彝尊：《静志居诗话》“吴国伦”条，第390页。

氏。我们推断，冯时可的言论，旨在攻击王世贞而别有所图。①

事实上，冯时可著作丰富（有冯元成集百余卷，分《超然楼》、《天池》、《石湖》、《皆可》、《绣霞》、《西征》、《北征》诸集。后人编订为《冯元成选集》八十三卷四十八册），并且生前四方延誉，然名不符实。陈子龙《明诗选》说："吾乡（冯）元成可方吴门刘子威（刘凤）。"明褒而实贬，因为刘凤相较王世贞而言，只不过是个陪衬。朱彝尊《静志居诗话》的评价稍高，认为他介于王世贞与刘凤之间："（冯）元成诗极为牧斋钱氏所诋。就全集而观，甫田弥望，稂莠污莱。独五古一体，尚有遗秉滞穗，可供捃拾，以比刘子威，翻觉胜之。"②陈田《明诗纪事》庚签卷十二则直接评价说："元成博综，下笔千言，娓娓不能自休。谈史、谈艺，当时异闻轶事，往往散见集中，惟诗不能成家。"③这些评论大致符合历史事实。

冯时可之侄冯大受亦以诗学成名。大受为时可长兄冯行可之子，字咸甫，万历七年举人，除山阳知县，有《行素园集》、《咸甫诗集》。《弇州山人续稿》："咸甫诗和平，能酌于深浅浓淡之间，高不至浮，卑不至弱。"屠隆《冯咸甫诗草序》曰："夫声诗之道，其思欲沉，其调欲响，其骨欲苍，其味欲隽，而总之归于高华秀朗。其丰神之增减，大都视其材矣。材多则情赡而思溢，光景无尽，材少则境迫而气窘，精芒易穷，则其大较也。"徐学谟《归有园稿》卷二、张凤翼《处实堂集》卷六、屠隆《白榆集》卷一均有《冯咸甫诗草序》。《列朝诗集小传》、《明诗综》皆存其诗。

---

① 冯时可全面诋毁王世贞（弇州）的诗学成就，屡见于《雨航杂录》，证据凿凿。如：卷上第三三则，称徐学谟瞧不起二王之诗，最瞧不起王世贞，认为其弟也较弇州强，所谓"较二王诗，次公为长"。第三四则中又说，张元凯之诗，能洗尽弇州气味。第三七则将徐学谟的一句玩笑话当成事实，说弇州诗开轻薄之端。第三九则认为弇州诗病在"近于匠作而远自然"，不如吴国伦。卷下第一二九则为"王次公之诗胜长公，而《关中集》尤佳"……前后累计近十处。

② （清）朱彝尊：《静志居诗话》，第439页。

③ 陈田辑撰：《明诗纪事》（四），上海古籍出版社1993年版，第422页。

## 四、冯时可的诗论

为了主盟江南，冯时可不仅仿效王世贞结“中兴五子社”，且仿其《艺苑卮言》写成《艺海洞酌》一书。然与王氏相较，姿态迥异、功业相反。王世贞博学而低调，故名“卮言”，随酒卮倾斜而漫言之，乃成诗学金针也；而冯氏大言不惭，急欲问鼎尝脔，故名“洞酌”，欲洞吸牛饮，至今湮没无闻焉。然而我们也须承认，冯氏虽较王元美远逊，其论诗亦不乏吉光片羽。诗人许学夷的点评堪称定论。他说：

> 冯元成《艺海洞酌》兼论古今诗文杂著，最为繁杂。其论诗浮泛琐屑，而实悟者少，间涉训释，大多穿凿。至引古人诗句，则又似全不知诗者。又意在师心，耻于宗古，故盛推韩、苏，而无所避，此中郎之先倡也。但其资高学博，故于汉、魏、晋人大体，间亦有得。①

因此，我们实有必要介绍这样一位从“后七子派”到“公安派”之间的过渡型学者的诗学成就，分论为以下三点：

**1. 附庸七子，文标秦汉，诗宗盛唐李杜**

冯时可极力捍卫前后七子派的诗学主张，在这一点上，他与友人徐学谟也意见相左。徐学谟认为，随着北方诗学领袖的逝世，那种傲睨浮薄、意气相高的七子诗学，必然让位于江南平和淡雅的诗学。冯时可逆时而动，认为当今诗学不振恰是因为放弃了北方诗学的传统，甚至认为“吴诗”清浅靡弱，如果“不以二李剂之”，就根本算不上是“诗”。他说：

> 徐太室先生序《二罗集》云：“诗非风也，而出以感触，如风之善行而数变，故谓之风。古列国之诗，各因其谣俗之变而互为之声，如必相假借而列国混为一风已，则不能以自辨，而

---

① （明）许学夷：《诗源辩体》卷三十五第五二，第349页。

采诗者奚所据焉？故北主迅爽，南主婉丽，虽不相为用，而要之不诡于率然应感之情。即仲尼均有取焉。乃嘉隆之际，北风日竞，一旦坐夺南人之气，而少年争附丽之。于是和平淡雅之调希而傲睨浮薄之音炽，是遵何风也？"斯论似矣而未至也。诗者，缘情而生，因气而发，气有强弱，系乎俗，而情有邪正，本乎教。气所异也，情所同也。善学者本其所以同，而剂其所以异，又何判然南北之有？……自北地，历下树标帜于中原，而群然趋之，始失其故步矣。然而失所以法也，非失于法也。吴诗之清浅而靡弱也，不以二李剂之而何以诗哉？①

尽管冯时可不承认王世贞的领袖地位，但他奉行后七子的诗学主张，对于王世贞周围的诗学成员皆能以"盛唐"诗风相标榜。如论王世懋、皇甫汸等人：

王次公之诗胜长公（按：即其兄世贞）。而《关中集》尤佳。"稻花香里流温玉，水月空中出圣灯"，盛唐语也。②

皇甫汸《牛首山》、《虎丘》、《蔡馆》、《钱塘江》四诗"在盛唐中间"。公以早废，所以咏诗甚富。其诗名与王元美相累。吴下能诗者，朝子循而夕元美。或问其优劣，周道甫曰："子循如齐鲁，变可至道；元美若秦楚，强遂称王。"③

冯时可论诗，以盛唐"雄浑"一格为最高审美理想，尤其推尊李杜。他说：

屈原之骚、庄生之书、司马子长之史、相如之赋、李杜之

① （明）冯时可：《冯元成杂著》之《石湖稿·书徐太室二罗集序后》，后同，第10823页。

② （明）冯时可：《雨航杂录》卷上，文渊阁四库全书本，第10819页。

③ （明）冯时可：《雨航杂录》卷下，第10819页。

诗、韩苏之序记，驰骋纵逸，天宇不能限其思，雄矣哉！

太史公之文，与杜甫之诗，皆深厚高浑。其叙世隆汙，胜复人惨舒悲喜之变。如口画指撝，咸其神化橐籥之也。迁有繁词，甫有累句，不害其为大家。迁减其繁则经矣，甫加以穆则雅矣。①

**2. 主张雅正，扶正诗教**

冯时可本人将晚明文学创作的衰退归结为道德素质下降。其《谈艺录》说“今之操觚者，求惊人而不求服人，求媚世而不求维世，此海内所以无文宗也”。确实如此，像后来的公安派、竟陵派等，只求偏锋出奇、一鸣惊人，而非致力诗学的全面建设；故而他提出从文士的道德根本做起，《雨航杂录》又云：“文章，士人之冠冕也；学问，士人之器具也；节义，士人之门墙也；才术，士人之童隶也；德行，士人之栋宇也；心地，士人之基石也。”提出将学问、道德、才情融为一体，尤其以道德为基石，体现了其较正统的诗学观念。他还说：

三代而上，闾巷之诗，皆有可观。盖不以人凿天，不以情淫性。淳风和气，抒而为诗，虽匹夫匹妇，胸中所具，自有全经。此风雅之源也。后世饰章绘句，状写云烟而已。故先贤目之以雕虫小技。诗非小技也，动天地，感鬼神，辅相皇极，经纬人伦。故孔门之教，以学诗为急。彼以小技目者，盖用之者小也。②

冯时可站在正统的、保守的、复古的儒学立场上，坚持崇古卑今的文学史观，奉行诗学的“退化论”，实际上是七子派“文必秦汉、诗必盛唐”之说的推衍。他认为，古人诗最醇；而《三百篇》始有郑声乱雅，至西京相如兆六朝淫靡之端，马融开东汉奢淫之例，

① （明）冯时可：《雨航杂录》卷上，第10817页。

② （明）冯时可：《续语录》，第10823页。

世变时移，每况愈下。他说：

《三百篇》，盖夫子删之以为教者，而犹存焉，是宣淫也……务以悦人者，惟郑声为最。故孔子曰："恶郑声之乱雅也。"是故温平宣毅，春融逶迤，大不逾宫而纤不逾羽，听之可以感物通灵，怯私雪垢，雅之度也。姚冶嫚媚，繁缛缤纷，含烦冤而綦顾慕，听之使人心乱神驰，沦落廉耻者，郑之流也。声相似也，而邪正异焉……楚声杳渺，秦声雄高，汉因之而为乐府，其曲大备。然视二南之风化，固已蔑矣。建安风骨遒上，而深浑不足。应徐辈之《公晏》诸作，靡丽之源开矣。陈思《洛神》之赋，淫艳之滥觞矣。知风之自微矣哉……西京之儒术衰于扬雄，为利禄也。东京之经师衰于马融，为奢淫也。经衰而节行振矣，节行摧而清谈起矣。世变之移，人实为之……枚乘《七发》驰骋恢奇，祖屈原之骚，而变其体者乎？五言古诗，有三百篇之遗意，而近于哀伤乐淫者乎？相如当盛汉之隆，气旁魄而词最温丽，然已为六朝端倪矣……西汉简质而醇，东京新艳而薄，时之变也。班固赡郁而有体，左史之亚哉。此外寥寥矣。①

因此，他发挥其稽古的才华，从春秋列国的典籍中寻找"雅正"的典范。他说：

列国风斯下矣。然皆以情纬物，以物比伦，悯时忧国，思亲怀室。恻怛忠厚犹存焉。虽以秦声之悍，而《駉骊》报主；《黄鸟》惜才。夫岂无为而作。降而骚，几于怨矣。其为情而造文，风之余也。降而词人赋颂，近于靡也。其为文造情，骚之变也。由唐末迄于今，流波云委，风骚荡然矣。试举而寓目焉，晶莹璀璨，耀人视听者，累累也。②

① （明）冯时可：《雨航杂录》卷上，第 10820 页。
② （明）冯时可：《黔中语录·诗语》，第 10822 页。

> “诗”之为教，主于美刺，所以导善而惩邪也。风雅既衰，《春秋》作焉，因褒贬以存王道，亦《诗》意也。盖诗者盛世之史，而春秋衰世之《诗》。二物者，圣王以佐治扶衰者也。汉唐以来，采诗之官、纪事之史既废，能诗之士役神抒灵，藻绘物色，流连景光以自娱。适惩劝之义蔑如矣。①

仅从这一点看来，冯时可其实是在开历史的倒车。当然，这么做对于维护封建统治秩序是有利的，因此，其诗论被大清王朝利用，其《雨航杂著》赫然列于《四库全书》之中，成为极少数没有被禁毁的晚明诗学著作之一。

**3. 从理学的角度肯定中晚唐及两宋之诗**

冯时可对晚明诗学最大的贡献，是从理学诗的角度肯定宋诗，为清代宋诗的全面复兴保存了学术理论的种子。

首先，他从中晚唐韩愈等诗人入手，肯定其诗的理学趣味。他说：

> 退之秋怀诗“窗前两好树……”词淡雅而骨遒上，骎骎建安矣。《山石》诗……此诗叙游如画如记，悠然淡然，在《古剑篇》诸作之上。余尝以雨夜入山寺，良久月出，深忆公诗之妙。其“嗟哉吾党”二句，后人添入，非公笔也……韦苏州“春罗双鸳鸯”之作，近于典讽。②

冯时可站在“雅正”的立场上，“发现”了温庭筠的诗学价值，这一点，比清代的常州词派张惠言的“比兴寄托”说至少早了三百年。他说：

> 温庭筠《赠弹筝》诗“钿蝉金雁皆零落，一曲伊州泪万行”。

① (明)冯时可：《黔中语录·诗史》，第10822页。

② (明)冯时可：《黔中语录》，第10817页。

唐开元制新曲，名《伊州》、《凉州》。宁王听之曰："斯曲宫离而少征，商乱而加暴。其下反叛上，播越之微乎?"庭筠此诗，刺时而不露，得国风《讽喻》之体。①

其次，冯时可认为，宋儒较汉儒醇正，宋儒之诗也醇正高雅，值得后世学习、效仿。他说：

汉儒之于经，台史之测天也。不能尽天，而观象者莫能废。宋儒之于学，规矩之画地也。不能尽地，而经野者莫能违。②

他极力推崇朱熹，并爱屋及乌赞赏朱门弟子李之纯的"义理"、"心胸"。他说：

吴幼清赞朱文公曰："义理玄微，蚕丝牛毛；心胸开豁，海阔天高。"知言哉！本朝所以久而治者，遵公之遗教如金科玉条。二百年来，士大夫为正而不为邪，为谨而不为荡，纯师纯法，谁之力哉……吕与叔《祭李端伯文》，以为与人交，洞照其情，而终靡有争。于事如控六辔，逐曲舞交，周折毕如意。可谓善状端伯者矣。无争则心大，心大则于事何不如意。③

再次，他对宋代心学一派的理学家颇有微词，似乎借此以表达对阳明之学的不满。他说：

陆九韶于形迹可疑，不轻信流言，滥溢不轻扬。处好恶之际，逆逊甘苦，一不能溺。嗟乎！作人如此，可以相天下

① (明)冯时可:《黔中语录》，第10820页。
② (明)冯时可:《雨航杂录》卷上，总第七条。
③ (明)冯时可:《雨航杂录》卷上，总第四条、第二条。

矣……子静之求心，而其徒弃经典。紫阳之穷理，而其徒泥章句。非教者之过，学者之失也，令相下不益哉！鹅湖论辩，无极往复，若虚若元者，然乎？永嘉陈君举答文公书，言刻画太精，所伤易简；矜持已甚，滋涉吝骄。盖讽之也……张子厚高而不荡，邵康节旷而不流。邵之谈数则旷而精微矣，张之崇礼则高而细谨矣。天运循环，何者非数；人身动作，何者非礼。①

总之，冯时可由于攀附后七子，而且痴迷于以经术治诗学，其诗学主张充满了复古气息，究其原因，大概是因沉沦下僚、宦游太久之故，仍然保守“后七子”路线，未能察觉苏松诗文风气之转变。然而，其诗论中不乏一些正统的声音，在清代继续回响。诸如其“诗教”理论，以及肯定宋诗的理论，对“云间派”、“虞山派”等诗学流派均产生了较大影响。

## 五、陈继儒的文学活动

据《明史》卷二九八载：陈继儒自幼颖异，通诗古文，深得隆庆间同郡首辅徐阶的器重。稍长为诸生，与董其昌齐名。万历初，礼部尚书兼内阁大学士王锡爵招之，与其子王衡共读于支硎山。时王世贞领袖文坛，一言即身价数倍，对陈继儒甚为称许，三吴名士争欲与之相交。

陈继儒似乎亦是“松江十八子”早期社员，据青浦令屠隆为社长彭汝让所作序可知。“余昔宰由拳，所推毂逢掖知名士，盖以彭君钦之为白眉……而君社友徐孟孺、董玄宰（其昌）、陈仲醇（继儒）为之批评，剖玄析微，无一语不破的。江表名流，同堂比肩，盛矣。”②万历十四年，其“十八子”社友唐文献考中状元，陈继儒却三试下第，乃与徐益孙（即上文徐孟孺）结隐于小昆山之阳，修

① （明）冯时可：《雨航杂录》卷上，总第六条、第八条。

② （明）屠隆：《白榆集》卷四《彭钦之北征稿序》，台湾伟文出版公司1977年版，第197、200页。

竹白云，焚香宴坐。又为庙祀二陆，乞四方名花广植堂皇之前，曰“我贫无以娱二先生，请采花为先生。”两年后，社友王衡（王锡爵之子）高中解元；数年后，王衡一甲第二名（榜眼）及第。

万历二十年，董其昌与陈继儒订兄弟之交，此后长达近五十年皆称莫逆，董其昌卒，陈继儒作行状，以铭诔方式总结两人之间的关系：“少而执手，长而随肩，涵盖相合，磁石相连，八十余载，毫无间言。”①而董其昌、陈继儒与王衡同学时便为至交。据钱谦益《列朝诗集小传》称：“陈继儒为诸生，与董玄宰，王辰玉齐名。”②自万历十一年，华亭陈继儒在太仓王锡爵家坐馆，与王衡同读书支硎山起，至万历二十九年，王衡再中进士第二名（王衡于万历十七年已中进士，以朝议避亲而免）为止，陈继儒曾长期与王衡同住、同学，断续往来二十年（其间陈继儒往返于苏松，曾馆于嘉兴包氏及王世贞之子王士骐家，时与王衡过从），探讨制艺及文学，陈继儒与汤显祖结仇便发生于此期间。③

随着陈继儒坐馆于苏松名宦之家、名气不断上升，锡山顾宪成欲聘之讲学东林，陈氏谢弗往，继续就馆养亲，往来于杨继礼、徐阶、王士骐、沈节甫（官太仆）、项鼎铉（字扈虚）等府第。亲亡，葬于神山之麓，遂筑室东佘山，自称“白石山樵”，杜门著述，有终焉之志。工诗善文，短翰小词皆极风致。兼善绘事，又博闻强识，经史诸子、术技稗官与二氏家言，靡不较核。其后声名渐隆，

① （明）董其昌：《陈仲醇白石斋真稿序》，载上海书画出版社编印：《董其昌研究文集》，1998年，第656页。

② （清）钱谦益：《列朝诗集小传》丁集下《陈征士继儒》，第637页。

③ 按：明人意气之争，多因戏文影射而起。早在七子时期，康海便因《中山狼》一剧与李梦阳交恶。晚明这种例子颇多，如万历二十五年，郑之文因《白练裙》一剧，影射屠隆、王穉登山人行径，为道德败坏之典型，著名诗人吴兆参与此剧修改，导致王穉登与吴、郑交恶。陈、汤结怨缘起：王衡筑园，陈继儒、汤显祖与贺。陈轻视汤年少，故意请之题匾。汤乃截取《诗经·陈风·衡门》之句“衡门之下，可以栖迟”，题“可以栖迟”四字，暗讽陈经常出入王衡门之下。陈怀恨在心，于权贵之间中伤汤，致使其科举受挫。后来，汤以怨报怨，借《牡丹亭》中之陈最良形象影射讽刺陈继儒。陈、汤仇怨，至此不可解。

由其编纂之籍流传遐迩，而官宦征请诗文者无虚日。董其昌亦筑“来仲楼”招之。钱谦益《列朝诗集小传》称：“眉公之名，倾动寰宇，远而夷酋土司，咸丐其词章；近而酒楼茶馆，悉悬其画像。”其家境遂渐殷实。又常得苏、松达宦赠山田，故得以构亭筑园，啸游偃卧。崇祯初，黄道周疏中有“志尚高雅，博学多通，不如继儒”之句，皆极推重。崇祯五年(1632)荐举贤能，吏部尚书、秀水闵洪学奏疏称“陈继儒，江南名士也。识通今古，学富经纶，盖有用处士，不徒以笔墨文章妙天下者”。侍郎沈演及诸御史、给事中先后论荐，谓继儒“道高齿茂”，然陈继儒未应诏入京。以病卒于家。

陈继儒作为晚明“山人”的代表，屡为后人所诟病。四库馆臣将之作为无行山人之首。清中期蒋士铨作传奇《临川梦·隐奸》，亦以出场诗讽刺之，其尾联云：“翩然一只云间鹤，飞去飞来宰相衙。”(松江古称云间，故有刺陈之说)然陈继儒不惟是山人，亦是学者，编有《宝颜堂秘笈》(“宝颜堂”即继儒居所，因得颜真卿《书朱居川告身》墨迹而名之，亦名是编)，涉及二百二十六种私家著述，共四百五十七卷。原本多半佚失，据此以传，弥足珍贵。① 尤以秀水沈士龙、沈德先(天生)、沈孚先(白生)兄弟“尚白斋”镌陈眉公订正秘笈二十种四十八卷版本最为精善，沈氏之姻亲项鼎铉、李日华以及华亭董其昌等皆参与校订。从中我们也可以窥见陈氏之书刊刻情况，清人所诋此丛书乃陈继儒召集酸腐老儒编辑、再与书商贾人相勾结出版渔利之情状，亦不完全正确，此沈氏“尚白斋”所刻即是明证。

陈继儒著有《陈眉公集》，万历三十四年史兆斗刻本；《陈眉公先生全集》六十卷附年谱一卷，崇祯年间吴震元刻本；《眉公诗钞》八卷，崇祯刻本。另著有《佘山诗话》三卷。

---

① 该丛书前有万历间李日华所撰序文一篇。全书分正集、续集、广集、普集、汇集及眉公杂著6集。内容除了第6集“杂著”为陈继儒自撰外，其余为收录前代笔记、小说、杂史等。

## 六、陈继儒的诗论

前文我们引刘纲纪先生的话，证明以“四王”为代表的吴门派发展到以董其昌、陈继儒为代表的“松江派”，其精神面貌(士人心态)发生了显著变化，其诗学主张亦从主“声调”转向主“元气”、主“韵致”，从崇尚高华雄丽转向追求平和淡雅。陈继儒在为师友的序文中多次提到“清真”、“安雅”的风格，如：“先生(姚叔信)之诗，清真恬和，温隽安雅，其唐人之矩矱哉!”①他还说：“吴中能诗者多矣！伯传清真拔俗，诗类古人，其为申公所重。”②“(张平仲之诗)，仆读之骨苍而韵俊，神清而调真。其虚和安雅之意，具见乎辞。”③这种转变，从陈继儒为曹勋(松江籍进士，崇祯元年会元)所作诗序中清晰可见：

> 往从王弇州论诗，曰：“诗韵语也。当从声调始，声调从高华始。”余曰：“以声调求诗，如华严和尚幽州诵经，合城闻之如在庭庑之下，药山见月大矣，笑声应澄阳九十里外，诗耶?”弇州曰：“若是，是毕世而诗人不遇也。”吾以为诗不难，难在高华中有平和风韵耳。④

所谓“在高华中有平和风韵”，意即在不否定后七子派主张的前提下，明确提出清真平和的诗学理念。陈继儒的这种诗论思想，一以贯之地体现在其各种著作中，下面分析之：

---

① (明)陈继儒：《姚叔信先生集序》，《陈眉公集》卷五，载《续修四库全书》集部第1380册，第64页。

② (明)陈继儒：《跋申少师词翰》，《陈眉公集》卷一一，第163、164页。

③ (明)陈继儒：《晚香堂小品》卷十二《五言诗序》，见(明)陆云龙等选评，蒋金德点校：《明人小品十六家 下》，浙江古籍出版社1996年版，第615页。

④ (明)陈继儒《曹允大诗序》，载曹勋：《曹宗伯全集》卷首，《四库禁毁丛刊补编》第75册。

**1. 强调诗的兴感特征，反对格调拘束**

到底是以格调为先，还是以情韵为先，是区分“后七子”与“吴派”的标尺之一，前者为“后七子”派，如冯时可、刘凤等，其诗或佶屈聱牙，或盘空硬语，不仅缺少连贯流畅之作，而且缺乏情致韵味，读来如同古人文章。后者如董其昌、陈继儒、王衡、林若抚、① 董斯张等，其诗不拘格套，清新流利，读来如同抒情小品。事实上，以陈继儒为代表的吴派明确提出“情韵为先”的理论，惜其不成系统，未能引起后人注意。比如他说：

> 诗文只要单刀直入，最忌绵密周致，密则神气拘迫，疏则天真烂漫，《史记》之佳处在疏，汉书之不如史记在密；元画疏，宋画密，气韵生死，皆判于此。②

陈继儒认为，“声气”较“声调”更为重要，声气体现了诗的生命力；而徒学声调，只能是以“粗悍拗硬”之语压倒一世。他说：

> 诗至明兴始埒唐响，唐所从入，杜少陵为祖，樊川次之，声调可学，声气不可学也。以气论诗，沛然而江湖流，勃然而若草木之怒生、风霆之怒号。直取其粗悍拗硬者以压倒一世耳，岂诗之正音乎?③

江南谚云：“有情不在语重，有理不在声高。”的确如此。后七子拿腔拿调之流弊，陈继儒看得非常清楚。因此他强调以自我性情

---

① 林若抚，名云凤，长洲人。朱彝尊《静志居诗话》：“若抚当钟谭焰张之日，守正不回，诗篇极为繁富，惜知者寥寥，困厄终老，相如遗草，已不可问也。”第713页。又“陈宗之”条：“启祯间，景陵流派盛行于吴中，虽有林若抚力持唐调，然而捷敏未免率易。玉立矜炼，独操正始之音，八门七堰六十坊，可以独步。”第704页。

② （明）陈继儒：《陈眉公集》卷一四《语录》，第213页。

③ （明）陈继儒：《陈眉公先生全集》卷九《杜司空春显堂存稿序》，崇祯吴震元刻本。

为主，反对机械摹古。他在其《陈眉公集》卷首自序，强调自然成文：

> 予自弱岁焚冠，筑婉娈草堂于二陆遗址，钓丝樵斧之外……牧唱渔歌，举而和之，响振水樾，自谓此乐与世之朝鲲弦、夜雁柱者，固自有异。若夫诗则汉魏六朝、三唐，文则先秦两汉，或离而合，或合而离，不敢与优孟比肖、寿陵较步，自有吾之诗、吾之文而已。①

**2. 古今皆有粹言，源于性情之真**

朱彝尊《静志居诗话》评陈继儒诗云："余摘录其小诗，取其便娟轻俊，聊可装点山林，附庸风雅。"此语虽小觑了陈眉公，但确实一语道破其实质，"便娟轻俊"正是眉公诗之美学追求；此一点，与其友人袁宏道有相似处。陈继儒认为，真性情中自有雅文字，"村社之巫祝"、"市侩之嫚骂"中自有好言语。当然，他亦反对李贽、袁宏道等"以方言俚语皆见文字"的极端做法，其《古今萃言序》云：

> 不佞窃观尔来诸家其好古者，钩棘僻涩，剽剥奇字怪句，以为超两京而佚三代，然使人读之，舌本强而不快，喉素郁而不舒，即使作者自覆其文，至不解何语，此泥古之过也。高才生闻而笑之曰："夫夫也何自苦于是？剖击先辈，几无遗肤，而恶以方言俚语皆见于文字中，盖始于卓吾老子。而孟浪者借以野战，空疏者借以藏拙，而庸知村社之巫祝非礼也，市侩之嫚骂非侠也。不文之非文，而不修辞之非辞也，此泥今之过也。"泥古者如徒以史书，施之金石碑板，识者之若掇古人之皮毛，而失古人之神理……古有古之粹言，今有今之粹言，二

① （明）陈继儒：《陈眉公集·自序》，《续修四库全书》第1380册，第1页。

者皆时为之，而血脉条理，古今人非甚相远也。①

陈继儒认为，后七子“钩棘僻涩”，“徒学古人之皮毛”，此“泥古之过”；公安派“孟浪”“空疏”，“不文之非文，而不修辞之非辞”，此“泥今之过”。师古人神理，继承古人血脉，关键在一“粹”字：“古有古之粹言，今有今之粹言”，古今语言皆可学，唯善学者得之。那么，如何得古今之“粹言”呢？陈继儒强调“真”。他在《茅孝若诗序》中说：

大抵才子自有真，而文人可以伪作，故有若据坐，终类典型；日磾(按：金日磾)被貂，犹都卿相；至于嫚骂，而龙准气夺；不袭不裘，而虬髯心死——此岂可以声音笑貌为哉！文人才子亦若此也。孝若之才真，予以是断其必传。②

茅孝若即前章所提“吴兴四子”之茅维。陈继儒引为同调的还有董斯张，认为茅维、董斯张等是真才子，得真性情。陈继儒在为董斯张所作序文中，系统阐发了关于性情之“真”为诗家之“丹”的理论，这段文字较为重要，抄录于下：

诗者，性情之律吕。当其情景相触，如风与涛并，气与窍发，虽欲不诗而不可得者，即作者亦不得而知也。如谓诗而可已，则必不饮不食不言而后可乎？不饮不食者蝉而曳为鸣；不言者苏门之孙公和而激为啸。盖至人能化情为性，而不能并化性情，中之声气，尽归于鸟，有故文士之歌咏，与匹妇之笑啼，其不能遏均也。遐周性既辽阔，动复德矩(指受戒于舅父茅氏)，出其兼才之余，自能掇拾高等，克荷门业，岂以帖括故废诗大要？遐周得性情，则言不得则止，故其言清真幽淡、

① (明)陈继濡：《古今粹言序》，《陈眉公集》卷七，续修四库全书第1380册，第104、105页。

② (明)陈继儒：《陈眉公集》卷七，第103页。

高迈孤迥，不洗汰而洁，不模拟而肖。诗赋四卷，而三楚六朝四唐之变化尽在是，此诗之丹也。每叹近者词家之论，谓诸体不备集不大通人姓字不胪载集不行，偏什弥多，去大雅弥远，总皆为性情失真之故。若本之性情以求诗，英雄之心必深，吉人之辞必寡，笑啼必切，光景必新。如西方圣人，第收其耳轮目廓之位，而六根互用，神通百出，虽巧幻师，望而却走矣。吾何以知其然？得之遐周氏云。①

**3. 强调诗歌的非功利性，诗品即人品**

陈继儒一生著述，大半是出于功利的目的，其文集中代笔频率之高，在晚明乃至古往今来都是罕见的。但是，这并不妨碍其张扬文学的审美性的一面；或许正因为身不由己，他对诗歌的非功利性方面，才有着超越常人的见地。陈继儒《题李茂承诗草序》里说：

诗者千秋之物，今山人游客往往借为筐篚，以通于朝士之籍，久之营二窟以居，此诗道之辱也，而吴尤甚。吴先辈如文太史、祝京兆、王征君及吾乡何元朗兄弟，其人与诗皆成一品。所谓“白鹄云中，朱霞天半”者也。今吾辈风流委顿尽矣。余耻，不复谈诗。②

他认为，弘治、正德、嘉靖年间，吴中文苑名震天下，就在于“其人与诗皆成一品”，而他自己是自愧不敢言诗的。在《芙蓉庄诗序》中，他反对将诗作为应酬之工具。他说：“今诗人集满天下，其投赠寄怀。率挚上君子。凡通显有位望者，辄字之，几于无等。至问其交情始末，或彼此不相识，既识，彼此亦不能省记。而必胪次其姓名，以为行卷羔雁之贽，大部一仕籍而已。”

① (明)陈继儒：《陈眉公集》卷六，《董遐周静啸斋诗草序》，第89、90页。

② (明)陈继儒：《陈眉公集》卷六，第84页。

陈继儒论诗主平和清真，相对而言，其批判锋芒主要体现在《佘山诗话》中。《四库全书总目提要》疑其为伪书，举证凿凿。但我们相信，《佘山诗话》不少正是陈氏的“语录”，《陈眉公集》卷一四有诸多“语录”就见诸《佘山诗话》。其第三卷中列举古诗名句，称“俱千古奇语，不宜有所附丽”，而“齐、隋以还，神气都尽矣”；又评唐宋诸名家“文字频改，工夫自出”，而“今之君子，动辄千百篇，略不经意，真可愧哉”，皆具有一定的批判精神，认为“诗为千秋事”，须积极投入，这与陈继儒的诗学思想是完全一致的。

陈继儒还强调吴中士子的独立性，批判跟随公安竟陵诗风。他批判其友沈春泽追随竟陵派，并奉劝沈春泽以举子事业为重，切勿贪恋《诗归》一书所带来的眼前利益，他说：

> 吾兄公车之文，沉雄痛快，秀爽神奇，自是百发百中之技。愿坚固此愿，勿以多事疏，勿多病厌，勿以诗歌诗人夹杂之。究竟脱此铁担，可以扬眉千秋。若不胥瘦马恋栈、饥乌恋巢，终非大丈夫事。①

陈继儒对沈春泽和董斯张的态度截然相反，他鼓励董氏在帖括之外“兼以言诗”，而对沈春泽则劝其以“公车之文”为重，大概谭友夏诸君尚是陈继儒之友人，因此对沈氏刻书一事，不便公开指责。然而，从中我们已然可以窥见其对竟陵派风气蔓延甚感不满。

## 第四节　顾、高诸君子与东林诗学

晚明东林的兴起有较为复杂的政治思想背景。除了政治权力涣散、官府庸政与腐败现象层出不穷、明代知识界有意识地振作干预以外，思想界的动荡亦是不可忽视的主要原因之一。嘉靖以来陆王

---

① （明）陈继儒：《答沈雨若》，载《陈眉公尺牍》，上海杂志公司 1936 年版，第 145 页。

“心学”与程朱“理学”相埒的平衡局面被公安派打破，万历二十八年、二十九年，以袁宏道、陶望龄、黄辉为首的“狂禅”一派汇聚京师，结“葡萄社”，陆王心学占据优势，“东林”先驱、理学家管志道将此现象概括为“狂禅乱儒”或“狂禅卑孔”。① 为了维护程朱理学的纯粹性，高攀龙在管志道的劝说下，开始集结儒士，反对狂禅，我们将这个针锋相对的过程称为“儒攻狂禅”。② 高攀龙明确提出“尊崇儒矩、排斥狂禅”的口号，③ 得到了顾宪成的支持。④ 当然，这种舆论仅限于学术层面，毕竟高攀龙与顾宪成受心学势力排挤（比如万历二十三年“乙未京察”）已赋闲在家多年。然而这种舆论导向，终于在万历三十年酿成政治事件，在礼部给事中、东林魁目张问达的弹劾下，李贽被捕自刎于狱。六月，礼部尚书冯琦上疏：“……国家以经术取士，自五经、四书、二十一史、《通鉴》、性理诸书而外，不列于学官……生员有引用佛书一句者，廪生停廪一月，增附不许帮补，三句以上降黜。中式墨卷引用佛书一句者，勒停一科，不许会试，多者黜革。”⑤是年冬十二月，礼部复议：“比来诸臣建白往有过于修饰、冗长、奇僻、隐秘、椙忿者，臣等以为皆宜禁。如作字必依《正韵》，不得兼写左字；用语必出经史，不得引用子书及杂以小说俚语。”⑥阳明左派心学至此轰然倒地，而

① （明）管志道：《问辨牍》见《四库全书存目丛书》子部第 88 册：“拘儒执程朱以诋佛，狂禅复执佛以卑孔。”亨集，第 689 页；“（耿天台先生）虽不予狂禅之卑孔，亦不予拘儒之辟佛”，第 690 页；“病其以狂禅以乱儒，反为佛法之蠹”，第 695 页；“不敢以佛卑孔，以狂禅滥儒”，第 778 页。

② （清）康有为认为：“明代全言心学，有朱王之争。晚明高顾二先生力矫之，言气节，故有东林焉。王学攻朱学以支离，朱学攻陆王为狂禅。”见《儒家经典》下册《万木草堂口议》，团结出版社 1997 年版，第 2766 页。

③ （明）高攀龙：《高子遗书》卷八上《与管东溟二》，四库全书本。

④ （明）高攀龙：《高子遗书》卷八上《答泾阳论管东溟》，四库全书本。

⑤ 《明神宗实录》卷三百七十三，台湾“中央研究院”历史语言研究所校印，1962 年版。

⑥ 《明神宗实录》卷三九七。

公安派也从辉煌期跌入暗淡期。①

另一方面，恰处于此风口浪尖之际(万历三十一年)，从笔者家乡湖北潜江走出来一位经世实学名臣——欧阳东凤，他冒着极大的政治风险，主持兴修“东林书院”，此举距张居正废黜书院仅25年。于是，在全国思想教育界普遍低迷的局面下，赋闲在家的“东林八子”有了充分展示其教书育人天分的舞台；随着东林书院培养的举子纷纷考中进士，“东林派”成为万历后期最大的政治集团。

本节分三小节介绍东林诗学，其一，“东林八子”诗学，代表人物为顾宪成兄弟、高攀龙、安希范、薛敷教；其二，“东林六君子”诗学，代表人物为杨涟、左光斗、顾大章、魏大中；其三，“七君子”诗学，代表人物为周顺昌、缪昌期、李应升。

顾宪成(1550—1612)，字叔时，号泾阳，无锡人。万历庚辰进士，除户部主事。改吏部，谪桂阳州判官，迁处州推官，改泉州，擢吏部主事。历员外郎中，以忤帝意削籍归。起南光禄少卿，不就。天启初，赠太常卿，以阉党追论削夺。崇祯初，赠吏部侍郎，谥端文。有《泾皋藏稿》二十卷。②

---

① 刘勇刚《东林党议与晚明文学活动》一文认为，东林是导致公安诗派中衰的主要势力。他说：“公安派鼎盛之时，于京师结葡萄社，三袁、黄辉、潘士藻为倡，苏惟霖、刘日升、顾天峻、李腾芳、吴用先、方文翼、陶望龄、王章甫等人先后入社，秦京、谢于楚、钟起凤、黄炜、谢肇制等亦先后被延入社中，盛况可谓空前。然京师攻禅运动一起，骤极骤衰之间，李贽、紫柏相继死狱，公安文人集团星夜之间，如鸟兽散，离群索居，逃于山野。当此事件，东林党首当其冲，不仅提供了思想上的保障，在行动上亦借浙党沈一贯之力，疏劾李贽。在反对狂禅的运动中，党争的双方达成了妥协，站在了同一个立场上。由此，来自于学术及政治上的双重打击对于公安派是致命的，其结果也就可想而知了。”华中师范大学2009年博士学位论文，第13页。

② 见陈田《明诗纪事》第2479页，田按：端文与高忠宪讲学东林，海内推为山斗。公尝自言：“官辇毂，志不在君父，官封疆，志不在民生：居水边林下，志不在世道：君子无取焉。”與淮抚马三才交善，三才为忌者所论，公居林下，贻书叶福清(向高)、孙太宰为延誉，时以出位责之。三才有雄略，公之延誉，自为世道计。厥后论三才者多附阉党，丽名逆案，一薰一莸，始有定论云。

高攀龙(1562—1626)，字存之，别号景逸。无锡人。二十一岁中乡试，为东林党人沈鲤所赏识，以“天下士”期之。二十五岁时，顾宪成讲学黉宫，高攀龙深受启发，乃“有志于学”，立志“终身师事顾先生”，并为“教下后学第一人”。① 二十八岁中进士，三年后谒选行人，因疏论辅臣王锡爵，谪官广东揭阳县典史，辞职返乡，万历三十二年与顾宪成一同讲学于“东林书院”。天启年间升任刑部侍郎，转左都尉使，坐忤逆阉，削籍被逮，赴水死。有《高景逸集》。②

顾允成(1554—1670)，字季时，号泾凡，无锡人，顾宪成之弟。性耿介，厉名节。万历十四年进士。会房寰疏诋海瑞，允成偕同年生抗疏劾寰，坐夺冠需还家。后起南京教授，累迁礼部主事，谪光州判官。乞假归，与兄宪成讲学东林，不复出仕，为“东林八君子”之一。允成为文，多直抒胸臆，不事修饰。著有《小辨斋偶存》八卷。

安希范(1564—1621)，字小范，号我素。江苏无锡人，明万历年间进士，授礼部主事，因乞便养母，改南京吏部。万历二十一年因上《纠辅臣明正邪》一疏惹怒神宗遭贬，归乡后主讲于东林学院。著有《天全堂集》。

薛敷教(1554—1610)，字以身，号玄台，武进人，薛应旗之孙。十五为诸生，万历十七年(1589)己丑进士。因上疏忤旨，被勒令回籍。后荐为凤翔教授，不久迁国子监助教。万历二十一年(1593)，赵南星被逐，敷教上疏申救，被指为“朋谋乱政”，谪光州学正。万历三十二年(1604)到东林书院讲学，是为东林八君子之一。卒赐尚宝司丞。

杨涟(1572—1625)，字文孺，号大洪，湖广应山人，万历三十五年进士。除常熟知县、历户科给事中、礼科给事中、升太常少卿，擢右佥都御史、进副都御史。天启四年，联合上疏劾魏忠贤，

---

① (明)高攀龙:《谱传》,《高子遗书》卷一。

② (清)朱彝尊:《静志居诗话》, 第470页。

被其诬陷下狱，受酷刑而死。有《杨大洪集》。①

左光斗(1575—1625)，字遗直，一字共之，安徽桐城人，万历三十五年进士。授中书舍人，擢浙江道御史，升大理寺丞，终左佥都尉使。因对抗宦官魏忠贤，下狱死。弘光时平反，谥为忠毅。其诗宛然郑都官(郑谷)、姚少监(姚合)遗格。②

顾大章(1567—1625)，字伯钦，常熟人。万历三十五年进士。历仕泉州推官、常州教授、国子博士、刑部员外郎、礼部郎中、陕西按察副使，被逮，卒于狱。赠太仆寺卿，谥裕愍。朱彝尊评曰："杨忠烈攻魏忠贤，人疑具草者缪文贞；王庄毅攻客氏，人疑具草者顾裕愍，此两公所以不免也。裕愍与大韶、仲恭，时义妙绝时人，诗特具体而已。""六君子被逮，周、袁、顾三公，以五月到北司；魏、杨、左三公，以六月到北司……其刑具，有械，有镣、有棍、有桚、有夹棍，遇比较流血漉地，杨、左、魏三公先毙，次袁，次周，次顾，投缳而逝。"③

魏大中(1575—1625)，字孔时，嘉善人。万历丙辰进士，授行人，历官吏科都给事中，死阉祸。赠太常寺卿。朱彝尊言其乃"忠义骨鲠之臣，然颇留心风雅。里人王屋布衣能诗，公见其赋秋兰作，为之击节。直文会，公曰：'孰为赋秋兰者'？起而复揖之。布衣感公之知，公被逮日，徒步送之境外，掉泪而别"。有《藏密斋集》。④

周顺昌(1584—1626)，字景文，吴县人，万历癸丑进士，官至吏部员外郎。谥忠介。顺昌疏劾魏忠贤，及被逮，震动苏州。朱彝尊记云："忠介之逮，在天启丙寅三月……聚观者累万人……时大雨，堂下万屐齐掷，缇骑伏巡按肋下，一尉匿梁上，惊堕而死。是夜巡按具疏告变，捕十三人下于狱，论五人大辟，五人者，颜佩韦、马杰、杨彦如、沈扬、周文元。文元，公丁也……崇祯初，吴

① (清)朱彝尊：《静志居诗话》，第498页。
② (清)朱彝尊：《静志居诗话》，第499页。
③ (清)朱彝尊：《静志居诗话》，第489页。
④ (清)朱彝尊：《静志居诗话》，第512页。

人毁魏忠贤普惠祠，购颜佩韦等头颅合尸葬于是，曰‘五人之墓’，太仓张溥为作碑记。”有《烬余录》。

缪昌期(1562—1626)，字当时，常熟人。万历癸丑(1613)进士，改庶吉士，授检讨，历左论德，死阉祸。赠詹事，谥文贞。朱彝尊评曰：“六君子之狱，多以攻客氏、魏阉取祸。文贞无言责，而党阉人者尤恶之，盖以善谋见嫉也。文贞与顾泾阳(宪成)书云：东汉南宋之事，某感叹于中者久矣；互相标榜，岂士君子之幸战！是亦明哲之见，而终不免焉。”有《从野堂存稿》。①

李应升(1593—1626)，字仲达，号次见。江阴人。死于魏阉之祸。朱彝尊评曰：“王绍徽撰《东林点将录》，阮大铖与焉。大铖初与李仲毅(应升)、魏中节(大中)相善，及中节补吏垣，大铖疑中节有意逐之，遂结傅櫆，党于魏监。忠毅犹忆旧交，贻之书……及忠毅被逮，于槛车赋诗云‘细数知交在，逍遥各一方。魏齐方睥睨，阮籍亦猖狂……’亦何其忠厚之深也。魏齐指常熟魏浣初，阮籍则指大铖，其后居南京，诸生顾杲等一百四十人草檄讨之，既而附马士英得志，导之重翻三案，诛殛正人，佥壬之反覆，真同鬼蜮。虽有《冰怀堂诗》，吾不屑录之也。”有《落落斋集》。②

## 一、东林八子的诗学：以顾宪成、高攀龙为例

肇始于“东林书院”的八子，其“讲学”内容较其友人管志道、杨起元等理学思想殊有不同，他们不仅强调“圣贤”大义，而且强调“学以经世”。比如顾宪成，他一方面继承代圣人言的传统，提出“学者须辨得圣贤之心，方能读得圣贤之书，方能代得圣贤之言”的见解，另一方面又强调“诗者，声之精神之所寄，通乎政”，批评前后七子“务称秦汉、盛唐”，不出“标(剽)掠摸拟两端”，没有什么实绩。“东林八子”以其强烈的经世致用色彩，在晚明诗学格局中独树一帜。下面，我们以顾宪成、高攀龙为例说明之。

① (清)朱彝尊：《静志居诗话》，第508页。
② (清)朱彝尊：《静志居诗话》，第513、514页。

**1. 顾宪成的诗论：文以致用，诗寄精神，反对摹古剽窃**

陈田《明诗纪事》评曰："端文与高忠宪讲学东林，海内推为山斗。公尝自言：'官辇毂，志不在君父；官封疆，志不在民生；居水边林下，志不在世道：君子无取焉。'"①高度概括了顾宪成之"用世"精神。顾宪成在给至交孙继皋（字以德，一字柏潭，万历二年状元，与"八子"并称"九先生"）以及邹观光（字孚如，万历八年进士，与邹元标并称"二邹"）的信中，强调"文章德业合而为一"、"文学理学"并驾齐驱的主张：

> 弟向来筑室枯里中，日出而起，日中而食，日入而寝，其意以诗书为仇，文字为赘，门以外黑白事寂，置不问。客有持《殿元录》报我者，不觉舌端生锋，谈之无休时也。吾锡天下称钜，精采神耀黯焉，未光者凡几百年。一旦足下持黄卷贡之丹庚，玉立云霞之上，板巷间樵婴牧稚、榛叟桑妪闻足下啧啧而赏异之矣……愿足下益读孔孟书，砥操砺行，俾文章德业合而为一，亦可以明男子之得志也。②

> 文融谓足下不宜舍文学之好而登理学之航，弟意却恐足下登理学之航而犹不忘文学之好也。足下试思之：天之所以我者果何物乎？于此者，有个入处将焉用？文于此没个入处将焉用文？况尚行之揭任重道远，方当萃全体精神以赴之，即欲迂固诸豪争执牛耳，不识文且暇乎否也？③

与传统的理学家颇不一样的是，顾宪成强调诗歌的经世、用世功能不仅对于"代圣人言"没有妨碍，而且能振奋精神，甚至"通乎政"，完全能承担"圣人之道"。他说：

---

① 陈田：《明诗纪事》，第2479页。

② （明）顾宪成：《泾皋藏稿》卷二《与孙柏潭殿元书》，四库全书本。

③ （明）顾宪成：《泾皋藏稿》卷五《简邹孚如吏部》。

张舜举言："兄自戍辽以来，作诗几四五本，何以致多如此？岂将以是自鸣其习坎心亨之乐耶？或者穷愁羁旅无聊之思而姑托以自遣耶……日课一诗，不如日玩一爻一卦，日玩一爻一卦，不如默而成之，此之谓反身，而奚有于枝叶无用之词耶？"……及读先生诗，大都风格遒劲，神情开拔，其托物寄兴，往往多深长之思，蔽之辄为脉脉心动……然则，诗何能溺心？溺者自溺耳。①

予向者固言之，诗者心之精神所寄也，通乎政矣，子试举其所自为读之，其脉脉而来者，慈惠之所从生也；泠泠而来者，法禁之所从生也；浑浑而来者，德礼之所从也。三者具矣，即镶庆运之掌上耳。夫少陵氏非工于诗者也，工于所以为者也，其忠厚恻怛爱君忧国，故自天性而终其身，偃蹇憔悴郁郁无所托，乃时发之乎诗。②

顾宪成还认为，诗歌可以荡涤情性，使人"超然于功名富贵之外矣，濯濯灵台，一芥不缁，时而出之，万籁于于"③。他和徐学谟一样，坚决反对李攀龙等"标掠模拟"、动辄"秦汉"的诗文风气，认为韩柳欧苏，皆有所长。他说：

余又闻当弘正之际，李何用古文辞创起，其言务称秦汉，迄于嘉隆，遂以成俗，就而问之，不出标掠模拟两端而已，顾于柳州、昌黎诸君子蔑如也。而独先生不然，其说间尝语余："秦汉之文譬若沧海，今人朝取一勺焉置诸樽，暮取一勺焉置诸樽，而居然自命以为秦汉也，必不行矣。"④

---

① （明）顾宪成：《泾皋藏稿》卷七《辽阳稿序》。
② （明）顾宪成：《泾皋藏稿》卷八《送肖桂朱先生守慷庆序》。
③ （明）顾宪成：《泾皋藏稿》卷七《灵峰先生诗集序》。
④ （明）顾宪成：《泾皋藏稿》卷八《贺大宗伯太室徐先生六十序》。

吾邑励庵先生《崇正文选》成。有过予而问曰：……今之为文，何尊而可?”曰：“不为《左》《国》也者，乃能为《左》《国》；不为班、马也者，乃能为班、马；不为韩、柳、欧、苏也者，乃能为韩、柳、欧、苏。”先生兹选，聊以示鞭影耳，必字拟而句模之，非其指矣，不可不为先生道破。①

**2. 高攀龙的诗论："修"、"悟"并重，"学"、"思"结合**

作为理学名臣的高攀龙，并非株守程朱理论，他从王阳明身上已参悟到不少真谛，主张“修”、“悟”并重，“学”、“思”结合。容肇祖认为，高攀龙提出“静中格物”的理论，其实就是中和朱熹“格物致知”和王守仁“心外无物”理论的产物。容肇祖解释说：“(周彦文)问(高先生)曰：‘静中何以格物?’先生曰：‘格物不是寻一个物来格，但看身心安妥。’——格物是静中的，是为身心安妥的，是体认的，这真是‘向内’的格物了。”②

高攀龙认为，只有“修、悟”并重，才能达到修而悟、悟而彻的“真圣人之学”，反对禅学的虚无主义以及由此带来的空浮士风。他说：

今之谈学者多混禅学，便说只要认得这个己。他原自修的，何须添个修；原自敬的，何须添个敬，反成障碍了。此是误天下学者，只将虚影子骗过一生，其实不曾修，有口就污坏而已。③

如何“学、思”结合?高攀龙认为，要将“静坐”和“读书”交替进行。他说：“吾辈每日用功，当以半日间作，半日读书。静坐以思所读之书，读书以考所思之要。”强调“穷理必由读书而入，静坐读书必由朋友讲习而入”。这正是我们开启高攀龙诗学思想仓库的

① (明)顾宪成：《泾皋藏稿》卷六《崇正文选序》。
② 容肇祖：《明代思想史》，齐鲁书社1992年版，第308页。
③ (明)高攀龙：《高子遗书》卷四《君子修己以教章》。

钥匙。根据朱彝尊《静志居诗话》载，与他“静坐”和“读书”的友人为嘉善吴志远和昆山归子慕，此二人皆出于梁溪附近的阀阅之家。① 他们聚会的地点，是吴氏的“雪鸥阁”，其后学魏学洢记曰：

> 长天万里，鹅溪绢也。短篱茅屋，颓枝残雪，疏疏而密密者，龙眠画也。西风摇落，草木萎黄，有怀伊人，川上徘徊，则潇湘而洞庭也。子吴子尝与玉峰归子、锡山高子，咏歌于其间，谓可以寄趣也。②

黄宗羲《忠宪高景逸先生攀龙》传记援引高攀龙自序道：

> 余在武林与陆古樵(名粹明)、吴子往(名志远)谈论数日，一日古樵忽问曰：“本体何如?”余言下茫然，虽答曰：“无声无臭。”实出口耳，非由真见。将过江头，是夜明月如洗，坐六和塔畔，江山明媚，知己劝酎，为最适意时……猛省曰：“今日风景如彼，而余之情景如此，何也?”穷自根究，乃知于道全未有见，身心总无受用。遂大发愤曰：“此行不彻此事，此生真负此心矣。”明日，于舟中厚设蓐席，严立规程，以半日静坐，半日读书。

可见，高攀龙认为一切学问(包括诗学)的本体，因“心”、“物”交汇而存在，是“人”静中览胜、学中谭思得来。他用这个理论指导文学创作，他说：

---

① 吴志远与昆山归子慕(有光之子)一样门第显赫。明清两代，吴氏一门共出了两尚书、八巡抚、九侍郎、三十二大夫，有“进士之家”、“尚书门第”之称。吴志远之女嫁嘉善状元钱士升，钱士升之女又嫁与沈孚先之子；他们又与袁俨、陈龙正、叶绍袁、曹尔堪、周宗文等联姻，参见(清)谈迁撰：《光禄大夫太子太保礼部尚书兼东阁大学士塞庵钱公暨配一品夫人孙氏合葬墓志铭》，载《谈迁诗文集》，辽宁教育出版社1998年版，第213页。

② (明)魏学洢：《茅檐集》卷六之《雪鸥阁记》。

学欲其得之心而已。无所得诸其心，则物也者物也。有所得诸其心，则物也者知也。物自为物，故物不关于性，物融为知，则性不累于物，如此而已矣。①

朱彝尊评价高攀龙之诗学可谓深中肯綮。他说："先生天下规矩，援世翼教，不以声律自绳。"强调诗并非高子所长。"然与归待诏订金石契，宜同心之言，自成兰臭也。"归待诏即归子慕，朱彝尊在归氏条目中记载了他们"静坐"以成诗、以成学的过程：

……迭相往还讲学者，无锡高攀龙存之、嘉善吴志远子往，主客从容，晏坐默识，凝然不语。一有所得，辄怡悦相告，存之(注：高攀龙)称其有"绝人之慧，绝人之识，绝人之趣"，又言："季思去诸口者，不漫作无味语，笔诸书者，不漫作无味词；措诸躬者，不漫作无味事。即其眉宇颦笑，足以洗濯一世尘垢。"倾倒可云至矣。②

从中，我们也可以体味高攀龙诗学的一个面向。他强调自然之趣与自由心灵的会通，将万物之和谐与身心之和怡相统一，因此，高攀龙、归子慕之诗，皆能得陶渊明之"三昧真火"。清人秦赓彤《重刻高忠宪公诗集序》云："夫乃叹先生之诗，前序拟诸陶，并拟诸骚，犹未尽先生之诗也。先生之诗，见道之诗也，其味淡，其言和，其性情之冲夷，皆学问之所见也。莺飞鱼跃之机、水面云天之象，皆于诗恍然遇之。"可谓定论矣。

## 二、东林六君子、七君子诗学

万历、天启之际，东林势力不断壮大，成为全国性的政治组织，像山东的王象春(王士祯伯祖)、公鼐等亦加入其讲会，东林势力渗透到政局的各个层面，诸如兵部尚书李三才、刑部尚书乔允

① (明)高攀龙：《高子遗书》卷二之《敦训韵律序》。

② (清)朱彝尊：《静志居诗话》卷一六，第456页。

升、吏部尚书张问达，以及殿阁大学士叶向高、孙承宗，无不党佑东林。以地方势力为根基的各届首辅，如浙党沈一贯、宣党汤宾尹、楚党吴亮嗣、齐党下诗教等，皆视之为肉刺眼钉，欲拔之而后快。于是明末政坛出现了多党联合甚至勾结阉党绞杀东林的一幕，党争之酷烈，在“东林六君子”、“东林七君子”事件中体现得淋漓尽致。天启五年春，阉党将杨涟、左光斗、魏大中、顾大章、周朝瑞、袁化中六人下到大狱，受尽酷刑，先后毙命，史称“东林六君子”。天启六年春，又将高攀龙、周宗建、李应升、周起元、周顺昌、缪昌期、黄尊素逮捕，高攀龙寻隙投河自尽，留下遗书云：“大臣受辱则辱国，愿效屈平之遗则。”其余六人，在狱中被折磨致死，史称“东林七君子”。

“东林六君子”、“东林七君子”事件相接踵，绝非偶然。“东林”诸君子素以其强梁的性格，对政府当局动辄以大义相凌迫，丝毫不肯圆通妥协(这一点，远不如其前之苏州阁老或华亭故相徐、王、申等人)，实际上已经“不党而党”。被捕以后，又以前辈赵南星的“肉腊”精神相勉励(此十数子无不拷烙见骨、身无完肉)，自期“以死谏天下”，故其人也魁伟，其行也壮烈，然其事未必可取，顾炎武《生员论》、黄宗羲《待访录》等作所论甚切，不赘。诸君子文学，主要混杂在其论疏书牍中，极少单纯谈文学之文字，从上节高、顾诗论中已窥见一斑；而各家书牍中谈及诗学者相当分散，实难逐一列述，仅以顾大章、魏大中、黄尊素、李应升为代表说明其群体诗学倾向。

**1. 顾大章、魏大中等六君子的诗论**

从“东林党人”本人的记述来看，此党派似乎并不存在，其实是魏阉拘捕正人君子所罗织的罪名。钱谦益《赠太仆寺卿顾公墓志铭》说，顾大章在司任国子监博士期间，已然察觉时局变化，但仍一如素常，因为他觉得自己并不是东林党人。“是时党议已成，朝右以‘东林’相抉谪，斥逐殆尽。公叹曰：‘昔贾彪不入顾、厨之目，西行以解其难。吾不预“东林”，正可以彪自况也。’广文官冷，非世所指名。公又能弈棋谑浪，与朝士浮湛上下，而实以其间为收拾人才、改纪国政之地。"①然而，一旦入狱，顾大章、魏大中等表现出倔强的一面，他们索性以党人自居，饮颈受刃。钱氏墓志存其绝命联曰："故作风波翻世道，长留日月照人心。"其慷慨救世之心昭然可鉴。北京图书馆藏清钞本《顾裕愍公稿》一卷，惜未见，其诗学思想只好待来日展开。

顾氏入狱成为"六君子"，完全出于个人选择，他作了一次"与魔鬼的交易"，以己命换因抗议山东军政而入狱的五十人之命，周亮工《尺牍新钞》第三辑保留其《启王尚书书》，可与其《自叙邢曹事七条》互相印证。后者说：

> 及壬戌三月，予署山东司事，查前之二百人者卒，皆以饥寒瘦死，尚存五十余人。予启尚书王公曰："以某一人之命，易五十人之命，某尚便宜，况以一官易五十人命耶?"王嗟叹许之……余悉开释，送大理评允而纵之。原参台省有怒于礼者，有怒于辞者，有怒于文移者，予悉录谳词托人致之，无不咋舌曰："此老吏之笔，勿与竞也。"予是以得免参论，而台省视予为畸人矣。②

魏大中的大节行止与顾大章酷似。其论诗主张"自然"，在为顾氏的诗集序中他写道：

> 凡夫人巧之极，必谓其绝肖化工之自然。于以律诗，尝有才人志士，挟风涛，钵肠胃，而每不及闾巷士女之口矢口而出者之人情垂永。何者？非其所自至，情与景不我传，而我强作而致之也。省与之为文，度闲而思藏，知者遇之，而流俗不惊；闲所示诗，云行水流尤是也。予每怪挟才者之溢于格，苦

① （清）钱谦益：《初学集》卷五十，钱仲联校本，上海古籍出版社 1985 年版，第 1286 页。

② （明）顾大章：《碧血录》，载吴应箕、吴伟业等：《东林本末》（外七种），北京古籍出版社 2002 年版，第 134 页。

> 思者之伤于神，诗且以丧道。得省与，将窥其所自至，与造物者之不期然而然矣。①

在性格上，顾大章较开朗，为免受屈辱，自缢明志；而魏大中则更为严谨，以血书藏于草席枕缝中，以期昭雪。其论文学亦如此，以光复圣教为念，不苟言笑。《答陈则梁》书云：

> 则梁海内奇士，遇则梁而不言失人，过则梁而漫言失言。辱以糠粃之役见委，不敢辞，亦复有欵欵之愚思，效于高明也。四圣人开物成务，萃之一《易》，扫为谑浪笑傲之书，大宋诸儒觑面，未应首肯。且则梁序之、注之、笺之、屑之，沾沾不置，岂为其善谑浪笑傲而已也？至一腔奇愤，时露毫端，或亦非与世无恙之道，世间有几，则梁不善而藏之，令谫谫者得窥测于左右耶？见儿辈与则梁交，非徒人间酒肉声色而已者，故效其狂愚，亦望有以教之也。②

陈则梁名陈梁，浙西海盐人，陈所学之子。魏大中罹难，裹粮相从于狱旁，并为之经营后事。陈梁为明末清初著名诗人，有《苋园》、《仑者》、《浣笔池》、《个亭》诸诗集，然其论诗颇好奇，宗尚竟陵，陈田称："启祯间竟陵之说甚行，家矜牛鬼，人诧蛇神，奇奇怪怪，何所不有。海盐陈则梁、平湖赵退之，挹其流波。"③作为长辈，魏大中对陈氏"谑浪笑傲之书"甚为不满，告诫他此类文字即使"大宋诸儒觑面，未应首肯"。可见，东林诸君子一般是反对竟陵文风的。他们不屑为变徵之声，即便知国事不可为，亦以死相殉。正如天启元年六月，魏大中给方震孺的信中说：

---

① (明)魏大中：《藏密斋集》卷一二《顾省与诗序》，载《四库禁毁书丛刊》集部第45册，第157页。

② (明)魏大中：《藏密斋集》卷一四，载《四库禁毁书丛刊》集部第45册，第208页。

③ 陈田：《明诗纪事》卷二十三。

> 天下事先时不得后时不得，须二三同心相聚，勿以游戏送日也。人能常自省察誉言至毁言至勿动，此便是得力处。天下事拼得才做得。①

这种人格魅力和经世精神，皆成为复社和几社文人学习效仿的榜样。

**2. 黄尊素、李应升等七君子的诗论**

天启六年死难七君子中，诗才以黄尊素(余姚人，黄宗羲之父)为显著，而诗论以李应升为宏富。黄氏余姚人，属本书讨论“江南”范围之外，兹引杨廷枢《诗略序》略微交代其成就。

> 黄白安先生诗集凡二卷，予既卒读之，叹曰：嗟乎！凡音之生，岂不系乎人哉！昔者诗始于三百首，自《关雎》讫于《殷武》，其自后王君公以逮，鄙夫细妇莫不包含风雅，何其盛也！然以一言蔽之曰：“迩之事父，远之事君。”夫为臣子而不能事其君父，吾何贵其言云尔哉！三代而降，诗莫盛于唐，唐之诗无过少陵。吾许取其官读之，至于琐尾流离、驱驰穷饿，而不忘君国之难；缠绵激湍，一篇之中三致意焉。至今复其诗，慨然见其为人。其他啾发之音，情不赴节，虽攒唇激齿，声音以谐，考其情辞，论者寡取。先生当熹庙时，以抗节直道，为逆珰诸奸所嫉于时，钩党之狱日不暇给，乔固膺滂梏针相累，先生尝抗疏击之，与吾乡周忠介同谄被逮，掠死于狱。当世之士，识与不识，莫不伤之。今观其集中所载，若狱中被害日作，及《送万元白》、《谒武穆祠》等篇，慷慨孤直，激而不伤，典太史之称《小雅》者何异！每一诵之，未尝不流涕灼悼，感慨欲奋也。夫士习处燕乐，自命甚适，相与流连，赋诗高议，天下莫能逮也；然而卒与祸撄，大节立见本末，居然可睹矣！若先生之孤忠笃情，至死弥谅，虽古之屈平，何以加

① (明)魏大中：《藏密斋集》卷一四，载《四库禁毁书丛刊》集部第45册，第213页。

焉！吾愿世之览者，讽其诗而有以得乎其人庶几哉！于典之旨，或有合矣。若夫览其山川、拾其香草，诗人之流，亦有然者，乌足重先生哉！①

复社魁目杨廷枢将黄尊素之诗比作当代的屈骚与杜诗，认为诗当以忠君爱国为最上乘，颇见推重之意，从中也可窥见复社与东林思想的继承性。而李应升的诗论有倒戈竟陵、转向“后七子”的倾向，直接启发了几社“云间派”的诗学思想，展开如下：

(1)淡化“诗可以怨”，强调诗“以兴以观”、“可以群、可以多识”。

李应升具有强烈的经世入世精神，其诗学绝不偏离正统的儒家“兴观群怨”的诗教观念，兹举二例：

《诗三百篇》，《蓼我》寄志，《常棣》兴歌，洋洋乎备矣……庐陵郭君产孝友之乡，而沐乎其教，恂恂笃行，缙绅先生咸称之。懿德所好，发为诗歌，殆非欺我。君今佐铎匡南，明伦为职。夫言教不如身教也，“伐柯伐柯，其则不远”。诸子衿镌其诗，以兴以观，试揖让于明伦之堂，问谁为吾师乎？②

古诗咏物，三百为最……文叔先生高才积学，敦尚风雅。其诗诸体具备，而尤于咏物为工……方驾于宋、元有余矣。先生伯子虞工(按：顾嘉舜，诗人顾宸之父)，声噪艺苑，予季弟师之，予故得交虞工，而因得发先生帐中之秘。斋头倾酿，把盏夜哦，以先生百篇供予斗酒，醉几不能成步。予未知诗而笃嗜如此者，庶几见先生之诗，可以兴，可以群，可以多识如

---

① (明)黄尊素：《黄忠端公诗略》卷首杨廷枢《诗序》，载《四库禁毁书丛刊》集部第185册，第25页。

② (明)李应升：《落落斋集》卷十《郭学博〈孝友贤声〉序》，载《四库禁毁书丛刊》集部第50册，第339页。

此也。①

(2)文章以气为主，提出“养气”、“致静”等主张。

李应升提出“生气动而文章成”以及“以情生才”、“以情造境”的观点。他解释说：“若夫才情各出，纤华素质，古色幽芳，水到渠成，初无定局。”反之，如果为文造情，则胶柱鼓瑟矣：

> 苟其无所得于此也，未抽心绪之灵，先摹纸幅之影，旁拾已残之膏唾，涂成自己之面目，则象人无情，土鼓不韵，而供给应付之语，腐息奄奄，见者反走矣……文有情也、才也、境也，三者相生发而莫知其端……要以才有人鬼，境有平奇，而情不至，总不可语于文。是故情生才者也。而境者才之所造。②

> 苏长公有言：“才满于天下而事不立天下，之所少者，非才也，气也。”盖余尝试之于文章，或意至矣而笔不至，或笔至而意反若未至；格格不行，规规若失，此无他，气不足故也。泉源涌沸，万物怒生，虎啸而风，龙行而云，文章以气为主……因出其释褐俊《宁武子》一义，鸣心寄志之语，有云：“我而任其易，谁当任其难。”余读而壮之，已而望见，眉宇，英英湛湛。其制艺之全，虽未卒业，而想见兰臭，情深而往，无非文章。③

李应升认为，人的才气不是天生的，而是后天习得的。他强调读书和静思：

---

① (明)李应升：《落落斋集》卷十《观文叔咏物诗序》，载《四库禁毁书丛刊》集部第50册，第339页。

② (明)李应升：《落落斋集》卷十《白鹿校艺序》，载《四库禁毁书丛刊》集部第50册，第343页。

③ (明)李应升：《落落斋集》卷十《〈梁北瑚稿〉序》，载《四库禁毁书丛刊》集部第50册，第347页。

> 才须学也，学须静也……静非岑静谓也。夫爱其心，以谢其樛辖者，然后可以其心纳须弥。老氏不云乎？“玄之又玄，众妙之门”。然则骛于众疑，汩玄；栖于玄，可孕众静为玄；因远为众附，宜乎？……李谪仙诗云：“始闻炼气餐金液，复道朝天赴玉京。”余以此广静远之旨，又云：“灵心圆映三江月，彩笔叠成五色文。”余以此品静远山房之艺。①

李应升还指出，诗须以真情出之。李应升之诗虽不多，但几乎首首铿锵，有金石之声，皆源于“真情”二字。比如，天启六年，李应升的好友、寿州刺史方震孺被逮，在驿亭壁上题下绝命诗，送给襁褓中的儿子。他写道：“品儿一月才三日，怀里呱呱别乃翁。若使长成能问父，阿兄向北指悲风。”未几，李应升亦被逮，路过方震孺题诗处，和泪成诗，中有“最是临风凄切处，壁间俱是断肠诗”②，四百年以来，读之者无不唏嘘。

李应升在给其好友、万历四十四年同年进士萧士玮(1585—1651)的信中，再三致意，劝其放弃竟陵派诗学主张，敦复风雅，这是笔者所见晚明江南士人向竟陵派最直接的宣战书，兹全录如下：

> 五年积想，一日深谈，尔时不啻甜枣，到今则橄榄回味时也。年兄以飞天仙游行下届，天假清缘，暂理幽事，弟何宿因获至于此？每忆园林萧静，荷竹芬芳，两人徙倚溪边，白鳞惊跳，伸喉剖膈，口到意生。太白云：幽赏未已，高谈转清，真可不愧斯语。两日读钟诗，意言都断，寻味风雅，吐茹喉间，竟不能著一字。乃知前刻孟浪，应付祖龙。然鸟语虫吟，骚人不废。年兄幸以微词导之，使得时一展对，以领略妙趣，触发

① (明)李应升：《落落斋集》卷十《静远山房稿序》，载《四库禁毁书丛刊》集部第50册，第347页。

② 李应升：《书驿亭壁方寿州诗后》，载金性尧选注：《明诗三百首》，上海古籍出版社1995年版，第453页。

天机，则受益者正不在区区哦咏。傥世法为缚，饰意相蒙，绝非弟之所望于年兄，年兄亦岂以此待弟哉？脱稿后乞留附龚年兄为恳。烹解治脯，大费庖人，坐有子由茂先见所未见，皆非楮墨所能展。陈子奇文，弟尤服其商均一义，台见谓然乎？并及。①

李应升恳切地指出，他专用两整日读钟惺之诗，发现其“无一字”关涉风雅，认为其诗集皆当付诸一炬。他希望萧氏“领略妙趣，触发天机”，切勿沉溺于幽情单绪之中而不能自拔。

## 第五节　张溥、陈子龙与复社、几社诗学

复社之所以成为全国性的大社，其扩张途径有两种形式，一种是对外宣传，如金坛周钟、常熟孙楼以及太仓张溥本人，皆善于“串联”各地举子形成势力，前述“虎丘大会”、“金陵大会”已备，不赘。第二种是内修德业，复社魁目不仅精通“五经”之学，且旁涉诸史、兼擅文学，并将其博学经世之能，一发而为帖括文字，博取功名，桃李遍天下，实为其有真才实学之故。限于篇幅，复社诸家不便一一展述，仅以张溥、陈子龙之“经世”文学思想为例予以说明。

### 一、张溥的诗学思想

张溥(1602—1641)，字天如，号西铭。苏州太仓人。崇祯辛未(1631)进士，选庶吉士。朱彝尊评曰：“天如狎主复社，以附东林，声应气求，龙集风合，一言以为月旦，四海重其人伦，书晷刻而百函，宾昼日以三接。由是青衿胄子，白蛾明经，登李元礼之门，不啻虬户；为柳伯骞所识，胜于笥金。列郡人文，一时风尚，口谈朝事，案置汉书，头包露额之巾，足著踏跟之履，和歌下里，拥鼻东川。俄而哲人其萎，践康成之妖梦；天子有诏，求司马之遗

① (明)李应升：《落落斋集》卷八《与萧伯玉》，载《四库禁毁书丛刊》集部第50册，第288页。

书。党论日兴，清流酿祸，周之夔弹之于始，阮大铖厄之于终，而邦国之殄瘁矣。”①著有《七录斋集》，编有《汉魏六朝百三家集》。其诗学思想，主要体现在后者中。张溥在《原叙》中写道：

> 文集之名，始于阮孝绪《七录》……然李唐以上，放轶多矣：周惟屈原、宋玉，汉惟枚乘、董仲舒……周惟庾信，陈惟阴铿，千余年间，文士辈出，彬彬极盛，而卷帙所存，不满三十余家。藏书五厄，古今同慨……余少嗜秦、汉文字，苦不能解，既略上口，遍求义类，断自唐前，目成掌录，编次为集，可得百四十五种。近见闽刻七十二家，更服其搜扬苦心，有功作者……余自贾长沙以下迄隋薛河东，随手次第，先授剞劂，凡百三家；卷帙重大，余谋踵行。②

《汉魏六朝百三家集》凡一百十八卷。是书正如《四库全书总目提要》之评价：“使唐以前作者遗篇，一一略见其概。”“蒐罗放佚，采摭繁富，颇于艺苑有功。”虽然未免“卷帙既繁，不免务得贪多，失于断限”，③ 但处于草创之初，亦情有可原。那么，该集有何特色，在学术史上有何影响？我们分三个层面分述之：

**1. 张溥善于将此百三文学家置之于当时的背景下，忖度其文学地位与贡献，综合衡量，加以品评**

总体上说，张溥与明代诸多学者的看法相似：汉魏六朝文学，处于一种“远离经典”的趋势，因此是“文以代降”的。他说：

> 两京风雅，光并日月，一字获留，寿且亿万。魏虽改元，承流未远；晋尚清微，宋矜新巧，南齐雅丽擅长，萧梁英华迈俗。总言其概：椎轮大路，不废雕几；月露风云，无伤骨气。

① （清）朱彝尊：《静志居诗话》，第574页。

② （明）张溥著，殷孟伦注：《汉魏六朝百三家集题辞注》之《原叙》，中华书局2007年版，第1、2页。

③ 《四库全书总目提要》卷三〇。

江左名流，得汉朝大手同立天地者，未有不先质后文、吐华含实者也。人但厌陈季之浮薄而毁颜、谢，恶周、隋之骈衍而罪徐、庾，此数家者，斯文具在，岂肯为后人受过哉?①

在近代思潮的影响下，百余年来部分学者夸大了魏晋时期文学专门化的价值，认为是“文学的自觉”。然而事实却相当复杂，随着“文笔之分”越来越清晰，文学从其所担纲的多重功能中逐渐剥离，其重要性逐渐减弱。以《诗经》为例，孙克强等先生说它是“教化百科”，② 的确如此。它肩负着政治文化(“诗言志”)、军事外交(“用诗”传统)、伦理教化(“思无邪”、“温柔敦厚”)、自然百科(“多识虫鱼鸟兽之名”)等功能，是后世文学无法做到的。文学的专门化过程，其实也是边缘化过程，它在社会中的地位越来越轻。③ 从这个意义上说，“代降论”是成立的。

张溥与胡应麟、许学夷等一样尊崇复古，他们心目中的典型是西汉元典，认为其高度是后世作家无论怎么通变也无法企及的。然而难能可贵的是，张溥认为文学的“代降”是历史潮流，不能归罪于某些具体作家，比如陈后主与徐陵，他们推尊“宫体诗”，是文体发展的一种趋势，但是所谓亡国论、败坏文风论，其实是一种苛责。陈后主君臣，有主盟文坛、振兴风雅的贡献。他说：

世言陈后主轻薄最甚者，莫如《黄鹂留》、《玉树后庭花》、

① (明)张溥著，殷孟伦注：《汉魏六朝百三家集题辞注》之《原叙》，第2页。

② 孙克强、张小平：《教化百科——〈诗经〉与中国文化》，河南大学出版社1995年版。

③ 按：我们可以就汉代文章与魏晋南北朝文章的政治外交功能作对比。比如说，司马相如以一篇《难蜀父老》之檄文，便使其交通西南夷政策成功推行，《史记》颂之非谀。魏晋时期，尽管曹丕认为“文章乃经国之大业”，然其弟曹植却认为文章不过雕虫小技而已，可见文章的重要性已受到质疑。至于说南朝丘迟以一篇《与陈伯之书》令陈伯之束手就降，则纯属文人想象(陈伯之受降不过是形势所迫而已)。

《金钗两鬓垂》等曲，今曲不尽传，惟见《玉树》一篇，寥落寡致，不堪男女唱和，即歌之亦未及哀也。史称陈后主标德储宫……临春三阁，偏居丽人，奇树天花，往来相望，学士狎客，主盟文坛，新诗方奏，千女学歌，词采风流，官家未有……岂所堪乎？鹤不能亡国，而国君不可好鹤，后主盖与卫懿公同类而悲矣。汉武《李夫人歌》与《落叶哀蝉曲》，忧伤过于后代，而四夷服威；陈后主词非绝淫，亡且忽焉，哀而不起者，在声音之间乎？①

而徐陵的诗歌感情充沛、铿锵鼓舞，生机盎然，即便是"宫体"之形式也是束缚不住的。他高度赞扬道：

余读其《劝进元帝表》与《代贞阳侯》数书，感慨兴亡，声泪并发，至羁旅篇牍、亲朋报章，苏李悲歌，尤见遗则，代马越鸟，能不凄然！夫三代以前，文无声偶，八音自谐，司马子长所谓铿锵鼓舞也。浸淫六季，制句切响，千英万杰，莫能跳脱，所可自异者，死生耳。历观骈体，前有徐庾，皆以生气见高；遂称俊物，他家学步寿陵，菁华先竭，犹责细腰以善舞，余窃忧其饿死也。玉台一序，与九锡并美，天上石麟青晴慧相，亦何所不可哉？②

张溥的这种不盲从俗流、"因时废人"的思想，是值得我们赞赏与学习的。

**2. 张溥不自觉地形成了其辩证文学史观，对于文学史人物，几乎都能从优点与不足两个维度审视**

正因为在此辩证史观的观照下，张溥对于文学作家的概括才准

① (明)张溥著，殷孟伦注：《汉魏六朝百三家集题辞注·陈后主集》，第328页。

② (明)张溥著，殷孟伦注：《汉魏六朝百三家集题辞注·徐仆射集》，第333页。

确到位，观点才生动鲜明，一言既出，势如九鼎，这些论点很容易得到大家的公认。聊举其所选评半数诗人，以资例证，见下表：

| 人<br>诗 | 贾谊 | 司马相如 | 董仲舒 | 东方朔 | 王褒 | 刘向 | 扬雄 | 班固 |
| --- | --- | --- | --- | --- | --- | --- | --- | --- |
| 长处 | 骚赋词清而理哀 | 极博天材，风诗之尤 | 明道儒宗，文章大醇 | 能谏善诫，藏身之智 | 中和诸杂，歌诗尤善 | 文辞宏博，忠爱憯怛 | 四赋绝伦，鲁颂之遗 | 取象前型，制以心极 |
| 短处 | 莫能材而用 | 赋多虚辞滥说 | 王者制度皆废 | 其体不尊，同于游戏 | 词长于理，声偶渐谐 | 九叹深雅，微逊骚经 | 美新谀文，自夺玄守 | 限身狱网，师覆徒奔 |

| 人<br>诗 | 曹操 | 曹植 | 陈琳 | 阮籍 | 杜预 | 荀勖 | 傅玄 | 张华 |
| --- | --- | --- | --- | --- | --- | --- | --- | --- |
| 长处 | 文章瑰丽 | 而才大思丽 | 稍见寄托 | 文隐指远 | 六经之孔孟 | 博闻明识 | 言文声永，辛婉温丽 | 壮健顿挫 |
| 短处 | 甘心作贼 | 世称绣虎 | 篇最寂寥 | 言理不足 | 绝无诗赋 | 其诗少味 | 致疑广平 | 博学为累 |

| 人<br>诗 | 束皙 | 夏侯湛 | 陆机 | 陆云 | 成公绥 | 刘琨 | 孙绰 | 傅亮 |
| --- | --- | --- | --- | --- | --- | --- | --- | --- |
| 长处 | 尔雅之文不愧典册 | 人伦长者之书 | 北海以后一人而已 | 颇贵清省 | 隶事善说 | 劲气直辞迥薄霄汉 | 高寄素志 | 博经史长文笔 |
| 短处 | 文辞鄙俗 | 刻鹄画虎 | 排沙简金 | 敏于短篇 | 词每雷同 | 仅存书表 | 未关道义 | 一言毕命 |

| 人＼诗 | 谢灵运 | 颜延之 | 鲍照 | 谢庄 | 谢朓 | 张融 | 萧衍 | 萧统 |
|---|---|---|---|---|---|---|---|---|
| 长处 | 吐言天拔素心独绝 | 词采风流 | 诗篇创绝李杜之高会 | 雅人之章，无忝国器 | 文章冠冕述作楷模 | 鸿飞起悟孤神独逸 | 魏晋风烈间有存者 | 章程颇密清净出胸怀 |
| 短处 | 富艳 | 以文出仕 | 官阀太浅 | 采春华忘秋实 | 渐启唐风 | 总无师法 | 绮靡 | 天趣微损 |

| 人＼诗 | 简文帝 | 梁元帝 | 江淹 | 沈约 | 邱迟 | 任昉 | 王僧孺 | 王筠 |
|---|---|---|---|---|---|---|---|---|
| 长处 | 著述颇多文辞竞美 | 诗赋婉娈多情 | 体貌前哲总制群善 | 逢时之意多 | 连珠唱和世不多见 | 行文无伤逸气 | 新声代变于此称极 | 七叶重光世家标准 |
| 短处 | 但务绮博不避轻华 | 道心三降其风为薄 | 兴会高远而深厚不如 | 觉性之辞少 | 少挫抑 | 俪体 | 博以致奇 | 文过其质 |

| 人＼诗 | 吴均 | 陈后主 | 温子昇 | 王褒 | 隋炀帝 | 卢思道 | 牛弘 | 薛道衡 |
|---|---|---|---|---|---|---|---|---|
| 长处 | 诗什累累乐府尤高 | 词采风流官家未有 | 硗确自雄 | 情切土风而丽密 | 帝王有作且善读书 | 音响无滞 | 量宽 | 诗篇英丽名下无虚 |
| 短处 | 文怪以怒 | 轻薄 | 颇少绝作 | 较庾微弱 | 陈隋文衰 | 含蓄意寡 | 学疏 | 得之蹋壁失之马足 |

**3. 张溥将作家个性与共性、文学特征与儒学传统紧密联系，体现了一种较为全面深刻的文学史眼光**

在张溥看来，所谓个性，即因作家的才性气质及门户出身的不同而带来的个体性；所谓共性，即作家在所处时代及社会变迁中的共同特征。张溥认为，作家个性与共性是密不可分的，因此是后人无法模拟的。他说：

> 或悲愤沉睑，或立谈封侯，或托词舒愤，或露檄讨贼，或陈表明志，或倡臣作颂，彼值其时其势，岂为后生学士设之耶？①

而所谓文学特征，即作家抒发性情志趣时所体现出的偏向于文学层面的特性；所谓儒学传统，即作家作为儒生在写诗过程中不得不遵循的儒家伦理道德原则。张溥认为，文学的功能不仅是面向自己，而且必然面向国家。他说：

> 是故骚极屈、宋，赋盛马、扬，词章之学，君子以为无益于治国，不究于宜民，虽废弗讲可以无讥。若事关奏对，言系国家，在上而不知，必有失道之忧；在下而不知，必有害公之罚。奏议之辑，非独察古镜今，亦急教谏也。②

应该说，张溥的这种综合考量是客观的、辩证的，这种考量保证了其文学史观的正确性。我们仅以汉赋为例，将张溥的“题词”连贯起来，大致看看他心目中的“诗学史”是如何建构的：

张溥认为，西汉的赋，是一种学究“天人”、辞以“宗儒”的文体。贾谊有“草创润色”之功；司马相如有“赋心”（天才）之力；董仲舒“文章大醇”，乃为《礼记》之俦；东方朔赋文为体不尊，然“二文初立，词锋竟起”，是汉赋转折的一大关键；褚少孙之史传，“错综尔雅，状形貌、缀古语”，与司马迁肖似；王褒之诗赋，“辞长于理，声偶渐阶，固西京之一变”；刘向“忠爱惨怛，义兼诗

① （明）张溥：《秦汉文范序》，载《张太史评选秦汉文范》卷首，明末正雅堂刻本。

② （明）张溥：《七录斋合集·古文近稿》卷一《陈大士会稿序》，载《续修四库全书》集部第1387册，第261页。

书”；扬雄《美新》诸作，“颇多蕴藉”，故班固读而不怪；刘歆“著天人七略，综百家三统”，有古巨儒之实，可惜“投迹乱逆”，故“读其书益伤其人”；这些过渡时期的文人，打上了深深的历史烙印。由此可见，张溥心目中的文学史其实有两个标准：其一是才学（包括情辞）的标准；其二是儒学（主要是君臣道义）。西汉儒者（如二司马、贾谊、枚乘、董仲舒）作赋，符合其“两个标准”的要求。

到了东汉，儒家道德与文士博学才气皆呈现下滑趋势，事关“气运”，殆非人力。比如班固详雅，崔骃高蹈，张衡渊博，似乎尚能建树；但发展到李尤则“少言为贵”，冯衍“则豁达激昂，鹰扬文囿”，马融汲汲于富贵，“哀其儒者，风流自陨”；荀悦“静好著述”，为“能立言者”，却因才殒命；蔡邕“旷世奇才”，惜其乱世中不思作为；王逸为楚骚作十六章句，“土风哀思，有足亲者”；然而，从整体上看，“东京之文，整齐缛密、生气见少”，较西汉远逊。应该说，此文学史观虽带有一定的主观性，但亦能自圆其说。

总而言之，《汉魏六朝百三家集》作为一部大型文学总集，以文隶人，以人隶时代，综览全篇，得以考见唐以前作家遗篇及文风变迁之轨迹。编者在每一集前皆有对作家作品的“题词”，具体反映了“兴复古学”的文学思想，是晚明江南复社文人博学的历史见证，代表了当时古诗研究的最高水平。

## 二、陈子龙的诗论主张

陈子龙（1608—1647），字人中，一字卧子，号轶符、大樽，松江华亭人。崇祯十年（1637）进士，授绍兴府推官。明亡后，陈子龙联络其同乡李待问等在松江起义，事败，遁入山中，削发为僧。南明时期任兵科给事中，欲联络松江提督吴胜兆反正，事败被捕，得间跳水殉国，年未满40岁。朱彝尊《静志居诗话》云：“王、李教衰，时好异者，诪张为幻……山阴王季重寄谑浪笑傲之体，几不免绿衣苍鹘之仪容……卧子（陈子龙）张以太阴之弓，射以枉矢，腰鼓百面，尽破苍蝇、蟋蟀之声，其功不可泯也。”①著有《白云

① （清）朱彝尊：《静志居诗话》，第642页。

草》、《庐居集》、《湘真阁集》、《安雅堂稿》、《陈忠裕公全集》等。

陈子龙较张溥更为年轻气盛、才情充沛，富于创作、敢于立论，其诗不仅为明诗之殿军，其论亦为明诗学之压轴。钱基博先生对比陈、张二子曰：

> 张溥高名盛气，以汉魏为东南倡，而笔力凡近，所为《五人墓记》，急转直落，有意斅太史公之跌宕激射；而提不起，放不下，欲为雄骏而曾不能以疏快，且不得与艾南英比；调已靡矣！其稍入奥者，则又堆垛襞积，捃摭古语，而意涉于晦，不可以句读者，亦往往有焉……陈子龙之于东汉，含英咀华所得者多。而以智志于马、班、韩、欧，则寝馈不深。后来“西泠十子”陆偎胡辈出云间，而骈俪之体日雅。①

钱氏主要从格调上比照张、陈，认为张之声调已靡，而陈之体格方雅。陈子龙以堂命集、标榜“安雅”，“雅”正是陈子龙的诗学追求，“雅”亦是复古诗学的精义所在。下面，我们从三个方面阐释陈子龙诗学的雅化倾向：

**1. 敦复大雅，经世救时，忧时托志**

陈子龙指出，诗歌当为世而作，以其“美刺”之功能“忧时托志”。倘不若此，虽工而不取：“夫作诗而不足以导扬盛美，刺讥当涂，托物联类而见其志；则是《风》不必列十五国，而《雅》不必分大小也，虽工而余不好也。”他认为，苟能“忧时托志”，虽里巷言语亦取之，故在此段议论之前说道：“诗之本不在是，盖忧时托志者之所作也。苟比兴道备，而褒刺义合，虽涂歌巷语，亦有取焉。”②

由陈子龙、宋征舆主持编选《皇明诗选》，突出体现了该宗旨。

---

① 钱基博：《明代文学》，台湾“商务印书馆”，1973 年版。

② （明）陈子龙著，王志英辑校：《陈子龙全集》，人民文学出版社 2011 年版，第 785 页。

比如郑善夫之诗，宋征舆认为“继之诸作亦每饭不忘君父”。① 由于国事日艰，“云间诸子”对早年描写风月旖旎的诗作予以批判，以经世救时相勉励。比如陈子龙夸宋征舆“始则年少气盛，世方饶乐，盖多芳泽绮艳之词”，一变而感慨激楚，再变而“深婉和平，归于忠爱，庶几乎《召南》之有《羔羊》、《素丝》，《大雅》之有《卷阿》、《飘风》。其于君也，诵不忘规；其于臣也，勖而不怒：诗人之义备矣。”又曰：“尚木为学最早，取裁亦最正。自吾论诗，诸子多悔其少作。壬申以前，惟尚木之诗为可存。”②

陈子龙继承了东林魁首顾宪成“诗通乎政”的观点，其与同郡李雯、宋征舆编订《皇明诗选》，亲为序云：“子龙不敏，悼元音之寂寥，仰先民之忠厚，与同郡李子、宋子，网罗百家，衡量古昔，攘其芜秽，存其菁英……诗由人心生也，发于哀乐，而止于礼仪。故王者以观风俗，知得失，自考正也。世之盛也，君子忠爱以事上，敦厚以取友；是以温柔之音作，而长育之气油然于中。文章足以动耳，音节足以竦神。王者乘之，以治其治。其衰也，非辟之心生，而亢厉微末之声著。粗者可逆，细者可没，而兵戎之象见矣。王者识之以挽其乱，故盛衰之际，作者不可不慎也。”③

他在为青阳何生所作诗序中指出，近代之诗靡靡不振，体格低下是最重要的原因。因此，他主张诗歌创作以辩体为主，以修辞为次。他说：

> 生于后世，规古既雅，创格易鄙。然专拟则貌合而中离，群汇则采杂而体乱，此一难也。汉魏尚质，当求其文；晋宋尚文，当求其质。况声律既兴，虚实细大尤为巧构，必使体能载饰，绘能称素，沉而仍扬，浑而益密，斯则彬彬，此二难也，

---

① （明）陈子龙：《皇明诗选》卷十“郑善夫”条引。

② （明）陈子龙著，王志英辑校：《陈子龙全集》卷二十六，人民文学出版社 2011 年版，第 804、805 页。

③ （明）陈子龙著，王志英辑校：《陈子龙全集》之《陈忠裕公全集》卷二十五《皇明诗选序》，第 779 页。

故曰辨其体，修其辞，次也。①

陈子龙编选《皇明诗选》的宗旨，即以体格为先，归于雅正。见其《序》：

揽其色矣，必准绳以观其体；符其格矣，必吟诵以求其音；协其调矣，必渊思以研其旨。大较去淫滥而归雅正，以和于古者九德六诗之旨。于是郊宙之诗肃以雝，朝廷之诗宏以亮；赠答之诗温以远，山薮之诗深以邃；刺讥之诗微以显，哀悼之诗怆以深。使闻其音而知其德和，省其辞而知其志悫，洋洋乎有明之盛风，俪于周、汉矣。②

**2. 扬扢风雅，文情结合，崇真范古**

陈子龙意识到，仅仅学习“后七子派”的技巧形式，是远远不够的，他从前七子李梦阳和公安派学习民间诗歌以及何景明酝酿情致处获得启发，认为诗歌必须兴发真挚的感情，将技巧与情致结合起来。于是，他得出了著名的“情以独至为真，文以范古为美”的纲领性口号。他论证道：

盖古者民间之诗，多出于纫织井臼之余，劳苦怨慕之语，动于情之不容已耳。至其文辞，何其婉丽而隽也；得非经太史之采，欲以谱之管弦、登之燕享，而有所润饰其间欤？若夫后世之诗，大都出于学士家，宜其易于兼长而不逮古者，何也？……夫三代以后之作者，情莫深于《十九首》，文莫盛于陈思王。今读其《青青河畔草》、《燕赵多佳人》，遂为靡丽之始。至《赠白马王彪》、《弃妇》、情诗诸作，凄恻之旨，溢于

① （明）陈子龙：《青阳何生诗稿序》，载《安雅堂稿》卷二，人民文学出版社2011年版，第1060页。

② （明）陈子龙著，王志英辑校：《陈子龙全集》卷二十五《皇明诗选序》，第779页。

词调矣，故二者不可偏至也。若今之言诗者，体象既变，源流复殊。故情以独至为真，文以范古为美。①

陈子龙的观点，其实是对前后七子诗学的扬弃。他确实对前后七子各家各派的流弊皆看得十分清楚，因此反对摹拟空枵，主张以“天然之赀”、清空隽永之气注入之。其《仿佛楼诗稿序》云：

盖诗之为道，不必专意为同，亦不必强求其异。既生于古人之后，其体格之雅、音调之美，此前哲之所已备，无可独造者也。至于色彩之有鲜萎，丰姿之有妍拙，寄寓之有浅深，此天致、人工各不相借也……夫诗衰于宋，而明兴尚沿余习。北地、信阳，力返风雅；历下、琅琊，复长坛坫。其功不可掩，其宗尚不可非也。特数君子者，摹拟之功多，而天然之资少。意主博大，差减风逸；气极沉雄，未能深永。空同壮矣，而每多累句；沧溟精矣，而好袭陈华；弇州大矣，而时见卑词。惟大复奕奕，颇能洁秀，而弱篇靡响，概乎不免。后人自矜其能，欲矫斯弊者，惟宜盛其才情，不必废此简格，发其眑渺，岂得荡然律吕？不意一时师心诡貌，惟求自别于前人，不顾见笑于来祼。此万历以还数十年间，文苑有罔两之状，诗人多侏禽之音也。②

从以上引文中，我们可以明确知道陈子龙力矫公安“师心诡貌”之弊，敦复七子古雅诗风的诗学祈向。

**3. 性情雅正，刚柔并济，不厉不弱**

陈子龙模仿古诗，虽说是沿袭“后七子”旧路，但他明显接受了江南士子批判“后七子派”的理论，充分认识到江南文士自身的地域属性，他们诗文注重情致，语言清俊，恰可以与雄浑刚激的“后七子”诗学相调剂。他说：

① (明)陈子龙著，王志英辑校：《陈子龙全集》，第789页。
② (明)陈子龙著，王志英辑校：《陈子龙全集》，第788页。

> 取材之雅也，辨体之严也，依声之谐也，连类之广也，托兴之永也，此皆我力之所能为者。若乃荡轶而不失其贞，颓怨而不失其厚，寓意远而比物近，发词浅而蓄旨深，其在志气之间乎。今我与若偶流逸焉，谐漫轻俊则入于淫，淫则弱；偶振发焉，壮健刚激则入于武，武则厉。求其和平而合于《大雅》，盖其难哉！①

可以说，陈子龙生长在温柔旖旎之江南，作为世家公子，他少年得志、情场得意，若非身逢天崩地裂的乱世，陈子龙之诗无非是温庭筠“八叉体”的翻版。然而，时代将如此有正义感的热血志士推向了历史舞台，也将其推到诗坛的前沿，昔日的烟月芳华早已被狼烟烽火荡尽，冷风热血造成他对诗歌发展动向的超强预判能力。他号召云间诸子一改前辙，《六子诗序》反映了他的心路历程。然而，这种转折是很艰难的。“周、徐辈六子，皆与余同学诗者也。其才情雄骏，用功深微，十倍于余。然览其诗，可以渺独立而俪古人者，人不数篇耳。”陈子龙本人也认为，学古人诗“始未尝不见其甚易，而后未尝不见其甚难”，难在何处？陈子龙提出：

> 乐府谣诵，调古而旨近，似其音节，侧笔可追。然而太文则弱，太率则俗；太达则肤，太坚则讹；太合则袭，太离则野。此一难也。
>
> 五言古诗，苏、李而下，潘、陆而上，意存温厚，辞本婉淡，声调上口，便欲揣摹。然集彼常谈，侈为新制，宛然成章，实见少味。至于宗六季者，多组已谢之华；法盛唐者，每溢格外之语。此一难也。
>
> 七言古诗，初唐四家，极为靡沓；元和而后，亦无足观。所可法者，少陵之雄健低昂，供奉之轻扬飘举，李颀之隽逸婉

---

① （明）陈子龙著，王志英辑校：《陈子龙全集》卷二五《佩月堂诗稿序》，第789页。

变。然学甫者近拙，学白者近俗，学颀者近弱。要之，体兼《风》、《雅》，意主深劲，是为工耳。此一难也。

五七言律，用意贵隐约，而每至露直；使事欲变奥，而每至平显；轻与重必均，而殊少合作；雄与逸并美，而未见兼能。此一难也。

五七言绝句，盛唐之妙，在于无意可寻，而风旨深永；中、晚主于警快，亦自斐然。今之法开元者，取谐声貌，而无动人之情；学西昆者，颇涉议论，而有好尽之累，去宋人一间耳。此一难也。①

可见，文与情兼善、格与意俱适、文与质相济、劲与秀共存、“雄与逸并美”、唐与宋同宗，这是陈子龙提出的终极理想，其实，这也正是王世贞、焦竑、顾起元、黄汝亨、许学夷、陆时雍、胡震亨、黄廷鹄等江南文人一以贯之的理想，只不过都没有像陈子龙这么明确地、集中地提出来而已。从这个意义上说，陈子龙不愧是明诗的殿军。

最后我们略作发挥，作为本章小结。其实，江南文人对一直弥漫于吴中的公安、竟陵风气无可奈何，就是因为后七子式微之后，无人从创作上拿出有力的作品，来抗衡迎合吴中世俗风气的公安竟陵诗体。金陵的顾起元和朱之蕃与吴江俞安期等唱和数十首，欲以此排击楚风、“以张吴军”，这种文人书斋雅兴本身就缺乏兴发真情的动力；而浙西董斯张与太仓王衡、王留以及金坛王彦泓、松江陈继儒等倡导晚唐体或“吴下体”，欲与竟陵相匹敌，但气骨太弱，伤之于靡。吴派文人潜心艺术，而东林、复社文士又留心帖括，诗歌只是其余事。陈子龙重扛王世贞倒下的大旗，振臂一呼而声响云从，恰是应和了前七子徐祯卿、后七子王世贞的忠告：吴风婉秀，伤之靡弱；齐风剽悍，伤之蹈厉。合则双美，离则两伤。我们以陈子龙本人的认识来结束晚明诗坛的争议：

① (明)陈子龙著，王志英辑校：《陈子龙全集》之《陈忠裕全集》卷二五《六子诗序》，第785、786页。

至万历之季，士大夫偷安逸乐，百事堕坏；而文人墨客所为诗歌，非祖述长庆，以绳枢瓮牖之谈为清真；则学步香奁，以残膏剩粉之资为芳泽。是举天下之人非迂朴若老儒，则柔媚若妇人也……贵乡钟、谭两君者，少知扫除……然举古人所为温厚之旨、高亮之格，虚响沉实之工、珠联璧合之体，感时托讽之心、援古证今之法，皆弃不道；而又高自标置，以致海内不学之小生、游光之缁素，侈然皆自以为能诗。何则？彼所为诗，意既无本，辞又鲜据，可不学而然也。①

陈子龙无论是在创作方面还是在理论方面，对晚明诗学现状皆有振衰起弊的贡献，因此得到了清初学者的一致好评。龚翔麟云："诗当公安，竟陵之后，雅音渐亡，曼声并作。大樽力返于正，剪其榛芜棘荆，廓清之功，讵可藉口七子流派，并讥及焉。予尝购得《甑甀洞集》，系先生手自施铅，自越江渡钱塘，往返点笔无虚日，卷尾必以朱墨识之。于吴明卿若是，矧古贤吟稿乎？"②侯方域云："夫诗坏于钟、谭，今十人之中，亦有四五粗知者，不必更论，救钟、谭之失者，云间也……盖钟，谭所为诗，虫鸟之吟：云间所为诗，裘马之气。大段固自不同，要不能无过，后惟陈黄门(子龙)、李舍人(雯)力自矫克，归于大雅。"③直到康熙年间，黄昌衢犹云："大樽(陈子龙)奋起江左，寓内晓然。群奉黄门(陈子龙)诗派历数十年，风流未坠。"④可见陈子龙诗学影响之深远。

---

① (明)陈子龙著，王志英辑校：《陈子龙全集》之《安雅堂稿》卷十八《答胡学博》，第 1408 页。

② (清)朱彝尊：《静志居诗话》，第 642 页。

③ (清)侯方域：《与陈定生论诗书》，载《壮悔堂文集》卷三，载《四库禁毁丛书》集部第 51 册。

④ (清)黄昌衢：《藜照楼明二十四家诗定》康熙刻本。

# 第八章 结 论

在清代，官方禁毁与舆论钳制政策双管齐下，晚明文人长久被封埋于历史的尘埃之中，更遑论其文学、其诗学！本书所列晚明江南文学名流，从王世贞、焦竑、顾起元至冯梦祯、黄汝亨、朱国祯、董其昌、陈继儒、王穉登、赵宧光、顾宪成、张溥、陈子龙等，遭到"四库馆臣"逐一批判，① 其文集无不被打入另册，十之八

① 按：笔者考察一部《四库全书总目提要》，但觉晚明73年无一个真学者、无一个真文人。批判与詈骂俯拾皆是，聊选二三十例子，证明本人所言非诬。该书卷一二五子部三五杂家类存目二《焦弱侯问答》称焦竑"至崇扬墨，与孟子为难"、"颇以禅学讥之"甚至詈骂其"虽天地之大，无所不有，然不应妄诞至此也"。卷一百三十六称顾起元"其中旁及二氏，及参以怪异诡琐之事，嗜奇爱博，不免驳杂"。卷一九三称朱之蕃《盛明百家诗选》"其去取尤漫无持择，非善本也"。卷一七九集部三二称冯梦祯《快雪堂集》"所作皆喜于疏快，不以镂刻为工。而随意所如，无复古人矩矱矣"。卷一二八子部三八称朱国祯《涌幢小品》"贪多务得，使芜秽汩没其菁英，转有沙中金屑之憾"。卷一三四子部四四称周履靖《夷门广牍》"尤为乖舛……明季山人之窠臼，卷帙虽富，实无可采录"。卷一一四子部二四称李日华竹懒画媵"数首以外，语意略同。七律尤颓唐伤格"。卷六四史部二〇《礼白岳集》"终不出万历后纤巧之格"。四库馆臣尤其痛恨晚明小品，卷一九三《十六名家小品三十二卷》称：屠隆、徐渭、李维桢、董其昌、汤显祖、虞淳熙、黄汝亨、王思任、袁宏道、文翔凤、曹学佺、陈纪儒、袁中道、陈仁锡、钟惺、张鼐十六家"大抵轻佻猥薄，不出当时之习"。卷一二二子部三二杂家类六《雨航杂录》二卷，称冯时可等"隆、万之间，士大夫好为高论，故语录、说部往往滉漾自恣，不轨于正"。董其昌名著《画禅室随笔》"颇涉轻薄……盖其昌应举之文与陶望龄齐名，当时传诵，故不能忘其结习也……明季士大夫所见，往往如是，不足深诘。视为蜩螗之过耳可矣"。"赵宧光、陈继儒之类……不儒不释，强作清言，不出明季山人之窠臼"。周履靖"《夷门广牍》即其所编。盖亦赵宧光、陈继儒之流，明季所谓山人者也"。赵宧光"《长笺》穿凿附会，且引据疎舛，颇为小学家所讥"。王穉登《吴郡丹青志》"词皆纤佻，至以仇氏善画为'牝鸡之晨'，亦可谓不善数典矣"。对于清初文人评价极高的张溥和陈子龙亦苛责：张溥《汉魏六朝百三家集》"卷帙既繁，不免务得贪多，失于限断"。陈子龙《诗(转下页)

九付之一炬。清代学者有进而否定整个明代的倾向。据我们统计，《四库全书总目题要》中用到“明人”者有380多处，其中有300余条是不怀好意的，充斥着批判、诋毁甚至詈骂。①

(接上页)问略》“其说不主朱子《集传》，亦不甚主《毛诗》、《郑笺》……率以意为解，不必有据。观其自序，知其学从郝敬入也，宜其臆断矣”。顾宪成名著《小心斋搭记》批曰：“依草附木之徒，争相趋赴，均自目为清流。门户角争，递相胜败，党祸因之而大起。恩怨纠结，辗转报复，明遂以亡。虽宪成等主持清议，本无贻祸天下之心。而既已聚徒，则党类众而流品混。既已讲学，则议论多而是非生。其始不过一念之好名，其究也流弊所极，遂祸延宗社。《春秋》责备贤者，宪成等不能辞其咎也。”

① “明人凡刻古书，多以私意窜乱之，万历以后尤甚。”(《杨氏易传》)“明人之《易》，言数者入道家，言理者人释氏。”“明人经解空疏者多，弃短取长，不得已而思其次。”(《周易订诂》)“明人《易》解……特溺于河洛、反对之说，体例纠纷，未能尽除锢习。”(钱士升《周易揆》)“明人经解，冗滥居多。”(《尚书疑义》)“明人臆揣之习，所谓画蛇添足者。”(陆粲《左传附注》)“明人之说《春秋》……其为科举之计者，庸滥固不足言，其好持议论者，又因仍苛说，弥用推求，巧诋深文，争为刻酷，尤失笔削之微旨。”(王樵《春秋辑传》)“明人刊刻旧本，无不臆为窜乱者，其损益之源委，无从究诘。”(《六经图》)“明人说经者遂凭臆空谈，或荡轶于规距之外。国朝儒术昌明，士敦实学。”(《古经解钩沉》)“明人诸说，榛楛错陈，不免伤于芜杂。”(《四书说丛》)“明人妄行改窜，颠倒错落，全失其初，不止钱曾所举之一处。”(《方言》)“明人不尚确据而好作新论，其流弊往往如此也。”(张萱《汇雅》)史部总序：“明人皆好议论，议论异则门户分，门户分则朋党立，朋党立则恩怨结。恩怨既结，得志则排挤于朝廷，不得志则以笔墨相报复。其中是非颠倒，颇亦荧听。”“明人为最伙，其流毒天下亦至酷。”(张廷玉《明史》)“惟各条之末不疏明出何书,)明人之习，大都若是。”(《春秋别典》)“明人杜撰炫博之弊。”(《春秋战国异辞》)“明人又仇视元人，遂附合而盛传之。核以事实，渺无可据，实为荒诞之尤，非信史也。”(《庚申外史》)“明人学无根柢，而最好著书，尤好作私史。如……焦竑之《国史献征录》，卷帙最为浩博，而冗杂汜滥，不免多所抵牾。”(项笃寿《今献备遗》)“明人刻书好以意为刊削，新本既行，旧本渐泯，原书遂不可觏。”(《华阳国志》)“明人著书之疏漏往往如斯。”(《南诏事略》)“(语多鄙野，其文辞亦好刊削，字句往往不可句读。盖不能出)明人纤佻矫饰之习。”(《闽书》)“维桢所评，不出明人游谈之习，无足置论。”(李维桢《史通评释》)“明人议论大抵拉杂无绪……佻纤无可取。”(《尚论编》)“明人讲学之习，务以空谈相胜。”(《业儒臆说》)“明人积习，惟务自便其私，而置国事于不问。故己在事中，则攘功避过，以身之利害为可否，以心之爱憎为是非。己在事外，则嫉忌成功，恶人胜己，吠声结党。倡浮议以掣其肘。”(戚继光《纪效新书》)“明人传刻古书，无不窜乱脱漏者。”(《容斋随笔》)“明人掉弄笔墨之习。”(《说储》)“明人诡薄，好为大言以售欺。”(《金华子》)“明人挟持私见、曲相排抑。”(陈继儒《太平清话》)“明人著书，好夸博奥，一核其实，多属子虚。万历以后，风气类然。”(焦竑《庄子翼》)“明人乃惟以鄙俚相高，又乌知邵子哉!”(《击壤集》)

我们将清人对明人的指责分为五种：其一，刻意刊削、窜乱古书；其二，好持议论，庸妄空谈；其三，党同伐异，流毒后世；其四，狂禅小品，离经叛道；其五，空疏不学，学无根底。此五种现象，客观上说，在晚明群籍中有相当一部分是存在的，有些确实毫不可取，比如肆意刊削、点窜古人之书；互相标榜、言过其实等等。但是，有些指责明显是偏见，比如以小品文否定整个晚明文学，① 认为屠隆、徐渭、李维桢、董其昌、汤显祖、虞淳熙、黄汝亨、王思任、袁宏道、文翔凤、曹学佺、陈继儒、袁中道、陈仁锡、钟惺、张鼐十六家"大抵轻佻猥薄，不出当时之习"，② 因此将其书牍全部禁毁，则已然相当过分了。有些甚至是诋毁谩骂，比如说"明人空疏不学"。例如馆臣说：焦竑妄诞，不知天高地厚；顾起元偏好怪异诡琐之事；冯梦祯诗文无复古人矩矱；冯时可诗论滉漾自恣不轨于正；明代仅存的一部文字学巨著赵宧光《说文长笺》"穿凿附会，且引据疎舛，颇为小学家所讥"；被黄宗羲视为明儒正宗，且以"一堂师友、冷风热血、洗涤乾坤"的顾宪成，"其始不过一念之好名，其究也流弊所极，遂祸延宗社"……可谓极尽诋毁丑化之能事。对于四库馆臣这种行径，我们只能以一句杜诗回敬之："尔曹身与名俱灭，不废江河万古流！"

平心而论，在如何对待前人学术的问题上，我们应该持"敬慎"态度，尊敬其贡献、慎论其功过。此种态度，官方授意下的四库馆臣最为欠缺。尽管馆臣中也有少数人试图替焦竑等学者转圜，然而声音微弱。比如经学，《四库全书总目提要》称："汉儒考证之学……宋洪迈、王应麟诸人，明杨慎、焦竑诸人，国朝顾炎武、阎

① 四库馆臣评王世懋《经子臆解》："大抵自以己意推衍，无所考证发明，不脱明人语录之习。"评邓庆采《荔枝谱》："福业诸说，不脱明人小品习气。"评宋清臣《几上语》："以儒理附会之，词多俪偶。明人小品，滥觞于斯。"钱琦《测语》："是书乃其札记之语，不出明人小品之习。"评张应文《张氏藏书》："九种大抵不出明人小品之习气。"

② 《四库全书总目提要》卷一八三集部四六总集类存目三《十六名家小品三十二卷》。

若璩诸人，其尤著者也。”①四库馆臣亦有人承认清代小学与晚明遗老学术的血缘关系，以昆山顾氏为例：“盖(徐)乾学为顾炎武之甥，而阎若璩诸人亦多客其家。师友渊源，具有所自。”②众所周知，较为馆臣所尊敬的学者秀水朱彝尊、嘉定钱大昕等人亦与昆山徐氏一样，无不是继承晚明世家血脉、啜饮晚明学术母乳，才成就为博学之士的。

也正因为四库馆臣完全站在抹杀明代历史的官方立场上，其《四库全书总目提要》数典忘祖，因此越至近代，反对者越多，诚如余嘉锡先生所言：“闲尝论之，乾、嘉诸儒于《四库全书总目提要》不敢置一词，间有不满，微文讥刺而已。道、咸以来，信之者奉为三尺法，毁之者又颇过当。”③“百代兴亡朝复暮，江风吹倒前朝树。”(清吴敬梓《儒林外史》卷首词)晚清民国以降，晚明“小品”突然之间成为倒戈清代文学的一柄利刃；而尤其具有反讽意味的是，民国学者亦痛诋乾嘉学派，“逮至近代，高明之士，自持一家之说，与(四库总目)《提要》如冰炭之不相容，遂厌薄其书，漫以空言相诋毁”④。直到新中国成立，以文化部长郭沫若为代表的文人对清儒无不反感至极，称其“多数脱离实际，考据繁琐”，予以全盘否定。⑤

以上两千字，是本书作结论的前提，所以不得不辩明。我们并没有替晚明学者全盘翻案的意图，但是，至少本书所述焦竑以下二十余家，其著作在学术史上具有承前启后的重要价值，甚至我们今天一部分学术的辉煌，仍然站在晚明文人的肩膀上。这是我们不得不“翻案”的原因。举例为证：《文心雕龙》讫宋至明中叶已渐近绝

① 《四库全书总目提要》卷三三经部三十三五经总义类《经稗》。

② 《四库全书总目提要》卷一八三集部三六别集类存目一〇《憺园集》。

③ 余嘉锡：《四库提要辩证》之《序录》，中华书局1980年版，第48页。

④ 余嘉锡：《四库提要辩证》之《序录》，中华书局1980年版，第51、52页。

⑤ 郭良夫《词汇与词典》一书，徐庆凯《坚持辞书的科学性》提到：“郭沫若于1961年5月13日写信给(《辞海》)编辑部指出，在‘经学’下边，对乾嘉学派的总评：‘多数脱离实际，考据烦琐’，只这么两句否定语，把可以肯定的一方面完全抹煞了。”商务印书馆1990年版，第133页。

版，是杨慎及其后的晚明三十三家“元校者”从断简残版中接力补葺而成的，如果没有这次轰轰烈烈的“元校”活动，自清儒黄叔琳以来的一切“龙学”都是空谈。许慎《说文解字》一书濒于绝迹，仅靠赵宧光以皇室宋钞本刻印《说文长笺》才得以传承，倘无此书，清儒的一切“小学”将举步维艰。其余如焦竑经学、朱国祚史学、董其昌画学、陈继儒杂学、徐光启之农书、李时珍之医书、徐宏祖之游记、王士性之地志、李流芳之历学等，无不是清代学术的基石。

我们回到诗学本题上：从选本角度说，有了晚明乌程闵氏等刻钟惺所编《古诗归》、华亭唐汝谔《古诗解》、明末清初钱塘陈祚明《采菽堂古诗选》，才有沈德潜《古诗选》；有了华亭张之象《唐诗类苑》、海盐胡震亨《唐音统鉴》，才有清代的《御制全唐诗》……从思想角度说，王世贞、胡应麟启发了沈德潜等“格调派”思想；袁宏道等启发了袁枚等“性灵派”思想；陆时雍等启发了王士祯“神韵派”思想；顾起元、黄汝亨的“神理”说，与翁方纲“肌理”说相通……从人才角度说，吴伟业、钱谦益、侯方域皆复社孑遗；魏禧、汪琬、叶燮、朱彝尊、陈维崧，皆世家余脉……换一种口吻，毫不客气地说，清初诗学之辉煌，不过是晚明之延续而已，当晚明文化世家造就的人才在清中叶凋零，清代诗学之辉煌局面便一去不复返矣！清人又有何资格来指责其祖宗呢？

清初诗学集中国诗学之大成，其“四大说”(“神韵”、“格调”、“性灵”、“肌理”)代表了诗学理论之巅峰。我们在前文一再强调晚明便处于此诗学“四大说”之酝酿期，其未解决的问题，得到了清人较好的解决。那么，主要有哪些问题呢？我们从晚明江南诗学的三种矛盾中可见一斑。

## 第一节　晚明江南诗学的三种矛盾

晚明江南文士具有独立自主的世家文学传统，他们固守自己的苑囿，不愿意受外在的团体或流派的束缚。同时，吴越土风也使吴诗形成了其“清丽”或“清雅”、“婉丽”的地域风格特征，史称“吴歈”（一作“吴趋”），与来自于“齐鲁”或“楚”地诗风互相扞格，这两方面的原因，造成晚明江南诗学的地域保守性。晚明多元化的诗歌风气，又促使吴中士子先后笼罩在“后七子”、“公安竟陵”以及“云间派”的氛围中，其诗学是保持现状，还是寻求突变？种种矛盾困扰着他们。尽管江南文士与后七子派和公安竟陵派的主要成员有良好的私交，且经常在各种诗文赠序中表白各自的文学见解，但是他们更习惯于坚持主见，折中于后七子派与公安竟陵派之间。因此，无论是后七子派还是公安竟陵派诗风畅行天下，晚明江南诗学整体上始终处于首鼠两端的矛盾之中。这种状况的成因，我们拟从以下三方面说明之。

首先是城市的兼容性使然。

范金民等提出“江南城市群”的概念，颇有江南学术史的前瞻性眼光。① 前面已述：南京和苏州在经济和人口上均有超越北京的趋势，金陵、苏州、杭州成为全国的文化城市中心，连新兴的嘉定小城亦达到了三十万人口的规模。江南城市群集聚了大量人才，使其本地文士不自觉地充满了城市文化的自信感。太仓王世贞的口头禅是“吾苏第一”；杭州张瀚《松窗梦语》常提及“吾浙富厚”；王士性开谈即云“吾浙十一郡”如何如何；华亭陆深说，“吾松书法甲天下”……这种高度自信，即建立在人才鼎盛的基础上。仅以文学而言，江南士子以人才为借口笑傲文坛者比比皆是。比如叶梦珠《阅世编》卷八云：

> 启、祯之际，社稿盛行，主持文社者……吾松则有陈卧子子龙、夏彝仲允彝、彭燕又宾、徐闇公孚远、周勒卣立勋，皆

---

① 范金民说：“如果说，对于单个城市如上海、苏州、杭州等研究，广度和深度均日有进展，对于单个城市特别是大城市的研究还差强人意的话，那么对于江南城市群体的研究，似乎还未引起人们的注意，有关江南城市群体之间的联系，江南各个城市的区别与特点，江南城市群在江南社会经济中的作用与地位，江南城市群与其他地域城市群的异同等，均无专门的论述，至今还未见将明清江南城市作为一个整体或比较其异同的研究性论著。”见《1978—2008 明清江南史研究三十年》，上海古籍出版社 2010 年版。

望隆海内，名冠词坛。

正是在这样一个城市群的平台上，江南文士自信心高度膨胀，他们以其才情遍交天下文豪，在晚明文学场域的每一个方面都有其身影。以苏州文士为例：王穉登、张献翼等名士，既是王世贞所拉拢的“四十子”，又是袁宏道在吴县县令任上结识的好友，还是以长洲文徵明之门生为代表的吴门派（如周天球、赵宧光等）所笼络的重要成员。类似这种情况相当普遍。在江南文士的心目中，他们自认为是一个个文学优势群体。因此，有人提出后七子派、公安派、竟陵派在吴中横扫一切、江南文士均仰仗他们、以抬高自己的声望的看法，纯粹是想当然。

由于金陵和苏州成为文化中心，江南文士与后七子集团以及公安派均有密切的联系，这两大中心城市随着商品化思潮的冲击，变得具有超常的包容性和开放性，其文人的独立的宗派性特征远远不如弘治、正德、嘉靖、隆庆时期的苏州文苑那么明显。这种包容性与开放性，从江南文人群体的交际范围可以考见。晚明苏州文学世家，由于与王世贞等保持亲密的私交，总体倾向上是复古的、崇尚格调的；但他们同时受晚明苏杭金陵等城市开放风气的影响，接受了袁宏道等公安派的文学主张，因此又有了与前后七子不一样的诗学思想。这一种局面，在江南文学世家成员嬗递承传的过程中表现得较为充分。比如苏州王穉登、王留（字亦房）父子，海虞冯复京、冯班父子，钱塘卓明卿、卓发之叔侄，云间唐汝询、唐汝谔兄弟，昆山归子慕、归昌世父子，无锡顾宪成、顾与沐父子，归安茅坤、茅维父子，常熟赵用贤、赵琦美父子，海盐胡震亨、胡夏客父子，华亭冯时可、冯大受叔侄，无锡华善继、华允诚父子、华亭陆树声、陆彦章父子，昆山王临亨、王志坚父子，长兴丁应诏、丁元荐兄弟等，因为时代的关系，前者与“四王”集团亲近，稍微倾向于后七子派，后者与袁宏道、袁中道亲近，略靠近公安派。但从总体上说，他们与焦竑一样，既非后七子派，又非公安派。

其次是地域隐逸传统使然。

江南文士难以形成一种鲜明的、极端的诗学观，与吴地本身的隐逸传统有关。本书第一章已阐明：在苏州一带，士人建造、祭祀“三高祠”蔚然成风。晚明吴地诗人追求内心的清淡平和，他们或隐于官，或隐于市，对于所谓的“集团”或“流派”并不盲从。这一点，在王穉登父子与张献翼身上体现得尤为明显。《列朝诗集小传》称文待诏殁后，王弇州自恨少时与文徵明周旋，“而意殊不满，晚年为作传，可当一忏悔文”；而王穉登正是文氏延入的弟子，“吴门自文待诏殁后，风雅之道，未有所归，伯谷（王穉登）振华启秀、嘘枯吹生，擅词翰之席者三十余年”①。所以，王穉登亦不受王世贞笼络，不在其各种名目的“五子”之列。钱谦益又评价王穉登之子王留，称：“伯谷殁后，不得意于文职，肆力为歌诗。曲周刘敬仲、南阳马仲良最相矜重。仲良之持论，欲为调入于李、何、袁、钟之间，以才情风调，自树一帜，而独深推亦房，以为狎主齐盟无两子也。”②可见，王留亦不为钟、谭诗风所动。与此相似的还有张献翼，他与袁宏道也仅限于文字交，袁宏道《识张幼于箴铭后》感叹张献翼过于循规蹈矩，不受外界影响：“夫幼于氏淳谦周密，询询规矩，亦其天性然耳。若以此矜持守墨，事栉物比，目为极则，而叹古今高视阔步不矜细行之流，以为不必有，则是拘儒小夫，效颦学步之陋习耳。而以之美幼于，岂真知幼于者欤？”（《锦帆集》之二）所以，袁宏道在《张幼于》尺牍中，再次感叹张献翼并不具备袁氏所要求的狂飙突进式的癫狂精神，“不肖恨张幼于不颠狂耳，若实颠狂，将北面而事之，岂直与幼于为友哉”！可见吴中相当一部分隐逸文人，对待公安派还是敬而远之的。

再次是时代的禅悦风气使然。

随着晚明思想界的平衡被“阳明从祀孔庙”等事件打破，禅宗思想成为晚明文化界的润滑剂，各种门派皆可搁置争议，禅悦修身，也不利于形成鲜明统一的诗学思想。我们以金陵焦竑为典型来说明。焦竑与“西湖诗社”的冯梦祯、“松江派”董其昌、“后七子派”王世贞以及“公安派”袁宏道等文学家皆交游往还。焦竑与陶望

① （清）钱谦益：《列朝诗集小传》，第482页。
② （清）钱谦益：《列朝诗集小传》，第658页。

龄、冯梦祯为同年进士，且皆醉心于禅学；焦竑本人还是袁宏道的座师；焦竑状元及第后，与袁宏道之长兄袁宗道一起充任翰林院讲官，并共同与李贽相师友。这种以禅悦交游四方的格局，成就了其中立的诗学立场，形成了其多元化、开放化的诗学思想。李剑雄是这样评价的："焦竑主要是一位学者、思想家，在学术思想上是一位集大成者。在文学上，他具有特立独行的特点，不专门属于哪一个作家集团。既非唐宋派，也非公安派，他的文风，更接近于正统的唐宋古文的传统，然而在基本立场上，他是鲜明地站在反对文学拟古主义的作家这一边的。"①我们从积极的一面看，正如郭绍虞、李剑雄所指出的那样，焦竑即是后七子或唐宋派等复古诗派的改良者，又是公安派的先驱；从消极一面看，焦竑既没有明确地提出复古论、格调论，又与公安派保持距离，这种情况亦十分普遍。

出于以上原因，晚明江南诗学群体成员之间可谓"矛盾重重"而又相处如一。下面我们具体阐述之。相应而言，晚明江南诗学矛盾性的三种具体表现为：这些江南文士，既不同意后七子派的模拟复古，又不同意公安竟陵派刻意追新；既不愿受"格调派"的局限，又不愿走纯粹"神韵派"的路线；既宗初盛唐又不废晚唐风韵，既不满宋诗"八寸三分"的道学帽子，又嗜好宋诗的书卷气息。下面，我们从"复古与创新"、"格调与神韵"、"宗唐与宗宋"三个方面小结。

## 一、立场上：复古与创新

江南作为晚明诗学最为活跃的场域，后七子诗风的延宕以及公安派、竟陵派在全国的流行，都离不开江南文士的积极参与。但是，江南文士一方面有自我表达情韵的诗学意愿，一方面又身处复古思潮的背景下，这就造成了他们身上复古与创新的矛盾：当一种诗风流行之际，他们有心向往学习，但自身的个性以及地域归属感又太强烈，他们一直没能够将本地的"吴歈"风调与来自于"楚风"的公安派以及来自于"齐风"的后七子派成功融会，无论是处在复

① 李剑雄：《焦竑评传》，南京大学出版社 1998 年版，第 254 页。

古阵营中，还是处在自由创新的一派，都让他们感到别扭。由于参与“公安派”的江南文士队伍庞杂，姑置而不论，我们以江南文士与“后七子”的纠结关系说明之。

早在万历初，皇甫汸就有这种矛盾心态，他显然没有徐祯卿的才气，以“吴歈”而跻身“后七子”之列，因此一生求变，老无所成。钱谦益说：“子循(皇甫汸)与中表二黄(黄姬水、黄德水)称诗，掉鞅词苑五十余年。其在燕中，则有高叔嗣、王慎中……在留都，则有蔡汝楠、许谷、王廷斡、施峻、侯一元、中山徐京……本之二京，参之列国，江左、关洛、燕齐楚蜀之音，无所不备，变亦尽矣，心良苦矣。始而宗师少陵，惩拆洗之弊，则思追溯魏晋；既而含咀六朝，苦雕绘之穷，又旁搜李唐。当弘正之后，畅迪功之流风，矫北地之结习，二甫之于吾吴，可谓杰然者矣。司直早世，司勋穷老，皆不能与弇州争名。子循自评其诗，以谓吾与我周旋，久自成一家，尚不肯学步少陵，而不能不假灵于王、李。”①皇甫汸终其一生都在创新求变，一生皆在江左、关洛、燕、齐、楚、蜀地域诗风中历练。同样有独立创新精神但才情稍逊李(攀龙)、王(世贞)者还有昆山俞允文等。钱谦益说：“王元美与仲蔚(俞允文)交最善，列为‘广五子’之首，称其五言古诗，气调殊不卑，所乏精思耳。歌行绝句，如披沙拣金，往往见宝。又言其于今诗不满李于鳞，盖仲蔚之持论，不苟为同异如此。”②但是他们身处复古诗风的背景下，苦于找不到出路，其努力终淹没于后七子掀起的风涛之中，仅仅成为王世贞所列“四十子”或某五子之一而已。

常熟赵用贤、苏州刘凤、松江冯时可与皇甫汸、俞允文则正好相反，钱谦益说赵用贤“少年颇訾议弇州，晚而北面称弟子，弇州亦盛相推挹，为作续五子诗及之，而末五子居首焉。其四人则云杜李维桢、南乐魏允中、四明屠隆、金华胡应麟也”③。在赵用贤之后，从“吴歈”转向“后七子”王世贞门下者还有刘凤、冯时可等人。

① (清)钱谦益:《列朝诗集小传》，第414页。
② (清)钱谦益:《列朝诗集小传》，第439页。
③ (清)钱谦益:《列朝诗集小传》，第443页。

钱谦益评曰："子威(注：刘凤)局守于鳞'唐无古诗'一语，叹为知言，其诗襞积纂组，节节俱断，人之读者，茫然如堕云雾中，吴趋(注：即吴歈)土风清嘉，不意出此钝汉。所著《澹思》、《太霞》二集，类一时显名者序之，盛相扬许；而吴市卖卜人袁孟逸(景休)每向人抉摘其字句……盖草野之公论尚存，胜于士大夫曲徇多矣!""厥后有华亭冯时可者，字元成，万历间进士，官至副使，其学问尤为卑靡，踳驳补缀，刻集流传，吴中名士，循声赞诵，奉之坛坫之上，碑版志传，腾涌海内二十余年，少年诋呵弇州、太函献媚江陵之语，晚而以文佣乞，稍知文艺者，无不呕哕。"①

启祯年间，除了云间诸子崇尚复古、追步"后七子"，其诗学获得进展以外，王衡(1561—1609)、陈继儒、董斯张等崇尚创新，改良"吴歈"，创成所谓"吴下体"。虽然未能有所成就，但筚路蓝缕，启发了清初的"吴派"与"浙派"。钱谦益和朱彝尊的评价都有所保留，大概因为钱、朱与王衡、陈继儒等一派的诗学观点及其倾向均不一致(钱谦益倾向于"唐宋派"；而朱彝尊因年少就学于"云间派"，推崇后七子复古诗学，因此两人对此评价不够)。兹将他们点评王衡诗歌的观点并举如下：

> 辰玉少为诗，落笔数千言，已而多所持择，每一诗就，辄悄然不自得。其友唐叔达(即"四先生"之一的唐时升)规之曰："探珠于渊，探玉于山，夫何容易，子殆将进也。"②

> 高孩之(高出)云：辰玉诗，清新踔越，卒归诸雅……镲山才气无前，而韶年两相酬和者，不过陈仲醇一流。临终自讼曰：吾于诗，窥其藩而未造其域。可谓得失寸心知矣。惜也未尽其蕴。③

---

① (清)钱谦益：《列朝诗集小传》，第484页。

② (清)钱谦益：《列朝诗集小传》，第625页。

③ (清)朱彝尊：《静志居诗话》，第665页。

从钱谦益与朱彝尊的评价的一致性上看，一方面他们肯定了王衡、陈继儒诸子的诗思和才气，另一方面也断定了其局限性，他们的诗写得轻率流滑，不够含蓄蕴藉，从中我们可以窥见晚明吴中诗人群“创新”的困境。

类似的困境，在王衡的后辈、金坛(代表金陵诗人群)王彦泓(字次回，王樵之孙，1593—1642)和湖州董斯张身上也充分体现出来。前者因仿李商隐、韩偓诗作“香奁体”而成名,① 著有《疑雨集》；后者见本书第六章第三节。但因其自标性情、自高声气，当时并未形成较大影响。② 近年来，某些论著有抬高其成就的倾向，不仅耿传友、赵红娟等在为王、董撰写的专著中论述其文学领袖的地位，而且章培恒先生在其文学史新著中说：

> 公安派兴起以后，在很短的时间内。几乎风靡全国。继而竟陵派又取代公安，执文坛的牛耳。然而，在竟陵正盛之时，王彦泓异军突起，以其富于个性的诗歌，作出了自己的贡献。至崇祯十年(1637)，陈子龙对这两派公然起而排击。自此以后，明末的诗风就渐渐转变了。③

赵红娟引清代道光年间范锴《浔溪纪事诗》“群从风流奏雅音，一门诗派著南浔。芬陀利复罢花隐，又见香闺善静吟”，以此说明

---

① (清)袁枚：“香奁体至本朝王次回，可称绝调。”见《随园诗话》补遗卷一二。

② 清初钱谦益评价王彦泓“诗多艳体，格调似韩致光(按：即‘香奁体’作俑者韩偓)，他作无闻焉”，而朱彝尊《明诗综》仅有身份简介，说明王氏身后相当长时间都是寂寞无闻的。王氏《疑雨集》在康熙承平之际(1690年)翻刻，江南诗人侯文灿、严绳孙作序，影响始著。然而乾隆时期沈德潜的《国朝诗别裁》，不取王彦泓诗，袁枚对此意见颇大(袁枚以为王氏为清朝人)，写信质疑，王彦泓才逐渐为学界所重视。

③ 章培恒、骆玉明主编：《中国文学史新著》(下卷)，复旦大学出版社2007年版，第242页。

“董斯张是南浔诗派的开山祖”①。其实所谓“南浔诗派”，只是文人地方观念使然。范锴的本意是说，从明末的董斯张到道光年间的蒋敦复，② 南浔世家风雅未坠。对于晚明诗学史上是否存在“香奁体”诗派或“南浔诗派”，我们对此持保留意见。

## 二、观念上：格调与神韵

我们知道，整个明代都沉浸在复古的诗学风气中。自明中叶起，北方诗学推崇李杜高岑诗风，南方苏州文苑推崇陶韦王孟诗风，前者多重格调，后者多主神韵。这只是一种粗线条的勾勒，事实上，晚明江南诗学复杂细腻，远非此一两句所能概括。前后七子时代的徐祯卿、文徵明即如此。徐祯卿早逝，对晚明诗坛没有直接的影响，姑且不论；李日华就曾明确指出文徵明诗风的复杂性：

> 文衡老诗清姬婉约，弇州、历下诸公每以吴歈目之，然独施于登眺谳集，或稍涉轻缚流易耳。余见屠伯起所藏公书《文信公事》诗四首，不独忠愤激烈，耿耿有贯虹偃日之气，而语格亦多雄浑典硕，舍杜老未易窥者，乃知公养邃蓄深，盖难为垂绠也。③

可见，受徐祯卿的影响，文徵明大抵也很早就曾意识到“吴歈”的地域局限性，其诗也自觉地吸取了北方格调派的合理元素。晚明江南诗人既效法“格调”，又很谨慎地保持自身的“清韵”特质，此其诗歌的独立品格之一，他们往往折中于格调与神韵之间。这一点，在诗学理论上亦如此，他们认可北方“格调派”阳刚之美；但主要还是嗜好吴中“神韵”清婉之美。

---

① 赵红娟：《明清湖州董氏文学研究》，中国社会科学出版社 2011 年版，第 139 页。

② 其实，范锴借引蒋敦复的声望抬高南浔地位，本身就是个失误。蒋氏是上海宝山人，离浔溪尚隔百里。

③ (明)李日华：《六研斋笔记》卷一。

江南文士具有较强的应变能力，其创作随题材、地域、时代、社会风气的变化而变化，比如同在苏州，总体而言，吴门派诸子偏向拟陶渊明，松江派诸子偏向拟王摩诘，而复社诸子偏向拟杜子美。不仅如此，他们在诗学理论上亦“善变”，其诗文序总能投原作者之所好，没有鲜明的原则立场。倘使乞序的原作者偏向后七子，便称道其诗有格调；倘使原作者偏向公安或竟陵，便称其诗有性情。比如顾起元就是一个典型。他在赠湖州吴稼竳《游燕游草》中说：“其诗勃郁激昂，格高思沉，往往多燕赵感慨悲歌之气。”又在赠给江西郑子文(按：《白练裙》作者，与袁宏道相师友)《锦研斋次草》诗序中，声称“作者内激于志，外荡于物，志与物泊然相遭于标举兴会之时，而绮旎佚丽之形出焉。绮靡者，情之所自溢也，不绮靡不可以言情”。所以，很多江南文士的诗论，其立场是中立的，其外交是圆滑的，如焦竑、顾起元盘桓于王世贞与袁宏道之间，他们的“派别倾向”是绝不能断章取义的。

我们展开江南诗人“群体”研究的前提，是为重申其中大多数诗人提倡“清雅”的风格(参前文第五、六、七三章，此不赘)。但是这种“清雅”风格是有兼容性的。“清雅”本身既可以格调自高，又可以性情自居，犹如白水，加糖便甜、加盐便咸矣。惟其如此，格调派和神韵派皆可引之为同调。比如华察诗风便是“清雅”。格调派的王世贞既是华察的门生，又与华察结为儿女亲家，他强调华察诗“雅”的一面，称其诗有洗练之格，可比拟陶诗：“(公以)东璧兰台之撰，春容雅丽为宗；一壑三径之辞，简远玄淡为主。”①王氏又在其《翰林院侍读学士鸿山华公寿臧记》中说，“(公为诗)务汰其色泽而淘洗之，天骨自露，萧澹简远，冲融悠隽，出入彭泽、襄阳之间”②。清初王士祯亦言华察诗有“神韵”，强调其“清”的一面，并将之与孟浩然并提。其《带经堂诗话》云：“予题华子潜《岩居稿》

① 转引自焦竑：《国朝献征录》卷二十三载王世贞撰《翰林院侍读学士掌南京翰林院事奉训大夫华公察墓碑》，载《四库全书存目丛书》史部第101册，齐鲁书社1996年版，第198页。

② (明)焦竑：《国朝献征录》卷二十三，第199页。

曰：向尝与学子论诗云：工于五言，不必工于七言，工于古体，不必工于近体。观鸿山及唐《孟襄阳集》可悟。”可以说，晚明江南文人的创作或理论，直接成为清初“四大说”的素材，各取所需，这也和他们诗学自身的矛盾性相关。

### 三、对象上：宗唐与宗宋

随着后七子诗学的式微，江南文士“文必秦汉”、“诗必盛唐”的提法逐渐减少。万历初的江南文人论诗，仍然耻言“大历”以下。公安派兴起，随之吴中渐有元白体等流行，兼及苏(轼)、黄(庭坚)诗风。但从整体上看，江南诗人皆以唐诗为尊。以万历三十年(1602)李贽之死为标志，公安派没落、东林学派崛起，宋儒性理诗(即邵雍“击壤体”)悄然兴起，而此际复兴“唐诗学”面临人才匮乏的局面。李日华《恬致堂集》卷十五《项惟亨读选堂诗集序》指出：

> 自徐昌谷殁，而选诗之脉断矣。非选诗之脉断，而为选诗者之自断也。黄初、太始后，晚晋以冲玄异辙，齐梁以柔艳分镳。唐格卑卑，冲风英振，近临川汤先生曾一整辔，然亦患夫材巨而学博。材巨则要眇之音或惊镗鞳，学博则菁英之色或点尘芜，非不工为选，而求工选者之逾失之也。

在“唐格卑卑”的情形下，他们开始追寻宋人的“墨趣”，与公安派颂扬苏轼人格魅力不同，江南文士主要侧重发现苏轼等人的诗歌具有的这种文人逸趣。李日华说：“东坡竹石诗图‘神韵超逸’。”①“观东坡《前赤壁》真迹……岂公寓黄州，流落孤寂，酬应较简，故得卓竖神情，为此不朽妙艺耶？董玄宰云，‘此《赋》骚、雅之变，此书《兰亭》之变’，亦可谓善索意味矣。”②“僧惠崇，人

---

① (明)李日华：《味水轩日记》，第40页。
② (明)李日华：《味水轩日记》，第99页。

知其绘事精妙超凡，不知诗句亦清远，有冰雪松霞之韵。”①其余还有文与可、王安国、苏轼、蔡襄、晁补之等人诗二十余首，均见其《恬致堂诗话》中，其《紫桃轩杂缀》卷三亦称“文与可，世但称其墨竹擅千古之妙，然其词笔诡丽，亦非秦、黄以下人”，“补之字无咎，以苏黄党羽，为时宰翦落，故有怼语。补之学佛最有胜解，所著《鸡肋集》……奇丽精深”。文字与《恬致堂集》略同，可互为印证。除了李日华，冯梦祯、黄汝亨、董其昌、陈继儒等皆有从宋诗中钩沉文人意趣的爱好，各见诸其别集。

晚明诗人宗宋的“进路”，是由崇拜苏轼开启的；而苏轼诗风的盛行，又是由推崇“隐逸之宗”陶渊明、“禅宗”王维等发轫的。晚明江南士林推尊陶渊明，简直陷入一种“狂热”的场面，不仅人名、居所、园林冠以陶渊明的字号，而且举凡书法字画杂著皆嗜以陶渊明之事迹为题材，详见笔者所著拙文《晚明江南陶诗接受与诗风流变》中，限于篇幅，不赘证。而苏轼是第一个全面拟陶、尊陶的宋代诗人，爱屋及乌也被作为纯粹的隐者、达者。仅以《笠履图》为例：为东坡作笠履图，宋人已有之，始大兴于中晚明吴派，正、嘉之际唐寅、仇英皆有作，苏州都穆曾前往雍熙寺参观僧藏三幅小桢。② 1619年4月，金陵朱之蕃作《东坡笠履图》，今藏广东博物馆，同年中秋前一日复作此图，今藏故宫博物院，③ 并以一幅赠好友张京元。华亭陆树声的《清暑笔谈》也谈到他在礼部任上得到一幅此类图，跋四十字题赞。嘉兴李日华亦仿此例为冯梦祯作《笠履图》：“某伏策读书，千古所神奉为师者，曰东坡苏先生；当我世而北面步驱矩矱焉者，曰真实冯先生。”④可见江南士风所趋。

综上所述，我们从晚明文士推尊艺文的氛围中，以及从仰慕

① (明)李日华：《六研斋笔记》卷三。

② (明)都穆：《寓意编》，中华书局1985年版，第3页。

③ 刘九庵：《宋元明清书画家传世作品年表》，上海书画出版社1997年版，第305~306页。

④ (明)李日华：《恬致堂集》卷三十八《题真实先生笠履图》，载《四库禁毁书丛刊》集部第65册，第167页。

“陶渊明”进而仰慕“东坡”的过程中，① 已然窥见这种由全面模拟汉唐至宗宋的诗风转换痕迹。

## 第二节　晚明江南诗学的三种调和

诚如李圣华《晚明诗歌研究》所指出的那样，“是尊‘道’还是崇‘文’？守‘格’还是主‘情’？昵‘古’还是重‘今’？这三个问题成为晚明诗歌创作和理论的核心话题”②。晚明江南诗人较早意识到“后七子”摹古之弊，这一点，作为“后七子”领军人物的王世贞也有清醒的认识，因此他提出一系列融会调和主张，亦即其“调剂论”。比如日本学者松下忠认为：“李攀龙死后，四十五岁的王世贞代表古文辞派掌握文柄，在明末文坛的变动期为了统一文坛而主张‘调剂论’(暂称)。其调剂论通过种种词语表达了出来：……使用了‘衷之’、‘汰取’、‘调’、‘融’、‘折中’、‘谐’、‘斟酌’、‘折其衷’、‘兼之’等词语，表示了将对立的东西调整统一的意向。其中使用最多的是‘剂’这个词，所以我把它作为世贞诗文论的一个特色，暂称之为‘调剂论’。”③孙学堂在探讨王世贞后期的理论主张时，亦将“折中调剂”放在首位。④ 继王世贞之后的焦竑、顾起元、冯梦祯、李日华、董其昌等，无不主张博采众长、融会调剂；晚明江南诗学整体格局中，“调剂”始终是江南诗学理论的主

---

① 我们发现，万历前中期，江南文人一般将“陶韦王孟”放在一起表述。比如赵南星《杏石先生诗集序》：“先生声效为陶、韦，顾盼成王、孟，岂夫得之于天者哉？”但是，到了万历后期，许学夷、董其昌等找到了新的搭配：“陶、杜”(《诗源辩体》：其冲淡者遂为应物，宏大者即成子美也。人知陶、韦为一源，不知子美音调实与陶为一源也)与“陶、苏”(《画禅室随笔》卷一：“东坡像太白、渊明皆相似”)。

② 李圣华：《晚明诗歌研究·引言》，人民文学出版社 2002 年版。

③ (日)松下忠著，范建明译：《江户时代的诗风诗论：兼论明清三大诗论及其影响》，学苑出版社 2008 年版，第 755、756 页。

④ 孙学堂：《崇古理念的淡退——王世贞与十六世纪文学思想》，天津古籍出版社 2004 年版，第 204~207 页。

流思想之一。究其缘由，大概晚明江南文人正是在深刻反思后七子诗学与公安、竟陵诗学的成败得失基础上提出己见的。

换而言之：江南文士不管身在何种阵营、何种群体、何种流派，较少有走极端路线的，他们在创作上耐心尝试各种风格与体裁，在理论上则倾向于中庸之道。从王世贞到上述焦、顾、冯、李、陈、董诸学者，“博学会通”、中庸调和是其共性。比如复旦大学龙野硕士论文《顾起元及其诗文研究》一文认为，“顾氏诗文批评理论反对模拟、主张调和‘秦汉’与‘唐宋’派、‘师古’与‘师心’的矛盾，强调诗学取向的广博与汇通，与较前的前后七子、唐宋派及同时的公安派、稍后的竟陵派趋向于褊狭的理论相比，显得更为博大。体现出他在晚明诗学面临困境的现实下，对诗学理论与诗文批评作出调和，并探索新出路的努力与尝试”。

本节与上文三组矛盾(即立场上复古与创新之矛盾、观念上格调与神韵之矛盾、对象上宗唐与宗宋之矛盾)相照应，论证晚明江南诗人提出了三种主要的调和的途径。我们概括为：以博学调和古今；以艺术调和韵调；以情致调和唐宋。

## 一、以博学调和古今

杨慎(1488—1559，字用修)被贬云南、著书立说，因为地域偏远之故，其对江南文苑的影响在其身后的隆庆、万历年间始渐显著。江南文士以杨慎为榜样，崇尚博学。王世贞《艺苑卮言》、胡应麟《诗薮》中对“杨用修”的批驳不遗余力，但无可否认，杨慎在方法论上是其前驱，只是立场不同罢了。其后许学夷、陆时雍、胡震亨，无不博览群籍、会通诸家、调和古今，始成一家之言。值得一提的是，“博学”只是一种调和手段；因晚明江南诗论家立场的不同，形成了各地诗学群体不同的生新机制，江南各地诗学亦因“博学”而绽放出风采各异的奇葩。

以金陵焦竑为例。接绪杨慎抨击“后七子派”的学者是焦竑，详见本书第五章其诗论中，兹举大要说明。万历初，以焦竑为首的金陵文人群体博考群书，相继刊刻了《谢康乐集》、《陶渊明集》、《韦苏州集》。焦竑在万历十一年《谢康乐集·序》中，表达了他对

“后七子派”不屑于通读古人全集、领会古人精神，而斤斤于古人词句的不满。他说：

> 余观弘、正一二作者，类遗其情，而模古之词句，迨其下也，又模模之者之词句。本之不硕，而第繁其枝，欲其有可食之实，可匠之材，难矣！以彼知为诗，不知其所以诗也。

金陵文人“博学”的进路何在？换言而质之，焦竑所认可的古人精神、古诗精髓是什么呢？在为其好友王元坤所作《雅娱阁序》中，我们可窥见一斑：

> 德载豁楼藏书千卷，每篝灯展读，不夜分不休，故其原本山川，极命草木，能牢宠载籍之菁华，不为靡曼剽夺之语，虽其和平婉丽，温而不怒，而情之所寄深矣。

可见，以“博学”达到中庸之道，所谓“和平婉丽”之中有情之深寄，就是焦竑提出的调剂目的。同样的调剂论者还有屠隆、许学夷等。

松江青浦县令屠隆以及江阴(常州)许学夷则从批判李攀龙诗出发，认为综合李攀龙、王世贞之所长，方能有所建树。屠隆说：“于鳞诗丽而精，其失也狭；元美诗富而大，其失也杂。”(《鸿苞集·论诗文》)其实质旨在赞赏王世贞的“博学”，批评李攀龙的偏失。他在同王世贞交往的第一封信中就直言不讳：“于鳞标异……则六籍之粹白、汉诏诰之温厚、贾长沙之浩荡、六朝之丽语，不尽废乎？”(《由拳集·与王元美先生书》)许学夷则认为李攀龙并未通读古人全集，他说：“(傅玄乐府)……于鳞《诗删》录《惟汉行》，岂以鄙陋为古朴哉！”“余尝与黄介子伯仲言于鳞选唐诗似未睹诸家全集。”正因为李攀龙褊狭，故流弊甚大：“于鳞诗选，其害甚于中郎、伯敬，盖中郎、伯敬……其惑易除。于鳞似宗雅正，而实多谬戾，学者苟不觊诸家全集，不免终为所误耳。”(《诗源辩体》)屠隆、许学夷“博学”的目的地，分别是通往“富丽”和“雅正”的诗学理想之巅峰。

“博学”使江南诗人一定程度上也摆脱了公安、竟陵诗风的影响。比如常熟瞿汝稷“博学无所不窥，尤邃于内典，一时推为多闻总持万历间，任子有闻、元立与四明屠田叔。元立能作赋，而田叔尤以声律称云”①。常熟钱希言：“博览好学，刻意为声诗。王伯谷见其诗曰：‘后来第一流也。’力为延誉，遂有声诸公间。”②嘉定黄淳耀“精于《书》义，融会九经诸史，审择而出之……公诗坚厚无懦响，由不惑楚人之咻然也”③。就连竟陵主将谭元春也承认，江南不乏渊博之士，比如他读到宋懋澄《九籥集》后有诗赞叹：“俞君示我《九籥集》，恍从地底见峦岳。江南骨体伤秀媚，此君出语何渊博！”④正因为他们博通经史群籍，故不肯迎合俗流，既不同于后七子之机械摹古，又不同于公安派奇矫求新，他们追求以学问融会古今之长的理想途径，堪称“博古以通今”的典范。

## 二、以艺术调和韵调

晚明吴中诗、书、画合一的传统，是由文徵明奠定的。隆庆间，王世贞在《文先生传》中赞其一生功业：“学士大夫谓：‘文先生负大节，笃行君子，其经纬足以自表见，而惜其掩于艺。’夫艺诚无所重文先生，然文先生独能废艺乎哉？造物者不以星辰之贵而薄雨露，卒亦不以百谷之用而绝百卉，盖兼所重也……而环吴之里居者，润泽于先生之手几四十年。先生好为诗，传情而发，娟秀妍雅，出入柳柳州、白香山、苏端明诸公；丹青游戏，得象外理，置之赵吴兴、倪元镇、黄子久，坐不知所左右矣……吴中人于诗属徐祯卿、书属祝允明、画则唐寅伯虎，彼自以专技精诣哉，则皆文先生友也，而皆用前死，故不能当文先生。”⑤王世贞对文徵明之推崇，是发自内心的。在这篇序文里，他坦言自己曾经以“精于小

① （清）钱谦益：《列朝诗集小传》，第628页。

② （清）钱谦益：《列朝诗集小传》，第632页。

③ （清）钱谦益：《列朝诗集小传》，第726页。

④ （明）宋懋澄撰，王利器校：《九籥集》，中国社会科学出版社1984年版，第7页。

⑤ （明）王世贞：《弇州山人四部稿》卷八十三《文先生传》，载《文渊阁四库全书》集部第220册。

技”而看轻了文徵明；到了晚年，王世贞意识到艺术是相通的，“诗、书、画”的最高境界，皆是“得象外之理”。这不正是王世贞“调剂论”的宗旨所在么！

晚明文人标榜风气之盛，便是“吴派”文人亦不能幸免。比如万历十七年，松江太仆卿林景旸给同乡莫如忠作《行状》云：“（公之诗文）大都出入《左》、《国》秦汉，混然成一家言。其古诗抗步建安，近体长揖岑、孟，歌行藻饰隽永。风骨遒劲，便当鼓吹青莲（李白）。”①明眼人一看即知是谀墓之辞。莫如忠主要生活在嘉靖、隆庆时期，一生追随格调派，未能将其艺术精神融会到诗学中；其门生董其昌则可谓登堂入室了。朱彝尊认为，董其昌书画与赵孟頫相埒，而诗稍逊之，但均为一代宗师：“两公书画，差足相当，董诗差不如赵，鸥波之亭、戏鸿之堂，风流宏长，一也。”钱谦益则称董诗如赵孟頫一样，形成了流派风格：“董玄宰天姿高秀，书画妙天下，和易近人，不为崖岸。庸夫俗子皆得至其前……精赏鉴，通禅理，萧闲吐纳，终日无一俗语。米元章、赵子昂（赵孟頫）一流人也。”②

以上我们以“吴门派”、“松江派”领袖文徵明、董其昌之影响，说明书画艺术精神亦即一种“神韵”的实践活动，是可以调和、折中格调派，成为一种清新诗风的，前文李日华引文徵明《文信公诗》四首亦证明文徵明偶作格调派之诗，亦能雄浑慷慨、气贯长虹，皆源于其“养邃蓄深”之故。然而我们不得不承认，这种尝试只是偶然的、个别的现象；而晚明文学史上，像董其昌这么有艺术天分的人也毕竟少见。真正能够在诗学上明确提出神韵主张、在创作上蔚然深秀而成气象者，实在寥寥无几。像莫是龙、李日华、顾正谊、李流芳、文震亨等虽然具备艺术精神，然交游与阅历均远逊于董其昌，摆脱不了“吴歈”的地域局限，成就有限。比如张凤翼“诗宗老杜、王摩诘，然不求甚似”；③ 文震亨“风姿韵秀，诗画咸

① （清）钱谦益：《列朝诗集小传》，第526页。

② （清）钱谦益：《列朝诗集小传》，第634页。

③ （明）徐复祚：《花当阁丛谈》卷四《曲论》“张伯起”条，借月山房汇钞本。

有家风”;① 李日华之诗，“微尚纤艳，近家宴集语”;② 李流芳“书法归樵东坡，画出入元人，尤好吴仲奎(吴镇)，其于诗，信笔书写，天真烂然，其择持在斜川(苏过)、香山(白居易)之间”……③他们的努力，留待“娄东四王”(王时敏、王鉴、王翚、王原祁)之友、“山左二王”(王象春、王象晋)之孙王士祯去总结。④

## 三、以情致调和唐宋

我们发现，晚明江南文人探讨诗学，在其用于交涉的书信、序跋、墓志行状等文本中，都矢口一词地推尊唐音，可见一个朝代的风气皆如是。这并不是说他们不读宋人诗集，宋人集在晚明初亦有一定的市场，比如隆庆、万历年间，南阳李蓘编有《宋艺圃集》二十二卷，选二百八十余宋人之诗，王士祯《香祖笔记》曰：“隆庆初元，海内尊尚李、王之派，讳言宋诗。而于田独阐幽抉异，撰为此书，其学识有过人者。”以江南文士之博学，宋诗亦在经眼之列。焦竑《国史经籍志》就收录了大量的宋人诗集。那么，为什么明人拒绝宋诗呢？陈国球分析说，是因为“宋人主理不主调”。陈文新老师借引李东阳的话来说，“诗贵情思而轻事实”。宋诗重理性、写事实，与官方程朱之学相呼应，渐渐丧失其诗性特征，甚至出现了所谓“性理诗”，尤以邵雍“击壤体”最为著名。发展到明代中叶，又出现了“陈庄体”等性理诗派，破坏了诗的情韵和美感。⑤ 这种

① (明)徐复祚：《花当阁丛谈》卷四《曲论》，第658页。

② (清)朱彝尊：《静志居诗话》，第477页。

③ (清)钱谦益：《列朝诗集小传》，第582页。

④ 按：我们认为，王士祯的“神韵说”，一定程度上源自“娄东四王”的艺术精神的启发。兹录王原祁与王士祯的一段对话：“予难之曰：‘吾子于元推(倪)云林，于明推(董)文敏，彼二家者画家所谓逸品也，所云沉着痛快者安在?”给事(王原祁)笑曰：‘否，否，兄以为古淡幽远，而中实沉着痛快，此非流俗所知也。’”《带经堂诗话》卷三。王原祁为王锡爵玄孙、王衡曾孙、王时敏孙。

⑤ 陈国球：《明代复古派唐诗论研究》，北京大学出版社2007年版，第22~64页。

局面，到了万历中后期略有好转，不仅出现了容纳宋诗的公安派，而且“后七子派”的口径亦有松动。我们从卓明卿给冯大受的诗集序文中，可知一二。他说：

> 宋氏若庐陵(欧阳修)、洪州(黄庭坚)也，虽不得畅于格，而得畅于情与事。虽然，畅于理也，以子云之愈深愈晦，而退之之或离或合也，则又不进而濂洛紫阳之思；非谓进于格也，谓不为格。①

钱塘卓明卿虽然认为宋诗“未畅于格”，但是畅于情、事、理。这隐然透露出叶燮从“情、事、理”相合一的角度称扬宋诗的观点。而苏州赵宧光则提出了全然不同的格调论，他说：“何谓格？至处可转，至处可粘，粘断不移是也。何谓调？声出成喜，声出成悲，悲喜自生是也。”显然，这种“格调论”已融“情韵”于格调之中了。于是，在启祯年间多元化诗学格局中，出现了三种朝宋诗发展的利好趋势：其一，“后七子派”与“唐宋派”的追随者借鉴宋人的“情、事、理”。如冯时可赞赏朱熹、吕祖谦、李之纯之诗纯正高雅；而程嘉燧七古宗眉山、李长蘅之诗“持择在斜川、香山间”，对钱谦益有所启发，故《列朝诗集小传》盛誉之。其二，晚明东林文人群体崇尚宋诗理趣。比如叶廷秀写了《诗谭》二十二卷，可谓宋明性理诗的集大成之作，在明诗格局中亦能独成一派。其三，“吴派”文人群体以谈艺小札的方式推崇宋诗。尤其是在其日记笔乘中，不乏推崇宋元人之诗者。② 这种现象越近明末，表现越突出。考察这

① (明)卓明卿：《卓光禄集》卷五十三之六《冯咸甫素竹园集序》，载《四库全书存目丛书》集部，第158册。

② 笔者按：中晚明江南文士素有作日记的习惯，比如正德年间吴县都穆就曾作《使西日记》。但唯有晚明“日记”才蔚然成风，成为一种突出的文化现象，比如项鼎铉《呼桓日记》、李日华《味水轩日记》、孙奇逢《孙夏峰先生日谱》、文震孟《文文肃公日记》、毕自严《司徒恩遇日记》、祁彪佳《祁忠敏公日记》、叶绍袁《甲行日注》等。这些日记比较随心所欲，出于对宋版书或宋人画的喜爱，他们对宋诗有不同程度的兼涉。

些日记、笔乘等大多具有一个共同特征，那就是偏重于宋诗的文人趣味，这种趣味将书本知识与作家个人的性情统一起来，我们将之概括为“情致”。①

我们以冯梦祯、董斯张、李日华、董其昌对于苏轼诗的推崇为例，这些杭嘉与“浙派”文人，无不喜爱苏轼之人格性情、书画作品，习染渐多，亦奢谈苏诗。冯梦祯除了在《快雪堂日记》中记载其歆慕长公(苏轼)诸事，并与凌濛初编选《东陂禅喜集》，还给于见素写了一篇小传(均见本书第五章)曰：“长公于文好苏长公，于诗好陶渊明、邵康节，曰：‘此不当以声律求之。水声林影间，试一研诵，便觉天机激触，万虑都捐耳。’”董斯张在《书东坡放鱼倡和诗后》评曰：“东坡居士以慈悲心出奇崛手，活此鱼，复有此诗。此老人胸中无杀机，亦无此死句也。山谷是个中人，其赓什亦翛然可讽。”李日华说，“苏公之黄与惠，映带千古”；“秦观、张来、晁无咎辈之所切磋于眉山”，诗亦可观；文与可、僧惠崇“诗句清远”；张先“妙才情，年八十五，犹买妾，东坡赠诗曰‘诗人老去莺莺在’”。董其昌将苏轼诗话置于“神品”，将陶渊明诗、王维画置于“逸品”，虽认为天分不及，其才力亦可追，这也说明明人学习宋诗的态度在明末有所转变。

## 第三节　余　论

行文至此差可告一段落了。然而，笔者总觉得留下了不少遗憾，因为“晚明江南诗学”之论题尚有非常广阔的展望空间。我们以晚明江南世家及群体研究为出发点，实际上爬梳了晚明诗学的动态发展过程，只需将所涉范围稍作延展，即可称为晚明诗学史。比如加上公安派、竟陵派，再将宣城梅守箕、梅鼎祚、沈懋学以及歙

① 情致一词中西方皆通用。西方由黑格尔提出，指个体感性的心情与价值和理性观念互相渗透、达到特别微妙深邃的一种状态。宋诗中的文人趣味是一种理趣；而晚明文人在当时的开放风气中性情丰富，此两者的结合，与黑格尔所说的“情致”非常类似。

县汪道昆三兄弟直至桐城方以智、贵池吴应箕等一并圈入，加之江西临川汤显祖、鄞县屠隆、闽中曹学佺和徐𤊹及其表弟谢肇淛等，组成一个“大江南”诗学圈予以阐发，即有了晚明诗学八成的概貌。（参见本书附录）诚然，“江南诗学”有自身的规范性，有可望而不可即的领地，只好等他日另作弥补。晚明江南完全具备代表全国诗坛的资格，其原因有三：

其一，江南是晚明诗学活动的阵地。

苏州是晚明“后七子派”活动的主要场域，有王世贞笼络“四十子”及标榜各种名目的“五子”等行为可资证明。吴中也是公安竟陵逐鹿诗坛的活动中心。邱江宁认为，公安派兴起于万历二十三年袁宏道做吴县县令之际，“公安派的几大干将江盈科、陶望龄等以及董其昌、潘士藻、李流芳、潘之恒、方文僎、汤宾尹、钱谦益、郝之玺等大量影集附响者亦多为江南士人或居住江南者……公安派的重要言论、代表作的发表、刊刻亦在江南地区，并由江南地区向全国辐射”①。金陵还是汤显祖和曹学佺等新锐扩大影响、展示才华的舞台。尽管汤显祖以戏剧擅名文坛是其隐居临川以后的经历，但早先汤显祖即以时文和诗歌在南都获得了广泛的赞誉。汤显祖万历十一年进士及第，次年外迁就任南京太常博士，与金陵士子或官宦焦竑、臧懋循、梅鼎祚、费懋谦、邹迪光、邹元标等往还，南都八年奠定了其文坛新锐地位。曹学佺万历二十三年举进士，万历二十六年外调南京为官。陈超认为：“在南京任职的十年，是曹学佺人生、文学道路上的一个重要转折。终明一代，南京一直是文人士子多徜徉游访之地。在这里，曹学佺不仅见到不少故友，也结识了许多新知，与他们的交游为他后来执政理念的形成和文学成就的获得奠定了坚实的基础。当时与曹学佺交往密切者有叶向高、董应举、李贽和焦竑。”②除此之外，杭州一带是徽州文人东徙的主要寓居地，也是汪道昆与屠隆结社、交游频繁往来的场所。金陵、杭州的书

① 邱江宁：《明清江南消费文化与文体演变研究》，三联书店 2009 年版，第 5 页。

② 陈超：《曹学佺研究》，吉林人民出版社 2007 年版，第 288 页。

肆，是梅鼎祚、谢肇淛等展开售书活动的主渠道……以汪道昆等聚集“南屏社”为例，万历十一年，近六十岁的汪道昆开始频繁旅游江南，他先访太仓王世贞乞碑文，旋即“道出虎林，光禄卓明卿挟笑而迎之郊”，与结西湖“南屏社”，“四方之隽不期而集者十九人”①，其中包括鄞县屠隆、宣城沈懋学等，后来杭州知府喻均以及太仓王世贞等皆参与赓和，这充分说明杭州亦是江南诗学活动中心之一。

其二，江南是晚明诗学人才的摇篮。

首先我们必须辨明一个事实，明代在诗学上有所贡献者（以有诗文集存世为标准），百分之九十以上是有一定功名之人（起码是举人），那种纯粹的处士、布衣，除了极少数有官宦书商为之刻集，至今大多数已湮没无闻（偶有少数诗作、论诗文字见于他人集或选集中，其影响亦有限）。所以，我们大致可得出明代诗人基本出于科举人才的结论。从明代政治与科举文化制度对江南的限制以及晚明士人对此制度的僭越的对立角度，约略可知晚明江南人才的盛况。但由于中央政权对江南文士始终心存芥蒂，这种人才的优势在明代前中期并未在政界形成垄断的格局。明初朱元璋连订两条“祖制”：“户部官不得用浙江、江西、苏松人”，“户部吏不许用江浙苏松人”②。考其原因，主要有二：一是国家财税半出江南；二是江浙苏松（或谓“江南”）人才太盛，几乎占据了半个中央机构之名额，一旦与户部串通，后果不堪设想。发展到后来，晚明江浙文人固然未能操控政权，但实际上成为影响政治的一股重要势力。据王世贞统计，从永乐到万历180多年间，南直隶、江西、浙江三地出身的明代内阁辅臣皆高居首位。③ 这一局面至晚明尤为突出，造成江南人才充溢至馆阁、郎署、曹僚乃至胥吏的各个阶层。

晚明诗人有诗文别集者数千部，约略相当于明前中期的总和；这其中，江南八府刻集者尤多。兹引《千顷堂书目》所列晚明江南

① 徐朔方：《晚明曲家年谱》第3卷，浙江古籍出版社1993年版，第71页。

② 《万历会典》卷5，吏部四，选官；卷8，吏部七，吏役参拨。又见谢肇淛：《五杂俎》卷14，事部。

③ 王世贞：《弇山堂别集》卷四五《内阁辅臣表》。

诗人存集者为例(从万历元年算起)，除去方外和闺阁诗人(此二项基本为江南籍，无可比性)，晚明文人集目总共出现1087条，其中江南八府居然有602条，① 占总数的55.3%，明显超过了半数！这

① 《千顷堂书目》所列晚明诗人有集者如下：李应征、周从龙、姚舜牧、孙继皋、余孟麟、邹迪先、陈与郊、支大纶、韩子祁、许闻造、吴正儒、金九成、薛承勋、钱应晋、冯梦祯、王豫、顾绍芳、严一鹏、徐三重、马玉麟、朱廷益、吴安国、陈泰来、邹元标、沈自邠、冯大受、陈光赞、孙成名、姜士昌、顾宪成、董嗣成、沈尧中、沈子来、马维鸣、伍袁萃、臧懋循、于孔兼、何三畏、张应宿、朱国祚、岳元声、史孟麟、朱长春、虞淳熙、茅国缙、方应选、王尧封、唐文献、黄承玄、祝以豳、袁黄、钱士鳌、丁元荐、沈璜、潘大复、何淳之、顾允成、项良枋、陶涵中、李尚宾、焦竑、董其昌、高攀龙、陈所蕴、戈用泰、章士雅、姜志礼、郑明选、王士骐、钱养廉、叶茂才、何湛之、薛敷教、归子慕、许仲誉、顾天埈、王在晋、沈朝焕、范应宾、徐必达、岳和声、陈懿典、李日华、李名芳、沈潅、沈演、汤兆京、王士骕、朱之蕃、孙慎行、陈于廷、范允临、高承祚、贺灿然、沈琦、陆锡恩、杜士全、刘元珍、周元、刘覲文、林杞、胡震亨、顾起元、龚三益、黄汝亨、洪瞻祖、何栋如、沈孝征、吴文企、张履正、曹征庸、陈允升、许光祚、赵维寰、支如玉、冯元鉴、刘世教、王衡、睦石、项鼎铉、蔡善继、谭昌言、俞彦、孙光裕、姚履素、彭宗孟、茅瑞征、王继贤、赵士谔、徐祯稷、沈守正、卜二南、徐洌、张鼐、沈珣、来三聘、姚思仁、盛万年、陈舜仁、顾汝学、黄体仁、李流芳、冯伯禋、钱龙锡、许令典、刘锡玄、余大成、沈正宗、包汝楫、来斯行、吴之鲸、钱谦益、贺世寿、朱大启、尹嘉宾、王志坚、庄起元、贺万祚、丘履嘉、郭忠宁、孙元化、卓尔康、闻启祥、李衷纯、沈绍心、张世伟、王佐圣、俞琬纶、胡胤素、缪昌期、胡胤嘉、李继贞、王心一、陈元晖、陈祖苞、曹谷、崔培元、斐应旸、朱泰祯、潘曾纮、魏大中、李应升、虞廷陛、金丽兼、黄承昊、钱继登、臧照如、臧炅如、蒋友筠、彭汝谐、彭期生、申绍芳、瞿式耜、郑士奇、钱升西、沈德符、陈山毓、姚希孟、顾锡畴、陈万言、吴麟瑞、徐伯征、陆怀玉、高道素、李吴滋、张玮、瞿汝稷、王敬臣、邬佐卿、田艺衡、卞洪勋、卞洪载、吴稼竳、张龙德、姚以亨、钱允治、莫是龙、顾斗英、顾大韶、钱谦贞、文肇祉、文元发、文从龙、顾同应、黄祖儒、黄成儒、黄方儒、黄复儒、茅维、茅翁积、杜大成、丁雄飞、顾绍芾、赵隆美、赵琦美、曹随壹、沈懋嘉、冯大受、顾圣之、茅溱、周履靖、沈士皋、张所敬、莫叔明、张可大、李登、顾正谊、方登、孙桢、冒愈昌、钱希言、王元、包衡、李贞开、费朗、宁租武、薛文炳、华善继、华善述、陈尧德、高梦说、陈泰交、范明泰、项元汴、朱元弼、钱应晋、(转下页)

(接上页)冯伯礼、冯伯祯、来嘉谟、冯迁、叶之芳、柳应芳、安绍芳、盛时泰、盛敏耕、冯科、张名由、俞安期、陆弼、胡宗仁、邓钦文、吴大经、嵇元夫、沈瑞征、黄习远、李培、孙弘祖、孙愚公、沈木、胡碧霞、邓秉贞、王亹、赵云蒸、唐时升、娄坚、吴梦旸、范汭、吴鼎芳、沈野、石沆、徐允禄、徐应雷、董斯张、王伯稠、沈太洽、邵穆生、卓发之、乔一琦、顾大猷、胡梅、陆应旸、夏树芳、李如一、陈永年、胡夏客、张振渊、唐汝谔、唐汝询、王元坤、屠中孚、宋懋澄、郑龙采、丁永鉴、张次仲、钱千秋、钱嘉征、文震孟、陈仁锡、吴振缨、李之椿、吴麟征、徐石麒、陈瑄、郑鄤、卢象升、茅瑄征、郭绍仪、李模、陆澄原、叶绍袁、凌义渠、陈士奇、袁俨、张肯堂、侯峒曾、朱颜复、吴杉、魏学洢、王屋、赵宧光、朱鹭、徐弘泽、周应仪、张大复、祝守范、顾猷、张志远、殷仲春、黄光升、陆嘉颖、吴道山、周祯、吴为霖、陈士鹄、王彦泓、沈昭、朱廷旦、周拱辰、尹梦璧、徐汝晋、沈承、薛益、张采、周镳、葛征奇、李奇玉、王章、金铉、曹勋、冒起宗、阮元声、谭贞默、沈胤芳、魏冲、陆坦、徐柏龄、杨延枢、潘振、张溥、吴太冲、周灿、管正传、马世奇、曹宗璠、张明弼、李天植、谢遴、顾咸正、钱栴、祝渊、吴本泰、陆运昌、陈素、陈组绶、吴钟峦、陈龙正、王潢、徐之瑞、徐郴臣、钱继章、巢鸣盛、吴晋画、堵胤锡、陈子龙、钱棅、包尔庚、管正仪、金堡、朱朝瑛、高承埏、单恂、沈中柱、李公杜、黄周星、沈云祚、姚奇胤、陆培、陈瑚、朱一是、包捷、徐枋、眭明、谭贞良、彭长宜、魏学濂、赵庚、徐远、汪挺、刘曙节、许令瑜、温璜、黄淳耀、吴易、茅元仪、葛一龙、文震亨、归昌世、王廷宰、徐时勉、浦羲升、严炜、王时敏、申演芳、李自明、陈绍英、李士标、黄孔昭、朱茂时、朱茂晖、朱茂曙、朱茂曜、朱茂皖、朱茂晭、陈继儒、卜舜年、姚士粦、张屈、沈弘之、卓人月、项真、屠应韶、李翘、丘遂、沈章、陆寿国、沈嗣贞、李肇亨、骆云程、谭贞竑、吴天泰、吴麟、徐淮、徐仲选、严绍宗、曾元良、高秉渠、沈文辉、严焞、顾玘征、汤传楹、冯梦龙、项嘉谟、钱应金、张鹿征、张纪、陆琏、张文峙、艾容、陈懋仁、冯武、卜不矜、严书开、臧尔焕、臧尔炳、庄严、庄思、项德成、项道明、汪然明、黄毓祺、夏完淳、睦本、徐尔谷、孙淳、吴甑、顾梦麟、朱隗、陈梁、顾杲、冯延年、徐树丕、陈许廷、姚宗昌、潘一桂、严启隆、赵韩、葛云芝、周茂藻、夏缁、袁征、严调御、严武顺、严敕、叶襄、顾苓、金俊明、王光承、俞汝言、吴翎、黄子锡、韩绎祖、韩曾驹、冯融、李寅、侯泓、张僬、钟钦信、韩洽、沈祖孝、吴骐、朱鹤龄、归庄、陈二岛、徐晟、胡介、查嵩继、陆启浤、钱士馨、彭孙贻、吴谦牧、吴统持、金嗣荪、李标、沈起、吴系、吴振兰、吴重晖、吴如晦、徐白、顾有孝、周安、文楠、俞粲、汤祖佑、王鐕、潘章柽、祝洵、谈允谦、魏允楠、侯静、何述稷、金德开、奚涛、胡嗣瑛、戴长泛、温良、孙茂芝、陈祚明、韩纯玉、杨炤、孙一骝、王翃、夏锡祚、顾璞、沈自然、沈自友、徐韫奇、魏廷荐、徐开任、屠爌、董说。

难道不足以说明晚明江南诗人之兴盛么！

其三，江南是晚明诗学思想的酵母。

在晚明江南诗坛，古今之辨、格调性灵(或神韵)之别以及唐宋之争等问题的争论从来就未曾停止过。大体而言，经历了从复古到崇今，从格调到神韵，从一味宗初盛唐到全面宗唐、亦间或祧宋的过程，本书基本上沿着这条线索作了相关的梳理。我们认为，晚明江南文士极力调和种种矛盾且有所发展，为上述问题在清初的充分解决创造了条件。我们仅以晚明江南“古今之辨”来说明其诗学思想的交汇与变迁。

嘉靖以后，王学兴盛，与七子古学相对立，师今成为晚明诗坛的新潮，故而有公安派在吴中的崛起。其实，江南文士调和古今之辨，素有诗学渊源。在唐初，张若虚等便能改进宫体，以今人情语而尊古调；至中唐，彭城(今徐州)刘禹锡进一步提出“风雅体变而兴同，古今调殊而理冥，达于诗者能之。工生于才，达生于识，二者相为用，而后诗道备”的调和论，深为晚明江南文士推服，王世贞(包括其追随者胡应麟)、许学夷、冯复京、胡震亨等皆有引述。江南文士主张才情与学识不可偏废，学古与鉴今缺一不可。他们在创作上，从诗经与古诗、乐府等开始拟作，一直到近代民歌和艳词小曲，靡不涉猎；在理论上，沿袭从常熟吴讷(代表作《文章辨体》)、吴江徐师曾(1517—1580，代表作《文体明辨》)以来的传统，广泛而深入地开展“辨体”研究，直至江阴许学夷《诗源辩体》集成为“破三关”、“历十变”。此创作与理论两方面的结合，使得江南诗人在后七子或者公安派、竟陵派各种“偏执”或“片面”的诗风笼罩下，始终沿着正确的道路稳步推进。比如万历末年，常熟冯复京彻底打破了后七子派“诗必初盛唐”的坛坫，他说：“初盛有初盛之唐诗，以汉魏律之，愚也。中晚有中晚之唐诗，以初盛律之，亦愚也。凡今之人，守琅琊之《卮言》，尊新宁之《品汇》，习北海之《诗纪》，信济南之《选》、《删》，谓子美没而天下无诗，虽夜郎蛇汉、夏虫语冰，未足为喻也。吾书第八卷，尚守故说。天假吾年，庶有以新天下之闻见乎?”①与此同时，江南诗人对无人问津的宋诗畛域亦开始了破冰之旅。

晚明江南文士批评王、李、钟、谭总是含蓄而折中的，显然受到了当时交游环境的局限。但是到了明清鼎革之际，江南文士对此两派一味“摹古”与“师心自用”的极端皆同时进行了不遗余力的批判。清初长洲顾嗣立著《寒厅诗话》，首条即引宋荦、冯班的观点力辨王、李、钟、谭之片面：“西陂先生曰：‘李于鳞《唐诗选》，境隘而词肤，大类已陈之刍狗；钟、谭《诗归》，尖新诡僻，又似鬼窟中作活计。皆无足取！近日王阮亭《十种唐诗选》与《唐贤三昧集》……力挽尊宋、祧唐之习，良于风雅有裨。’……然王、李、钟、谭之谬，后人纷纷辨正，未若虞山冯定远先生之论，最为痛快。曰：‘王、李、李、何之论诗，如贵胄子弟，倚恃门阀，傲忽自大，时时不会人情。钟、谭如屠沽家儿，时有慧黠，异乎雅流。’”②冯班对王、李、钟、谭的批判以及建树“崇古”又变通的诗学思想，正是源于其父冯复京所传家学，代表了明清之际江南诗学发展的潮流。受江南文士的影响，王士祯(即上文王阮亭)亦“崇古”，他说：“六朝各有六朝之体格。谓六朝全不及唐者，大非。”③叶燮《原诗》几乎全面否定了晚明公安竟陵以“慧黠”而破坏“古雅”的做派。他认为：“明三百年间，王世贞、李攀龙辈盛鸣于嘉、隆时，终不如明初之高(启)、杨(基)、张(羽)、徐(贲)，犹得无毁于今日人之口也。钟惺、谭元春之矫异于末季，又不如王、李之犹可及于再世之余也。”④长洲沈德潜也说：“王、李既兴，辅翼之者，病在沿袭雷同；攻击之者，又病在翻新吊诡。一变为袁中郎兄弟之诙谐，再变为钟伯敬、谭友夏之僻涩，三变为陈仲醇、程

---

① (清)冯舒：《说诗补遗跋》，据说是冯复京临终口述。见《明诗话全编》第7册，第7316页。

② (清)王夫之等撰：《清诗话》，上海古籍出版社1999年版，第82页。

③ (清)王士祯：《师友传灯录》，载《清诗话》，第145页。

④ (清)叶燮：《原诗》，载《清诗话》，第583页。

梦阳之纤佻；回视嘉靖诸子，又古民之三疾矣。”①

清桐城派鲁九皋在总结中晚明诗学之际，正是从攻击王、李、钟、谭的立场上，来承认江南以及闽中等“中立派”诗人对于晚明诗学贡献的。他说：

> 明代诗家，最为总杂……自是(前后七子)以后，诗学日坏。隆、万之际，公安袁氏，继以竟陵钟氏、谭氏，《诗归》一出，海内翕然宗之，而三汉、六朝、四唐之风荡然矣。其间非无卓然不惑，如归季思子慕、高景逸攀龙、李伯远应征、区海目大相、谢在杭肇淛、曹能始学佺诸君子者，力持风气，然淫哇之教，浸人心术，论诗之害，未有烈于斯时者也。及陈卧子子龙奋臂大呼，少一转变，论者犹以其不离“七子”面目为憾。②

总之，晚明江南文人群体对于古今诗学流变的探索，打破了公安竟陵垄断的坛坫，直接启发了清代江左“三大家”(钱谦益、吴伟业、龚鼎孳)甚至“六大家”(宋琬、施闰章、吴兆骞或朱彝尊、王士祯、查慎行、赵执信)的诗学理论及创作，为开辟清诗发展创造了先决条件。正如郭曾忻论诗绝句第一首所云：

> 王李钟谭变已穷，岭南江左各宗风。六家诗继三家起，盛世元音便不同。③

在穷究王、李、钟、谭诗学变迁之际，清初的学者几乎无一例外地发现了这样一个真相：晚明江南诗人以其群体诗学势力，在破

---

① (清)沈德潜：《说诗晬语》，载《清诗话》，第549页。

② (清)鲁九皋：《诗学源流考》，载贾文昭编：《桐城派文论选》，中华书局2008年版，第143、144页。

③ 《杂题国朝名家诗集后》，转引自《论诗绝句一万首》第4册，人民出版社1991年版，第1481页。

除王、李摹古之弊与清算钟、谭奇矫求新之弊的同时，始终能“力持风气”之正，间接培养出清初“三大家”甚至“六大家”，为清诗的推陈出新作好了充分的铺垫。晚明江南文士的诗学贡献，毋庸置疑是巨大的；其诗学影响，亦是十分深远的。

# 附录　晚明大江以南诗学世家点将录(配论诗绝句)

## 说　明

一、首陈创作缘由："点将录"是一种严肃的学术体裁，又蕴含学林趣味，为了避免表格之枯燥，本附录采用之，此其一。"点将录"本自晚明兴起，肇始于天启四年(1624)冬月(《东林点将录》)，本附录评点彼时世家，可谓以彼之道还施彼身，沿用合适，此其二。"点将录"由依附于魏珰之文人韩敬或王绍徽造出，借以清洗东林党人，在历史上具有重大影响，形成一种文体，屡被后世学者采用，本附录一仍旧例，亦带有较强的学术诉求。此其三。

二、本点将录参考古人《列朝诗集小传》、《明诗综》、《明诗纪事》及今人《明诗话全编》、《全明诗话》、《明清江南著姓望族史》等名录，历时半载遴选而成。排名尽量以诗学实绩为秩序；由于笔者学力有限，不免出现一叶障目之处，敬请方正。

三、本点将录传记材料来自数千种媒介(古籍、书刊、网络等)，不便一一指陈出处，敬请谅解。因传记皆有剿袭字句之陈例，如有侵犯版权处，敬请指明，以便再稿修正。

四、每传后附论诗绝句，亦不乏学术先例。本为点缀，借以提神。如有不当，聊供一哂。

☆托塔天王晁盖　太仓王氏

王世贞、王世懋、王士骐、王时敏

王世贞(1526—1590)，字元美，号凤洲，又号弇州山人，江苏太仓人，"后七子"领袖之一。嘉靖二十六年(1547)进士，官刑部主事，迁刑部尚书，移疾归，卒赠太子少保。好为古诗文，始与李攀龙主文盟，攀龙死，独操文柄二十年。虽仍主张文必秦汉，诗必盛唐，然其持论不似攀龙之偏激，强调博采众长。著有《弇山堂别集》、《弇州山人四部稿》等。所编《明诗评》四卷、《艺苑卮言》八卷等，因其著述卷帙浩繁，后人选辑有《国朝诗评》、《全唐诗说》、《卮言倪》一卷本行世。

王世懋(1536—1588)，字敬美，别号麟州，时称少美，嘉靖进士，累官至太常少卿。好学善诗文，著述颇富，而才气名声亚于其兄。世懋名列明代后七子复古格调派，然亦被视为“格调派的转变者”。究其所反映的主性情、求变化、倡独创、重神韵等诗学主旨，已超出后七子派“格调派”之苑囿，而与其后的公安派及清代“性灵派”诗学观相通。著有《艺圃撷余》一卷，共计三十四则。

王士骐，生卒年不详，字冈伯，世贞子。万历十七年(1589)进士。曾任礼部仪制主事，吏部稽勋员外郎，兵部主事等官。坐妖书逮狱，削籍。屡荐不起。任兵部主事时，采明倭寇侵扰事迹，编撰《驭倭录》等。著有《晋史》、《四侯传》、《醉花庵诗选》五卷等。

王时敏(1592—　)，字烟客。王世贞孙。清代著名画家，传略。

清河诗说：

太仓双美善言诗，艺苑撷余相忘机。
天剑干莫震宇内，燃犀一指是宗师。

### 1. 天魁星呼保义宋江　公安三袁
### 袁宗道、袁宏道、袁中道

袁宗道(1560—1600)，字伯修，号玉蟠，又号石浦。湖广公安人。万历十四年(1586)会试第一(“会元”)，选庶吉士，授编修，官至右庶子。“公安派”发起者和领袖之一，与弟宏道、中道并称“三袁”。伯修推崇苏轼、白居易淡雅诗风，以“白、苏”名其斋其集，著有《白苏斋集》传世。

袁宏道(1568—1610)，字中郎，号石公，袁宗道二弟。万历二十年(1592)进士，选吴县令，官吏部郎中。针对文坛“剽窃成风，众口一响”的现象提出尖锐的批评，极力反对句拟字摹、食古不化倾向，主张“信腔信口，皆成律度”，提倡“独抒性灵，不拘格套”，反对格调的束缚，从而使晚明诗歌走向从“格调”一派渐变为“性灵”一派，对晚明诗学产生了重大影响。著有《袁宏道集》。

袁中道(1575—1630)，字小修，一作少修，袁宗道三弟。万历四十四年(1616)进士，授徽州府教授，官至吏部郎中。与其兄宗道、宏道并称“三袁”，其成就略次于宏道。其诗文主张性灵，强调诗写性情，“性情之发，无所不吐，其势必互异而趋俚，趋于俚又变矣”(袁中道《花雪赋引》)。著有《珂雪斋集》二十卷、《袁小修日记》二十卷。

清河诗说：

三修论剑创心宗，独辟性灵海内雄。
本色真情格调变，神州耳目一新中。

## 2. 天罡星玉麒麟卢俊义　华亭陈氏
## 陈所闻、陈子龙

陈所闻(1597—1637)，字无声。南直隶松江府华亭人，陈子龙之父。万历四十七年(1619)进士。先为刑部主事，官至工部主事。在任间秉持朝纲，制约宦官扰政。崇祯十年(1637)，与给事中万爆一起检举揭发太监之罪行，而万爆竟遭杖刑死。在松丁忧的陈所闻痛不欲生，忧愤而卒，年仅四十一岁。

陈子龙(1608—1647)，初名介，字卧子、懋中、人中，号大樽、海士、轶符等。崇祯三年(1630)与夏允彝同举应天府乡试，崇祯十年(1637)进士，曾任绍兴推官，论功擢兵科给事中，命甫下而明亡。清兵陷南京，举太湖义师抗清，事败后被捕，投水殉国。他是明末重要作家，诗歌成就较高，诗风或典雅华丽，或悲壮苍凉，被公认为“明诗殿军”。著有《皇明诗选》十三卷，论诗强调复古，有“风雅之旨”。

清河诗说：

子龙父子竟英雄，三士逡巡类转蓬。
大雅回归古道日，机云亭上已秋风。

## 3. 天机星智多星吴用　竟陵钟氏
## 钟惺、钟佺

钟惺(1574—1624)，字伯敬，一作景伯，号退谷、止公居士，湖广竟陵人。出生文学世家，父钟一贯任武进学训。万历三十八年(1610)中进士，授行人。万历四十三年(1615)，赴贵州主持乡试。后迁工部主事，又由北京南调，任南礼部祭祠司主事，迁南礼部仪制司郎中。为人严冷，不喜接俗客，由此得谢人事，研读史书。撰成《史怀》一书。天启初年，升任福建提学佥事，在闽中仍倡幽峭诗风，并且参以禅旨，有“诗妖”之名。江南苏州张泽、无锡华淑，闽人蔡复一等，倾心附和，奉之为“深幽孤峭之宗”。不久，因丧父回家守制，于天启五年(1625)病逝于家。著有《隐秀轩集》。

钟佺(1576？—1615？)，生平事迹不详，钟惺从弟，万历壬子年(1612)钟惺曾与之于竟陵皂市山居读书，与来访之谭元春、林古度、商家梅住读，共论诗艺。甲寅(1614)曾与钟惺共访谭友夏于寒河居，不久病卒。有诗名，钟惺曾诫之“慧处勿纤，幻处勿离，清处勿薄”。

清河诗说：

诗归竟噪大江南，单绪幽情作郑笺。
可叹践行非理论，不合昔日告钟佺。

## 4. 天闲星入云龙公孙胜　新安三汪
## 汪道昆、汪道会、汪道贯

汪道昆(1525—1593)，又名汪守昆，初字玉卿，改字伯玉，号南溟，又号太函。徽州歙县人，“后五子”之一。嘉靖二十六年(1547)进士，初任义乌知县，历官武选司署郎中事员外郎，襄阳知府，福建按察使，因故居家，从弟道会与山人郭第、陆弼、顾圣少往来酬唱，率新安诗人结“丰干社”。后擢升郧阳、湖广巡抚等职，仕终兵部左侍郎。万历七年，被张居正作为“当道芝兰”驱逐，乃致仕，于次年结白榆社，入社21人为一时诗家名流，如龙膺、屠隆、李维桢、吕玉绳、胡应麟、梅鼎祚、潘之恒等。与王世贞并称“南北两司马”。为文简而有法，作诗风骨俱佳，有《太函集》一百二十卷，收诗十二卷凡1520首，著述之丰，称冠一时，开创了“新安诗派”。

汪道会，字仲嘉，诸生。道昆从弟。道昆卒，与潘之恒交最密。为新安诗派的重要人物，曾与汪道昆、卓明卿、屠隆等在杭州共举“南屏社”。著有《小山楼稿》，辑有《泛舟诗》一卷。

汪道贯(1543—1591)，字仲淹，汪道昆之弟。与汪道昆一起组织丰干社、白榆社，广交后七子诗人。诗法汪道昆。与道昆、从兄道会称“三汪”。王世贞《题汪仲淹新集后》：“其为古文辞，雄爽有调，而或不免士衡之芜。余每一规之，辄一小异。今年与李本宁、来不疑自谼中来，则恂恂长者。已而尽出新篇，读之，沉着温茂，一倡三叹，有余音矣。”有《汪次公集》。

清河诗说：

三汪简古士称能，结社白榆尊老翁。

繁浩太涵百廿卷，新安一派颂诗名。

### 5. 天勇星大刀关胜　宣城梅氏

#### 梅守箕、梅鼎祚、梅蕃祚、梅嘉祚、梅台祚、梅咸祚、梅国祚、梅膺祚

梅守箕，生卒年不详，字季豹，号文岳。出生于宣城文学世家，祖上为梅尧臣，宋诗开创者之一。七岁就塾，九岁能文，十四补博士弟子，甫弱冠即以骚赋名家，数千言援笔立就。诗文追摹秦汉盛唐，睥睨一世，不屑经生举子业。王世贞、茅坤诸先辈交相推服，坛坫风雅，惜英年早逝。著作极富，然生平疏放，散佚居多，仅存《居诸集》、《居诸二集》行世。

梅鼎祚(1549—1615)，字禹金，号无求居士、胜乐道人，宣城(今属安徽)人。梅守箕从子。其父梅守德为嘉靖间进士，而从叔守相、守和、守峻、从弟梅鹍祚均为万历间进士。自幼笃志好学，饮食寝处均不废书。10岁随父至金陵，受诗人陈鹤、王寅点拨。16岁廪诸生，诗文名扬江南。24岁集成宣城诗集《苑雅》。然命途偃蹇，1568—1592年九试均未中举。青年时代善交游，与汤显祖为莫逆交，擅长诗文古词，所作“骨立苍然，气纯而正，声铿以平，思丽而雅”。士大夫皆好之，有“诗文清雅”之誉。著有《鹿裘石室集》六十五卷，编有《八代诗乘》四十五卷。

梅蕃祚，字子马，宣城人，梅鼎祚从弟，国子监生。以文事侠气游公卿间，既屈首为簿，毅然自好，绝异鸡群。日尝雅坐，与文人接论。初迁宁乡主簿，官署县事疆正不苟，当事咸称梅簿才。后任滋阳县丞，曾督木北上，袁中郎为赋《督木行》，见其集中。卒以忤时官，罢去。公安派重要诗人之一，《八代诗乘》重要校阅者之一。著有《涉江草》，今存。

梅嘉祚，梅蕃祚从弟，字锡于；梅台祚，字泰符；梅咸祚，字景灵；梅国祚，字景灵。生平事迹均不详，或参与《八代诗乘》部分校阅工作。梅膺祚，字诞生，著名文字学家，著有《字汇》。

清河诗说：

宣城遍地绽梅花，三两枝头并蒂夸。
八代诗乘扛鼎作，尧臣后裔谱芳华。

### 6. 天雄星豹子头林冲　临川汤氏
### 汤显祖、汤儒祖等

汤显祖(1550—1616)，字义仍，号海若、若士、清远道人，江西临川人。万历十一年(1583)中进士，任南太常寺博士、南礼部主事，因弹劾申时行，降为徐闻典史，后调任浙江遂昌知县，又因不附权贵而免官，乃退居“玉茗堂”，以文为戏。曾从学于罗汝芳，又受李贽思想之影响。著有《玉茗堂全集》四卷、《红泉逸草》一卷，《问棘邮草》二卷。论诗别开主情(“神韵”)一派，崇尚任性天真，所谓“文章之妙不在步趋形似之间。自然灵气，恍惚而来，不思而至。怪怪奇奇，莫可名状”(《合奇序》)。其诗以清劲孤秀著称，清代王士祯认为，“万历以下，如汤义仍(显祖)、曹能始(学佺)，不愧作者”(按：曹学佺无世家背景，故不录)。

汤儒祖，字纯前，汤尚贤次子，明神宗万历年选举贡监，授太常博士，文才出众有声士林，生彭年、维岳、维岱三子，皆有文名。

汤凤祖，字义庭，又称汤奉祖，汤尚贤三子，明神宗万历年选举贡监，授太常博士，生历年、京年、嘉年、振年、松年五子。

汤寿祖，又称汤会祖，汤尚贤四子，明神宗万历年选举贡监，授太常博士。

汤良祖，汤尚贤五子。其事迹不详。

汤寅祖，字义仍，汤尚贤六子，明神宗万历年乡试中举人，诰封太常博士，其文才敏捷犹如其长兄。

清河诗说：

六龙耀祖有诗名，四梦临川汤义仍。
涂抹弇州英气壮，洛阳纸贵牡丹亭。

### 7. 天猛星霹雳火秦明　京山李氏
### 李淑、李维桢、李维极等

李淑(1517—1581)，字师孟，号五华山人，嘉靖二十九年(1550)进士。官至中奉大夫，转广西等处承宣布政使司，以广西右布政使致仕。王世贞《弇州续稿》卷九七有其墓志铭，对其褒奖甚隆，中间有“惟楚有材”之说，今流布为成语。

李维桢(1547—1626)，字本宁，李淑长子，隆庆二年(1568)进士，由庶吉士授编修。博闻强记，与同馆许国齐名，馆中为之语云："记不得，问老许；做不得，问小李。"万历三年(1576)外放陕西参议，迁提学副使，历河南、江西、四川参政，进浙江按察使。累官南京礼部右侍郎，进尚书，浮沉外僚几三十年。天启初，以布政使告老归，年七十余。曾被召修《神宗实录》。李维桢是明代著名文学家，列名"末五子"，是继王世贞、汪道昆之后的七子派盟主，著有《大泌山房集》一百三十四卷。

李维极，生平不详，李维桢二弟，字会轩，曾任南国子监学录，《明史》列传第一百四十郭正域传下，曾记其痛殴李成梁诸孙之事。三弟维朴，字介轩。四弟维标，字德轩。此二子不详，大概皆曾捐贡生，作过学官。五弟维楫，字用轩，以例授武英殿中书，与钟惺为莫逆之交。京山李氏"父子兄弟连登科甲，入翰苑，司文衡"(《京山县志》)。

清河诗说：

江陵逝后属京山，惟楚有材自此延。
风雅原出七五子，竟陵一派已开先。

8. 天威星双鞭呼延灼　会稽二陶

陶望龄、陶奭龄

陶望龄(1552—1609)，字周望，号石篑，会稽人。南礼部尚书陶承学之三子，榜眼陶大临之侄。万历十七年(1589)会元，殿试一甲探花，授翰林院编修，起国子祭酒。以母老乞终养，母丧遘疾而卒。谥文简。以讲学闻名。在词坛，与同官焦竑、袁宗道、黄辉讲性命之学，精研内典。性悦慈湖、阳明、龙溪、近溪之书。周望于诗，独好其乡人徐渭。万历中，能汰除王、李结习，以清新自持者，以馆阁中黄平倩(黄辉)、陶周望为眉目，是"公安派"重要作家之一。有《解庄》十二卷，《天水阁集》十三卷、《歇庵集》二十卷传世。

陶奭龄(1571—1640)，字君奭，一字公望，号石梁，又号小柴桑老，与其兄陶望龄并称"二陶"。万历三十一年(1603)举人，授建德教谕，改吴宁知县，见学政废弛，作正俗训，饬诸生遵守，官至肇庆司理，晋升济宁太守，后辞归里，与其兄讲学白马山，而声闻耸动天下。其学术亦颇杂于禅学。著有《小柴桑諵諵录》。

清河诗说：

公安风气望龄开，大会诸侯勾践来。
拔得文长舌剑在，首屈一指会元才。

### 9. 天英星小李广花荣　兰溪胡氏
胡僖、胡应麟

胡僖，生平不详。浙江金华府兰溪县人。精通医术，“总角则已悉读素问、灵枢、金匮等，穷其说”(吴晗《胡应麟年谱》，下同)，善作文，且文辞优美。嘉靖二十九年(1550)乙未科举人，又于三十九年(1560)考中进士。历官云南提学佥事。曾任观察使，长期宦游，“北下钱唐，浮震泽并吴会金陵，东走青徐齐鲁境，逾赵入燕，悲歌蓟门易水间”，其子胡应麟皆与从，遍识后七子派诗学名流。

胡应麟(1551—1602)，字元瑞，又字明瑞，自号少室山人，又号石羊生，僖之子。万历四年(1576)举于乡，久不第，筑室山中，购书四万余卷，闭门读之。手自编次，多所撰著。与“后七子”首领王世贞等交往，被列为“末五子”之一。著有《诗薮》、《艺林学山》、《少室山房笔丛》、《少室山房类稿》等，今并存于世。其诗论受王世贞影响较深，《四库全书总目提要》说他“所作《诗薮》，类皆附合世贞《艺苑卮言》”，然有关文学发展变化等观点，或有胜于王世贞。

清河诗说：

金华文脉宋元日，诗道复兴明末时。
接续弇州号五子，公推元瑞最知诗。

### 10. 天贵星小旋风柴进　仁和卓氏
卓显卿、卓明卿、卓尔康、卓发之、卓人月、卓回

卓显卿(生卒年不详)，一名据，字襄野，号寓庸，别号入斋。倡明经学，士林响应。子左车，孙珂月，家学相传，并以明经闻。曾孙亮庵，才名尤著，署其祠曰“传经堂”。

卓明卿(1538—1597)，字澄甫，号月波，杭州塘栖镇人。少薄章句，与豪子弟学骑射剑术，为太学生时，因赋《桃溪书屋诗》出名。万历中任光禄寺

署正。好诗弥笃，所交倾海内豪杰，是明代文坛“后七子派”重要成员。万历十一年(1583)，与汪道昆、戚继光等成立“西湖秋社”，后为“南屏社”主持。著有《卓光禄集》、《文集》、《三山游稿》、《北游稿》等书，皆行于世。尝窃取张之象之《唐诗类苑》代为刊行。四库馆臣评价说，卓明卿尝攘张之象《唐诗类苑》刊行，则“是说似亦有据矣”(《四库全书总目提要》卷一三八)。

卓尔康(1570—1644)，字去病，号农山，卓明卿之子，万历四十年壬子举人，为大同谏官，历官工部屯田司郎中、两淮盐运通判，罢官。明亡，悲愤卒。钱谦益为作墓志铭。著有《诗学》四十卷。

卓发之，一名能儒，字左车，一字无量，号莲旬，卓显卿之子。一生踯躅科场，仅得副贡荣身，与汤显祖、焦竑、顾宪成、高攀龙、钱谦益、陈继儒、董其昌、袁宏道、袁中道、冯梦祯、黄汝亨、钟惺、谭元春、释紫柏、憨山等众多明末著名文学家和复社人物均有交游，著有《水一方诗草》、《漉篱集》、《今文线》、《经世略》等。崇祯刊本《漉篱集》二十五卷(其中诗六卷)、《遗集》一卷，以“书中多悖妄之词”在乾隆间遭禁毁，其人遂湮没无闻。

卓人月(1606—1656)，字珂月，号蕊渊，别署江南月中人，卓发之长子。崇祯八年(1635)贡生，曾寓居涌金门黄家庄，与黄宗羲诗酒相契。富才情，诗文词曲兼擅。早年撰千字《大人颂》，被誉为稳帖奇肆。与孟称舜、袁于令、徐士俊最为交善。曾与徐士俊合编《古今词统》。明亡，乡居教授以终。卓氏三代文脉至此而绝，朱谦之《南雷学案》评价说：“先生固钱塘望族，而劫后萧然。”

卓回(生卒年不详)，字方水，号休园，卓发之次子，卓人月弟。明崇祯贡生。少聪慧，十岁能文，十四岁善诗赋，与兄人月并工词学，才冠一时。曾与周在浚合编《古今词汇》。明亡后，家道衰落，为生计所迫，卖掉卓氏“东园”，以布衣终老，杜门吟咏，著有《东皋集》。

清河诗说：

一门风雅重南屏，三代诗坛皆主盟。
类苑剿袭终不齿，糊名明史有先征。

## 11. 天富星扑天雕李应　余姚孙氏

### 孙堪、孙陞、孙铤、孙鋌、孙鋐、孙鑛、孙如游

孙堪(1483—1553)，孙遂长子，字志健，号伯泉，弱冠补学宫弟子，擅长科举制艺，亦善为古文。文才之外，他臂力强健，善骑射，乡里父老皆称

赞“孙伯子文武才”。后承父荫，为锦衣卫正千户。嘉靖五年武会试第一名，晋署指挥同知，官至都督佥事。其二弟孙堦(1489—1556)则偏于文才，官至尚宝卿。大学士徐阶赞叹：“以文武科相继魁天下，凡称世家，未有过焉者也。”有《孙孝子集》十卷、《弩考》一卷，及三兄弟合编《忠烈编》十卷。孙陞(升)(1501—1560)，孙遂三子，字志高，号季泉，嘉靖十四年(1535)殿试一甲第二名，官至南京礼部尚书，卒赠太子太保，谥文恪。敏于记诵，长于古文，工声韵音律、赋诗作曲，少作《越王台吊古》一文。在翰林院任职时，曾参与校勘《列圣御文》、《五经》、《二十一史》。著有《孙文恪集》二十卷及《易测窥录》。妻杨文俪(1515—1584)，工部员外郎杨应獬女，四库馆臣认为“有明一代，以女子而工科举之文者，文俪一人而已”。有《孙夫人诗》一卷传世。孙陞五子除幼子早卒外，皆有功名。孙铣(1525—1549)，陞之长子，字文中，号立峰，嘉靖三十五年(1556)进士，授武库主事，历武选郎中、光禄寺卿，累官至吏部尚书。为官清正廉节，名震天下，与陆光祖、陈有年并称“浙中三贤太宰”，卒赠太子太保，谥清简。孙铤(1528—1570)，陞之次子，字文和，号正峰，嘉靖二十八年顺天解元，四年后中进士，选翰林院庶吉士，分校《永乐大典》，历官至南京礼部右侍郎。精于《易》学，诗文取法秦汉，遒丽博综，为世所重，著有《承天大志》。(以上人物皆在嘉靖、隆庆间，故合为一段。)

孙錝(1537—1592)，陞之三子，字文秉，号鹤峰，以《易》中嘉靖三十七年(1558)顺天乡试，隆庆二年(1568)中进士，初任长垣知县，有异政，召拜福建道监察御史，持法峻严，豪右敛迹。升江西按察使，转河南道授河南按察使，整饬兵备，升河南布政使，晋太仆寺正卿，赏二品诰命。曾校订殷士儋《金舆山房稿》一书。

孙鑛(1543—1613)，陞之四子，明代史学家，军事家、诗文书画理论家，有“余姚奇才”之誉。字文融，号月峰，世称“月峰先生”。万历二年(1574)会试第一，授进士、文选郎中，累进兵部侍郎，加右都御史。曾代顾养谦经略朝鲜，还迁南京兵部尚书。后被劾乞归。著有《姚江孙月峰全集》、《书画跋跋》六卷、《唐诗品》、《翰苑琮琚》十二卷、《居业编》十二卷、《后越绝》十二卷等，并参编《绍兴府志》五十卷。著名评点家，经史子集无不点评，有《评经》十六卷、《评史记》一百三十卷、《评汉书》七十卷、《评韩非子》二卷、《坡公食饮录》二卷、《文子》十二卷、《居业编次编》九卷、《评文选》三十卷、《今文选》十二卷、《排律辨体》十卷、《朱批唐诗苑》七卷等。

孙如游(1549—1624)，孙堦之子，字景文，号鉴湖。万历二十三年(1595)进士。天启年间出任礼部尚书兼东阁大学士，官至礼部尚书。思宗即位，以东阁大学士入参机务，加太子太保、文渊阁大学士。孙如游历仕三朝，位登台阁，受顾命之任，名重一时。谥“文恭”。

清河诗说：

门阀昭代誉人龙，文武双绝屡诰封。
更话千秋风韵事，月峰卓老点评工。

12. 天满星美髯公朱仝　湖州朱氏

朱国祯、朱国祚、朱大启、朱茂曙、朱茂晖、朱茂晥、朱茂暻、朱茂时、朱彝尊

朱国祯(1558—1632)、朱国祚(1559—1624)等介绍，详见本书第六章。

朱大启(1575—1642)，朱国祯子，万历三十八年(1610)进士，授南昌推官，万历四十年(1612)充任江西同考官。天启中，改文选郎中。崇祯初年，升太常少卿，转太仆卿，提督四夷馆，官至刑部右侍郎。崇祯十五年卒，赠刑部尚书。

朱茂曙(生卒年不详)，字子蘅。朱国祚孙，朱彝尊生父。早岁以时文见赏于苏州拂水山房社社长范文若，既而受闽中曹学佺、昆山顾锡畴、上虞倪元璐等指点。工行楷书，能画山水竹石，为董其昌所称赞。明亡叹息曰：“我老矣，尚奚以诸生为?”随即弃巾。蔽衣破帽，口不言天下事，终日与里中耆旧枯棋一局，浊酒数杯，赍志以卒。著《两京耆旧录》，今佚。

朱茂晖(生卒年不详)，字子若，朱国祚孙，朱彝尊嗣父。诸生，为复社早期社员，以祖荫授中书。好博览，经史之外，诸子百家，靡不兼综。性乐取友，海内文彦过嘉禾者，必尽欢曲。古文辞源本六艺，韵语不屑蹈袭前人，尺牍可百函。明亡，遁迹荒墅，谢客不出。晚岁失明。著有《禹贡补注》等。

朱茂晥(生卒年不详)，字子芾。崇祯初年诸生，甲申后弃去。授徒三十余年，著录者百余人，敦复古学，授以《周官》、《礼》、《春秋》、《左氏傅》、《楚辞》、《文选》等，人皆笑以为迂，从子朱彝尊与学。著《类颔集》。

朱茂暻(生卒年不详)，字子蓉，排行十五，诸生，能诗，朱彝尊《静志居诗话》云：“明之诗家，学杜者多，学李者少，学李绝句者多，学李古风者少。第十五叔父，虽曾选中、晚唐人诗以行，然心慕手追，专师谪仙人者。论者谓先叔古风，萧萧瑟瑟，譬诸华流东注；河澌西来，伏流过峡，终难得其浚发之地。或又比诸出水芙蓉，天然去其雕饰。其为大雅所推挹若是。”有《镜云亭集》。

朱茂时（生卒年不详），字子爽，朱国祯孙、朱大启子。以父荫补顺天府通判，摄宛平县事，历工部员外、提督张秋河道，官至贵阳知府。归田后，曾四次乡饮大宾，享寿89岁。

朱彝尊（1629—1709），清代著名诗人、学者，朱国祚曾孙，传略。有《明诗综》一百卷。

清河诗说：

涌幢一编擅美名，更修国史振家声。
朱公文肃存诗卷，静志何须讳祖翁。

## 13. 天孤星花和尚鲁智深　海虞二冯
## 冯复京、冯舒、冯班

冯复京（1573—1622），字嗣宗，夙承家学，然不屑为章句小儒，屡试不举。尝醉酒，痛哭于金陵雨花台。著有《说诗补遗》八卷，作于泰昌元年（1620）。另有《常熟先贤事略》等，其诗文合为《蟭螟集》。

冯舒（1593—1645），字已苍，号默庵，又号癸巳老人，冯复京之子，冯班之兄。幼承父教，笃志于学。年四十，谢诸生，与弟班并自为冯氏一家之学，吴中称为“海虞二冯”。家富藏书，皆手自校勘，构小阁以宝藏之。性抗直，遇事敢为，不避权势。崇祯十年（1637），力救钱谦益，使之从死牢赦出。顺治年间，遭常熟县令诬陷，屈死狱中。冯舒肆力于经史百家，尤邃扩于诗。著有《空居阁杂文》二卷，《历代诗纪》一百卷，及《空居集》等，又有《诗纪匡谬》一卷，《校定玉台新咏》十卷，均载《清史列传》，其侄冯武校而刊之，传于世。

冯班（1602—1671），字定远，晚号钝吟老人。明末诸生，从钱谦益学诗，少时与兄冯舒齐名。入清未仕，常常就座中恸哭，人称其为“冯痴”。系虞山诗派的重要人物，论诗讲究“无字无来历”，极其不满严羽《沧浪诗话》，曾作《严氏纠谬》逐条批判其“妙悟说”。有《钝吟集》、《钝吟杂录》、《钝吟书要》和《钝吟诗文稿》等。

清河诗说：

说诗隔世终传遗，子辈宗唐亦有违。
定远入关叵可奈，默庵冤案告谁知？

## 14. 天伤星行者武松　昆山归氏
## 归有光、归子慕、归昌世

归有光(1506—1571)，字熙甫，号震川，又号项脊生，昆山人。嘉靖十九年(1540)举人。会试八次落第，徙居嘉定讲授制艺之学，学徒众多，六十岁方成进士，历长兴知县、顺德通判、南京太仆寺丞，留掌内阁制敕房，与修《世宗实录》，卒于金陵任上。与唐顺之、王慎中均崇尚唐宋古文，并称为嘉靖古文三大家。时人誉之为“今之欧阳修”，后人称其为“明文第一”，著有《震川先生集》四十卷、《三吴水利录》等。

归子慕(1563—1606)，字季思，号陶庵，人称清远先生，归有光第三子。幼有文行，清真静好，举万历十九年(1591)乡试，再试礼部被放，即屏居江村，与无锡高攀龙最善。遁迹武林，与黄汝亨唱和往来。后复归昆山，筑陶庵，槿墙茅屋，诗歌以为乐。及其殁，巡按御史祁彪佳请于当朝，赠翰林待诏。著有《清远集》、《陶庵集》八卷。王夫之评其《西窗》诸诗有陶诗之遗风。

归昌世(1573—1644)，字文休，号假庵，移居常熟。归有光之孙。明诸生，早弃举业，发奋为古文诗词。工诗文、书画、篆刻。诗书画俱有时名，与李流芳、王志坚合称“昆山三才子”。有子归庄，清初著名诗人兼学者，与顾炎武齐名，人称“归奇顾怪”。昌世著有《假庵诗草》十卷。

清河诗说：

古文领袖宋唐延，世代家风承震川。
遁迹武林归处士，寓林风采逊陶庵。

## 15. 天立星双枪将董平　无锡二顾
## 顾宪成、顾允成、顾与沐、顾枢、顾宸、顾贞观

顾宪成(1550—1612)，东林领袖。字叔时，号泾阳，无锡人。幼家贫，父顾学开豆腐坊供二子入县学。时常州太守选拔各县学业优异诸生于龙城书院受教，顾宪成、顾允成兄弟皆被选中，举业大进。宪成于万历八年(1580)考中进士，授户部主事。十五年以上疏语侵执政，谪桂阳州判官。屡历迁至吏部员外郎、文选郎中。二十二年以廷推阁臣忤旨，削籍归，在里与弟顾允成倡修东林书院，偕高攀龙等讲学其中，往往讽议朝政，朝野应合，东林之名由是大著。因创办东林书院而被人尊称“东林先生”。与赵南星、邹元标号

为“三君”，又同弟顾允成、高攀龙、安希范等并称“东林八君子”，著有《顾端文遗书》等。

顾允成（1554—1630），晚明学者。字季时，号泾凡，顾宪成之弟。性耿介，厉名节。万历元年（1573）年十九岁得补郡诸生。万历十四年（1586）进士。殿试时，以对策攻嬖幸郑妃，抑置末第。曾偕同年疏救海瑞，被夺去冠冕还家。后起南京教授，累迁礼部主事。又因忤阁臣张位谪光州判官。乞假归，与兄宪成讲学东林，不复出仕，为“东林八君子”之一。允成为文，多直抒胸臆，不事修饰。著有《小辨斋偶存》八卷，附《事定录》三卷等。

顾与沐，字沐之，号菲斋。宪成之子。万历四十六年（1618）举于乡，历仕南京户部郎中，乞假归。崇祯九年（1636）起四川夔州知府，以母年逾九十，辞不赴。著有《菲斋诗钞》。

顾枢（1602—1668），字所止，一字庸庵，顾宪成之孙。与其父沫之共受业高忠宪攀龙之门。明天启年辛酉举人。于忠孝出处之道，少而习焉。值世多事，屏居泾皋故里，筑室读书，取陶渊明诗意，斋名“西畴”。隐居乐志，著有《西畴易稿》、《西畴日钞》、《古今隐居录》、《顾端文公年谱》、《端文要语》等。另外，顾枢之弟顾埜以及二子顾景文、顾廷文皆为著名遗民诗人，人称“顾氏三龙”。

顾宸（1607—1674），字修远，号荃宜。顾枢族弟。崇祯十二年（1639）举于乡，及长，名声益盛。以多藏宋版名闻一时。操文场选柄数十年之久，著有《辟疆园杜诗注解》。晚年出其所藏，辑刊《宋文选》三十卷。因官场失意，又加以藏书毁于火，遂颓唐悲观而卒。所剩残籍，流入别家。

顾贞观（1637—1714），顾宪成曾孙，顾与淳之孙、顾与沐从孙，清代大词人，传略。

清河诗说：

泾阳兄弟力千钧，啸聚东林启后昆。
儒教惠学复大雅，一夕风雨满三春。

16. 天捷星没羽箭张清　闽中徐氏

徐熥、徐𤊹

徐熥（1581—1619），字惟和，闽县人。万历四十六年（1618）举人。负才淹蹇，肆力诗歌。万历间，与弟在鳌峰坊建红雨楼、绿玉斋等藏书。熥平生好客急人之困，有“穷孟尝”之称。又好学不倦，诸子百家无所不读，其诗精雅，以唐人为宗而不主剽袭。曾辑明洪武至万历年间闽人诗作为《晋安风雅》，与弟一起开创“晋安诗派”。熥卒年仅 39 岁，闽人祀熥于高贤祠。著有《幔亭集》十五卷。

徐𤊹（1570—1642），字兴公，一生不仕，以布衣终。万历间，与曹学佺并称闽中诗坛领袖。工书法，善草隶，提倡诗文应有独创，“意不必经人有，语不必经人道”，认为诗之本质在于“阐发性灵，穷情写物”。尤以博学称，亦复工文，其《徐氏笔精》，朱彝尊赞曰：“所作典雅清稳，屏去粗浮浅俚之习。”有《鳌峰集》八卷及《红雨楼全集》传世。

清河诗说：

笔精持论似仙狐，红雨楼中好著书。
穷困孟尝兄长在，晋安风雅意何如？

## 17. 天暗星青面兽杨志　云间三宋
## 宋尧武、宋懋澄、宋征璧、宋征舆

宋尧武（1532—1596），字季鹰，号逊庵，华亭人。隆庆二年（1568）进士，授信阳知县，历知惠州、福州，官至云南参政，致仕。所至皆有政声，去之日行橐萧然。人称“清白使君”，民为立嗣祀之，卒年六十五。陆树声《陆文定公集》卷六有《宋公暨配墓志铭》。

宋懋澄（1572—1622），字幼清，一字幼度，号雅源，一作稚源或自源，尧武之侄，松江华亭（今上海松江县）人。万历四十年（1612）壬子科举于郡，为人古道热肠，慕神仙，多奇遇，往往征于梦寐，其为诗文亦似之。万历间刻有《九籥集》三十卷传世，校者陈继儒、高承祚、沈时来、景万龄、张京元、陆肇修、俞安期、钱希言、谭元春等文坛名流三十人之名目，分冠各卷之首。诗风华掩映，不受七子之束缚。李维桢《大泌山房集》卷一三有《九籥集序》，陈子龙《安雅堂稿》卷十有《宋幼清先生传》，姚希孟《松瘿集》卷二有《书宋幼清事》，清吴伟业《梅村家藏稿》卷四十七有《宋幼清墓志铭》，王士祯《带经堂集》卷八十一有《书宋孝廉事》等。

宋征璧（约 1602—1672），字尚木，原名存楠，宋尧武之孙，宋懋澄之从子。崇祯十六年（1643）进士。宋征璧早有诗名，曾匹马入京师，与宛平王崇简等人互相唱和。天启五年（1625），宋征璧大约 24 岁，与当时 17 岁的陈子龙结交，颇受陈子龙推重。此后，宋征璧与陈子龙为莫逆交，二者互相有相当多的赠诗，并与陈子龙编辑《皇明经世文选》。明亡后与从弟宋征舆降清，授秘书院撰文中书舍人，迁礼部郎中，官至潮州知府。著有《抱真堂诗稿》八卷。

宋征舆(1618—1667)，字辕文，号直方，明末诸生。征舆负雅才，工诗赋，与从兄征璧有“大小宋”之目，又与同里陈子龙、李雯称“云间三子”。子龙负盛名于时，称诗无所让，独推重征舆，以为出己上。尝共选明诗行世，学者宗之。明亡后，于顺治四年中进士，开始仕清。官至副都御使。著有《林屋诗文稿》。《四库全书总目提要》云：“征舆为诸生时，与陈子龙、李雯等以古学相砥砺，所作以博赡见长，其才气睥睨一世，而精练不及子龙，故声誉亦稍亚之云。”

清河诗说：

文夫骚愤此栖迟，宋玉悲秋不遇时。
屈子投江万古祭，风流公子少人知。

## 18. 天祐星金枪手徐宁　金陵焦氏
## 焦端、焦竑、焦尊生、焦周

焦竑及其家人生平，详见本书第五章介绍。

清河诗说：

献征国史辅皇子，禅话老庄启艺林。
崇正博学尊长者，笔乘八卷惠如今。

## 19. 天空星急先锋索超　归安茅氏
## 茅坤、茅国缙、茅维、茅元仪、茅瑞征

茅坤(1512—1601)，字顺甫，号鹿门，归安(今浙江吴兴)人，文学家、藏书家。嘉靖十七年进士，官广西兵备佥事。茅坤文武兼长，雅好书法，提倡学习唐宋古文，反对“文必秦汉”的观点，作文主张阐发“六经”之旨。编选《唐宋八大家文抄》，对韩愈、欧阳修和苏轼尤为推崇，与王慎中、唐顺之、归有光等，一同被称为“唐宋派”。晚年嗜诗，诗风平易近俚。有《白华楼藏稿》、《玉芝山房稿》，刻本罕见。行世者有《茅鹿门集》。

茅国缙，茅坤次子，字荐卿，万历十一年进士，官南京兵部主事、工部郎中。因天寒纵酒，遭陈于陛弹劾而罢官归里。有《薮园诗草》。

茅维(1575—1652?)，字孝若，号僧昙，万历四十四年(1616)进士，授翰林院孔目，曾上书奏议聚粮强兵之策，不被朝廷采用。能诗，与同郡臧懋循、吴稼竳、吴孟旸并称“四子”，钱谦益《列朝诗集小传》、朱彝尊《明诗综》皆选诗多首，陈田《明诗纪事》亦有小传。可见其以能诗称名于世。编有《东坡全集》七十五卷、《东坡先生诗集注》；著有《嘉靖大政记》、《论衡》、《表衡》、《策衡》、《十赉堂集》。

茅元仪，字止生，号石民。茅坤孙，国缙之子。好谈兵，天启初，为孙承宗幕僚。崇祯初，精研武器制作及战法，上《武备志》，为翰林待诏。后任副总兵，守觉华岛，旋以兵变论戍漳浦。边事急，再请募死士勤王，权臣不许，悲愤纵酒卒。有《暇老斋笔记》、《野航史话》、《石民集》等。

茅瑞征(生卒年不详)，归安(今浙江吴兴)人，字符仪，号伯符。自号“苕上渔夫”、“澹泊居士”、“清远居士”。茅元仪堂弟。万历二十九年(1601)进士，天启元年(1621年)擢兵部职方主事，升郎中。壬戌年官南京光禄寺卿，旋辞官归里，筑“五芝山房”、“芳润轩”，著书其间。尝欲合新旧唐书，删之成一家言，书未竟而卒。著有《万历三大征考》、《皇明象胥录》、《东夷考略》、《澹泊斋集》、《五芝纪事》、《明末启祯遗事》等。

清河诗说：

开宗唐宋谱新篇，进士一门春满园。
文武兼修知进退，苕溪四隐美名传。

## 20. 天速星神行太保戴宗 娄东二张
## 张溥、张采

张溥(1602—1641)，初字乾度，后改天如，号西铭，太仓人。崇祯进士，改庶吉士，旋告归。溥于崇祯初集郡中名士，组织“复社”，为创始人和领袖。主张“兴复古学”，继承东林党人传统，进行政治与文学活动，影响颇大，以至于为执政大僚所恶，讦溥参与党祸，严旨穷追不已。直至溥死，案犹未结。溥早年苦学，每读书必手抄六七遍，因名其书室为“七录斋”。与张采齐名，时称“娄东二张”。张溥著述颇富，著有《七录斋初集》、《七录斋集》、《七录斋近集》，辑有《汉魏六朝百三家集》。另辑有《历代文典》、《历代文乘》、《崇祯文典》、《古文五删》等。

张采，字受先，张溥族弟。明崇祯元年(1628)进士，官礼部主事。文名德操兼重，享誉江南文坛。清顺治二年(1645)清军占江南，张采芟发为头陀，避居芦墟，自称陆道人。

清河诗说：

九州复社二张尊，八代家集启后昆。
七录七焚浴火日，五人碑记立苏门。

## 21. 天异星赤发鬼刘唐　常熟赵氏<br>赵用贤、赵琦美、赵士春

赵用贤(1535—1596)，字汝师，号定宇，江苏常熟人。隆庆五年(1571)进士。万历初，官检讨。疏论张居正夺情，与吴中行同杖远戍，直声震天下。居正没，起官礼部右侍郎、侍读学士，终吏部侍郎。卒，谥文毅。用贤刚直嫉恶，议论风发，与汪道昆称"续五子"，又与胡应麟等称"末五子"。著有《松石斋集》三十卷，卷首有万历戊午(1618)邹元标序。诗集六卷，奏议一卷，《明史艺文志》及《三吴文献志》、《因革录》等均有录，传世。

赵琦美(1563—1624)，原名开美，字如白，号玄度，后改字元度，自号清常道人。赵用贤之子，王世懋外孙。曾就学于国子监，后以父荫官南京都察院照磨、太常寺典簿、都察院都事、官刑部郎中等职。有藏书楼曰"脉望馆"，并著有《脉望馆书目》传世。编著有《洪武圣政记》、《伪吴杂记》、《容台小草》等。

赵士春(1599—1675)，字景之，用贤孙，琦美子。崇祯十年(1637)进士。授编修。十一年，疏论兵部尚书杨嗣昌夺情视事，帝怒，贬广东布政司照磨。后复官，终左春房左中允。明亡后不仕。编著《唐诗选》一卷，该书仅一册，无序、目录和卷数，所选多为中唐人诗，以五言诗为多，书末仅存一篇清胡慰曾之跋文，叙述发现之经过。

清河诗说：

弇州五子许重名，阁老兕觥举若轻。
脉望馆中书万卷，松石斋内起一经。

## 22. 天煞星黑旋风李逵　海盐胡氏
## 胡彭述、胡震亨、胡夏客

胡彭述，海盐著名藏书家。幼年丧父，常询问其父之相貌、居官情况，及其著述遗稿之下落，四处搜寻，设法收购其父诗文遗稿，并集结成册。又曾经将祖辈留下之藏书，按照经、史、子、集分类收藏，并写有书目，名曰《好古堂书目》。至胡震亨之际，藏书已达万余册。

胡震亨(1561—1645)，彭述之子，字君愻，后改字孝辕，号赤城山人，晚自号遁叟。浙江海盐人。万历二十五年丁酉举人，“数上公车不遇”。其后选授固城县教谕，升合肥县知县，有治绩。崇祯十年为定州知州，又升兵部职方司员外郎。与上官不合，辞官归里，日事读书著述，时人称博物君子，后人称“浙北第一读书种子”。著有《靖康盗监录》、《读书杂录》、《秘册粟函》、《续文选》、《海盐县图经》、《通考纂》、《李诗通》(与子合著)、《杜诗通》(与子合著)及《赤城山人稿》等。而尤为重要者，则胡氏以一家之力编成《唐音统签》一〇三三卷，清代官修《全唐诗》中晚唐作品多赖此书。

胡夏客(1599—1672)，字宣子，一字鲜知，胡震亨次子，著名遗民诗人、诗学家。少而好书，日诵千言。胡震亨与同里姚叔祥、刘少彝、姚孟承诸君倡兴古学，震亨说史论诗之际，有赜隐不及记忆者，以问夏客，则应对如回响；座客皆惊异。时与胡震亨缔金石交者沈嘉则、陈继儒、俞安期等，无不以小友视之。及长，补博士弟子。胡震亨致仕后，父子一堂，共理铅椠，纂述日富。为《唐音统鉴》之编辑立下了汗马功劳。明亡，不复补诸生，著述自娱。顺治七年，在姻亲朱氏兄弟的帮助下，才刻成《李诗通》二十一卷、《杜诗通》四十卷，合称《李杜诗通》。著《古水集》二十二卷，存诗近千首。

清河诗说：

读书浙北第一种，千卷唐音两代裁。
家有良驹称汗血，诗通李杜仗雄才。

## 23. 天微星九纹龙史进　湖州董氏
## 董份、董嗣成、董斯张、董说

董斯张，朱彝尊《静志居诗话》谓其“初学诗于赵广业，及人闽，心折曹能始，归与吴允兆、王亦房酬和。是时公安，竟陵派盛行，浙江风气，不尽移易。遐周洽闻周见，与吾郡沈景倩略同，诗亦相似”。其他介绍，详见本书第六章。

清河诗说：

董君博物号遐周，海内声名第一流。
可叹王孙庵草卧，南柯梦笔补西游。

## 24. 天究星没遮拦穆弘　苏州文氏
## 文彭、文嘉、文震孟、文震亨、文从简、文柟

文彭(1498—1573)，字寿承，号三桥，别号渔阳子、三桥居士、国子先生，长洲人。文徵明长子。以明经廷试第一，授秀水训导。官国子监博士。工书画，尤精篆刻，能诗，有《博士诗集》。

文嘉(1501—1583)，字休承，号文水，文徵明仲子。吴派代表作家。初为乌程训导，后为和州学正。能诗，以其惜时励志之作“三日歌”(“明日复明日，明日何其多”等)最为脍炙人口，至今仍是童蒙必读之诗。工书，小楷清劲，亦善行书。精于鉴别古书画，工石刻，为明一代之冠。著有《钤山堂书画记》、《和州诗集》。

文震孟(1574—1636)，初名从鼎，字文起，号湘南，别号湛持，一作湛村，明臣。文彭之孙。生而奇伟，遐稜上指，目光射人，与世传文天祥像无异。酷爱《楚辞》，颇有自比屈原之意。天启二年(1622)48岁始举进士，廷对高中状元。崇祯初拜礼部左侍郎，兼东阁大学士。崇祯九年，其舅姚希孟卒，震孟哀毁逾节，泣之十日，亦卒，时年六十三。有《荆驼逸史》、《念阳徐公定蜀记》、《策书圆记》、《姑苏名贤小记》、《文肃公日记》、《文文起诗》、《药圃诗稿》等。

文震亨(1585—1645)，字启美，文震孟之弟。天启五年(1625)恩贡，崇祯元年(1628)为中书舍人，武英殿给事。崇祯十三年，与黄道周同下狱，旋释。崇祯十七年，北京城破、思宗自缢后，避地阳澄湖，呕血死。一说绝粒而死，年六十一，谥节愍。书画咸有家风，山水韵格兼胜。兼工诗，其游览诗、题画诗，饶有画境。家富藏书，长于诗文会画，善园林设计，著有《长物志》十二卷，为传世鉴藏指南。并著有《香草诗选》、《金门录》、《仪老园记》、《文生小草》等。

文从简(1574—1648)，字彦可，号枕烟老人，文嘉之孙。崇祯十三年(1640)拔贡，明亡后退居林下，以书画自娱。工诗文，善山水，能传文氏家

法。善书法，宗李邕，得其神韵。

文柟(1596—1667)，字曲辕，号溉庵。文从简子。诸生。工诗书，画山水一禀祖法。明亡后奉亲隐居寒山，耕樵以终。大江以南称其为文章节义之士，私谥"端文先生"。有《青毡杂志》、《溉庵诗选》。

清河诗说：

苏门世代隐声隆，吴派衡山书画风。
不信才情伏枥下，新科廷对士中龙。

## 25. 天退星插翅虎雷横　长兴臧氏

### 臧继芳、臧继华、臧懋循、臧懋中、臧尔焕、臧尔炳、臧照如、臧灵如

臧继芳字原实，号尧山，嘉靖三十二年进士。

臧继华字原顺，继芳弟。岁贡第一，隆庆元年应天举人。

臧懋循(1550—1620)，字晋叔，号顾渚，继芳子，万历八年(1580)进士，次年出任湖北荆州府学教授。十年，任夷陵知县。十一年，升任南京国子监博士，与汤显祖、王世贞友善。二十四年与族人合捐重修鼎甲桥，二十九年，与曹学佺、陈邦瞻等名士结集金陵诗社，相互唱和，并辑有《金陵社集》八卷。与同乡吴梦旸、吴稼竳、茅维并称"吴兴四子"。在家自创书坊，自选、自编、自刻，亲自主持书籍发行。刻有《唐诗所》四十七卷，著有《文选补注》、《负苞堂稿》、《负苞堂集》、《负苞堂诗选》等。

臧懋中(生卒不详)，字用甫，号静涵，万历二十六年进士，历广西按察佥事，署八桂兵事。后与二子照如、灵如并立朝堂，时人艳称之。

臧尔焕，字宏舒，臧懋循之子，丁宝书等《长兴县志》载：尔焕"绳趋矩步，懋循颇器重之"。有《焉廋集》四卷。

臧尔炳，尔焕弟，有《逸轩诗集》四卷。

臧照如，字明远，号正庵，臧懋中之子，万历四十四年进士，官至吏部郎中。有《四周阁集》二十卷。

臧灵如，字日升，与弟照如同榜进士。有《皆山楼集》十卷。

清河诗说：

风雅金陵刻社集，重游伤逝话青溪。
流芳百卷选元曲，诗所删裁效仲尼。

## 26. 天寿星混江龙李俊　常熟钱氏
## 钱希言、钱岱、钱谦益、钱裔肃

钱希言，生年不详，卒于1622年以后。字简栖，号象先。常熟人，少遇家难，徙居吴门。博览好学，刻意为声诗。王穉登推许其诗为“后来第一流”。袁宏道万历二十五年(1597)所作的《阅曹以新上日谷除夕诗》中提及钱希言，时钱已小有名气。然逞才使气，人皆畏其言锋。交游浙东、荆南、豫章诸地诗人，与邹迪光、屠隆、汤显祖友善。著有《辽志》、《剑筴》等集，今已不传。

钱岱(1541—1622)，字汝瞻，号秀峰，钱希言之孙。明代隆庆五年(1571)进士，授广州府推官。秩满，召为侍御史，出按齐、楚。年四十四，疏请终养，遂告假归，所获同僚馈赠数千金，优游林下数十年，筑居“小辋川”，亭台楼榭，一目难尽。蓄家班女乐三十余人，以声色自娱。邑人曾著《笔梦》讽之。钱岱道德败坏，夺人田产，奸人妻女，其行为激起同邑乡绅顾大韶义愤，曾作《讨钱岱檄》。著有《笔梦叙》一卷。

钱谦益(1582—1664)，字受之，号牧斋，晚号蒙叟、绛云老人、东涧老人，世称虞山先生。钱岱族叔。明神宗万历三十四年(1606)举人，三十八年(1610)进士，授编修，崇祯元年(1628)任礼部侍郎、翰林侍读学士，后被革职。南明弘光朝，起为礼部尚书。仕清，复为礼部侍郎管秘书院事，充《明史》馆副总裁。明末文坛领袖，为东林党巨擘。少聪颖，早年倾心明前、后七子，与吴伟业、龚鼎孳并称为“江左三大家”。诗以学杜为主，取径多门。近人徐世昌引郑则厚言曰：“其诗博大闳肆，鲸铿春丽，一以少陵为宗而出入于昌黎、香山、眉山、剑南以博其趣。”“本朝诗人辈出，要无能出其范围。”(《晚晴簃诗话》)论诗既反对七子派的模拟，又不满竟陵派的狭仄、公安派的肤浅。其诗由宗唐到祧宋，开有清一代诗风，世称“虞山派”。著有《初学集》、《有学集》、《苦海集》、《投笔集》等，又有《列朝诗集小传》八十一卷，集中收明代作者两千余人，目的是“以诗系人，以人系传”，成为研究明诗之重要参考资料。另著有《杜工部集笺注》、《国朝群雄事略》、《密云禅师语录》等。《清史稿》卷四九四、《清史列传》卷七九有传。

钱裔肃，生平不详，钱岱之孙。明末清初著名藏书家，筑“也是园”，藏书比肩绛云楼。有子钱曾(1629—1701)，字遵王，号也是翁，绛云楼火后，钱谦益将烬余书籍尽数赠之。为清代著名藏书家、版本学家、诗人。著有《今吾集》等诗集七部。

清河诗说：

无常反复大节亏，昭代诗集小传垂。
白发红颜参校处，绛云楼火剩余灰。

27. 天剑星立地太岁阮小二　湖州谭氏

谭昌言、谭贞默、谭贞和、谭贞良、谭贞竑、谭吉璁

谭昌言(1571—1625)，字圣俞，万历甲午(1594)解元，辛丑(1601)进士。早年以清慎恺悌闻名于同乡。任常熟县令，拔擢瞿式耜(1590—1650)于诸生之中。视学闽中，杜绝请托，试卷不假一人寓目，皆手自甄综。公子来省觐，寄食旅店中，不许入廨。三年勤政，而须发尽白。后巡狩登莱，以积劳呕血死。曾在留都结诗社、读史社。著有《碧漪集》四卷。

谭贞默(1590—1665)，字梁生，号埽庵，一号孟恂，别署髯道人、道一居士。谭昌言长子，崇祯元年(1628)进士。官至工部主事，掌国子监，整理祭器、书籍诸务。清初荐署司业，辞归，终老家乡。与李日华为通家之好，共与结鸳水社，为明末清初嘉兴文坛巨子。编有《三经见圣》一百八十卷，著有《埽庵集》。

谭贞和，字闇仲，谭昌言次子，因崇祯恤恤，为恩贡生，与海盐钱嘉徵为姻亲。

谭贞良，字元孩，号筑岩，谭昌言三子，朱彝尊姑丈。崇祯癸未(1643)进士，明亡，赴南都，除礼部主事，出典广东乡试，未至而南京城破，流亡会稽。《静志居诗话》云："先生书破万卷，以五经成进士，重茧山海，正命不渝，大节皎然一世。"著有《捐石居稿》。

谭贞竑，字立生，谭昌言幼子，生平不详。

谭吉璁(1624—1680)，字舟石，贞默之子，朱彝尊表弟，与朱氏同撰《鸳湖棹歌》二卷，且同被选录博学宏词科，以诸生试国子监第一，授弘文院撰文中书舍人，历延安府同知，升山东登州知府。吴三桂起兵反清时，坚守榆城。著有《嘉树堂集》。

清河诗说：

辛苦一经已烂柯，书生报国意如何？
且听儿辈吟遗作，散发鸳湖唱棹歌。

## 28. 天平星船火儿张横　吴江沈氏

沈璟、沈瓚、沈琉、沈珣、沈自晋、沈自征、沈自炳、沈自然

沈璟(1553—1610)，明代曲论家。字伯英，晚字聃和，号宁庵，别号词隐。吴江(今属江苏苏州)人。万历二年(1574)进士，曾任兵部职方司主事，吏部验封司员外郎等职。万历十四年(1586)上疏请立储忤旨，左迁吏部行人司司正，奉使归里。万历十六年还朝，升光禄寺丞，充任顺天乡试同考官，因科场舞弊案受人攻击，辞官回乡。家居三十年，潜心研究词曲音律，与当时著名曲家王骥德、吕天成、顾大典等探究、切磋曲学，并在音律研究方面卓有建树。著有《词隐先生集》。

沈瓚(1558—1612)，字孝通，一字子勺，号定庵。沈璟从弟。万历十四年(1586)中进士。除南京刑部主事，历郎中，出为江西按察司佥事。告归家居二十年，多所撰述。起补广东按察司佥事，入境而卒。为人醇古淡泊，笃于伦理。诗有《静晖堂集》三卷行世。

沈琉(1562—1622)，字季玉，号懋所。沈倬次子、沈璟从弟。万历二十三年(1595)与兄沈琦同榜登第，由凤阳府学教授迁南国子监学正，擢南刑部主事。历郎中。出知山东东昌府。辞官归隐。有女沈宜修，适同乡叶绍袁，为晚明著名女诗人。

沈珣(1565—1634)，字幼玉，号宏所。沈倬第三子。万历三十二年(1604)中进士，授中书舍人，选山东道御史，巡按贵州、福建，累迁至山东布政使，擢都察院右副都御史，巡抚山东。为人多藻思，善清谈。与琦、琉并称为“三凤”。编有《人物考》一百一十五卷；著有《按黔疏稿》、《抚齐疏稿》和《净华庵诗稿》等。

沈自晋(1583—1665)，字伯明，号西来，又号长康，晚号鞠通生，沈璟之子。弱冠补博士弟子员，深沉好古，旁及稗官野史，无不穷搜。明亡后，隐居吴山，与子辈作诗赋曲词，优游以终。著作有《黍离续奏》、《越溪新咏》、《不殊堂近草》等。

沈自征(1591—1641)，字君庸，国子监生。沈琉之三子，沈璟侄，明末才女沈宜修之弟。自幼高才自负，少喜谈兵，天启年间，因贫无策，北上燕京，游历西北，窥察地形。崇祯三年(1630)为永平副使张椿延幕府，乃献策诱捕袁崇焕，名声大振。遂携数千金而归。崇祯十三年(1640)以贤良方正科辟，竟辞不就，卒于家。工诗，朱彝尊《静志居诗话》所谓“诗则嫌其稍平衍”者，固一家之言。其妻张倩倩、李玉照皆有诗词传世。有《沈君庸先生集》。

沈自炳(？—1645)，字君晦，沈琉之五子，恩贡生。酷好文墨，崇祯二

年(1629)在外地获三块砚材，归来后制成砚台，分赠其甥女叶小鸾三姐妹，小鸾得眉子砚。伊人亡，眉子砚成为清人鉴藏之宝。自炳一生传奇，早年文采韶秀，有复社"眉目"之称，晚随吴昜(字日生)起义师抗清，事败，投江自尽。诗文甚佳，朱彝尊曰："其近体过于秾缛，盖具体温、李、韩、韦者。"女沈宪英、沈华曼皆工诗。

沈自然(生平不详)，字君服，沈琉之七子，早年入复社。居母忧，不胜丧而卒。其友私谥孝介先生。有《来思》、《闲情》二集。

清河诗说：

先行父子曲盟主，更继弟侄词状元。
孙辈征衣悬国门，吴江逝水晚枫寒。

## 29. 天罪星短命二郎阮小五　云间夏氏
## 夏允彝、夏完淳

夏允彝(1596—1645)，字彝仲，号瑗公，松江华亭人。万历四十六年(1618)举人，崇祯初，与同郡陈子龙、徐孚远等人结"几社"读书。崇祯十年(1637)进士，任福建长乐县知县，有惠政。崇祯十七年(1644)京城陷落，明室福王在南京监国，起任吏部考功司主事。次年，清兵进攻江南，允彝与陈子龙等起兵抗清，兵败投水殉节，死后谥"忠节"。夏允彝诗文造诣和民族气节与陈子龙齐名，世称"陈、夏"。著有《夏文忠公集》五卷、《幸存录》六卷等。

夏完淳(1631—1647)，原名复，字存古，号小隐、灵首，明末著名爱国诗人，夏允彝子。7岁能诗文，14岁从父及师陈子龙参加抗清活动。鲁王监国时，授中书舍人。事败被捕下狱，赋绝命诗《别云间》遗母与妻，临刑神色不变。著有《南冠草》、《续幸存录》等。

清河诗说：

一门忠烈血澎湃，无限山河泪纵横。
陈夏联芳几社日，已期血肉筑长城。

## 30. 天损星浪里白条张顺　吴江叶氏
## 叶绍袁、沈宜修、叶燮

叶绍袁(1589—1648)，自幼为嘉善袁黄嗣子，后复其姓，故名绍袁。字仲韶，晚号天寥道人，吴江分湖(今属江苏)人。天启五年进士，官工部主事，不耐吏职，以母老告归。妻沈宜修及三女并有文藻。明亡后，隐遁为僧。著作今存《叶天寥四种》，皆为其年谱及日记；又有诗集《秦斋怨》，并将妻女所著诗编成《午梦堂全集》行世。

沈宜修(1590—1635)，明代才女。字宛君，江苏吴江人。其父沈珫(1562—1622)官至山东副使。宜修通经史，工诗词。16岁嫁同邑叶绍袁。叶、沈生有五女八男，合家均负才学之名。她聪颖好学，才智过人，工画山水，能诗善词，著有《鹂吹集》，收诗800余首。又有梅花绝句百首，题作《雪香吟》。其子女均有文采。长女叶纨纨、次女叶小纨、三女叶小鸾(沈自征养女)、五女叶小繁、三儿媳沈宪英(沈自炳之女)均工诗词，并著有诗集。著名诗论家叶燮为其第六子。

叶燮(1627—1703)，清代诗论家。字星期，号已畦。晚年定居江苏吴江之横山，世称横山先生。诗学名著《原诗》即其晚年论诗心得之作。

清河诗说：

魂销午梦悼伊人，杞怨秦斋总费神。
家祭皆因社稷覆，横山原本是王孙。

### 31. 天败星活阎罗阮小七　苏州王氏
### 王穉登、王留

王穉登(1535—1612)，字百谷。其先江苏江阴人，移居苏州。与汪道昆、王世贞、屠隆、潘之恒等相友善，曾共举南屏社。虽终身未仕，然“十岁为诗，长而骏发。雕香刻翠，名满吴会闻”，“吴门自文待诏殁后，风雅之道，未有所归。百谷振蕃谷秀，嘘枯吹生，墐词翰之席者三十余年”(钱谦益《列朝诗集小传》)。他自己也说：“流寓姑苏，其为人特多病，喜交流，故亦知诗。”(《雨航纪》)所著诗文札记二十种，汇刻为《王百谷集》，一十八卷。作为江南名流，其所作多诗文唱和，却很少言及诗歌创作理论，唯对前七子领袖李梦阳的看法十分公允。

王留，王穉登之少子。钱谦益云：“年十五，游金陵，作《旧京篇》，父客皆叹异，以为文考复出。百谷没后，不得意于文职，肆力为歌诗。与曲周刘散仲、南阳马仲良最相矜重。仲良之持论，欲为调人于李何袁钟之间，以才情风调自树赤帜，而独深推亦房，以为狎主齐盟无两子也。仲良、亦房相继卒，年皆未四十。亦房之生也晚，未能传习其家学，而又浸淫于时调，横从

跌宕于先人之矩蠖，遂将偭而去之，转入恶道中。”(《列朝诗集小传》)

清河诗说：

风雅弇州推腹心，鉴藏赵氏为芳邻。
香兰老去为尸祝，白练逸闻语至今。

## 32. 天牢星病关索杨雄　金陵顾氏
### 顾国辅、顾起元、顾贞元、顾起凤

顾起元等介绍，详见本书第五章。

清河诗说：

弇州老子付遗稿，北馆南宫号懒真。
赘语等闲说略后，已将文脉贯金针。

## 33. 天慧星拼命三郎石秀　金陵盛氏
### 盛时泰、盛敏耕

盛时泰字仲交，号云浦，晚号大城山樵，上元人。幼有藻思，及长，跌宕不羁，好宾客。屡试不第，以诸生充万历二年(1574)岁贡，娶沈越女为妻。居迁西冶城，又于祈泽寺构野筑，欣然独往。博学多文，才气横溢。携所作《两都赋》谒王世贞于小祇园，和世贞拟古诗七十章，三日而毕。王元美回赠赞其人其诗“能令陆平原，不敢赋三都”。每有撰述，伸纸落笔，滚滚不休，顷刻万言可就。纸尽则已，否则更挥而足之。词意清旷磊落，超轶绝尘。善画水墨竹石，书法知名。家有小轩，文徵明题曰“苍润”，遂以之名。杨慎为之作《苍润轩记》。与陈芹、姚淛等结青溪社，常流连于秦淮之邀笛阁、五柳亭、市隐园，与名士咏诗作画挥毫。《列朝诗集小传》云：“仲交才气横逸，善画水墨竹石。”喜藏书。著有《苍润轩碑跋》、《金陵纪胜》二卷、《金陵泉志》、《方山小志》、《祈泽寺志》、《牛首山志》二卷、《玄牍记》、《栖霞小志》、《大城山堂集》等。

盛敏耕，字伯年，自号壶林，盛时泰之子。少有风貌，博闻强记，所为诗古文辞，奕奕负隽声。尝与顾起元读书永庆山房，后同纂江宁邑志，多半出自盛敏耕手笔。以潦倒名场不得意，居恒邑邑。晚乃稍进酒博以耗其雄心，久之遂卒。焦竑故与之同研席，推服其不容口，为草墓志，极惋悼之致。有《轩居集》，另著有《上元县志》等。

清河诗说：

青溪社里诸生梦，苍润轩中高士情。
邑志修成人已逝，惟余顾祭与焦铭。

### 34. 天暴星两头蛇解珍　金陵陈氏
### 陈芹、陈藻

陈芹(1515—1584)，字子野，号横崖、横崖道人、白门野人，明金陵(今江苏南京)人，据传其先世系安南国王裔，永乐中为避黎氏之乱来奔，遂居南京。工诗文，嘉靖中举于乡，然六试不第。万历元年(1573)与魏学礼、莫是龙、张文柱、朱孟震等集南京，再结青溪社，时社集于其别业“邀笛阁”，陈芹为盟主，诗酒觞咏之习，称盛一时。逾二十年，捐贡谒选知奉新县，调简得宁乡县。之官九十日，谢病归。陈芹精通内典，擅画山水、花卉、山石，尤工墨竹。其诗、文、书、画俱佳，为金陵名家之一。著有《陈子野集》及《凤泉堂稿》。

陈藻，生平不详，字子文，号苍厓，与其兄陈芹俱以诗名。贫病潦倒，囊仅一钱，市酒饮之，作诗自嘲云：“苍厓先生屡绝粮，一钱犹自买琼浆。家人笑我多颠倒，不疗饥肠疗渴肠。”事见周晖《金陵琐事》。其他事迹不详。

清河诗说：

石城邀笛主诗盟，六试金陵橐囊空。
潦倒布衣兄与弟，安南后裔数奇同。

### 35. 天哭星双尾蝎解宝　云间二唐
### 唐汝谔、唐汝询

唐汝谔(1551—1636)，著有《古诗解》二十四卷；唐汝询，生平不详，钱谦益曾晤之，相诵杜诗千言，一字不差，则可能活至天启年间。著有《唐诗解》五十卷。

清河诗说：

古诗汝谓已先登，髻弟读书仅五龄。
纪事结绳诗解就，骚坛有继左丘明。

## 36. 天巧星浪子燕青　华亭冯氏
## 冯恩、冯时可、冯大受

冯恩(1496？—1576)，字子仁，号南江，华亭人。嘉靖五年进士。擢南京御史。嘉靖十一年，上疏极论汪鋐等奸状，忤帝，下狱论死，朝审时面斥汪鋐，毫无惧色，时称口、膝、胆、骨“四铁御史”，长子冯行可持血书千里告请替死，免死戍雷州，六年赦还，穆宗即位，拜大理寺丞。

冯时可，著名诗人，曾结“中兴五子社”，有《雨航诗话》。侄冯大受亦嬗诗名，详见本书第七章。

清河诗说：

雨航风雅一时传，浪得虚名非偶然。
铁御后人传号令，中兴五子傲云间。

## 37. 地魁星神机军师朱武　金陵朱氏
## 朱衣、朱之蕃、朱之仕

朱之蕃等介绍，详见本书第五章。

清河诗说：

金陵题画咏春词，元介才情海外知。
中晚唐诗十二子，何如昭代百家诗？

## 38. 地煞星镇三山黄信　金坛王氏
## 王樵、王肯堂、王尧封、王彦泓

王樵(1521—1599)，字明远，号方麓，金坛(今属江苏镇江)人。嘉靖二十六年(1547)进士，授行人，丁母忧归。迁山东佥事，移疾归，素与徐阶友善，徐阶入阁屡荐，坚卧不起十四年。万历初，补浙江佥事，授尚宝卿。历南京太仆少卿，擢右都御史，以年老致仕。卒谥恭简。王樵生性恬默静慎，所至以宽简称，然使人不敢以私犯禁，论者以为“今时之古人”。达于经学，五经之学皆有撰述，著有《周易私录》、《尚书日记》、《诗考》、《周官私录》、《春秋辑传》等，另有《四书绍闻》行于世。其文章颇切实际，非模山范水、嘲风弄月之词；其诗虽不能自成一格，但冲和雅淡，不失雅音。著有《方麓居士集》十四卷。生平事迹见焦竑《澹园集》卷三三所作行状、《明史》卷二二一、过庭训《本朝京省人物考》卷二十九南直十九等。

王肯堂(1549—1613)，字宇泰，一字损庵，号念西居士，金坛县人，万历十七年(1589)进士，王樵之子。初授翰林院庶吉士，万历二十年(1592)因日寇辽东，上疏朝廷言边备懈怠，而遭有司嫉恨，遂辞官回乡，居家十四年。1606年，补南行人司副，迁南膳部郎，转福建参政，终于任上。肯堂博学多能，尤以医学、法学专家闻名于世，书法深入晋人堂奥。曾将王世贞起死回生，并传授其禅学心法以养精神。平生交游甚度，皆一时名流，如曾与缪希雍探讨医学，与利玛窦切磋历算，与邓伯羔探求《诗经》名物，与董其昌谈论书画古董，与释真可讲求参禅……无不兼收并蓄，故其学术堂庑特大。今传《念西笔尘》四卷。

王尧封(1550？—1620？)，王樵之侄，字尔祝，号华岗。早岁为诸生，擅属隽声。为文语必惊人，不极其意之所到不止。万历十一年癸未科(1583)高中探花，初授户部主事，因疏谏当朝，被外调为县令，守南昌府，左迁许州同知。中京察，已丁母忧，补官陈州，己亥擢守沧州；旋因为民请命、力减矿税，谪兖州别驾，擢南户部主事。因政绩突出，擢升户部郎中、兵部尚书。后遭弹劾，贬官黔之思南县，疏请以原官致仕。乃居家金陵，与原南户部郎中张文晖分购魏国公徐达之万竹园，更名为“佚园”，纵情于诗文酒社，朓听山川，吟啸日月以为乐。有《学惠斋稿》藏于家。

王彦泓(1593—1642)，字次回，金坛人，王樵曾孙。明末诗人，官华亭县训导。喜作艳体小诗，多而工，诗学李商隐而得其神似，著有《疑雨集》。

清河诗说：

方麓王公育子侄，一家医圣一家诗。
万竹园里社游日，兵部风骚比献之。

## 39. 地勇星病尉迟孙立　秀水项氏

项笃寿、项元汴、项道明、项德纯、项德成、项德桢、项鼎铉、项圣谟、项嘉谟

项笃寿(1521—1586)，字子是，号少溪，嘉兴人，名臣项忠之孙，项元

淇之弟(项元淇字子瞻，南太学生工诗古文辞，小楷工整，尤善草书。隆庆六年卒，年七十三。有《少岳山人集》，冯梦祯《快雪堂集》卷十三为其作《项长公墓志铭》)。嘉靖四十一年进士，授刑部主事，官兵部郎中，仕终广东参议，性友爱，与弟元汴皆好藏书，年六十六卒。有《小司马奏草》、《今献备遗》、《全史论赞》。同乡、同僚浔阳公董份为其撰墓志铭。

项元汴(1525—1590)，字子京，号墨林山人，别号墨林居士、香严居士、退密庵主人、退密斋主人、惠泉山樵、墨林嬾叟、鸳鸯湖长、漆园傲吏等，笃寿弟。工绘事，精于鉴藏，其所藏法书名画，极一时之盛，以天籁阁项墨林印记识之，惜兵乱之际，为千夫长汪六掠夺殆尽，多数流失。刊有《天籁阁帖》。董其昌《容台文集》卷八有其墓志铭。

项道明，项元淇季子，有《春晖堂诗集》(参《千顷堂书目》)。

项德纯，项元汴长子，名穆，号贞元、无称子，以字行。官中书。工书法，于晋唐名家无所不能。与伯父项元淇齐名，有《双美帖》行世。著有《书法雅言》、《元贞子诗草》。

项德成，项元汴次子，有《静远堂诗》。

项德桢，项忠长孙，项笃寿之子，万历十四年(1586)进士，有《明溺直录》，并为其祖辑录《项忠襄毅公遗稿》等。

项鼎铉，项笃寿之孙，举万历二十九年辛丑(1601)进士，因故不赴京，然终不得遣。著有《名臣宁攘编》、《魏斋佚稿》、《呼桓日记》等。

项圣谟(1597—1658)，元汴三子项德新之子，初字逸，后字孔彰，号易庵，别号有胥山樵、存存居士、醉风人、大西山人、莲塘居士、烟波钓徒、松涛散仙、逸叟、狂吟客、鸳湖钓叟、不夜楼中士等，著名画家，开“嘉兴画派”。亦工诗，顺治三年所作《山水诗画册》，时人称“六月雪篇有时变之感，望扶桑篇有故国之思，诗史之董狐也”。著有《朗云堂集》、《清河草堂集》等。

项嘉谟，元汴孙，有《读选堂词赋集》(参《千顷堂书目》)。

清河诗说：

富甲东南工画书，子孙藏鉴汇金窟。
不虞汪六千夫长，暴殄奇珍瞎眼珠。

## 40. 地杰星丑郡马宣赞　江陵张氏
## 张居正、张嗣修、张懋修

张居正(1525—1582)，字叔大，少名张白圭，号太岳，因籍贯湖广江陵，又称张江陵，著名政治家。十六岁受湖广巡抚、著名诗人顾璘提携，考中举人。嘉靖二十六年(1547)中进士，由庶吉士至翰林院编修。隆庆元年(1567)任吏部左侍郎兼东阁大学士。上《陈六事疏》，力主改革，与高拱并为首辅。万历元年，驱逐高拱，大权独揽，全面实施改革。以“考成法”整顿吏治，以“一条鞭法”复兴经济，国势大盛。万历十年卒。谥号“文忠”。著有《张太岳集》四十七卷、《书经直解》等。

张嗣修(1554？—？)，张居正次子，万历五年被钦定为榜眼。万历十二年四月，诏令查抄居正家产。长子张敬修自觉受辱，自缢而死。嗣修被发配充军至雷阳，卒年不详。

张懋修(1555—1634)，字惟时，号斗枢。张居正三子。少而颖异，工诗文。万历八年(1580年)庚辰科以打通关节获中状元。万历十二年因查抄案投井自杀未遂，又绝食而不死。1583年被万历发配充军雷阳，风趣甚苦。《汤显祖集》卷四十五有《寄江陵张幼君》一文记之。因久戍烟瘴地而死，年八十。不久，崇祯诏令平反，为其官复原职。著有《墨卿谈乘》十四卷。

清河诗说：

夺情居正纳私情，榜上高悬二子名。
显祖除名终进士，懋修夺冠败家声。

### 41. 地雄星井木犴郝思文　无锡华氏

#### 华察、华叔阳、华贞元、华允谋、华允谊、华允诚、华淑

华察(1497—1574)，字子潜，号鸿山，无锡人。嘉靖五年(1526)进士，累官侍讲学士，掌南京翰林院。二十三年(1544)于江南贡院拔擢王世贞中举。工诗，尝筑嘉遁园于鹅湖之滨，亭台楼阁，参差布列，与文士过从其间，颇盛一时。著有《华学士集》、《岩居稿》、《翰苑稿》、《皇华集》等。

华叔阳(1547—1575)，字起龙，华察之子，王世贞之婿，隆庆二年(1568)进士。官礼部主事。所作五言诗颇有父风，七言则词调朗畅，著有《礼部集》八卷行世。

华贞元(1576—1652)，字始得，号纫庵。华察从孙，从高攀龙受静坐说，尝留止默对，豁然见无隐之象。天启六年(1626)，徵士浦凌云偕弟凌仲汉开辟鸿山讲堂，力邀本邑名士高攀龙、吴桂森、华贞元等人避居讲学。又与高攀龙等再建东林书院(此前遭魏珰禁毁)。讲学之余，与钱一本等时相唱和，钱氏有《癸丑至日丽泽堂即事》十三首，贞元即有《和钱启新先生丽泽堂即事》

诗。又与吴桂森为至交，一同受《易》于钱一本，洞彻玄理。桂森死，为其著《息斋年谱》一卷，并作《吴觐华先生传》。著有《易意四书》及《闻见钞笔记》。(《锡金县志》)

华允谋(1576—1625)，字汝翼，号燕超。华允谊、允诚之兄，华贞元从子。万历二十八年举人。潜究易经，得其精义。曾与高攀龙、吴桂森诸人游鹅湖，始兴办学之志，曾主东林讲会。授宝应教谕。诸生争地，经劝导，各让不取。建兴让亭于其地。高攀龙从子高世泰曾作《华燕超先生传》以记之。著有《兴让堂集》。

华允谊(1578—1661)，字汝正，号龙超，晚号后庵，明末经学家。华允诚之兄。先从学于高攀龙，后又向钱一本学《易说》。曾主持东林讲会。明亡以后，隐居鹅湖，不与世相接。著有《春秋传》、《戴记纂疏》、《三像粹精》等书。《古今图书集成·学行典》卷一七六有传。

华允诚(1588—1648)，字汝立，号凤超，华允谊之弟。明天启壬戌进士，崇祯时官至兵部员外郎。与高攀龙情谊最深，声应气求。在华允诚从学期间，高攀龙即赞誉其"整齐严肃，怠若性成"。而在高攀龙投水自尽前，高氏曾写有《别允诚书》，以示"明以后死绝学之系属"。著有《春秋说》、《四书大全参补》等。

华淑(1589—1643)，字闻修，号断园先生。家有小筑曰断园，常引客唱和其中。于诗苦心数十年，别成机轴。曾主持"淮臻诗社"。因拥趸"竟陵派"，故钱谦益不仅在《列朝诗集小传》对其评价不高("其诗以清新深婉为宗，虽问津于时人，而能不堕其鬼趣")，而且在《华闻修诗草序》中，暗讽其诗"声利钩心，繁华铄骨，壮气攻其中，而偾盈张其外"。而华淑本人对其诗确有自信，他说："吾不取一时之好，冀千百年后有一人知我。千百帙中存其一帙，千百篇中存其一篇，而吾二十余年心血或借此一帙一篇以传。"著有《雪蕉集》、《闻睡阁集》、《华闻修诗草》，今已佚，存世有《吟安草》、《惠山名胜志》。编有大型诗选《盛明百家诗选》，今存《四库禁毁书丛刊》集部第一册，万历间刻，前有李维桢、邹迪光、陈继儒序。《四库全书总目提要》评为："变板重为轻巧，变粉饰为本色"，"惟恃聪明"，"矜其小慧"；朱彝尊则认为其选"弃苏合之香，取蛣蜣之转"，极尽诋毁之能事，盖其选附庸竟陵之故。

清河诗说：

太学风雅翰林传，冠盖梁溪满惠山。
后辈诗文法竟陵，招徕三笑讽华安。

## 42. 地威星百胜将韩滔　华亭徐氏

## 徐阶、徐陟、徐元春、徐本高、徐孚远、徐致远

徐阶(1503—1583)，字子升，号少湖，华亭人。曾密疏揭发咸宁侯仇鸾罪行，且擅写青词，为嘉靖帝所信任，提拔为大学士。和严嵩一起在朝十多年，谨慎以待；又善于迎合帝意，故能久安于位。起用晋江黄光升为刑部尚书，联手一举斗倒了权势熏天的严嵩。“徐阶曲意事严嵩”成为权谋术中的经典案例。任首辅多年，为两朝元老，人称“徐阁老”。辞退首辅前提拔了张居正。著作有《经世堂集》二十六卷、《少湖文集》十卷。另编有《岳庙集》，并行于世。

徐陟(生卒年不详)，徐阶之弟。嘉靖二十六年(1547)丁未科进士，以兄徐阶在吏部，规避不就庶吉士，授兵部武库司主事，历兵部员外郎郎中，改尚宝司臣，迁少卿，继迁光禄、太仆、太常三少卿，进南太仆卿，寻迁光禄卿、南大理卿，升南工部右侍郎，改南刑部右侍郎。隆庆元年(1567)引疾归里，不久卒。

徐元春(1547—1596)，字正夫，号寅阳，徐阶长孙。万历二年(1574)二甲进士，授任刑部。谨遵其祖所赐铭语，“毋躁进，毋上人，毋标榜立门户”。万历十一年(1583)官太常卿，为官二十年，侃侃持正。余暇则闭门读书，整理徐阶文稿。万历十七年(1589)致仕，著“爱日堂”，读书养亲。著有《西堂集》。

徐本高(1591—1645)，字维岳，号澹宁。以荫仕锦衣卫正千户。刚正有节，天启年间阉党乱政，本高命梨园演刘瑾故事，遭魏珰嫉恨。会杨涟、左光斗下狱，本高阴遣药敷之，魏珰遂矫诏削职放回。崇祯即位，召复原官。二年，都城被围，以分守彰义门功，升都督，晋秩太傅。旋乞养归。明亡，本高归里隐居。顺治二年清军下江南，乃绝食而死。

徐孚远(1599—1665)，字闇公，徐陟曾孙，徐元春从子，徐本高堂弟。幼能诗文，才气横溢。与陈子龙、夏允彝交厚，时人号“云间六子”。为“几社”创始人之一，旋加入“复社”。崇祯十五年(1642)举人。时内忧外患，孚远研习兵法，有仗剑救国之志。曾与陈子龙主编《皇明经世文编》。清顺治二年(1645)，清兵下江南，徐孚远与陈子龙、夏允彝等在松江起义抗清。失败跳城得脱。入闽，唐王授以福州推官，兵科给事中。次年，命为行人司使。唐王政权覆灭后，渡海入浙。往来于浙、闽间，联络各地义军，共图大事。顺治六年，复返浙东，拥戴鲁王，为左佥都御史。顺治八年，随鲁王逃亡到福建，居厦门。往来闽广沿海一带，联络郑成功与内地义军抗清。康熙二年(1663)，鲁王死，乃自厦门出走，流亡广东潮州府饶平县，继续从事抗清复

明活动。居二年病卒，全祖望一说客死台湾。著有《钓璜堂集》二十卷、《交行诗稿》、《海外集》等，纂有《十七史猎俎》一百六十卷，皆已散佚。合编有《几社会义集》七集等。

徐致远(1614—1671)，字武静。有文才，重气节，尚交游。与兄徐孚远、徐凤彩(1601—1650年后，字圣期，著有《毛诗博义》等)并称徐家"三凤"。崇祯五年加入"几社"，崇祯八年将临湖南楼别墅(生生庵)借与陈子龙、柳如是同居。顺治七年，为永历政权内联反清势力、外通郑成功，图谋恢复南都。同年七月参与"十郡大社"，东南文彦"连舟数百艘，集于嘉兴南湖。太仓吴伟业，长洲宋德宜、宝颖，吴县沈世英、彭珑、尤侗，华亭徐致远，吴江计东，宜兴黄永、邹祗谟，无锡顾宸，昆山徐乾学，嘉兴朱茂晭、朱彝尊，嘉善曹尔堪、德清章金牧、金范，杭州陆圻。越三日，乃定交去"(《吴伟业年谱》)。康熙中，兴复无望，忧愤卒。

清河诗说：

海内孤臣如倒悬，曾孙韬晦屡播迁。
遗风不减徐学士，曲事严嵩非等闲。

## 43. 地英星天目将彭玘　无锡安氏

## 安希范、安绍芳

安希范(1564—1621)，字小范，号我素。江苏无锡人，安如山之子。明万历年间进士，授礼部主事，因乞便养母，改南京吏部。万历二十一年(1593)因上《纠辅臣明正邪》一疏惹怒神宗遭贬，归乡后主讲于东林学院。与顾宪成、高攀龙等合称"东林八君子"。著有《天全堂集》。

安绍芳(1548—1605)，安希范之侄，字茂(懋)卿，号砚亭居士，无锡诸生，所居胶山，倚山筑"西林"，曰"西林一片石"，为晚明园林之冠，园中有三十二景，巨沼数百亩，蔽以芳渚，沼外古松千章，郁然深秀。王世贞撰《西林记》，誉之为"两百年来东南一名区也"。能诗，工词翰，书临曹娥碑，山水摹黄公望、倪瓒。旁及写兰竹，别具一种清芳。不易为人作，姑以自寄其潇洒而已。诗文集《芳草编》、《青萍集》、《二京集》、《西林纂》、《长干诗社》等五种。万历四十七年，分体汇入《西林全集》二十卷行世，凡诗十三卷、文七卷。前有俞安期序。与王穉登、胡应麟、皇甫汸、盛时泰相酬答，其诗清新婉丽，可以考见当时之三吴风雅。

清河诗说：

东林君子西林士，一片丹心一片石。
庄孔典型皆可法，文章千古几人知？

## 44. 地奇星圣水将单廷珪　余姚吕氏
## 吕玉绳、吕天成

吕玉绳(1560—)，名胤昌，字玉绳，以字行。一字麟趾，号姜山，和汤显祖同年(1583)进士，官宣城司理、吏部主事、工部员外郎，迁河南参议。万历二十六年(1598)由于党争受牵连，一度贬为江州通判，未赴任。终老于家。吴江吕氏为诗礼簪缨之族，玉绳之祖吕本乃嘉靖宰相，其父吕兑荫封中书舍人。其母为余姚孙镮，乃孙鑛之姊、孙如法之姑母，精曲律，善诗文。玉绳自幼受到良好的教育，及长，又和诸多文学家往来，曾代养屠隆家小、安葬状元沈懋学及汤显祖长子汤士蘧。与梅鼎祚、臧懋循、张凤翼、沈璟、汪道昆等也有密切交往。和其舅孙鑛时常书信往来，探讨诗学。吕玉绳还是“白榆社”主要成员之一。编有《夷坚支志》十卷，代刻梅鼎祚《古乐苑》五十二卷，代刻孙鑛《居业集》《后集》二十余卷；万历三十年，代刻陈邦瞻《荷华山房摘稿》七卷，著有传奇剧多种，曾改汤显祖《牡丹亭》为《同梦记》，汤显祖以“雪里芭蕉”为喻固执己见，从而引发了吴江派与临川派的著名论争。

吕天成(1580—1618)，字勤之，别号棘津、郁蓝生，诸生。有戏曲论著《曲品》和《神镜记》等十余种传奇作品。

清河诗说：

会真一剧两传奇，卧雪芭蕉费品题。
已授子侄辨曲律，更书娘舅话唐诗。

## 45. 地猛星神火将魏定国　宜兴陈氏
## 陈一教、陈于泰、陈于鼎、陈于廷、陈贞慧

陈一教，字函三，一字硐雲。宜兴人。万历二十九年(1601)进士。官潮州提学副使、浙江学政。曾校刻孙继皋《孙宗伯集》十卷。

陈于泰(1596—1649)，字大来，号谦如。陈一教长子。幼敏悟，好读书，十五岁时即精通经史。崇祯四年(1631)三月五日殿试原取吴伟业，但陈于泰

乃主考周延儒之姻亲，且行贿通关，得以高中状元。曾三次抗疏直言朝政，崇祯六年为宣府监视中官王坤所诋毁，被革职。明亡后，隐居不仕。

陈于鼎(1601—1659)，字尔新，号实庵，又号啸斋，别号南山逸史，陈一教次子。早年为漳州参将郑芝龙的家塾教师，教其子郑森。崇祯元年(1628)戊辰进士，选翰林院庶吉士，授编修。弘光时，官左春坊左庶子掌院事。明亡，侨居镇江。后降清，任弘文馆编修，因故革职。顺治十六年己亥(1659)，郑成功军入镇江，因“通海案”被押赴北京处决。工诗文，精音律，著有戏曲十种，曾批点古本《西厢记》。邹式金编印《杂剧新编》，收其杂剧五种。另著有《麟旨定》，为举业指南。

陈于廷(1566—1635)，字孟谔，号中湛。万历二十三年(1595)进士。历知光山、唐山、秀水三县，崇祯初征授御史。复削职而归。魏忠贤专权时，因党附东林而遭到排挤。遂辞职归里，病卒于家。生前以忠义节气教其孙陈维崧，后者成为清代第一词人。著有《定轩稿》。

陈贞慧(1604—1656)，字定生，明末诸生，中乡试副榜第二人。陈于廷之子。贞慧为复社成员，文章风采，著称于时，与冒襄、侯方域、方以智，并称“明末四公子”。曾与吴应箕等共议讨阮大铖，由吴起草《留都防乱檄》，揭贴于南京，为阮所恨。南明弘光朝，受阮迫害，一度入狱。入清不仕，隐居家乡，十余年不入城市。陈贞慧文章婉丽闲雅，兼擅骈散两体。著有《雪岑集》、《皇明语林》、《交游录》、《山阳录》、《书事七则》、《秋园杂佩》等；后三种，收入《太仓先哲遗书》，合称《陈定生先生遗书三种》。

清河诗说：

一门动静涉朝廷，三代东林砺志行。
国破四君何处是，徒留药地与陈生。

## 46. 地文星圣手书生萧让　吴兴吴氏
## 吴维岳、吴维京、吴稼澄

吴维岳(1514—1569)，字峻伯，吴兴孝丰人。生于明武宗正德九年，卒于穆宗隆庆三年，年五十六岁。嘉靖十七年(1538)进士。历官右佥都御史，巡抚贵州，平巨酋，诸夷畏服。维岳擅长书法，精通文学，尤卓于诗。维岳尝与王世贞、李攀龙等倡诗社，为“嘉靖广五子”之一。著有《天目山斋岁编》二十四卷、《奏议》与《海岱集》等。

吴维京(1530—1580前后)，字枢季，维岳弟。嘉靖四十一年(1562)进士，初授建宁府推官，擢升贵州思南知府。为臧懋循岳父。著作不详。

吴稼竳(1535—1596 前后)，字翁晋，自号大涤先生，吴维岳之子。官南京光禄寺典簿。累迁云南通判。少以诗见称于王世贞，王世贞见之惊呼“吾师(注：指吴维岳)有子，师不死矣”！钱谦益许之为后七子派之后进，他评价说：“(稼竳)弱冠称诗，为二公(王世贞、汪道昆)所推许，长而掉鞅词坛，勃窣苦心，自汉魏以及三唐，无不含咀采撷。然而游弇州、太函之门，风声气韵，多所熏染，求其超乘而上，则未能也。峻伯(吴维岳)论诗，有违言于历下，故弇州于峻伯颇有贬词。而翁晋(吴稼竳)学弇州之学，弇州力为援引，遂以有闻于时。其父子间流别如此。”吴稼竳工乐府，如健儿骑骏马，左右驰突，靡不如意。与同郡吴梦旸、茅维、臧懋循并称四子。著有《玄盖副草》二十卷、《南谐集》、《滇游稿》、《北征前后录》等。

清河诗说：

父叔进士老诗翁，四子在田不见龙。
王李当年模式在，难言诗道窘而工。

## 47. 地正星铁面孔目裴宣　无锡高氏
## 高攀龙、高世宁、高世泰

高攀龙(1562—1626)，字云从，改字存之，别号景逸。无锡人。万历十七年进士，授行人。因疏论辅臣王锡爵等，谪揭阳添注典史，辞归，家居近三十年，与顾宪成同讲学东林书院，时称“顾高”，为“东林八君子”之一。熹宗立，起光禄丞，累官至左都御史。因反对魏忠贤党，为阉党所恨，罗织罪名，进行陷害。他自度不免，投水而死。著有《高子遗书》、《二程节录》、《周易易简》、《春秋礼义》、《正蒙释》等。

高世宁(1598—1672)，字季远，高攀龙三子。为其父编有《高忠宪公年谱》二卷。

高世泰(1604—1676)，字汇旃，号石湖遗氓，高攀龙从子。崇祯十年(1637)进士，入清官至湖广提学佥事，于举子中拔擢王夫之，称其“忠肝义胆，情见乎词”。晚年重建东林书院燕居庙等屋，讲学其中。大学士熊赐履讲学出世泰门下，仪封张伯行、平湖陆陇其亦尝应其邀至东林讲学。然清代禁锢甚严，“小东林”未成气候。著有《三楚文献录》、《紫阳通志录》四卷等。

清河诗说：

东林忠宪美名传，一念执着大义全。
幸会陶庵归子慕，亦曾风雅赏锡山。

## 48. 地阔星摩云金翅欧鹏　嘉定李氏
## 李先芳、李名芳、李流芳、李杭之

李先芳，字茂实，李流芳长兄，万历十七年(1589)进士，初官中书郎，擢邢科给事中，迁四川参议，不半载卒于官。

李名芳(1565—1593)，字茂才，先芳之弟，李流芳二兄。万历二十年(1592)进士，擢馆职不逾年，病卒于京师。

李流芳(1575—1629)，字长蘅，一字茂宰，号沧庵、慎娱居士。万历三十四年(1606)举人，后三次参加会试皆落第。熹宗天启二年(1622)，广宁陷，京师震惊，遂束装南返，作《南归诗》以寄慨。归里，筑檀园，读书其中，绝意进取。性好佳山水，曾数次至西湖，诗酒笔墨，淋漓挥洒。与程嘉燧、娄坚、唐时升并称“嘉定四先生”。其诗风清雅简淡，逸气飞动。钱谦益谓“其持择在斜川、香山之间……晚尤逊志古人，草书杜、白、刘、苏诸家诗，至数十巨册，故于诗律益细”(《列朝诗集小传》)。著有《檀园集》十五卷。其生平见钱谦益《列朝诗集小传》丁集下及《李长蘅墓志铭》(《初学集》卷五四)。《明史》卷二八八有传。

李杭之(？—1645)，字僧筏，流芳之子。诸生。性放旷，放浪山水间。诗文书画俱以父为师，画笔酷似其父。工山水，有《月泛烟岫图》、《山水扇》等。清初死于“嘉定三屠”。

清河诗说：

嘉定先生笔墨酣，风流诗卷美名传。
可怜巢覆无完卵，陨落英才沟壑间。

## 49. 地阖星火眼狻猊邓飞　山阴祁氏
## 祁承㸁、祁彪佳、商景兰

祁承㸁(1563—1628)，字尔光，号夷度，又称旷翁、密士老人，山阴人。明藏书家，万历三十二年(1604)甲辰进士。授宁阳县令。迁兵部郎中。官至江西布政使司右参政。少壮即喜藏书，不幸遭火灾，所购片楮不存。通籍后，每到一地必访求图书。历二十余年，聚书达十万余卷。在绍兴梅里建有“旷园”，内设“淡生堂”藏书楼，藏书量于江南首屈一指。为保存图书，订有《淡生堂藏书约》，编了《淡生堂藏书目》十四卷。工诗文，著有《淡生堂集》、《两浙著作考》等四十三种，并辑有《国朝征信丛录》，编有《淡生堂明人集部目录》等。

祁彪佳(1602—1645)，字虎子，又字幼文、弘吉，号世倍。承㸁之子。天启二年进士，次年任福建兴化推官。崇祯四年升任右佥都御史，因秉公查处周延儒虐民之事，受其排斥，家居八年，崇祯十四年(1641)，起为河南道御史。清兵入关，任苏松总督。清兵攻占杭州后，自沉殉国，留有遗诗。中有“含笑入九原，浩然留天地”之句。卒谥忠敏。今人辑成《祁彪佳文稿》全三册。

商景兰(1605—1676)，明末清初诗人，字媚生，明兵部尚书商周祚长女，能书善画，德才兼备，其妹商景徽亦工诗。万历四十八年(1621)适同邑祁彪佳为妻，伉俪相敬，琴瑟和谐，时人以金童玉女相称。清顺治二年(1645)，清兵攻下南京，彪佳以身殉国。景兰深明大义，挑起教子重任，即和遗诗所云“存亡虽异路，贞白本相成”者。二子理孙、班孙，三女德琼、德渊、德宦及二媳朱德蓉、张德蕙，俱以诗名。每暇日登临，令媳女辈分韵竞题，一时传为胜事。著有《锦囊集》(旧名《香奁集》)，收诗67首。

清河诗说：

千古忠魂祁御史，一门风韵澹生堂。
金童玉女人争羡，最恸哀诗是悼亡。

## 50. 地强星锦毛虎燕顺　吴兴凌氏
## 凌义渠、凌濛初

凌义渠(1591—1644)，明代文学家、雕版印书家。字骏甫，号茗柯，乌程人。天启五年(1625)进士，初授行人，崇祯三年(1630)授礼科给事中，知无不言，为晚明一代名宦。擢山东布政使。官至大理寺卿，李自成攻入北京，乃悬梁自尽。赠刑部尚书，谥忠介。诗深靓幽洁，清新工丽，且不乏阳刚之气。论诗主性情，认为“诗者，情之具也”。主张从不同侧面欣赏诗歌，“若偏其颇，则像山中看山，不见真山矣”。所著有《凌忠介公集》、《使岷诗》、《湘烟录》传世。

凌濛初(1580—1644)，字玄房，一字元方、初成，号即空观主人，凌义渠族兄。初郁郁不得志，专以刻书著作为事。明崇祯四年(1631)，以副贡选授上海县丞，署海防事。在职期间，清理盐场积弊，颇有政声。擢徐州通判，居房村治河。时何腾蛟备兵淮、徐，因慕凌濛初才名，征入幕下。进献剿"寇"十策，因功被授为楚中监军佥事。不赴，仍留房村。崇祯十七年三月，李自成率农民起义军攻打徐州，凌濛初率军抵抗，后见大势已去，呕血数升而卒。著有《言诗翼》、《诗逆》、《诗经人物考》、《国门集》、《国门乙集》、《鸡讲斋诗文》、《燕筑讴》、《南音三籁》、《东坡禅喜集》、《合评选诗》、《陶韦合集》、《惑溺供》等。

清河诗说：

诗入竟陵写锦笺，凌公幽笔录湘烟。
族兄二刻惊奇作，陶韦合集并世传。

### 51. 地暗星锦豹子杨林　昆山俞氏
### 俞璋、俞允文

俞璋，字朝相，昆山人，举正德辛未(1511)进士，授嘉兴府推官，迁湖州、泉州二郡，所至以平恕宽仁称，擢南京大理寺评事，嘉靖三年以疾卒于官。《明诗综》卷三十九录其诗。

俞允文(1513—1579)，字仲蔚，世为昆山人。俞璋之子。早年为诸生，十五岁时作《马鞍山赋》，名动吴中。十七岁时，吴郡别驾李浙见其文，誉为"神龙天马"，补为郡庠弟子员。工行书，嘉靖二十六年丁未(1547)，学归昆山，闭户读书，自号"古初子"。屡试不第，名列"广五子"之首。王世贞尝言："吾所与布衣游者三人，俞允文仲蔚、谢榛茂秦、卢柟次楩。"《明史·文苑传》云："嘉、隆、万历间，布衣山人以诗名者十数，俞允文、王叔承、沈明臣辈尤为世所称。"允文诗兼宗屈子《离骚》、汉魏晋古风、唐初盛中期格律诗，尤重气韵与性情，并不苟同后七子诗学主张。有《俞仲蔚集》。编有《名贤诗评》二十卷。

清河诗说：

评点名贤王李倾，少年走马裁诗成。
可怜一世时文缚，辜负当初五子名。

## 52. 地轴星轰天雷凌振　长洲陈氏
## 陈允坚、陈仁锡、陈济生

陈允坚，字贞甫。少时即以学行为乡里所推重。万历二十三年(1595)乙未科进士。博学通六经，学术精湛，门下士甚众，《明史》云“通经学，士多从之。每乡试榜发，吴中中式者半其门下士。及为治，有古循吏风，班史所谓以文学饰吏治者欤?”通籍后，历任浙江诸暨县知县、崇德县知县，“以贤能异等著闻，秩满推吏部主事”，未赴任即病故，卒年四十六岁，入祀乡贤祠。

陈仁锡(1581—1636)，字明卿，号芝台，允坚之子。幼年即笃志好学，博览经史。17岁为万历二十五年(1597)丁酉科乡试举人，天启二年(1622)壬戌科以殿试一甲第三名进士探花及第，授职翰林院编修。由编修值经筵日讲官，掌典诰敕，专门负责草拟朝廷各种重要法令公文。以忤魏忠贤而被削职为民。崇祯初召复故官职，累迁国子监祭酒。卒谥“文庄”。清代虎丘有“三讲官祠”，并祀文震孟、姚希孟及陈仁锡。著有《四书备考》、《经济八编类纂》、《重订古周礼》等。

陈济生，字皇士，仁锡之子、顾炎武姊婿，曾师从明末大学者黄道周、刘宗周，并能传其学。明末，曾以荫官太仆寺丞。明亡，隐居乡里，奉养老母。“著书甚多。所编《启祯遗诗》，皆海内忠臣义士之作，尤有稗世教”。卒年47岁，门人私谥“节孝先生”。

清河诗说：

一门风韵出长洲，三讲祠堂学正猷。
不让先君陈祭酒，启祯诗卷续春秋。

## 53. 地会星神算子蒋敬　无锡顾氏
## 顾起经、顾起纶

顾起经(1515—1569)，明诗文家、学者。字长济，又字元纬，号九霞，别号罗浮外史，无锡人。顾可观之子，后嗣可学。从可学官京师。严嵩知其才，邀其作应制之文，辞去。由诸生补国学，选授广东盐课副提举，兼署市舶司。素以才气自负，著述甚富，有《诗解颐》、《大学衍义补要》、《易呓语》、《八阵图考》、《舞谱》等数十种。

顾起纶(1517—1587)，诗论家、学者。字更生，号元名，一作玄言。起经之弟，从父顾可学挈至京师，代为就厘应制之文，多称帝意。以国子生累官郁林州同知，以罪罢归。起纶豪于诗酒，善书法，著有《句漏集》四卷，《赤城集》三卷，及《国雅》六十卷，均载于《四库全书总目提要》，并行于世。

清河诗说：

节气两高诗解颐，无锡二顾帝王知。
开元大历唐音正，国雅才情蕴藻思。

## 54. 地佐星小温侯吕方　桐城方氏
### 方孟式、方维仪、方孔炤、方以智、方文

方孟式(？—1640)，字如耀。桐城人。大理卿方大镇之女。素秉忠孝，敏而好学。九岁有咏絮才，为其父所笃爱，常目之而叹曰：“有此子为快，惜是女。”年十五，嫁张秉文(字含之)，万历三十八年(1610)进士，官至山东布政使。方氏随夫远官燕、闽、楚、粤，夫妇间唱和吟咏，相互爱重。崇祯十三年(1640)秉文战死于济南城上，孟式堕池而亡。原有《纫兰阁前后集》八卷，原本已不传，今有重辑本《纫兰阁诗集》十四卷。

方仲贤(1585—1668)，字维仪，以字行。17岁嫁姚孙啟，旋为嫠妇，守志于清芬阁，与弟媳吴令仪共以文史代女红，悉心教养方以智，使其成为一代学者。有《清芬阁集》七卷。又编历代妇女作品为《古今宫闺诗史》，主刊落淫哇，区明风烈。姊妹事迹见钱谦益《列朝诗集小传》闰集。

方孔炤(1591—1655)，字潜夫，号仁直。兵部侍郎，方孟式之弟。万历四十四年(1616)丙辰进士。除嘉定知州，移福宁，迁职方员外郎，擢尚宝司卿、兵部主事，以都御史巡抚湖广。旋为杨嗣昌所劾，议戍。遭乱归隐山中。取环中《易》读之，著成《时论》云：“此孤臣一缕心血所濡也。”及卒，门人私谥为贞述先生。著有《周易时论》二十二卷、《尚书世论》二卷、《诗经永论》四卷、《礼节论》若干卷、《春秋窃论》二卷、《全边纪略》十二卷、《抚楚疏稿》四卷、《环中堂集》十二卷。

方以智(1611—1671)，字密之，号曼公，又号鹿起、龙眠愚者、药地大师，方孔炤之子。崇祯十三年(1640)进士，官检讨。弘光时为马士英、阮大铖中伤，逃往南方以卖药自给。清兵入粤，乃于梧州出家，法名弘智。康熙十年(1671)因“粤难”被捕，于押解途中逝于江西万安惶恐滩。方以智家学素有渊源，博采众长，主张中西合璧，儒、释、道三教合一。诗学亦受禅宗启发，提出“中边”理论。一生著述400余万言，多有散佚，存世作品数十种。

著有诗文集《浮山文集》、《博依集》、《通雅》、《切韵源流》、《流寓草》等，皆传世。

方文(1612—1669)，字尔止，号嵞山，又名一耒，字明农，别号淮西、忍冬，方孔炤从子。明诸生，入清不仕，隐居金陵。方文少有才名，高自标表，好结交四方名士，与贵池吴应箕辈及复社、几社诸君子相厚善。刻意为诗，则嫉愤举世，世无当其意者，以故多龃龉。自明而清，三十年间以诗名家。其诗朴老真至，浑脱有杜陵之风；又好学香山，坚老纯熟，清真如话，不离平实，却自精微。钱谦益曾序其集；后与孙枝蔚、姚佺合刻为《三家诗》。著有《嵞山集》一二卷、《续集》四卷、《又续集》五卷。

清河诗说：

文章代代出桐城，忠义道德世所尊。
闺阁塾师姊妹似，一门英烈壮乾坤。

## 55. 地祐星赛仁贵郭盛　常熟瞿氏
## 瞿景淳、瞿汝稷、瞿汝说、瞿式耜

瞿景淳(1507—1569)，明代官吏、学者。字师道，号昆湖，江苏常熟五渠人。幼聪慧，八岁能文。嘉靖二十三年(1544)会试第一，殿试第二(榜眼)，授编修。为人清廉刚直，历官至吏部右侍郎。隆庆元年(1567)召为礼部左侍郎兼翰林院学士，总校《永乐大典》，修《嘉靖实录》。卒后，赠礼部尚书，谥文懿。著有《瞿文懿制敕稿》一卷，《制科集》四卷，诗文集十六卷。

瞿汝稷(1548—1610)，字元立，号洞观。号幻寄道人、槃谈等，瞿景淳长子。以荫补官，三迁刑部主事。历任黄州知府、邵武知府、辰州知府、长芦盐运使，累官至太仆寺少卿。幼秉奇慧，博学无所不窥，宿通内外典，一时推为多闻总持。万历三十年(1602)，撮汇历代禅宿法语为《指月录》三十卷，盛行于世。另著有《瞿冏卿集》十六卷、《石经大学质疑》、《兵略纂要》十二卷及诗文集十六卷等。

瞿汝说(1565—1623年)，字星卿，号达观。瞿景淳四子。五岁丧父，每构文成，则跪荐父木主前。万历十二年(1584年)甲申，补博士弟子员。据其子瞿式耜《行状》描述，曾与执友邵濂、顾云鸿、瞿纯仁“结社拂水，创为一家言，以清言名理相矜尚，而府君(瞿汝说)尤以精深雅则为一世所宗”。万历二十九年(1601)中进士。官至湖广提学佥事、广东布政参议，亦以刚正闻名。著有《皇明臣略》。父子三人《明史》皆有传。

瞿式耜(1590—1650)，字起田，号稼轩、耘野，万历四十三年(1615)乙卯举人、四十四年(1616)丙辰进士。瞿汝说之子。由知县起仕，崇祯一朝官至户科给事中。后任南明广西督师，晋升太保兼太子太师，吏部尚书、兵部尚书，中极殿大学士，封临桂伯。永历四年十一月，桂林城破，端坐府中死难。曾与钱谦益共倡“虞山派”。著有《愧林漫录》、《松丸集》、《云涛集》等。

清河诗说：

一门青史俱流芳，父子文章馆阁长。
更有幼孙通海事，虞山家望正而刚。

## 56. 地灵星神医安道全　长洲冯氏<br>冯梦桂、冯梦龙

冯梦桂，字若木，工诗词，《太霞新奏》卷一有其《古风》一首，风格酷似李贺。兼善书画。学问博淹古今，曾校订《广博物志》。与董斯张相交莫逆，董有《雨中卧病村居寄冯大若木》、《赠别冯大若木二首》等作。与其弟梦龙、梦熊号称“吴下三冯”，在当时有广泛的诗学声誉。惜其作品已佚。

冯梦龙(1574—1646)，字犹龙，又字子犹，号龙子犹、墨憨斋主人、吴下词奴、姑苏词奴、前周柱史等。长洲人。少时才华横溢，博学多识，为同辈所钦服。治学不拘一格，为人也放浪不羁，不受名教束缚。曾与文震孟、姚希孟、钱谦益等结社交游。又馆于嘉定侯氏，与峒曾兄弟及其他名士卷帙过从，文章往还。熊廷弼督学南京时，曾视冯梦龙为隽才宿学，予以甄拔。然其屡考科举不中，久困诸生间，落魄奔走。万历末，还应麻城田姓邀请，去讲授《春秋》。天启元年(1621)，受魏阉迫害，始发愤著小说多种，以“三言”名震天下。崇祯三年(1630)，冯梦龙57岁始取得贡生资格，并踏上从政之路。初任丹徒县训导，崇祯七年升福建寿宁知县。任职期间，“政简刑清，首尚文学”(康熙《寿宁县志·循吏传》)，曾编修《寿宁县志》。十一年秋满离任，归隐乡里。晚年仍孜孜不倦，著述以终。著有文人笔记《情史》、《智囊全书》等。另有诗集《七乐斋集》，今不传。

清河诗说：

辑佚三言号墨憨，麟经指月九州传。
寿宁县令尚文学，情史助澜孽海天。

## 57. 地兽星紫髯伯皇甫端　无锡邹氏

### 邹龙光、邹迪光、邹履、邹明良、邹式金、邹兑金、邹漪、邹忠倚

邹龙光，邹迪光兄，与迪光同科进士。

邹迪光(1555—1631)，字彦吉，号愚谷。系万历二年(1574)癸酉科进士，授工部主事，官至湖广提学副使，提携钟惺中举。万历十七年，罢官归里。时年不及四十，卜筑惠山下，征歌度曲，饮酒赋诗，悠游山林三十余年。与王世贞、屠隆、李维桢、汤显祖、梅鼎祚、冯时可等交游。为文排诋公安，而维护弇州。著有《始青阁稿》二十四卷、《天倪斋诗》十卷、《郁仪楼集》五十四卷、《调象庵稿》四十卷、《石语斋集》二十六卷、《文府滑稽》十二卷等。

邹履，字德基，号二痴，邹迪光次子。工诗文。

邹明良，与其叔邹迪光、邹龙光同科进士。

邹式金(1596—1677)，字仲愔，号木石、香眉居士，邹迪光从孙，自幼从叔祖迪光学音律(据其《杂剧三集》卷首小引："忆幼时侍家愚谷老人，稍探律吕")。明崇祯十三年(1640)进士。任户部郎中。明亡后归隐众香庵。工古文词，有杂剧《风流冢》、《杂剧新编》、《宋遗民录》、《香眉亭诗集》、《香眉语录》等。

邹兑金(1599—1646)，字叔介，式金弟。崇祯三年中举。后赴京会试时于镇江金山以重资悬赏搭救覆船落水者之人，因囊中空空，不得赴试。作杂剧《空堂话》和《醉新丰》。

邹漪(1615—?)，字流漪。邹式金子、邹龙光曾孙。崇祯十七年(1644)，以"柳园草堂"之名刻所编《启祯野乘》十六卷；著有《流漪诗集》，辑有《红蕉集》二卷、《名家诗选》二十四卷等。

邹忠倚(1623—1654)，字于度，号海岳。无锡后宅人。生于明熹宗天启三年(1623)，崇祯十五年(1642)中举。清顺治九年(1652)高中状元，授翰林修撰，两年后病卒。著有《雪蕉集》、《箕园集》。

清河诗说：

湖广提学友弇山，提携伯敬厌公安。
裔孙发奋夺魁首，告慰无锡曲状元。

58. 地微星矮脚虎王英　嘉兴李氏
李日华、李肇亨

李日华见本书第五章。

李肇亨，生卒年不详，字会嘉，号珂雪，又号醉鸥、爽溪钓士。李日华之子。明亡后为僧，法名常莹，住超果寺。工书法，摹褚。精画理，善山水。亦工诗，有《写山楼》、《率圃》、《梦余诸草》等集传世。

清河诗说：

日记万言恬致堂，斋名六砚总痴狂。
大家博物酒德颂，小品紫桃水味长。

59. 地慧星一丈青扈三娘　苏州赵氏
赵宧光、陆卿子、赵均、文淑

赵宧光等，详见本书第七章。

清河诗说：

嫡宗宋室不为官，草篆开新吴派传。
父子婆媳创作日，钟声夜半到寒山。

60. 地暴星丧门神鲍旭　福清林氏
林章、林君迁、林古度

林章(1551？—1599？)，初名春元，字寅伯，又字初文。福清人。7岁能诗，13岁上书督抚请缨抗倭。万历癸酉举人，因坐事被除名。曾访问戚继光，谈论兵事，得戚继光赏识。后侨居金陵，藏书甚富，架上多谢翱、郑思肖等旧藏。据《闽藏书家考略》称，他撰有《述古堂书目》二卷，今无考。其后旅燕京十数年，上书止矿税，兼述立兵兴盐之策，为宦官所嫉，下狱，暴死于狱中。为诗爽朗雄壮，诸体具备，文则直摅胸臆，能成一家言。曹学佺《林孝廉集序》略云："其在公车也，不欲以庸孝廉自处，好为人排难解纷，乃以无心获罪，于狱中作文若干首，司寇谢公大奇之……君之诗，《蛾眉篇》最著。《秋征赋》，司寇以之自比……予交其子，乃得读之，窃叹司寇为知言。"著有

《林孝廉集》、《青虬记》、《诗选》等。今仅有日本内阁文库《林初文诗文全集》(计十九卷，其中文十一卷，诗赋八卷)存世，为明崇祯刊本，朱字评语、朱墨合套，为原刊二十卷本改编者。

林君迁，生卒年不详，一名懋，亦作楙，林章长子。能诗，居金陵。万历四十七年(1619)，与谭元春、潘之恒、茅维、其弟古度、钟惺曾有“乌龙潭诗会”。其余不详。

林古度(1580—1666)，字茂之，一字那子，晚号乳山道士。福清人，林章次子。居江宁，为著名书坊主，刻印过曹学佺《蜀中名胜记》三十卷，周复俊《全蜀艺文志》六十四卷，杜应芳、胡承诏《全蜀艺文志续集》五十六卷。崇祯元年(1628)刻印过林章《林初文先生诗选》一卷。崇祯十三年(1640)刻印过宋郑思肖《井中心史》七卷。早年与钟惺、谭元春为友，但其诗不受钟、谭之局限，诗风清新。钱谦益谓“闽中诗派，宗子羽而补善夫，以摹仿蹈袭为能事。初文才情跌宕，于唐人格律，时欲跳而去之。要能不为闽派所羁绁，可谓杰出者也”。常至邹典“节霞阁”，与邹典、葛震甫、顾与治、宋比玉等拈韵绘图，东园为之生色。晚岁与王士祯平山堂诗会，并以诗稿付王。康熙五年卒，年八十七。纂《深水县志》、《高淳县志》；著有《挂剑集》、《林茂之诗选》二卷。

清河诗说：

京华羁旅十春秋，策论青袍世寡俦。
始信遗传风骨在，闻声草野至瀛洲。

## 61. 地然星混世魔王樊瑞　秀水冯氏 冯梦祯、冯千秋、(附)冯小青

冯梦祯见本书第六章。

冯千秋，名延年，浙中名士，冯梦祯之孙。崇祯乙亥(1635)拔贡，颇以诗文擅名，家素封，因无子，买妾维扬，得冯小青，以妻妒置之别室，似亦处置得当。不意小青才隽而年夭。

冯小青，一名玄玄。广陵人。容态妙丽，通文翰，谐声律，精诸技。16岁从冯千秋为妾。为其正妻所嫉，徙杭州西湖孤山别墅独居。因其青春失意，年仅18岁便抑郁而卒。著有《焚余草》、《翠楼集》，明刊本附于《风流院》传奇之后。事见《历代妇女著作考》卷六引《西泠闺咏》等。

清河诗说：

祭酒金陵徙武林，西溪别墅寄幽情。
无人膝下悲冯子，岂独伤心是小青。

## 62. 地猖星毛头星孔明　无锡华氏
## 华善继、华善述

华善继(1545—1621)，字孟达，号济川无锡人。嘉靖贡生。初官浙江布政司都事。历任桐乡、昌化知县。俱有惠政。后官至永昌府通判。与其弟华善述并有才名，与王世贞友善，被目为“四十子”之一。乞终养归。精于诗词古文，一生传世文献很多。生平事迹见明华允诚等编《华氏传芳集》卷六。有《孟达集》十二卷、《孟达诗集》十四卷、《折腰漫草》八卷传世。

华善述，字仲达，无锡人，华善继之弟。生卒年均不详，明神宗万历十年前后在世。与兄善继俱有才名。著有《被揭先生稿》十七卷，《四库全书总目提要》王世贞为之序。

清河诗说：

精研几何擅历法，不妨华氏作诗人。
已吐玄珠测地理，更传格调度金针。

## 63. 地狂星独火星孔亮　华亭莫氏
## 莫如忠、莫是龙

莫如忠(1509—1588)，字子良，号中江。松江华亭人。1538年考中进士，曾任贵州提学副使，浙江布政使，莫如忠亦擅书法，尤善草书，与子是龙被董其昌尊为“当代二王”。亦工诗，尤工近体，有《崇兰馆集》。

莫是龙(1537—1587)，字云卿。以字行。后又更字廷韩，号少江、后明、秋水、莫伯子、碧山樵、贞一道人等。莫如忠之子。10岁能文。长而隽才益显，以诸生贡入国学。少负俊才，工诗善文，董其昌称其诗“虽嘉靖诸子凌厉一时，海内名流洄沿景赴，独廷韩富有天才，自开堂奥，国工大匠莫不延想风华，赏其高韶，故张中丞肖甫、汪司马伯玉皆推置盟坛，称雄共霸”《莫廷韩选集序》。尝与乡里同好举鸳峰诗社以自娱，万历初与张文柱等参与朱孟震、陈芹等所主青溪诗社。王世贞、皇甫汸等极称其才。然一生偃蹇不第，以贡生终，时人惜之。有《石秀斋集》十卷，董其昌、陈继儒、陈子龙为序。

清河诗说：

历来诗道重艰辛，当代二王贵写真。
屡试金陵存雅望，主盟竟是莫山人。

## 64. 地飞星八臂哪吒项充　苏州三张
## 张凤翼、张献翼、张燕翼

张凤翼（1527—1613），字伯起，号灵虚，别署灵墟先生、冷然居士。南直隶苏州府长洲（今江苏苏州）人。与弟燕翼、献翼并有才名，时人号为“三张”。嘉靖四十三年（1564）与燕翼皆中举人。为人狂诞，擅作曲。诗文有《处实堂集》八卷，及《梦占类考》、《海内名家工画能事》、《文选纂注》、《四书句解》、《瑞兰阁景行录》、《清河逸事》、《自订年谱》、《国朝诗管花集》等；另有《敲月轩词稿》，久已散佚。

张献翼（1534—1601），字幼于，后更名敉，明代长洲人。张凤翼之弟。生卒年均不详，明神宗万历初前后在世。嘉靖中国子监生。为人放荡不羁，言行诡异，精于易，其说《易》诸作，皆平正通达，笃实不支，为人所称。献翼著作，有《文起堂集》十卷，《纨绮集》一卷，及《读易纪闻》、《读易韵考》等，均《四库全书总目提要》并行于世。

张燕翼（1543—1575），字叔贻，献翼弟。嘉靖甲子举人。早卒。见陈文新主编《中国文学编年史》明中期卷第419页：张凤翼《处实堂集》卷七《哭弟叔贻文》云：“万历乙亥冬，叔贻卒。”《花当阁丛谈》卷四《三张》：“十三工属文，十七为郡诸生。遂偕伯氏领乡荐，一时才名籍倾吴中。三试春官三不利，而其最后司试得其文，称善，且见录，用小不及格罢。归而取其巾服及书笥焚之于庭。识者知非吉兆。遂以其明年感末疾卒。仅三十三岁。”张燕翼为徐复祚岳父。余不详。

清河诗说：

吴中三翼和云翥，春燕离巢惭世英。
伯起时文终偃蹇，幼于读易竟无成。

## 65. 地走星飞天大圣李衮　太仓王氏
## 王锡爵、王衡

王锡爵(1534—1620)，字元驭，号荆石，太仓人。嘉靖四十一年(1562)会试第一，廷对第二。授编修。万历五年(1577)以詹事掌翰林院。万历十二年官礼部尚书，兼文渊阁大学士、吏部尚书。万历二十年，复起为武英殿、建极殿大学士。一年后因病致仕。卒蕴文肃。有《王文肃集》、《疏草》等。有《王文肃集》五十三卷，附录二卷，《文肃奏草》二十三卷。

王衡(1561—1609)，字辰玉，号缑山，别署蘅芜室主人。万历十六年(1588)在顺天乡试中解元，复中十七年会试会元，因其父系首辅，前有张居正之舞蔽先例，而遭到朝中清议派置疑，罢去进士题名。王锡爵致仕，万历二十九年(1601)王衡再次上京，高中榜眼，授翰林院编修。奉使江南，告假致仕，属疾不起。王衡自幼从王世贞学诗文，有较高造诣，年十四，作和《归去来》词，以讽张居正，馆阁中争相传写。《列朝诗集小传》称其“学殖益富，能诗善书，散华落藻，名动海内”。王衡少为诗，落笔数千言，已而多所持择，每一诗就，则悄然不自得。其友唐叔达规之曰：“探珠于渊，采玉于山，谈何容易，子殆将进也!”辰玉自以宰相之子，当通达古今治体，讲求经世要务，又奋欲以制科自见，穷日夜之力于斯二者，而以其余力为诗。

清河诗说：

王门高第尚书衡，多事南窗笼碧纱。
拜女昙阳稀罕事，南宫两进毋须夸。

## 66. 地巧星玉臂匠金大坚　乌程闵氏
## 闵齐伋、闵景贤

闵齐伋(1580—?)，明刻书家。字及五，号遇五，晚年自号三山急客，乌程(浙江湖州)人。精通文字学，多有建树。著《六书通》。首开雕版套印之先河，刊刻善本秘籍。与族人闵齐华、闵象泰、闵映壁、闵振业、闵景贤等三十余人历时20余年，刊刻印刷书籍计117部145种。其双色、三色、四色、五色套印之经、史、子、集翘楚同侪，士民争相垂涎而购，称“闵刻”，风靡天下，为一时之冠。世所传朱墨字版、五色版谓之“闵本”者，多为其所刻。

闵景贤，字士行，乌程著名刻书家，室名快雪堂，曾刻《布衣权》诗总集，推举新安布衣诗人吴梦旸为“布衣之冠”。该书系首部布衣诗人总集，惜于清代中叶佚失。天启七年(1627)，编辑小品丛书《快书》，崇祯二年(1629)又辑成《广快书》50种50卷，此中有觳斋主人《独鉴录》诗话一卷，共三十五则。

清河诗说：

五色刻书世所罕，秘籍善本赖其传。
快书小品布衣振，具眼乌程闵景贤。

## 67. 地明星铁笛仙马麟　仁和陆氏
## 陆彦龙、陆云龙、陆人龙

陆彦龙(1584？—1644)，一名梦龙，字骧武，钱塘人。祖父陆振音，治《易》而举孝廉，学者号“庸成先生”。父允同，字汝锡，举秀才，有长者行。母钟氏娠身临月而梦龙，遂名之，已又更今名。彦龙儿时早惠，出口成章。少长，倜傥有大度。既弱冠，益务博学，工文词。补邑诸生，累试则高等。意气爽迈，饶姿质，修长白皙，举止轩轩，酒闲谈次，远近毕集。华亭陈继儒有当世名，尝一过西湖上，陆彦龙偕数辈过问，值卧时不起，即叱门者覆刺贻诗以讽。陈继儒忙追谒修谢。春官不第，处负郭穷巷；然声称大起，又游遍海内。乃独与其同郡陆圻、陆培、陆堦兄弟及朱革新、徐继恩、吴百朋、陈廷会、孙治诸子者最相友善；文义劘切，颇有“澄清天下”之志。清兵下江南，其父陆允同坐“无妄”被收，发愤病卒；而陆彦龙初不获讣，逾岁始闻，哀恸而卒。有《焚余稿》、《征君集》。

陆云龙(1587？—1644)，字雨侯，号孤愤生。编有《翠娱阁评选皇明十六名家小品》三十二卷，崇祯间刻本，原题“西湖何伟然仙郎选，钱塘陆云龙雨侯评”。陆人龙，生卒年不详，字君翼，浙江钱塘(今杭州市)人，崇祯时著名的明清小说撰写者、评点者、刊刻者。著有《型世言》。

清河诗说：

仁和陆氏号三龙，型世焚余比二冯。
再刻惊奇倡小品，翠娱阁上起春风。

## 68. 地进星出洞蛟童威　金陵李氏
## 李言恭、李宁俭

李言恭(1541—1599)，字惟寅，号秀岩，明开国功臣李文忠后人，万历三年(1575)袭封临淮侯，环卫侍直，守备南京。万历十四年调京城，加太保，总督京畿。言恭以武人而好文，实出家学渊源。其父李庭竹，人称盱山公，以“宏德邃学，庄简恤士”著称。隆庆二年，李庭竹镇守湖广，李言恭随父移驻南京。钱谦益对李言恭诗文渊源作如下之评：“李氏自岐阳父子已好文墨、亲近文士，惟寅沿袭风流，奋迹词坛，招邀名流，折节寒素，两都词人游客望走如鹜。”李言恭有《白雪斋诗集》二卷，但国内似未见刻本流传。现有刻本为日本宝历年间所刊。据《明诗纪事》及《皇明词林人物考》所载，言恭有诗集四种，一为《贝叶斋集》，王世懋作序，胡应麟编定，朱宗吉(汝修)校梓，集佚。序见存于《王奉常文集》卷六。二为《楚游稿》，无锡俞宪在所编的《盛明百家诗后编》中称之为《李公子集》，存诗近百首，所收皆隆庆三年前的作品。三为《游燕集》，今亦不存，四为《青莲阁集》十卷，有李维桢、汤显祖等人为之序。

李言俭(生平不详)，字惟礼，言恭之弟。工诗，善草书。詹景凤《焦氏小辩》云：“惟礼径寸草法孙过庭，大草法文寿承，并有佳致。”

清河诗说：

骚雅一门万户侯，金陵社酒竞风流。
青莲阁上传灯盏，太白诗星初照楼。

## 69. 地退星翻江蜃童猛　吴江顾氏
### 顾大典、顾庆恩

顾大典(1541—1596)，字道行，号衡寓，吴江人，隆庆二年(1568)进士，历仕会稽教谕、处州推官、福建提学副使。万历二年，擢刑部主事，改南京兵部。诗宗唐人，书法清真，画山水堪入逸品，著有《清音阁集》十卷(《明史艺文志》)，今存六卷。家有谐赏园、清音阁、池亭诸胜，故以名其集。万历六年(1578)皇甫汸撰《顾司勋清音阁集序》。另著有《海岱吟》、《闽游草》、《园居稿》等。

顾庆恩，字世卿，号沦堂。顾大典之子。博学能诗，尤工绘画，超过其父。贡生，天启三年(1623)授云南澄江府通判，崇祯元年(1628)戊辰，署石屏知州，主修《石屏州志》。

清河诗说：

司勋名望顾吴江，一赏清音皇甫汸。

海岱闽中游宦日，已收风雅入诗囊。

## 70. 地满星玉旛竿孟康　江阴李氏

### 李诩、李鄂翀、李应升

李诩(1506—1593)，字原德，号戒庵，江阴人。早年久困场屋，曾七次赴考，均名落孙山。从此，他淡于仕进，潜心学问，以读书著述自娱。嘉靖三十六年(1557)在里参与拒倭筑城之役。著有《世德堂吟稿》四卷、诗集《真率稾吟》、《名山大川记》、《心学摘要》等，今已不存。编有《续吴郡志》二卷、《戒庵老人漫笔》八卷等传世。

李如一(1557—1620)，原名鄂翀，后以字行，更字贯之，号近复。李诩之孙。屡试不售，久困场屋。后绝意仕进，到处访求异书，专事删述，成为明末江南著名的藏书家和版本目录家。中年后，李如一几乎以全部精力用于搜秘本、访逸典，购置异籍珍本。一遇到珍本，李如一必倾囊购进，筑楼庋藏，曰“得月楼”。他同当时著名文士文震孟、钱牧斋、陈继儒等来往频繁，时常互借异籍并切磋学问。钱牧斋曾称誉“得月楼”藏书为“江南之绝”。编有《得月楼书目》，著有《明良记》。

李应升(1593—1626)，字仲达，号次见，又号石熠居士。李诩曾孙，李如一从子，姑父为缪昌期。万历四十四年(1616年)丙辰进士，授江西南康府司理。以清廉著称，天启二年(1622)，擢升都察院西台监察御史，秉性耿直，疾恶如仇，为人“倾丹吐赤”，磊落负奇节，有“澄清天下之志”。天启四年(1624)他密疏罗列魏珰十六罪状，又代高攀龙草疏崔呈秀，声援杨涟、左光斗，遭阉党痛恨。天启五年(1625)，遭工部主事曹钦程弹劾削籍归里。次年被逮捕入狱，旋被害于京师，时称东林党“后六君子”之一。崇祯初平反昭雪，赠太仆寺卿。著有《落落斋遗集》。

清河诗说：

累世藏书得月楼，一夕兵火付东流。
常州先哲孙贤惠，重刻家集忆晚秋。

## 71. 地遂星通臂猿侯健　秀水沈氏

### 沈启原、沈自邠、沈德符

沈启原(1526—1591)，字道初，号霓川，以学问、文章知名一时，为嘉靖三十八年(1559)进士。授南屯部郎，累官至陕西按察副使、山东副使。嘉靖四十三年，于应天府乡试拔擢焦竑、吴自新等中举。好聚书，家有书堂名“存石草堂”，撰有目录学著作《存石草堂书目》十卷。万历十一年(1583)刻印过南齐谢灵运《谢康乐集》四卷，焦竑校勘并序。万历十三年(1585)刻印过梁沈约《沈隐侯集》四卷。有《�革园草》、《巢云馆诗纪》传世。

沈自邠(1554—1589)，字茂仁，号几轩，又号茂秀，浙江秀水长溪(今嘉兴南汇)人。明官员。沈启原之子，沈德符父。万历五年(1577)进士。授检讨，改庶吉士，授翰林院检讨，曾参与编修《明会典》。著有《尚书衷引》、《归省述征》、《诗文集》等。

沈德符(1578—1642)，字景倩，一字景伯，又字虎臣，号他子。钱谦益《列朝诗集小传》认为，“自王李之学盛行，吴、越间学者拾其残沛，相戒不读唐以后书。而景倩独近搜博览，其于两宋以来史乘别集、故家旧事，往往能敷陈其本末，疏通其端绪”。著有《万历野获编》三十卷，首次编成于明朝万历三十四、三十五年(1606—1607)，即其人国子监为贡生前后，书名寓“野之所获”之意。万历四十六年(1618)考中举人。次年应礼部会试落第，中年南返，沈氏又操笔续录，于是年冬编成续编十二卷，两编前后间隔十二年。该书对研究晚明人文掌故具有重要参考价值。

清河诗说：

野获家学三代延，翰林修撰早夭天。
信知世上有伯乐，魁点当年焦澹园。

## 72. 地周星跳涧虎陈达　上海李氏
## 李逢申、李雯

李逢申，字延之，号若鹤，明末英烈。逢申之父李焕然，性恬静，绝意进取。督其子逢申世其学，生平砥砺气，对其影响甚巨。万历四十七年(1619)进士。次年任慈溪知县。任内以气节自负，失阉党意，降为县佐，以丁母忧归。乃造篆园以居，即后来之“横云山庄”。后起为工部主事。甲申三月贼陷京师，逢申被执不屈，身受五毒，自经死。

李雯(1608—1647)，字舒章，江南华亭人。明崇祯十五年(1642)举人。文名早著，与陈子龙、宋征舆合称云间三子。顺治初，廷臣交荐雯才可用，授弘文院撰文、中书舍人，充顺天乡试同考官。以父丧归，在故居横云山下丽秋堂组建文会，顺治四年(1647)卒。著有《蓼斋集》。与陈子龙、宋征舆编有《皇明诗选》。

清河诗说：

当年三子别云间，国难家仇不共天。
一为养亲失大义，古来忠孝两难全。

## 73. 地隐星白花蛇杨春　钱塘虞氏
## 虞淳熙、虞宗玫、虞宗瑶、虞黄昊

虞淳熙(1553—1621)，字长孺，号德园，钱塘人。万历十一年(1583)中进士，授兵部主事，迁主客员外，逢会稽勋郎吕胤昌被其甥孙冢宰弹劾罢黜，随推虞淳熙改补稽勋郎，官至吏部稽勋司郎中，受党争牵连，引疾归。居家三十余年，筑回峰别业，曰“读书林”，力不能购异书，与弟闭门抄书，昼夜不止，有武库行秘书之目。散文简洁明快，文笔清新，尺牍时杂诙谐，别有风趣。早年追随王世贞、李攀龙，赋才奇抡，搜抉奇字僻句，务不经人弋获，以为绝出。后推崇徐渭、汤显祖和袁宏道，而自诡以突兀胜之。虽未免牛鬼蛇神之诮，可谓经奇者。论点如“我文似古而不似古者，皆我胸语”。黄汝亨评其诗文曰：“宏深微眇，应念而作，风生雨集，排古荡今。”可谓善誉淳熙者。著《德园先生集》六十卷，今散佚。有笔记《孝经集灵》传世。

虞宗玫，字大赤。因生时面如红玉，故名。钱塘右卫人，为人朴讷，罕事文饰。与黄宗羲、闻启祥、严调御、冯悰、江浩、张岐然等结“登楼社”。生平见光绪《杭州府志》文苑传。

虞宗瑶，虞宗玫之弟，字仲皜，英敏爽朗。兄弟两人均为复社成员。生平见康熙《钱塘县志》文苑传。

虞黄昊，虞宗瑶之子，字景明。亦能诗，名在“西泠十子”之列。10岁即善属文，后以诗名。《清史列传》称其“五言古体，尤号独步，比于毛先舒”。于康熙五年(1666)丙午中举人。官临安教谕。生平事迹见《清史稿》卷四八四、《清史列传》卷七〇，《国朝耆献类征初编》卷四二四。

清河诗说：

禅学长儒继长卿，诗派公安显美名。
长子登楼咏落日，嫡孙五古可传灯。

## 74. 地异星白面郎君郑天寿　金陵顾氏

### 顾璘、顾璟、顾梦游

顾璘(1476—1547)，明中叶金陵大诗人，传略。

顾璟(1478？—1530?)，璘弟，以河南副使归，教授自给，性孤僻耿直。有《寒松斋存稿》六卷传世。顾君峦，顾璟之子，生平不详，生活在万历年间，官国子监博士。替父刊刻《寒松斋存稿》，并请序于焦竑，见《澹园集》卷十六。

顾梦游(1599—1660)，字与治，江宁(今江苏南京)人。顾君峦之孙。性慧，9岁作《荷花赋》，有"神童"之誉，19岁补诸生。厌举子业，不仕。崇祯十五年(1642)贡生。任侠义，广交友，赋诗饮酒，留连山川。曾与谭元春等共游乌龙潭，又与葛一龙、林古度等秦淮结社。晚年赖训童蒙、赉诗文以自给。作诗崇尚汉魏、三唐，"清真绝俗，别成一家"(周亮工《顾与治诗序》)，"郁纡凄恻，有小雅之遗风"(顾炎武《顾与治诗序》)。有《茂绿轩集》及《顾与治诗集》八卷传世。

清河诗说：

金陵曾祖执牛耳，一脉相传未断根。
茂绿轩中书自给，黍离乱后写清真。

## 75. 地理星九尾龟陶宗旺　金陵姚氏

### 姚淛、姚履旋

姚淛，生年不详，卒于万历初。字元白，号秋涧。其先祖明初自绍兴徙南京，遂为江宁人。少入国子监，力学嗜古，游情翰墨。谒选，除鸿胪寺署丞。告归，筑"市隐园"于武定桥侧，文徵明有《题市隱园》诗，交顾璘、顾璟诸名流，日与名贤赏咏期间。后与陈芹、盛时泰等结"青溪社"。诗宗大历，书法赵(孟頫)、黄(庭坚)(生平见《江陵府志》)。盛时泰称"秋涧文雅博达，家有古刻数百种"。晚乃归心禅乘。著有《海月楼集》等。

姚履旋，姚淛之孙，字允吉，号寒玉，江宁人。与李登(字士龙，号如真)交游酬唱，李登作《摭古遗文》二卷，履旋为之补遗一卷，并于万历二十二年(1594)刊刻。又为方孝孺增辑文集，采诸书所记方孝孺殉难后事及文移案牍之属，刊成《方正学先生逊志斋外纪二卷续集二卷》。万历四十六年

(1618)捐贡士，为扬州学博，升巴东知县。《金陵琐事》、《江宁府志》、《客座赘语》、《京省人物志》等皆有载。有《湖海记游》。

清河诗说：

元白青溪诗酒篇，嫡孙市隐赏名园。
补遗摭古酬知己，再续正学吊往贤。

### 76. 地俊星铁扇子宋清　嘉兴岳氏
### 岳元声、岳和声、岳骏声

岳元声(1557—1628)，字之初，号石帆。岳飞第十八世孙、岳珂十六世孙(珂任嘉兴守，因举家居焉)，万历十一年进士，任旌德知县、大名府教授，迁国子博士，进工部主事，以"敢言敢任"著称。与东林顾宪成兄弟、史孟麟等互为犄角，因谏阻神宗与王锡爵等策划"三王并封"之事被黜落，创建仁文书院，与东林书院遥相呼应。后起，官至南兵部右侍郎，有《黄山稿》、《潜初杂著》、《潜初子集》等。

岳和声(？—1630)，字之律，一字尔律，号石梁，岳元声二弟，万历二十年(1592)进士。官汝阳知县，筑汝堤以防横决，人称"岳公堤"。历官惠潮道、刑部主事，升礼部员外郎，累迁右副都御史，巡抚顺天、延绥，因军中讹言生变，酿成陕民起义，忧愤卒。著有《骖鸾录》、《餐微子集》(卷首有天启二年陈懿典序，沈德符序)等。

岳骏声(生卒不详)，字季有，元声三弟，万历三十八年进士，官刑部郎中。善为诗，工书法。有《闯祸始末》、《秋窗偶拈》、《景留堂稿》、《啬庵集》等。

清河诗说：

武穆遗风可奈何？秋风渭水马嵬坡。
元兄犹有东林望，季弟因风想玉珂。

### 77. 地乐星铁叫子乐和　晋江黄氏
### 黄居中、黄虞龙、黄虞稷

黄居中，生卒年不详，晋江安海人。万历十三年(1585)举人。初授上海县教谕，后迁南京国子监丞，遂全家徙居金陵(今南京)。晚年特建“千顷斋”，用以珍藏书籍，毕生所收书籍6万余卷，著有《千顷斋集》、《千顷斋藏书目录》、《文庙礼乐》等。

黄虞龙，生卒年不详，字俞言，少负逸才，作《落花》、《水中雁》等诗数十首，然偃蹇不售，未及五十而卒(《列朝诗集小传》)。

黄虞稷(1629—1691)字俞邰，号褚国，黄居中之子。自幼聪慧过人，七岁能诗，出语惊人，才思飙发，为诸生之佼佼者。年十六即随其父到南京读书，与江左名士谈论经史学问，校刻名家著作，穷搜博览，探微抉要。康熙十八年考上科举，中博学鸿词科，修纂《明史》，以其家本《千顷堂书目》三十二卷为基础，成《艺文志》，海内叹服。所著有《建初集》、《我贵轩集》、《蝉巢集》、《朝爽阁集》、《楮园杂志》和《史传纪年》诸书，但大多失传。

清河诗说：

千顷藏书万卷隆，百年校阅老雕虫。
诏修明史艺文志，一代书生海内雄。

## 78. 地捷星花项虎龚旺　嘉定侯氏
## 侯震旸、侯峒曾、侯岐曾

侯震旸(1569—1627)，字得一，号启东，万历三十八年(1610)进士，授行人，升吏科给事中，忤魏忠贤被谪削品秩二级，回归家乡。震旸为东林党成员之一，在吏职八月，上奏章三十余次，刚直强谏，惊动四方。崇祯即位时，追封为太常寺少卿。

侯峒曾(1591—1645)，字豫瞻，号广成，万历四十六年(1618年)熊迁弼为督学史，峒曾就试，名列第二，被熊迁弼称为真秀才。天启五年(1625年)考取进士，得授南京武选司主事，历任南京兵部主事、浙江参政，南明弘光朝授左通政使，辞而未就。顺治二年，死于嘉定屠城之役。与孪生弟侯岷曾、三弟侯岐曾有“江南三凤”之称；又与徐石麟、陈洪谧号称“南部三清”。著有《侯忠节尺牍手稿》一卷。

侯岐曾(1594—1646)，字雍瞻，号广线，明赠太常少卿侯震旸三子。11岁入太学，才学日增，声名日盛，与兄一起执掌文坛，成为数十年中江南名教之宗主。清顺治二年，峒曾在嘉定殉难，清军滥行屠杀，岐曾不甘束手就缚，亟图继起，奉母避乱紫堤村。后因藏匿陈子龙被捕，与其仆英勇就义。著有《雍瞻诗文书稿》、《疁城救时急务》及《日记》等。

清河诗说：

生死相托陈子龙，江南三凤各峥嵘。
悲歌嘉定广陵绝，留待康熙题两忠。

## 79. 地速星中箭虎丁得孙　昆山徐氏

## 徐应聘、徐开宏、徐开禧、徐开晋、徐开法、徐开远、徐开任、徐乾学、徐元文

徐应聘（1545？—1616），字伯衡，少有才名，万历十一年（1583）癸未科进士，授翰林检讨，二十一年（1593）“京察”，中流言蜚语当贬，拂衣归。家居十余年，始起行人司副，历任尚宝司丞、光禄寺少卿，官至太仆少卿。他藏书数万卷，熟悉朝章典故，“以文章、风义，为后进所宗”（韩慕庐语）。《明史》有其传。

徐开宏，徐应聘长孙，崇祯十二年（1639）副贡生。著有《凝烟阁诗集》五卷。

徐开禧，徐应聘次孙，崇祯元年（1628）进士，历任湖广临武知县、右中允、经筵讲官，明朝灭亡后，杜门著书。著有《古照堂文集》二十卷、《涉园琐记》三十卷、《宗族谱》八卷、《韩山考》十卷、《修疆志》《昆山志稿》二十四卷（佚）。

徐开晋，徐应聘三孙，字晋侯，是一位颇有造诣之画家，“工传神，能作丈六大力士及关圣像，名擅一时”（同治《苏州府志》卷九十四）。

徐开法，徐应聘四孙，15岁为邑诸生，虽屡困考场，声誉戛然，后荐为明经；关心世务，乐于行善。著有《漕政考要通鉴》、《甲子会记考证》、《易经注义》等。其妻为顾炎武之姊，有子徐元文，清初高中状元。

徐开远，徐应聘五孙，明末举人，清初任宝庆府推官，颇有政绩。著有《易庵斋诗文集》、《半壑吟》等。

徐开任，徐应聘六孙，为诸生时即有文名，明亡后闭门著书，以“砥砺名节，高风介节”，与吴中高士徐枋、朱用莼等为乡邦推重，著有《明名臣言行录》九十五卷、《六经通论》八十卷、《愚谷诗文集》八卷、《逸民传》六卷、《愚谷诗稿》、《乐府及五言纪事诗》等。

徐乾学（1631—1694），清代名臣、著名学者，顾炎武外甥。将祖辈图书收编入“传是楼”。传略。

徐元文，清初文学家，与徐乾学及弟徐秉文号称“昆山三徐”，传略。

清河诗说：

六汤后继六徐孙，簪礼诗书世罕伦。
传是楼中夜秉烛，青烟散尽入侯门。

## 80. 地镇星小遮拦穆春　金陵张氏
## 张如兰、张可大、张怡、张风

张如兰，字德馨，南京羽林卫，世袭指挥使，中武举第一人，官至淮徐漕运参将，以子可大功，附特进荣禄大夫右都督。博极群书，谈古今事如指诸掌。凡留都大利弊典革，靡不条议见诸用。督漕治河，所至有声迹。好学励行，动准古人，人拟为杜元凯、羊叔子之流。有《文章兵法谱》十卷传世。次子可仕，字文峙，以字行。有才名，隐居博学，尝辑《明布衣诗》一百卷，一名《明诗别载风雅》，钱谦益采诗即参考此书。

张可大(？—1632)，字观甫，参将如兰之子。出身于锦衣卫武官世家，博学而有儒将风度。幼警敏，善骑射，读诸家兵法，有立功万里之志。万历二十九年举武进士，历官都司参游，晋宁绍副总兵。所至敬礼贤士大夫，投壶雅歌，咸以为俞(大猷)、戚(继光)再现。奉勅以右都督镇守山东，率师勤王，解围都城，先帝嘉奖，内移为南左正，擢升登莱总兵。崇祯五年，清军里应外合攻占登州，张可大兵败，投缳自尽。追赠太子少傅，谥“庄节”。生平孝友淳重，博学好古，与时贤相赠答，皆海内通人胜流。有《驶雪斋集》，又著有诗文集《电白集》三十卷。今传《电白集》不分卷，有万历四十三年(1615)金陵刻本。

张怡(1603—1691)，字瑶星，自号白云山人，可大之子。明末授锦衣卫千户，明亡，隐居于南京摄山僧舍，著书修史以终。张怡性嗜学，恶喧哗，喜晏坐。其学务淹博而兼主姚江良知之说，所著述数十百卷，今皆不存。方苞有《白云先生传》记之，《清史》有传。

张风(？—1662)，字大风，号升州道士、上元老人，又喜自署“真香佛空”、“四海”。张怡之弟。明亡，拒绝科举应诏，以绘画自给以终，为清初金陵画派之主盟者。

清河诗说：

一门文武迈俞戚，兵败登州数亦奇。
公子金陵笔作戈，品题胜国布衣诗。

## 81. 地嵇星操刀鬼曹正　嘉定黄氏
黄淳耀、黄渊耀

黄淳耀(1605—1645)，初名金耀，字蕴生，一字松厓，号陶庵，又号水镜居士，南直隶苏州府嘉定(今属上海)人。曾组“直言社”，为文原本“六经”，举崇祯十六年(1643)进士，不赴选，归益研经籍。清顺治二年，结嘉定人抗清起义，与侯峒曾被推为首领。城破后，与弟黄渊耀自缢于西城僧舍。淳耀弱冠即著《自监录》、《知过录》，有志圣贤之学，主张修身养性之旨。其论诗论文亦主于人品之涵养，以为“诗者持也”，必有其人乃有其诗，诗以人传。以此他对明代前、后七子以及公安、竟陵诸家均表示不满。有《山左笔谈》、《陶庵集》。

黄渊耀，字悼恭，淳耀弟。诸生，好学敦行如其兄，与兄同死节。《天启崇祯两朝遗诗传》卷七存其诗。

清河诗说：

书生举义千夫长，百战孤城土作粮。
义勇一门清帝震，旌扬国士已无双。

## 82. 地魔星云里金刚宋万　华亭陆氏
陆树声、陆树德、陆彦章、陆彦祯、陆庆臻、陆庆衍、陆庆绍、陆亮辅

陆树声(1509—1605)，字与吉，华亭人。嘉靖二十年辛丑进士，会元。掌南祭酒，严敕学规。万历初拜礼部尚书，声威著于当朝，通籍60余年，端介恬雅。著有《陆文定公集》、《陆氏家训》、《国学训诸生十二条》、《善俗裨议》、《陆学士题跋》、《清暑笔谈》、《汲古丛语》、《长水日钞》、《适园语录》、《禅林余藻》等。

陆树德(1522—1587)，字与成，号阜南，陆树声之弟，嘉靖四十四年乙丑科进士。初授严州府推官，历任刑部主事、礼科给事中、山东巡抚。著有《陆宗伯文集》等。

陆彦章，字伯达，万历十七年乙丑科进士，陆树声之长子。升光禄寺卿，累官至南京刑部侍郎。书室名“养浩斋”，工诗。陈田《明诗纪事》云：“伯达登第，文定遗书戒之曰：‘于家则疑盈满，于国则妨英俊，毋趋捷径，毋昵权

门，乃吾子也。’伯达上官仅二年，乞终养归。文定卒，伯达庐墓侧，告墓曰：‘生为祝圣之民，死作依亲之鬼，山川草木，实闻此言。’……世称伯达难进易退，绰有父风。”著有《读书园集》。

陆彦祯，字以宁，万历二十三年乙未科进士，陆树德之子。官南礼部考功司主事。

陆庆臻(1613—1693)，字集生，一字茅庵。彦章之孙。崇祯十五年(1642)应天府举人。顺治八年(1651)拣选推官，不赴。王昶《蒲褐山房诗话》云：“集生生长华朊，兄庆曾，弟庆衍，咸以才名重当世。既遭鼎革，贫甚，且不克葬其先。尝泣曰：‘得墓田一笏营葬足矣。’故又称笏田。往来燕、晋间，依人幕下。晚始杜门。四方贤士大夫造请无虚日。年至八十一卒。”著有《茅庵诗稿》。

陆庆衍，字椒颂，崇祯十六年进士。仕清，官刑部郎中。

陆庆绍，字孟闻，崇祯十五年应天府举人。明亡，于里创“寅社”，借诗遣怀。据《珠里小志》载：“陆孝廉(举人)孟闻庆绍甲申之春迁居珠里，于里中创寅社。”

陆亮辅，字佐臣，崇祯十六年进士。其余不详。

清河诗说：

云间陆氏晋衣冠，殆至晚明锦绣繁。
父子祖孙皆进士，始知阀阅气如山。

## 83. 地妖星摸着天杜迁　兴化李氏

### 李春芳、李长祚、李清、李瀚、李沂、李沛、李淦

李春芳(1511—1585)，嘉靖二十六年(1547)丁未科状元，授翰林学士。经六次升迁，于嘉靖四十四年(1565)为礼部尚书加太子太保兼武英殿大学士。隆庆二年(1568)任当朝首辅，“累加少师兼太子太师，进吏部尚书，改中极殿”(《明史》列传第八十一)，成为史上为数不多的状元宰相。著有《贻安堂集》十卷行世。

李长祚，字延溪，兴化人。文定公春芳之曾孙。性刚介，廉洁自爱，为诸生时，即以端方称。举崇祯己卯孝廉，居乡未尝投一刺于郡邑。癸未试礼部，中州刘文正理顺识其卷，欲以冠天下，不果。下第还里，即闭户不出。明亡，长祚白衣冠号泣者累日夕，欲死以报国家，家人力劝之，乃免。率子弟耕田而食、凿井而饮。下帷读书，志不与人通，与之往还者，惟兄子大理

丞李清等三人而已。康熙辛亥(1671)夏五月，病卒。

李清(1602—1683)，字映碧，号心水。明天启元年(1621)辛酉举人、崇祯四年(1631)辛未进士，授官宁波府司理，仕浙六年，与祁彪佳交往密切。入清后，李清“隐邑之枣园四十年不窥户”，与他相伴者之一即其从父李长祚。康熙戊午(1678)，李清被荐试鸿博，坚辞不应。一生著述甚富，行世的《三垣笔记》即是其中最著名的一书。

李瀚，字士翔，号籀史。李清之弟。也是明末遗民，著有《严庵稿》一卷。

李沂(1616—1698)，字子化，号艾山，别号壶庵。李清从弟。也是一位明末遗民，未获任何科举功名，但方志载他“事母孝”、“性和平坦易”，著《鸾啸堂集》；编有《唐诗援》30卷。

李沛，字平子，以博物洽闻称，修髯而长发。甲申闻烈皇帝(崇祯帝)崩，哭泣一夕，须发尽白，年才二十八，自号白头老子。乙酉(1645)后，弃儒冠，日坐小楼痛哭，人进酒，则欢甚，饮酣，歌呜呜。或及明朝事，发尽倒竖，椎心跌足，大呼“天”者屡矣……人有过，常面折之。年五十八卒，四壁萧然，惟图书数架而已。有《平庵诗集》。

李淦，字若金，号砺园。明亡时，李淦随父李长倩宦闽，并曾参加过唐王隆武丙戌(1646)乡试中举。坚不仕清，为明朝遗民诗人。

清河诗说：

状元宰相振家声，风烈一门扬美名。
望拜胡尘非李氏，三垣笔记泪新亭。

## 84. 地幽星病大虫薛永　宣城沈氏
## 沈懋学、沈有则、沈寿民、沈寿国

沈懋学(1539—1596)，字君典，宣城人。万历五年(1577)高中状元，授翰林修撰。值张居正父丧夺情，与吴中行、赵用贤谋各上书。中行、用贤皆受杖去国，而懋学疏为人所持不果进，乃贻居正子嗣修书，事泄，沈自度不能全，遂引疾辞归，沉郁草野二十年，潦倒病卒，其姻亲屠隆修书求吕胤昌代为治丧。追谥文节。著有《郊居遗稿》十卷。

沈有则(1559—1612)，字士范，沈懋学从子。万历三十八年(1610)中进士，官行人。二年后奉命使楚，兼送母归，至东平州母病逝，泣七日不绝声，不久亦亡。著有《紫烟阁文集》。

沈寿民(1607—1675)，字眉生，号耕严，沈懋学之孙。移寓南京。明末诸生，加入复社，崇祯九年(1636)张国维举荐为贤良方正，与芜湖沈士柱合称“江上二沈”。明亡后隐居不仕，与徐枋、巢鸣盛并称“海内三遗民”。著有《姑山遗集》三十卷、《剩庵诗稿》、《闲道集》等。

沈寿国，字治先，号竹崖。寿民弟。工书。与兄参加复社，生平笃于友谊，与黄宗羲为莫逆交。崇祯十一年，黄宗羲访学宣城，而沈寿民在复社中，寿国出迎于路，宴饮十日，临行赠银五十两作为其游学之资。康熙元年捐岁贡生，曾与陈维崧、施闰章等唱和往还(见《宛雅》)。

清河诗说：

侯门似海怨幽深，一代状元枉晦沉。
幸有贤孙孝子在，不教天下士寒心。

## 85. 地伏星金眼彪施恩　武进薛氏

### 薛应旂、薛敷教

薛应旂(1500—1576)，字仲常，号方山，武进人，阳明理学传承者。嘉靖十四年(1535)进士，授慈溪知县、江西九江府儒学教授，累官南京考功郎中。因对严嵩不满，被贬为建昌通判、浙江提学副使。归居后，专事著述。家富藏书。据清初姜绍书《韵石斋笔谈》称，其藏书可与吴宽、茅坤等人并论。著有《宋元资治通鉴》、《考亭渊源录》、《甲子会记》、《四书人物考》、《薛子庸语》、《薛方山纪述》、《宪章录》、《方山文录》、《浙江通志》、《薛宪副集》等。

薛敷教(1554—1610)，字以身，号玄台，薛应旂之孙，与无锡顾宪成一起受学于薛应旂。15岁为诸生，万历十七年(1589)己丑进士。因上疏忤旨，被勒令回籍。后荐为凤翔教授，不久迁国子监助教。万历二十一年(1593)，敷教上疏力阻三王并封，又上书王锡爵申救赵南星，被指为“朋谋乱政”，谪光州学正。省母归，遂不复出。万历三十二年(1604)到东林书院讲学，是为“东林八君子”之一。卒赐尚宝司丞。著有《续宪章录》、《癸巳录》、《奏疏》、《泉上杂识》、《真正铭》、《浮戈集》等。

清河诗说：

嫡派阳明继两溪，东林八子共开基。
有孙敷教当欣慰，光大理学薛应旂。

## 86. 地僻星打虎将李忠　常熟顾氏
## 顾云程、顾大章、顾大韶、顾大武

顾云程(1541—1613)，字务远，号襟字，常熟人，万历七年(1579)进士，万历八年(1580)任淳安知县。云程在职政尚廉平，颇有政绩。秩满后调任嘉兴，转云南副使、四川右参政、左布政，累官南太常寺卿。事见李维桢《大泌山房集》卷一一〇之《顾公及配周淑人神道碑》。

顾大章(1567—1625)，字伯钦，明代东林党人。万历三十五年(1607)中进士，与左光斗等同榜，授泉州推官，改常州教授。天启元年(1621)，任刑部员外郎署山东司事，刚正不阿，为魏党所忌恨，遭陷害，遂引疾归里。天启五年(1625)起官任礼部郎中、陕西按察使，八月，广宁失陷，顾大章援引法律条文弹劾熊廷弼等，魏党不满，又遭陷害下狱，在刑部狱中，执笔作联曰："故作风波翻世道，长留日月照人心。"后自缢死。与杨涟、左光斗、袁化中、魏大中、周朝瑞并称"东林六君子"。

顾大韶(1567—1644?)，字仲恭，一作仲弓，顾大韶之孪生弟。诸生，通经史百家及内典，于《诗经》和《三礼》，多有发明。其文纵横似战国策，邑人甚畏其口。有《炳烛斋随笔》、《炳烛斋集》，又编有李贽《李温陵集》二十卷等。

顾大武(1580?—1640?)，字武仲，顾大章之弟。权奇倔傥，以古豪杰自命在酒席间，常常酒间奋袂叉手，谈霸王大略，每大言曰："世有用我，其为姚元之乎!"后来自放于酒，觉生可厌而死可乐。著有《飞将军赋》等作，十年之后，虞山冯舒得之，仍自愧不如。

清河诗说：

海内魏珰钩党频，万千文士啸东林。
一行公子成君子，六曲浩歌励后人。

## 87. 地空星小霸王周通　如皋冒氏
## 冒愈昌、冒起宗、冒襄

冒愈昌(?一1633)，字伯麐。钱谦益云其"为学官弟子，有时名，负气伉直，为怨家所中，浪迹避地，遍游吴、楚间。作诗敏捷，千言不草，矫尾厉角，舌辩如悬河，所至士大夫皆畏而礼之。曾游王世贞、吴国伦之门。王、吴怜其才，每为白其冤状。而伯麐称诗，奉二公为祖祢，迄不少变”。其诗亦有不袭李王者，盖兼取吴国伦诗法故。其五律、七律皆写得清圆流动。著有《金陵集》、《绿蕉馆集》等。其生平见李维桢撰《冒伯麐诗序》(《大泌山房集》卷二三)、钱谦益《列朝诗集小传》等。著有《绿蕉馆集》、《诗学杂言》二卷等。

冒起宗(1590—1654)，字宗起，号嵩少，一号琮应，晚年别号拙翁。冒愈昌侄孙冒梦麟之子，梦麟以选贡入太学，授江西会昌知县，又补四川丰都县令，累官至佥都御史。冒起宗生而丰颐，伟干虎项，举止英爽。17岁补博士弟子员，万历四十六年(1618)中举，除行人，历郎中，出为山东佥事，后改任广东佥事、湖南宝庆副使，进参议。有《得全堂集》、《七游草》、《存拙堂遗稿》等传世。

冒襄(1611—1693)，字辟疆，自号巢民，冒起宗长子。自幼聪慧，仪貌出众，吐纳风流，举止蕴藉，10岁能作诗文，14岁刊行诗集，16岁中秀才，深得董其昌赏识。董期望他“点缀盛明一代诗文之景运”。冒襄又以风节文章领导复社，主盟文坛，名列“明末四公子”之目。然而尽管他博通经史，下笔千言，但科举之途坎坷，六次乡试仅两中副榜。后加入复社，成为驱阮领袖，曾置酒桃叶渡，邀约六君子后人共祭奠。明亡以后，于宅内筑一亭，“与鹳鹤同栖”，称其住处为朴巢，自号巢民。入清不仕，以读书自娱，与友人诗酒唱和，康熙三十二年，年八十二卒。私谥潜孝先生。著有杜濬所选《朴巢诗选》两卷，为明末作品；自选《巢民诗集》(又名《水绘庵诗集》)六卷，收清后诗作。

清河诗说：

当年伯祖避族难，仗剑歌诗七子吟。
休道王孙风韵事，嫡孙晚景是遗民。

## 88. 地孤星金钱豹子汤隆　嘉善袁氏
## 袁黄、袁俨

袁黄(1533—1606)，字坤仪，号了凡，嘉善人，理学家。少孤苦学，曾以教授为业。明万历十四年(1586)中进士。十六年(1588)任蓟州宝坻县令，修“功过格”，自律甚严。革弊政，筑海堤，治碱池，有政声。万历二十年(1592)升兵部职方主事，赴朝讨倭，屡建功绩。因故遭弹劾，罢官回籍，卒年74岁。著有《两行斋集》十四卷，以及《宝坻劝农书》、《历法新书》、《了凡纲鉴易知录》、《皇都水利》、《了凡四训》等。

袁俨(1580—1627)，字若思。袁黄子。少承家学。博极群书。身长七尺，伟然丰隆，不修边幅。生性坦直，与人接交，谦和自下。读书数行俱下，一览即终生不忘。诗赋古文，握笔立就。高谈雄辩，闳博罕敌。天启五年(1625)举三甲进士。天启六年，任山东高要县令。次年因筑堤工事劳瘁，呕血数升而亡。后与父袁黄同入乡贤祠。有《抱膝斋集》行世。另著《紫薇集》，今佚。有子袁松，娶叶绍袁长女叶纨纨，叶氏不幸早卒，著有《愁言》一卷。

清河诗说：

英才劳瘁竟夭夭，四训始知自虐愆。
留得青山百世在，不及叶氏有愁言。

## 89. 地全星鬼脸儿杜兴　溧阳马氏
## 马一龙、马世杰、马世俊

马一龙(1509—1581)，字负图，号孟河，溧阳人，汉族(白寿彝先生断为回族人，不确)。嘉靖戊子(1528)乡试，一龙得中解元，年仅20岁。嘉靖二十六年(1547)进士，为南京国子司业。工书，草书不依规矩，自成一格。善诗，清人《马氏名贤类辑》称其"才高博学，时王、李七子震响中原，公与之拮抗"。嘉靖三十七年(1558)尝书桃花源记卷。卒年七十三。著有《玉华子游艺集》五十六卷等。

马世杰(1608—?)，字万长，号白坡，马一龙从孙，与弟马世俊同以诗文著名，江左时称"二马"。顺治八年(1651)辛卯岁贡生，以恩贡廷试授知县，因患耳疾，绝意仕进，教授南山中，闭门著书，为士林景仰。间以诗文自娱，有山水之兴，更复吟咏不休。所号白坡者，乃因慕李白东坡之放达之故。著有《行笈便携》、《畝斋集》等，今不传。

马世俊(1609—1666)，字章民，号甸臣，马世杰之弟，考中顺治十四年(1657)举人，顺治十八年(1661)状元，以翰林编修职卒于京师。有《匡庵诗集》，存诗八百余首。著有《匡庵诗文集》、《李杜诗评注》、《华阳游志》等。

清河诗说：

桃源一卷惠诗书，孙辈新朝阁龙图。
不解溧阳马孟河，径由白老变回族。

## 90. 地短星出林龙邹渊　昆山王氏

### 王临亨、王志坚、王志长、王志庆

王临亨(1556—1603)，字止之，号延庵。昆山人。万历十七年(1589)进士，官至杭州知府。居官廉洁，才识通敏，谳狱如神，大着明允之誉。子志坚、志长、志庆皆知名于时。著有《粤剑篇》。

王志坚(1575—1633)，字淑士，昆山人，王临亨之子。万历三十八年(1610)进士，授南兵部主事。南曹故闲暇，邀同舍郎为“读史社”，商略前代行事。又假焦竑藏书，缮阅无少懈。秩满，升佥事提学贵州，以养亲辞荐，起浙江水利佥事，有实绩，崇祯五年量移湖广提学佥事，是年王夫之14岁考中秀才，王志坚赏识其才，荐入衡阳县学。王志坚将王夫之等应试文录为《昭质》，未竟，病卒，年58。诗文法唐宋，肆志读书，兼通内典，有《四六法海》、《赞商语》、《古文滨编》、《香严诗草》等。钱谦益《列朝诗集小传》评曰：“淑士少与李长蘅同研席，为诗文已知法唐宋名家，而深鄙庆、历间俗学。读书最为有法，先经而后史，先史而后子、集。”著有《太上感应篇续传》、《读书商》、《四六法海》等。《明史·文苑》、《湖南通志·名宦传》、《太仓州志》卷一九等均有传。

王志长(1585—1663)，字平仲，志坚二弟，崇祯三年(1630)举于乡。贯穿经学，犹深于《三礼》，撰《周礼注疏删翼》等传世。

王志庆，字与游，志坚三弟，崇祯十三年(1640)中举人副榜。性好书，绝意仕进，笃志经学，以《易》起家，尤精《毛诗》、《三礼》，皆有成书。著作不详。

清河诗说：

王氏昆山诗礼夸，南曹史社好年华。
澹园楼上读书种，洒向石船进万家。

## 91. 地角星独角龙邹渊　长兴丁氏

### 丁应诏、丁元荐

丁应诏，字国宾，号靖吾，隆庆五年进士。授天津宝坻县令，官终大理寺评事。

丁元荐，字长孺，应诏之子，万历十四年进士。官至尚宝司少卿。举万历十四年(1586)进士。请告归。家居八年，始选为中书舍人。甫期月，上封事万言，极陈时弊，矛头对准其座主首辅王锡爵。二十七年京察，坐浮躁，外调。阅十有二年，起广东按察司经历，移礼部主事。四十五年京察，遂复以不谨削籍。天启初，大起遗佚。元荐格于例，独不召。至四年，廷臣交讼其冤，乃起刑部检校，历尚宝少卿。明年，朝事大变，复削其籍。元荐初学于许孚远，后从顾宪成游。慷慨负气，遇事奋前，屡踬无少挫。通籍四十年，前后服官不满一载。与于玉立并有铁面御史之称，明史有二人合传。与当时诗学名流汤显祖互有诗文酬答，诸如：顾宪成(为其汇刻时艺等著序)、顾允成(为其文集《小辨斋等作序》)、冯梦祯(为其《孤山集》等作序)、董斯张(为其《静啸斋小草》作序)等，均见于其《尊拙堂文集》十二卷。

清河诗说：

铁面尚卿青史传，风流儒雅在人间。
唏嘘治乱有前鉴，半世为官不满年。

## 92. 地囚星旱地忽律朱贵　仁和沈氏

沈楠、沈朝焕、沈朝炜、沈朝煌、沈朝华、沈宗确、沈宗坛、沈宗垓

沈楠(1534—1575)，字汝材，号让亭，仁和塘栖镇人。明隆庆二年(1568)进士，授南昌府推官。有知人之明，好奖拔人才，在南昌主试时，所选如汤显祖、万国钦等都以文名天下。后以政绩卓异，升任监察御史，奉旨巡按陕西。因高温劳累，一病不起。

沈朝焕(1558—1616)，沈楠之长子。万历二十年(1592)进士，授工部主事。同年，典试山东，擢举皆人才。后知靖州，升四川按察佥事，代行军政大权。朝焕设五运法改革饷务，军备大治。后转福建布政参议。辞官归里，一月而卒。著作有《泊如斋全集》。顾起元《懒真草堂集》卷二十有《沈公神道碑》，李维桢《大泌山房集》卷八十有《沈公墓志铭》。

沈朝炜(生卒年不详)，字仲含，沈楠第二子，13岁补诸生，工诗词，遍游燕、赵、齐、鲁、川、贵、湘、鄂、闽，遇胜必游，游必记，记必诗，胸中之趣，咸与山川之灵相发，诗风拟陶。著有《模堂诗稿》四卷，《沈氏韵林》十卷。

沈朝煌(生卒年不详)，字叔含，沈楠第三子，贡生。性情沉静，常整天危坐，而无喜愠色。后任高安县丞，有《北平诗草》、《燕台杂咏》行世。

沈朝华(生卒年不详)，字季含，沈楠第四子，万历三十二年(1604)进士，授工部主事，迁员外郎。万历四十六年(1618)起四川参政，备兵渝州，有保障之功，天启年间擢升江西按察使、广东按察使，亦因高温劳累，一病

而卒。

沈宗确，字以冲，沈朝煌之子，崇祯十六年进士，官行人。

沈宗坛，宗确之堂兄。有《园居诗并序》云："以冲弟卧病且适园，贫居淡然。人事概绝，环园皆水竹，半之橘柚，经冬贞萋不痿。即此杜门，日涉成趣，何病魔之勿遣乎？作园居诗，属同人和之。"其余不详。

沈宗垓，字九畴，排行不详，与卓珂月、卓回唱和往还于东园。

清河诗说：

父子仁和四进士，一门巡抚各一边。
莫学长者疲劳死，归隐塘栖且适园。

## 93. 地藏星笑面虎朱富　乌程沈氏

### 沈节甫、沈漼、沈演

沈节甫(生卒年未详)，字以安，号锦宇，一作镜宇，乌程人。明嘉靖三十八年(1559)进士，授礼部仪制主事，历祠祭郎中。因事得罪尚书高拱，托病而归。起任光禄丞，逢高拱执管吏部，又托病避之。万历初，屡次升为南京刑部侍郎，召为工部左侍郎，摄部事御史。爱藏书，建"玩易楼"藏书。编有《玩易楼藏书目录》、大型丛书《纪录汇编》。

沈漼，字铭缜，乌程人，节甫子。万历二十年(1592)三甲进士第一名，选庶吉士，授检讨，累官南京礼部侍郎。神宗末年，大学士方从哲独揽朝政，因与沈为同里友好，荐为阁臣。光宗立，召为礼部尚书，兼东阁大学士。天启初，密结内阉，精募兵充锦衣卫，选文渊阁，再选少保，以被劾，不自安，求去，逾年卒，谥文定。有《沈文定公集》。

沈演(1566—1638)，字叔敷，乌程人，沈节甫子。辛卯顺天府解元，万历二十年与兄同举进士，累官南京刑部尚书，年七十三卒。有《河山集》。

清河诗说：

乌程父子三攀桂，沈氏弟兄两尚书。
文定阉党晚节败，解元策论字叔敷。

## 94. 地平星铁臂膊蔡福　归安韩氏

### 韩绍、韩敬、韩绎祖、韩纯玉、韩曾驹

韩绍(生卒年不详)，字光祖，号怀愚。湖州归安人。隆庆五年(1571)进

士。知宁德、长乐二县。擢升给事中。以忤张居正，外调广东兵备。修府江五十里省道，商旅称便。迁蕲黄参政，官至太仆寺卿。

韩敬(1575？—1635?)，原名敬求，字求仲，一字简与，号止修，又号钝庵，湖州归安人，韩绍子。早年从学于汤宾尹，以文才闻名遐迩。颇好纵横之学，且溺于犬马声色，时人毁誉参半。万历三十八年(1610)，因汤宾尹越房搜卷，又贿通内宦，力压钱谦益夺得状元。事泄，称病辞修撰职，冠带闲住。与汤显祖交善，曾为之刊选《玉茗堂集》。有《求仲疏草》一卷。

韩绎祖，字茂贻，韩敬长子。早年入复社，慷慨议时政。明亡与魏耕等散财起义，率长兴兵转战湖州芦荡中，史称"苕上之役"。兵败，忧愤卒。有《咏性堂遗稿》及《范吴披衿唱和集》六卷。陈田《明诗纪事》选其诗六首。

韩纯玉(1625—1703)，字子蘧，号蘧庐，韩敬幼子，韩敬以党附汤宾尹见摒于时，纯玉以是抱憾终身，不求仕进。甲申后弃诸生，结茅栖贤山中。有《蘧庐诗》。另辑有《明诗兼》、《今诗兼》(一作《近诗兼》)，主张融会贯通，其《明诗兼》自序云："有明一代之诗，比美三唐，俯视宋、元……余博搜约采，或繁或简，或平或奇，或庄或逸，或淡或浓，要皆各因其质，各达其情，各极其趣而后愉快，从前诸家之褊心局识，悉举而销熔之。"

韩曾驹(1594？—?)，字人谷，韩敬从子。郑元庆《湖录》云："曾驹诗学陆放翁、范石湖，性尤激昂，四方名士游苕上，流连欵接，至破产不顾。年五十，将岁贡，适国亡，匿影山中。"后入盟"逃社"，见清李桓《国朝征献类征》"董说"条："……韩曾驹人谷、嘉善巢鸣盛端明、桐乡张履祥考夫者，耆老遁迹，而皆与南潜(即董说法号)善。"有《悟雪斋集》。

清河诗说：

状元原本不归韩，二子羞惭大节完。
无奈身心俱废弃，何如榜首让虞山。

## 95. 地损星一枝花蔡庆　金陵何氏
## 何汝健、何湛之、何淳之、何栋如

何汝健(?)，嘉靖癸丑进士，官至浙江布政司右参议，有《竹素园遗稿》。

何湛之(1551—1612)，明南京留守左卫人，字公露，号矩所，万历十七年进士，历仕南刑部主事郎中，筑疏园，极花木亭馆之盛，与同年、同乡焦竑等酬唱啸游其间。迁江西按察佥事，后任浙江按察使。书法遒美，行草法二王入品。万历间，合刊晋陶潜、唐韦应物《陶韦合集》三卷，陶诗用南宋刘辰翁底本。大概因不满六朝绮丽诗风，特转向平淡一路之故，其序云：“倘褅尼山，并祫二祖，则陶几入室，韦渐升堂。意味风流，千秋并赏，因合刻之，聊以存古人三百十一篇之遗意云。”同时，以隐逸为宗：“靖节于板荡之秋，游心于名利之外，其诗冲夷清旷，不染俗尘。”天启间又刻为《陶靖节集》二卷，《韦苏州集》十卷。晚年改疏园为元津书院，延四方志士肄业其间。著有《疏园集》(稿本)、《归田草》、《越游草》、《白云草》等。

何淳之(1553—1602)，字仲雅，号太吴，金陵人，留守左卫籍。汝健次子，湛之弟。万历十一年(1583)进士，除开封推官，进四川道监察御史、福建巡抚。卒于官。曾家居垂十年，多文酒之会。工行书，《明诗综》称其行书得晋人意。能诗善画，所画山水，戏写兰竹妙有清趣，书画为流辈所推。有《足园稿》、《寤言》等。

何栋如(1572—1637)，字充符，一字子极，号天玉，湛之之子。万历二十六年(1598)进士，初任襄阳府推官，因抗税案遭劾，家居十七年。天启、崇祯初，两起南兵部主事，皆遭罢。有《何太仆集》十卷。

清河诗说：

曾是状元莫逆欢，合刊陶韦褅尼山。
诗书文酒晚来罢，延馆疏园为邑贤。

## 96. 地奴星催命判官李立　钱塘徐氏
## 徐士俊、徐灏

徐士俊(1602—1682)，原名翙，字三有，号野君，仁和塘栖镇塘南人，13岁从祖父鹤南公徙塘栖，因家焉。父徐若赤，有文学之名。据王丹麓所写《霞举堂集》载：“士俊少奇敏，于书无所不读。发而为文，跌宕自喜。好为乐府、诗歌、古文词，第谨自秘匿，人罕有知者。同里卓珂月，才人也，少年负盛名，走四方如骛。一见之惊曰：里有名士，不相闻名，予过矣。即日具书币招之于家，诗晨酒夕，欣得良友。所为酬唱，集成《徐卓晤歌》传布人间。”后补杭州弟子籍，更名士俊。当其时，海内争尚风气，文社迭兴。诸名社无不借士俊名，以为弁冕。有《雁楼集》二十五卷。大概以标举性灵为宗，体格甚备。编有《尺牍新语》二十四卷、《尺牍初编》、《尺牍二编》、《尺牍广编》，《草堂词统》、《徐卓晤歌》、《紫珍集》、《内家吟》等均行于世。

徐灏(1603？—1634?)，号大津，徐士俊从弟，崇祯戊辰(1628)进士，官武陵令。有诗散见于《杭郡诗选》集中。颇清健浏亮，无专集。作令颇强项，以伤豪贵意，获遣。待勘楚中，卒于武昌旅舍。徐灏上任之际，士俊与之偕赴武陵，溯长江，泛洞庭，登黄鹤、岳阳两楼，游览题咏，诗存于世。

清河诗说：

跌宕诗文喜自成，雁楼吟赏世称能。
徐卓一晤真千古，汇统草堂各掌灯。

## 97. 地恶星没面目焦挺　武进郑氏 郑振先、郑鄤

郑振先，明代常州横林人，为万历二十三年(1595)进士，二十四年任嘉兴知县，历官工部营膳司、兵部武选司、礼部主事。与昆山顾天俊友好，弹劾内阁大学士朱赓、李廷机未果，叶向高认为郑振先“旦夕望大拜”，“皆自为计”。万历三十九年，被革职，闲居家乡而卒。其弟郑振光亦进士出身。

郑鄤(1594—1639)，字谦止，号峚阳，郑振先之子。少有才名，随父讲学东林。年18岁中举，熹宗天启二年(1622)中进士，选庶吉士，时28岁。两次因上疏弹劾阉党，被降职回籍候补，一时声名鹊起。崇祯八年(1635)受文震孟等推荐被起用，入京后，因批评内阁首辅温体仁而遭其报复。此前，温党成员、前大学士吴宗达系郑鄤之舅，弹劾郑鄤杖后母吴氏，疏状正在温体仁之手。体仁以“孝道”大而化之，用一石二鸟之计，一举驱除殿阁大学士文震孟，且在崇祯授意下，将郑鄤下诏狱论死。黄道周冒死疏救，言“三不如”郑氏，未果，郑鄤终被凌迟处死。著有《读诗论世》三卷、《苏轼年谱》、《峚阳草堂诗集》等。

清河诗说：

东林父子两相哀，党祸漩涡谁辅台？
天子无端剐志士，信知亡国早安排。

## 98. 地察星青眼虎李云　嘉善丁氏 丁宾、丁鑛、丁彦

丁宾(1542—1632)，字礼原，嘉善人，王学传人，曾刻《王先生全集》六卷。隆庆五年(1571)进士。初授句容知县，擢御史。忤张居正意，去官。万

历十九年(1591)，因人荐举起故官，为南京大理寺丞，累迁南京右佥都御史，起督操江，部曲晏然。擢南京工部尚书致仕。官南都三十年。每遇旱潦，则请赈贷，出家财佐之。加太子太保，崇祯时卒，谥清惠。今嘉善建有丁宾廉政公园。著有《丁清惠公遗集》八卷，丁鑛刻，其中诗二卷，今人胡玉缙《续四库提要》云："诗文亦淳质，虽不以文章著，而文章要当以其人而重之也。乃三百年来竟无人道及，允宜力为表章者矣。"

丁鑛(1598—1683)，字九贡，浙江嘉善人，贡生，丁宾之孙。著有《汉前将军汉寿亭侯关公志》十二卷，明崇祯五年(1632)刻本。崇祯十一年，刻其祖丁宾遗集如前。

丁彦(1613—?)，字文博，号易斋，丁宾族孙，陈子龙门生。明崇祯十五年举人，清顺治六年进士，官工部部水司主事，督理江南芦政。有《暇日堂集》等。

清河诗说：

躬行民治起一经，高寿根由心态平。
正气清廉千古义，了凡训子作模型。

## 99. 地丑星石将军石勇　苏州钱氏
## 钱谷、钱允治

钱谷(1508—1587)，字叔宝，自号罄室，吴县(今江苏苏州)人。少孤贫，失学，迨壮始知读书。家无典籍，游文徵明门下，日取架上书读之，手录古文金石书几万卷。善书画。与华亭冯时可为莫逆交。《冯元成集》有传，另见《苏州府志》、《明史艺文志》等传。《列朝诗集小传》丁集评其人"性颇劲直，一介不苟，烧香洗砚，悠然自得，有吴中先民之风"。

钱允治(1541—?)，名府，字允治，又字功甫，钱谷之子。父子皆好藏书。钱曾《读书敏求记》曾说："功甫老屋三间，藏书充栋。白日检书，必秉烛，缘梯上下。所藏多人间罕见之本。"钱谦益《列朝诗集小传》又称："年八十余，隆冬病疡，映日钞书，薄暮不止。功甫殁，无子，其遗书皆散去。自是吴中文献无可访问，先辈读书种子绝矣。"

清河诗说：

抄书万卷总贪多，父子勤学是楷模。
悬罄室中灯火尽，雨航诗论为传铎。

## 100. 地数星小尉迟孙新　铅山费氏
## 费懋谦、费尧年、费元禄

费懋谦，字怀石，号民益，江西铅山人。费家乃江西首屈一指的文学世家，毛泽东指出，铅山费氏“了不得”，“隔河两宰相，十里一状元”指的即是此。费懋谦之伯父费宏、其父费寀皆登阁拜相，兄长费懋贤为礼部郎中。费懋谦本人亦荫都察院校检，调任广西思明府知府。他是“青溪社”最初的发起人，朱孟震《停云小志》云：“青溪之社，民益实首倡之。又从枢府第构筹笔轩、客星槎，瀹茗焚香，山人墨客，延接无虚日。”刻有《青溪诗社集》、《礼部集》。弟费懋文，号望湖先生，嘉靖庚子科举人，湖广临武县知县。赠广东左布政使司布政使。著有《管豹篇》、《归田草语》等，皆存世。

费尧年(1537—1607)，字熙之，号唐衢，铅山人，费懋文之子，费懋谦之侄。从小就聪颖过人，6岁启蒙，8岁能文，16岁即考取广信府秀才。嘉靖四十一年(1562)壬戌进士，官工部营缮司主管，都水司郎中，升顺德守，谪汀州府判，转太仆丞。服阕，补兵部郎中，移武选郎中，升苏州兵宪，知漳南道，升福建按察使、广东左布政使司布政使。终南京太仆寺正卿。

费元禄，字无学，又字学卿。费尧年之子。费为故相家，又贵公子，而折节读书，为歌诗，落笔数千言，蕴义生风，倾慕贤士大夫，如恐不及。四次省试未中，乃绝仕意，随父宦游，纵情诗酒，刻有《甲秀园集》，侑以好贿问遗海内名士，轮蹄舟楫，交错吴会闽楚间。屠隆回赠诗云“相思累寄蘼芜草，见面难于优钵花”，其推重如此。居数年，以病废而死。《甲秀园集》之创作平平，然其往来皆当时名流，有一定诗学文献价值。如费母杨氏卒，为写祭文者有茅坤、屠隆、申时行、黄汝亨、王穉登、虞淳熙、徐桂、徐应亨、冯梦祯、吴文浤、张献翼等，阵容之庞大可见一斑。另著有《四书五经翼》、《转精集》、《历朝史乘补遗》、《诗学别记》等。

清河诗说：

苏辛文脉在铅山，费氏书香岂等闲。
甲秀园中公子梦，青溪社里美名延。

## 101. 地阴星母大虫顾大嫂　钱塘黄氏
## 黄洪宪、黄承昊、黄守正、黄媛介

黄洪宪，湖广按察副使黄镓之子，字懋忠，号葵阳，自称碧山学士，秀水人。隆庆元年浙江乡试第一，隆庆五年(1571)辛未科二甲第十三名进士，授翰林院编修。参修《大明会典》，书成，升右春坊右庶子兼侍读。官至少詹事。张居正二子张敬修与张懋修相继在会试中中式，史孟麟弹劾少詹事黄洪宪监试舞弊。奉旨出使朝鲜。有《朝鲜国记》、《玉堂日钞》、《碧山学士集》等。茅坤、冯梦祯等为作祭文、行状。王锡爵作神道碑。

黄承昊(生卒年不详)，黄洪宪之子。曾补李日华之未完稿，成崇祯《嘉兴县志》；官终户部给事中。妻沈纫兰，字闲静，幼攻书史，雅善临池，以诗闻名，著《效颦集》。女黄淑德、黄双蕙、媳周慧贞皆有诗名。

黄守正(生卒年不详)，黄洪宪之族叔，一生偃蹇科场，万历癸未至丙申(1583—1596)一直为嘉兴府生员，见严从简《重修嘉兴府儒学碑记》、陆光祖《曹郡侯修学记》。后曾以捐贡身份赴任琼州司理。黄象山(生平不详)，黄守正之孙，生活困窘，乃逼妹黄媛介嫁与太仓张溥为侧室，媛介不从，私奔于同乡文学杨世功(按：今人以象山、杨世功皆为文学家，实属荒谬。明代秀才别无生业者，名前皆以“文学”冠之)。自守正至象山，黄氏家道中落，无诗无集，存其名，乃因媛介故。

黄媛介，字皆令，明末清初著名女诗人，适寒门杨世功，明亡以卖画为生。工诗词，沈宜修辑当时女子才甚者十八人之作为集，名《伊人思》，媛介为作者之一。清王士祯赞其“负诗名数十年”。媛介曾和吴伟业《鸳湖四章》，一时属和者甚众，皆交付媛介评点，俨然闺塾师。与商景兰母女游寓山，分韵题诗，不减名士风采。诗名曾传入清宫禁内。有《离隐词》、《湖上草》、《如石阁漫草》传世。妹黄媛贞、黄德贞，皆有诗名。

清河诗说：

媚好上司荐两修，使朝奏凯强遮羞。
子孙家业皆中落，风雅一门是女流。

## 102. 地刑星菜园子张青 钱塘田氏 田汝成、田艺蘅

田汝成(1503—1557)，字叔禾，钱塘人，嘉靖丙戌(1526)进士。曾任南京刑部主事、历礼部祠祭郎中等职。曾因违忤帝意遭贬谪滁州。以后又擢为贵州佥事。再调任广西右参军，分守右江。升福建提学副使。后罢官归里，量移余杭，盘桓湖山之间，遍览浙西名胜。所著共一百六十余卷，而《西湖游览志》、《炎徼纪闻》、《龙凭记略》、《辽记》、《田叔禾集》、《武夷游咏》等。

辑成撰成《西湖游览志》二十卷、余志二十六卷等。

田艺蘅(1524—万历初)，明代文学家。字子艺，田汝成子。贡生。任徽州训导，罢归，在余杭寡山建有别墅，名曰品苗、香宇，又名寡山书屋、白云山房。作诗有才调，博学能文，为人高旷磊落，曾携二妓船游西湖，又曾与其妻游山日暮，跨驴返程。好酒任侠，斗酒百篇，著有《大明同文集》、《留青日札》、《煮酒小品》、《老子指玄》及《田子艺集》二十一卷等。辑成《诗女史纂》十卷，系我国首部女诗人通史。

清河诗说：

祭酒钱塘有二田，西湖风景乐无边。
早知巾帼亦英物，编纂殷勤女史篇。

### 103. 地壮星母夜叉孙二娘　钱塘黄氏
### 黄裳、黄汝亨、顾若璞、许静芬

黄裳、黄汝亨(1558—1626)，生平及诗学见本书第五章。汝亨二子早逝，二媳一为女诗人、一为女画家。简介如下：

顾若璞(1592—1681)，字和知，钱塘(今浙江杭州)人。丈夫黄茂梧早卒，她教子读书，工于诗文，有《卧月轩合集》。

许静芬，清画家，字烟莼，号榄愚道人。仁和(今浙江县杭州市)人。庠生黄茂臻妻。工书善画。

清河诗说：

寓林居士竟风流，祭酒江南十四州。
粉黛人夸颜色好，金陵虚拟作红楼。

### 104. 地劣星活闪婆王定六　钱塘陆氏
### 陆圻、陆培、陆堦

陆圻(1614—?)，字丽京，一字景宣，号讲山，浙江钱塘人。生于明神宗万历四十二年，卒年不详。少明敏善思，早负诗名。圻虽为诸生，名誉甚盛，凡缙绅先进天下有名之士，悉与结友。其同里则与柴绍炳、沈昀、陈廷会、应撝谦、孙治等游，并与陈子龙等共结“登楼社”，世号“西泠十子体”。圻性喜成就人，门人后辈苟具一善，称之不容口。平生未尝言人过。与弟陆培、陆堦皆有文名，为复社之冠，时号“陆氏三龙门”。明亡隐居里中，授馆自给。庄廷鑨购得湖州朱国祚《明史稿》刻之，卷首校释者首列陆圻之名。案发，庄氏既族，圻遭牵连打入死牢。其弟陆堦奔走千里，颡血求于有司之门，乃释归，出走广东丹霞山，不知所终。著有《从同集》、《威凤堂集》、《西陵新语》、《诗礼》二编及《灵兰堂墨守》等，均传于世。

陆培(1617—1644)，字锟庭，陆培之二弟。少有文名，登崇祯进士，为行人。奉使还省，而南都已覆。因抵制雉发令，自经殉国，年仅28岁。海内闻而叹息。著有《旃凤堂集》。

陆堦(1619？—1701)，字梯霞，陆培之三弟。少与兄圻、培以及陈子龙相友善。以经济文章自任。明亡，奉母隐于河渚，以佃渔为食。晚年讲学于万松山书院，为十一郡学士之师。每逢讲会，赴者千人。卒年83岁。著有《白凤楼集》十四卷、《四书大全》六十卷。

清河诗说：

复社三陆比二张，西泠十子社钱塘。
长兄殉国追英烈，幼弟讲学为悼亡。

## 105. 地健星险道神郁保四　山阴张氏 张汝霖、张岱

张汝霖，字雨若，张岱祖父。万历二十三年(1595)进士，授兵部主事，官至广西参议。幼好古学，博览群书，至老手不释卷。曾积三十年之精神，撰修《韵山》，后因与《永乐大典》类同而辍笔(《陶庵梦忆·韵山》)。有《石介园文集》。

张岱(1597—1679)，一名维城，字宗子，又字石公，号陶庵、天孙，别号蝶庵居士，晚号六休居士，寓居杭州。出生仕宦世家，精于鉴藏，明亡后不仕，入山著书以终。著有《琅嬛文集》、《陶庵梦忆》、《西湖梦寻》等。又有《石匮书》，现存《石匮书后集》，保存了大量崇祯至南明诗学人物的史料。

清河诗说：

西湖寻梦张宗子，石匮二书忆晚明。
雨打风吹春已尽，凄凄芳草故园情。

## 106. 地耗星白日鼠白胜　虞山毛氏
## 毛清、毛晋、毛扆

毛清(1568—1624)，字虚吾，又字叔涟，深谙经义，娴于计算。延请钱谦益教授其子毛晋，奠定了其学术基础。

毛晋(1599—1659)，藏书家、出版家。原名凤苞，字子久。后更字子晋，号潜在。常熟人。少为诸生。约三十岁始经营书坊，建汲古阁。以高价购求宋元刻本，藏书八万四千余册。他苦心校勘，雇刻印工数人，先后刻书六百余种，著名者有《十三经注疏》、《十七史》、《津逮秘书》、《文选李注》、《汉魏六朝百三名家集》等。又重刻唐、宋人诗集，多经其精校。如崇祯元年，毛晋刻成《唐人选唐诗八种》即如此。毛氏为历代私家刻书最多者，且好抄录罕见秘籍，缮写精良，后人称为“毛钞”。又从江西订购加厚竹纸印书，人称“毛边”，术语沿用至今。著有《隐湖题跋》等。

毛扆(1640—1713)，字斧季，江苏常熟人，毛晋之子。耽校雠，精小学，有名于时。编有《汲古阁秘本书目》，收其贩卖先父古籍善本841种。

清河诗说：

汲古阁中八万卷，花开散作九州春。
烹茗裂版儿孙贱，一代书生绝后人。

## 107. 地贼星鼓上蚤时迁　金陵唐氏
## 唐昶、唐晟、唐杲

唐昶，字子和，号对溪，生卒年不详，金陵人，著名书坊主。明代自万历至崇祯年间，坊刻盛行一时，金陵著名书坊颇多，如唐姓之富春堂、广庆堂、世德堂、文林阁；周姓之万卷楼、大业堂；陈氏之继志斋等。以三山街富春堂主人唐对溪刻书最多，印书百种，见存者亦有三四十种。现存善本如《管鲍分金记》、《三顾草庐记》、《吕蒙正破窑记》、《岳飞破虏东窗记》、《许远双忠记》、《商辂沅记》等。有时间考证者：万历元年(1573)刻《新刻出像增补搜神记》十卷；万历五年(1577)刻《校注释园证蔡伯喈》三卷；《新刻出像音注点板徐孝克孝义祝发记》二卷、《新刻出像音注司马相如琴心记》二卷，以及《绨袍记》四卷等。其刻书有一特色，即在版框周围有花纹图案，称为“花栏”，打破宋元以来传统的单边双框的单调，称之为“雉蝶形”，为版式的一大突破。

唐晟，字伯成，号绣谷，世德堂主人，唐对溪之族弟。唐绣谷与唐对溪于万历七年均梓行汤显祖《紫箫记》。唐晟以梓行汤氏《牡丹亭》、校梓高明《琵琶记》等享誉书肆。万历三十一年，陆续增刻大型丛书《耳谈类增》五十四卷，并请李维桢、江盈科等名流为序。万历四十一年，刊行文天祥《指南录》四卷、《后录》四卷。

唐杲，字叔永，唐晟之弟，与兄共业世德堂，亦为著名书坊主。

清河诗说：

金陵刻版创花栏，唐氏三杰非等闲。
纸贵洛阳日百卷，西厢并世牡丹篇。

## 108. 地狗星金毛犬段景住　嘉善魏氏

### 魏大中、魏学洢、魏学濂、魏学渠、魏学洙、魏允柟、魏允枚

魏大中(1575—1625)，字孔时，嘉善人。自为诸生，读书砥行，从高攀龙受业。自幼家贫，刻苦攻读，于万历四十四年(1616)考中进士，历任行人、工、礼、户、吏各科给事中，累官至吏科都给事中。做官时不受赠遗，四壁萧然，竟反受阉党栽赃陷害，死于诏狱。《静志居诗话》称其为“骨鲠之臣”。

魏学洢(1606—1625)，字子敬，魏大中长子。幼好学工文，为诸生。天启五年(1625)魏大中以劾魏忠贤得罪，被诬受杨镐、熊廷弼贿，逮系诏狱。学洢微服入都探起居，称贷以完父赃，赃未竟而大中毙，扶榇归，愤忧积瘁，号泣而卒。魏学洢至性过人，其诗文一出胸臆，情怀拂郁，古澹幽峭，不作凡响。论诗亦主于才情，提倡极哀乐之致，以文人之慧心写奇幻之文章。著有《茅檐集》。

魏学濂，大中次子，崇祯十六年(1643)进士，庶吉士。李自成逼京师，崇祯特召吴尔壎与学濂，将重用。京师陷，受自成户部司务职。既而自惭，赋绝命词二章，缢死。

魏学渠，字子存，号青城，大中三子。顺治五年(1648)举人。授成都推官，历湖广学道、刑部主事等，《献征录》有传。学渠负诗才，名闻邑里，为“柳州八子”之一。.

魏学洙，字子闻，邑廪生，魏大中少子。有《素水居遗稿》。

魏允柟，字交让，魏学洢子，有《维风集》、《诗玉》、《诗谷》等。

魏允枚(生卒年不详)，字卜臣，号功父，魏学濂子。顺治五年(1648)举人，授西安教谕，未仕卒。有《楚游集》六卷。

清河诗说：

大中就义六君子，子敬成仁孝烈祠。
一记核舟传百世，茅檐八卷有情诗。

额外头领一十九员之

1. 河北降将乔道清　慈溪三冯

冯若愚、冯元飏、冯元飙、冯元飂

冯若愚(1567? —1627?)，字明甫，慈湖人，万历二十三年(1595)进士，知襄阳九年，于滁官南太仆寺少卿。天启初，起为南京光禄寺少卿，摄国子监，巡学大江南北，从游者甚众，南雍人称“冯先生”，未几病作辞归，卒赠太常寺卿。有“宝宋斋”藏书楼。

冯元飏(1596—1644)，字尔赓，又字言仲，号留仙。崇祯元年(1628)进士，授工部都水司主事，升礼部主事，进员外郎、郎中，外迁苏松兵备参议，转福建提学副使。后谪迁山东盐运司判官。崇祯十四年(1641)调任天津兵备副使，十月擢右佥都御史。后因衰老乞休。曾拟议以海船迎驾南迁，国亡，忧愤卒于武林，一说死于国难。

冯元飙(1598—1644)，字尔驶，号邺仙，天启二年(1622)进士。官澄海、揭阳知县，崇祯四年(1631)征授户科给事中，因直谏遭黜。崇祯八年春，起礼科右给事中，再迁刑科、给事，迁通政使。崇祯十五年召拜兵部右侍郎，转左侍郎，次年以多病辞，八月以病剧乞休，不久病卒，年仅47岁。元飙多计谋，与兄元飏并好结纳，一时翕然相从，人称“二冯”。

冯元飏(生卒年不详)，字尔滔，以避兵回里，闻兄死难，忧愤而卒。曾点拨黄宗羲读书。

2. 河北降将琼英　余杭三严

严大纪、严调御、严武顺、严敕、严渡、严津、严沆、严增渠

严大纪(1538—?)，字汝肃，严元之子，嘉靖中严元以御医受知于天子，

天子爱重之，大纪随之都门，隶太医籍。戊午(1558)举顺天乡试，次年成进士授行人，历礼曹郎擢江西佥事，由山西右辖会河南左升光禄卿，奏覆厨役廪额甦困者四千余人，转大常寺卿，因直言罢官归里，训子读书，其子号称“三严”，为武林复社眉目。

严调御(?)，字印持，号废翁，浙江余杭人。大纪子。善书，博综今古。交游遍天下。生平多技能，兼通器乐天文历算。晚悉屏绝，唯医与书法不废。自弱冠补弟子员，饩廪三十年。名闻海内而困于场屋，事业不克显，人多惜之。

严武顺(生卒年不详)，字忍公，余杭诸生，与其兄调御、弟敕组织“小筑社”，“四方文人多裹粮数千里至”，后并人复社。

严敕(生卒年不详)，字无敕。师事两兄，游庠于太学，一时有“三严”之目。盖彼时时文尚雕琢，敕独为淳古澹泊之音声。性孝友，年逾七十，忆两兄先逝，绘《三逸图》以写思慕。诗作甚多，易箦时犹有《枕上诗》遗著，传诵于世。

严渡(生卒年不详)，字子岸，严敕长子。弱冠饩于庠，未几选入南雍，名誉籍甚。年四十，以明经终。

严津(生卒年不详)，字子问，严敕之子。严氏为文章渊薮，海内称之。津继起，领袖一时。应拔贡举，表为督漕推官，婉拒不就。事亲至孝。所居日陶庵，日咏诗数十章以明志。

严沆(1617—1678)，字子餐，号颢亭。余杭人，迁仁和。清顺治十二年进士，官至户部侍郎。能诗善画。为“西泠十子”、“燕台七子”之一。著有《古秋堂集》、《皋园诗文集》、《严少司农集》、《北行日录》、《颢亭疏稿》等。

严增渠(1630—?)，字方贻，严沆子，康熙甲辰进士。传略。

### 3. 河北降将孙安 无锡孙氏
### 孙继皋、孙源文

孙继皋(1550—1610)，7岁入塾，明代万历二年(1574)高中状元，授翰林编修。历任经筵讲官、少詹事兼侍读学士、礼部转吏部侍郎等职。万历八年(1580)充任会试同考官，拔擢魏大中、顾宪成等。二十四年(1596)孙继皋抗疏劝说为太后送葬，因忤旨致仕，晚年讲学于东林书院。万历三十八年(1610)病卒，追赠为礼部尚书。有《孙宗伯集》十卷。

孙源文(1590—1644)，明文人。字南公，号笨庵。孙继皋幼子，丁象春之婿。秀才。喜饮酒，好读书，遍览经史百家，工诗词曲调。身短小，服古衣冠，慷慨语天下事。崇祯十七年京师破，帝缢死，源文旦夕悲泣。及秋作闻雁诗曰：“少小江南住，不闻鸣雁哀。今宵清忱泪，知尔旧京来。”不久，咯血声哑，泪尽而殁。乾隆时，入祀忠义祠。著有《笨庵遗稿》、《俑语》、《晴天屐》及杂剧《饿方朔》等(《锡金县志》)。

## 4. 河北降将马灵 盐桥三丁
## 丁大绶、丁锡、丁澎、丁景鸿、丁滢

丁大绶(？—1658)，回族，字步玉，元诗人丁鹤年后裔，世家杭州盐桥镇，以诗名。

丁锡(生卒年不详)，丁大绶之弟，字佑之，号西鸣，著名山水画家、诗人。

丁澎(1622—1686)，明清之际著名诗人，与同乡吴百朋、陆圻、紫绍炳、陈廷会、孙丹、沈谦、毛先舒、虞黄昊等合称为“西泠十子”。澎与仲弟景鸿、季弟潆均以诗风言近诣远、语有尽而意无穷而名世，时人称“盐桥三丁”。以《白燕诗》传流吴下，“吴中仕女，争书衫袖”。

丁景鸿，一名灏，字弋云，因结鹫山十六子诗社，遂号鹫峰，读书于家中揽云楼，顺治五年中举，终身不仕，官宦宴请必醉，醉而作画，醒而不留半纸；偃蹇三十二年，所作诗文数万言，而身后不留一字。

丁滢，清代诗人，字素涵，号天庵，生三子皆有功名，有《青桂堂集》传世。

## 5. 河北降将卞祥 丹徒钱氏
## 钱邦芑、钱邦韶、钱邦寅

钱邦芑(1599—1673)，字开少，著名诗僧。崇祯年间当过御史，巡按云南。明亡为僧，号大错和尚。著有《十年堂诗选》、《他山诗选》、《游岳草》、《后潇湘赋》、《大招诗》等。

钱邦韶(1603—1660)，字虞少，号海岳，著名爱国诗人，死于战场。

钱邦寅(1614—1683)，字驭少，入清不仕，与顾炎武等为友，死后门人私谥为“介节”。

## 6. 河北降将山士奇　淮安—吴江—嘉兴吴氏

### 吴承恩、吴瑞征、吴昌期、吴昌时、吴之纪、吴兆骞

吴承恩(1501—1582)，字汝忠，号射阳山人，中年补贡为长兴县丞，著《西游记》；后人辑有《射阳先生存稿》4卷存世。

吴瑞征(生卒年不详)，承恩从弟，万历三十八年(1610)进士，迁工部虞衡司主事，以廉能称。升饶州府知府，颇有政声。擢河南按察副使，以病乞归。家居杜门而卒。曾于万历二十四年刻《世说新语》。

吴昌期，吴瑞征从子，父吴翼徙吴江，昌期转徙嘉兴，万历十三年举人，累迁工部员外郎，因抗击魏阉遭贬。崇祯改元，起工部郎中，累迁贵州按察司副使。年七十八岁卒。

吴昌时，昌期弟，复社领袖，崇祯七年进士，1643年冬因毒害张溥被斩首示众。

吴之纪，吴瑞征孙，字小修，生有夙慧，年12岁就童子试为知县熊开元所赏；清顺治六年(1649)己丑进士，授工部主事，迁湖广按察司佥事，投劾归，家居二十年卒。著有《适吟诗草》、《好我斋集》若干卷。

吴兆骞，吴之纪从子，清初诗人，与宜兴陈维崧、华亭彭师度并称为“江左三凤凰”。

## 7. 河北降将唐斌　山阴黄氏

### 黄尊素、黄宗羲

黄尊素(1584—1626)，东林七君子之一，黄宗羲之父。初名则灿，后改尊素，字真长，号白安，万历四十四年进士，天启初擢御史，力陈时政十失，忤魏忠贤，被夺俸一年。后又上疏论事，再忤魏忠贤意，被削籍归。不久被逮入都下诏狱，受酷刑死。有《忠端公集》。

黄宗羲(1610—1695)，字太冲，一字德冰，号南雷，别号梨洲山人、梨洲老人、蓝水渔人、双瀑院长、鱼澄洞主、古藏室史臣等，世称梨洲先生。黄尊素长子。黄宗羲学问极博，著作宏富，思想深邃，与顾炎武、王夫之并称明末清初三大思想家(或清初三大儒)；与顾炎武、方以智、王夫之、朱舜水并称为“清初五大师”，与弟黄宗炎、黄宗会号称“浙东三黄”。有《宋元学案》、《明儒学案》、《孟子师说》、《葬制或问》、《破邪论》、《思旧录》、《明夷待访录》、《明文海》、《行朝录》、《四明山志》、《今水经》等。

### 8. 河北降将文仲容　乌程范氏

范应期、范汭

范应期(1527—1594)，字伯祯，号屏麓，浙江乌程(今浙江湖州市)人，明世宗嘉靖四十四年(1565)乙丑科状元及第。据《明史·世宗纪二》载应期登第后初授翰林修撰，累官至国子祭酒，致仕。豪酒跌宕，与顾益卿、王承父悲歌慷慨，为意气之交。后为恶少所忌恨，巡按邑令共为搏击，自缢死，年68岁。

范汭，字东生，范应期之侄。范应期殁后，数困长吏，尽破其家。乃徙居吴门耕读。引洞庭吴凝父(吴鼎芳)为同调，曾辑全唐诗千余卷，胝手胼足，迄无宁夕。咯血以卒，年四十有四。《静志居诗话》："东生诗才娴雅，如灵犀结佩，可以辟尘。方之孟阳、允兆诸君，觉尤腾拔。"《明诗纪事》："东生诗琢句链字，无浮音，无佻态，于七子末习，袁、钟流派，均无所染。"

### 9. 河北降将崔野　山阴徐氏

徐衍芳、徐宏祖、徐屺、徐建极、徐建枢

徐衍芳，生卒年不详，字原润，又字汝声，号柴石，南直隶江阴人。屡试不第，只得以"诗酒写性灵"，抑郁悲愤，中年夭殂。著有《柴石小草》。

徐宏祖(1586—1641)，字霞客，以字行，徐衍芳之孙，许学夷侄婿，有《徐霞客游记》。

徐屺(1615—1645)，字子依，徐霞客长子。缪昌期孙婿。顺治二年(1645)乙酉三月，清军屠江阴城。江阴徐氏遭罹空前的劫难，徐屺与弟徐亮工等一门二十多人被杀，徐家宅园被毁。《徐霞客游记》原稿散佚不全。

徐建极(1634—1692)，屺子，与子应乡试不顺，暴病卒。有《徐霞客游记》抄本行世。

徐建枢(1635—1671)，字仲介，号垣中。廪生，有文学才华，惜其早逝，年仅37岁。

### 10. 河北降将金鼎　嘉兴高氏

高道素、高承埏

高道素(？—1630)，字玄期，一字如晦，号明水。嘉兴人，万历四十七年进士，官工部虞衡司主事。因所督造宫殿遇雨坍塌，压死宫女数人，被崇祯处死。曾挖空心思为五百罗汉罗织姓名，在佛教史上有较大影响。有《景玄堂集》十卷。另有《药序随笔》二卷。

高承埏(1603—1648)，字寓公，一字泽外，屯田郎高道素之子。崇祯庚辰进士，知迁安、宝坻、泾三县，累迁虞衡主事。朱彝尊诗话云："先生表忠裹孝，以父死不辜，伏阙讼冤，丝纶夺者载锡。三宰雷封，各著循绩，而危邦墨守，尤文一能。借乎功多不肯，至今憎慨父老，有遗憾焉。家藏书八十椟，与项氏万卷楼争富。"有《稽古堂集》。

## 11. 河北降将黄钺　嘉兴徐氏

### 徐学周、徐学曾、徐必达、徐世淳、徐肇梁、徐嘉炎

徐学周，字尚文。嘉兴人。嘉靖会试副榜，知南直嘉定州，有惠政。升广东雷州府同知。

徐学曾，生平字号不详，学周弟，嘉靖间乡举。历任广东海阳县、北直永清知县，官至山东高唐州学政。

徐必达，字德夫，秀水(今浙江嘉兴)人。万历二十年(1592)进士。历溧水知县，右佥都御史，兵部右侍郎，万历三十三年，进献《乾坤一统海防全图》，颇有政绩。升兵部尚书，罢归，与李日华等优游而卒。刻有《二程全书》、《邵子全书》以及《南州诗说六卷》等。

徐世淳(？—1641)，字中明，秀水(今浙江嘉兴)人。崇祯举人。历知随州。张献忠破城，力战死。赠太仆少卿。

徐肇梁(？—1641)，秀水(今浙江嘉兴)人。世淳子。随父守随州。张献忠陷城，不屈死。

徐嘉炎(1631—1703)，字胜力，肇梁子，世淳孙，徐必达之曾孙。举博学鸿词科，授翰林院检讨，累官至内阁学士兼礼部侍郎，充《大清一统志》、《三朝国史》及《大清会典》副总裁。警敏强记，著有《抱经斋集》等。

## 12. 河北降将梅玉　海盐彭氏

### 彭期生、彭孙贻、彭孙遹

彭期生(？—1646)，字观我，御史彭宗孟之子。万历四十四年(1616)中丙辰科三甲进士，授徽州府教授。崇祯初年，任济南府知府，后转湖西兵备

佥事，驻吉安。1646年10月清军攻破吉安，彭期生冠带自缢殉国。

彭孙贻(1615—1673)，字仲谋，一字羿仁，号茗斋。浙江海盐人，彭期生从子(从张岱《后石匮》。另：朱彝尊等皆作彭期生次子)，癸未进士彭长宜之子。明崇祯十五年(1642)乡试，同考官，主司翰林院编修吴国华、吏科给事中范淑泰，皆极赞赏，定为第一。未料因病不能终场，次年以贡生首拔于两浙。明亡后，杜门侍母，终生不仕，著有《流寇志》、《山中见闻》、《明朝纪事本末补编》、《甲申亡臣表》、《茗斋诗文集》、《茗斋诗余》、《茗斋杂论》、《方士外记》、《彭氏旧闻录》等十余种；另辑有《海盐县志》。门人私谥“孝介先生”。

彭孙遹(1631—1700)，字骏孙。浙江海盐人。彭期生之子。顺治进士，授中书。举康熙十八年博学鸿儒科一等第一名，授编修。累官至吏部侍郎，充经筵讲官，任《明史》总裁官。工词章，与王士祯齐名，号曰“彭王”。著有《松桂堂集》。

### 13. 河北降将金祯　徐州万氏

### 万崇德、万寿祺

万崇德，字惺新，先世豫章人，正德间，避宸濠乱迁徐州，再传至崇德父显，世业医，得异人术，奇病应手瘥，贫者资以药。

万寿祺(1603—1652)，字介若，一字若，一字内景，一字年少。原籍江西南昌，曾祖以医自湖广游徐州，遂家焉，崇祯三年举于乡。诗学渊明，兼有《离骚》之忧愤。有《隰西草堂集》。

### 14. 河北降将毕胜　柳洲支氏

### 支大伦、支如玉、支如增、支隆求

支大伦(1534—1604)，字心易，号华平，万历二年(1574)进士。试政西曹，外迁泉州推官，因事罢官。后推补江西藩幕，迁奉新令，复与上官不协，掉首而还，隐居著书，年七十一卒，门人私谥“文介先生”。著有《华平集》五十二卷以及《支子余集》、《嘉隆编年史》(一名《永昭二陵编年史》)等。

支如玉，大伦子。万历庚子(1600)举乡荐，崇祯初，谒选洧川教谕。后弃官归养。筑别业“半衲庵”于西郊外，艺梅千树，引回流环之，名曰“梅花渡”，吟啸其中，一日忽作画而逝。著有《半纳庵集》十二卷。

支如璔，大伦少子。字美中，号小白，一号砚亭。秉承宏博家学，尤工制艺之文。崇祯三年(1631)以副贡选入。与李维桢、陈继儒、邹之麟等相与为文字交。有《谢棘闱赋》等。

支隆求，字武侯，如璔子，大伦孙。顺治十七年(1660)举人，授遂安教谕。康熙二年(1663)应聘校阅闽闱，又擢山东沂水令。三年后辞归乡里，著书讲学，寿至84岁而终。有《白庵集》、《闽游偶草》等。

## 15. 河北降将潘迅　常熟徐氏

徐昌祚、徐复祚

徐昌祚(1558—1609)，字伯昌，初名昌儒，一字文伯，常熟人。尝为刑部官，诗酒文会之暇，尝辑《太常寺志》，得征备州县志。万历三十年因昔年溺杀其姑母，遭其弟徐鼎祚揭发，万历三十七年服刑瘐毙。其弟鼎祚(1562—1611)亦因心病得恶疾暴卒，年仅39岁。昌祚有《燕山丛录》二十二卷，今传世。

徐复祚(1560—1630后)，原名笃儒，字阳初，又字讷川，号暮竹，晚又号三家村老、忍辱头陀。江苏常熟人。博学能文，尤长于词曲。所作传奇有《霄光记》、《红梨记》、《投梭记》、《题塔记》四种，今存前三种，杂剧有《梧桐雨》、《一文钱》两种，今存后一种，署名破悭道人。又有笔记《三家村老委谈》一十六卷(又名《花当阁丛谈》)，今存八卷，多记明代掌故杂事，间亦涉及戏曲、诗词。

## 16. 河北降将杨芳　毗陵曹氏

曹勋、曹尔埴、曹尔堪、曹尔埏、曹鉴平、曹鉴征

曹勋(1589—1656)，字允大，号峨雪，晚号东干钓叟，干巷人。天启元年(1621)中举人，崇祯元年(1628)会元，廷试时因得罪丞相，被置于二甲(赐进士出身)，由庶常历官翰林学士、礼部右侍郎，延经筵进讲。他少有异资，研讨古今，为文有法，与东林党首领高攀龙交往密切。与同里魏大中为生死交。时官场门户角立，言官相互交恶，曹勋持之以正，竟也遭诽谤，遂乞终养归里，杜门读书著述。清顺治十年(1653)，清廷诏征至京，不愿为官辞归。与弟曹炯与族中曹氏子弟16人创办“小兰亭诗社”，一时唱和之盛，罕有其匹。著有《易说》、《通史纪略》、《存笥集》、《未有居集》、《东干集》、

《竹篋集》、《甲征草》、《曹允大稿》、《行藉集》等多种。有《东干钓叟诗集》十卷、《东干钓叟文集》十二卷、《曹宗伯全集》十六卷、《南溪诗草》四卷、《东干诗草》一卷(《清史稿艺文志》)。

曹尔堪(1617—1679)，字子顾，号顾庵，曹勋之子，后侨居嘉善县魏塘镇。顺治九年进士，历官翰林院编修，升侍讲学士，累因前明旧事牵连下狱，获释优游田园以卒。与宋琬、施闰章、王士禄、王士祯、任琬、沈荃、程可则相唱和，人称“海内八大家”。又与山东曹贞吉并称“南北二曹”。

曹尔埏，字彦博，号博庵。著有《岭云集》、《道遁堂集》等。

曹尔埴，字彦范，号范庵，华亭籍，岁贡生，官桃源教谕，与兄弟合撰《三子诗余》。

曹鉴平，字掌公，号桐阳，尔堪长子，康熙十一年举人，官内阁中书，诗词较清婉，略少力度。有《南溪集》。

曹鉴征，字征之，鉴平弟，布衣终身，诗多咏史。有《白石楼》、《红药园》两集。

### 17. 河北降将冯升　嘉善钱氏

钱吾德、钱继登、钱继振、钱继章、钱士升、钱士晋、钱棅、钱枬、钱棻

钱吾德(1546—1627)，字湛如，著名理学家，“声望隆然，虽书生，时人咸以公辅期之”，他与乡贤袁黄及秀水县的冯梦祯，合称为“禾郡三名家”。隆庆四年(1570)，与袁黄同年中举，万历二十四年(1596)任河北迁安县令，后改任福建泰宁(县治今存邵武)县令和江西宁州(今修水县)县令，为官清廉，政多惠民，卒年81岁。钱谦益《初学记》卷四十一有《钱湛如先生祠堂记》。

钱继登(1594—1672)，字尔先，一字龙门，晚号篑山翁。嘉善人。钱吾德长子，钱士升堂叔。万历四十四年(1616)状元。累官右佥都御史，巡抚淮阳。矜气亢节，不合于俗，遂致仕归。后究心经史，尤邃于《易》。有《壑专堂集》、《东皋问耕录》、《易篑》、《南华拈笑》、《孙武子绎》、《经世环应编》等。

钱继振(生卒年不详)，字尔玉，号冰心。嘉善人。钱吾德次子。乡贡，不仕。崇祯十年、十一年，与同里郁之章辈结“柳州八子”(一称“魏里八子”)诗社，成员皆本地世家子弟，有曹尔堪、蒋玉立、吴亮中、魏学渠、魏学洙、魏学濂等。晚岁筑室江畔，曰“鸥旅”，著有《萧斋集》、《西园日笺》。

钱继章(1605—1683?)，一作健章，字尔斐，号菊农，钱吾德第三子。明崇祯九年举人。有《菊农词》、《雪堂自删集》、《逸民遗风诗》、《人琴集七种》等。

钱士升(1574—1652)，字抑之，号御冷，晚号塞庵，钱吾德侄孙。东林名士，未登第时与顾宪成、高攀龙等人倡导理学，精通濂洛之学。万历四十四年(1616)状元，授翰林修撰。天启初魏珰乱政，遂以母老乞归，杜门十载。调詹事府左中允，未赴任。崇祯初起为少詹事，迁南翰林院、南礼部右侍郎，崇祯六年(1633)升礼部尚书，入阁辅政，崇祯七年(1634)加太子太保，兼文渊阁大学士。因与浙党争，允致仕。著作有《表忠记》、《易揆》、《逊国逸书》、《增削南宋书》、《论扉奏章》、《赐余堂集》、《五子近思录》、《庄子四篇诠》、《楞严外解》等。

钱士晋(1577—1635)，字康侯，号昭白。钱士升弟。万历二十八年(1600)举人，四十一年(1613)进士，授刑部主事，平反冤狱者千余人。后出任大名府知府。崇祯时官至云南巡抚，多有惠政。以劳瘁卒于官。著有《经济录》等。

钱棅(1619—1645)，钱士升次子，陈龙正女婿。崇祯十年(1637)进士，时年十九，历官南兵曹，移广东佥事，官至吏部郎中。明亡后，曾组织义军抗清，兵败被杀。有《南园唱和集》、《文部园诗》等。

钱栴(？—1647)，字彦林，钱士晋子，士升从子，夏完淳丈人，崇祯六年(1633)孝廉，官兵部职方。兵败被杀。有《白门集》。

钱棻(?)，字仲芳，崇祯十五年(1642)举人，钱士晋子，有《萧林初集》，《二集》等。

## 18. 河北降将胡避　昆山顾氏

### 顾咸正、顾咸建

顾咸正(？一1647)，字端木，号触庵，昆山人，顾鼎臣曾孙。崇祯六年(1633)举人，十三年(1640)以副榜除延安府推官。延安荒乱，咸正招抚有法，多次平定农民起义军，后起义军攻破西安，咸正被捕。吴三桂兵入秦地，秦人内应，韩城人推咸正为首，斩县令，与吴军内外合应，后知吴军已变节为清军，入山中为僧。陈子龙策反吴胜兆事败，子龙在咸正子天逵家中被获，案发，咸正被列为第一要犯，顺治三年(1646)年九月十九日，与钱旃等四十二人一同在南京被杀。子天逵亦因子龙事被杀。咸正二弟咸建为清军所杀。三弟咸受城破死。顾氏一门多人同死国难，吴中人士莫不悲之。

顾咸建(1594—1645)，字汉石，号如心，昆山人。咸正弟。崇祯十六年(1643)中进士，授钱塘知县，有惠政。乙酉之变(1645)，力主潞王抗击清军，但奸臣陈洪范、张秉贞议降，结果不获，赴水死而被救。弃官奔吴江，被追捕回杭州，令剃发易衣，不屈，被杀于忠清坊。市民号哭于侧，首级被悬示城楼。

## 19. 河北降将叶清　会稽倪氏<br>倪冻、倪元璐、倪会鼎

倪冻，万历甲戌进士，官南驾部郎，定船政，东南军卫尸祝之。历抚淮、荆、琼四郡。致仕后，徙居绍兴郡城。

倪元璐(1593—1644)，号鸿宝，别署园客。自幼颖悟，17岁时，郡、县、监司三试皆第一。19岁得陈继儒赏识。天启壬戌(1622)进士，历官翰林院编修、兵部侍郎、户部尚书、礼部尚书。李自成陷北京，自缢死。有《倪文正集》十七卷等。

倪会鼎(1620—1670)，字子新，元璐子。14岁从学黄道周，著《明儒源流录》等。

# 参考文献

## 一、古籍


1. (唐)李延寿:《北史》,中华书局1973年版。

2. (唐)魏徵:《隋书》,中华书局1973年版。

3. (宋)石介:《石守道先生集》,王云五主编:《丛书集成初编》集部第2361册,商务印书馆1935—1937年印行,又中华书局1985年版。

4. (宋)邵雍:《伊川击壤集》,《四部丛刊初编》第882~885册,商务印书馆1929年版。

5. (宋)陈振孙:《直斋书录解题》,中华书局1992年版。

6. (元)杨士弘著,(明)顾璘评:《批点唐诗正音》,沔阳卢氏慎始基斋1923年据明嘉靖二十三年洛阳温氏刊本影印。

7. (明)宋濂:《宋文宪全集》,四部备要本。

8. (明)李东阳:《怀麓堂诗话》,《历代诗话续编》本,中华书局1983年版。

9. (明)王守仁:《王阳明全集》,上海古籍出版社2012年版。

10. (明)杨慎撰,王大厚笺证:《升庵诗话新笺证》,中华书局2008年版。

11. (明)唐顺之:《荆川先生文集》,四部丛刊初编本。

12. (明)叶盛:《水东日记》,《元明史料笔记丛刊》本,中华书局1980年版。

13. (明)顾璘:《息园存稿》,四库全书补遗本,国家图书馆出版社2005年版。

14. (明)何良俊:《四友斋丛说》三十八卷,《四库全书存目丛书》子部第103册,齐鲁书社1997年版。

15. (明)冯惟讷辑:《古诗纪》一百五十六卷,四库全书本。

16. (明)归有光:《震川先生集》,上海古籍出版社1981年版。

17. (明)谢榛:《四溟诗话》,历代诗话续编本。

18. (明)李攀龙《沧溟先生集》,四库全书本。

19. (明)李攀龙辑,王穉登评:《唐诗选》七卷,《续修四库全书》集部第1611册,上海古籍出版社2002年版。

20. (明)王世贞:《弇州山人四部稿》,四库全书本。

21. (明)王世贞《艺苑卮言》,丁福保辑:《历代诗话续编》中册,中华书局2006年版。

22. (明)王世贞撰,王学范主编:《王世贞抚郧诗文集》,湖北人民出版社2010年版。

23. (明)王世贞:《明诗评》四卷,丛书集成初编本。

24. (明)王世贞:《弇州山人续稿》,明人文集丛刊本,台湾文海出版社1970年版。

25. (明)王世懋:《艺圃撷余》,历代诗话本,中华书局1981年版。

26. (明)吴国伦:《甔甀洞稿》,《续修四库全书》集部第1350、1351册。

27. (明)孙鑛:《月峰先生居业次编》,《四库禁毁书丛刊》集部第126册,北京出版社1997年版。

28. (明)龙膺:《龙膺集》,"湖湘文库"本,岳麓书社2011年版。

29. (明)汪道昆撰,胡益民点校:《太函集》,徽学研究资料辑刊,黄山书社2004年版。

30. (明)汤显祖著,徐朔方笺校:《汤显祖诗文集》,上海古籍出版社1982年版。

31. (明)陶望龄:《歇庵集》,台湾伟文出版公司1976年据万历辛亥刻本影印。

32. (明)李贽:《初潭集》,中华书局1974年版。

33. (明)李贽:《焚书》,中华书局1963年版。

34. (明)李贽:《续焚书》,中华书局1959年版。

35. (明)胡应麟:《艺林学山》,中华书局1958年版。

36. (明)胡应麟:《少室山房笔丛》,上海书店出版社2009年版。

37. (明)胡应麟:《诗薮》,上海古籍出版社1979年版。

38. (明)王文禄:《诗的》、《文脉》,丛书集成初编本。

39. (明)黄省曾:《诗法》(一名《黄氏诗法》)一卷,明胡文焕《格致丛书》本。

40. (明)于慎行:《于宗伯集》,文渊阁四库全书影印本。

41. (明)于慎行:《谷山笔尘》,中华书局1984年版。

42. (明)王象春:《齐音》,济南出版社 1993 年版。

43. (明)公鼐:《问次斋稿》,中国戏剧出版社 2008 年版。

44. (明)袁宏道撰,钱伯城笺校:《袁宏道集笺校》,上海古籍出版社 1981 年版。

45. (明)袁宗道:《白苏斋类集》,上海古籍出版社 1989 年版。

46. (明)袁中道:《游居沛录》,上海远东出版社 1996 年版。

47. (明)袁中道:《珂雪斋近集》,《明代论著丛刊》十六,台湾伟文公司 1976 年版。

48. (明)陈善等修:《万历杭州府志》,台湾成文出版社 1983 年版。

49. (明)唐枢等修:《万历湖州府志》,《四库全书存目丛书》史部第 191 册。

50. (明)张瀚:《松窗梦语》,中华书局 1985 年版。

51. (明)祝时泰等:《西湖八社诗帖》,《四库全书存目丛书》集部,第 315 册。

52. (明)戚元佐:《槜李往哲传》,《明代传记丛刊》第 149 册,台湾伟文公司 1978 年版。

53. (明)田汝成:《西湖游览志》、《西湖游览志志余》,上海古籍出版社 1998 年版。

54. (明)江盈科:《雪涛诗话》,北京图书馆 2004 年版。

55. (明)江盈科:《江盈科集》,岳麓书社 2008 年版。

56. (明)屠隆:《白榆集》,台湾伟文公司 1977 年据万历庚子刻本排印。

57. (明)屠隆:《由拳集》,台湾伟文公司 1977 年版。

58. (明)屠隆:《栖真馆集》,《续修四库全书》集部第 1360 册。

59. (明)屠隆:《鸿苞集》,《四库全书存目丛书》子部第 88、89 册。

60. (明)李维桢:《大泌山房集》,《四库全书存目丛书》集部第 151 册。

61. (明)朱孟震:《玉笥诗谈》,丛书集成初编本。

62. (明)彭辂:《彭比部集》,《四库全书存目丛书》集部第 116 册。

63. (明)焦竑:《焦氏笔乘》,中华书局 2008 年版。

64. (明)焦竑:《澹园集》,中华书局 1999 年版。

65. (明)焦竑:《国朝献征录》,上海书店 1987 年影印本。

66. (明)顾起元:《懒真草堂集》,明人文集丛刊本,台湾文海出版社 1978 年版。

67. (明)顾起元:《雪堂随笔》,《四库禁毁书丛刊》集部第 80 册。

68. (明)顾起元:《遁园漫稿》,《四库禁毁书丛刊》集部第 104 册。

69.（明）顾起元：《客座赘语》，中华书局1984年点校本。

70.（明）朱之蕃：《金陵古今图考金陵图咏不分卷》，天启三年金陵朱氏刊本。

71.（明）周晖：《金陵琐事　续金陵琐事　二续金陵琐事》，南京出版社2007年版。

72.（明）钟惺撰，李先耕、崔重庆标校：《隐秀轩集》，上海古籍出版社1992年版。

73.（明）钟惺、谭元春辑评：《唐诗归》，《续修四库全书》集部第1589、1590册。

74.（明）谭元春：《新刻谭友夏合集二十三卷》，《明代论著丛刊》之二十一。

75.（明）冯梦祯：《快雪堂集》，《四库存目丛书》集部第164册。

76.（明）黄汝亨：《寓林集》，《续修四库全书》集部第1369册。

77.（明）李日华：《李太仆恬致堂集》，《四库禁毁书丛刊》集部第64册。

78.（明）李日华：《味水轩日记》，上海远东出版社2011年版。

79.（明）王士性：《广志绎》，中华书局1981年版。

80.（明）徐献忠：《吴兴掌故集》十七卷，四库全书本。

81.（明）卓明卿：《卓光禄集》，《四库全书存目丛书》集部第158册。

82.（明）茅坤：《白华楼藏稿》、《白华楼续稿》，《四库全书存目丛书》集部第106册。

83.（明）冯梦祯：《快雪堂集》六十四卷，齐鲁书社1997年版。

84.（明）冯梦祯：《快雪堂日记》，凤凰出版社2010年版。

85.（明）黄汝亨：《寓林集》，《续修四库全书》集部第1368册。

86.（明）朱国祯：《涌幢小品》，中华书局1959年版。

87.（明）朱国祯：《朱文肃公集不分卷》，《续修四库全书》集部第1366册。

88.（明）周履靖：《骚坛秘语》三卷，《夷门广牍》本，又丛书集成初编本。

89.（明）李日华、郑琰：《梅墟先生别录》，中华书局1991年版。

90.（明）李日华：《竹懒画賸》，西泠印社2008年版。

91.（明）李日华撰，郁震宏、李保阳等点校：《六研斋笔记 紫桃轩杂缀》，凤凰出版社2010年版。

92.（明）李日华著，屠友祥校注：《味水轩日记校注》，上海远东出版社2011年版。

93. (明)沈德符:《万历野获编》,《元明史料笔记丛刊》本,中华书局1980年版。

94. (明)董斯张:《静啸斋存草》,《续修四库全书》集部第1381册。

95. (明)董斯张:《吹景集》,《丛书集成续编》第188册。

96. (明)董斯张:《吴兴艺文补》,《四库全书存目丛书》集部第136~138册。

97. (明)张蔚然:《西园诗麈》一卷,《说郛三种》之《说郛续》本,上海古籍出版社1988年影印。

98. (明)张履祥:《杨园先生全集》,台湾中国文献出版社1968年影印本。

99. (明)陆时雍:《诗镜总论》,《历代诗话续编》本。

100. (明)蒋一葵:《尧山堂偶隽》七卷,丛书集成续编本。

101. (明)赵南星:《赵忠毅公文集》,《四库禁毁书丛刊》集部第68册。

102. (明)赵南星:《味檗斋文集》,中华书局1985年版。

103. (明)叶向高:《苍霞草》,江苏广陵古籍刻印社1994年版。

104. (明)叶向高:《纶扉奏草》,明代论著丛刊本。

105. (明)顾宪成:《泾皋藏稿》,四库全书本。

106. (明)顾宪成:《顾端文公遗书》,《四库全书存目丛书》子部第14册。

107. (明)顾允成:《小辨斋偶存》,四库全书本。

108. (明)高攀龙:《高子遗书》,四库全书本。

109. (明)吴桂森:《吴素衣集》,广理学备考本第五函。

110. (明)叶廷秀:《诗谭》十卷,《四库全书存目丛书》集部第418册。

111. (明)吕坤撰,王国轩、王秀梅整理:《吕坤全集》,中华书局2008年版。

112. (明)吕坤:《呻吟语》,上海古籍出版社2000年版。

113. (明)张凤翼:《处实堂集》,《四库全书存目丛书》集部第137册。

114. (明)文震孟:《姑苏名贤小记》,周骏富辑《明代传记丛刊》本,台北明文书局1991年版。

115. (明)文震亨著,赵菁编:《长物志》,北京金城出版社2010年版。

116. (明)姚希孟:《响玉集》,《四库禁毁书丛刊》集部第178册。

117. (明)冯时可:《雨航杂著》,四库全书本。

118. (明)王稺登:《王百谷全集》,《四库禁毁书丛刊》集部第175册。

119. (明)赵宧光:《寒山蔓草》十卷存前四卷,《四库全书存目丛书》集部第348册。

120. (明)赵宧光:《寒山帚谈》,台湾"商务印书馆"1983年版。

121. (明)赵宧光. 黄习远:《万首唐人绝句》，书目文献出版社1983年版。

122. (明)赵宧光:《弹雅》十八卷，明刻本(未见原书，存目)。

123. (明)董其昌著，屠友祥校注:《画禅室随笔》，上海远东出版社2011年版。

124. (明)董其昌:《容台集 别集》，《四库全书存目丛书》集部第171册。

125. (明)董其昌:《妮古录》，《丛书集成初编》第1588册，中华书局1985年版。

126. (明)陈继儒:《陈眉公尺牍》，上海杂志公司1936年版。

127. (明)陈继儒:《陈眉公集》，《续修四库全书》集部第1380册。

128. (明)陈继儒:《佘山诗话》三卷，周维德《全明诗话》本，齐鲁书社2005年版。

129. (明)徐复祚:《花当阁丛谈》，借月山房汇钞本。

130. (明)谢肇淛:《五杂俎》，上海书店出版社2001年版。

131. (明)谢肇淛撰，汪中柱点校:《小草斋集》，福建人民出版社2009年版。

132. (明)叶绍袁著，冀勤点校:《午梦堂集》，中华书局1998年版。

133. (明)冯梦龙:《冯梦龙全集》，上海古籍出版社1993年版。

134. (明)冯梦龙:《醒世恒言》，文化艺术出版社2002年版。

135. (明)邓云霄:《冷邸小言》，《四库全书存目丛书》集部第417册。

136. (明)胡震亨:《唐音癸签》，上海古籍出版社1981年版。

137. (明)张大复:《梅花草堂集》，《续修四库全书》集部第1380册。

138. (明)魏大中:《藏密斋集》，《四库禁毁书丛刊》集部第45册。

139. (明)黄尊素:《黄忠端公文略三卷诗略二卷》，《四库禁毁书丛刊》集部第185册。

140. (明)黄淳耀:《陶庵全集》，上海古籍出版社1993年版。

141. (明)娄坚:《学古绪言》，四库明人文集丛刊本，上海古籍出版社1993年版。

142. (明)李应升:《落落斋集》，《四库禁毁书丛刊》集部第50册。

143. (明)缪昌期:《从野堂存稿》，《丛书集成续编》集部第118册。

144. (明)刘宗周:《刘子全书》，中华文史丛书本，台湾华文书局1968年版。

145. (明)张溥:《七录斋诗文合集》，《明代论著丛刊》之二十七。

146. (明)张溥著，殷孟伦注:《汉魏六朝百三家集题辞注》，中华书局

2007年版。

147.（明）何三畏：《云间志略》，《中国史学丛书》三编，台湾学生书局1987年版。

148.（明）范濂：《云间据目抄》，丛书集成三编本，又《笔记小说大观》第6册。

149.（明）陈子龙著，王志英辑校：《陈子龙全集》，人民文学出版社2011年版。

150.（明）陈子龙、徐孚远、宋征璧等：《皇明经世文编》，中华书局1962年影印本。

151.（明）陈子龙、李雯合编：《皇明诗选》，华东师范大学出版社1991年影印本。

152.（明）吴应箕、吴伟业等：《东林本末》（外七种），北京古籍出版社2002年版。

153.（明）吴应箕：《东林本末》，《中国历史研究资料丛书》，上海书店1982年版。

154.（明）吴伟业：《复社纪事》，《中国历史研究资料丛书》，上海书店1982年版。

155.（明）冯梦龙：《情史类略·情史序》，岳麓书社1984年版。

156.（明）方以智：《通雅》，四库全书本。

157.（明）祁彪佳：《祁彪佳集》，中华书局1960年版。

158.（明）王兆云：《挥麈诗话》一卷，《丛书集成初编》本。

159.（明）许学夷：《诗源辩体》，人民文学出版社1987年版。

160.（明）冯复京：《说诗补遗》天启三年刊，周维德集校《全明诗话》，齐鲁书社2005年排印本。

161.（明）谢肇浙著，陈庆元主编：《谢肇淛集》，江苏古籍出版社2003年版。

162.（明）陶宗仪等：《说郛三种》影印本，上海古籍出版社1988年版。

163.（明）刘侗、于奕正撰：《帝京景物略》，北京古籍出版社1980年版。

164.（明）王思任：《王季重杂著》，台湾伟文图书出版公司1977年版。

165.（明）唐汝询：《编篷集》，《四库全书存目丛书》集部第192册。

166.（明）唐汝询辑释：《唐诗解》五十卷，《四库全书存目丛书》集部第369、370册。

167.（明）憨山德清著，孔宏点校：《憨山老人梦游集》，北京图书馆出版社2005年版。

168. (明)朱之瑜:《舜水文集》,民国二年汤寿潜本。

169. (清)李卫、嵇曾筠等修,沈翼机、傅王露等纂:雍正《浙江通志》,四库全书本。

170. (清)尹继善、赵国麟修,黄之隽、章士凤纂:乾隆《江南通志》,四库全书本。

171. (清)郑元庆:《湖录经籍考》,《丛书集成续编》第6册。

172. (清)沈季友辑:《槜李诗系》,四库全书本。

173. (清)宗源瀚等修:《乾隆湖州府志》,台湾成文出版社1970年版。

174. (清)龚嘉俊等修:《光绪杭州府志》,台湾成文出版社1974年版。

175. (清)龚炜:《巢林笔谈》,清代史料笔记丛刊本,中华书局1981年版。

176. (清)王同:《塘栖志》,浙江摄影出版社2006年版。

177. (清)张廷玉等:《明史》,中华书局2000年版。

178. (清)叶燮:《原诗》,人民文学出版社1979年版。

179. (清)叶燮:《半庐文稿》,《丛书集成续编》第132册。

180. (清)项玉笋:《槜李往哲续编》,《明代传记丛刊》第149册。

181. (清)李延昰:《南吴旧话录》,《丛书集成续编》集部第118册。

182. (清)邹漪:《启祯野乘》,明清史料汇编本,台湾文海出版社1968年版。

183. (清)戴璐:《吴兴诗话》,《丛书集成续编》第200册。

184. (清)吴翌凤:《镫窗丛录》,《续修四库全书》子部第1139册。

185. (清)梁廷枏撰:《艺文汇编》,暨南大学出版社2001年版。

186. (清)永瑢等:《四库全书总目》,中华书局1965年版。

187. (清)褚人获:《坚瓠集》,江苏广陵古籍刻印社1995年版。

188. (清)钱谦益:《钱牧斋全集 初学集 有学集》,上海古籍出版社2003年版。

189. (清)钱谦益:《列朝诗集小传》,上海古籍出版社1983年版。

190. (清)方以智:《浮山文集前编》,《四库禁毁书丛刊》集部第113册。

191. (清)方以智:《通雅》,四库全书本。

192. (清)王夫之撰,戴鸿森笺校:《姜斋诗话笺校》,人民文学出版社1981年版。

193. (清)黄宗羲:《南雷文定集》,《四库全书存目丛书》集部第205册。

194. (清)黄宗羲:《明儒学案》,中华书局2008年版。

195. (清)黄宗羲:《明文海》,中华书局1987年影印本。

196. (清)汪琬:《尧峰文钞》，上海书店1989年版。

197. (清)王士祯:《带经堂诗话》，人民文学出版社1982年版。

198. (清)王士祯:《池北偶谈》，学苑出版社1999年版。

199. (清)王士祯:《古夫于亭杂录》，中华书局1988年版。

200. (清)陈祚明评选，李金松点校:《采菽堂古诗选》，上海古籍出版社2008年版。

201. (清)安岐:《墨缘汇观》，天津古籍书店1993年版。

202. (清)花村看行侍者:《花村谈往》，《丛书集成续编》第26册。

203. (清)王琦评选，(唐)李白著:《李太白全集》，中华书局1977年版。

204. (清)姚宏绪:《松风余韵》，《四库全书存目丛书》集部补编第37册。

205. (清)朱彝尊:《明诗综》，四库全书本。

206. (清)朱彝尊:《明诗话》，《天津图书馆孤本秘籍丛书》16，天津图书馆1999年版。

207. (清)朱彝尊辑:《明诗综诗话》，清乾隆四年江清抄本。

208. (清)朱彝尊:阮元订《竹垞小志》，《丛书集成续编》第91册。

209. (清)朱彝尊:《静志居诗话》，人民文学出版社1990年版。

210. (清)顾炎武著，张京华校释:《日知录校释》，岳麓书社2011年版。

211. (清)顾炎武:《顾亭林诗文集》，中华书局1959年版。

212. (清)冯班:《钝吟杂录》，四库全书本。

213. (清)侯方域:《壮悔堂文集》，《四库禁毁书丛书》集部第51册。

214. (清)吕留良:《吕晚村先生文集》，北京图书馆出版社2003年版。

215. (清)张岱:《陶庵梦忆》，丛书集成本，上海古籍出版社1982年版。

216. (清)张岱著，栾保群校释:《琅嬛文集》，故宫出版社2012年版。

217. (清)王昶:《蒲褐山房诗话新编》，人民文学出版社2011年版。

218. (清)贺孙贻:《诗筏》，清诗话续编本，上海古籍出版社1993年版。

219. (清)蒋平阶:《东林始末》，《四库全书存目丛书》史部第55册。

220. (清)何文焕:《历代诗话》，中华书局1981年版。

221. (清)陆世仪:《复社纪略》，国粹丛书本。

222. (清)黄虞稷:《千顷堂书目》，上海古籍出版社1990年版。

223. (清)永瑢等:《四库全书总目提要》，中华书局1983年版。

224. (清)姚觐元撰:《清代禁毁书目》，商务印书馆1957年版。

225. (清)李慈铭:《越缦堂读书记》，上海书店出版社2000年版。

226. (清)周亮工:《书影》，上海古籍出版社1981年版。

227. (清)周中孚撰，黄曙辉、印晓峰标校:《郑堂读书记》，上海世界出版集团 2009 年版。

228.（清）彭宾：《彭燕又先生文集》，《四库全书存目丛书》集部第 197 册。

229.（清）彭际清述：《居士传》，《续藏经·中国撰述·史传部》，台北新文丰出版公司 1994 年版。

230.（清）钱泳：《履园丛话》，中华书局 1979 年版。

231.（清）杨凤苞：《秋室集》，《续修四库全书》集部第 1476 册。

232.（清）陈田：《明诗纪事》，上海古籍出版社 1993 年版。

233.（清）康有为：《万木草堂口议》，团结出版社 1997 年版。

## 二、专著

1. 安平秋、章培恒主编：《中国禁书大观》，上海文化出版社 1990 年版。

2. 蔡静平：《明清之际汾湖叶氏文学世家研究》，岳麓书社 2008 年版。

3. 蔡镇楚：《中国诗话史》，湖南人民出版社 1995 年版。

4. 蔡镇楚：《中国诗话文献考》，湖南文艺出版社 1995 年版。

5. 曹聚仁：《中国学术思想史随笔 》，三联书店 2003 年版。

6. 查清华：《明代唐诗接受史》，上海古籍出版社 2006 年版。

7. 陈宝良：《中国的社与会》，浙江人民出版社 1996 年版。

8. 陈斌：《明代中古诗歌批评研究》，三联书店 2009 年版。

9. 陈伯海主编，朱易安著：《中国诗学史》明代卷，厦门鹭江出版社 2002 年版。

10. 陈伯海：《中国诗学之现代观》，上海古籍出版社 2006 年版。

11. 陈超：《曹学佺研究》，吉林人民出版社 2007 年版。

12. 陈广宏：《竟陵派研究》，复旦大学出版社 2006 年版。

13. 陈国球：《明代唐诗学史论》，北京大学出版社 2006 年版。

14. 陈国球：《明代复古派唐诗论研究》，北京大学出版社 2007 年版。

15. 陈建华：《中国江浙地区十四至十七世纪社会意识与文学》，学林出版社 1992 年版。

16. 陈江：《明代中后期的江南社会与社会生活》，上海社会科学院出版社 2006 年版。

17. 陈良运：《中国诗学批评史》，江西人民出版社 2007 年版。

18. 陈书录：《明代诗文的演变》，江苏教育出版社 1996 年版。

19. 陈文华：《唐诗史案》，上海古籍出版社 2003 年版。

20. 陈文新：《明代诗学的逻辑演进与主要理论问题》，武汉大学出版社

2007 年版。

21. 陈文新：《明代诗学》，湖南人民出版社 2000 年版。

22. 陈文新主编：《中国文学编年史》明中期卷，湖南人民出版社 2006 年版。

23. 陈垣：《明季滇黔佛教考》，北京中华书局 1962 年版。

24. 程千帆：《程千帆全集》(第一卷)《校雠广义·版本编》，河北教育出版社 2000 年版。

25. 程毅中主编：《宋人诗话外编》(下册)，国际文化出版公司 1996 年版。

26. 程芸：《世味的诗剧　中国戏剧发展史》，湖南人民出版社 2002 年版。

27. 程章灿：《纸上尘：历史的表里》，重庆出版社 2009 年版。

28. 崔建利：《反复古视野笼罩下的胡应麟及其诗学理论》，聊城大学出版社 2004 年版。

29. 邓洪波：《中国书院史》，上海东方出版中心 2004 年版。

30. 邓子运：《明末清初诗解研究》，凤凰出版社 2010 年版。

31. 丁福保主编：《历代诗话续编》，中华书局 1983 年版。

32. 丁易：《明代特务政治》，上海书店出版 2011 年版。

33. 朵云编辑部编：《董其昌研究文集》，上海书画出版社 1998 年版。

34. 樊树志：《晚明史》(1573—1644 年)，复旦大学出版社 2003 年版。

35. 樊树志：《江南市镇：传统的变革》，复旦大学出版社 2005 年版。

36. 范嘉晨、段慧冬：《晚明公安派性灵文学思想研究》，中国社会科学出版社 2009 年版。

37. 范景中、曹意强主编：《美术史与观念史》，南京师范大学出版社 2009 年版。

38. 范氏辑：《天一阁藏明代科举录选刊乡试录》(48 函)，宁波出版社 2010 年版。

39. 方锡球：《许学夷诗学思想研究》，黄山书社 2006 年版。

40. 冯仲平：《中国诗学流变》，山东大学出版社 2009 年版。

41. 凤媛：《江南文化与中国现代文学》，文化艺术出版社 2008 年版。

42. 傅璇琮等主编：《中国诗学大辞典》，浙江教育出版社 1999 年版。

43. 傅增湘：《藏园群书题记》，上海古籍出版社 1989 年版。

44. 高海夫主编：《唐宋八大家文钞校注集评》，三秦出版社 1998 年版。

45. 葛景春：《李白研究管窥》，河北大学出版社 2002 年版。

46. 葛景春：《李杜之变与唐代文化转型》，大象出版社 2009 年版。

47. 葛兆光：《中国思想史》第一、二卷，复旦大学出版社 1998、2000 年版。

48. 龚笃清：《冯梦龙新论》，湖南人民出版社 2002 年版。

49. 顾鸣塘：《〈儒林外史〉与江南士绅生活》，商务印书馆 2005 年版。

50. 关文发、颜广文：《明代政治制度研究》，中国社会科学出版社 1996 年版。

51. 郭良夫：《词汇与词典》，商务印书馆 1990 年版。

52. 郭培贵等：《明史选举志考论》，中华书局 2006 年版。

53. 郭绍虞：《沧浪诗话校释》，人民文学出版社 1988 年版。

54. 郭绍虞：《照隅室古典文学论集》，上海古籍出版社 1983 年版。

55. 郭绍虞：《中国文学批评史》，百花洲文艺出版社 2000 年版。

56. 郭绍虞主编：《中国历代文论选》（四），上海古籍出版社 2001 年版。

57. 郭绍虞编选：《清诗话续编》，上海古籍出版社 1983 年版。

58. 郭外岑：《重读中国文学史：先秦至唐宋部分》，学苑出版社 2008 年版。

59. 郭英德著：《痴情与幻梦——明清文学随想录》，三联书店 1992 年版。

60. 韩结根：《明代徽州文学研究》，复旦大学出版社 2006 年版。

61. 何晓明：《中华文化事典》，武汉大学出版社 2008 年版。

62. 何宗美：《明末清初文人结社研究》，南开大学出版社 2003 年版。

63. 何宗美：《公安派结社考论》，重庆出版社 2005 年版。

64. 侯外庐等：《宋明理学史》，人民出版社 1987 年版。

65. 胡可先：《杜甫诗学引论》，安徽大学出版社 2003 年版。

66. 黄霖：《归有光与嘉定四先生研究》，上海古籍出版社 2007 年版。

67. 黄仁生：《日本现藏稀见元明文集考证与提要》，岳麓书社 2004 年版。

68. 黄仁宇：《万历十五年版》，中华书局 1986 年版。

69. 黄卓越：《明永乐至嘉靖初诗文观研究》，北京师范大学出版社 2001 年版。

70. 霍松林主编，张连第、林珂、梅运生等编著：《中国历代诗词曲论专著提要》，北京师范学院出版社 1991 年版。

71. 霍松林主编：《中国诗论史》中，黄山书社 2007 年版。

72. 嵇文甫：《晚明思想史论》，东方出版社 1996 年版。

73. 嵇文甫:《晚明思想史论》,民国丛书本,上海书店1990年版。

74. 季羡林主编,蔡靖泉著:《长江流域诗词史论》,湖北教育出版社2005年版。

75. 简锦松:《明代文学批评研究》,台湾学生书局1989年版。

76. 江庆柏:《明清苏南望族文化研究》,南京师范大学出版社1999年版。

77. 姜亮夫编著:《历代人物年版里碑传综表》,中华书局1959年版。

78. 金沛霖主编,阎中英等编:《四库全书子部精要·徐氏笔精》,天津古籍出版社1998年版。

79. 金性尧选注:《明诗三百首》,上海古籍出版社1995年版。

80. 金一平:《柳州词派:一个独特的江南文人群体》,同济大学出版社2002年版。

81. 孔昭明:《台湾文献史料丛刊》第五辑(100)《石匮书后集》,台湾大通书局1987年版。

82. 乐黛云、叶朗、倪培耕主编:《世界诗学大辞典》,沈阳春风文艺出版社1993年版。

83. 雷磊:《杨慎诗学研究》,中国社会科学出版社2006年版。

84. 李剑雄:《焦竑评传》,南京大学出版社1998年版。

85. 李康化:《明清之际江南词学思想研究》,巴蜀书店2001年版。

86. 李庆立:《谢臻研究》,齐鲁书社1993年版。

87. 李圣华:《晚明诗歌研究》,人民文学出版社2002年版。

88. 李希凡总主编,单国强本卷主编:《中华艺术通史》明代卷(下编),北京师范大学出版社2006年版。

89. 李洵:《下学集》,中国社会科学出版社1995年版。

90. 李泽厚:《中国古代思想史论》,人民出版社1985年版。

91. 梁启超:《清代学术概论》,上海古籍出版社1998年版。

92. 梁启超:《中国近三百年版学术史》,东方出版社1996年版。

93. 廖可斌:《明代文学复古运动研究》,上海古籍出版社1994年版。

94. 凌郁之:《苏州文化世家与清代文学》,齐鲁书社2008年版。

95. 刘海滨:《焦竑与晚明会通思潮》,华东师大出版社2010年版。

96. 刘石吉:《明清江南市镇研究》,北京中国社会出版社1987年版。

97. 刘士林、万宇:《江南的两张面孔》,上海音乐学院出版社2003年版。

98. 刘廷乾:《江苏明代作家研究》,东南大学出版社2010年版。

99. 刘伟生:《世说新语艺术研究》,湖南大学出版社2008年版。

100. 刘晓东:《明代的塾师与基层社会》,商务印书馆2010年版。

101. 刘勇刚:《云间派文学研究》,北京中华书局2008年版。

102. 柳诒徵:《江苏书院志初稿》,江苏教育出版社1995年版。

103. 卢宇宙:《江苏明代作家诗论研究》,南京大学出版社2010年版。

104. 罗时进:《地域·家族·文学:清代江南诗文研究》,上海古籍出版社2010年版。

105. 罗宗强:《明代后期士人心态研究》,南开大学出版社2006年版。

106. 马蹦非:《董其昌研究》,南开大学出版社2010年版。

107. 孟森:《明史讲义》,上海古籍出版社2002年版。

108. 缪荃孙、吴昌绶、董康撰:《嘉业常藏书志》,复旦大学出版社1997年版。

109. 宁稼雨:《中国文言小说总目提要》,齐鲁书社1996年版。

110. 潘光旦:《明清两代嘉兴的望族》,商务印书馆1947年版。

111. 潘桂明:《中国禅宗思想历程》,今日中国出版社1992年版。

112. 彭际清:《居士传》,成都古籍书店2000年版。

113. 戚福康:《中国古代书坊研究》,商务印书馆2007年版。

114. 祁志祥:《中国美学通史》(第三卷),人民出版社2008年版。

115. 启功主编:《中国法帖全集》,湖北美术出版社2002年版。

116. 钱伯城主编:《中华文史论丛》第49辑,上海古籍出版社1992年版。

117. 钱杭、承载:《十七世纪江南社会生活》,浙江人民出版社1996年版。

118. 钱基博:《明代文学》,台湾"商务印书馆"1973年版。

119. 钱基博:《现代中国文学史》,凤凰出版传媒集团、江苏文艺出版社2008年版。

120. 钱穆:《中国近三百年版学术史》,商务印书馆1997年版。

121. 钱锺书:《谈艺录》,三联书店2008年版。

122. 钱仲联:《历代别集序跋综录》,江苏教育出版社2005年版。

123. 邱江宁:《明清江南消费文化与文体演变研究》,三联书店2009年版。

124. 饶龙隼:《明代隆万间文学思想转变研究》,西南师范大学出版社1995年版。

125. 容肇祖:《明代思想史》,齐鲁书社1992年版。

126. 阮璞：《中国画史论辩》，陕西人民美术出版社1993年版。

127. 尚辉：《松江画派》，吉林美术出版社2003年版。

128. 史小军：《复古与新变：明代文人心态史》，河北教育出版社2001年版。

129. 四川大学编：《中国野史集成》，巴蜀书社2000年版。

130. 孙克强．张小平著：《元典文化丛书 教化百科——〈诗经〉与中国文化》，河南大学出版社1995年版。

131. 孙立：《明末清初诗论研究》，广东高等教育出版社1999年版。

132. 孙学堂：《崇古理念的淡退：王世贞与十六世纪文学思想》，天津古籍出版社2004年版。

133. 舒芜：《舒芜集》(第三卷)，河北人民出版社2001年版。

134. 台湾"中央"图书馆编：《明人传记资料索引》，文史哲出版社1978年版，中华书局1987年影印。

135. 谈蓓芳：《中国文学古今演变论考》，上海古籍出版社2006年版。

136. 檀作文、唐建等：《中国古代诗歌研究论辩》文学卷，百花洲文艺出版社2006年版。

137. 汤一介、胡仲平编：《魏晋玄学研究》，湖北教育出版社2008年版。

138. 唐翼明：《魏晋清谈》，人民文学出版社2002年版。

139. 唐长孺主编：《魏晋南北朝史论丛》，三联书店1955年版。

140. 土默热著，秦轩编：《土默热红学》，吉林人民出版社2006年版。

141. 万木春：《味水轩里的闲居者》，中国美术学院出版社2008年版。

142. 汪明辉：《胡应麟诗学研究》，北京学苑出版社2006年版。

143. 王敬民：《乔纳森·卡勒诗学研究》，中国海洋大学出版社2008年版。

144. 王毓铨主编：《中国经济通史》下册，经济日报出版社2007年版。

145. 王运熙、顾易生：《中国文学批评通史》明代卷，上海古籍出版社1996年版。

146. 王重民：《中国善本书提要》，上海古籍出版社1983年版。

147. 邬国平：《竟陵派与明代文学批评》，上海古籍出版社2004年版。

148. 吴承学、李光摩编：《晚明文学思潮研究》，湖北教育出版社2002年版。

149. 吴承学：《晚明小品研究》，江苏古籍出版社1999年版。

150. 吴晗：《胡应麟年谱》，人民出版社1984年版。

151. 吴宏一：《清代诗学初探》，台湾学生书局1986年版。

152. 吴仁安：《明清江南望族与社会经济文化》，上海人民出版社 2001 年版。

153. 吴仁安：《明清江南著姓望族史》，上海人民出版社 2009 年版。

154. 吴文治主编：《明诗话全编》，江苏古籍出版社 1997 年版。

155. 吴新苗：《屠隆研究》，北京文艺出版社 2008 年版。

156. 吴熊和：《吴熊和词学论集》，杭州大学出版社 1999 年版。

157. 吴中杰主编：《中国古代审美文化论》，上海古籍出版社 2003 年版。

158. 谢国祯：《明末清初的学风》，人民出版社 1982 年版。

159. 谢国祯：《明清之际党社运动考》，中华书局 1982 年版。

160. 谢国祯：《增订晚明史籍考》，上海古籍出版社 1983 年版。

161. 徐复观：《中国艺术精神》，广州春风文艺出版社 1987 年版。

162. 徐林：《明代中晚期江南士人社会交往研究》，上海古籍出版社 2006 年版。

163. 徐朔方：《晚明曲家年谱》，浙江古籍出版社 1993 年版。

164. 徐雁平：《清代东南书院与学术及文学》，安徽教育出版社 2007 年版。

165. 许苏民：《顾炎武评传》，南京大学出版社 2006 年版。

166. 许总：(《宋明理学与中国文学》，百花洲文艺出版社 1999 年版。

167. 严迪昌：《清诗史》，浙江古籍出版社 2002 年版。

168. 严迪昌：《阳羡词派研究》，齐鲁书社 1993 年版。

169. 姚蓉：《明末云间三子研究》，广东高教出版社 2004 年版。

170. 叶昌炽：《藏书纪事诗》，燕山出版社 2008 年版。

171. 叶德辉：《书林清话　书林余话》，岳麓书社 1999 年版。

172. 叶树声、余敏辉：《明清江南私人刻书史略》，安徽大学出版社 2000 年版。

173. 易闻晓：《公安派的文化阐释》，齐鲁书社 2003 年版。

174. 袁震宇、刘明今：《中国文学批评通史》明代卷，上海古籍出版社 1996 年版。

175. 曾大兴：《中国历代文学家之地理分布》，湖北教育出版社 1995 年版。

176. 张伯伟：《钟嵘诗品研究》，南京大学出版社 2000 年版。

177. 张涤云：《中国诗歌通论》，浙江大学出版社 2006 年版。

178. 张慧剑编著：《明清江苏文人年版表》，上海古籍出版社 1986 年版。

179. 张建业：《李贽全集注》，北京社科文献出版社 2009 年版。

180. 张健：《清代诗学研究》，北京大学出版社1999年版。

181. 张相：《诗词曲语辞汇释》，中华书局1953年版。

182. 章建文：《吴应箕研究》，安徽大学出版社2009年版。

183. 章培恒编：《明代文学研究》，江西人民出版社1990年版。

184. 赵红娟：《明清湖州董氏文学世家研究》，中国社会科学出版社2011年版。

185. 赵焕亭：《明末痛史演义》，益新书社1929年版。

186. 赵所生、薛正兴主编：《中国历代书院志》，江苏教育出版社1995年版。

187. 赵园：《明清之际士大夫研究》，北京大学出版社1999年版。

188. 赵园：《制度·言论·心态》，北京大学出版社2007年版。

189. 郑利华：《王世贞研究》，上海学林出版社2002年版。

190. 中国孔子基金会编：《中国儒学百科全书》，中国大百科全书出版社1997年版。

191.《中国历代书目题跋丛书》第3辑，上海古籍出版社2010年版。

192.《中国文学研究》第8辑，中国文联出版社2007年版。

193. 钟林斌：《公安派研究》，辽宁大学出版社2002年版。

194. 周本淳选编：《唐人绝句类选》，浙江古籍出版社1985年版。

195. 周炽成：《复性收摄——高攀龙思想研究》，人民出版社2007年版。

196. 周明初：《晚明士人心态与文学个案》，东方出版社1997年版。

197. 周群：《儒释道与晚明文学思潮》，上海书店2000年版。

198. 周维德：《全明诗话》，齐鲁书社2005年版。

199. 朱保炯、谢沛霖编：《明清进士题名碑录索引》，上海古籍出版社1980年版。

200. 朱东润：《陈子龙及其时代》，上海古籍出版社1984年版。

201. 朱东润：《张居正大传》，湖北人民出版社1981年版。

202. 朱易安：《唐诗学史论稿》，广西师范大学出版社2000年版。

203. 左东岭：《明代心学与诗学》，学苑出版社2002年版。

204. 左东岭：《王学与中晚明士人心态》，人民文学出版社2000年版。

205. [韩]郑明基编：《韩国野谈资料集成》，汉城启明文化社1992年影印版。

206. [日]滨岛敦俊：《明代江南农村社会の研究》，东京大学出版会1982年版。

207. [日]松下忠著，范建明译：《江户时代的诗风诗论：兼论明清三大诗论及其影响》，学苑出版社 2008 年版。

208. [美]哈佛燕京学社引得编纂处编印：《八十九种明代传记综合引得》，上海古籍出版社 1986 年影印。

209. [美]牟复礼，[英]崔瑞德编著，杨品泉等译：《剑桥中国明代史》，中国社会科学出版社 1992 年版。

210. 魏斐德：《洪业——清朝开国史》，江苏人民出版社 1998 年版。

211. [美]John Meskill. *Academics in Ming China*. The University of Arizona Press，1982.

212. [加]卜正民著，方骏等译：《纵欲的困惑》，三联书店 2004 年版。

## 三、报刊论文

1. 刘师培：《南北文学不同论》，载《国粹学报》1905 年第 9 期。

2. 杨鸿烈：《中国诗学大纲》，载《晨报副刊》1924 年 10 月 5 日《文学旬刊》第 53 期。

3. 朱倓：《明季杭州读书社考》，载《国学季刊》1929 年 12 月。

4. 朱倓：《明季南应社考》，载《国学季刊》1930 年 9 月。

5. 朱自清：《论诗学门径》，载《中学生》1931 年 5 月。

6. 王献唐：《山东之抄书家——卢德水先生》，载《山东省立图书馆季刊》1931 年第 1 期。

7. 陈豪楚：《两浙结社考》，载《越风》1936 年第 18 期。

8. 张秀民：《明代南京的印书》，载《文物》1980 年第 11 期。

9. 杨海明：《试论宋词所带有的“南方文学”特色》，载《学术月刊》1984 年第 1 期。

10. 张显清：《明代官绅优免和庶民“中户”的徭役负担》，载《历史研究》1986 年第 2 期。

11. 严迪昌：《文化世族与吴中文苑》，载《文史知识》1990 年第 11 期。

12. 严迪昌：《“市隐”心态与吴中明清文化世族》，载《苏州大学学报》1991 年第 1 期。

13. 严迪昌：《明清新兴世族与吴文化的发展》，载《苏州大学学报》1992 年第 1 期。

14. 李伯重：《简论“江南地区”的界定》，载《中国社会经济史研究》1991 年第 1 期。

15. 陈宝良：《论晚明的士大夫》，载《齐鲁学刊》1991 年第 2 期。

16. 汪世清：《江山雪霁归尘土，鱼目焉能混夜珠？——记中国绘画收藏史上的一大骗局》，载《新美术》1992年第2期。

17. 范金民：《明清江南进士数量、地域分布及其特色分析》，载《南京大学学报》1997年第2期。

18. 吴承学、李光摩：《晚明心态与晚明习气》，载《文学遗产》1997年第6期。

19. 欧阳俊：《论晚明文人的“小品”观》，载《文学遗产》1999年第5期。

20. 蔡镇楚：《诗话研究之回顾与展望》，载《文学评论》1999年第5期。

21. 姜光斗：《〈午梦堂集〉的文学成就》，载《南通师范学院学报》2001年第2期。

22. 查清华：《明代“唐人七律第一”之争》一文，载《文学遗产》2001年第2期。

23. 陈书录：《“德、才、色”主体意识的复苏与女性群体文学的兴盛——明代吴江叶氏女性文学研究》，载《南京师范大学学报》2001年第5期。

24. 陈文新：《从格调到神韵》，载《文艺研究》2001年第6期，《人大复印资料》2002年第3期转载。

25. 朱丽霞、罗时进：《松江宋氏家族与几社之关系》，载《北京大学学报》2005年第2期。

26. 陈引驰：《地域与中心：中国文学展开的空间观察》，载《社会科学》2005年第2期。

27. 张德建：《小品盛行与晚明文学权力的下移》，载《新华文摘》2006年第15期。

28. 李圣华：《冷斋诗话一则》，载《语文知识》2007年第1期。

29. 罗时进：《明末清初江南三诗派》，载《古典文学知识》2006年第1期。

30. 罗时进：《明清之际江南文学版图中的诗歌流派》，载《江海学刊》2006年第5期。

31. 朱丽霞：《园林宴游与文学的生态变迁》，载《文艺理论研究》2007年第4期。

32. 张燕波：《论明代金陵六朝派的发端与发展》，载《南京大学学报》2008年第3期。

33. 查清华：《中晚明江南城市化进程与诗文的新变》，载《学术月刊》2008年第8期。

34. 程章灿：《想象江南的几个维度》，载《文学评论丛刊》2008年第11卷第1期。

35. 朱丽霞：《齐气、楚风与吴习——明清之际的诗坛格局及清初诗坛走向》，载《人大复印资料》2009年第7期。

36. 张清河：《〈明诗归〉"伪书"的价值》，载《贵州师范大学学报》2011年第3期。

37. 查清华：《明代格调论诗学研究》，上海师范大学博士论文2002年。

38. 汪群红：《许学夷〈诗源辩体〉研究》，复旦大学博士论文2002年。

39. 许建平：《李贽思想演变史》，复旦大学博士论文2003年。

40. 宋俊玲：《公安派研究》，首都师范大学博士论文2004年。

41. 邱晓平：《明中叶吴中文人研究》，首都师范大学博士论文2004年。

42. 戴健：《明下叶吴越城市娱乐文化与市民文学》，扬州大学博士论文2004年。

43. 李双华：《明代中叶吴中派研究》，南京师范大学博士论文2004年。

44. 黄熹：《焦竑三教会通思想研究》，北京大学博士论文2005年。

45. 李鸣：《袁宏道综论》，北京师范大学博士论文2005年。

46. 陈冠至：《明代的江南藏书——五府藏书家的活动与藏书生活》，台湾中国文化大学博士论文2005年。

47. 李杰：《李日华的文艺思想研究》，复旦大学博士论文2006年。

48. 吴思增：《陈子龙新诗风研究》，华东师范大学博士论文2006年。

49. 陈丽媛：《胡应麟文艺思想研究》，福建师范大学2006年。

50. 萧敏材：《晚明吴中布衣文人王百谷新探》，台湾"中央大学"博士论文2006年。

51. 张亭立：《陈子龙研究》，华东师范大学博士论文2006年。

52. 刘易：《屠隆研究》，华东师范大学博士论文2008年。

53. 魏宏远：《王世贞晚年文学思想研究》，复旦大学博士论文2008年。

54. 李灿朝：《明末清初越中文人及文学研究》，浙江大学博士论文2008年。

55. 谷春侠：《玉山雅集研究》，中国社会科学院博士论文2008年。

56. 李新：《陈子龙诗文创作与文学思想》，南开大学博士论文2008年。

57. 魏宏远：《王世贞晚年文学思想研究》，复旦大学博士论文2008年。

58. 孟斌斌：《屠隆的诗文观研究》，北京语言大学博士论文2009年。

59. 王文荣：《明清江南文人结社研究》，苏州大学博士论文2009年。

60. 李新：《陈子龙诗文创作与文学思想》，南开大学博士论文2009年。

61. 李玉宝：《谢肇淛与晚明福建文学》，上海师范大学博士论文2010年。

62. 龙野：《顾起元及其诗文研究》，复旦大学硕士论文2011年。

# 后　记

负笈珞珈，已然十年。十年者何？如东坡回顾亲友，生死两茫茫；似子美困守长安，轻肥自冷暖。凡可眷恋之往事、可敬爱之师友，涌现笔端，不能自休，于抑扬顿挫之中，致吾谢、观吾志可矣。

吾于2002年秋东归就学，系水云师开山弟子。师恩如山，大爱似海；两度不弃，始渐成才。山不言高，水不言深，先致他谢，再感师恩。吾所谢者有三，皆以“十年”赋之：

十年磨镜，鉴学府方圆。吾欣逢人文学院成立，当彼盛时，郭齐勇院长，龙泉明、朱雷副院长，无不亲授课业，感聆训于文史哲诸名师，于学科不分畛域，乃真国学也。吾系之白发先生，尤其敬业。李师中华布置文献学作业，学生须翻检四库，以资学位论文。时值非典，龟缩不出门，于电子版中查得一二应付。李师览之笑责曰：“黄金非假，点石无术。此结论有何意义耶？汝所学者，方法也！”受用终生矣！又有程师亚林，指点诗文关节，至老杜“碧瓦初寒外”一句，语初噎，徐语曰：“汝明朝于樱顶观之，悟后语我。”偶早起，远赴樱顶，红日碧瓦、白雾绿叶，顿生肃敬之意。其余如吴师志达、熊师礼汇、陈师望衡、刘师良明、余师传鹏等，逸事不一而足。七年再造学业，众师皆已退休；而尤憾者，与龙泉明师阴阳两隔矣！忆龙师风华正茂时，指点新诗，有“一棵草、一丛草”之戏语；如今芳草遍天涯，音容无从觅矣。

2009年，值我文学院欣欣向荣之际，三进宫求学于尚师永亮、王师兆鹏之庑，再立雪于涂师险峰、刘师礼堂、赵师世举、陈师国恩、卢师烈红、李师建中、张师荣翼、冯师黎明、唐师铁惠、陈师文新、陈师顺智、程师水金、郑师传寅、张师思齐、邹师元江、曹师建国、谭师新红之门，首执弟子礼于徐师定宝（宁波大学教授、联合培养博导、本书第二导师）、吴师光正、程师芸、高师文强之侧。名师授业，如春风时雨，惠我良多，铭记于此，终生未敢稍忘矣！

十年磨器，容人间万象。人生难得逢恩师，亦难得遇知己；无切磋不成学业，无琢磨不成器材。犹忆历史系之“读书会”，博硕同堂，唇枪舌剑，感触颇深；彼时便觉明清江南史学之精深矣。且日与哲学系刘君体胜（华南师范大学）、萧君无陂（湖南师范大学）、林君合华（南京林业大学）、马君涛（山东工业大学）、历史系陶君军（武汉大学社会科学院）、江君田祥（广西师范大学）、黄君楼（武汉大学）、姜君望来（武汉大学）、张君于牧（九三学社）、中文系肖君波（武汉大学）、原君小平（河南师范大学）、乔君辉（西安科技大学）、柯君移顺（三峡大学）自习相往来，运动相呼和。昔日意气风发之际，热血激射；川崎杯羽球夺冠，首届研足赛入围，风光无限矣！尝记日走磨山，至七孔桥大呼“奈何”；或雪夜鸣炮猴山，看飞屑四溅；或凌波门纵身一跃，搏击风浪；或干疗所集众打排球，专攻美女；或球赛聚餐“一棵树”，论箱饮啤……如今回首，七十七同学，漂流四方矣，再聚首亦不可得，尚能把盏话旧否？

待吾还就黉学，同窗兄弟，助我良多，张君新民、刘君海、林君国兵、陈君际斌、张君宜斌、丁君庆勇、李君华斌、邓君伟、潘君桂林、赵君坤同住老斋舍，俯仰天地玄黄，顾盼宇宙洪荒。而同门姊妹弟兄，黎姊晓莲、柳姊倩月、吴妹妮妮、王妹翼飞、袁妹媛、鲁妹清清、王妹芬、霍弟西胜、昝弟圣骞诸君，课堂讨论，风雨同行；文论编辑，休戚与共，惠我匪浅，情谊无间，一并致谢矣。

十年磨剑，裁大块文章。板凳十载依旧冷，文章万字仍然空。犹忆九年前，恩师逐句批改“稼轩风”一文，四易其稿，折腾数月，始见刊于《厦门师范学院学报》。恩师不弃，委以清词之子课题，从常州入手，历阳羡、经云间，锻炼三四载，而明末清初之诗词梗概已清晰矣。然吾课堂之上，屡以为有鸿鹄将至，思援弓缴而射之。吾师叮嘱再三，切忌浮躁，乃于苏州吴江之地域，援笔述叶氏家集论文一篇，始十万字，剪裁三万，答辩始获好评。今朝吾扩而大之，以“江南诗学”为题，以群体研究为框架，废辞连篇累牍，已逾三十万字矣，实有愧于恩师叮咛。

陈师诲吾已七年矣，恩同再造；而师母宋老师慈爱仁惠，恩德没齿难忘。吾性愚钝，苟忝门墙，硕士自费、博士破格，两度经济拮据，每逢断炊之日，师母得知，必资我以米粮，即使陈师远赴美国之年，亦未尝间断，因得以完成学业。大恩大德，虽万语千言，难表内衷矣！

家有老父，已到望七之年；有老母，亦届花甲之岁。吾三十五年来，未尽养亲之责，实有愧焉。尤愧对吾妻，吾与伊相识在珞珈，相知在江汉，相爱在海隅，相守在汕头，六年来悲欢沉浮，离多聚少；今春大年初一，因吾照顾不周，龙子孕五月而夭折，哭天抢地，此恨何及！仅以此书，祭献吾儿，愿汝在天堂成龙腾飞。呜呼！万千感慨，不知所言矣！

历春阅冬，拙稿见梓。感谢武汉大学尚永亮、李建中等老师之耳提面命，武汉大学出版社朱凌云、李琼等老师之精心指导，河南理工大学文法学院穆乃堂院长以及中外诗学与多边文化研究中心马铁浩主任之关怀与帮助。值此母校一百二十年校庆之际，谨致以衷诚之祝福，铭曰：百岁黉宫，巍然屹立。人文鼎盛，龙盘虎踞，五老八中，学术相续。沔州伯高，失鹅传羽，祝我名校，寿与天齐。

**潜江张清河记**

## 武汉大学优秀博士学位论文文库

已出版：

- 基于双耳线索的移动音频编码研究／陈水仙　著
- 多帧影像超分辨率复原重建关键技术研究／谢伟　著
- Copula函数理论在多变量水文分析计算中的应用研究／陈璐　著
- 大型地下洞室群地震响应与结构面控制型围岩稳定研究／张雨霆　著
- 迷走神经诱发心房颤动的电生理和离子通道基础研究／赵庆彦　著
- 心房颤动的自主神经机制研究／鲁志兵　著
- 氧化应激状态下维持黑素小体蛋白低免疫原性的分子机制研究／刘小明　著
- 实流形在复流形中的全纯不变量／尹万科　著
- MITA介导的细胞抗病毒反应信号转导及其调节机制／钟波　著
- 图书馆数字资源选择标准研究／唐琼　著
- 年龄结构变动与经济增长：理论模型与政策建议／李魁　著
- 积极一般预防理论研究／陈金林　著
- 海洋石油开发环境污染法律救济机制研究／高翔　著
  ——以美国墨西哥湾漏油事故和我国渤海湾漏油事故为视角
- 中国共产党人政治忠诚观研究／徐霞　著
- 现代汉语属性名词语义特征研究／许艳平　著
- 论马克思的时间概念／熊进　著
- 晚明江南诗学研究／张清河　著